THE LIVING DEAD
リビングデッド 上

GEORGE A. ROMERO
DANIEL KRAUS

ジョージ・A・ロメロ
ダニエル・クラウス 共著
阿部清美 訳

U-NEXT

ジョージに捧ぐ。
あなたに感謝の気持ちを伝えられたらよかったのに。
――DK

THE LIVING DEAD
by George A. Romero and Daniel Kraus

Japanese translation rights arranged with United Talent Agency, New York, through
Tuttle-Mori Agency, Inc., Tokyo.
Printed in Japan.

Typography of title and author names by Jamie Stafford-Hill.

装丁
アンドリュー・リー

本文デザイン
bookwall

THE LIVING DEAD

リビングデッド 上

主要登場人物

エッタ・ホフマン …………AMLD（系統解析および多次元データベースの米国モデル）の統計学者
アニー・テラー …………ホフマンの同僚
タウナ・メイデュー …………アニー・テラーの恋人
ルイス・アコセラ …………サンディエゴの検屍官補
シャーリーン・ルトコフスキー ……ルイスの助手
ジェファーソン・タルボット（JT）…サンディエゴの検屍官。ルイスの上司
リンドフ …………ラスベガスでJTの電話に出た人物
ローザ・アコセラ …………ルイスの妻
グリア・モーガン …………サニーブルック・トレーラーハウスに住む学生
フレディ・モーガン …………グリアの父親
コナン・モーガン …………グリアの弟
ファディ・ロロ …………グリアの住むトレーラーハウス・リゾートの住人。シリア難民
ネイサン・ベイスマン …………WWNニュースのエグゼクティブ・プロデューサー
ロッシェル・グラス …………WWNニュースの看板キャスター
チャック・コルソ …………WWNニュースのキャスター。通称「フェイス」
ゾーイ・シレイス …………WWNニュースのインターン
ウィリアム・コッペンボルグ …………海軍少佐。空母オリンピアの従軍聖職者。通称「ビル神父」
カール・ニシムラ …………空母オリンピアの操舵士長。最上級上等兵曹
トミー・ヘンストロム …………空母オリンピアの掌帆手。ニシムラの部下
ジェニファー・アンジェリーズ・ペイガン …………空母オリンピアの新人戦闘機パイロット
ミューズ・キング …………ブルース奏者、歌手。キング・コング、KKとも名乗り、本名は不明

目次

第一幕　死の誕生　二週間

今やハゲワシは鳩を啄《ついば》み、狼は羊を食らった。ライオンは鋭い角を持つ水牛を貪った。人間はライオンを矢で、剣で、火薬で殺した。しかしオルラは、人間が馬や牛にした同じことを、人間にするつもりだ。意志という単純な力によって、人間を己の所有物、僕《しもべ》、食料にしようとしている。なんと不幸なことか。

——ギ・ド・モーパッサン作　『オルラ』より

夜が明けようとも／昼が続くことを！

——オペラ『ホフマン物語』より

第一幕

死の誕生

二週間

身元不明遺体

でkえるらなわたしの罪wお赦して

9・11同時多発テロが起きる前、二一世紀に入った最初の数ヶ月間で、コンピューター設備のない僻地の前哨基地を除き、米国内の病院、高齢者介護施設、警察署は、生命に関する統計データ収集（Vital Statistics Data Collection：略称、VSDC）ネットワークへの参加が義務づけられた。このインターネット上のシステムは、系統解析および多次元データベースの米国モデル（American Model of Lineage and Dimensions）、もしくは略称のAMLDとして知られる国勢調査局のある部門に、インプットされた情報全てを直ちに取り込む。ちなみにAMLDは、当時、ブラックジョークで笑える余裕のあった者たちに、よく「A Matter of Life and Death（死活問題）」と言い換えられていた。誕生だろうと死亡だろうと、医師、看護師、役所の登録担当者がアップロード先のリンクをクリックするだけで、情報はVSDCに加えられた。

VSDCのケースナンバー〝129-46-9875〟の身元不明遺体は、一〇月二三日、該当者が死亡した夜に二度、システムによって確認されている。最初は、さして取り立てるほどのこともなく、カリフォルニア州サンディエゴのカトリック系聖ミカエル病院がその情報を入力した。二度目は、サンディエゴ郡にある検屍官のオフィスからその三時間半後にインプットされており、再度の報告ゆえに注目案件となった。二度目のデータは、太平洋標準時の午後一〇時三六分にVSDCの中央コンピューターに届いたが、その後四八時間も誰の目にも触れず、口数が少なく近寄りがたいAMLDの統計学者エッタ・ホフマンが、最近の記録で異状があるケースを探していた際にようやくそれを発見したのだ。

ホフマンはそのデータをプリントアウトしたはいいが、ふと、人間が依存してきたシステムに良からぬ感じを覚えた。

使用者がどのようなプログラム、活字書体、文字サイズを入力時に使っていたにせよ、規格統一のために、VSDCシステムには初期設定《デフォルト》がなされている。身元不明遺体の情報は、簡略アラビック体と呼ばれるフォントで印刷され、AMLDのプリンターから吐き出された。VSDCが始動した数年後、政府機関が〝アラビック〟と名づけられた書体を採用するのが適切かどうか、上院で論争があった。民主党の多数派が、フランクリン・ゴシック体を推してロビー活動をしていた共和党を打ち負かしたわけだが、勝ちが確定した際、民主党の議員たちは満足げにウインクをしたり、嬉しさから仲間の背中を叩いたりして、歓喜に沸いた。

当の身元不明遺体の一件後の数週間を生き延びた人間で、この些細な勝利を覚えている者など皆無だ。それは、何世代も国をバラバラに引き裂いてきた、一〇〇万もの取るに足らない諍いのひとつに過ぎない。来るべき暗い日々に、かつての上院議員には、こう考える人間もいるだろう。あのとき、もっと耳を澄ましてさえいれば、ピアノ線が切れるようにアメリカの腱がブチブチと切断されていく音が聞こえ、政治全体が分断されてしまう前に、その傷を癒すべく何かできていたかもしれない、と。

身元不明遺体129-46-9875の死後三日間で、同件との類似点を持つデータが何千と受信された。エッタ・ホフマンがこの現象がいつ始まったのかを特定しようとしている最中、件《くだん》の身元不明遺体の記録を発見。しかしVSDCシステムには、日づけや時刻で収集データを整理する機能がなかった。システム設計者は、そんな機能など必要ないだろうと思っていたに違いない。ホフマンと彼女の同僚は手動で検索をしなければならず、彼女たちが「起源《オリジン》」と名づけたフォルダーに放り込んでいた結果をのちにようやく比較して、例の身元不明遺体の資料の時刻印《タイムスタンプ》が他のどのケースよりも先行していた事実が判明した。ところが一〇〇パーセントの確信がないまま、ある時点で、ホフマンは検索作業をやめることを余儀なくされる。

他に、もっと急を要する問題が起きたのだ。

身元不明遺体の死から三日目の夜明けまで、ワシントンのAMLDオフィスに残り、マウスをクリックし、データを入力し、ファイリングしていた職員は、ホフマンを含めた女性ふたり、男性ふたりの計四人のみ。彼女以外の三人は隣り合わせにデスクを寄せ、休憩時間も退社時間も無視して働き詰めだった。しかし、エッタ・ホフマンほど疲れを知らず、誰もがうらやむほどに冷静な人間はいなかった。

ホフマンは常にAMLDの変わり者であった。一緒に働かざるを得ない統計学者は皆、勤務中と同様、彼女はその私生活でも面白味がなく、虚ろなまなざしで誰かとやり取りするだけなのだろうと考えていた。

ホフマンとは異なり、ダラダラと作業を続ける他の三人が居残っていたのは、それなりに理解できる理由があってのことだ。ジョン・キャンベルはここ数年間で、心を病むほどの衝撃的な出来事——子供の死、望まなかった離婚——に見舞われ、彼にはもう駆け寄れる者は残っていない。自分の手で誰かを窮地から救うという夢を胸に政府の仕事に就いたテリー・マカリスターは、どこにも行くつもりはなかった。エリザベス・オトゥールは既婚者だが、特にストレスの多い時期には夫に恐れを抱きがちゆえ、この出来事が自分の逃げ場になるという希望が、彼女を椅子に貼りつけている。

　加えて、テリー・マカリスターとエリザベス・オトゥールは恋仲にあった。危機的状況が起こる前のどこかの時点でふたりの関係に見当がついたエッタ・ホフマンには、それが理解できない。どちらも他の人と結婚しているではないか。結婚が何かはわかっている。法的文書、共有財産、共同納税申告がどうしても絡んでくるものだ。ところが愛と欲望は、まるで非論理的なパズルとしか言いようがなく、愛と欲に苦しむ者は先が予測できなくなってしまう。そう考える彼女は、テリー・マカリスターとエリザベス・オトゥールを警戒し、さらなる距離を取った。

　エッタ・ホフマンがここに留まっている理由は？　他者は推測するしかない。ＡＭＬＤには、ホフマンの感情のなさが気に障る職員もおり、そのような職員は彼女は変わり者だと決めつけていた。こなせる仕事量があまりに膨大なせいで、自閉症ゆえの突出した能力の持ち主ではないかと疑いの目も向けられる始末だ。単なる「くそばばあ《ビッチ》」だと考える者もいる。ただし、その性差別の表現が妥当なのかさえ訝しい。ファーストネームと男女どちらのトイレを選択するか以外に、ホフマンがどのような性自認なのかの裏づけがほとんどないのだ。彼女の顔立ちと体型は決定的ではなく、ぶかぶかでユニセックス風の服装も手がかりとしては不十分だ。職場では、ホフマンはトランスジェンダーか、性別不明者か、あるいはおそらく男女の性別の枠に囚われないノンバイナリーかもしれないとの憶測が飛び交っていた。

　ある派遣社員が、学校で英文学専攻だった影響か、エッタ・ホフマンを「かの詩人《ザ ポエット》」と呼んだことがある。なんでも、彼女が詩人のエミリー・ディキンソンを彷彿《ほうふつ》とさせるからだという。ディキンソンが隠遁生活を送る寝室から世の中をじっと見下ろしていたように、ホフマンは、その青白い、真剣な顔でコンピューターのモニターの深層をも覗き込んでいた。ディキンソンよろしく感情を表に出さないホフマンも、日常的な単調さの中に、かの詩人が見出したのと同じ類いの大きな何かに出くわしたのだろう。

そのあだ名は、ホフマンのよそよそしい態度と真面目くさった応対を正当化するのにひと役買った。これぞ、まさしく「かの詩人」の特権！　誰も「かの詩人」の胸の内など理解できるわけがない。ホフマンについてあれこれ勘繰るのは、職場全体の娯楽だった。職員たちに非現実的な妄想が広がったのは、常温の水をすすり、間違いなくワシントンDCのありきたりの厨房かどこかで機械的に作られた味気ないサンドイッチを頬張りながら、つまらなそうにデータ入力を行う、スウェットパンツを穿いた中性的な雰囲気のひとりの仕事仲間の存在のせいだろう。

身元不明遺体の一件が起きてからの三日間で、AMLDの詩人は、自分が一番優秀であることを証明した。他の同僚が倒れても彼女は無表情のままで、他の者が、まぶたが重くて目を開けられなくなり、指が震えてうまくタイプできなくなっても、彼女は目と指を手際よく動かし続けている。誰にとっても「今まで会った中でこれほどインスパイアされない人はいない」と言いたくなる人物だったホフマンが、音を上げそうになっていた三人を奮い立たせたのだ。冷たい水に顔を沈め、頬を叩いた彼らは、安いコーヒーとアドレナリンをエネルギー源にして、何が起きているのかを記録していく。未来の住民たちが、崩壊前に存在していた、壮大かつ複雑で、欠点もあるがときには美しい世界の証を見つけることができるように。

それから四八時間後、身元不明遺体129‐46‐9875が報告されて五日が経ち、ジョン・キャンベル、テリー・マカリスター、エリザベス・オトゥールは、もうこれ以上やれることはないという点で意見が一致する。AMLDの非常用電源でオフィスは完全に機能していたが、VSDCのネットワークは崩壊していた。いまだに送られてくる報告は、答えようのない助けを求める叫びばかりだ。

ジョン・キャンベルは自分のパソコンの電源を落とした。黒くなった画面を見て失った子供と妻に思いを馳せつつ帰宅し、頭を銃で撃ち抜いた。エリザベス・オトゥールは、先行き不明な未来に備え、何かに取り憑かれたように腕立て伏せと腹筋運動をやり始めた。テリー・マカリスターは、英雄になる夢を失くし、自身の業務日誌に最後のログインを行う。事実や数字が記される通常時の書き込みとは異なり、そのときの日誌は、誰かが読んだなら、絶体絶命で絶望的な状況下に発せられるブラックジョークだと思われてもおかしくないひと言だった――「ハッピー・ハロウィン！」

それは、不気味なモンスターたちが練り歩く恒例の祝祭の日の三日前で、感謝祭の三週間前で、クリスマスの二ヶ月前のことだった。各家庭で用意されていた山のようなお菓子は、玄関先で「トリック・オア・トリート」と声を上げる子供たちに分け与えるのではなく、恐怖で家から出られない者たちの非常食となる。感謝祭用の七面鳥を早めに買っておいた人々は、愛する人たちを招いてご馳走する代わりに、備蓄に回すという抜かりのない選択をした。クリスマスの帰省のために購入されていた何千人分もの飛行機のeチケットは、受信トレイに放置されたままになるのだろう。

テリー・マカリスターとエリザベス・オトゥールは、ジョン・キャンベルとは違い、コンピューターの電源を切らなかった。過熱したパソコン本体が立てるブーンという唸《うな》りは、ふたりには呼吸音に聞こえた。もはや、ホスピスのベッドから漏れてくるうめき声、息をしようと必死に体を強張らせて喘《あえ》ぐときの声も同然だ。ジョージタウンにあるテリー・マカリスターのアパートに向かう前、エリザベス・オトゥールはエッタ・ホフマンに一緒に来てくれと声をかけた。テリー・マカリスターから彼女の邪魔をしない方がいいと言われたものの、エリザベス・オトゥールは、女性をひとり残していきたくはなかったのだ。テリー・マカリスターは正しかった。ホフマンは、まるで同僚がベトナム語でも話しているのかと言わんばかりの面持ちでエリザベス・オトゥールを見つめたのだ。この最後の呼びかけに「かの詩人」は、社内の誕生日パーティで四角いケーキを手渡されたときと変わらず、全くの無表情だった。

　退社の準備をしているテリー・マカリスターとエリザベス・オトゥールの耳に、ホフマンがロボットよろしくカタカタとキーボードを打ち続ける音が聞こえてきた。虚ろな目で執拗に仕事を持続するホフマンの労働意欲は、オフィスに殺到した報告にあった、虚ろな目で執拗に攻撃してくる連中の描写と似ている。そうエリザベス・オトゥールは判断した。おそらくホフマンは、すでに彼らにそっくりで――この早い時期でさえ〝彼らを〟や〝彼らが〟が好んで使われる表現になっていた――彼らの脅威を理解し、扱い、処理する完璧な人材だったのだ。

　七日目、テリー・マカリスターのアパートにいたエリザベス・オトゥールは、一本だけ立つ電波の棒アイコンに望みを託し、自分の電話を使ってテキストメッセージを送ることにした。送り先はインディアナポリスで神父をしているいとこ。己の罪を懺悔するためだ。彼女は、夫ではなく、不倫相手とワシントンから出ようと試みるつもりだとも書いた。時間もバッテリーもほとんど残っていなかったせいか、メッセージは打ちミスだらけだった。エリザベス・オトゥールは、電池切れの瞬間を見ることがなかったので、告白が相手に届いたのか、それが世界の終焉で誰にも聞かれないままになる多くの泣き言に加えられただけなのかは、知る由もない。テリー・マカリスターとともに、建物の血まみれの玄関ロビーから、銃弾による焦げ跡が付いた歩道に出たはいいが、「北を目指す」という彼の直感に従う以外全く計画がなく、エリザベス・オトゥールは、何かに目を向けるたびに自分の最後のメッセージが見える気がした。その文字は、死肉を食らう鳥たちを思わせる。まもなく一一月。深まる秋の空で餌を待ちわび、こちらを睨みつけている鳥のようだった。

たぶんもう会えないでkえるらなわたしの罪wお赦して問題ないらならあなやがいまいるところかでもいい悔いあたらめの祈りをしようといたでも祈りの言葉h思いdせない何が起きたかノ力のもうほんとど覚えてないのgsすごく怖いまるでまったく何も起きなかったみたい自分が生きてたきjんせいすてべg夢だったの？

灰色の霧

ルイス・アコセラが、カルド・ガジェゴというガリシア風スープの白インゲン豆をスプーンで追いかけているときだった――スペイン料理店「ファビのスパニッシュ・パレス」の表の窓が吹き飛んだのは。サンディエゴの検屍官補ゆえ、ルイスは、ガラスによるあらゆる外傷例に精通していた。車のフロントガラスに用いられている安全ガラスが頬に点々と残す、肉のえぐれた穴や、割れた鏡の大きめの破片で手首を裂く自殺行為の末の、白鳥の姿のようなパックリ開いた傷口のゾッとするような美しさを彼は知っている。ファビの店の正面の窓が引き起こす結果は、間違いなく後者だ。安物のシャンデリアの輝きを受けながら、半透明の両刃の外科用メスと化したガラス片が大挙して、スズメバチの群れよろしく彼に向かって勢いよく飛んできた。

他の食べ物であったなら、他のどんな場所で食べていたとしても、ルイスは、フェイスブック、インスタグラム、ツイッター、ユーチューブ、スナップチャット、レディットといったSNSサイトの画面をスクロールし続けることに忙殺され、疲れ切っていただろう。しかし、カルド・ガジェゴを食べるときはどうしても手が汚れたりするので、今回に限って、携帯電話は傍らに置いていたのだ。スマホの画面を見ていないと、最初はパニック同然の状態となった。彼の目は、テーブルの上に放置された電話を何度もチラチラと見た。画面をスクロールしたくて、指がピクピクと動く。だが五分もすると、ルイスは落ち着き、スマホを眺めて情報をインプットしていく感覚がない状態に興味深さを覚えた。有線放送から流れていたマリアッチ楽団の音楽は終わっており、店内のスタッフはまだ仕事を再開していない。すぐに、現実の生活音が耳に入ってきた。足音、人々のため息、笑い声、あるいは呼吸音さえも。

ひとりで食事をする際、ルイスは厨房近くの席に座る。厨房から漏れてくるジュージューいう調理の音は耳に心地良く、それを聞きながら、スマホ画面をスクロールしたり、「いいね」ボタンを押したり、コメントを返したり、何かを投稿したりするのが好きだった。店のスタッフにスペイン語で話しかけると、スペイン語話者の彼らは別人のようになる。ウェイトレスは首と腰の緊張を緩め、料理人たちは厨房から笑顔を覗かせるので、ルイスは「さあ、なんかサービスしてもらえるぞ」と思えるのだ。こうしたやり取りは、土鍋によそわれたカルド・ガジェゴと同じくらい彼を温かくした。言語。それは人と人とをつなぐ。愛用の携帯電話は、実は、望む結果をもたらさないものなのかもしれない。

こうした理由で、ルイスは窓から十分遠く離れていたので、爆発で飛び散ったガラスで怪我をしないで済んだ。とにかく顔を覆《おお》い、椅子から離れた。本能は正しかった。耳をつんざく音がしてガラスが砕け散るのと同時に、痰が絡んだ咆哮のような銃声が聞こえたからだ。

金曜日の午後五時五四分。ファビの店にしては、まだ早い時間だった。他の客は、ボックス席の高い背もたれに守られた。このレストランで負傷した者はいなそうだ。ルイスは、すぐそう判断した。サンディエゴでの暮らしが十分に長く、仕事柄、相当数の銃弾を摘出してきたので、一発の被弾では終わらず、それ以上何発も撃たれるケースはよくあると承知していた。

テーブルの下でしゃがみ込むと、ガタつくテーブルの脚のひとつを安定させるのに、砂糖の小袋がいくつか使われているのがわかった。脚の下の小袋に視線を固定させつつ、乱射される銃の音、それに続く男性の悲鳴に聞き耳を立てる。いったん音がやむも警察が応戦し始めたのだろう、気泡シートの粒々を押し潰すような破裂音が、一気に押し寄せた荒波のごとくあちこちで噴き出し、あまりの銃声の多さに、ルイスはもはや弾丸が何発放たれているのか数えきれなくなった。やがて、どこか湿った感じのザクッという殴打音——車が他の車に衝突したときにクロームバンパーが立てる音——が聞こえ、騒音の連鎖はそれで終わりとなった。

ルイスは、砂糖の小袋を挟んだテーブルの脚のところに留まっていた。どのくらいそうしていたのかは、定かではない。命が脅威に晒《さら》されている場合、時間の〝質感〟は通常時とは異なる。一秒一秒、小型ナイフで肉を切りつけられるかのごとく時が刻まれるのだ。

ようやく立ち上がり、ファビの店の出入り口に向かって駆け出す。靴のかかとがガラス片を忙《せわ》しなくジャリジャリと踏んだ後、少し肌寒い、カリフォルニアの紫色の夕暮れ時の、先ほどよりも緩やかに物音が流れている空間にルイスは飛び込んだ。自分の車をアンロックし、医療キットを引っ張り出した途端、男の金切り声が響く。声の主は、まだ生きている可能性があった。駐《と》まっている車の列に沿って、彼はミッション・ベイ・ドライブまで小走りで進み、銃撃戦が起きた現場の典型的な光景——舗装道路上の焼けたゴム、パトカーの渦巻く警光灯で赤と青に染まるもうもうとした排気ガス、そして、暴力事件の影響を全く受けていない信号の下で突然発生した交通渋滞——を目の当たりにする。

携帯電話を見ずに夕食を食べたせいなのかもしれないが、ルイスが次に気づいたのは、歩行者たちが全く事件に無頓着だったことだ。ほんの数分前、このエリアでは銃弾の応酬が繰り広げられ、少なくとも車一台が攻撃を受けたというのに、皆はそれぞれの携帯電話《ガジェット》に目を戻している。どうやら、親指で弾くだけで操作できる弾丸並みに飛び交う情報の方がいいらしい。現場に過剰なほどに集結したパトカー群をカメラに収める者もいれば、それを背景に自撮りする者も何人かいた。ルイスがこれまで、人生の証としてキャプション用の空欄に簡単な説明を入れ、自身が撮った写真を何枚もアップロードしてきたように、彼らも撮ったものを、即座にどこかに転送していた。

路上に出たルイスは、犯人の車を見た。メキシコのナンバープレートが付いた年季の入った小型トラックで、フロントフェンダーがステーションワゴンの側面に食い込んでいる。トラックの助手席側のドアが開いており、男がシートの縁に座っていた。見た途端、ルイスにはその人物が死んでいるとわかった。錆びたウージー・サブマシンガンの床尾板が、血で黒くなった胸に押しつけられている。死体は、事切れる直前に己を駆り立てた衝動を放棄したくないかのように、弾倉を摑んだままだった。

歩行者たちはスマートフォンを、銃撃犯はウージーを手にしている。なぜ今夜、双方の道具が同じふうに見えるのかと、ルイスは不思議に思った。

運転席で動きがあったものの、サンディエゴ市警のパトカーが複数台、トラックを取り囲んでおり、警官たちがパトカーの後ろから銃を向けている。さっきの疑問に対する自身の見解に向き合うことは横に置いておき、ルイスは縁石から縁石へと視線を滑らせ、スマホを睨んでいない誰かを探した。救急車のサイレンが激しく鳴り響く中、ルイスは目当ての人物を見つけ、陸橋の暗がりへと急ぎ足で向かっていく。そこでは、湿った地面に捨てられたスナック菓子の袋と割れたガラス瓶がきらりと放つ光に囲まれて、男がひとり崩れ落ちていた。

男は六〇代だろうか。びしょ濡れの服と饐《す》えた臭いから、ホームレスだろうとルイスは判断した。それでも、長い間路上生活をしていたわけではなさそうだ。肩と背骨は、生涯貧困にあえいでいた者には滅多に見られないT字形をしている。汚れた顎髭《あごひげ》の下には唇があったが、歯茎の上を覆っているというより、しっかり揃った歯の上に載っている感じだった。伸び放題の頭髪でさえ、クシで整えられたとわかる形を保っている。何よりも印象的だったのは、身に着けていた服だ。水浸しで汚れまみれだとはいえ、オーダーメイドのスーツ、革靴、ワイシャツという出立ちで、おまけに片方の袖口にはカフスボタンまで残っている。この人物はかつて裕福だったに違いないと、ルイスは思った。ひと昔前のアメリカでひと旗揚げた者が得られた、あらゆるものを持っていたのだろう。

自身の研究室で仕事を行うときの平穏さを全く感じないまま、ルイスは医療キットを置き、男の手首を摑んだ。全身の状況を把握するため、四肢の関節を動かしてみる。視認された弾痕は四つで、全て身体の右側にある。太もも上部、腹部上部、肩の下、そして首の根元だ。彼はシャツの襟を脇にずらし、指をぬるぬるした血の上で滑らせて脈拍を確かめようとした。体温だけ考えても、もう手遅れかもしれない。スマートフォンの時刻に目をやると、午後六時七分だった。この体温であれば、二、三分前に死が訪れた可能性が高い。普段通りに書類に記入していたなら、ルイスはＥＴＤ——死亡推定時刻——は午後六時五分としていただろう。

なんてこった。テーブルの下で縮こまっていた自分が、あと数分早く飛び出していれば。

刑事がひとり、すでにうろうろしており、ぶっきらぼうに「ウォーカー刑事」と自らを名乗った。その髪は、おとぎ話の王子様を彷彿とさせる黄土色の直毛で、表情からは、歩行者や車の運転者のように自分もこの場から離れられたらどんなにいいかという強い願望が滲み出ていた。刑事は、立ち入り禁止テープを張れと部下に怒鳴ってから、ルイスの名前と資格を聞き出し、クリップボードから引き抜いた一枚の紙を彼に差し出した。

「死亡宣告をしてくれ」と、ウォーカーが言った。「ガイシャは、私の犯罪現場の一部なんでね」

突きつけられた書類を見つめるうち、ルイスの内側に怒りが込み上げてきた。数時間もすれば、この死んだ男のことはたった一文の配信記事で片づけられ、人々は何の感情も持たずにニュース欄をスクロールし、それを読み飛ばすのだろう。

ルイスは血で汚れた両手を見せた。「宣告の準備はできていない」

ウォーカー刑事は、「あの交差点が見えるだろ？」と指を差す。「救急車が三台、渋滞した道路をなんとか通り抜けようとしてる。この男は、救急車が渋滞を抜けるまでに氷のように冷たくなっているはずだ。こいつを病院に連れていけば、あんたのせいで、私は一晩中、頭痛に苛まれることになるんだよ、アミーゴ。このガイシャは放っておけ。ここにいた方が彼も人のためになれる。意味、わかるだろ？」

「彼の銃創は致命傷とは限らない」と、ルイスは返した。「病院に搬送して蘇生できるかも――」

「英語、わかってんのか？　渋滞してるって言ってるんだ。ここから見えるどの車に乗ってるどの連中も、家に帰り、配信ドラマを一気見しようと思ってるんだよ。だから、ここは私を助けてくれ。理解してくれるよな。この男を殺したのはあんたと同類なんだし」

ルイスが刑事に向き直ると、かかとが凝固しかけた血溜まりを踏んだ。

「私と同類だって？」

ウォーカー刑事のずけずけとした物言いは、仕事のためだけではなく、露骨に偏見をぶつけるためでもあるらしい。

「くそったれのホセ野郎め」と、ウォーカーは唸《うな》るように吐き捨てた。「メキシコ人のギャングがこの男を殺した。あとで、こっちはメキシコ系のあんたを当てにすることになる。それを証明してもらわないといけないからな。だから、その手のチェリーパイを拭き取って、この忌々しい書類を埋めてくれ」

ルイスは怒りで腸《はらわた》が煮えくり返りそうだった。「私を当てにするって、どういう意味です？」

刑事は、彼にのしかからんばかりに立ちはだかった。その顔の造作はこぢんまりとしていて、パン生地に押された親指の指紋みたいだ。糊の利いたワイシャツの襟が首の贅肉に深く食い込み、今にも首が切れてしまうのではないかと心配になる。唇の端では唾が泡立っていた。

「このベトベトに汚れた犯人を殺人罪で捕まえれば、立証に穴がない完璧な事件だ」

「彼を死なせろと言ってるんですか？　そうした方が、あなたの事件解決の助けになるからと？」

刑事は肩をすくめる。「そんなことは言ってない。ひと言もな。いなくなっても誰も寂しがらない、存在価値のないホームレス何某《なにがし》なんぞの話は全くしていない」

ルイスの医療キットに入っている簡単な道具類では、銃弾を四発も埋め込まれた男を救うことはできないが、目の前のろくでなし刑事を切り刻むには十分な仕事をしてくれるはずだ。キットの中の止血帯は、刑事の首に巻きつければ、なかなかスマートに見えるだろう。頸動脈に突き立てたハサミは、スタイリッシュなアクセントになる。罵倒を甘受してきた長年の経験の中で培ったありふれたやり方だが、想像だけでなんとか憂さを晴らし、ルイスは憤怒を抑え込んだ。左の方に視線を投げると、一番近い救急車の光が目に飛び込んできた。

ルイスの上司、サンディエゴの検屍官ジェファーソン・タルボット（通称ＪＴ）はラスベガスで開催中の会議に出席しており、責任を押しつけることはできない。つまり、ルイスはこの事件から逃れられないのだ。それは、彼がすぐさまこの件に着手しなければならず、さもなくば、ウォーカー刑事よりタチが悪いＪＴから責任を取れと迫られる結果を意味していた。ルイスは立ったまま、一ブロックも離れていないところまで来ていた救急車に向かって医療キットを振ってみせた。救急救命士が見て、駆けてきてくれるといいのだが。彼はウォーカーに顔を向け、嫌悪感を隠さず、なおかつ期待を込めて話しかけた。

「私は、この男性をまだ救えると信じてます。我々が早急に対処すれば、の話ですが」。ルイスはさらに続ける。「あなたの手助けなしでもやりますけど、手伝っていただけるなら、もっと簡単だ。頼みますよ。さあ、彼の脚を持ってください。あの救急車に乗せましょう。あなたと私で。今すぐに。どうします？」

人間なんて、誰もが灰色の霧に包まれているようなもので、正体など、よくわからない。ルイスは自分の仕事で、人は一面だけを見て判断はできないのだという、憤懣やる方ない教訓を学んできた。ホラ吹きの大馬鹿野郎なのに、ＣＰＲ（心肺機能蘇生法）を知っていたおかげで人命を救った奴もいれば、嫌気が差すほど忌々しい政治家が、事故で大破した車から子供を引っ張り出した例もあるし、児童ポルノ行為の前科者でも、燃え盛る建物から何人も助け出したりしている。ウォーカー刑事もそんな連中と同じ。詰まるところ、ルイス・アコセラとも変わらないのだ。クリップボードを地面に放った刑事は、ホームレスの不潔な脚を摑み、汚い言葉で不平を垂れまくった。彼とルイスは協力し、死んだ、もしくは死にかけている男を急いで歩道まで運んでいく。そこには救命士ふたりがいて、ストレッチャーから車輪を外しているところだった。

ルイスはそれ以上、現場には留まらなかった。他の救急車も到着しつつある今、ここでの彼の仕事は終わりだ。とはいえ、その晩の彼の仕事が終わったという意味ではない。それどころか、終業などほど遠い。仮に聖ミカエル病院の医師がこの男の死亡宣告をした場合――おそらくそうなるだろうが、ルイスが法医学検査を行うことが義務づけられている。しかし、メキシコのラパスに住む家族に会いに行く週末旅行の予定を反故《ほご》にはできない。今夜のうちに解剖をして、仕事を終わらせてしまうつもりだ。彼はスマートフォンを取り出し、この知らせをローザにテキストメッセージで送った。

死体安置所《モルグ》に戻り、連絡を待つしか選択肢はない。協力してくれるならシャーリーンと作業を行うが、それが難しければ、自分ひとりですることになる。もう一体、死体を切り開くだけだ、と、ルイスは己に言い聞かせた。VSDC(生命に関する統計データ収集)に提出する記録がもうひとつ増えるだけ。

そう、身元不明遺体がもう一体だけ――。

ここがその場所

その飾り額は、かなり長いことルイスのオフィスに掛かっていたのだから、とっくに見るのをやめているべきだった。読み手の不安を煽る人騒がせな政治的投稿を拾い読みして時間を潰す、全く記憶にも残らない退屈なランチタイムが、平然と同じ場所に佇むその存在のせいで、一体何度邪魔されたことか。それには彼もうんざりしていた。飾り額の文言は、ソーシャルメディアで更新されるほとんどのコメントよりも短いが、何せ、ルイスがクリックして忘却の彼方に追いやることができない――ドアの上の壁にボルトで固定されていた――ため、配信ニュースを読み漁る彼の乾いた目はどうしても再び引き寄せられてしまうのだ。

HIC LOCUS EST UBI MORS GAUDET
SUCCURERE VITAE

この仕事を受けてから大体六ヶ月だが、検屍官補として働いてきた中で最も後悔しているのは、額の言葉を翻訳するのにググっていたことだろう。今では明らかに、それが頭にすっかり染みついている。ちょうど、医学生時代から大嫌いだったヒポクラテスの誓いと似て、この文章も、読む人間を狂わせてしまう。

THIS IS THE PLACE WHERE DEATH REJOICES TO HELP THOSE WHO LIVE
ここは死が生きる者を助けることに喜びを感じる場所

ルイスは、この言葉の最も基本的な意味を理解している。死者は、己の遺体を解剖に提供することで、生きる者を手助けするのだ。彼はそこで仕事を辞め、この飾り額を壁から引き剝がしてゴミ収集コンテナに放り投げておくべきだった。しかし本来、死者は我々を〝助ける〟ために自分の身体を〝くれてやっている〟わけではない。そうだろ？　我々が彼らの身体を奪っているのだ。ルイスは、〝助け〟として搾取されてきた他のアメリカ人たちに思いを馳せる。妻となり、所有物と化した女性。奴隷としてのアメリカ人。医学的に弄ばれることになる身体の障碍《しょうがい》がある者や肢体不自由者。

死が〝喜ぶ〟という考えは正しくない。それは、ルイスがずっと胸に秘めてきた思いに声を与える。彼が死体の胸を切開するたび、表から見えていなかった強烈な色や触感は、やっとその姿を露わにできると、興奮しているかに見えるのだ。解剖用電動ノコギリによって粉砕され、紙吹雪のごとく飛び散る腱。目がくらむほど鮮やかな血液。しっとりと濡れた脳のきらめき。咲き誇る菊の花を思わせる乳腺。風船で作った動物のような心臓の動脈。高級ブランドの本革サッチェルバッグに似た胃袋。不意に顔を出して驚かせる黄金の膵臓。ルイスの理性は、これらが祝儀ではないことを知っている。これからどんどん出てくる〝不要な廃物〟の前にまず目にする、最初の臓物たちなのだ。

　最もルイスの目を釘付けにしたのは、飾り額に刻まれた最後の三つの単語「ＴＨＯＳＥ　ＷＨＯ　ＬＩＶＥ」だった。一風変わった言い回しではないだろうか。「those who are alive（生きている者）」ではなく――昼休みに気だるくモニターをスクロールし続ける彼でさえ気づくほど、ハードルが低い奇妙な表現――「ＴＨＯＳＥ　ＷＨＯ　ＬＩＶＥ（生きる者）」だとは。これは、生存していることを祝う者たちに言及する、前向きな言葉だ。陽射しがまぶしすぎるサンディエゴのあまりにも暗い死体安置所にいる自分は、果たして「生きる者」の資格があるのだろうか。ルイスはふと、そう疑問に思った。飾り額は、死者と生者の平等性、適切に対応されるならば、超越した何かという結果を生む関係性を示唆《しさ》しているのだ。

　デスクの上の電話が鳴り、ルイスは安堵した。堂々巡りの思考には意味がない。ニュースサイト（この場合の「ニュース」は、動物のＧＩＦ画像や空リプでの陰口投稿、高級レストランで自虐風に自慢するコメント、スポンサーが付いている誰かのショッピングレポートを含む）の画面を閉じ、時刻をチェックし、受話器を摑み上げる。彼のスマホは、午後七時四二分を表示していた。

　その知らせは、彼が予想していたものだった。死亡報告。慣れてしまえば、ほとんど驚きはない。聖ミカエル病院が身元不明遺体の死亡宣告を午後七時一八分に行ったという内容で、ＥＴＤ（死亡推定時刻）は午後六時一〇分とのことだった。ルイスがいくつか質問をしてわかったのだが、この宣告の情報源はインターンであった。青二才のインターンだなんて！　まずウォーカー刑事が、無礼な案内人よろしく身元不明遺体を墓場に移動させ、それから聖ミカエル病院が、ニキビ面の間抜け――十中八九、自身の履歴書を盛ろうと躍起になっている奴――に最初の電話を入れさせたのだろう。身元不明遺体がホームレスでなかったのなら、こんなことにはならなかったはずだ。

少なくともこれは、ルイス・アコセラが身元不明遺体にきちんと対応するための二度目のチャンス。遺体は、嬉しくない再会のために搬送されている途中だ。とはいえ正直なところ、ルイスは再会を楽しみに思い始めていた。あの銃創が致命傷でなく、男性の死が、部分的にはウォーカー刑事のせいだという証拠を見つけるという意味がこの解剖にあるのなら、遺体の頭から爪先まで入念に調べるつもりだ。

ウォーカーと、その同類のサンディエゴ市警のクソ野郎どもを撃沈させられれば、ルイスはまさに「生きる者」になるだろう。

ルイスは、彼の助手であるシャーリーン・ルトコフスキーの番号をダイヤルした。普通の人間として生活している時間なので、彼女は電話に出ない。そこで代わりに、極秘の新情報をテキストで送ることにした。切り刻む予定の銃撃犠牲者がいて、今晩中に終わらせなければならない。だが当然、君にはこのメッセージを無視する権利がある、と。最後の一文を加えるのを、ルイスはためらった。彼はシャーリーンのことを誰よりも知っていて、もしもテキストに個人的な意味合いを含めた場合、彼女は全てをなげうってでも来るのがわかっていたからだ。ルイスは、部下にそうした圧をかけるのを嫌っていたものの、あの男をひとりで解剖したくはなかった。とんでもない一日だった。もう少しで撃たれるところだったのだ。冗談じゃない。

聖ミカエル病院がインターンに連絡させやがった、くそインターンにだぞ！

即座に返信が来た。

ひっど。三〇分で着く。

ルイスは嬉しさで胸が温かくなったが、同時に羞恥心でカッと熱くなる。シャーリーンは、妻よりも彼の気分をわかっており、彼女との仲の良さを楽しむ一方で、その距離を縮めようとするたび、罪悪感に苛まれてしまう。

身元不明遺体の一件があった一〇月二三日の晩、ルイス・アコセラは四〇代半ばだった。妻のローザ・デル・ガド・アコセラとは、結婚して一六年だ。ふたりが出会ったのは、妻が一六歳のとき。彼女はエルサルバドルからの不法入国者だった。ルイスはというと、メキシコ生まれの二六歳で、米国籍を取得して五年が経過していた。とはいえ、彼らが付き合い始めるのは出会いから四年後。ルイスはどうしても年齢差が気になったのだ。とりわけ、ローザがティーンエイジャーである上に、ひとつどころか複数の点で不法な移民だったため、彼女に魅力を感じてしまった事実に、彼は悩まされた。

当時、ローザは母親とともに強制送還される予定だった。母親は、娘をアメリカに密入国させるのに、仲介業者《コヨーテ》に有り金全てを払っていたのに、だ。ルイスは、ジョン・ウェインのように救いの手を差し伸べることを誇りに思っていた。奨学金と実家からの援助のおかげで、四年制大学卒業後のメディカルスクールまでなんとかやり遂げた彼は、専門医になるべく専門科に進むつもりだったが、返済しなければならないローンがあった。そこで、サンディエゴのロス・ペニャスキトス近くに質素な診療所を開く。夜は勉強に集中し、昼は、主にスペイン語話者の患者のために開業医として働いた。そして時間が許す限り、ローザとも会った。

彼女は母に、ルイスは「muy《ムイ》 hombre《オンブレ》（とても男らしく）」、何年も不法移民を助けるためにベストを尽くしている「simpático《シンパティコ》（いい人）」だと説明した。ローザの母は、ルイスに、ローザは具合が悪いので元気になるまで強制送還しないよう担当者に頼んでほしいと望む。取り合ってもらえるわけがない愚策ではあったものの、ルイスはその勇気に頭が下がる思いだった。代わりといってはなんだが、自分が知っている強制送還の審問を遅らせる手口を片っ端から試した。そうしているうち次第に、ローザを救う最善の方法は自分と結婚することだと悟ったのだ。

彼女は美しかった。その通りだ。華奢な骨格。ハチミツ色の肌。黒い瞳。ルイスのことを愛していると訴える彼女を疑う理由など何ひとつなく、彼は己が申し出た保護のための最善策を実行する。しかし、ローザの瞳は、彼が決して見透かすことができないもので、目を見て彼女の真意を見抜こうとしても恥の上塗りになるだけゆえ、彼はそうしないようになった。彼女は、妻があるべき姿、取るべきあらゆる態度でルイスの人生に溶け込み、彼に（法に違反することなく）正しく社会関係資本を満喫できる生活をもたらしたのだ。

ところがローザは、彼の職業上の葛藤を解決することはできなかった。一般外科手術を始めた頃のルイスは、外科医こそ進むべき道だと思い至るほどの経験は得られなかった。手術台で失敗を重ねるたびに、人を助けて何をしたいのかが、どんどんあやふやになっていくばかりだったのだ。ルイスが今週末のラパス行きを楽しみにしていた理由は、ある意味、そこにもあった。兄のマノロは、現在アメリカのメイン州バンゴーに住んでいるが、パラリーガルの仕事が多忙で夜も週末も暇がなく、ルイスは父親のヘロニモにアドバイスを求めるしかなかった。ルイスが結婚したとき、父は五五歳。当時から一五歳は老けて見えたが、あれから一六年、父は何も変わっていない。とはいえ、体調を崩して全身にガタが来ているせいか、昔のような偏見はなくなっている。今の父は、テキーラを何ショットも飲んだがごとく淡々と言葉を返す、白い口髭の修道士といった感じだ。相手がテキーラを飲もうが飲むまいが、そんなことは気にしていない。

「世界で一番無力な仕事だ」と、ルイスが数年前に説明したことがある。「歩道で誰かが膝から崩れ落ちて、父さんがその人を助けられなかったとしても、それは父さんのせいじゃない。だけど僕は、全ての訓練を受けてきた。道具も全て持っているし、必要な援助も得られた。僕はこれまでの人生を、人助けの準備のために費やしてきたんだ。なのに、人々はいまだに死んでしまう。僕の両手の真下でね」

「彼らが去るのではない」と、父は言った。「然るべき時が来たら、神様が彼らを連れていく」

「五歳の男の子。三歳の女の子。父さん、先月のことだ。なんで、幼い子供たちに然るべき時が来るんだ？」

「神様の計画が明らかになるまで、何世紀もかかるんだよ」

「我々は一枚の草の葉の上の蟻、だろ？　わかってる。わかってるってば」

「おまえは自分と神との関係を理解している。その理解がおまえに安らぎをもたらす」

「たぶん理解はしてる。でも、そんなのは嫌だ。こんなことをするのが僕の知っている神なら、知らない方がいい。父さん、僕は命を与えることができるはずなんだ。たとえ人々が死のうとも、僕がちゃんと仕事をやれば、彼らを死から蘇らせることができるはずだ」

ヘロニモ・アコセラの顔に、怒りはなく、そこには強い意思が感じられるだけだった。「それは神の仕事だ」

こうした会話が、ルイスを今の専門の道へと導いたのだ。開業医を営みながら、彼は夜間コースを取った。自分にこんなにスタミナがあったとは気づかなかったが、驚くほどの粘り強さで四年間のインターンシップをやり遂げたルイスは、病理学の学位を取得。時が経つにつれ、ローザが彼のそばにいてくれたおかげか、彼はどんどんラテンアメリカ人の支援者に囲まれるようになってきたことに気づく。彼らは、ルイスがサンディエゴで初めてのラテンアメリカ系検屍官になるのを見届けたい一心で支えてくれているのだ。

ルイスは突っ走った。己を優秀な医学生にした競争心旺盛な性格が、彼を、両の拳で目指す仕事を勝ち取る闘いに駆り立てた。ところが闘いには負け、心が痛んだ。

勝者は、ジェファーソン・〝JT〟・タルボット。JTは黒人とゲイの両層から場当たり的な支持を得たのだと、ルイスは信じていた。言うまでもなく、ルイスはラテン系を味方に付けていたが、それだけでは十分でなかったのだ。人種的な観点──人種《レース》に関する闘い《レース》で今回の結果を考える自分に嫌悪感を覚えたが、どうしても敗因に思いを巡らせずにはいられなかった。あちこちの古代遺跡を地図上で結ぶとなぜか直線状になるという説があり、その直線を「レイライン」と呼ぶのだが、さしずめアメリカは、人種のレイラインが縦横に走っている国、とでも言おうか。ラインの先には、何があろうと、互いにがっちり腕を組み、団結する各人種の集まりがあるというわけだ。

JTは器が大きい人間だった。ルイスはプライドを捨て、JTからオファーされた検屍官補のポストを引き受けた。検屍官は、評価され、尊敬される威厳ある職。検屍官の補佐とて、立派な仕事だ。ひと揃いの高級スーツという出立ちで働けるJTに対し、(実際の解剖作業が多くなる)ルイスには、手術着にゴム手袋、内臓が顔に付着するのを防ぐプラスチック製バイザーが必要だった。

JTは上司ということになるが、どう転んでも自分より優れていると思うのは無理だとわかった。不満がルイスの中に渦巻いていた。まるで身体にメスを入れ、その切り口から不満を体内に詰め込んだかのようだ。あたかも癌に冒されたかのごとく、ローザとの関係が年々悪化しているのは偶然だろうか。彼女の肉体の変化は、ルイスに対する裏切りに等しい。ハチミツ色の肌はシミだらけになり、体重は激増。かつては秘密を隠しているかに見えた黒い瞳は、もてなしと快適さを求めてやまない剝き出しの私欲を隠すことができなくなっている。

ここしばらく、ルイスは人生の中で最悪の数年間を過ごしている。自分は何よりも外見を気にするろくでなしだったのか？　臨床的鬱病。彼はそう自己診断し、治療をするどころか酒に走った。ローザは何も言わずに夫の変わり様を受け入れたものの、それはかえって、ルイスの自己嫌悪を悪化させただけだった。彼女はこの事態を予期していた。誓いを交わしたあの日から、これまで見てきた他の夫たちと同じく、彼も自分から離れ、去っていくのだろうと見越していたのだ。

今宵、肌寒い解剖室で過ごすと決めたのは、ローザとの結婚生活の現状も理由のひとつになっているとは、ルイスは認めたくなかった。足を机から離して立ち上がり、飾り額を今一度見た。「HIC LOCUS EST UBI MORS GAUDET SUCCURERE VITAE（ここは死が生きる者を助けることに喜びを感じる場所）」。奇妙なことに、彼はこのラテン語のフレーズの単語ひとつひとつを何度も反芻《はんすう》してきたが、最初の四つの単語に注目したことはなかった。「HIC LOCUS EST UBI（ここがその場所）」。このフレーズに、何か不吉な予感を覚える。なんの変哲もないサンディエゴの質素な死体安置所が、奇跡、あるいは恐ろしいことが起きる場所として決まっているかのようだ。

外で、車のドアがバタンと閉まる音がした。シャーリーンが、ダウンタウンのガスランプ・クォーターからやってきたのか、それとも例の遺体が聖ミカエル病院から到着したのだろうか。生者も死者も、耳を澄まさなければ、どちらも同じように聞こえた。

悩ましき何かと何かの〝間〟

紙箱から取り出した青いゴム手袋を手に嵌めると、パチンと音が鳴った。

「くそインターンめ」。ルイスは思い出して、そう口走る。

「文句ばっかりね」と、シャーリーンが言う。

「否定はしないよ」

「否定？　楽しいくせに」

「ああ、楽しいさ」。彼は、「ディーナー、メスを頼む」と指し示す。

鋭利な道具が金属トレイに落ち、聞き慣れたシンバルのような音を立てる。

「アコセラ先生、文句ばかりだと血圧が上がるわよ。不眠症の原因にもなるし。私の医学的見解を言わせてもらうと、不平不満を並べ立てる以外の趣味を持つべきね」

「そうかな。例えばキャビアとかフォアグラ、高級ワインのシャトー・ラトゥールが好きなら、年に一、二回、おそらく三回までは味わう喜びを感じるだろう。完璧なステーキ、女性の生脚の太ももの上で転がして巻くキューバ産葉巻、セックスそのもの――全てがレアすぎる。最も満足度が高い生活を可能にする秘訣は、毎日でも熱中できる楽しみを見つけること。さて、それはなんだろうな、ディーナー？」

シャーリーンの口調はドライだった。「あなたの魅惑的なセミナーとか？」

「いい答えだ！　もっといい答えがあるぞ。日々、我々を最悪の気分にしてくれる瞬間が幾度となく訪れる。だから、人生を最大限に充実させたいとしたら、そうした最悪の瞬間を自分の強みに転換させる方法を学ばないといけない。楽しまないという行為を楽しむんだよ！」

「じゃあ、今は楽しんでないの？」

「インターン。くそインターンめ！」

ルイスとシャーリーンは、身元不明遺体のために第一解剖室を準備しているところだった。そこは、六つの解剖台で占められ、カウンターデスクがあるワークスペースに隣接している。全てがステンレス製で、紫がかった蛍光灯の明かりの中、汚れが浮き上がっていた。シャーリーンは噴霧器を手に取り、悪臭を放つ体液の雫のエアロゾルを発生させぬよう、そっと最初のテーブルに液体を噴霧する。液体は受け皿に流れ、感染性廃棄物《バイオハザード》対応シンクにチューブで送られるのだ。臓器計量器の調整を済ませたルイスは、試料保存棚の中のスペースを空け始めた。その棚は、のちの検査のため、殺人事件の遺体の衣服の一部を乾燥させるのに用いられるものだ。

ルイスは研ぎ澄ませた怒りを、ウォーカー刑事と彼を筆頭とする人種差別主義者のブタどもに狙いを定めたユーモアの投げ矢に変えて、プレッシャーを緩和した。シャーリーンは、宙に放たれたその矢をすばやく摑み取って投げ返すことで、精神の浄化《カタルシス》にひと役買ってくれる。ふたりは互いの役割を果たしており、そうしていることは承知していたが、ルイスは決して〝現実〟に背を向けるつもりはなかった。オフィスのドアの上の飾り額に書かれているように、これぞ人生。本来なら退散すべき社会の範囲内に留まり、鼻歌を歌って生きているのだ。

親愛のまなざしを、シャーリーンにちらりと向ける。二年前に彼女がこの仕事を始めた際、ルイスは誤解していた。彼女をもっと軽い女だろうと思ったのだ。ブロンクス生まれで、カントリーミュージック・シンガー風の豊かなブロンドヘアを持ち、その髪と釣り合う威勢の良さを備えたシャーリーン・ルトコフスキーは、カントリーミュージックの公開ライブ放送を行うラジオ番組「グランド・オール・オプリー」に死体が置かれているのと同じくらい、死体安置所《モルグ》には場違いな存在だった。彼女は、この二面性を楽しんでいるかに見えた。解剖室の外にいるときは、胸の谷間や太ももを見せ、遊び心あふれる模様の服を着る。研究所では医療用手術着《スクラブ》の着用が必須だが、シャーリーンは緑の袋みたいな寸胴のスクラブを操るマジシャンだ。彼女が着ると不格好ではなくなるのだから。

彼らの日課の一部は、下ネタの応酬（ほとんどの職場では禁止されているが、死体を取り扱う仕事ではむしろ日常的だ）と、ルイスがシャーリーンをその肩書きである「ディーナー」――死体の洗浄と準備、道具の取り扱い、記録保管の手伝いを、責任を持って行う係――と時折呼びつつ、上司から部下へ出す真面目ぶった指示を織り交ぜることだった。シャーリーンは、「ディーナー」の呼称を「ディー・エン・アィ」とフランス語訛《なま》りで彼に言い返しては喜んでいる。ふたりがからかい合ってばかりいるにもかかわらず、ルイスは揶揄にも限度があると知っていた。「ディーナー」という単語が、本当は「使用人」を意味するドイツ語だと正す勇気はなかったのだ。

「インターンにそんな辛くあたらないで。私たちだって、かつてはインターンだったのよ」と、シャーリーンは言う。

「で、我々のインターンシップでは、若さゆえの熱意をどう押し殺すかも習った。僕らはふたりとも、あれからずいぶんと進歩してる」

「そうなの？　ふーん」。シャーリーンは、ゴム手袋をした指で顎を軽く叩く。「私は幸せになってないし、敬意を払ってもらえてないし、稼ぎも少ない。ウェイトレス時代の方が稼いでた。うちのママに、私がいい立場の男とヤってれば、かなり出世できてたのにってよく言われたわ。うちのママ、そんなこと言うのよ！　ミセス・メイ・ルトコフスキーったら！」

「うまくいかなかったってわけか」

「まぁ、周囲を見てみてよ。私は徹底的に我が道を進んできた」

「それが僕のラボの攻撃的な特徴だ」

「ああ、そうね。あなたのラボね。金曜の夜。私はプリンセスの気分だわ」

「ホルマリンの容器をくださいませんかね、妃殿下？　あと、ハサミの準備も頼む。探し当てないといけない銃弾は四つだ」

「ほら、それって私が言っていることね。これを渡せ、あれを寄こせ。男って常に女の〝上にいる〟べきだと思ってるんだもの」

猥雑な会話が許される死体安置所の基準でも、その表現はさすがに品がなく、ルイスは当たり障りのない「うーん」という相槌を返し続けた。ふくれっ面になったシャーリーンを見て、彼はほくそ笑む。会話で彼女がルイスを打ち負かしたとき、彼は必ず学者ぶった「うーん」という言葉に逃げると彼女は言っていた。今自分は、可能な限り、この生返事を繰り返している。クックッと笑いながらポケットからスマホを取り出した彼は、時刻はもちろん、最新ニュースの通知も確認すべく指紋認証で画面のロックを外そうとして悪態をつく。忌々しいゴム手袋め。

「アコセラ、いい加減にしろ。助けが要る。おまえは中毒者だ」

電話のバッテリーが残り少ない。ルイスは予備の充電器が置いてあるカウンターまで歩き、電話を接続してミュートボタンを押した。

「――中毒者」と、彼はもう一度その単語を口にした。「おかげで思い出した」。ひざまずいてガラクタ用の引き出しを開け、中を漁る。「僕が言いたいのは、君も僕も、身分の低いインターンなら、あのような電話をかけるほどの肝っ玉なんてなかったはずだってこと。これは、我々が話をしている男の人生の話だよ」。ルイスは、引き出しの中をさらに乱暴に掻き回す。「あれらの銃創――君もじきに見る。つまり、四つの銃創は〝ほぼ〟致命傷だった。頸静脈、腋窩、大腿部、おそらく腎臓。えっと、なんて言う諺だったかな。There's many slip（いろいろ失敗がある）……」

「Twixt the cup and lip（カップと唇の間に）」。すかさずシャーリーンが言葉を継ぎ、「百里を行く者は九十里を半ばとす」という意味の諺を完成させた。「あなたを悩ませてるのは、『twixt（間）』ね」

ルイスは、身元不明遺体のボロボロのスーツ全体に付着した血液を脳裏に浮かべながら探していた、マールボロの凹んだひと箱を見つけ出した。多量の血。とはいえ、あの男が四発もの銃弾を埋め込まれたことを考えれば、そこまで大量ではない。タバコの箱がずしりと重みを帯びた。医者が死に対していつまでも激怒し続けるのは、全くもって無意味なのか？　〝多量〟の血と〝大量〟の血。そのふたつの些細な相違にこだわっている自分に気づくと、確かに無意味な〝感じ〟はした。

「あなたのスマホ依存にはうんざりだけど、喫煙よりはまだマシ」と、シャーリーンは言い放つ。「ここでタバコに火を点けたとバレたら、ＪＴにクビにされるわよ」

「これはただ……シャーリーン、被害者の男のスーツを君も見るべきだった。ＪＴのクローゼットにあるような類いだ。それと、彼の髪。手入れされてた。あとは、カフスボタン！　彼はそれなりの地位の人間だった。少し前まで、ステータスのある人間だったんだよ」

「まぁ、その誰かさんは、もっといい扱いをされる価値のある人ってこと？　じゃあ、地元のメジャーリーグ野球チーム〝サンディエゴ・パドレス〟の古着のスウェットを着て、腕に薬物注射の痕があるような物乞いなら、ピエタ像のキリストみたいに床に転がしておくわけ？」

「それは言い過ぎだ」

「値段の張る、オーダーメイドのスーツが、身分の低いディーナーの私にとって何を意味してるかわかる？　ホワイトカラー犯罪よ。金をたんまり持っていて、おそらく企業の取締役で、社員たちを騙して逮捕されたって顛末の奴だったっていうのが、スーツから読み取れる。ねえ、ルイス、あなたはメキシコの貧しい家庭で生まれ、泥遊びして育ったわけでしょ。私と姉だって、公園で薬物注射の使用済み針を集め、自分たちの人形に刺してたのよ。ひっどい話よね。そんなの不公平だわ。あなた、同情する相手を間違ってる」

「我々が正しくて、その男が大物だったとしよう。なら、どうして誰も彼の名前を知らないんだ？」

シャーリーンは白紙の死亡診断書の束をチェックするのをやめた。「聖ミカエル病院は、彼の名前を調べられなかったの？」

「ファーストネームは、ジョン」。ルイスは確認するようにキッパリと告げる。「ラストネームは、ドゥだ」

ジョン・ドゥは、身元不明の男性に付けられる仮の名前だった。

シャーリーンは腕組みをした。「他に誰が立派なスーツを着てるか知ってる？」

「誰だ？」

「死人よ。死んだ男性は一張羅とか着せられるもの。棺の中だけどね」

古びたタバコを箱から取り出し、ルイスはそれを口──正確に言えば、唇の〝間〟──にくわえて火を探し始めた。埃を被った紙マッチがあったので一本擦ってみたが、マッチ棒はふたつに折れた。もう一本、擦ってみる。今度は先端がもげた。三本目は、擦った面に赤い色が残ったものの、火は点かなかった。

「くそ」と、ルイスはつぶやく。

頭上の明るい光が影で遮られたと思ったら、シャーリーンが彼の隣に移動していた。彼女はすでに手袋を外しており、両手でマッチを囲むようなジェスチャーをしている。これもシャーリーン・ルトコフスキーの一面。利己的ではなく、相手の気持ちを傷つけたと気づいたらすぐに謝るのも、彼女だ。ルイスが紙マッチを手放すと、シャーリーンはマッチを一本ちぎり取り、細心の注意を払って、頭薬を紙マッチの帯の側薬部分に擦りつけた。今度は成功だ。片手で先端の炎を庇いつつ、彼女はルイスのタバコに火を移した。

貪るように一服吹かすとニコチンが急激に回って目がくらみ、一瞬、シャーリーンがふたり、あるいは三人に分身してしまう。それは嫌だ。シャーリーン、そう彼女ひとりだけに集中したい。ルイスはぶつぶつ言いながら立ち上がり、後悔の念とともに、昨日飲み残したコーヒーにタバコを浸した。

「あんなひどい医療キットを載せてなければ――」と、静かにつぶやく。

「……アコセラ先生」。シャーリーンが呼びかけた。

ルイスはため息をついた。「あるいは、僕がまだ〝医者〟だったら。検屍官ではなく、本当の医者だったら――」

「ルイス」

その声の優しい響きが、彼の頬をそっと撫でる。タバコがその場に残した煙越しに、シャーリーンを見つめた。幽霊のように漂う複数の煙の筋は、まもなく切り拓かれる胸郭を彷彿《ほうふつ》とさせる。変化があったのは、彼女の口調だけではなかった。姿勢もだ。ぐっと前のめりになり、切なる思いが滲み出ている。何か皮肉を言おうとしても出てこない。クーラーの空気ダクトの騒音と冷蔵キャビネットのノイズが聞こえてくる。死体安置所に静寂が訪れることなどないのだ。しかし、この瞬間は静寂に近かった。

ふたりともハッと我に返って離れ、突然、目と手を忙《せわ》しなく動かし始める。

「それで、どうなってるんだっけ？　遺体はいつ届くの？」。彼女が慌てた様子で話しかけてきた。

ルイスは、もはや存在していない腕時計を見ようとして手首に視線を落とした――その役目は今、携帯電話が果たしている。

「いつ来てもおかしくない」と、彼は答えた。

シャーリーンは、まるで己の魅力を感じさせてたまるかといった感じに、鼻の下を手の甲でぶっきらぼうに擦った。その目はいつの間にかピンクに染まっていて、たっぷり塗った普段通りのマスカラの光沢をひどく際立たせている。

「トイレ行ってこなきゃ」と、彼女はつぶやいた。

ルイスはうなずき、自分のディーナーが解剖室を横切っていく姿を目で追った。遠い思春期に覚えていた、ぎこちない感覚が蘇る。この一件で、ますますシャーリーンが好きになってしまった。彼女は、ルイスに至福の瞬間を与えたとは夢にも思っていないだろう。そして、シャーリーンが身体を傾けてきたあの瞬間を振り返る。自分が彼女の欲望の対象だったなんて！　そう考えた途端、力がみなぎり、ルイスはオフィスの飾り額の「生きる者」にふさわしいと感じた。と同時に、ローザに対する愛情も込み上げてくる。夫婦のベッドに潜り込み、この長い一日の全てを語り尽くすのが待ちきれない。

驚いた。体内の複雑な仕組みでさえも、感情のちくりと刺すような繊細な感度には敵わない。生きている者の行動を予測するのを非常に困難にする、何かと何かの〝間〟のそうした小さな失敗。ルイスはコーヒーに突っ込んだタバコを見つめ、考えた。この解剖室で間違った選択をしたなら、自分の人生は崩壊してしまう。身元不明遺体の作業を始めるのは、ちょうど良かった。死者に差異はない。何も望まず、欲せず、飢えもない。率直に言って、ルイスは身元不明遺体との再会を待ちきれなかった。

最後に笑うのは誰？

午後八時四二分、届け物の到着を知らせるベルが鳴った。それは、シャーリーンが通う美容院のチャイムと同じ、デジタル音の呼び鈴だった。それを聞いた彼女の本能的な反応も同じ。鏡で自分をチェックしようとするのだ。手洗いにあるトイレットペーパーでできる限りマスカラを拭き、体裁を整えてみたが、多少のインクは毛穴の奥に入り込んでしまったに違いない。彼女の肌はくすみ、クマができて目の下が凹んで見える。週に五回、目にしている顔と変わらない。冷蔵キャビネットから転がして取り出し、死体袋のファスナーを開けたときに見る顔、顔、顔。

ルイスの低い声が、洗面所の扉の向こうから響いてきた。

「シャーリーン？　到着したぞ」

彼女はこれよりも悲惨な状況で自分を見ていたことがある。両頬をつねってみた。それは、彼女の母親がよくやっていた癖のひとつだ。泣き腫らした目は、その下の頬に赤みがあるなら、そこまで赤く見えない。副次的な効果として、心の痛みはウイスキーのがぶ飲み同様、自分を元気づけてくれる。最後の熱い自己憐憫の涙を呑み込み、数ある「決然たる表情」から「笑顔」を選んだシャーリーンは、勢いよくドアを開けて外に出た。

「私はここよ」と、彼女は声を出した。

三つ目と四つ目の解剖台の間で行ったり来たりしていたルイスは、ぴたりと足を止めた。深夜の解剖には全く不向きな、深刻そうで、なおかつ自信なげな表情をしている。彼にそんな顔をさせてしまった自分が許せない。

「やあ、シャーリーン」と、彼は口を開いた。「今日の案件は僕だけでやれる。君はうちに帰りなさい。こんな遅くに呼び出して悪かった」

「いいえ、やるわ」

「以前はひとりでしていたんだ。解剖は単純な作業だからね。本当に君がいなくても大丈夫なんだよ」

「いいえ、私が必要なはずよ、アコセラ先生」と、彼女は鉗子《かんし》を摑み上げ、ルイスに向かって鳴らしてみせた。「それが何かもまだわからないくせに」

彼は疑わしそうな視線を送ってくる。この娘は手にした鉗子で自分のどの部分を摑もうと思い描いているのか、とでも思っているかのような表情だった。ルイスが重たい足取りで荷物搬入用のドアへと歩いていったので、シャーリーンは　キャビネットを開け、死亡診断書と検屍報告書を取り出した。後者には、人体の輪郭が印刷されており、割礼の有無、認められたホクロ、痣《あざ》、刺青、傷痕、擦り傷、刃物や銃器による外傷を記していく。このスケッチ作業は、他のもっと面倒な作業と同じくらい重要であった。かつて彼女は、死体の指先の欠損に気づかなかったことがある。友人が凍った湖から故人を引き上げた際に、凍傷で失われていたのだ。詳細を正しく記入することは家族にとって非常に大切だったので、彼らがルイスとシャーリーンは違う誰かを解剖したと思い込んでしまった。こうした苦情がJTのもとに届いた場合、事態はあっという間に醜悪になる。

シャーリーンがわざと乱暴に、解剖刀、ノミ、木づち、骨切りノコギリ、腸切りハサミをトレイに落とすと大きな音が鳴り、少し離れたところにいた聖ミカエル病院の救急隊員の会話が遮られて、彼女の感情も遮断された。次に、ステッカーを貼った自分のPM40――この業界で最高の解剖用メス――をルイスのメスの隣に置く。ナイロンエプロン、手首から上腕二頭筋までを覆《おお》うプラスチックの腕カバー、プラスチック製バイザーといったふたり分のPPE（個人用防護具）の残りも並べた。バイザーは、体液や肉片が飛び散って汚れる厄介なケースに必要となる。あらゆる兆候からして、今回はそうなる可能性が少なくない。

シャーリーンが豊かなブロンドの髪をヘアネットの中にまとめていると、ルイスが〝幸運の〟ストレッチャーを押して第一解剖室に入ってきた。左前輪が立てるシャチの鳴き声に似た甲高《かんだか》い音から判断して、故人の体重は七七キロくらい、最大でも八〇キロちょっとだろうと、彼女は推測した。ルイスのヘアネットを摑み、ゴムで玉を飛ばすパチンコよろしく弾くと、彼はそれをキャッチした。

「靴カバー《ブーティーズ》は要らない」と、ルイス。

シャーリーンはチッチッと舌を鳴らし、「言葉遣いに注意して」とたしなめる。「Booties」には「尻」の意味もあるからだ。

「こんな時間に靴カバーして、血やら体液やらで滑りまくらなきゃいけないなら、泣くしかないよ」

「わぁ、今日は特別ね」と、シャーリーンは抑揚を付けずに言う。「わかってたら、ハイヒールを履いてきたのに」

とにかく彼女は靴カバーを靴に被せた。仕事に没頭するのは楽しい。この時間帯は、専門医学実習《レジデンシー》期間を務め上げようとする研修医もいなければ、見学に来る医学生たちもいない。そうした若い医者の卵の前では、ルイスもシャーリーンも、いかにもプロフェッショナルらしく振る舞わねばならないのだ。だが、こんな遅くに、ふたり以外は誰もいない。気楽に、テキパキと協力して自分たちの作業をこなすのは、シャーリーンの心を落ち着かせるには効果があった。ストレッチャーの車輪を蹴ってストッパーをかけると鳴る、金属のクリック音四回。遺体を持ち上げ、解剖台に移動する際の「一、二、三」の掛け声。丈夫な青いペーパータオルの新しいロールを開封するときのカサカサ言う乾いた音。ルイスがPPEのゴム紐を調整するのには、バッターボックスに立つ野球選手が習慣としてやる行動に匹敵するほどの、こだわったやり方があった。そしてもちろん、白いプラスチックの死体袋のファスナーが開くときに立てる、あの長く、ゆっくりとした、猫が喉を鳴らすのに似た快適な音。

身元不明遺体は裸だった。聖ミカエル病院にてハサミで切り裂かれた彼のスーツは、別に袋詰めにされていた。ルイスとシャーリーンは袋から身体を外し、スチール製のテーブルへとずらす。死が訪れたばかりゆえ、死臭はしない。それは良かったのだが、シャーリーンが嫌だったのは、手袋越しに遺体の温かさが感じられることだった。温かい死体を切り刻むのはひどく抵抗がある。正気な人間なら、誰だって嫌なはずだ。死人の肉は冷たく、粘土のようであるべきで、生きている人間と区別がつかないのは許せない。

彼女は頭上のアームを操作し、ペンタックスのカメラで遺体を前、右、左のアングルから撮影する。ルイスは彼女の横に立ち、病院が身元不明遺体の腕に巻いた識別リストバンドを確認する。作業が本格的に始まった今、シャーリーンはルイスについて、もっと距離を置いて考えられるようになった。彼のような人物を他に知らない。それは真実だ。しかし、自分のせいではないのか？　自分が身を置いている場所と、そうした場所に居慣れている人々の副作用では？

シャーリーンを不快にさせたことがない男性は、ルイス・アコセラだけだ。彼以外は思いつかない。己の幼稚園時代に思いを馳せ、そこから今朝のコーヒーを淹れるまで、記憶をたどってみる。彼女はかつて、ヤジを飛ばす連中に中指を立てたり、自分の胸をジロジロ見る友人の父親を怒鳴りつけたりすることに快感を覚える類いのティーンエイジャーだった。女友だちとともに車を運転し、窓を開けて叫び合ったりもした。当時はどの瞬間も、急な坂道を高速で下っているかのような感覚で、自分たちの脆《もろ》さを意識しつつも気分が高揚し、興奮半分、恐怖半分のスリル満点の日々だった。とはいえ、そうした行動全てが、隙あらばこちらの領域を侵害しようとしてくる男どもへの先制的な抵抗だったのだ。

自分の上司に想いを寄せるなんて、まるで馬鹿げていて子供も同然だ。そう感じる一方で、社会が正しいとする見解を無視するのは、間違ったことをすると自分が生きていると心から実感できていた、青春時代のあの強烈な刺激を呼び起こしてくれる。若かりしシャーリーンの誘いを断る相手などほとんどいなかったし、今でも稀だ。既婚者でさえも。ただし、ルイスは違う。彼に拒絶される可能性を考えただけで胸が痛む。解剖台に横たわる遺体は、格好の気晴らしとなった。

身元不明遺体の背中の写真を撮影すべく、身体を腹這いにさせる必要があった。ルイスが遺体の向きを変える手伝いをしてくれたのだが、被害者の肩や腰を支える際に気を配る彼の様子をシャーリーンはじっと見ていた。どこか父のような姿に、かえって感情を募らせてしまう。まあ、そうなるだけだとわかっていたのだが。優しさこそ、賢き医師の証。死者の背中に何があるかは、実際に見てみなければわからない。大きな刺し傷。ウジ虫が湧いた褥瘡《じょくそう》。そういったものを、彼女は全て目にしてきた。ところが身元不明遺体の背中は、赤ん坊のごとく完璧だった。

解剖台は体重計も兼ねている。シャーリーンの見積もり通り、彼の目方はほぼ八〇キロだった。検屍作業はいつもと同じ。彼女は己を〝自動運転モード〟に切り替える。身体測定。レントゲン写真の撮影。検屍報告書の白紙の人型欄に目視された傷などを記入。ここでの工程は、彼女の若い頃の〝一度覚えたら、あとは延々と繰り返すだけ〟の仕事に似ているとも言える。バーテンダー、カントリークラブの清掃員、工場でのプラスチック加工用ブロー成形機の操作係。それらの仕事に就いていた自分は死んだような気分で、身元不明遺体そのものと大差がなかった。ひどく疲れていたある晩、「工場の床に立つ誰もが実は死体に違いない。誓ってもいい。唸《うな》りを上げる機械に沿って立てかけられているだけのグロテスクな活人画ならぬ死人画ではないか」と思ったのを記憶している。

死体安置所《モルグ》では、シャーリーンは、そうした気持ちを全く感じていない。作業手順のパターンは決まっているが、どれも重要だ。ルイスは、己の仕事が危険性を伴うがやりがいのあるものだと承知していた。その〝リスクはあってもやりがいのある仕事〟こそが、自分の娘を「ブロンクスの爆弾娘」と呼ぶ母親に、医大に戻ると宣言してショックを与えたとき、シャーリーンが望んでいたものだった。母、メイ・ルトコフスキーの哀れみの表情——つまり、娘にそれだけの知能があり献身の覚悟もあることを微塵も信じていなかったというわけだ——を見て初めて、シャーリーンは自分が本気だと確信した。実際に重要性の高い仕事をしていることが、ルイスへの気持ちの根底にあるに違いない。この自説は十分に納得できるものだったので、彼女はディーナーの仕事を続けるつもりでいた。

彼女にはひとつだけ仕事の悩みがあったが、それを口にすることはなかった。吐き出してしまうと、本当にノイローゼになる危険性があったからだ。シャーリーンがルイスの存在に依存している理由は、そこにあるのかもしれない。

口紅を塗り、タトゥーを入れた、己の運命は己で切り開くタイプのプロのディーナーであるシャーリーン・ルトコフスキーは、死体とふたりきりになるのをずっと恐れているのだ。

それを避けられるなら、なんだってする。他人が気づかないような些細なことでも、だ。業務時間は厳守。そうすれば彼女が働いているとき、死体安置所には必ず誰かがいる。遺体保管用冷蔵室《クーラー》に行くときは時間を見計らい、誰かがその場所にいるようにした。どうしてもそれが無理な場合は、扉が開いている間に死体をキャビネットの棚から取り出し、とにもかくにも猛スピードで死体を乗せたストレッチャーを出口の方へ転がした。しかも、そうしながら、彼女は、正気を失ったのかと思われても仕方ないくらい怒濤《どとう》の独り言を続ける。しゃべるのは、テレビ番組やペットといった、どうでもいいデタラメの内容だった。それでも、胸の中の恐怖――冷蔵室の扉が全く開かなくなるというゾッとするような不安――は、血が凝固するのと同じで、そこに留まり、どこにも消えてくれないのだ。

その恐怖は、繰り返し見るある悪夢に根ざしている。夢の種類は問題ではない。飛ぶ夢かもしれないし、学校で不安を覚える夢やセックスの夢かもしれない。夢の舞台はどこでもいいのだ。オフィスビル、スーパーマーケット、公共のプール。全てが核心部分のための設定に過ぎない。最悪の状況は表面下に潜んでいる。夢のある時点で、シャーリーンは扉を通り抜け、真実を知る。本当の悪夢はずっとそこにあったのだと。

毎回、詳細は異なるのだが、悪夢の内容はいつもほぼ同じだった。

シャーリーンが解剖室に足を踏み入れる。中央のテーブルを除いて、室内はとても暗い。高輝度の外科用ライトが、テーブルの上の死体に、サーカスで見られる類いのスポットライトを当てている。彼女は近づいていく。夢を見るたび、死体は同じ男性で、洒落たタキシード姿だった。その顔はなんとなく見覚えがあるのだが、彼女には判別できない。

少しして、彼女は気づくのだ。この空間が密室であることに。入ってきたドアはなくなっており、他の出口も窓もなく、逃げ道はない。すると、死体が話しかけるのだ。

「やあ、シャーリーン」。耳に心地よい声だった。

彼は上体を起こす。

夢の中のシャーリーンは室内を駆け回り、壁を叩いて、どこかに出口の継ぎ目が隠れているのではないかと探していく。肩越しに、死体が光沢のある靴を履いた足をテーブルから振り下ろすのが見えた。彼は立ち上がり、思いのほか元気よく、こちらに歩いてくるではないか。その一挙一動を目の当たりにしたシャーリーンは、部屋の隅に後退りし、壁に背中が当たった瞬間に、自分がどれだけ愚かだったかを悟る。恐怖に圧倒されずに部屋の真ん中に留まっていれば､彼を避けられたかもしれない。言うまでもなく、部屋の隅にいる彼女は、彼から逃れられたためしがない。

あと数センチのところで、死体は肘の力を緩め、手のひらを上にして細い腕を持ち上げる。「踊らないか?」。微笑みながら、彼は訊ねるのだ。

男の笑顔が消え、唸り声を絞り出さんとしているかのごとく顔が歪む。そしてまた、笑顔が戻る。その表情は水のように揺れ動く。

この夢で最も恐ろしいのは、この死んでいる男が安全かどうかわからないことだった。とはいえ、全ての男がそうではないのか? ルイス・アコセラ以外は――。一年間、この悪夢に苛まれた後、ホワイトストーン橋近くのパークチェスターにある母親の家を訪ねたシャーリーンは、ダイニングルームでポツンと、プラスチック製の立体絵画を眺めている自分に気づく。そこに描かれているのは十字架に磔《はりつけ》にされたイエス・キリストで､彼女が若い頃､彼は家族の食卓を威圧的に見下ろしていた｡シャーリーンが顔を少し左、次に右にずらしてみると、絵が違って見えた。一方の角度からだと、イエスは微笑んでいて穏やかに見えるが、別の角度からでは、彼の顔は苦痛に満ち、歪んでいる。

光と遠近法の錯覚なのだろうか? シャーリーンにはわからなかったが、悪夢の中で死体の表情が移ろうのは、どうやら生き返って歩いて話したとされているもうひとりの死体――イエス・キリスト――に似ていたことから始まっているらしい。ディーナーとして二年働いてきた今、復活したイエスを他の形で思い描くなんて。若者の聖書学習会(その活動でシャーリーンが覚えているのは、女流作家V・C・アンドリュースの本が何冊か回ってきたことくらいなのだが）で、彼女は、イエスが三日目に蘇ったと教わった。医学研修時、三日は七二時間と数えた。死後七二時間経ったイエスの皮膜は裂け、奇跡を起こしてきた手足は死後硬直で硬くなっていただろう。墓から出たイエスがマグダラのマリアのもとに現れたとき、彼女はそれが誰だかわからなかったと、新約聖書の福音書に記されている。わからなくて当然だわ、とシャーリーンは思った。救世主の皮膚は紫色に変色し、ガスで体が膨満し、鼻と口から血の泡が漏れていたはずなのだから。

シャーリーンが母の家の訪問中に認めた顔は、イエスだけではない。五四歳のメイ・ルトコフスキーは、家にある唯一の酒、クレーム・ド・ミントの緑の液体が入ったグラスを手にソファでくつろいでいた。テレビのリモコンのボタンを押すと、その細い手首の血管が、紙のように薄い皮膚越しに盛り上がる。チャンネルを変えるたび、視聴者の気を引こうとするくだらないおしゃべりが流れてきた。シャーリーンはここに来るたび痛むこめかみをさすり、疲労困憊だったせいか深く考えずに、睡眠の妨げになっている例の悪夢のことを口にした。仕事場で繰り広げられるあの内容を。

「なんで続けてるの？」と、母のメイが訊いてきた。「つまり、今やってる仕事をなんで続けてるのかってこと。あたしはずっと、自分がやってた仕事は嫌いだった。だから辞めたのよ！」

「給料がいいの」と、シャーリーンはロボットのように返す。もちろん、実際は良くない。医大のローンを減らしていくのには、到底十分ではなかった。もっと条件のいい仕事に転職しない本当の理由は彼女自身わかっているが、メイ・ルトコフスキーにルイス・アコセラのことを打ち明けるなどとんでもない。彼のことを母に理解してもらおうとバッターボックスに立っても、三振で終わるのが目に見えている。彼はシャーリーンの上司。ワンストライク。彼は既婚者。ツーストライク。彼はメキシコ人。スリーストライク、バッターアウト。塁には出られないのだ。

「キャロル・スプリンガーを覚えてる？」。母がテレビの音に負けじと大声で言った。「グランド・コンコースに住んでた子。彼女、フライトアテンダントになったのよ。あの子の母親から聞いたんだけど、キャロル、連日悪夢にうなされてるらしいわ。毎晩毎晩、搭乗してる飛行機が炎に包まれる夢を見るんだって」

シャーリーンは、この会話がどこに向かうのかをよく知っていた。自分は三五歳。母メイは、娘がディーナーになって過ごした年月は、誰かと結婚し、子供をもうけることに費やした方がマシだったと考えているのだ。ところが、シャーリーンの子供に対する関心は、ルイスの解剖を手伝ったある日を境に輝きを失った。その日検屍したのは、自動車事故で犠牲になった妊婦。女性の子宮を切り開くと、胎児が露わになった。損傷が激しかった母体とは対照的に赤ん坊は無傷の状態で、陶磁器人形を彷彿《ほうふつ》とさせる繊細さを持ち合わせていた。片方の手で小さな小さな胎児を抱えると、シャーリーンの温かく柔らかな心——死んでいないので冷蔵保管庫に入れられたり、そこから出されたりする必要がない——の一部が凍りついた。ルイスが、胎児を子宮に戻すよう二回指示を出さないといけないほど、彼女の動きは止まっていたのだ。この男の子はこうして、母の中に入ったまま埋葬されるのだろう。残りの剖検作業の間、シャーリーンは混乱していた。心が無限の螺旋を描くがごとく、頭がくらくらする。死んだ母親の中でしばらく生きていたであろう、あの胎児。生命の源である土に埋められる、命を失った母親。宇宙の死の中に存在する地球。生命を与えるとされる神に抱かれて存在する宇宙……。

彼女の戸惑いを察したルイスは、胎児にとっては子宮が墓となって葬られるケースもあるのだと優しく説明した。

シャーリーンは、このときのふたつの単語を忘れたことはない。子宮（womb《ウーム》）、そして墓（tomb《トゥーム》）。

イエス・キリストが葬られた場所は両方だったのだろうか？

「あら、今、これやってるのね」と、メイ・ルトコフスキーは声を上げた。

彼女が偶然見つけたモノクロ映画では、黒い燕尾服、白い蝶ネクタイ、左胸の花飾り《ブートニア》といった出立ちのほっそりした男性が、光沢のあるステージでタップダンスを踊っている。全く同じ仮面を着けた黒いドレスの女性たちの前で、細長い四肢を急にガクンと動かしたりする様は、まるでマリオネットのようだ。シャーリーンは嫌悪感を覚えた。これはホラー映画に違いない。だが母親は、興奮のあまりクレーム・ド・ミントをこぼした。

「これは名作。『踊らん哉《シャルウィダンス》』よ」と、メイは言う。

シャーリーンは気づいた。悪夢に出てくる男、立ち上がって歩き、彼女に片手を伸ばしてくる死体は――フレッド・アステアだったのだ。

ヒロインのジンジャー・ロジャースとクルクルと回りながら踊るこのダンサーの動きに合わせ、メイは頭を振っていた。シャーリーンはジンジャーになった気分だった。フレッドの骨張った手で摑まれ、あまりの急回転で戻しそうだ。踊るふたりはカメラに顔を向け、腕を固く絡ませている。ジンジャーもフレッド同様、無心に満面の笑みを顔に貼りつけた何かに変貌してしまっていた。彼らは、視聴者に向かって開いていた方の腕をそれぞれ差し出し、何十年も朽ちないままでいる、永遠に歳を取らないかもしれないグレーの色合いの世界のダンスに参加しないかと誘ってくるのだ。ふたり揃って顎が大きく開き、歌の最初の気持ち悪い歌詞を解き放った。

でも、オー、ホー、ホー、最後に笑うのは誰？

「ずっとフレッド・アステアが大好きだったのよね、あたし」と、メイは息を吐く。

「私は違う」。シャーリーンはそう言って、視線を逸らした。「彼って……似てるから……」

「似てる？　何に？」。メイは、画面に映し出された筆記体の「THE《ジ》 END《エンド》」を見つめたまま訊ねてきた。

シャーリーンは、母のグラスに入った緑色の液体が何かに似ていることに気づいた。腐敗して液状化しつつある死体からあふれ出てくる体液だ。なのに、母から勧められたときに、一杯飲んでおけばよかったと思う自分がいる。

「よくわかんないんだけど……」と、シャーリーンは返した。「死んでからしばらく経ってる人に見えるの」

見えない手

午後九時一七分、シャーリーンはメスを入れ、切開を開始。とりあえず全ての銃創を無視し、左耳の後ろから切り始め、自分のPM40メスを胸骨に向かってゆっくりと引いていく。身元不明遺体の肉がパン生地のように分かれた。右側も左側と同じように耳の後ろからメスを入れ、V字形に切り込む。次に、Y字カットを完成させるため、メスは腹部へと進んだ。フェイントをかけるかのごとく急に右に曲がってヘソをかわし、恥骨部で止まる。血は出ることは出たが、ごく少量だった。死んだ心臓は鼓動していない。彼女は、西部劇の酒場のスイングドアを開けるがごとく、胸部の皮膚と組織を大きくめくった。露わになったひと揃いの肋骨は、シャーリーンとルイスがステーキハウス「デーモンズ」でよく分け合って食べる一番人気のポークリブ——バーベキューソースがたっぷり塗られたあばら肉——とほとんど見た目に違いがない。

肋軟骨《ろくなんこつ》の石灰化がすでに始まっている。身元不明遺体はそれなりに年齢を重ねた人物、ということだ。シャーリーンは、解剖用ノコギリを使って肋軟骨の接合部を切断した後、ステンレス製の肋骨剪刀を手に取った。彼女は、両手で用いるこのクロームメッキが施されたハサミを操るのが好きだ。オートバイに乗ったり、オイル交換をしたりするのと同じで、肋骨を切断する行為は、自分をとりわけ大きな気持ちにさせ、大胆さを与えてくれる。そして、解剖作業の中で、最もうるさい音が出る瞬間だった。どこか湿った感じの、ポキンと骨が折れる音が室内に鳴り響く。

「私たちも彼に倣《なら》ってトップレスになるべきじゃない?」と、彼女は提案した。

「裸は、このミスター何某だけでいい」。ルイスは笑みを浮かべ、顎で死体を指し示す。「さ、仕事に集中しよう」

シャーリーンは、かつて男の胸板だった、ひとつにつながっている肋骨前部を持ち上げ、カウンター上のステンレスのトレイに置いた。解剖台に向き直ると、ルイスは息を吸い、切り開かれた身体に覆《おお》い被さるように上体を傾けていた。有能な検屍官なら、糖尿病の甘い香りやアルコール依存症の酒場の床の悪臭を嗅ぐことができると、事あるごとにルイスは――自分は有能だとほのめかしながら(実際、有能だが)――言う。ただし彼の様子から、今回はハッキリした結果は得られなかったのがわかる。

「何が見える?」と、ルイスが問いかけた。その声のトーンはシャーリーンの胸を躍らせる。彼が質問するときは、抜き打ちテストというより、専門知識のセカンドオピニオンを求める感じだ。

「微量の緑色の体液」。そう答えるシャーリーンの脳裏に、母のクレーム・ド・ミントが蘇った。「きっと肺炎ね」。彼女は、ルイスを咎めるように片眉を上げる。「つまり、彼が喫煙者だったのは明らか」

「ああ、そうだな。全体的な傷み具合からして、最も妥当な推測だ」

「右肺よ」

「証明してくれ、素晴らしき助手《ケリーダ》よ」。ルイスが、親愛なる相手に使う「querida《ケリーダ》」というスペイン語で呼びかける。

シャーリーンは自慢の安定した所作で、肺を胸の内側に張りつけている胸膜の癒着部分を切り取った。これは、高齢男性の典型的な病状だ。続いて気管と食道を切断した後、ようやく生温かい心臓の奥に手を滑らせ、肺を取り出すために、背骨の両側を大きく切開した。まずは右肺から掬い上げる。内臓は慎重に取り扱わなければいけない。小さな臓器類は〝逃げよう〟とするからだ。特に、アルコール依存症患者の肝臓は要注意。たっぷりと脂がのった脂肪肝は、水風船並みに滑りやすい。

　彼女は、右肺を身元不明遺体の足元にあるトレイに運び、次に左肺も同じくトレイに乗せた。しかしながら、ルイスから「証明してくれ」と言われたのに、それができなかった。右肺はニコチンで黒ずみ、胸膜炎の兆候を示していたものの、被弾の衝撃を示す挫傷が見られない。ルイスをチラリと見ると、彼はウインクをした。両肺では説明ができないことを知っていたらしい。シャーリーンは敗北を認めたくなかった。負けず嫌いの心に火が点く。内臓。もっと内臓を！　別の臓器を調べるべく、再び遺体に向き合う。Y字の切れ目の一番下の箇所を開いて直腸を切り離し、大網という脂肪組織が豊富な腹膜を裂いた。大網は腸を所定の位置に維持する役割を果たしているのだ。彼女は、ロープのような長い内臓を引き出し、スチール製のミキシングボウル風の容器に収めた。

　だが腸は、彼女が求めていた〝獲物〟ではなかった。ならば、腹部に当たった弾丸が隠れているのは、肝臓だ、と彼女は判断する。腸がすっかり取り出された今、肝臓ほど摘出がたやすい臓器は他にない。三本の血管と数本の靭帯《じんたい》を外してから、脂肪の多い大きな臓物を両手で包み込む。シャーリーンは、肺と並べてトレイに置いた肝臓をそっとさすってみた。

「ビンゴ！」。そう言って彼女は鉗子《かんし》を摑み、銃弾を引き出し始める。

「致命傷か？」。ルイスが急いた感じで訊いてきた。

「いいえ《ニェット》」。シャーリーンはロシア語で「ＮＯ」と返答する。「肋骨が弾を止めたんだと思う」

「なるほど！」と、ルイスが拳を、反対の手のひらに軽く叩きつける。彼の手袋は体液で濡れており、パシッと音を立てた。「そして、それが決定打《キルショット》になった可能性が大だな」

シャーリーンはピンと来た。はっきりと理解した。ルイスは、四つのGSW——gun shot wounds（銃創）——が、彼の言うところの〝この男を停止《シャットダウン》させた〟原因ではないと証明したかったのだ。彼女は、サンディエゴ市警と彼の間の〝政争〟に全く関心はなかったが、自分が標本瓶に落としたときにカランと音を立てた、あの凹んだ銃弾を否定することはできない。

「私、アコセラ先生の〝妄想〟に同意しつつあるわ。この銃創なら、被害者は病院のベッドで休み、病院食のまずいお粥を食べ、ちょっと鎮静剤を打って、家に歩いて帰れる」

「最高だ。あのウォーカー刑事の野郎、終わったな」

シャーリーンは、引きつった笑みを浮かべた。州の施設内で警察に対する反体制派に加担すると宣言したはいいが、ハイテク機械の全てに秘密のマイクが隠されていたら——？ そんな不安が脳裏をよぎる。おそらく自分たちの発言は、ルイスが着けているマイクに拾われているはず。ボタンひとつで、彼のコメントは録音され、テキストに変換される。完成した非の打ちどころがない報告書は、市および郡の機関の所定リストにアップロードされることになるのだ。それとは別のコマンドで、同じテキストをワシントンDCのVSDC（生命に関する統計データ収集）システムにEメールで送信することもできる。国勢調査局の鼻持ちならない上昇志向を持つ誰かに、謀反《むほん》を起こしかねない連中がいるとして自分のモルグが目を付けられるのは、どうしても避けなければならなかった。

「街の暮らしが、この男を殺したのよ」と、シャーリーンは言った。「いてはいけない場所、いてはいけない時間に、たまたまいたがために」

「うーん」。ルイスは録音ボタンに指を触れつつ、唸《うな》るように返事をした。

音声認識装置は、病理医の仕事を楽にするために作られたのだが、その技術は控えめに言っても、不完全だ。一日の仕事が終わり、死体が保管用冷蔵室《クーラー》に戻された後、ルイスがオフィスで、二〇パーセントの確率で出ると言われている文字起こしの間違いを修正しているのを見かける。彼は検屍報告書には厳格だった。だからこそ、実際の手仕事はシャーリーンにさせる。彼はと言うと、解剖の一部始終を逐一マイクに吹き込み、それから間違いを正した文書を紙に印字してバインダーに挟む作業を担当するのだ。

「白人男性《ホワイトメイル》」と言った彼はイヤホンの録音ボタンから指を離し、シャーリーンを見てニヤリと笑う。「この装置がどれだけ間違ってるか見てみよう。機内食《フライトミール》になってるか。それとも不正資金《ワイヤー》の電信送金《ミュール》か」

「アコセラ先生の英語には訛《なま》りがあるでしょ。それで装置が聞き間違ってるって認めた方がいいわ」

「この国で訛りがある奴は許されないんだぞ」

「ねえ、私だって訛りがある。そう言われてるもの」

「訳のわからんこいつが君の素敵な訛りをどれだけ手荒く扱うか、見てみたいな」

「ただの機械でしょ。やれやれ」。シャーリーンは身元不明遺体の首の方へとすり足で移動していく。そこには、四つの銃弾のうちの二個目があるはずだ。「そのマイクも、あなたの手にいつも貼りついてる電話も、たかが機械。機械なんて、結局、私たちのことを正しく理解なんてしない。それくらいわかってるでしょ？　先生は、私の気持ちをいつもちゃんと気づいてくれる。それが問題だったこと、一度でもある？」

すると、ルイスの録音ボタンを押す手が止まった。死体から顔を上げていたシャーリーンの目は、その様子を捉えた。彼女もハッとして、同じように動きを止める。自分が何を口走ったのか、彼女は一瞬気づいていなかったのだ。今は遅い時間かもしれないし、ここはモルグかもしれない。彼らの仕事は悪臭が漂う中での作業かもしれない。しかし、ふたりが静止したほんの短いひとときは、柔らかな砂のような質感と花の香りに満ち、その夜の早い時期のタバコに火を点けようとした行為よりずっと甘美だった。

「――全くない」と、ルイスが答えた。

シャーリーンは慌ててプラスチックのバイザーを下ろし、顔を隠した。

「ふーん」と、彼女が言うと、ルイスが噴き出したので、ホッとする。それでも、胸はドキドキしていた。

解剖室に身元不明遺体が到着して一時間四〇分も経っていないが、ルイス・アコセラが几帳面にメモを取り、マイクに音声を吹き込む一方で、シャーリーン・ルトコフスキーは頭の先からざっと作業を進め、銃弾三発と複数の重要臓器を死体から摘出した後、何度か休憩を挟み、のちの検査のためにメスで切り取って採取した生検組織をホルマリン固定液に入れた。身元不明遺体とて〝誰か〟なのだというルイスの主張は、死体を〝物〟として淡々と切り刻む作業をする彼女に対する嫌味にも聞こえたが、彼は彼で何か大事なことに気づいているのだとシャーリーンは認めなければならなかった。歯は、死体のタイムカプセルのようなもので、生前の歴史を語る。身元不明遺体の臼歯は、適切な治療が行われた形跡が見られた。最後に右大腿部を深めに切開した彼女は、大腿骨には擦《かす》りもしない場所で、血に塗れた鉛の塊を取り出した。

「それだ！　でかした」と、ルイスは歓喜の声を上げた。

「で、死因はなんだと思う？」。シャーリーンが問いかける。「心臓発作かな？」

「掘り下げて見てみよう」

バイザーを上げた彼女は、青い医療用ペーパータオルで汗を拭き、「その必要はないんじゃないの？」と答えた。「この男性の重要な臓器には弾も何も当たっていない。彼は高齢で、健康体ではなかった。

喫煙者の肺、アルコール依存症患者の肝臓。ハロウィンのコスチュームを着た子供が、この人を怖がらせてショック死させた可能性だってある。ウージー・サブマシンガンで四発撃たれた？　そんなの忘れて。心臓発作よ。一〇〇パーセントの確率でね」

ルイスはバインダーのメモを確認し、明らかに嬉しそうにイヤホンの録音ボタンを押した。

「死因は被弾による臓器損傷でない。繰り返す。被弾による臓器損傷ではない。心臓の摘出を進め、血管閉塞のチェックを行う。心筋症だ。左心室だけとは限らない。右心室が心室性不整脈を起こしている可能性も。あるいは、純粋に電気的機能障害。遺伝性疾患。ひょっとしてブルガダ症候群かも」

彼が心から嬉しがっているのが、声の調子でわかる。シャーリーンは、それが、自分のそつがない仕事ぶりとは全く関係しておらず、些細な恨みとしか思えないものに大いに関係があるのを承知していた。気乗りしないまま、自分のPM40メスを手に取る。血でメスが紫色に見えた。解剖が終わってほしくなかったし、吸引チューブを摑んで洗浄を始めるのも嫌だ。これ以上馬鹿げたことがあるだろうか？　彼女はルイスと一緒に喜びたかった。お酒を飲んで祝おう、あるいは二本目のタバコを吸いながらでも、と提案したかった。

身元不明遺体の心膜を切ったシャーリーンは、心臓の下に指を伸ばしたまま片手を差し入れ、指を臓器に纏《まと》わせる。それは、砂漠にある岩を思わせる温かさだった。PM40を用いて表面を取り巻く血管を分離し、そのメスを置いてから、心臓を持ち上げて取り出す。茶褐色に疲弊した心筋を両手で包み込み、観察用のシンクに運んでいったのだが、それを手から離す心構えができていない自分に気づいた。

今まで何回、誰かの心臓を丸ごと両手で抱えてきた？　こんな陳腐な感傷は、ひねくれたシャーリーン・ルトコフスキーの心にはないはずだ。ルイスが彼女の憂鬱な気分に無頓着なまま、マイクに向かってボソボソとしゃべり続けている傍らで、シャーリーンは、心臓の熟れた温もりが己の感覚を曇らせていく過程を味わううちに、それを身元不明遺体のものでなく、自分の心臓として感じ始める。彼女の胸の鼓動は、震えながら一拍ごとに遅くなり、とうとうこの手の中にある肉塊と同じくらい鈍くなった。シャーリーンは、自分の中に、見えない手が伸びてきたという奇妙な感覚を覚えた。何十億という見えない手。もしかしたら、地球上の全ての人の中に届いているかもしれない手だ。それらは、身体を調べ、突き、スライスして、人間が本当に生きているのか、あるいは人間の集団全体が生きていても生気を失って死んだようになっているのかを判断する、理解を超えるほど熟練したディーナーたちに属する手なのだ。

数日後、生き延びること以外を考える隙が一瞬あったときに、シャーリーンは、あの心臓を手に持ち続けていたら、事態は違っていたかもしれないと己を責めた。見えない手が、彼女の背中をそっと抱き、あらゆる人々を支え、人類に道を正すチャンスを与えていただろう。しかし、彼女は持ちこたえることができなかった。彼女の傍らの内臓を抜かれた死体が動き出したのだ。完全に自力で。だから、シャーリーンは心臓を手から滑らせてしまった。心臓は床に落下し、ペチャッという軽い音を立てる。次の瞬間、見えなかった手が見えるようになった。それは、フレッド・アステアの細く白い手で、ゾッとする感覚が噴き出すのを覚えつつ、シャーリーンは、自分がその手を取るのを見た。相手に握られた自分の手は、もう逃れられない。

フレッドは微笑む。その顔は歯もなければ、舌もない。黒い穴しかなかった。

「踊らないか?」と、彼は訊ねた。

その首がねじれた。ルイスの指は瞬時に汗ばみ、イヤホンの録音ボタンから滑ってバインダーの上に落ちた。バインダーは、これまでの事実を書き留めた記録でいっぱいになっていたが、そんな事実など、全て意味がないも同然だった。

死体の首は、シャーリーンが入れた切り込みからの凝血で縞模様になっている。医学書では胸鎖乳突筋と書かれている右頸部の細長い筋が、吊り橋のケーブルのごとくピンと張り詰めていた。血が三滴、解剖台へとゆっくり垂れていく。彼らの頭の中では、ここ以外の世界の人々など――〝今後〟起こるべきことを示唆《しさ》するかのように――どこかに行ってしまっていた。解剖室全体が静寂に支配されている。ルイスとシャーリーンは固唾《かたず》を呑んだ。世界の運命が、その曲がった一本の首の筋肉にかかっているような感じだ。そのとき、銅羅《どら》を思わせる鈍い音が鳴る。身元不明遺体の頭が台に叩きつけられたのだ。

「なんてこった」と、ルイスがつぶやき、何十年かぶりに胸の前で十字を切る。「――嘘だろ」

床にペチャッと何かが落ちる音が聞こえ、視界の端で、その落下した人間の心臓が滑ってシャーリーンのカバーを被せた靴に当たるのが見えた。身元不明遺体からパッと目を離した彼は――あまりにも勢いよく視線をそらしたせいか、まるで自分の目がくり抜かれた、医学用語で言うなら〝摘出〟されたかのような感覚を覚えつつ――シャーリーンが、血まみれの手袋を嵌めた空っぽの両手を胸の前に掲《かか》げたままでいるのに気づいた。

「どのくらい……」と、彼女は喘《あえ》ぎながら言う。「動くの……」

しっかり者の自分のディーナーの口から、スライドホイッスルみたいな上ずった奇妙なトーンの声が飛び出すなんてあり得ない。ルイスは激しく動揺した。

「筋収縮だ。筋肉の――」

「死体になってから……」

「そういうケースもある。過去に読んだことが――」

死体は両目を開いた。それと同時に、時代遅れとなった種《しゅ》が唾を飛ばしてまくし立てる愚言を、すかさず非難するかのごとく、舌打ちに似た音が鳴った。ルイスが今しがた発した価値のない言葉は、死体が首を再び、今度はさっきよりも強く曲げた際、室内の金属の表面を叩くように響き渡った。ルイスの言葉が注意を引いたのは明らかだ。そして、それはそこにいた。身元不明遺体。そいつはルイス・アコセラを見ていた。垂れ下がったまぶたの下の死体の目は、粘液で濁っている。かつてはブラックコーヒーの色をしていたはずの虹彩は、体内のミルク的な何かでモカ色に変色していた。リードを外された犬の意図を試すがごとく、ルイスが身体を左に揺らすと、相手の目もそれを追う。死体の動きはムラがあるが、それは至極当然だ――硝子体液が、乾いた眼窩《がんか》を飛び回っていた。

「これは……？」。シャーリーンがルイスを見る。「アコセラ先生……ルイス、これって……？」

彼は返答しなかった。なぜなら、シャーリーンの問いかけがなんであれ、答えは、「間違いなくその通りだ」であり、同時に「絶対にそんなわけない」でもあるからだ。ところが、身元不明遺体は反応した。頭が今一度、シャーリーンの方を向いたのだ。首の切開部分から、冷たくて濃い血がさらに、シロップ状にどろりと垂れる。白濁した目が、彼女を捉えた。高齢の犬の白内障を彷彿《ほうふつ》とさせる柔さを持ちながら、石のような硬さも備えた目。

ルイスの手は再び本能的に動いたが、今度は十字を切るのではなく、耳のイヤホンに触れた。目の前のこいつがなんであろうと、記録しなければならない。上司のジェファーソン・タルボットはME（検屍官）の選挙には勝ったかもしれないが、これに正しく対処しているのは他でもない、ルイス・アコセラなのだ。そして、マイクに話しかけて音声記録を残す行為で、正気を保てる可能性がある。彼はボタンを押し下げた。

「身元不明遺体が動いている」。その声は小さく、弱々しかった。「一〇月二三日に、聖ミカエル病院からサンディエゴ検屍局に回された身元不明遺体だ。現在、四……」。バインダーをチェックした彼は、チェックボックスと記入欄を見て安堵する。「四時間半近くが、ＥＴＤ（死亡推定時刻）から経過。そして――」。彼は壁の時計に視線を向けた。「死亡宣告からは、三時間半が経過。重要臓器は摘出済み。なのに、彼は動いている。繰り返す。身元不明遺体が動いている。意図的に、としか言いようが――」

死体がシャーリーンに向かって右手を持ち上げた。

その様子を見たルイスの第一印象は――結局、最後までその印象を持ち続けるのだが――暴力的な脅威というものではなかった。身元不明遺体は目覚めた。その最初の本能は、手を伸ばすことだった。理由など知る由もない。接触を求めたのかもしれないし、助け、あるいは安全を求めたのかもしれない。しかし、最初は銃弾で、二度目はシャーリーンのメスで傷つけられたその右三角筋は、この身振りを完遂《かんすい》させられる状態ではなかったらしい。腕ががっくりと垂れ下がった。

死体の手の屈筋にはおかしなところはなさそうだ。その指は強張り、緩み、強張る、を繰り返す。こうした動きは普通の人間とは根本的に違って見える。大きく手を開いて何かをくれと意思表示しているのではない。ただ、爪は何かを引っかけそうだ。身元不明遺体の割れた、黄色い爪を見ていると、そう思えてきた。この死体は、最初の数秒は、シャーリーンという女性に強い〝憧れ〟があったものの、今、別の形で彼女を渇望している。半開きの目が彼女に向けられるや、彼女は一歩下がり、解剖道具が入ったトレイが揺れて大きな音を立てた。

ルイスの耳は、シャーリーンがカートからPM40メスを勢いよく掴み取るシュッという音を捉えた。青ざめた顔と震える手から、彼女が恐怖を感じていることが明らかだったとはいえ、慌てている様子ではない。身体の横でメスを持っている。よし、いいぞ。ただし、身元不明遺体の握った指を彼女がじっと見つめる様子は気に食わなかった。ダンスフロアの端で、悪意ある男から手を差し出された女性の表情ではないか。

話し続けろ。ルイスは己に言い聞かせる。彼はヘッドセットのボタンを押した。

「過去に読んだことがある。こうした――」と、彼は続ける。「筋収縮のケースを。あるいは痙攣《けいれん》。しかし、死亡推定時刻《ETD》から四時間半だ。腕、頭――それらは連係して動いている。これは一体――」

「これがなんなのか、わかってる」。シャーリーンが口を挟んだ。「私を見つめている男よ」

「そんなの……馬鹿げてる」

「いいから、報告書にそれを加えて」と、シャーリーンは言った。

死体は起き上がろうとした。当然、それは無理だ。身体がY字形に切られているため、腹筋に力が入らない。だが、その努力は無駄ではなかった。乾いた血がこびりついた、たるんだ腹斜筋が震えている。解剖台にへばりついた大臀筋《だいでんきん》はピンと張っていた。身元不明遺体は己の平衡感覚を確かめているかのごとく、わずかに左右に揺れており、その様子は、初めての寝返りを無心で打とうとし、成功させたいという意欲を滲ませる赤ん坊のようでもあった。

赤ん坊。そう感じてしまった事実が、ＰＭ40メスよろしく簡単にルイスの心を切り裂く。彼は、今頃はベッドに入っているはずのローザ、その可愛らしい寝顔を思い浮かべた。妻は一度妊娠したことがある。流産するまで、夫婦は深く考えずに授かった命を手放しで喜んだ。あるときローザが職場に電話をしてきて、体調がすぐれないと訴えた。だが自分は、家に駆けつけるでもなく、産婦人科に連絡しろと提案したのだ。ルイスとの電話を切った後、ローザは二階のバスルームで流産する。帰宅後の彼が血痕をひとつも見ずに済んだのは、妻が床を拭き、後始末をしたからだ。その後の検査で、ローザには子宮の異常があると診断され、今後出産できる可能性は低く、出産を試みるのは危険ですらあると言われた。ルイスは子供ができなくても構わないからと彼女にはっきり告げたものの、月明かりが射し込む仄暗いバスルームを歩き回らないといけないとき、寝ぼけまなこの彼の朦朧《もうろう》とした視界が、流産でいなくなってしまった赤ん坊を捉えてしまうことがある。浴槽やトイレの裏側、タオル収納棚の中にこっそりと隠れ、ゴミの欠片《かけら》でなんとか生き延び、家族の一員に戻れるのを待ちわびる我が子の姿を——。

一瞬、身元不明遺体は、新たに生まれたその子ではないかと思ってしまう。今回は、妻ではなく、ルイスの目の前に現れた。彼なら何か対処できるかもしれない。シャーリーンが今いる場所から少し位置をずらせば、自分は死体の脇に滑り込み、緊張した身体にそっと手を置き、優しい言葉を囁いて落ち着かせ、謝罪し、必要であればなんだってすることができる。

「シャーリーン、下がれ」と、ルイスが言った。

彼女の目は死体に釘づけになっており、その手はメスを固く握りしめている。

「ルトコフスキー！」。小声だが、彼は鋭く呼びかけた。「下がって！」

　またしても、あのときの流産と同じだ。助けの手を差し伸べるのが遅すぎた。全身を揺らしていた身元不明遺体は十分な勢いを得、胴体が己の体液にまみれて滑りやすくなっていたことも手伝って、解剖台の縁から転げ落ちたのだ。床に向かいながら、硬直した四肢が激しく振れ、生殖器は弾け、切り離された胸の肉が波打つ、華麗とは到底言えない醜悪な落下だった。身元不明遺体は大きな音とともに背中から着地し、シャーリーンの脚に組織を撒き散らした。彼女は慌てて後方へ逃げ、空いている手で解剖器具のカートを引っ張った。身元不明遺体の手足は、ひっくり返った甲虫の脚のように動き続けている。

「死んでない」。シャーリーンは言った。「私、何をしたの？」

「彼は間違いなく死んでいる」と、ルイスは言い聞かせた。

「私、こいつの内臓を切り取ったのよ！」。彼女は泣き声混じりになっている。「私、一体、何をしたの？」

「君は彼の心臓を床に落としたじゃないか！」。ルイスが叫ぶ。「彼は死体だ！　死んでるんだよ！」

　自分は己を納得させようとしているのか？　もしくは、この録音データを聞くかもしれない誰かに訴えているのか？　ルイスは下を向いた。例の心臓は、財布みたいにぺしゃんこになっており、自分のところから六〇センチほどしか離れていない。シャーリーンの言っていたことは愚の骨頂だと証明すべく、彼は衝動に駆られて心臓を蹴った。心臓は蹴られた衝撃で赤い涙を流し、身元不明遺体の脇腹にぶつかって、ビリヤードのバンクショットのように跳ねた。それが死体の注意を引く。身元不明遺体はシャーリーンに気づいた。もしも感情があるのなら、今、彼女との距離が離れたことに動揺したのかもしれない。だからなのか、解剖台の脚に引っかかっていた死体は、てこの原理でより大きく勢いをつけ、その身を翻《ひるがえ》すという大胆な行動に出たのだ。切り裂かれた腹を下にし、うつ伏せの体勢になったそれは、自身の身体を引っ張り出していく。ルイスは思った。私の赤ん坊がもうハイハイを始めている。

身元不明遺体は片肘を前に出し、それからもう一方の肘を前に出す。剖検で切開されているにもかかわらず、どういうわけか肩が機能し、己の身体を前方に引き寄せた。

「何がしたいの?」。懇願するかのごとく、シャーリーンは死体に問いかけた。

ルイスは、それが鋭い質問だと気づく。死体は何かをしたいのだ。明らかに、痛ましいほどに、何かを望んでいる。彼は、身元不明遺体が発見された銃撃現場にいた歩行者たちを思い浮かべた。彼らが生死に関わる出来事をいかに気にしていなかったか。どれだけあっという間に、ルイスが愛してやまないガジェットがくれる麻薬的な満足感に戻っていったのか。歩行者たちも彼も、現実にある何かをこれっぽちも欲していなかった。死体はこの世に戻り、成し遂げたいほどの〝渇望〟を有していたのだ。生者に近づき、死んだような生活をしている連中の「生きたい」という欲求を再び目覚めさせること——それが死体の目的なのだ。

身元不明遺体は、四肢が解剖の過程で流れ出た分泌物にまみれ、前進しようとしてもすぐ滑ってしまっていたが、それでもシャーリーンの方へジリジリとスライドしながら移動していく。彼女はというと、固まってしまい、全く動くことができないように見えた。

「来ないで」と、彼女は声を上げる。

死体は止まらなかった。口が開き、血がよだれよろしく顎へと垂れていく。その身体は少しずつ前に移動し続けていた。沈んだ背骨部分を見たルイスは、胴体は中身が空っぽだし、肋骨は引き抜かれているので、死体の骨格がバラバラになるのではないかと思った。とはいえ、そうなるにはまだ時間がかかるだろう。そのとき、身元不明遺体の左手が、シャーリーンのスニーカーを摑んだ。

彼女は、死体に向かって医療用カートを荒々しくぶつけた。メス、探針、ナイフ、ハサミなど、カートに載っていたあらゆる器具が床に落ち、甲高い音を立てる。ルイスが永遠にやまないのでは思うくらい、それらの音はいつまでも響きわたった。彼は、身元不明遺体の右手が一本のメスの上に置かれるのを見た。再び、赤ん坊のしぐさと重なる。赤ん坊は、手にした何かを握ろうとするものだ。ＰＭ40の周囲で蠢《うごめ》いていた死体の指が、それを摑む。シャーリーンが手入れを欠かさず切れ味鋭く保たれているメスの刃が、四本の指を切断寸前まで深く切り込んだため、指は折れ曲がり、手の甲に重なった。

ルイスは顔をしかめ、父親として慰めたい衝動に駆られる。しかし、身元不明遺体は苦痛の表情を浮かべていない。指の半分を失っても気にしていないかに見える。そして、じわじわとシャーリーンに迫っていく。ルイスはその間も同じ場所に立ち続け、淡々と目の前で起きている事実をマイクに語っていた（「そいつは這っている。太ももから銃弾を取り出した傷口の奥で、ハムストリング筋が動いている様子が確認できる」）。自分たちに影響を与えることを全くせずに――。

逆にシャーリーンは、影響を与える側にいる。いつもそうだ。ルイスは、自分が知識やアイデアが行き交うインターネット空間を指で上下に操っている間、彼女は現実世界で活動していると感じていた。彼女は、パーティをしたり、酒を飲んだり、クスリでハイになったりと、若い頃の逸話には事欠かず、退屈極まりない仕事の上司から医学部の教授に至るまで、気色悪い男たちやセクハラ行為をしてくる連中を巧みに舵取りしてきたのだ。彼女はブロンクスで三回、金品を強奪された経験を持つ。自分の酔っ払った父親モーリー・ルトコフスキーを、二回、バーで起きた乱闘中に守っているし、酒屋に押し入った強盗を取り押さえた武勇伝もある。

さて、そんなシャーリーン・ルトコフスキーだが、今、彼女は、やや後ろに下がって反動を付けたと思ったら、凄まじい蹴りを見舞ったのだ。彼女のスニーカーが死体の角張った顎に命中し、身元不明遺体の頭部がものすごい勢いで後ろに倒れて前に跳ね返る。頭蓋骨の重みで、そいつは激しく右にねじれた。凝固した血が潤滑油となって骨盤の骨が旋回し、方向転換した死体はルイスと顔を合わせる形となった。身元不明遺体の唇の間から歯が二本抜け落ち、ピンク色のスライム状の分泌液の上に載る。まるで何ごともなかったかのごとく、そいつは匍匐《ほふく》前進に戻り、今度はルイスに向かってきた。

その動きを見たルイスは凍りつく。シャーリーンとは違い、彼の中にヒーローの資質はゼロだ。もしもそれを持ち合わせているなら、彼はまだ役に立つ可能性があった。彼が続けているこの出来事の記録は、その事態がなんであれ、次に不可避な何かが起こる前に必要な場所に届けられないといけない。彼はイヤホンをさっと外し、急いでコンピューターに向かう。乱暴にスツールの上に飛び乗ったため、勢い余って弾んでしまい、危うく落ちるところだった。手袋を着けたままマウスを握り、その白いプラスチックの表面に血を塗りたくる。真っ赤に染まった白いマウスに、幻覚でも見ているのかと勘違いしそうになった。VSDCソフトのアイコンにカーソルを合わせようとしたが、その位置を通りすぎたので、もう一度やり直したものの、今度は反対方向に矢印が滑ってしまった。

「筋肉弛緩剤!」。シャーリーンが大声で言った。「筋肉弛緩剤をそいつに打つのよ」

ルイスは彼女の案に同意し、「持ってこい」と、指示を出す。カバーを付けた靴が走り去る音がし、続いて、高圧蒸気滅菌器《オートクレーブ》が開くきしみ音がルイスの耳に聞こえた。小さくカチンと鳴った音から、皮下注射器が取り出されたのがわかる。そのとき、何かを潰すようなグシャッという音に気を取られ、一瞬、視線をやったルイスは、自分を追ってきた身元不明遺体が左の方に迫っていることを知った。死体の後ろには、血と体液が混じり合った約三〇センチ幅の跡が残っている。ルイスは悪態をつきつつ、VSDCソフトのアイコンを一回クリックし、それから三回クリックしたが、どうにもうまくいかない。

「くそっ！」。ルイスが叫ぶ。

　シャーリーンがルイスの横を通り過ぎる。その様は、視界の隅のぼんやりとした影として認識された。薬品棚のガラス扉の鍵を開けるために、彼女が鍵をジャラジャラ鳴らしている。彼はぬるぬる滑る手袋のせいで手つきがおぼつかなく、カーソルを合わせるという至極単純な行為をもう一〇回は繰り返していた。身元不明遺体の方を振り返ると、距離は先ほどから半分に縮まり、あと三メートルほどに近づいているではないか。死体の背中は、内臓が抜き取られて空洞になった体内に垂れ始め、背骨の突起物が浮き上がって爬虫類の背中を彷彿とさせる。VSDCソフトが開いてモニターが明るくなると、死体の目の乳白色が鮮やかさを増した。

　ソフトウェアとの格闘に勝利したルイスは雄叫びを上げ、デスクトップPCに接続されたケーブルをイヤホンに挿《さ》す。マウスを動かし、VSDCソフトの画面を横切ったカーソルでメニューボタンをクリックした。開いたメニューで、オプションの項目を選ぼうと矢印を下にスライドさせていく。しかし、スライドしすぎて、間違った項目を選択してしまった。

「くそっ、くそっ、くそっ、くそっ！」

　〝戻る〟をクリックしたはいいが、至るところで顔を出す、あのグルグルと回る「ただいま処理中」のアイコン〝地獄の輪〟が画面に表示される始末だ。ルイスは後ろを振り返る。身元不明遺体は二メートルもいかない場所まで来ていたものの、キャビネットの角が脇腹に食い込み、なかなか進めないでいるようだ。めくれた左胸の肉が床の乾いた箇所にくっつき、身元不明遺体がもがくたびに肉が引っ張られて伸びている。毛深い表皮が不規則に裂け、その下のベージュ色の脂肪が露出するのをルイスは見た。

彼はコンピューターの画面に顔を戻したが、地獄の輪はまだ健在だった。

突然何かが割れる音がし、悲鳴が続く。顔を上げたルイスの目に飛び込んできたのは、漫画でよく見る恐怖を表現するしぐさと同じ、両耳の脇で空気を摑むように両手を開閉させているシャーリーンだった。その足元には、粉々になったガラスの注射器があった。

「もう！」。彼女は泣きそうになっている。

「プラスチックだ！」と、ルイスは怒鳴った。「プラスチックのやつを使え！」

「怒鳴らないでよ！」

「心臓は落とすし、今度は注射器！　物を落とすな！」

シャーリーンは替えの針を取りに走り、ルイスはモニターに戻る。VSDCソフトはホーム画面に戻っていた。今度こそはと、細心の注意を払ってメニューをプルダウンしてクリックする。ようやくVSDCのエントリーページが読み込まれ始めた。

キャビネットの角で、肉厚の細長い何かが死んだ蛇のように横たわっている。それは、身元不明遺体の脇肉の残骸だ。角から抜け出る際にまっすぐに削ぎ取られたらしい。今、ルイスと死体の間隔は一メートル半しかなかった。そいつは動きがいい方の腕を使って身体を引き寄せ、数センチずつにじり寄りながら、まだ距離があるにもかかわらずこちらに腕を伸ばしてくる。その手が何も摑まなかったせいか、死体は再び匍匐前進に戻った。こんなこと馬鹿げていると、ルイスは実感した。どういうわけかその考えは、自分自身と彼の知り合い全員を告発するかのように心に突き刺さった。

今、ルイスの横で新しい注射針を薬瓶に刺したシャーリーンは、そのまま薬瓶を持ち上げ、内筒《プランジャー》を引いて半透明の注射器に薬液を吸い込んでいく。筋肉弛緩剤は、気管内チューブを挿入する患者の筋肉を緩めるために麻酔科医が使用する薬で、わずか数秒で効果が出るものだ。投与過多は死につながる可能性がある。今夜、ルイスは、〝死につながる〟という感覚がすっかり麻痺してしまっていた。彼の目は、シャーリーンが注射器を目一杯薬液で満たすのを捉えた。

もう一度、コンピューターに視線を戻す。これまで何百と送った音声ファイルと同じく、なんの変哲もないいつも通りのアイコンが待機していた。アップロードしたばかりのそのアイコンをクリックし、〝送信〟を押す。彼は送信されたことを表示するアイコンを祈るように待ったものの、それを見ることはなかった。

足首がひんやりとした肉の感触に包まれたのだ。

身元不明遺体は、メスで切られた右手でルイスを摑んでいる。彼が死体の手を蹴り飛ばすと、肉の一部にかろうじてくっついていた指の前半分が緩んだ靴紐のごとく揺れ、ボトンと落ちた。

この死体が自分を傷つけるはずはない。ルイスはそう思った。パニックに陥《おちい》る過程でも、科学的好奇心が細い筋となって意識に滲むような感覚を覚える。もしかしたら、VSDCにファイルを送るのが早すぎたのかもしれない。もしかしたら、ここで学ぶことがもっとあったのかもしれない。歴史的な何かが。オフィスの飾り額に刻まれていた文言が示していたのは、そういうことだったのだろうか。ここがその場所。

身元不明遺体の頭がいきなり前に飛び出した。ルイスのズボン裾の折り返しのすぐそばで、死体の歯が陶器を思わせる音を鳴らす。

ルイスは驚いてスツールから飛び降り、一メートルほど後退した。

「こいつ、何を⁉」と、彼が大声を出す。

「あなたを嚙もうとした！」。シャーリーンも目を丸くしている。

「くそっ！」

「どいて」。彼女の声には力がこもっていた。「準備はいいわ」

注射器を持ち上げたシャーリーンは、プランジャーに親指を当て、しゃがもうとした。だが、ルイスがその右腕を摑み、彼女の動きを止める。

「シャーリーン、待て」

身元不明遺体は近づき続けている。たまたま左手がスツールの脚に当たり、死体はそれを引っ張ってみた。一本脚となったスツールはグラリと傾き、やがて反動で元の四本脚に戻る。死体の白い目は、その奇妙な展開を観察していた。これもまた、赤ん坊の反応だ。物をいじり、その結果を観察する。いいや、こいつを倒すつもりなら、自分はそんなふうに考えてはいけない。ルイスは己に言い聞かせた。

「近づくな」と、彼はシャーリーンに警告する。「感染するかもしれない」

「これ、何かの病気だってこと？」

とうとうスツールが倒れ、その晩で一番大きな落下音を立てた。それは、身元不明遺体の顔からわずか数センチのタイルの床を打ちつけたものの、死体はたじろがず、目の前に落ちてきたものが獲物かどうかを見極めるかのように数秒間スツールを眺めている。再び首を捻《ひね》ったそいつは、ルイスとシャーリーンに視線を向けた。口は開閉を繰り返し、開けるたびに上下の顎の間で粘液の筋が伸びる。そして、死体は手を床につき、ふたりの方へと移動してきた。

「背後から捕まえるわ」と、シャーリーンは告げた。「筋肉注射をお見舞いしてやるから」

「それはダメだ！」

「なんで？」

ルイスは、シャーリーンを引っ張りながら三〇センチほど後ろに下がる。身元不明遺体が手を伸ばしても、かろうじて届かないはずだ。

「注射が効かなかったらどうする？」

「アコセラ先生！　注射器には、ティラノサウルスを倒せるほど十分な筋弛緩薬が詰まってるのよ」

「考えろ！　こいつは呼吸していないんだぞ。肺がないんだから。心臓すらない！　筋肉弛緩剤は何に作用するんだ？」

「じゃあ、どうやって動いてるの？　電池でも入ってるわけ？」

ルイスは心の中で、鋭く己に活《かつ》を入れた。答えはあるはずだ。落ち着け。おまえはプロなんだぞ。目を凝らし、そいつ――いや、死体――を観察する。身元不明遺体の白濁した眼球は、彼とシャーリーンの間を行ったり来たりして、不気味に移ろう視線を向けてきた。歯を剝いた唇には皺が寄り、脇腹の筋肉は勝手に痙攣を続けている。電池――。シャーリーンの発言は正しいに違いない。こいつの小脳に、何らかの電源が差し込まれてるとしたら？　ルイスは死体が残したグロテスクな血糊の筋を目でたどり、動き出して滑っていた地点を見やった。カウンターの上に、彼のスマートフォンが置きっ放しになっており、見逃していた通知で光っている。

「まさかワイヤレスか？」。ルイスはつぶやく。「誰もが小さなコンピューターを持ち、得体のしれない何かに没頭している。音叉《おんさ》のようになんらかの悪い信号が放たれて、この身元不明遺体が反応したのかもしれない」

彼の推論に、シャーリーンが声を上げた。「もう事態は十分にクレイジーなんだから、先生までクレイジーにならないで」

彼女は正しい。ルイスは自分に言い聞かせる。こいつは、台の上に縛りつけたり、検査用の棚に並べたりするものじゃない。腐敗した羊水の怒濤《どとう》に流された、生まれ変わりの失敗作だ。バスルームでローザが取った行動に倣《なら》い、この生まれ損ないを片づけて、他の誰の目にも留まらぬようにする。それが、自分の仕事だ。

「僕が殺しても、軽蔑しないか?」。ルイスが冷静な口調で問いかける。

シャーリーンは顔を彼に向け、その術衣に皺が寄った。

「あなたの言った通り」と、彼女はさりげなく返事をする。「こいつはもう死んでいる」

ルイスが部屋の北東の角に目を向けた際、シャーリーンも彼の視線を追うのが感じ取れた。彼女はこれまで一度も訊いたことはなかったが、そこにある黒と黄色の縞模様と「SDPD」というラベルが貼られたキャビネットに気づいていたに違いない。質問がときに、明確に答えを示していたりするのだ。特に、銃乱射事件とて次々に配信される瑣末《さまつ》なニュースの山にたちまち埋もれてしまう国では。ルイスは、ゴム手袋の方にもっと多くの予算をかけるべきだと主張し、警察雑誌の必要性に反対票を投じたのを覚えている。そんな彼が、目下、キャビネットの中にある〝それ〟を必要としていた。医師として闘うことが仕事のはずだったのに、野蛮な考え方に屈服しようとしている自分は、失敗したも同然ではないか。

ルイスはシャーリーンの手にあったキーホルダーをそっと握り、引っ張ろうとしたものの、彼女が引き戻した。それは、ローザと時折見ていたロマンス映画に出てくる、女性が男性のネクタイを引っ張って、自身との距離を縮めるというシーンと同様の効果を持っていた。

「私にやらせて」と、シャーリーンは精一杯の笑顔を見せ、肩をすくめる。「私、先生のディーナーなんだから」。今回、彼女は「ディーナー」を完璧に発音した。ルイスはハッとする。シャーリーンは、ずっと正しい発音を知っていながら、ルイスを笑わせようと敢えて間違って発音していたのだ。あるいは、彼のエゴを満足させるために。シャーリーンの心遣いに全く気づかなかった己の鈍さを胸の中で罵《ののし》る。彼女にもっと気を配るべきだった。

ルイスがなんとか微笑み返そうとした矢先、身元不明遺体の手が床のタイルを強く打ちつけて湿った殴打音を響かせ、彼は真顔に戻る。

唐突に、彼はキャビネットのある角に向かって駆け出した。予想はついていたが、手が震えてシャーリーンのようにうまくいかなかったものの、三度目の正直でなんとか鍵をキャビネットの錠前の鍵穴に挿し込む。久しぶりの解錠で、錆びついていた錠前のかんぬきが重たげに外れ、ルイスは扉を開いた。キャビネット内に何が収納されているのかは、わかっている。中身を見る自分を想像しつつも、手袋を剝ぎ取る前に、どうしてもいったん動きを止めてしまう。とはいえ、確実に握る力《グリップ》が必要な今、ゴム手袋を着けて銃を使うつもりなどない。

ルイスは棚から、弾が装塡済みの三八口径リボルバーを取り出した。

不規則な強打音――シャーリーンがつまずいた音――が、部屋中に轟《とどろ》く。彼は狼狽《ろうばい》した。手にした銃のずしりとした重量感に圧倒される。医師である自分が殺傷武器を使うという選択のあまりの重さで、床が割れ、建物のコンクリートの土台が粉々に砕かれ、地球が崩壊し、人類が絶滅する想像が脳裏を駆け巡っていく。ルイスは瞬きをし、目に入った汗とともにその地獄絵図を払拭《ふっしょく》して横を向き、床を見つめたまま死体から後ずさりするシャーリーンの姿を捉えた。そいつは相変わらず彼女に迫ろうとしていたが、コンピューターのコードが身体に絡みついていた。身元不明遺体は配線に激しく噛みつき、その前歯がプリンターケーブルの樹脂コーティング部分を削ぎ落とすほどだった。

シャーリーンの隣で、ルイスはリボルバーの安全装置を外し、身元不明遺体の頭部に狙いを定める。こうすることが正しいのだ。そう己に言い聞かせつつも、シャーリーンが自分の手を押さえて止めてくれるのを期待していた。しかし、彼女が止める気配はない。ルイスは内なる自分に、「流産の苦しみを知っているおまえが、こんなことをするのは間違っている。一度やってしまったら後戻りはできないんだぞ」と、語りかけようとした。だが、その欲求を抑えて引き金に指を置く。城壁の銃眼を思わせるフロントサイトを見つめ、照準を合わせる。

ルイスは発砲した。そして身元不明遺体は、その日、二度目の死を迎えた。

六四階

身元不明遺体の頭蓋骨は砕け、不規則な形の破片がその背中や脚全体に飛び散っている。かつて重要人物の脳だったピンクがかった灰色の物体はタイル一面に撥《は》ね飛び、死体の白い目に〝生気〟を与えていた鈍い光は薄暗くなっていた。生ステーキ肉を思わせる、ぐにゃりと床に横たわるその首なしの身体は、コンピューターケーブルが絡まったままだ。そいつの置き土産となった血の混じったよだれが、電源コードの表面をべっとりと覆《おお》っている。

ルイスは部屋の隅の壁に倒れ込み、シャーリーンは彼にぐったりともたれかかった。

ふたりの呼吸は荒かったが、次第に大きく波打つ胸のリズムが合わさっていく。

「なんなの、これ。最悪。でしょ?」。シャーリーンがかすれた声で話しかけた。

「そうだな」と、ルイスが答える。「最悪だ」

彼は解剖室を見渡した。至るところに血液と体液が塗りたくられ、赤と黄に染まっている。爆発現場かと見紛《みまが》うぐらい、解剖道具が散乱していた。ひっくり返ったスツール。うつ伏せの死体。死因は、彼が放った銃弾だ。サンディエゴの検屍官補、ルイス・アコセラは、人を撃ったのだ。地元のマスコミはなんと書き立てるだろう? 手の中に拳銃の存在を改めて確認し、発砲の熱でシューッと音を立てているかに感じた。周囲を見回し、超自然現象の不思議な渦でも巻き起こって、拳銃を持ち去ってくれればいいのにと願いつつも、安全装置を戻して手術着のポケットに慎重に入れる以外にないという結果に甘んじる。

ルイスに聞こえるくらい、シャーリーンがはっきりと息を呑んだ。「無線信号。電池。なんであれ、何かが彼の脳を刺激し、四肢と、それから……口に信号を送って動かしたのよ」

「死後硬直が始まってるのに？　あれだけ切り刻まれたのに？」

ルイスに寄りかかるシャーリーンが震え、彼女の個々の筋肉が、迅速に効率よく身体を動かすべく陣形を組むのを感じた。体勢を整えたシャーリーンは彼から離れ、カウンターを伝いながら進み、オフィスの電話へと向かっていく。彼女は突然、噴き出した。「私ったら、誰に電話するわけ？」

「僕の父が言っていた。然るべき時が来たら、神様が彼らを連れていく、とね」

「今、神様を持ち出さないで」

「神様の計画が明らかになるまで、何世紀もかかるんだそうだ」

「アコセラ先生、私を見て。こんなとき、先生が精神に異常をきたしたら困るわ」

動けばもどしてしまいそうだったが、ルイスは顔の向きを変えた。シャーリーンは電話のそばに立っている。彼女お馴染みの好戦的な面持ちを見るなり、感謝の念が込み上げてきた。

「先生はいつも私になんて言ってるんだっけ？」と、彼女が問いかける。

鎖帷子《くさりかたびら》でも着込んでいるのかと思うほど身体が重く、疲労困憊だったが、ルイスは肩をすくめてみせた。「タバコだ。タバコを喫うのをやめろ」

「先生は私に、この仕事は死者だけではなく、生きている者にも関わる仕事だって言った。たった今起こった出来事は――そんなふうに簡単に考えられることじゃないのはわかってるけど、私もそう感じる。でも、みんなに伝えないといけない。今すぐにでも、伝えるべきだわ。先生が子供の頃、教会のミサで侍者を務めてたのは知ってる。だけど、これは科学なの。神様の思し召しとかじゃなくてね」

彼は、磨かれた解剖台のスチール板を覗き込む。怪物ゴーゴンのドッペルゲンガーとも言いたくなる顔がこちらを見返していた。ルイスはシャーリーンに同意してうなずいたものの、解剖台に映る自分の〝双子〟の首肯《しゅこう》は、ためらいがちに思えた。

「よかった」。シャーリーンは安堵の表情を見せる。「じゃあ、誰に電話したらいいか教えて」

実は、このような事態のプロトコルは存在していない。つまり、緊急時連絡リストには、ひとりの名前しか載っていないのだ。ルイスは大きく息を吸った。これは自分の役目だ。シャーリーンが言う通り、自分が電話をかけ、自分がやらかした状況をまとめて報告しなければならない。そのプロセスは、摘出した臓器というパズルのピースを死体の体内に戻すようなものだった。

めまいと闘いながら、彼は死体から遠回りして歩き始めた。身元不明遺体が最初に床に落ちてもがいた地点に残る、渦巻くような粘着性生体物質、ひっくり返った解剖器具のトレイ、匍匐《ほふく》前進の跡を示す粘液の筋を踏まないように通り過ぎる。そして、頭蓋骨と脳味噌の細かい残骸を避け、スマートフォンを充電器から外した。

複数の受信メッセージが待ち構えていた。結構な数だ。親指で画面を弾き、通知欄を手早くスクロールしていく。留守番電話の音声メッセージは全てローザからで、最後にひと言、「電話して」というテキストメッセージ一通で締め括られていた。その短い一文から、彼女の募る苛立ちが垣間見える。以前も、パイプが破裂してキッチンが水浸しになったときや、リスが家の中に侵入してきたときに、こんなふうにルイスの携帯に大量のメッセージを投下してきたことがあった。とにかく、妻が抱えている非常事態がなんであれ、待ってもらわないといけない。

アドレス帳の「お気に入り」欄をタップしたが、ジェファーソン・〝JT〟・タルボットと話をするのは、お気に入りのタスクとは到底言い難い。JTの電話の呼び出し音が鳴る中、ルイスは身元不明遺体の足の裏を見つめた。企業のお偉方であろうが、ホームレスであろうが関係なく、足の裏は、かつてその人物が乳児だった頃に思いを馳せさせる。ぷよぷよとした肉に皺が入り、足の指が小さなこぶのようだった赤ん坊の頃に——。

無防備な存在を殺したのではない。ルイスは自身に言い聞かせた。これは流産ではないんだ。

四回目の呼び出し音で、JTが電話を取った。

「アコセラですが」と、ルイスが名乗る。

JTは、彼が羨望する快活さを備えていた。それだけではなく、周囲の環境に順応し、必要とあれば、ゲイらしさ、黒人らしさ、あるいはその場その場に合ったプロ意識を臨機応変に示す能力も持ち合わせている。ところが、今宵ルイスが〝遭遇〟したJTは、これまでとは全然違っていた。あれほど中身がなく、教養の欠片《かけら》も感じさせない話し方をするなんて。ルイスは戸惑った。間違ってダイヤルしたとかで、とにかくどういうわけか、彼のスマートフォンが賢明《スマート》でなくなったのか。もしくは、寝ていたJTを起こしてしまったのか。それはあり得ない。ラスベガスは真夜中。他の場所の朝六時に相当する。JTのような夜型人間にとっては、活動していて当然の時間帯ではないか。

「夜分遅くにすみません」と、ルイスは切り出す。「スピーカーフォンで話しますね」

彼は、腸が入ったボウルの脇に電話を置いた。

〈なぜだ？　そこに誰がいる？〉。JTの警戒心が露わになる。寝ぼけているのではなく、覚醒している証拠だ。

「私のディーナー、シャーリーン・ルトコフスキーだけです」

〈無理だ、アコセラ。スピーカーフォンでは話せない〉

ルイスとシャーリーンは顔を見合わせる。ジェファーソン・タルボットは、通話を他の誰かと共有するのを滅多に断らないのを、ふたりとも知っていた。断るときは、なぜ共有できないのかを、共有できない相手に説明するはずだ。これまた、彼らの上司らしくない態度だった。

「わかりました。スピーカーはオフにします」と、ルイスは嘘をつく。「どうかしたんですか?」

ＪＴは笑い出した。ゴブリンの鳴き声のような声だ。〈アコセラ、教えてくれ。私の電話に、君の名前が表示されているんだが〉

「ＪＴ、どこか変ですよ。何かあったんですか?」

ＪＴは黙った。電話の奥の方で物音が聞こえる。物音といっても、ＪＴがいて当然のカジノやスイートルームでの宴会といった賑やかな雑音とはどこか違う。閉ざされた空間での不気味なざわめきというか、ぶっきらぼうな役人たちのヒソヒソ話に近い音かもしれない。

〈死体が生き返った。違うか?〉。そう放ったＪＴの声は、〝悲しげ〟と形容していいくらいだった。

ルイスの背筋が凍る。解剖室がこれ以上ないくらいに、冷え込んだ気がした。まるでＹ字形にカットされた自分の胴体から内臓が全て外に垂れ出し、空の死体袋同様に重さがなくなってしまったかに感じる。どんな手段を使ってでも、自分たちが目撃したものの恐怖は封じ込め、消毒し、焼却するのだと信じていたわずか数分前までの己の考えを嘆いた。とはいえ、ＪＴはすでに〝この件〟を知っていたのだ。つまり、事態は想像以上に大きい。ルイスは、腐敗が進む脚から大腿骨と脛骨が飛び出すような感覚に襲われ、崩れ落ちそうになる。自分だけではない。何もかもがガラガラと崩れていく気がした。

「ＪＴ……?」。彼は、懇願に近い響きで呼びかけた。まるで、主人に哀訴する召使いのごとく。

〈死亡推定時刻《ETD》からどのくらい経過してた?〉。その問いかけは、あらかじめプログラムされていた音声を思わせた。

「四時間半?　五時間かも。JT、奴は起き上がって、我々に向かってきたんです」

〈Après la mort《アプレ ラ モール》〉。JTは、「死後」を意味するフランス語を言い放ち、引きつった笑い声を立てた。

〈当たりだろ?〉

「何を知ってるんですか?」。ルイスが問いただす。「教えてください!」

電話の奥で聞こえる話し声が大きくなった。携帯電話が乱暴に揺れたのか、ゴツンという鋭い音がする。もしかしたら、もっと静かな場所に移動したのかもしれない。再びJTの声が聞こえてきたが、口のそばを手で覆って声量を増幅させているのか、先ほどよりも大きく、シューッという歯擦音《しさつおん》が強くなっている。

〈とんでもない話を聞いた〉と、上司はかすれ声で打ち明けてきた。〈ここに、ある場所で働いている奴がふたりほどいて——それ以上は言えない〉

「一体、誰です?」。ルイスは食い下がった。「今、どこにいるんですか?」

〈パーティと言えばいいかな?〉と、JTは答え、再び笑い声を上げる。正気を失いかけている感じがした。〈アコセラ、君が私に話しかけてくれ。あいつらが……私を見てるんだ。だから、言いたくても口にできない〉

ルイスは時折、JTが絶望的な境地に陥《おちい》ればいいと願ってしまうことがあった。それが今、実現したと言えるのかもしれない。なのに、ちっとも嬉しくない。それどころか、高慢で利己的なジェファーソン・タルボットを復活させるためなら、なんだってやるという気になっている自分がいた。シャーリーンに視線を向け、助けを求めたが、彼女は首を横に振り、ヘアネットを外した。大蛇を彷彿《ほうふつ》とさせるほどボリューム豊かで、緩くカールされた髪が、盛り上がった胸にはらりと垂れ、ふんわりと揺れる。ルイスは咳払いをした。

「こちらに……身元不明遺体が搬送されまして」

〈サンディエゴ市警《SDPD》絡みか？〉

「ですね」

〈だからこんな遅くまでそこにいるんだな。君たちふたりで解剖を？〉

「ええ、まぁ」

〈頭の状態は？〉と、ＪＴが訊いてきた。〈脳について教えてくれ〉

ルイスは、三八口径弾によって立ち昇った煙を思い出した。自分が身元不明遺体を撃った事実を認めたくない。ＪＴに対しても、自分自身に対しても、だ。

「脳を調べる理由がなかったので……」。彼は言葉を慎重に選んで返事をした。

　ＪＴの吐く息が電話の送話口に当たり、音が割れる。

〈同じだ。くそ。あれだ〉。上司の声が強張った。〈君は何か提出したのか？〉

　ルイスはシャーリーンを見る。彼女が両手の親指を立てて「うまくいったね」の意思表示をしてくれたので、彼に数㏄の自信が注入された。

「もちろんです」と、ルイスは胸を張って返事をした。「地元当局とＶＳＤＣの両方に」

〈なんてこった！〉。いつも多くの公務員をまとめていたハツラツとした声が、耳障りな甲高《かんだか》さを帯びた。〈ＶＳＤＣに送られた記録は、ひとつひとつ綿密にチェックされるんだぞ。電話しろ。今すぐやれ。報告を撤回するんだ。アコセラ、覚えておけ。大変なことになる。とんでもない事態が襲いかかるはずだ〉

困惑が脳内だけでなく、五臓六腑にまでこびりついてしまった気がする。ルイスはその想像を払拭《ふっしょく》しようとした。

「どうすればよかったんですか？　ＪＴ、一体どうすればいいんです？」

轟くような低音で、ＪＴの声がかき消されそうになる。ＪＴと同室しているのが誰であれ、近くまで来ているらしい。上司が他の誰かと話しているとわかり、ルイスはその会話をもっとよく聞き取ろうと首の角度を変えた。シャーリーンが、脳漿《のうしょう》やら粉砕骨やらも含めて床を陣取る身元不明遺体の頭部を避け、爪先立ちで近寄ってくる。電話の向こうの低い声は、唸《うな》りのように割れて聞き取れない。

するとＪＴが電話口に戻ってきた。電話が咳払いをするようにパチパチと鳴る。

〈アコセラ、君はまだ、解剖室にいるんだな？〉

「ええ、ですが――」

〈そこにいてくれ。死体と一緒に。我々はこれから……助けを送る〉

シャーリーンが激しい身振りで、ルイスに電話を切れと訴えている。ＪＴからここにいないといけないと言われ、ルイスは閉塞感を覚え、頭がクラクラした。

「〝我々〟とは？　〝助け〟って？」。やっとの思いでルイスが訊いた。

〈ルイス、とにかく言われた通りにやれ〉。ＪＴは不満げに言った。〈こいつは全て……君だろうと私だろうと、もう何も――〉

「ルイスって呼ばないでください。僕をファーストネームで呼んだことなどないくせに。あなたが僕の名前を知っているだけで、驚きですよ」

「電話を切って！」。シャーリーンが小声で鋭く告げた。

〈頼むよ〉と、ＪＴが懇願する。〈私と君が友人関係を築いてどのくらいになる？〉

「友だちだったことなんて、一度もありません！」

　すると、ＪＴが怒鳴り出した。〈いいから聞け、不法移民！　私がいろと言った場所に、おまえは留まれ！　動くんじゃないぞ！〉

「たわけ、ホモ男！」

〈反逆児気取りのラテン系のくそガキめ！〉と、ＪＴもさらに言い返してきた。

「奴隷上がりのおべっか使いのゲイ野郎！」。売り言葉に買い言葉の応酬だ。

「さっさと電話を切って！」。シャーリーンも大声を出す。

　そのとき、奇妙なゴボゴボという音が電話から聞こえてきた。まるで、大静脈切開後に、死後間もない肉体からあふれ出す血液の流れの音だ。あまりの生々しさに、ルイスは携帯のスピーカーから血が噴き出すのではないかと思った。ところがすぐに、彼はその不快な音が、実は柔らかな泣き笑いの声だったと気づく。

〈聞いてくれ、ルイス。私は君の名前を知っている。ずっと前からだ。私たちふたりが検屍官に立候補したときに、すでに知っていた。私はいつだって君が好きだった。信じてくれないだろうがね。君の仕事ぶりは見事だ。なのに私ときたら……何が自慢できる？　笑顔くらいか？〉

　ＪＴは、いったん言葉を切り、さらに話し続けた。〈ルイス、申し訳ない。もうコントロールできない。私の言ってる意味がわかるか？　私では、この事態を制御するのは無理だ。謝るよ。我々全員に対して。みんなに対してね〉

　間違いない。これは別れの言葉だ。ルイスがシャーリーンに目をやると、彼女は手旗信号のように腕を振って合図を送っていた。指一本を首の前で横に引いて喉を搔っ切るようなしぐさをし、なんとかルイスに電話を切らせようとしている。しかし、彼女のパントマイムに説得力はない。良き医者は、ここまで気落ちした相手の電話を切ったりはしない。たとえそれが、ジェファーソン・タルボットでも、だ。

「JT、僕と話し続けましょう」

返事は、激しい打撃音の連続だった——電話が落ちた音に違いない。電話を落としても、大抵の場合は、拾い上げられる。落としたからもういいや、などと、自分たちを広い世の中とつないでくれるこのデバイスを捨てたままにしておくなどあり得ない。しかしながら、今回、ルイスの耳は、遠のいていく足音を聞いた。突然、これまで感じたことがないほど深刻な懸念を、上司に対して覚える。

「JT!」。ここに吊り下げ式の計量器があったとしたら、それを振動させてしまうくらいの勢いで、ルイスは叫んだ。「そこから出ろ! 逃げるんだ!」

ルイスはハッとして口をつぐむ。動揺のあまり、ヒステリックな声を上げてしまった。彼とシャーリーンは、一分、もしかしたら二分もの間、互いに顔を見合わせていた。自分がJTにしたように、自分たちも逃げないといけないとシャーリーンが騒ぎ立てるのではないか、と思った。彼は、そう言われたときの自分の答えを考えてみた。プロトコルはある。いつだって、従うべき手順は存在する。

誰かがJTの電話を拾い上げたのか、スピーカーからカサカサと音がした。

そして、かなり低音の声が聞こえてきた。

〈もしもし? そちらは誰かな? アコセラ? そう彼が呼んでた気がする〉

なら、自分から見て〝そちら〟は誰なんだろうか。ラスベガスに頻繁に出入りする権力者たちを思い浮かべるも、選択肢が多すぎて、頭がクラクラする。秘密裏に何かをするのに、ベガスほどの適所はない。電話の向こうの部屋には、政府のどのレベルの誰がいてもおかしくないのだ。彼らからの命を受け、FBI捜査官がけたたましくサイレンを鳴らし、このバルボアパークの死体置き場を一目散に目指している可能性だってある。あるいは、静かに事を進める方を好む場合もあるだろう。

「そちらは？」と、ルイスは同じ質問を返した。

〈リンドフだ〉と、相手は名乗った。ルイスなら声の主に気づくだろうと思っていたのか、その返事は、若干の驚きを含んでいた。ルイスは誰なのか、考えようとした。カリフォルニア州知事事務所に、リンドフという人物が勤めていただろうか？　国土安全保障省のリンドフ？　いや違う。しかし、ルイスの脳内の全てが静止したかのごとく、頭がうまく働かない。

「そりゃ、どうも」と、ルイスは受け流す。正直、このリンドフがどこの誰だろうとどうでもよかった。「JTを電話口に戻してくれ」

〈あー、申し訳ないんだが、ちょっと無理そうだ〉

「いいか、ミスター・リンドフ。ジェファーソン・タルボットを連れてきて、電話口に戻すんだ。それは彼の電話だからな。さもないと、次に僕はニューヨーク・タイムズに連絡するぞ」

〈へえ、そうなのか？　何を話すつもりだ？　どうやってそのネタを売り込む？〉

相手のふざけた態度が癪《しゃく》に障った。しかし、彼の言うことにも一理ある。ルイスが記者に何を言っても、どうせ「頭のイカれた奴」と名づけられたメールボックスに追いやられ、そのまま忘却の彼方へと葬り去られるのが関の山かもしれない。

「この事態は、あんたのせいなのか？」と、ルイスは問いただす。「政府が引き起こした？」

リンドフは小さく噴き出した。〈私が政府の片棒を担いでると思う根拠は？〉

「あんたじゃないのかもしれない。だが、誰がやらかしたのか、張本人を知ってるんだろ？」

首をすくめたのか、高級そうなシャツが擦れる音がする。〈そういうわけではない〉

「じゃあ、なんで僕と話して時間を無駄にしてるんだ？　このくそみたいな状況を解明しろよ！」

〈君はパニックに陥ってるみたいだな〉

「ご名答！　パニクってるとも！　こっちが今、どんな気分かわかってるのか？　僕らはテーブルに座って楽しくUNO《ウノ》をやってるんじゃないんだぞ！」

〈僕ら？〉。リンドフが聞き返した。〈アコセラ、そこに誰か他にいるのか？〉

ルイスはシャーリーンを一瞥する。彼は嘘をつくつもりでいたが、彼女はこくりとうなずいた。

「その通り。僕ら、だ」。ルイスの返答に、シャーリーンは顔を輝かせた。「で、僕らは三〇秒後にはここを出られる。パニックについて話したいんだっけ？　僕らはここを出て、通りで最初に出会《でくわ》した誰かにここで起きた一部始終を暴露してもいいんだぞ。写真は瞬く間に拡散されるってことは、さすがに知ってるだろう？　帰途に就く前に、何枚写真が撮れるかな？　JTからそうしてはいけない理由を聞かない限り、僕らは急いで立ち去るつもりだ」

〈実に興味深い〉と、リンドフが言う。〈しかし残念ながら、ミスター・タルボットはもういない〉

「彼を呼び戻せ」

〈さすがに無理だ。私たちは、ラスベガスのトランプ・インターナショナル・ホテルの最上階にいる。君の相棒のミスター・タルボットは、さっき、バルコニーから飛び込み競技よろしくスワンダイブをしやがった。なんてこった。ここは六四階だぞ〉

第一解剖室全体に下りてきた静寂の帳《とばり》は、ルイスに、ローザとコロラドで余暇を過ごしたときのことを思い出させた。朝、ふたりで表に出ると、辺り一面に一メートル半も新雪が積もっており、粛然《しゅくぜん》たる銀世界が広がっていたのだ。

検屍官のジェファーソン・タルボットが死んだ？　明朗で見栄っ張りで、おそらく二枚舌だが、活力に満ちていた彼が、ゴールドに塗られたバルコニーの手すり壁を乗り越えて飛び降りた？　なぜリンドフがＪＴを電話口に戻せないのか、ルイスの疑問は解明された。では、ＪＴがいなくなった今、自分が責任者なのか？　これは、自分がずっと待ち望んでいたことではなかったか？　息苦しいほど静まり返る部屋の中で、ルイスは傷心だけでなく、己のキャリアが目指していたもの全てを拒絶した。

　しかし、彼が感じていた静寂は、真の静寂ではなかった。てっきり換気口のノイズだと思っていた金属音が、どんどん大きくなり始めたのだ。それは、窓ガラスに当たる雨粒のように均一な音ではなく、鍵のかかったドアに複数の平手が打ちつけられるのを思わせる不規則な音の重なりであった。

　シャーリーンは、ルイスの数秒後に音に気づいた。検屍官補とそのディーナーは、何かさらなるグロテスクな進化があるのではないのかと緊張し、慄《おのの》きながら身元不明遺体を見つめた。ところが物音は、別のところから聞こえてくる。ふたりは、動きを合わせた方が、恐怖が薄れるのではないかと思ったかのように、同時に音がする方を見た。

　そこは一般的に「冷凍庫」や「冷蔵庫《クーラー》」と呼ばれることが多いのだが、この死体安置所《モルグ》のスタッフは、よりイカした響きだからか、刑務所の独房に因《ちな》んで「冷蔵室《クーラー》」と呼ぶのを好む。出入り口はスーパーマーケットと同じタイプの自動ドアゆえ、スタッフがストレッチャーを押して入る場合でも、温度が調節されたこの空間にアクセスしやすくなっている。この部屋に設置された金属の棚に、初回検査、家族による身元確認、解剖、あるいはその後の法規命令のために、遺体が保管されているのだ。バッテリー充電式油圧リフトが二基備わっており、袋に収納された遺体を棚の一番高い段に載せたり、あるいはそこから降ろしたりすることが楽にできる。目下のところ、様々な腐敗状態の一〇〇体以上が冷蔵室に横たわっているはずだ。

　そこから聞こえてくる音から判断すると、彼らが目覚めたとしか考えられない。

　コンコンという軽く甲高い感じだった金属音が、ドンドンという音に変わり、それが、体当たりでもしているかのようなバンバンという激しい殴打音になっていく。ルイスは、冷蔵室の棚の詳細を思い浮かべた。金属製のストッパーが棚のトレイがずれるのを防いでいるのだが、トレイに載った死体を固定するものは何もない。そもそも死体は動かないので、拘束する必要がないのだ。弱々しいゴングのような音が聞こえ、ルイスとシャーリーンはギクリとした。それは紛れもなく、死体の頭が上の棚にぶつかる音だったからだ。またゴンという音が響き、別のゴンという音も鳴る。棚の死体が次々と頭を持ち上げ始め、その合図を送ってきた。とうとう、液体が跳ねるような恐ろしい音が聞こえた。重々しい音、大きな殴打音が連続し、その後に、死体袋が裂けたことを思わせる鋭い音が続く。

いくつもの死体が棚から転げ落ち、床に落下する。自ら、そうしているのだ。

渦巻く妄想を止めるのに、今度は三八口径リボルバーを自分に向けて撃たねばならないだろう。ルイスは、何十もの死体袋の塊が、目のないイモリのごとく冷蔵室の床を這い回っている様を想像した。自分とシャーリーンが静かにしていたら、それらの恐怖の存在は、しばらくの間、ただ闇雲に動き回っているだけなのかもしれない。

〈もしもし？　アコセラ？　まだそこにいるのか？〉

突如リンドフの声が聞こえ、驚いたルイスはＪＴのように、手から電話を滑らせてしまう。だが、ＪＴとは違い、彼は床に落ちる前にそれをキャッチした。

〈ミスター・タルボットのことは、残念だった。お悔やみを言わせてくれ〉と、リンドフは言った。〈彼は、楽しくて可愛いゲイに見えたよ〉

その物言いに、ルイスは腸《はらわた》が煮えくり返る思いだったが、ここは持ち堪えなければならない。怒りを抑え込む際によくやっているように、昔を振り返ってみる。今回頭に浮かんだのは、とある横柄な勤務医が、当時は理想家だったルイスを「素質がない」と見くびったときの記憶だった。明らかに侮辱の言葉を投げつけられたわけだが、実はその医師からは、ルイスがずっと肝に銘じることになる教訓も得ていた。

　身元確認をする大切な身内がひとりもいない孤独な死体だとしても、生きている者になんらかの影響を与えるのだと、医師は説いた。例えば、家にずっと引きこもっていたひとり者が、押し入った強盗に撃たれたとする。最初に対応した人間は、発見時の惨状の記憶とともにその先ずっと生きていかなければならない。外科医、看護師、用務員、インターンは静かな夜を邪魔されることになる。刑事は真相を突き止めるべく何週間も費やす。地方検事は事件解決のプレッシャーの中、被害者について調べ、感情移入するほど出来事に深入りするだろう。保険会社の担当者は、あの手この手で保険金支払いの責任逃れをしようとし、家主は故人の滞納分の家賃は得られないのに、突然、部屋に残されたゴミの山を所有する羽目になる。こうした全員が、死亡者の第二の家族を形作るのだ。そして、その先も生き続けたいのなら、皆で協力する必要がある。そうなのだ。ルイス、シャーリーン、リンドフ、誰であろうと、彼らは力を合わせねばならない。

　ところが、シャーリーンは感情を爆発させた。

「ミスター・リンドフ、JTは自分で飛び降りたの？　それとも、誰かが彼に手を貸したのかしら？」

「シャーリーン！」。ルイスは小声で注意した。

　冷蔵室からは、さらに袋が裂ける音が響いてきた。

〈おや、女性なのか〉。リンドフがシャーリーンの声に反応する。〈声が聞けて嬉しいよ、ベイビー。私を喜ばせてくれる君は誰かな？〉

　シャーリーンが口を開きかけ、歯がきらりと光ったのを見て、ルイスは慌てて叫んだ。

「ダメだ！　名前を言うんじゃない！」

ルイスには、冷蔵室の自動ドアがシューッと開く音などほとんど聞こえなかったのだが、その目は、開いたドアを捉えた。子供の頃、ベッドにいた自分が、開いたクローゼットのドアを見た晩の記憶が蘇る。あのとき、兄のマノロが隣で寝ていたのだが、なんの役にも立たなかった。言葉では言い表せない何かがクローゼットの中で待ち構えているのだと、彼は感じたのだった。

視界に飛び込んできたのは、白い死体袋だった。収納された手と足、頭で、抽象的な形に膨らんでいる。

「行こう!」。ルイスの声が上ずる。「シャーリーン、ここを出るぞ!」

彼はカウンターから自分の鍵を摑み取り、一瞬だけ考えて、スマートフォンの充電器も手にした。シャーリーンは躊躇《ちゅうちょ》せずに駆け出し、身元不明遺体の周囲に広がる血糊を踏まぬようにして、部屋の反対側にあるカウンターのバッグを取りに向かう。彼女が目指す先は冷蔵室の近くだったため、ルイスは恐怖で声を上げてしまうところだった。というのも、最初の死体袋に続き、さらにふたつの死体袋が姿を現していたからだ。それらの頭部は、ファスナーで閉じられた死体袋のプラスチックの内側にピッタリと貼りついている。袋を持ち上げる様子は胎盤の塊を抱えた赤ん坊にも見え、今にも生まれそうな勢いだ。するとファスナーが開き、その隙間から腕が伸びたと思うや否や、袋からゼリー化した腐乱死体がドロリとこぼれ出た。

ルイスは、シャーリーンに手を差し出しながら走り出した。ふたりが手を握るのはこれが初めてだったが、彼女の手がこちらの手をしっかりと摑み、その汗ばんだ皮膚の感触と握る力の強さに、ルイスは気持ちが昂《たか》ぶった。まるで生き返った身元不明遺体のように、自分が新たな命でどんどん満たされていく。次第に落ち着きを取り戻し、彼は心を決めた。ふたりで、この這いずり回る残虐な存在から逃げてやる。そして、ラスベガスの連中が〝助け〟と称してこちらの口封じをしようと送り込んできた誰であれ、絶対に回避してやろう。

術衣のポケットに三八口径の拳銃と一緒にスマホを滑り込ませたルイスは、ヘアネット、エプロン、アームカバーを剝ぎ取っていく。シャーリーンも同じようにした。互いの手をつないだまま、身に着けていたものを外すのは容易ではなかったものの、結ばれた〝絆〟を断つ意思は全くなかった。

「どこに行くの?」と、シャーリーンが訊いた。

「ローザ――妻の無事を確認しないと。いいかい?」

「私は先生についていく。わかった? さっさと行きましょう!」

駐車場までたどり着くと、冷ややかなモルグにいた彼らは、カルフォルニアの夜間の暖かさの不意打ちを受けた。ルイスの汗が、ジュージューと焼けるベーコンから染み出す脂のように流れ出す。空気は濃密で、煤《すす》の匂いがした。遠くの方で警察車両と救急車のサイレンが鳴っている。この時間帯では、いつも通りの忙しさに思えるが、〝いつも通り〟だとは限らない。

駐車場にあった車は二台のみ。ルイスのシルバーのプリウスの方が、信頼性が高い。それにはシャーリーンも異論はなかった。つないでいた手を離して車に乗り込もうとした矢先、シャーリーンがルイスの鍵を奪い取った。今度は彼が、異論がないと認める番だった。今、彼らに必要なのは、命知らずのドライバーだ。

プリウスの静かな車内に入り、ルイスは、まだリンドフの声が聞こえていることに気づく。そういえば、どちらも通話を切っていなかった。リンドフはかなり楽しげに話している。誰かが聞いていようがいまいが、気にしていないのは明らかだ。ルイスは電話を切ってしまいたかった。リンドフの一言一句がとにかく神経を逆撫でする。とはいうものの、ルイスの注意は、この時間には存在しないはずの交通渋滞、放置されたままの事故車から立ち昇る煙、ハイウェイを無謀にも横切る、頭を抱えそうなくらい多数の歩行者などに向けられることになった。シャーリーンのナビ役を務めながらも、彼はひとり言をつぶやく。「落ち着け。落ち着け。落ち着け」

しかし、まだ、リンドフの声は聞こえていた。〈たとえ私が誰かを知っていたとしても、たぶん君は間違ってる。私は一時間前の私ではないからだ。今の私は、さっきよりもいい人間なんだよ、ベイビー。マシになったんだ。私が確信していることがひとつある。君は反対に、ひどくなってるってことだ。やっぱりパニックに陥ってるのかな？　答えはイエスだろ？　そうとも、君は本当にパニック状態。粗相をしてしまうくらいにな。君は私が考えていることを知っているのか？　アコセラ、君の世界は海の下に沈むんだよ。逆に私の言葉は、山のようにそびえるだろう。ジーザス・ホレイショ・クライスト！　きっと素晴らしいことになるはずだ〉

行け、レッドスキンズ

一〇月二五日、VSDC（生命に関する統計データ収集）ケースナンバー〝129‐46‐9875〟を見つけたエッタ・ホフマンは、いつもの彼女らしく感情を欠落させたまま――つまり、無表情のまま、それを同僚の統計学者であるジョン・キャンベル、テリー・マカリスター、エリザベス・オトゥールのところへ持ち込んだ。そして彼らは、ホフマンの仕事スペースに集まる。狭い空間ゆえ、同僚との距離が近くて気に障ったが、彼女はそうした不快感を胸に秘めておくのには長けていた。AMLD（系統解析および多次元データベースの米国モデル）の緊急対応能力にはまだ自信がなかったため、当該の報告書をプリントアウトし、エリザベス・オトゥールに手渡した。報告書の後半は、サンディエゴの医師ルイス・アコセラが吹き込んだ音声データの書き起こしテキストで、エリザベス・オトゥールはその部分を音読する。個人的な感情を隠すのを諦め、エリザベス・オトゥールの腰を抱いていたテリー・マカリスターは、このソフトの不具合ぶりを百も承知だったため、〝通訳〟を買って出ていた。「Write meal《ライトミール》……食事を書く？」

「White male《ホワイトメイル》……白人男性」

「Cause of debt《コーズオブデット》……借金の原因？」

「debt《デット》じゃなく、Death《デス》だね。死亡原因だよ」

「Not《ノット》……repeat《リピート》、not《ノット》 barristic《バリスティック》……barristic って何？　弁護士を指す barrister《バリスター》の何かなの？」

「Ballistic《バリスティック》。弾道」

「……ballistic insult《インサルト》。銃弾による損傷ね。で、Preceding《プレシーディング》……前述の？」

「Proceeding《プロシーディング》。手続き」

「……with《ウィズ》 examination《イグザミネーション》 of《オブ》 the《ザ》 fart《ファート》……おならの検査を？」

「うわ、それは最高だな。fart じゃなくて heart《ハート》。心臓だ」

「will《ウィル》 check《チェック》 for《フォー》 confusion《コンフュージョン》。混乱がないかどうかをチェックする？」

「混乱の有無に関しては、もう手遅れだな。そこは occlusion《オクルージョン》。閉塞。血管の閉塞だろうね」

「……and《アンド》 car《カー》 dee《ディー》 oh《オー》, my《マイ》 empathy《エンパシー》……そして、車のＤ？　ああ、我が共感？」

「これは、もはや詩だな。誰か、このアコセラって奴に桂冠《けいかん》詩人の称号を与えてやれよ。今すぐに」

ホフマンは、ＡＭＬＤの人間たちが自分のことを「かの詩人」と呼んでいることは知っていた。自分は耳が聞こえないわけではない。しかしながら、テリー・マカリスターが言った桂冠詩人のジョークは、ホフマンに向けたものではなかった。エリザベス・オトゥールは静かに笑い、完璧な涙の粒が彼女の目尻を大きく見せている。ホフマンは、この反応を見て喜んだ。笑うことで多くの人々がリラックス効果を得られるのは理解している。オフィスで笑顔を見たのは実に四八時間ぶりで、ホフマンでさえ、さすがにマズいと思い始めていた矢先であった。

その頃には、１２９-４６-９８７５のケースについて目新しい内容は何も見当たらなくなっていた。ここ二日間で、「彼ら」や「奴ら」に関する似たようなニュースが三万六四二回も伝えられている。この報告書で唯一注目すべき詳細（書き起こしソフトのトンデモ翻訳を除いて）は、タイムスタンプだろう。ホフマンはそれを「起源《オリジン》」のフォルダーに入れ、はっきりと赤いインクで「Zero-00:00《ゼロ》」と書かれた付箋を貼った。次に古いものは、VSDCがその四時間二一分後に記録したもので、「Zero-04:21」と記されている。そして、時系列順にどんどんファイルが続く。新時代の新たな秩序。それはホフマンに、笑いがエリザベス・オトゥールに与えたようなリラックス効果をもたらすのだった。

Zero-00:00から、ホフマンの同僚は、彼女とは異なる印象を受けた。出発点として捉えるのではなく、終わりの始まりだと考えたのだ。

「一一月の感謝祭、一二月のクリスマス……ホリデーシーズンが近づくこの時期になると、毎年、また一年どうにかこうにか無事に過ごせたってお祝いしていたんだ。わかるだろ?」と、ジョン・キャンベルは悲しげに顔をしかめた。「で、いつも自分自身にこう言っていた。『まあ、いいや。でも、来年もこうやって同じように祝いたいから、よろしく頼むよ』ってね。それって、大事なことだろ?明日もここに——同じ場所にいるかどうかを心配することが、自分を生かし続けるんだ」

ホフマンは、ジョン・キャンベルの人生がうまくいっていないことを承知していた。二一ヶ月の間に、彼は子供を白血病で亡くし、妻とは離婚していたのだ。それで人生の基盤がぐらついてしまっている。ろくに食べず、コーヒーで生きているようなものだ。彼がここまで持ち堪えて最後の四人に入ったことにホフマンは感銘を受けたものの、次の脱落者はまず彼になるだろうと思っていた。別にそれで構わないし、待ち望んでもいた。キャンベルの立つ場所が、常に自分に近すぎるのだ。

「私たちの中で、明日ここに来る人なんているの?」。エリザベス・オトゥールが涙を拭《ぬぐ》う。その涙が頬を伝う様子が見られなかったことに、ホフマンは妙に落胆した。

「私が言っているのは、そういうことだ」と、ジョン・キャンベルが訴える。「もしも明日という日がないのなら、私たちは自分の犯した過ちとともにここに残されるだけ。かの詩人が時計をリセットして Zero-00:00 にする前に我々がしたこと全てがそうだ。今、その過ちとやらを見つめられる機会が来た。新たな日が来るという希望はない。私が言っていることがわかるか？ 自分がこれまで犯したあらゆる間違いの報いを、これでもかって受けるんだよ」

「教会の説教みたいだな」。そうつぶやいたのは、テリー・マカリスターだった。

「どういう意味だ？」と、ジョン・キャンベルが強い口調で訊ねる。

「それって、教会で言われたことじゃないのか？ 罪を犯すと地獄に落ちて、昔のテレビ番組みたいに、自分の前でサタンが犯した罪を見せびらかすんだよ」

『This《ディス》 Is《イズ》 Your《ユア》 Life《ライフ》（これがあなたの人生）』だ、とホフマンは思った。彼女は昔のテレビ番組が好きで、食事中でもトイレ休憩でも、真夜中きっかり——就寝時間——になるまで何話も立て続けに見る。もしくは、同じシリーズの最終話まで一気見して、別の番組を見始めるのだ。

「我々がまだ地獄に行っていないことを除けば、な」と、ジョン・キャンベルが言う。「我々はまだここにいる」

「だが、〝彼ら〟だってそうだ」と、テリー・マカリスターは返事をした。

「とどのつまり、奴らは我々から奪ったんだ！ 我々が教わってきた〝死んだら、もっといい場所に行ける〟という約束を。〝彼ら〟だか〝奴ら〟だか知らないが、とにかくあいつらが、我々に『もっといい場所などない』と明かしてるんだよ。もはやこれまで、だ。終わりだよ」

「やめて」と、エリザベス・オトゥールが間に入った。「意味がわからないわ」

「命は贈り物だ」。ジョン・キャンベルは、ホフマンの椅子の背もたれを握りしめている。彼女はキャンベルの吐く熱い息を感じ、彼に消えてくれと願った。「そして、贈り物として、我々に授けられ、我々のものとなる。だから、それを取り上げることができるのは、我々だけなんだ。我々が決めること。あいつらじゃない」

ジョン・キャンベルは三日後に去った。ホフマンは、自殺したに違いないと思っていた。哀れみは全く感じていない。いずれにせよ、彼は外では生き延びられなかっただろう。それからほどなく、エリザベス・オトゥールが、これは世界の終わりだと言い放ち、テリー・マカリスターが、それが真実なら、自分の家にうまいテキーラがあるというのに、なんでこんなところで無駄に過ごしてるんだ？と反応した。何はともあれ、エリザベス・オトゥールは微笑んだ。彼らはふたりで生きていけるかもしれない。短い間だろうが。

一緒に来ないかとホフマンに訊ねた際、エリザベス・オトゥールはこう付け加えた。「私たちに残された義務は、自分たちに対するものだけよ」

その気持ちは理解する。ホフマンは顔を上げ、エリザベス・オトゥールの泣き腫らした赤い目、窪んだ眼窩《がんか》、よれよれの髪を見た。この女性がいなくなって寂しく感じることはないだろうが、元気でいてほしいとは思う。誰かが陰でホフマンを馬鹿にして笑っていると、エリザベス・オトゥールは必ず彼女の味方をした。ホフマンはそれを知っている。自分は耳が聞こえないわけではない。

テリー・マカリスターとエリザベス・オトゥールが出ていき、ホフマンは屋外に視線を向けた。枯れ葉が通り一面に散らばり、五日以上道路の清掃がされておらず溜まったゴミの山の一部となっている。明らかに車の往来がない。最も胸をざわつかせる光景は、消火栓に巻きつくように丸まった馬の死体だった。ホフマンはそばまで行き、直に見てみたい衝動に駆られる。人生で一度も馬の近くにいたことがないのだ。だが、その馬は腹部がごっそりなくなっていた。残っていたのは、脚、頭、背骨だけだった。

ＡＭＬＤが所属する国勢調査局は、二〇〇六年からメリーランド州スートランドにオフィスを構えており、他の省庁が支局を本拠地に移動させる中、ＡＭＬＤはワシントンＤＣに留まり続けている。これはホフマンにとって大きな救いであった。日常が変化するのを彼女はひどく嫌う。スートランドまで行くためのバスの乗り継ぎを考えることでさえ、嫌気が差す。他の者たちは、レンガと鉄の抽象的な造形物で装飾された小さな二階建ての、何よりも機能性優先で窓がないコンクリートの箱のようなオフィスビルに不満を抱き、異動を希望していた。テリー・マカリスターとエリザベス・オトゥールが出ていった後にドアに鍵をかけ、家具のバリケードで補強するまで、ホフマンはこのビルの建築上のクオリティについて考えたことがなかった。

ＡＭＬＤのオフィスは、難攻不落のシェルターだったのだ。

ホフマンは建物内を歩き回った。こんなことをするのは初めてだし、そもそも好奇心を覚えたためしがない。地下室、ウォークイン食料貯蔵室や冷蔵室では、山積みされた保存食の箱と驚くほど大量の水のボトルが見つかった。自分のパソコンから離れるのは気乗りしなかったものの、午後はまるまる、食品の一覧表作りに費やす。ざっと見積もって、この備蓄品で二二年間は生きていけるだろう。

いつもの持ち場に戻って数時間経過した頃、ようやく彼女は、自分が何を感じているかを分類することができた。それは、非の打ちどころがない帰属意識による平穏さだった。もう二度と、他の誰かと顔を突き合わせて関わる必要はないのかもしれない。そう考えただけで、今まで得たことがない軽快な気分に包まれた。他の人間の不快な体熱、体臭、とげとげしい声、眉をひそめさせる服装、迷惑千万の来訪、予測不可能な姿勢や立ち位置、そして人類の混乱極まりない性的エネルギーから解放され、エッタ・ホフマンは初めて、本当の幸せを感じた。

数日が経過。彼女は自分の仕事をした。一日三食、自分で缶詰のスープ、冷凍のピザ、パンにピーナッツバターを塗ったもの（パンに関しては、そのパンが傷むまで）を用意した。就寝時間は真夜中。ソファがベッド代わりだ。数週間が過ぎた。

129・46・9875のケースが登録されてから一ヶ月が経つまでに、一〇人いたVSDCのネットワークメンバーのうち九人がオフラインとなった。エッタ・ホフマンの計算では、病院の九二パーセント、老人ホームの九五パーセント、警察署の七四パーセントがすでにオフラインだ。彼女がアップロードするデータは減り、印字、記録、ファイルするデータも少なくなっている。開封されるのを待つデータが受信ボックスにない事態を、彼女は過去には経験したことがなかったが、今では、自分が唯一残った統計学者であるにもかかわらず、一日の半分は、外界からのデータの受信音を聞かずに過ごせていた。ところが、指が痛くなるまで「更新」ボタンを押してしまう。そんな彼女は、ここ数年で初めて、調子が狂っていると感じていた。

エッタ・ホフマンにアイデアが浮かぶときはいつもそうなのだが、〝その考え〟も徐々に湧いてきた。AMLDは、国勢調査局、医療機関、警察の内部データをリンクさせる政府組織の中でもユニークな存在だ。ワシントンDCのホワイトハウスを中心とした連邦政府の行政機構における地位は高いとは言えないものの、諜報機関以外では前例のない、政府の補助的なインターフェイスにアクセスできるほぼ唯一の組織だった。こうしたデジタルでの参入は歴史こそ浅いが、仕事の量も種類も豊富だ。ホフマンは長きにわたり、自分が探索する気が全く起きなかった廊下をチラリと見るがごとく、それらを垣間見ていたにすぎない。

彼女は、八年前に解雇された統計学者を思い出した。その人物は、NASA、農務省森林局、特許商標局、食品安全検査局のみならず、最も嘆かわしいことに、アメリカ先住民事務局のホームページに、「GO REDSKINS（行け、レッドスキンズ）」というフレーズをこっそり書き込んでいたのだ。一見、ＤＣ都市圏のフットボールチーム、ワシントン・レッドスキンズの応援文句だと思いがちだが、「レッドスキン」はアメリカ先住民の「赤い肌」を指す、彼らに対する差別語だったからタチが悪い〔同チームは現在、「ワシントン・コマンダース」に改称されている〕。ホフマンは、その解雇騒動後に給湯室で繰り広げられた、唖然とする内容の噂話には参加していない。しかし、彼女は耳が聞こえないわけではない。耳は聞こえているのだ。

　他の政府関連サイトを改変するのは禁じられているものの、彼女を罰する者はもう誰も残っていない。外部機関のコントロールパネルにアクセスするのは不可能だったはずなのだが、ＡＭＬＤの職員たちは各自のパソコンを終了しないままオフィスから逃げ出していた。他の大半の政府機関同様、このテクノロジーも時代遅れだったため、スリープ状態のコンピューターは自動的にログオフしない。ホフマンは数週間、無防備なドライブを荒らし回っていた。

〝大金脈〟は、アニー・テラーという名の上級統計学者のパスワード管理アプリの中にあるのではないかと、ホフマンは睨む。アニー・テラーを思い返してみよう。黒人で背が高く、運動神経が良さそうな体軀の彼女は、英国訛《なま》りで話し、カラフルな服を着て、足を引きずって歩き、その黒い目は遠くを見ている。誰かがそばを通り過ぎても、彼女は気づいていないかに思えた。普段、彼女は挨拶をしなかった。ホフマンは、挨拶されるのがひどく不愉快だったので、そういう点で、アニー・テラーは、廊下ですれ違う同僚の中でお気に入りの人物だった。

　ホフマンは、アニー・テラーの個人的なメールを掘り下げる作業に取りかかり、別のブラウザのウィンドウで開いた。アニー・テラーは何もタグ付けをしておらず、パスワードの検索も役に立たなかったため、ホフマンには全てのメールを読み始める以外、他に選択肢はなかった。他人の私用メールを読むことに、後ろめたさは全く感じない。かつて、ある女性がＡＭＬＤのトイレの個室に財布を置き忘れたとき、そのトイレに座ったホフマンは、財布の中身をくまなくチェックした。そうした行いが「侵害」と呼ばれるのは知っていたが、だからと言って、今、自分が相手のプライバシーを侵害している感覚はない。ホフマンは自身の職業上の肩書きが、自分が何者かを表していると感じていた。統計学者——情報を収集し、データを分類し、客観的な結論を導くのが仕事だ。

アニー・テラーは、相当数の個人メールを送受信していた。誰もがこんなにたくさん送っているのだろうか？　アニー・テラーと友人ふたりとの間で交わされていたオススメ音楽のやり取りメッセージは、三〇〇通を超えている。パスワードの手がかりを探しながら、ホフマンは、アニー・テラーが最も言及していたアーティスト、それにお気に入りの食品と映画に注目した。アニー・テラーには、イギリスとアメリカの両方に、集計困難な数の姪と甥がおり、ホフマンはそれぞれの名前をメモに取った。アニー・テラーは、若い頃脊髄《せきずい》を損傷していたようで、ホフマンは、アニー・テラーのカイロプラクターで、彼女の友人となった人物の名前も書き留めた。

領収証のメール。何千とある。デジタル音楽、衣服、靴、パーソナルケア製品、驚くほどたくさんの額縁——英米両国の友人、兄弟、祖父母、姪と甥全員分の額入り写真がところ狭しと飾られているアニー・テラーの自宅を想像する。アニー・テラーはペットを飼っていないらしい。それは残念だ。ホフマンでも、ペットの名前がパスワードという〝金塊〟になり得ることは知っていた。

アニー・テラーは独身だった。出会い系サイトからの通知メールもあれば、実際に交際に発展した相手からのメールもある。露骨な性的な内容のメールもいくつか存在した。全然アニー・テラーらしくない冗談半分に純情ぶった口調のものもあれば、怒って全て大文字で書かれたもの、失恋してスペルミスだらけの感傷的なものもあった。しかし、送信先のどの男も、パスワードに値する存在には思えない。

ただしその中に、ひとりだけ他とは一線を画す相手がいた。その女性の名前は、タウナ・メイデュー。アニー・テラーは、タウナ・メイデューとフロリダ州のディズニー・ワールドで出会った。そのテーマパークのことを読むだけで、ホフマンの胃はムカムカする。建物内にウネウネとしたカーブを描く途中で抜け難い長蛇の列に並んで、見知らぬ誰かの背中にこちらの胸を押しつけそうになるくらい、ぎゅうぎゅうに詰めて順番を待たねばならないなんて。あれ以上ひどい状況は考えつかない。アニー・テラーは姪っ子のひとりとそこで楽しく過ごしたようだが、その主な理由は、タワー・オブ・テラーと呼ばれるアトラクションでタウナ・メイデューの横に腰かけたかららしい。ホフマンが文章から得られた手がかりを寄せ集めて想像してみると、その乗り物は急降下するエレベーターを模倣した造りで、恐ろしく聞こえるが、どうやら同乗者との絆が生まれるようだ。

アニー・テラーとタウナ・メイデューの最初のメールは、短く、ためらいがちな文面だった。

アニー・テラー：無事にLAに戻れたかな。ちょっとお礼を言いたくて。ディズニーで友だちになってくれてありがとう！

タウナ・メイデュー：こちらこそ、イギリス人さん！　可愛い姪っ子さん、あのシミを落とせた？

アニー・テラー：ハハハ！　あのシャツは燃えるゴミに出すしかなさそう。ところで、あなたが勧めてくれた通りにして、あのサービスに登録したわ。私の場合、買うのが難しいの。もう、背が高すぎ!!　どうなったか報告するね！

タウナ・メイデュー：そんなに高くないってば――てか、完璧。それに、あなたの肩、ファッションモデルみたいだし（イギリス訛りもね）。自信持って、セクシーさん。

ホフマンが一番嫌いなテレビ番組は、ロマンスものだ。興味を全く覚えないだけでなく、大柄な男性が小柄な女性に迫るという状況に身体的な脅威を漠然と感じていたのだ。だから、アニー・テラーとタウナ・メイデューのオンラインでの急接近ぶりが異様な関係性に思えるのかもしれない。アニー・テラーが長身の方となるわけだが、タウナ・メイデューの山ほどある自撮り画像によれば、彼女もかなり背が高く、色白で、色の薄い髪をした北欧系だ。そして、がっしりした太ももと二の腕をしていた。アニー・テラーがキャリアや人生に対してフラストレーションを募らせ、つい罵《ののし》り言葉を発するのを見ると、出会い系サイトの男性とのぎこちないコミュニケーションとは違い、正直に胸の内が吐露できていたのだろう。

　ふたりは愛し合っていた。互いに愛を告白するのに一年がかかった。タウナ・メイデューは、LAで一緒にやれるあれこれの写真――緑の丘、華麗な装飾が施された映画館、彼女のベッド――を送っている。メール交換で関係を築いてきて一八ヶ月、タウナ・メイデューは、地元の天然アスファルトの湧出地〝ラ・ブレア・タールピッツ〟から立て続けに写真を送信した。夜に撮られた写真で、ロサンゼルスの街灯が泡を立てるタールの上で虹色に光っている。ホフマンは、こんな写真を見たことがなかった。走馬灯を彷彿《ほうふつ》とさせるというか、とても幻影的な見た目であるにもかかわらず、同時に、今自分が座っている机くらいリアルなのだ。

　タウナ・メイデュー：ここ、自宅からわずか一ブロックなの。太古の地球の遺物とでも言うべきドロドロしたタールの池のそばでキスできるよ！

　アニー・テラー：それ、私たちの緊急プランにできる？　もしも世界がドロドロのカオスになったら、美しいラ・ブレアの土手で会うの！

　あっという間に、これは、彼らの〝使う機会は限られるけれどお決まりの〟ジョークになる。そう、再会の計画が頓挫《とんざ》するたびに、「まあ、まだラ・ブレアはあるもんね」と、どちらかが書くようになったのだ。

それが唯一、自分が内情を知っていて理解できる内輪ネタだろう、とホフマンは思った。そして唐突に、彼女の中で、世界が本当にドロドロのカオスになってしまった今、どうかこの愛する女性ふたりが、計画通りにラ・ブレアで互いを見つけてほしいという強い願望を覚えた。仮に彼女たちの物語が昔のテレビ番組だったら、それが恋愛ドラマであっても、自分はできる限り多くのシーズンを見るはずだ。

とはいえ、実現する確率はとてつもなく低い。ホフマンはその事実をわかっていたし、その現実を受け入れた。ワシントンDCとカリフォルニア州ロサンゼルスは、距離にして、四三〇〇キロ以上離れている。一〇月二四日の午後、足を引きずって歩くアニー・テラーはAMLDの建物をあとにした。その頃には、何百便ものフライトがキャンセルされていたはずだ。州間高速道路とて、ひどい状況だった。車が錆びた粉と化して、初めて道路は再び自由に通れるようになるだろう。アニー・テラーは自宅で、額縁の写真の中の愛する者たちが微笑む中、きっと間違いなく、激しく叫びながら死を迎えたのではないか。

エッタ・ホフマンは悲しいと感じたことは一度もなかったものの、この想像は、悲しみに近い感覚を彼女にもたらした。アニー・テラーの日々の些細な出来事や機微を探ることは、ホフマンが、人間の生々しい感情、むき出しの不安、率直な願望、ひと筋縄ではいかない矛盾した言動といったものを理解するに至る最短の道だったのだ。まるで『This Is Your Life(これがあなたの人生)』ではないか。ただし、リスクを伴うバージョンの。アニー・テラーは、ホフマンの両親や子供の頃の精神科医が「この子に関しては、まず無理だろう」と匙《さじ》を投げていたことをやった。ホフマンの内なる何かに触れ、心を動かすということを――。

アニー・テラーがメインで用いていたパスワードが解明されると、ホフマンは喪失感で胸が疼《うず》いた。

パスワードは、LaBr3aTarP1$。そう、「La Brea Tar Pits（ラ・ブレア・タールピッツ）」だ。アニー・テラーは数年前にこのパスワードで、単発のビジネス用銀行口座をいくつか作っていた。彼女はそのパスワードを使うのをやめていたが、たぶん、感情的になったからだろう。ラ・ブレア・タールピッツは、アニー・テラーにとって叶わぬ目標だったが、ホフマンにとってのLaBr3aTarP1$は、全てを叶えてくれた。それが、アニー・テラーのパスワード管理アプリをアンロックし、全てのキーとなるものの鍵になってくれたのだ。

連邦政府機関のウェブサイトのほとんどは、数週間更新されていないものの、有効な状態のままだった。アニー・テラーがブラウザにパスワードを保存していたので、ホフマンは何十もの機関のホームページにアクセスが可能となった。何日もかけ、何を報告するかを熟考する。これは、決して「GO REDSKINS（行け、レッドスキンズ）」ではない。彼女が最初に考えていたのは、VSDCのポータルサイトを見つけてオンラインに戻す方法を詳説することであった。そうすれば、人々がデータの送信を再開できるようになるはずだ。Zero-00:00以降の新しい世界秩序の記録を維持するのが重要だと、彼女は信じていた。

だが、アニー・テラーとタウナ・メイデューが、そうではないとホフマンに悟らせた。オンラインにアクセスする術を見つけられる者たちは、国勢調査局の手伝いに貴重な時間を割いたりはしない。ニュースを求め、行方知れずの愛する誰かを探し出そうとするはずだ。とはいえ、そうした人々でもやはりデータ――あるいは、エッタ・ホフマン以外の人間なら〝物語〟と呼ぶもの――の提供は可能だ。こんな事態になってもなお、アニー・テラーとタウナ・メイデューのように、彼らも自分たちの話を共有したいという衝動に駆られるのかもしれない。

ホフマンはそれについて、明けても暮れても考えた。真夜中の就寝時間になっても、眠れない自分に気づく。これは普通ではない。彼女はベッドから出た。建物内は暗く、冷たい。歩き回っているうちに、受付に行き着いた。この場所にはあまり来たことがない。バリケードで封鎖された正面玄関のすぐそばだ。たとえコンクリートと鋼鉄で塞がれていても、夜間には物音が聞こえる。足を引きずるような音。ゴボゴボいうような低いうめき声。時折、玄関のドアにぶつかる音がする。あたかも外のそれ——奴ら——がここに彼女がいるのに勘づいているかのようだ。

つい最近まで、ロビーは、電話がかかってきて様々な部署に回される場所だった。ホフマンは受付にある電話の受話器を摑み上げた。ダイヤルトーンは相変わらずしぶとい。アナログ時代に引かれた固定電話は、ワイヤレスサービスが花粉のように吹き飛んだずっと後も居座り続けてやろうとしているかに思える。

その朝、エッタ・ホフマンは自分の仕事机に座り、そこにあった電話の受話器を持ち上げた。自分に電話がかかってくるなど、信じられない。内線番号を読むのに、埃を拭《ふ》き取らねばならなかった。それから何時間も、彼女は政府機関のサイトひとつひとつにログインし、同じメッセージを各ホームページに貼りつけて過ごした。一晩中、精神をすり減らし、憔悴《しょうすい》しながら考えたメッセージだ。

あなたは大丈夫？　電話して。

それは、彼女の直通電話の番号の下にあった。

最初のブラウザのタブは、政府説明責任局。そのサイトの「投稿」ボタンにカーソルを合わせる。指をマウスの上に置き、ワンクリック。ホームページの全てが消え、五つの単語と彼女の一一桁の国際番号に入れ替わった。彼女はためらう。このときばかりは、これが正しいことなのかどうか見極める術がなかった。

　これがあなたの人生。ホフマンは思った。

　そのボタンをクリックする。政府説明責任局のランディングページが立ち上がった。次のサイトである、環境諮問委員会のサイトにカーソルを移動し、同じようにする。続いて、国務省。その次は、海外農業局。そして、全国農村開発会議、監察官室、国立エネルギー技術研究所、高齢化対策局、国立がん研究所。何度も何度も、同じことを繰り返した。数分のうちに、アメリカ政府の数十年にわたる情報発信の慣習が覆《くつがえ》され、報告の電話をするよう呼びかけられた。今、重要なのは生存者の声と思いなのだ。

　全てのサイトを更新し終える前に、電話が鳴り、彼女はそれを見つめた。もつれたコード。ひび割れたプラスチックの土台。汚れたダイヤルボタン。死んでいたのに、叫びながら蘇った何かみたいだ。〝復活〟は広がりつつあるかに思えた。これはジョーク。たとえ自分自身しか言う相手がいないとしても、自分が思いついたばかりの冗談だ。胸が高鳴るのもユーモアなのかと思いつつ、顔の筋肉を笑顔の形に調整してみる。彼女の電話の赤いランプが点滅した。二度目の電話だ。一体いつまで続くのか。受話器に手を置くと、指の振動が腕まで伝わっていく。心臓がドキドキしていた。

　かけてきた相手は何を言うのだろう？

　かの詩人、エッタ・ホフマンは詩的に応答できるだろうか？

　彼女は、応答する必要はないのだと自分に言い聞かせた。話そうと決めたのは、世界にいる自分以外の人だ。ジョン・キャンベル、テリー・マカリスター、そして、エリザベス・オトゥール。しかし、何よりもアニー・テラーとタウナ・メイデューは、ラ・ブレアで一緒になれる可能性がまだあってほしい。エッタ・ホフマン——耳が聞こえないわけではない——は、いつも話すより聞く方が好きだった。彼女の最高の日は、始まったばかりなのかもしれない。電話を取ると、受話器の向こう側から吐息が聞こえてきた。まるで電話をかけてきた者が、取られないのを期待していたかに思える。ホフマンは乾いた唇を開き、何ヶ月も使っていなかった〝声〟というものを絞り出した。埋葬されてすぐに、天から降り注ぐ一条の光を見た女性が発した最初のひと言のごとく、ひび割れた声だった。

「もしもし?」

私の心 ミ・コラソン

もっと濃厚な年代物《ヴィンテージ》

あたしはまだ夢の中よ。グリア・モーガンはそう思った。

サニーブルック・トレーラーハウス・リゾートの何が最高って、夜明けのくそみたいな日課だろう。住民がこのトレーラーパーク〔トレーラーハウスに住む人々が暮らすエリア〕を“最後の砦《ラストリゾート》”と呼ぶ、それ以外の理由ってある？　グリアは夢から現実に引き戻されたことを嘆いて唸《うな》り、両耳を軽く叩いた。両方の耳栓が外れていた。耳の形にフィットしていない証拠だ。小雨のような音が聞こえる。なのに、昼の光は火のように明るい。昨晩遅く帰宅した際、遮光のために古い玄関マットを寝室の窓に掛けておくのを忘れていた。アイマスクを捻《ひね》って目の上に被せるも、細いストラップがスパゲッティのように絡み、顔とマスクの間にできた隙間から光が目元にどっと注ぎ込んでくる。グリアは自分が山ほど問題を抱えているのを承知していた。成績は目も当てられないし、やる気は出ないし、車がない。だが、そういったネガティブな要素は永遠に心の奥に閉じ込めて、ぐっすりひと眠りすることに集中しよう、としたのに。

外から口喧嘩が聞こえてきた。まくし立てる声がするたびに、グリアの頭がズキズキと痛む。男に詰め寄る女性の反論は、次第に守りに入って、どんどん困惑した感じになると同時に、怒りは募っているように思えた。ミス・ジェミーシャ？　グリアは声の主を考えた。もしかしたら、セニョリータ・

マグダレナかも。どちらも似たような鋭い怒鳴り声をしている。しかも、女性のトレーラーハウスの入り口の階段にどっしりと腰を下ろし、酔うと機嫌が良くて、しらふだと不機嫌な怠け者の男と連れ添っているのも同じ。グリアが学校から帰ってくると、ミス・ジェミーシャの彼氏――KANGOL《カンゴール》ブランドのベレー帽を被っていることから、グリアは心の中で「サミュエル・ヘル・ジャクソン」(短く「サム・ヘル」)と呼んでいた――は、何かと囃し立てるのだ。グリアちゃん、大きくなったね!とか。

一方、セニョリータ・マグダレナの男は背が低く、カウボーイの格好をしたホンジュラス人だ。グリアは良くないことだと自覚はしていたものの、「ホセ・フリトー」というあだ名を付けていた。ホセ・フリトーは、「Come here《カムヒア》(こっちへおいで)」を短くした「C'mere」という英単語しか知らないように思えた。それを聞くたびにゾッとする。こっちへおいで。

グリアは汗ばんだ腕で目を覆《おお》い、泥《シルト》色の太陽を避けようとした。せっかくいい夢を見てたのに。夢の続きの閃《ひらめ》きを見つけ出し、それを爪で引っかけて〝元〟の世界に戻っていく。そうだ。夢というより、これは記憶だ。昨日の夜。レミーのハロウィンパーティ。地下室。彼の名はカシム。温かな溶けたチョコレートを思わせる記憶に身を任せる。長い間止めていた息を吐き出すように、ブラジャーのホックを外す。三七℃の体温を感じるカシムの腹。ヘソから下に向かって生えている柔らかな体毛。熱い油のような唾液。ふたりの骨盤を押しつけ合い、互いの太ももの静脈の鼓動を感じたい。

自分たちはどこまで行った? キスマーク、ヒリヒリする胸、下腹部の痛みを探し、衣擦れの音を立てながら身体を一ヶ所ずつさすっていく。そうだ。ズボンの中に手を入れるところまでだった。シャイだからそこでやめたのではない。地下室の階段を昇り降りする女子たち、五秒おきに通り過ぎる人々、至るところにあるスマホのカメラ――そんなパーティの環境のせいだ。彼女とカシムは、いずれ〝その先〟に行き着くだろう。そして、カシムがいつか、サム・ヘルやホセ・フリトーみたいに無気力な男と化し、邪悪な顔つきになったとしても、別にどうでもいい。その前に、自分は彼のもとからとっくに離れているはずだから。それまでの間、自分は欲望を満たすだけ。何度でも、できるだけ激しく。

渇望。何かを激しく望み、それを手に入れようとするから、自分は突っ走り続けるのだ。とはいえ、学校には望むものは何もない。中学までは真面目な生徒だったのに、教師たちが〝ラストリゾート〟からきた黒人の少女だからと勝手に決めつけた〝役割〟に、グリアはとうとう屈してしまった。反抗的で、文句ばかり言って、怠惰で、節操がない――教師たちが自分を描写するのに選んだそうした言葉を体現してやるため、彼女はベストを尽くした。自分を蔑視する連中を心の中で笑いながら、その役を演じ続けたのだ。あんたたち、これで終わり？　やれるもんなら、もっとやってみなさいよ！　友人たちから歓声とハイタッチがもらえるからと調子づいて悪ぶっていた時期もあったが、結局、彼女はひとりぼっちになり、成績という渓谷の深い底まで落ちて、這い上がることができない高い壁を見上げるしかなくなった。

父がいなければ、その渓谷に丸ごと呑み込まれていたかもしれない。フレディ・モーガンは、仕事を途中で切り上げて教頭の部屋を訪ねるのに、何度、上司にペコペコと頭を下げて訳を話し、頼み込んだかわからないほどだった。学校のティーンエイジャー用の椅子に座ると大柄な彼でもおとなしそうに見えるので、悲痛な訴えをするには理想的だ。何しろ母親も家もなくしたことで、可哀想なグリアはトラウマを抱えていた。フレディの平身低頭の態度は、それが彼の望みだからだ。もっといい仕事があればもっといい家に住め、もっといい人生になる。それを実現するために、監督者や教頭がいくら手綱を引こうとも、彼は、頸木《くびき》でつながれた牛のごとく踏ん張ったのだ。

グリアは父親の演技を心底嫌いになりたかったが、やらなければいけないことを行う姿を尊敬せずにはいられなかった。他に誰を尊敬するというのか？　母親？　母のヴィエナ・モーガンは常に〝渇望〟していた。そう、物欲の塊だったのだ。メイドとして雇われていたとき、掃除を担当していた家から大量に物を盗み、一年のうち三回も投獄されている。現在は、アイオワ州のブルーフェザー刑務所に収監されているが、グリアは母のことなどどうでもよくなっていた。

　果てなき渇望は自己破壊的なものだ、と母の例から学んだ。グリアの一歳下の弟コナンには、その真逆の姿が見て取れる。精神的にも肉体的にも、彼は何かを渇望することがない。学校では無口で感情を表に出さないし、家でも同じ。コナンがひと晩中、古いゲーム機でゲームをしている音が聞こえていた。いじめっ子を避けるため、二時間も早く家を出てトボトボ歩く彼の様子は、ミズーリ州バルク市の住民の半分を雇用しているホーティ・プラスチックスという工場に、背を丸めて通勤する父フレディ・モーガンの同僚たちと変わらず、死んだような表情をしていた。コナンはおそらく、いずれは自身もホーティ・プラスチックスに行き着くと考え、組み立てラインが彼の夢の残骸を運び出す様子を想像しているのだろう。

　グリアを突き動かしている何かが炎だとしたら、弟からは、その火が液状になって漏れ出ている。そんな弟を見るのは本当に辛い。さらに卑劣な少年らは、コナンを階段から突き落とし、彼の髪に唾を吐きかけたという。もっとひどいことをしていたという噂だってある。コナンがどうして学校の除《の》け者になってしまったのか、見当もつかない。きっと彼のあどけない、ぽっちゃりした頬の丸顔がことの発端だったのだろう。カンザスシティから北に一四五キロほどのところにある彼らの学校には、あらゆる人種の生徒がいたものの、人種的憎悪という粘着質の毒物は、どこかに流し込まれなければならない。だったら、標的をコナン・モーガンひとりに絞ろうぜ。そういじめっ子たちは都合よく考え、まるでコナンの口に漏斗《ろうと》を突っ込んで他の生徒をいじめる分の憎しみまで流し込むように、彼を徹底的にいじめたのだ。

グリアが昨晩見た夢と同じくらい楽しげな白昼夢のせいでコナンは心虚ろなのだ、と願うほかなかった。自分はもっと夢に浸っていたかったのに、リアルなカシムの隆起した肋骨が出てきたところで、いきなり物干し竿からシーツを吹き飛ばす勢いで目が覚めてしまった。

もはや外からは、最低でも四人の声が聞こえている。ミス・ジェミーシャとセニョリータ・マグダレナの、サム・ヘルとホセ・フリトーをなじる声が縦横に交差するなど、あり得るのだろうか？　さすがにそれはないだろう。少なくともひとつは、ミスター・ヴィラードの甲高く、しつこい声だった。彼は、ラストリゾートの住人なら誰でも参加できる「サニーブルック・クラブ」の推進役だ。チラシによれば、「課題を議論し、アイデアを共有する」ために毎月一回集まるというのがクラブの活動内容だった。

グリアの観点では、議論とは愚痴で、共有とは非難である。サニーブルック・クラブが何かになんとか合意したとしても、ラストリゾートの敷地の所有者に陳情する権限などなかったのだ。アスファルトには、子供たちが中に入って遊ぶほど深い穴が開いている。庭は、ほんの少しの雨でも水浸しになり、浄化槽の汚泥だけでなく、使用済みの注射針や麻薬入れの小袋まで出てくる始末だ。なのに、父フレディ・モーガンの話では、家賃は三年間で三〇パーセントも値上がりしたという。それを聞いても、別にグリアは驚かなかった。一八年生きてきて、すでに最低な生活をしている自分の状態がこれ以上悪くなることも、貧者に都合がいいように社会秩序が覆《くつがえ》ることも絶対にないと証明されてきたからだ。

それでも、不平不満が尽きない同クラブの中心メンバー六人は、瓦礫同然の遊び場の真ん中で、月に一度のミーティングを頑なに続けている。今やすっかり目が冴えてしまったグリアは、かなりの不快感を与えるそれぞれの声の、実に腹立たしい主を言い当てることが可能だった。偏屈な考えを連ねる六人ひとりひとりを思い浮かべてみる。正直なところ、ものすごく疲れていた彼女は、本当はそんなことはどうでもよかったのだが。

ミス・ジェミーシャ：自分は絶対に彼女みたいにはならないとグリアが誓った、トレーラーハウスのクズ人間を漫画で描いたらこうなるって感じ。コブラよろしく頭を揺らし、「絶対に嫌」と手のひらを相手に見せて拒絶。十分な根拠も示していないのに文句を言う声だけは大きい。どう見てもサイズが小さすぎるグレーとピンクのスウェットシャツの下で、身体の各所が小刻みに揺れる。

セニョリータ・マグダレナ：腹が立つくらい従順で、段ボールさながらに、これといった魅力がなく、どんどん入れ替わって実質何人いるのかよくわからない数の子供たちと群れている。モナ・リザのような笑みは、ホセ・フリトーと一緒にこの地獄みたいな場所で残りの人生を過ごすことに満足しているかのようだ。

ママ・ショウ：ジャマイカの生きた化石。ひどく皺だらけの顔は、空気が抜けたフットボールを彷《ほう》彿《ふつ》とさせる。いつも具合が悪く、彼女の湿った咳が響いて、グリアは夜半まで眠れない。そのトレーラーハウス全体に尿の匂いが漂っている。なぜ彼女は生き続けているのだろう？

ドラスコ・ゾリッチ：死んだような目をしたセルビア人。我慢ならないほどの自惚れ屋。クラブの仲間を嫌っているのは、始終ひん曲がっている唇から一目瞭然。筋肉こそ大きいが、強い印象を与えるどころか、自身の庭でバーベルを上げるしか能がない一文なしの怠け者であることは明らか。

ミスター・ヴィラード：ベレー帽を思わせる部分カツラ《ヘアピース》を着けた、元コミュニティカレッジ教師の〝大物〟。白人なので、当然ながらここでも責任者だ。ミーティングの議題一覧を記した紙をギュッと握り締め、カサカサ音を立てるのをやめないので、グリアは頭がおかしくなりそうになる。彼の手腕ではまともに話し合える議題は、せいぜいふたつで、その後は罵《のの》り合いになってしまう。クラブのミーティングは、その繰り返しなのだ。

そして、もちろん、フレディ・モーガン。通称パパ・・彼の役割は、この騒がしい愚か者の集団を平穏に保つこと。だが、グリアから言わせてもらえば、成し遂げるのは到底無理な役割だろう。

サニーブルック・クラブのミーティングの最中は、集会場所近くのトレーラーハウスにいる者の平和な時間は奪われる。アイマスクと耳栓という鎧を着けた者でさえも、だ。そのためグリアは、ファディ・ロロという発音するのが楽しい名前のシリア人で、このトレーラーパークで一番静かな人物をクラブに入れてほしいと考えた。彼は、過去二年間で街が受け入れた五〇人ほどのシリア人難民のひとり。そのミズーリ州では記録的な五〇人という受け入れ人数を、バルクの住民は誰も喜んでいない。移住に関しては、家族持ち、障害者、医療従事者などのシリア人を優先的に迎え入れたらしく、ホーティ・プラスチックスの制服を着たバルク市民は「福祉にたかるヒルのような奴ら」と恨み節を連ねた。

シリア人のほとんどは、バルクの街の広場にある集合住宅に収容されていた。移民が新たな環境にゆっくり慣れていけるよう、彼らを一ヶ所に集めておく措置が取られたのだ。ファディ・ロロは自力で、もしくは運悪く、ラストリゾートに行き着いた。誰かがミスター・ヴィラードのクラブに所属するなら、それは彼だ。グリアは、彼が毎日ボロい自転車に乗って近隣の芝生のゴミを拾っているのを見て、何か──おそらく「ありがとう」とか──を伝えたくなった。この肥溜《こえだ》めみたいな場所で精一杯生きていこうとしているファディ・ロロは明らかに、すでに、サニーブルック・クラブの一〇倍は仕事をしている。

何よりも、ファディ・ロロは（ゴホゴホと痰の絡んだ咳をひっきりなしにするにもかかわらず）ドラスコ・ゾリッチよりも静かだった。静かに話し、静かに歩き、静かに自転車に乗り、静かに暮らしている。今日、サニーブルック・クラブは、許し難い時間にボリューム全開ではないか。昨晩パパが、午後一〇時までに帰ってこいと言っていたのは、まさにこの害悪――今朝のミーティングは騒がしくなるぞという警告だったのだ。

議題は、空き巣についてだった。サニーブルックでの空き巣は、「多発」とか「突発」とは表現できない。慢性的に起きているからだ。最近発生したケースは、パーク北東の環状区画の住民全員に影響した。パークの新参者の中には、ファディ・ロロが犯人ではないかと名指しする者もいた。今にも壊れそうな代物とはいえ、逃走車両になり得る自転車を所有しているのが理由らしい。パパは自分に、このミーティングに参加するよう懇願していた――今回だけでいいから、と。ラストリゾートの誰もがヴィエナ・モーガンが盗人だと承知していたので、そういった連中の頭では、その娘も手癖が悪いとされてしまうのだ。

「おまえを自分より劣っていると見せかけようとする連中がいたら、おまえはそいつらの顔をまっすぐに見返さないといけない」と、かつてフレディ・モーガンは助言したことがあった。「おまえが相手を真剣に見やれば、向こうもその真意を知るはずだ。おまえの真意をな。私の言葉を信じてくれ」

ごめんね、パパ。そんなのどうだっていい。二日酔いのせいで死にそう。頭の中に宿った胎児が内側から蹴っているみたいだ。それでも、ベッドから出ないといけない。もしも学校に行かなければ、九回目の欠席となり、あと二回休んだ場合、高校の最終学年の留年は待ったなしだ。そんなことになったら、モーガン家の人生を軌道に戻すというフレディの計画全体が狂ってしまう。

表から聞こえる叫び声が三倍増となり、彼女は枕に顔を埋めた。息ができずに苦しいと感じる中、これまでの人生が走馬灯のように過ぎていく。一〇歳のグリア・モーガンはまだ暗い早朝にベッドから飛び起き、パパから借りた迷彩柄のパーカーを頭から被ると、モデル気分で鏡の前に立った。当時、同じ部屋をシェアしていたコナンもパーカーを着ていて、ふたりでクスクス笑っては、ママが寝ていたのでシーッと言い合った。抜き足差し足で外に出ると、パパが荷物を車に積んでいた。三人を乗せた車は、黒いベルベットの闇に延びるグレーのファスナーみたいな道路を進んでいく。そうして彼らは、パパがどっちに行くか知っている何の目印もない分岐点までやってきた。

秋ならば、雁や七面鳥、鹿。冬は、ウズラ、雉、鴨。パパは朝の挨拶として、他のハンターたち――全員が白人――に会釈していく。そして自分たちが野生の世界に足を踏み入れるや、彼は話すのをやめるのだ。よく晴れた朝の静寂が、温かい毛布のようにグリアを包み込む。勇敢な動物たちが地面の小枝をポキッと折りながら穏やかに歩く様や、妖精を思わせる鳥や蝶の動きに、彼女は癒された。何年も経過した今、そのときのグリアと同じように、ファディ・ロロは、ラストリゾートの周りを自転車で巡ることで癒されているに違いない。

フレディ・モーガンは、狩猟用道具の保管場所を持っており、どちらの子供も、一回の狩りにつき一度だけ銃を撃たせてもらえた。道路で車に轢《ひ》かれた動物の死骸を見るたび悲鳴を上げる割には、コナンは銃が好きだった。発砲の反動で銃床が彼の肩に当たる。それはちょうど、学校でいじめっ子から肩を乱暴に押されるのと似ていたが、銃の方がずっとマシだろう。グリアはどちらかというと弓を好む。命中したことは一度もないのだが、矢を放つのは、体操競技のような繊細さを持つ技だ。ピンと張った弦の強靭さ。木の弓がたわむ際の抵抗。放した弦が腕のカバーを擦っていくヒリヒリとした衝撃。飛んでいく矢が通り過ぎて揺れる枯れ葉に、パパも息を呑んだ。

グリアの人生の中で、この瞬間ほど純粋な楽しみは他になかった。それは一〇月二四日、狩りの最盛期で、フレディ・モーガンは毎週出かけていた。いつから自分は父と一緒に行かなくなったのだろう？　グリアは外の騒ぎを無視し、懸命に考えた。初潮は一三歳。おそらく、血が捕食動物を引きつけるという嘘か本当かわからない話を連想したのだろうか。あるいは、ママがタンパックス・パール・ライトというタンポンが入ったプラスチックの個包装の袋を手渡したから？　グリアはその生理用品が盗品だとわかっていた。それを挿入するとき、実は、もっと金持ちで、もっと濃厚な年代物《ヴィンテージ》のワインみたいな血を持つ誰かが既に使っていた品かもしれないと想像し、嫌悪感を覚えた。

外で悲鳴が上がる。グリアは飛び起き、アイマスクを剝ぎ取った。叫び声は、ラストリゾートではいつもの音風景のひとつだが、今聞こえたものは、ものすごい生々しさで吐き出されていた。充電器からスマホを乱暴に摑んだ彼女は画面をスワイプし、キーパッドを表示して911をプッシュした。呼び出しボタンを押そうとして、指を止める。

口論の声。良かった。誰かが言い争うのをやめたら、そのときこそ心配すべきだ。

グリアは裸足の脚を回転するように動かし、ベッドから降りた。床に落ちていたスウェットパンツを急いで拾うと、それを引っ張り上げて穿き、続いてパーカーを被って頭と腕の出口を探す。ズル休みした娘の姿をパパに見せびらかす予定ではなかったけれど、どうせ、もともとの予定は破綻しつつある。室温に冷めたパパのコーヒーでアスピリンを流し込み、二時間目から学校に行くことは今からでも可能だ。そして、その前につまらない口喧嘩ばかりしているサニーブルック・クラブを思い切り一喝すれば、彼らの啞然とした顔を思い出して今日一日楽しくやっていけるだろう。

サンダルに狙いを定めて足を滑らせ、鼻緒を足指で挟む。歩を進めるたびに床を打ちつけるサンダルの音が響き、こめかみがズキズキと疼《うず》いた。ドアが開いたバスルームを通り過ぎると、間に合わせのベニヤ板の壁の隙間から流れてきた凍てつく空気で鳥肌が立つ。どこか重い足取りで、唸る冷蔵庫、黒焦げのコンロ、錆びたシンクの横を通り、玄関の窓から外を見た。

霧が立ち込める中、遊び場の半分が見えた。芝生の上に、ホッチキスで留められた紙が転がっている。ミーティングの議題が書かれたミスター・ヴィラードのものに違いない。もっとよく見ようとして、鼻を窓ガラスに押しつけた。座板がなくなったブランコの近く、ジャングルジムの下の落ち葉に埋もれて、誰か横たわっている気がし、グリアはなんとか全貌が捉えられないものかと顔の角度を変えてみる。

次の刹那、人影が左から右へとサッと動き、グリアをギョッとさせた。瞬きをした間に、それは消えていた。どこかでドアが勢いよくバンッと閉まり、くぐもった叫びが続く。後になったら、そのときの警戒心が高まって身体が縮こまった感覚は、歩道で自分の後ろから男が歩いてきたときのものに似ていると思い出すだろう。ドッと噴き出したアドレナリンのおかげで頭痛は消えていた。彼女はもう一度、窓の方に身を傾ける。

それは、額がガラスに触れる直前だった。

バシッ！

何かが入り口の窓に当たった。バットのように強く。グリアは反射的に後ろに飛び跳ね、勢い余って両足のサンダルがもつれた。窓の向こう側に、手のひらが張りついている。指を大きく広げたまますると、その爪がガラスを引っ掻き、耳障りな甲高い音を立てた。

手は湿った音を立てて滑り落ち、ガラスには血の手形が残った。あまりに恐ろしい跡ゆえ、グリアは呆然と眺めるしかなかったが、トレーラーハウスの横で手形の主がドスンと音を立てた。音はしなくなったが、グリアは何が起きているのか全くわからなかった。その人物はまだハウスの端の方に立っているのだろうか？　クラブのメンバーは這々《ほうほう》の体で立ち去った？　血の手形を残した人は怪我をしてる？　そして、パパはどこに？　学校に行っていればよかったと悔やみながら、彼女はドアノブを握った。

四年前に家族でここに越してきて以来、ラストリゾートでは危険な事件が結構起きていたし、これはその最新の出来事に過ぎない。彼女は己にそう言い聞かせた。いつも雨上がりには、水晶を思わせる屋根板と金属の側板に沿って、陽光がキラキラと美しく輝く。世界には、鳥と虫がいて、オーケストラがチューニングするような、フレディ・モーガンのハンティング旅行の静寂が流れていた。入り口の階段を降り、裸の足首が湿った落ち葉に沈んでグリアは初めて悟るのだ。この穏やかな光景と音でさえ、想像を絶することを覆い隠せるのだ、と。

歯のない穴

遊び場一帯は、最近では閑散とした感じで、霧が立ち込め、草地は広い範囲で踏み固められていた。歩道のあちこちに付いた泥だらけの靴跡は、アスファルトの上で次第に薄くなり、消えている。グリアは、セニョリータ・マグダレナのトレーラーハウスの狭い階段を上った靴跡を追ったが、中から、マグダレナの切羽詰まったスペイン語とホセ・フリトーのしゃがれ声が、子供たちの泣き声に混じって聞こえてきた。グリアはそれを無視し、振り返る。

自分のハウスの窓ガラスに付いた血の手形とは別に、乾燥機の吹き出し口の近くには、男性の手と思われる大きさの二個目の手形もあった。ドラスコ・ゾリッチのもの？　あのセルビア人は怪我をしたのだろうか？　ビニール製の羽目板に沿ってトレーラーハウスの端まで、鮮やかな赤い縞模様が続いている。グリアは息を吐き、いつでもスマホを使える態勢でいた。ドラスコ・ゾリッチ、あるいは怪我をした人物が麻薬の売人だと目を付けられたりはしないだろう。軽傷で警察を呼んだとしても、誰であれ、その姿は見えない。グリアはまだ、行動に出ることはできなかった。

そぼ降る雨の中、遊び場に目を凝らす。そこには、幸せな過去が亡霊のように漂っている。ブランコは、まるで鎖がぶら下がる絞首台だ。メリーゴーランドの台座だけが、金属回収業者の手から逃れて残っている。台座は鋭利な鋼鉄の円盤で、バラバラになった人形の内部がその上に散らばっていた。ペリカンとカッコウの二台のスプリング遊具は、虚しくゆらゆらと揺れているが、そのアルミ製のボディは、思ったように動かないと怒った子供たちに凹まされていた。錆びついてはいるものの、ドーム形のジャングルジムが唯一無傷のままだ。とはいえそれは、皮と脂身を剝ぎ取られ、骨だけになったクジラを思わせた。

果たしてその下の落ち葉の上に、女性が横たわっていた。

グリアは思わず「パパ？」と呼んだ。

だが、声は思わぬ方向から飛んできた。

「ちょっと！　そこの女の子！」

弾丸のような呼びかけに、グリアは身を屈めるところだった。ただし、フレディ・モーガンの声ではない。

それは、こちらに向かってくる、型は古いものの、ワックスをかけられたばかりのセダンから飛んできたようだ。標識に書かれた制限速度時速八キロをはるかに超えるスピードで道路を走行してきた車は、急ブレーキをかけ、濡れたアスファルトでタイヤが音を立てる。車前面のグリルがプラスチックのゴミ箱に激しくぶつかり、ゴミが飛び出して道路に散乱した。グリアにもコーヒーの粉が降りかかる。車は横滑りして停止した。

助手席の窓を三センチほど下げ、運転していたミスター・ヴィラードがガラスに顔を寄せている。普段のミスター・ヴィラードは抜かりなく身なりを整えているのだが、今日の彼は、ヘアピースが眼帯のごとく垂れ下がっていた。しかも右手は、助手席のシートに泥を塗りたくっている。

「逃げろ」と、彼は言った。「どいつもこいつも頭がイカれちまった」

「あたしのパパを見なかった?」

「パークから離れろ。それが無理なら自分ちに戻って、中から鍵を掛けとけ」

「これって……」。グリアはミスター・ヴィラードの言葉の意味を探った。「ギャングの仕業?」

「時間がない! 言われた通りにしろ!」

「フレディ・モーガンは——」。彼女は訴えた。「彼はあなたのクラブの一員——」

「クラブなんて、もう存在しない! 困らせないでくれ! もう行くぞ!」

あのミスター・ヴィラードが激しく唾を飛ばしながら大声を出し、その唾が顎に付いたままでも全く気に留めていないとは。潔癖症に近い彼の変わり様に、グリアは凄まじい不安を覚え、急に自分が無防備に感じた。灰色の雨に打たれながら、雨の指に全身が摑まれていくような錯覚を覚える。そう、ミスター・ヴィラードより長い指を持っている雨に——。身震いとともに、グリアはハッとした。何かが起きている。それも、恐ろしい何かが。賢い少女はあまり知らない男の車には乗らないだろうが、もはやそんなことを言っている場合ではない。彼女は助手席のドアの把手《とって》を引いた。しかし、ロックされていてガチャガチャという音が反響しただけだった。グリアはミスター・ヴィラードに信じられないといった目を向ける。

「乗せて」と、彼女は懇願した。

ところが彼は、グリアが病気で膿でも流しているかのごとく、身体を引っ込めたのだ。

彼女の人生で、最も背筋が凍った瞬間だった。

「シリア人」。ミスター・ヴィラードの言葉が一瞬途切れる。「——シリア人が現れたと思ったら、今度はこれか? これが偶然だと思うか?」。彼は、今にも嚙みつかんばかりの勢いで歯を剝き出しにしている。「ここは、昔はいい場所だったのに」

そのとき、凄まじい音がした。グリアとミスター・ヴィラードが音のした方を振り向くと、セニョリータ・マグダレナのトレーラーハウスが、内部で熊が喧嘩でもしているかのごとく、コンクリートブロックの土台の上で激しく揺れている。さらには中から、悲鳴、生々しい強打音、ガラスが割れる音がした。

ミスター・ヴィラードの門歯に噛まれるかもしれない危険を承知で、グリアは数センチ開いた車窓の隙間に指を押し込んだ。「あたしを置いてかないで」

「車から離れろ！」と、彼は怒鳴った。「黒人のくそ女、指を引きちぎるぞ！」

グリアは指関節から出血するほど、乱暴に手を引っ込めたが、何も感じなかった。これがミスター・ヴィラードなのだ。サニーブルック・クラブの会長。誰かが「BLACK LIVES MATTER（黒人の命は大事）」と書かれた看板を片っ端から壊した際、茶番だと言い切った人間だ。タイヤがスピンして車は急発進したが、ふたつ目のゴミ箱に激突した。グリアは、車がさらに郵便ポストの台座を破壊するのを見ながら、遊び場まで戻った。背後にあるセニョリータ・マグダレナのハウスから聞こえていた悲鳴は、拷問でも受けているかのような、ひどく苦しそうなうめき声になっていく。

グリアはミスター・ヴィラードの賢明なひと言を繰り返した。「逃げろ」

哀れな牛の鳴き声に似た声が聞こえ、彼女はジャングルジムの方を見た。その下にいる女性がもがいている。秋冷えの日の防寒着には不十分なコットンの寝間着の袖から、茶色い肌の腕が伸びていた。雨の中、放置しておくわけにはいかない。グリアはいつでも911に電話ができるよう、親指がスマホのキーパッドをタップできる位置にあることを確認した後、着座用の板がなくなって支点部だけになったシーソーを慎重に避け、小走りに近づいていった。その支柱は地面から五〇センチも突き出し、何人もの子供がつまずいていた。

もがいていたのは、ママ・ショウだった。七〇代の彼女は、サニーブルック・クラブのミーティングには必ず顔を出しており、メンバーの中では最も価値のない人間だ。彼女の甘美な響きのジャマイカ訛《なま》りは気を引くのだが、その意見がちっとも的を射ていないことを考えると、残念な気持ちになる。ミスター・ヴィラードが「美化」を議題にすると、彼女は隣の家から聞こえてくる悪魔の音楽に文句を言い、「売春行為の取り締まり」を話し合うと、彼女は犬のフンを嘆く。ママ・ショウの寝室からは、不意に叫び声が上がることがしょっちゅうだった。彼女のトレーラーハウスが遊び場のすぐそばにあったため、タバコを手にして窓から身を乗り出すだけでミーティングに参加できた。この瞬間まで、グリアは、ママ・ショウがどうして家の中にいたままで参加していたのかを忘れていた。

二年前、彼女の両脚は切断されたのだ。

糖尿病のせいで感染症が急激に悪化したらしい。グリアはそう聞いた。以前、病院の職員がストレッチャーで脚のない彼女を医療用バンに乗せるのを見かけたことがある。グリアが外の集合ポストに郵便物を取りに行くと、ちょうど彼らが車まで到着したところだった。皿の上のステーキみたいにストレッチャーに乗せられたママ・ショウから目を逸らしたものの、職員たちが、まるで自分たちが運んだ女性がすでに死亡しているかのように冗談を飛ばすのを耳にした。職員たちがふざけて言う「彼らの」とか「彼らは」は、どこか侮蔑的な響きがしたのだ。

「俺がこの連中だったら」と、片方が口を開く。「できるだけ長く病院にいるだろうな」

「おい、俺たちは〝彼らの〟付き添い人だぞ」と、もうひとりが答えた。「たぶん〝彼らは〟見た目より賢いのかも」

そして今、ママ・ショウは外にいた。うつ伏せになり、寝間着から太ももの付け根が露わになっている。ジャングルジムの下の草は踏みつけられ続けたせいか、ずっと前から生えなくなっており、ママ・ショウの握り締めた拳の隙間からは泥が滲み出ていた。グリアは周囲を見回して、〝状況証拠〟を理解する。雨で薄くなってはいるが、ママ・ショウのトレーラーの階段全段に付着した血飛沫と、濡れた葉っぱの上に残るひとり用ソリ《リュージュ》が付けたような跡。ママ・ショウは、ここに投げ出されたのではない。自分でここまで這ってきたのだ。

なぜ誰も彼女を助けなかった?

グリアはひざまずいた。雨水がスウェットパンツに染み込んでいく。濡れた地面にスマホを置くと、輝く画面に三桁の数字が見え、勇気づけられた。まさか自分のスマホに触れるのは、これが最後になろうとは――。

「ママ・ショウ、グリア・モーガンよ」と、声をかける。「そこから引っ張り出すからね。いい?」

何かを吸い込むような音とともに、ママ・ショウが泥から顔を上げた。ガーゼみたいな白髪が肌にへばりつき、白内障を患っている両目は真っ白だ。黒い瞳が粘液の下ですばやく動き、グリアを捉える。ママ・ショウの首の腱がピンと張った次の瞬間、その口が開いた。あまりにも大きく開いたのを見て、グリアはママ・ショウの顎が外れるのではないかと思ったほどだ。勢い余ってか、上下の入れ歯が飛び出して泥の中に落ちた。ポッカリと開いた歯のない穴から、おぞましい音が湧き上がってきた。その様子は、何かをひどく求めている感じにも思えた。

セニョリータ・マグダレナのトレーラーハウスが、再び揺れる。トレーラーハウスを安定させているスタビライザーのワイヤーが、音が出るくらいピンと張った。

グリアは逃げ出したい衝動を抑えた。ママ・ショウは痙攣しているに違いない。それに対処できるのは、今、自分しかいないのだ。ママ・ショウの両手首をしっかりと摑む。ベタつく肌は、まるで薄切りハムの触感だ。手を握り直したところ、腕に、こちらの指の凹みが目でわかるほど残っている。

これって糖尿病のせい？　糖尿病って、血液をゼラチン化し、皮膚を分厚くし、ハリをなくしてしまう病気なのだろうか。

ママ・ショウは大柄な女性だったが、グリアが引っ張ると、簡単に身体が落ち葉の上を滑り始める。感覚としては、体重が半分になったみたいだ。もちろん、その通りよ――グリアはふと思った。何せ、両脚がないんだから。グリアは引っ張り続け、ママ・ショウの上半身がジャングルジムの下から出た。泥と葉っぱがママ・ショウの口に溜まり、鼻を覆《おお》っていく。これじゃ、窒息しちゃう。グリアは、少し前に枕に顔を押しつけて、息を止めてみたのを思い出した。悲劇の主人公を気取った自分が、いかに子供じみていたことか。

グリアは身を屈め、ママ・ショウの顔から泥を拭《ぬぐ》う。

「戻れ！」

今日、ショックを受けるのは、これで何度目だろうか。サム・ヘルがアスファルトの道路までズカズカとやってくるのを見て、グリアは悲鳴を呑み込んだ。KANGOLブランドのベレー帽のおかげで、彼の目は雨に濡れずに爛々と輝いている。その手には銃が握られていた。パパが所有している狩猟用ライフルとは違い、オートマチックのピストルで、チンピラとかが友だちの前でカッコつけて見せびらかすようなやつだ。片腕を伸ばした彼は、銃を横に倒し、グリアがB級アクション映画でしか見たことがないような間抜けな構え方をしている。とはいえ、それは、銃を向けられても怖くないという意味ではない。グリアは、ママ・ショウの顔の上の手を動かすのも恐ろしくなり、凍りついてしまった。

「彼女、窒息してるの！」と、グリアは懇願した。

「黙れ。そこからどくんだ！」

すると、ママ・ショウの指がグリアの手首を締めつけてきた。これはいい兆候だ。この女性は恐れを感じて警戒している。つまり、意識があって状況を把握しているという証拠なのだから。ところが、ママ・ショウは握る力をぎりぎりと強め、グリアは手首に痛みを感じた。銃口が向けられているのは承知していたが、思わずママ・ショウに顔を向ける。

そのとき、ママ・ショウが彼女に嚙みついた。

老婆の顔がグリアの手にぐいと押しつけられるや、歯のない、泥で満ちた口が、このティーンエイジャーの人差し指と中指を包み込んだのだ。ママ・ショウの上下の顎が嚙み合わさり、グリアの指関節に圧力をかけてくる。その異様な光景をグリアが頭で理解するよりも早く、彼女の肩に何かが激突して脇に放り出され、ママ・ショウの身体も激しく揺れた。その衝撃で地面に置いていたスマホも飛ばされ、湿った落ち葉の下に潜って視界から消えてしまった。

グリアの後頭部は濡れた地面に叩きつけられた。サム・ヘルに撃たれたのだろうか。強烈なバシッという殴打音がし、眼窩《がんか》に溜まった雨水を瞬きして流しながら、グリアは上体を起こす。サム・ヘルはママ・ショウの顔を蹴っていた。思わず二度見したところ、老婆の鼻の辺りがパックリと割れ、パール色の軟骨が見えているではないか。グリアは、何が自分の肩に当たったのかを悟った。銃弾ではなく、サム・ヘルの足だ。ママ・ショウの顎に彼の足が食い込むと同時に、彼女の肩に遅れた痛みが走った。

「やめて!」と、グリアが叫ぶ。再び、彼女は自分の保護者を呼んだ。「パパ!」

湿った音を短く鳴らし、ママ・ショウの首がぐいと後ろに倒れた。頭蓋骨のてっぺんがジャングルジムのバーにぶつかり、金属音を響かせる。この両脚のない老女が襲われる様はグロテスク極まりなく、グリアは胸の奥から咽《むせ》び泣く声を絞り出した。サム・ヘルは暴行をやめるどころか、一歩、グリアの方に足を出すなり、ブーツでその胸を踏みつけてきた。体重をかけられ、彼女の身体は泥にぐりぐりと押しつけられる。グリアは体内から全ての酸素が噴き出すのを感じた。不思議なことに、カシムのことが頭に浮かぶ。のしかかる彼の体重。彼の口に吸い込まれる自分の吐息。サム・ヘルの銃は、もう横を向いていない。今、銃口はまっすぐグリアに向けられている。

「おまえ、嚙まれたな！」と、彼は怒鳴りつけた。

グリアは息を切らしながら、「えっ？」と聞き返す。

「このババアはおまえを嚙んだ。つまり、おまえはもうおしまいなんだよ！」

嚙まれたらおしまいって、ママ・ショウは狂犬病でも持ってたの？　それはそれでうなずける。ラストリゾートはネズミだらけだ。うち一匹は狂犬病にかかっていて、そいつに嚙まれたママ・ショウは発症しておかしくなった。だから家から這ってここまで出てきて、サニーブルック・クラブのくそみたいな連中を脅かしたのだ。グリアは右手を上げ、しげしげと見つめた。泥。二枚の葉っぱ。血は出ていないし、傷すらない。彼女はサム・ヘルに手を見せた。

「歯茎で嚙まれただけだから」と、グリアはかすれた声で訴える。

銃がグッと近づき、雨粒が銃身を伝って彼女の鼻に流れてきた。

「おい、なんて言った？」

胸の上のブーツがさらに重くなり、身体が沈んでいくのがわかる。自分はここ、サニーブルック・トレーラーハウス・リゾートに埋められるんだ。自分が出ていきたくてたまらない場所に。

「歯が……」。グリアは唸《うな》るように言った。「彼女、歯が……ないの」

それを聞いたサム・ヘルは目を見開き、グリアの手を凝視している。だが、彼がちゃんと見てくれているかどうか、定かではない。酩酊《めいてい》していないときのこの男は狂気じみていて、ミス・ジェミーシャのトレーラーハウスの周りをのしのしと歩き回り、手すりを蹴ったり、窓をパンチしたりしている。ミス・ジェミーシャに中に入れてもらえなかったときは、怒りに任せて道路でわめきまくり、ビッチ、売女、アバズレ、ブタ、尻軽女、くそババアと、罵《のの》りの言葉を連発するのだった。今の彼は、その状態だ。しかも、ここまで半端ではない狂乱ぶりは初めてだった。

さらに彼女は、サム・ヘルがこんなに早く起きているのも見たことがなかった。クラブの会議が混乱して家に駆け戻ったミス・ジェミーシャが、彼を起こしたに違いない。しかしそれだけでは、彼の反応を説明できない。ママ・ショウの具合が悪かったなら、叩き起こされたとしても、彼は助けを呼ぶか、単に近寄らないはずだろう。この女性の顔を蹴ったり、銃で隣人を狙ったりする必要などないはずだ。

「おまえが他に噛まれてないなんて、俺にわかるか!」と、彼は吐き捨てた。

グリアの頭は、すぐに乱暴されるのではないかと考えた。当然だ。タガが外れてしまった彼なら、こちらの服を剝ぎ取り、身体のどこかに咬み傷がないかと探し始めてもおかしくない。それからレイプするのだ。銃を彼女の顎に押し当てたまま。サニーブルック・クラブの善良なメンバーがひとりでも目撃していても、ミスター・ヴィラードみたいに、とっとと逃げ出すだけだろう。彼らは911には通報しない。グリアが通報しなかったのと同じ理由で。つまり、通報することで自分が警察に目を付けられたくないから多少の事件は見て見ぬふりをするという、とりわけ貧困層や有色人種の世代から世代へと延々と受け継がれる、全く救いのない自己防衛のサイクルだ。

ヌッと立ったサム・ヘルは、帽子、顎、腕、銃と雨を滴らせながら、必死の形相でグリアの濡れた身体を頭から爪先まで見回している。耳に入ってくるのは、荒い息遣い、雨音、ママ・ショウの立てる泥か何かをすすっているような音だけ――。

そのとき、新たな音が緊張を破った。それは、セニョリータ・マグダレナのトレーラーハウスから聞こえてきた。蝶番《ちょうつがい》の滑りが悪い網戸が開くときに立てる、猫の哀れな鳴き声に似た音だ。ただし網戸は、開け方がわからない誰かが開けようとしているのか、開いたり閉じたりを繰り返している。開いた瞬間にその隙間から出ようとしたはいいが、タイミングが早すぎて戸にぶつかって閉まってしまい、また開けるも、やはり十分に開く前に出ようとして失敗している図が浮かぶ。ようやく網戸の連続する開閉音が途切れたと思ったら、今度は、足を引きずる音に続いて、階段をドタバタと転げ落ちるような音が鳴った。一歩一歩が激しく不規則な感じで、どうやら複数の人間が立てているらしい。そっちの物音に反応したサム・ヘルは、グリアの顔に突きつけていた銃をスイングさせ、銃口の向きを変えた。彼女は肘を突き、自分の目で音の主たちを見ようと上半身を起こす。

セニョリータ・マグダレナに何人の子供がいるのか、もう頭を悩ませる必要はなかった。答えは五人だ。彼らの歳の頃は、五歳から一三歳といったところだろうか。当然ながら、五人とも、今日は学校には行かなかったらしい。階段の下で、転んでもつれた手足をすばやく解いた五人組は、彼らの顔に降り注ぐ雨にも、パジャマに跳ね上がる泥にも無頓着だ。全身を染める血の模様が、ロールシャッハテストの染みを思わせた。立ち上がって、辺りを見回している姿は実に間抜けに見える。すると、彼らのうちのひとり、七歳くらいだと思われる少女がサム・ヘルとグリア・モーガンに気づく。子供たちは無言のまま、ふたりの方に向かって歩き出した。

別の生き物

　サニーブルック・トレーラーハウス・リゾートの入り口に掲示されている敷地内の地図は、メタル音楽を信奉する若者たちが描く五芒星《ペンタグラム》の中のヤギの頭か何かに似ていると、グリアは常々思っていた。このパークには七八区画があり、ミスター・ヴィラードの家のように、寝室四つ、バスルームふたつを持つ二倍幅のものから、長さ一〇メートル弱の卵ケースを思わせる形のファディ・ロロの家まで、様々なタイプのトレーラーハウスが、星形の道路の両側に、斜めに配置されていた。各エリアには老朽化した遊び場があって、サニーブルック・クラブは、五芒星の右下の先端、死の物狂いで走れば、入り口ゲートまで三分というところを割り当てられている。

　できることなら、グリアはダッシュして逃げたかったのだが、血と泥にまみれ、おそらく怪我をしているに違いない子供たちを見て、ママ・ショウを発見したときと同じようにためらってしまった。体格は異なるものの、五人とも似たような揺れ方をしており、彼らの下で地表が震動しているかに見える。本当に地面の方が動いているのではないかと、今にも信じてしまいそうなくらいだ。

　背筋を伸ばして立つサム・ヘルは、グリアの背丈よりさらに一〇〇階分高いと思える大男だった。彼は弧を描くように腕を上げ、その小さな少女に銃を向けている。グリアはこのパークで、中毒者の下劣な行為や自分では到底止められなかった暴力など、見なければよかったと思うことをいくつも見てきたが、今、目の前で起きている出来事ほど恐ろしいものではなかったはずだ。

　その小さな女の子は、車道にたどり着いた。皮が剝けて肉が露出した彼女の片手は、さながら赤いハンバーガーのようで、グレーの腱が密に絡まっている。右の頰はぽっちゃりとしたままなのに、左頰は空洞ができていた。グリアの目は、乳歯が並び、一本だけ抜けているのを確認した。抜けた乳歯は、習慣通り枕元に置いて寝て、歯の妖精に持っていってもらったのだろうか。サム・ヘルは脚を広げ、しっかり狙うべく構え直した。グリアは、少女の残りの歯が爆発し、肉や骨の雨を降らせるのではないかと想像を膨らませた。

　何かしなくては。彼女は己に必死に訴えかけるも、自分の口は、ママ・ショウのそれみたいに泥と冷たい落ち葉がぎゅうぎゅう詰めになってしまった感じだ。

　すると、より屈強な誰かが先に行動に出た。網戸が勢いよく開き、子供たちの母親、セニョリータ・マグダレナが現れたのだ。英語はほとんど話せず、サニーブルック・クラブの会合への貢献度はというと、片言のふたつの単語――「The《ザ》 Cheeldren《チールドレン》」――しか発言せずに、うんざりするくらいそれを繰り返して懇願するだけだった。彼女のトレーラーハウス前の駐車スペースは舗装がされていないため、一日中、ひっきりなしに親戚が車で来ては、ぬかるんだ地面に轍《わだち》を付け続けるのでドロドロでひどい有り様だ。彼らは、マグダレナにパークのコインランドリーで洗ってもらう洗濯物の袋を置いていく。そしてマグダレナは、グリアの誕生日には必ず、トレスレチェケーキという三種類の牛乳を使ったケーキを焼いた鍋ごと持ってくるし、いつもグリアを「mi《ミ》 coracón《コラソン》」――私の心――と呼ぶ。自分はその呼び名に値するようなことは全くしていないのだけれど。唐突に怒り出す気まぐれなホセ・フリトーがいても、大して栄養がないノーブランド食品しか与えていなくても、非常に礼儀正しい子供五人を育て、マグダレナはものすごく頑張っていた。ケーキをもらうばかりで、会話らしい会話など交わしたことがなかったのだが、この瞬間、グリアは、マグダレナを生かすためならなんでもやってやると思うくらい、猛烈に彼女が大好きだと気づく。

「マグダレナ、伏せて！」と、グリアは叫んだ。

一瞬、この女性も子供たちのようにガクガクとよろめき出すのではないかと不安がよぎったが、一四〇センチに満たない身長で丸々とした体型のマグダレナは、突然、雌ライオンを彷彿《ほうふつ》とさせる凜とした優雅さを示し、地面にジャンプしたかと思うと、野球選手のように身を屈める姿勢を取った。彼女はグリアの警告を無視したのだ。当然だろう。雌ライオンは子供を守る。グリアの心――ミ・コラソン――は、激しく揺さぶられた。

「アントネラ！」と、マグダレナは子供の名前を叫ぶ。「イグナシオ！　マキシモ！　コンスタンツァ！　シルヴァーナ！」

グリアは彼らの名前を知った。ちょうど彼らの名前が、もはや意味をなさなくなったときに。マグダレナの叫び声に、サム・ヘルはうろたえたように見えた。銃を持つ腕が震えている。だが、彼がセニョリータ・マグダレナを気にかけているとは思えない。きっと、これだけ目撃者がいる前で人を撃ったことがないのだろう。

彼は銃を上げ、両手でしっかりと握った。

「俺の息子のビリーが、昨日の晩、倒れた」と、サム・ヘルはグリアに語り出した。「だが、ビリーは再び起き上がった。そして、警官を思い切り噛んだんだ。で、噛まれたくそったれの警官たちも、再び起き上がりやがった！　だから、このガキたちは全員、生かしちゃおけねえ！」

「シルヴァーナ！」。マグダレナは大声を出した。その少女は、今、子供たちの中で、最もグリアとサム・ヘルに近い。一〇メートル弱といったところか。そして、徐々に距離を縮めている。マグダレナは駆け出し、シルヴァーナの後を追った。その子こそマグダレナのコラソンだ。マグダレナが踏み出す足のリズムを体感したグリアは、何かを叫んだ。口から発したのが言葉だったのか、単なる音だったのかは定かではない。そして、サム・ヘルは発砲した。

銃口から放たれた白い閃光に、グリアはたじろいだ。雨粒ひとつひとつが半分に割れて飛び散る様子を、確かに彼女の目は捉えた。体重二〇キロほどの小さなシルヴァーナの身体は二メートルくらい後ろに吹き飛ばされ、着地の激しい衝撃でたくさんの落ち葉が舞い上がった。おかしいことは十分承知だが、この新しい、ひっくり返った世界では、単純に、その方向に枯れ葉は落ちるのだと、グリアは思ってしまう。

マグダレナはわめき、手が届く範囲にいた唯一の子供——一〇歳のイグナシオ——を地面に伏せさせた。狙撃者の後ろにいたにもかかわらず、グリアも咄嗟《とっさ》にうつ伏せの姿勢になる。他の子供たちは何も意に介する気配を見せず、前進を続けていた。

「ロドニー、やめて！　ロドニー！　やめなさい！」

グリアは左に顔を向け、新たな声がする方を見た。自分の首の筋肉が、緩んだゴムのように感じる。セニョリータ・マグダレナの自宅の真北に、ミス・ジェミーシャがサム・ヘル——どうやら本名はロドニーらしい——と一緒に住んでいるトレーラーハウスがある。それが、ママ・ショウのトレーラーハウスの先に辛うじて見えた。

ミス・ジェミーシャはレインコートに長靴という出立ちで、ハウスの入り口の階段部分に立っていた。その両手は、レインコートのフードの端を握っている。ミス・ジェミーシャがこのダサいギャングを家から追い出さない理由は、きっと彼が引き金を引くのを実際に見たことがないからに違いない。

そして今、彼女は見たのだ。

「おい、家ん中に戻れ！」。サム・ヘルは怒鳴った。グリアはこの男が大嫌いだったが、どうかミス・ジェミーシャが、最後にもう一度、彼が命じた通りにしてほしいと願った。

ところが、ミス・ジェミーシャは命令に従うどころか、こちらに向かってまっすぐに走ってきたではないか。サニーブルック・クラブの集会での彼女の話術は、ひとつの文を繰り返すことだった。しかも、他のメンバーが疲れ果てて降参するまで、どんどん声を大きくしていく。定期的な借金取りの電話では口汚く罵《ののし》る話術を展開し、それを耳にしたこのパークの人間も自己嫌悪に陥《おとしい》れ、胸糞悪い気持ちにさせていた。一方で、嬉しいことがあると、彼女の馬鹿笑いはパーク中に響きわたり、聞こえた人々を思わず笑わせてしまう。ママ・ショウが一本目、それから二本目の脚を切断した後何ヶ月も、見返りなど期待せず、様子を見に行っていた。現在進行中の出来事のように、暴力的な衝突になりかねない事態に己の身を投じたのは、彼女が生きる人生はたったひとつだからだ。少なくとも、今日以前は、それらが〝ルール〟だった。そして、彼女がその人生を、大声を出し、正義感丸出しで、向こうみずに生きないのなら、そんなルールなど構いはしないのだ。

サム・ヘルは、突進してきたミス・ジェミーシャに対し、アメフトの攻撃側ポジションであるランニングバック並みの硬い腕を伸ばした。額に手をぐいと当てられたミス・ジェミーシャは前に進めなくなり、レインコートの腕をバタバタさせている。しかし、サム・ヘルの腕は長く、彼女がいくら腕を振り回しても彼にかすりもしない。母親に抱きかかえられるのに抵抗していたイグナシオを除き、他の子供たちは道路を渡ってきた。再び、シルヴァーナが先頭になっている。彼女の胴体には、パジャマごときれいに黒い穴が開いており、本来なら、血が噴き出すはずなのに、ポタポタと垂れる程度だ。頬の穴からさっきより歯が見えるようになってしまっていても歩き続ける、壊れたぬいぐるみみたいなこの可哀想な少女は、抱き締めて、もう大丈夫だからねと言ってもらいたげに、両腕を上げていた。

そのとき、ミス・ジェミーシャは、ブーツを履いた足でサム・ヘルの股間を蹴り上げた。男の銃が勢いよく振り下ろされるのを見て、グリアはゾクッとした。こんなふうに身震いするのを、パパはよく「誰かが自分の墓の上を歩いている」という慣用句で表現していたことを思い出す。なんでもその昔、イギリスの刑務所で、死刑囚が刑を執行される際、独房から絞首台に向かうのに、自分が埋められる予定の地面の上を歩いていったことが、この言い回しの由来らしい。なんとも恐ろしい鳥肌が立ちそうな起源だ。グリアはまさに今、その表現を実感していた。誓ってもいい。ミスター・ヴィラードっぽく語るなら、もうはぐらかしている場合ではなく、ただちに「逃げろ！」ということになる。

グリアはサム・ヘルの脚をめがけて体当たりをした。あっという間に彼は前に倒れ、肩を地面に強打したが、その膝が跳ね返ったビリヤードの球よろしくグリアの顔にぶつかる。次の瞬間、ミス・ジェミーシャはレインコートの裾をマントのようにはためかせ、彼に馬乗りになるや銃を奪おうとした。ところが、サム・ヘルが咄嗟に身体を回転させたため、女性陣ふたりは、ジャングルジムに叩きつけられてしまう。それでもまだ、二対一だ。グリアの動きはすばやかった。サム・ヘルの脚をよじ登り、銃を持つ手を摑んだのだ。ジェミーシャの手も加勢してくれた。同じ茶色をしたふたりの手が、渾身の力で男の腕を捻《ひね》り上げる。なんだかヒーローみたい、とグリアは思った。仮にこのまま死ぬのなら、見事な最後の勇姿ではないだろうか。力を合わせて戦う、黒人女性たちの拳——。

突然、ジェミーシャの頭が思い切り後ろに引っ張られ、頭蓋がジャングルジムの鉄の棒に打ちつけられた。彼女は驚きのあまり、息が詰まったような声を上げる。ママ・ショウの骨張った片腕が伸び、その手がジェミーシャの細い三つ編み《ボックスブレイズ》を強く握りしめていたのだ。相当強い力がかかっているのだろう、グリアは、ジェミーシャの頭皮がコーンロウに編んだ髪の下で引きつるのが見えた。ジェミーシャはサム・ヘルから手を離し、やみくもに背後の何者かを叩くべく腕を振り回している。だが、ママ・ショウには一発も当たらない。ジェミーシャの拳はジャングルジムの枠に強く当たり、鉄の表面に細い糸のような血痕が残る。

ジェミーシャからの拘束が解かれて女性ひとり分身軽になったサム・ヘルは、グリアに襲いかかってきた。すると、これまでで最も大きな悲鳴が朝の空気を引き裂く。グリアとサム・ヘルが同時に振り向くと、地面に腰をついたセニョリータ・マグダレナがイグナシオの顔に蹴りを入れつつ、泥を掻き分けて必死に男児から離れようとしていた。イグナシオは、両脚のないママ・ショウのごとく、アザラシを思わせる動きで母親を追っていく。すべすべの肌をし、用心深そうな表情をしていた彼の顔は、いまや、酸に深部まで侵食されてしまったかのような見てくれになっていた。全身が歯になったかと思うくらい歯を剝き出し、紫色に変わった皮膚は滴る血と泥にまみれている。

マグダレナの悲鳴は、もうひとりの人物を呼び起こした。ホセ・フリトーだ。ボタンを掛け違えたネルシャツ、ファスナーを開けたままのジーンズ、紐を結んでいないスニーカーという姿は、今後の展開を全く読めていない先見性の欠如を表していた。ただし、辛うじて〝ガンベルト〟を巻いていたことから、多少の洞察力はあったと見える。しかし、なんということだろう。そのガンベルトは、カウボーイもしくは西部劇でよく見かけるもので、実物のイカしたバスカデロ・タイプではないか。両側にホルスターがあり、手仕上げの装飾模様入りの革製のベルトだ。このホンジュラス人は、両手に四五口径のピストルを握り、雄叫びを上げながらいきなりドアから飛び出してきた。彼の遅い登場は、怪我のせいなのかもしれない。左の前腕が、びっしょりと赤く染まった白い布できつく締めつけられていたからだ。

ホセ・フリトーは両手の二丁拳銃を発砲し、爆竹に似た爆発音が立て続けに鳴る。

グリアは、泣き叫ぶミス・ジェミーシャと悪態をつくサム・ヘルの間でジャングルジムにもたれかかっていた。恐怖は感じているが、安堵もした。助けが来たのだ。今、どんな形であっても、自分はそれを受け入れるだろう。イグナシオが倒れることを期待し、シルヴァーナの身体に銃弾の射出口が花のように開いていることを期待した。ところが、グリアの足元で泥の泡が飛び跳ね、ジャングルジムの鉄のバーで黄色い火花が散る。ホセ・フリトーは、子供たちではなく、こちらを撃っていたのだ。

混乱していても、グリアは理解した。ホセがマグダレナの子供たちを気遣う姿など一度も見たことがなかったのだが、聞こえてきた銃声に元気づけられ、彼は「今年のベスト・ファーザー」を演じると決めたに違いない。実際に問題を起こしている存在ではなく、銃を持った黒人男性に狙いを定めて。このふたりの男は同じチームにいるべきだった。なのに、道路を挟んで両側に銃がある以上、互いに撃ち合いをしなければいけなくなってしまった。

サム・ヘルは右側に転がり、グリアから離れた。KANGOLの帽子が頭から落ちる。泥の中で肘を突き、彼は撃ち返した。マグダレナのトレーラーハウスの窓が一枚砕け、ゴミ箱のひとつに弾が当たって腐った液体がほとばしる。ホセ・フリトーは急いで階段から降り、反撃した。映画に出てきそうな格好ではあったが、やみくもに撃っている感は否めない。銃弾は、ブランコの揺れている鎖を弾いた。もう一発は道路の向こうのトレーラーハウスの手すりをえぐり、三発目はシルヴァーナに命中した。運に見放された少女の首に穴が開く。喉が破裂して出血するも、その血液はひどく黒ずんでおり、チョコレートシロップのように見える。シルヴァーナは顔から地面に倒れ込んだ。

ふたつの悲鳴が、銃声より鋭く大きく響いた。声の主のひとりはマグダレナだ。悲しみと困惑で正気を失った彼女はイグナシオの周りを這いずり、アスファルトの上には裂けた膝からの出血で赤い模様が描かれていく。二人目は、グリアのすぐ隣、ジェミーシャだった。ママ・ショウは今や両手で三つ編みをがっちりと握っており、ジェミーシャの頭の皮が剝がれそうになっている。ジェミーシャのヘアーエクステンションはすでにズタズタだ。ママ・ショウは、まるで反芻《はんすう》でもしているかのように三つ編みの膨れた部分を嚙み続けていた。ジェミーシャの髪の生え際の頭皮が、ミシン目に沿って破けていくがごとくきれいに剝がれ始め、赤みがかったオレンジ色の皮下脂肪が露わになっていく。

ジェミーシャは、全く当たらない後ろ向きのパンチで無駄な抵抗をするのをやめ、片手でジャングルジムの金属パイプを握った。そして、もう一方の手をグリアに伸ばしてくる。

「……助けて」。この女性は喘《あえ》ぎながら言った。これまで一度だって助けを求めてきたことなどなかったのに。

グリアはミスター・ヴィラードの助言に従い、道路へと駆け出す気でいたのだが、ジェミーシャの手はすぐ近くにあり、ひどく震えていた。そのとき、布を引き裂く音に似た、ジェミーシャの額の皮が激しく削がれた音をグリアは聞いた。一気に、赤い縦の線が何本も顔の上に垂れ、その恐怖に満ちて大きく開いた目の脇を流れていく。次の瞬間、グリアは飛び出し、腕相撲と同じ形でジェミーシャの手をグッと摑んでいた。もう一方の手をジェミーシャの手首に巻きつけ、ビーチサンダルを履いたままの足をジャングルジムのバーにしっかりと固定させる。そして引っ張った。ジェミーシャも自力で己の身体を引く。ところが、ママ・ショウは、ジェミーシャの頭まで食べる勢いでどんどん三つ編みを嚙み進め、食いちぎった髪は、老婆の栄養チューブまがいの喉の奥に消えていった。

相変わらず銃声が周りで鳴り続けていたにもかかわらず、グリアは足から先にジャングルジムの中に滑り込み、ママ・ショウの顔をキックした。相手の鼻は、サムのブーツの底で蹴られて破壊されていたせいか、いとも簡単に軟骨がポロリと取れ、たるみ切って細かい皺が寄った皮膚が残る。グリアは蹴りを入れる足を止めず、サンダルが飛んでいって裸足になっても、ママ・ショウの顔がグジャグジャになるまで足を動かし続けた。ミス・ジェミーシャが自分の隣にしゃがみ込む。ついに彼女が自由になったことに気づいて、初めてグリアは動きを止めた。

ジェミーシャには、泥に銃弾が撃ち込まれる音が聞こえていないらしい。彼女は落ち葉を両手で掻き分け、遊び場には全く不釣り合いの、重量があってギザギザした石を探し出した。それから足を引きずり、ママ・ショウの両腕を膝で押さえつける。老婆の顔は、人相がわからないほど赤く潰れた肉塊となっていたが、毛髪の束の間で、口だと思われる穴を開け、歯茎を擦り合わせていた。ジェミーシャは両手で石を高く持ち上げ、それを思い切り振り下ろす。

グリアは慌てて泥の中で膝を回転させ、己の脚で立ち上がるや、一目散に走り出した。それでも、ママ・ショウの頭蓋骨と脳が受ける強烈で重い打撃の音が耳に届く。それとほぼ同時に、ミス・ジェミーシャが早口でまくし立てる、川縁の泡のごとく次々と湧き出す祈りの声も聞こえてきた。

「神よ、あなたの変わらぬ愛によって、私を憐れみたまえ」。ゴッ。「あなたの豊かな慈しみによって、私の諸々の咎を祓《はら》いたまえ」。バキッ。「私の不善をことごとく洗い流し、私を罪悪より清めたまえ」。ガツン。「私は己の過ちを認め、私の罪は常に私の前にある」。グリッ。「私はあなたに、ただあなたに罪を犯した」。ボキッ。

弾丸が今、私の肌をかすめた？　それとも雨？　勢いづいたグリアはサム・ヘルを飛び越え、泥に落ちた彼のKANGOLの帽子を足で踏みつけて、自分のトレーラーハウスを目指した。ところが、いきなり二本の腕が彼女の顔に飛んできた。その指先が、皮膚を掻きむしろうとする。それはシルヴァーナだった。銃弾を食らっても、まだ生きており、荒々しく動いている。グリアとの距離はわずか数センチ。頬にできた裂け目から、蠢《うごめ》く長い舌が見える。首を貫通した穴は相当大きく、もはや頭部の重みを支えるだけの肉も骨も残っていないため、今にもくずおれそうだ。

グリアはシルヴァーナの腕を払いのけ、走り続けた。グリアとグリアのトレーラーハウスの間には何もない。あるのは銀色の横殴りの雨だけだ。ところが、彼女の足が何かに引っかかった。シーソーの支柱。板がなくなって剝き出しになった、あのくそったれの支柱だ。激しく足を取られ、宙で一回転した彼女は、地面に右耳を打ちつけ、一時的に耳が聞こえなくなった。何人かの子供たちの生気のない顔が斜めになり、グリアの方に向けられたと思いきや、彼らは一斉に彼女に向かって動き出してきた。グリアは悪態をつきながら身体を起こし、地面の上に座る体勢を取る。ちょうどそのとき、シルヴァーナ、あるいはシルヴァーナの肉体の残りがまさに同じ支柱でつまずき、グリアの真上にのしかかってきた。

少女は転んでも、驚くこともなく、混乱する様子も見せていない。だが、顎を大きく開き、下にいるグリアの方に顔を近づけてきたので、グリアは片方の前腕を相手の穴の開いた首に押し当て、動きを阻止しようとした。シルヴァーナの舌が頰の裂け目からぶら下がり、グリアの泥だらけの顎を淡々と舐めている。その片手が、グリアの髪の中に押し込まれた。

すると、ジェミーシャの裂けた頭皮がグリアの目の前をパッとよぎった。その直後、ジェミーシャは火でも点いたかのようにのたうち回っている。なのに、シルヴァーナはまばたきを全くしない。それが、この子の最も恐ろしいと感じる要素だった。彼女はまばたきを全くしない。シルヴァーナの冷たい上唇が、執拗にグリアの鼻の上を這う。よろよろと歩く顔色の悪い他の四人の子供たちが、グリアの視界に入り込んできた。このまま自分は死ぬのか。そう思うのは何も初めてではないものの、今回はこれまでにないくらい後悔を感じている。自分は精一杯戦った。ただ十分ではなかっただけだ。

そのとき、鮮やかな紅色の染みが付いた、昔ながらの「ルイスヴィル・スラッガー」ブランドの野球バットが、ホームランをかっ飛ばすかのごとく、猛烈なスイングでシルヴァーナに激突した。木の最も太い部分が少女の首に当たり、被弾して大部分の筋肉がえぐられ、後に辛うじて残っていたものを大部分もぎ取っていく。シルヴァーナは地面に投げ出され、首はちぎれる寸前だった。なんとか脊《せき》髄《ずい》だけで頭がぶら下がっている状態である。にもかかわらず、顎はまだガチガチと歯を鳴らし、舌は上下に動いている。

グリアは、バットを持っていた人物の腕の中に身を投じた。その手は空っぽだった。相手は、少女に接触したことでグリップ部分まで狂犬病などの感染性の病原体が伝わったのではないかと考えたかのように、バットを地面に落としていたのだ。ここで登場した人物とは、サニーブルック・クラブの最後のメンバー、ドラスコ・ゾリッチだった。彼の冷ややかな発言は、言い争いをするミスター・ヴィラード、ママ・ショウ、ミス・ジェミーシャを凍らせることが多い。アライグマやオポッサムなどの夜行性の厄介者を罠で捕らえるだけでなく、彼はわざとそれらの喉を掻っ切って、死ぬのを眺める。彼の庭は、自動車、洗濯機、芝刈り機、トイレの部品が散らばっていて目障りだったが、請求書、チケット、納税申告書を読むのに助けが必要な人には誰にでも、誇りを持って手を差し伸べていた。毎年一月一四日には、彼は善い行いをしてセルビアの新年を祝うのだが、今年の場合は、パパが自宅トレーラーの老朽化したバスルームの汚れた壁を修繕するのに、手を貸してくれた。

彼は遊び場を見渡し、「立てるか?」とグリアに鋭い視線を向けた。「よし、立つんだ。さあ、急げ」

ドラスコは彼女を吊り上げるように持ち上げ、立たせた。彼は光沢のある青いトレーニングスーツを着ていて、グリアはそのきれいなサテンのようなポリエステル生地を、泥と血が付着した指でなぞる。ドラスコに濡れた両肩を摑まれ、無理やり身体の向きを変えられたので、例の子供たちがわずか数メートルのところまで迫っているのを知ることができた。彼らは、明るい色のプラスチックのオモチャを欲しがる赤ん坊のように、何かを握ろうと手を動かしている。かつてはアントネラ、マキシモ、コンスタンツァだった子供たちは、もはや別の生き物だった。

　ドラスコは、グリアをトレーラーハウスから引き離し、アスファルトの道路上まで連れていく。子供らのうめき声が聞こえた瞬間、詰まった感じがしていたグリアの耳が急にクリアになった。全てを聴覚で確認する。銃声、怒号、苦痛の叫び。ドラスコ・ゾリッチは勇敢にも銃弾が飛び交う遊び場に繰り出し、彼女を救った。そして、彼にはまだやるべきことがあった。セニョリータ・マグダレナは道路に仰向けに倒れ、イグナシオを蹴っている。少年は泥でぬるぬるした母親の片足をどうにか捕まえて噛もうとしていた。

　グリアは、雨雲を割って一筋の陽光が降り注いだような気持ちになる。サニーブルック・クラブの気難しいクズ集団のことを、訛《なま》りを真似したり、典型的なあだ名を付けたりして嘲笑してきたが、彼らは自分が思っているような負け犬ではなかったのだ。たとえ行き詰まった人生を送っていたとしても、彼らは戦うのをやめたりしないと証明した。ミスター・ヴィラードはさておき、サニーブルック・クラブはヒーローの集まりだ。

　一台のトラックが蛇行してマグダレナとその息子を避《よ》け、グリアの前をすばやく通り過ぎた。距離が近かったので、運転者の決意を固めたような険しい表情が見てとれた。彼女はトラックが残した熱気の中を突っ切り、ドラスコの歩調に合わせて駆けていく。すると、さらに二台の車がキーッとタイヤを鳴らしながら走り去るのがわかった。ラストリゾートの全住民が事態に気づき、誰もが外に出たがっているらしい。いいアイデアだとは思うが、マグダレナとイグナシオはパークの出口に通じる道路の真ん中にいる。ここから脱出しようとする車がどれも、今のトラック並みの迅速なハンドルさばきで母子を回避できる保証はない。

　グリアはマグダレナの右腕を摑み、ドラスコが左腕を捉えた。ふたりでマグダレナを後方に引っ張っていく。アスファルトとの摩擦で部屋着がズタズタになる中、彼女は泣き叫んだ。服がボロボロになっても代わりはある。重要なのは、イグナシオが噛みつく前に、マグダレナを、そして彼女の足を救い出したことだ。イグナシオは、今まであったものがなくなり、虚ろな表情のまま空っぽの両手を見つめている。

　マグダレナは手を伸ばし、ドラスコとグリアの腕を握ってきた。

「Dios《ディオス》 te《テ》 bendiga《ベンディガ》（神のご加護を）」とドラスコに告げ、グリアをいつもの愛称で「Mi《ミ》 corazón《コラソン》, mi corazón」と呼んだ。

　そのとき、バンパーのないセダンが轟音《ごうおん》とともに猛スピードで横を通過し、サイドミラーがドラスコの肘をかすめた。車に当たりそうになった三人は肝を冷やした。マフラーが道路を擦って火花を散らし、辺りに油臭い排気ガスが煙のごとく立ち込める。ドラスコとグリアはマグダレナを立たせるや、イグナシオがいた方を見た。すると、煙の中からイグナシオが前進してきた。轢《ひ》かれなかったのかと思ったのも束の間、少年はうつ伏せの姿勢でガクンと動きを止め、血飛沫が飛び散る。後頭部がパックリと割れ、シルヴァーナとは違ってもう二度と動くことはなかった。マグダレナは悲鳴を上げる。自分の子供に襲われ、噛みつかれそうになったにもかかわらず、彼女はイグナシオに駆け寄り、両手でその身体を抱きしめた。

「イグナシオ！　ああ、mi《ミ》 pobre《ポブレ》 chico《チコ》 dulce《ドゥルセ》！（私のかわいそうな愛しい息子）」

　薄くなりかけた排気ガスの奥から、ホセ・フリトーが歩み出た。

　二丁拳銃のうちひとつはなくなっている。おそらく弾切れになって捨てたのだろう。もう一方の銃は右手に握られ、銃口から花びらに似た形の煙が上がっていた。彼の行動は、「今年のベスト・ファーザー」にふさわしいとは間違っても言えないものとなった。シルヴァーナとイグナシオを撃ち、他の全員も撃つ覚悟でいるかのようだ。ホセがここにいるということは、彼はサム・ヘルを倒したに違いない。その口髭は血で固まり、全身のあちらこちらに擦り傷ができている。左前腕に結んだ布切れはずり落ち、子供の顎のサイズと一致する歯形が見えていた。

ホセは、子供たちよりもずっと意識が朦朧《もうろう》とした感じで動いている。顔は、牛乳と卵と砂糖を混ぜた飲み物「エッグノッグ」の色に変わっていた。浮き上がった静脈のひとつひとつが、皮下に逃げ込んで蠢く青いミミズのようだ。腫れたまぶたは、黒く凹んだ眼窩《がんか》の上に被さったパンケーキの生地を思わせた。彼は銃を持ち上げようとしたものの、筋肉が痙攣し、銃も激しく揺れている。

マグダレナは、息子の脳味噌がこぼれ落ちないようその頭を押さえながら、ホセの銃に手を伸ばした。こんな状況下なのに、いとも簡単にホセが彼女の顔を平手打ちにするのを見るのは恐ろしかったし、頬を叩かれたときの彼女の慣れた様子に、もっと身が凍る思いがした。マグダレナは左側に倒れたが、それほど遠くには飛ばされなかった。それは運が良かったと言うしかない。というのも、彼女が倒れると同時に、車がすぐ隣を通ったのだ。運転手が咄嗟にハンドルを切ったため、車は頭部をなんとか避け、後輪が豊かな髪を踏み潰しただけで済んだのだから。

ホセは夢見心地で車が行き過ぎるのを眺め、次に死んだ少年に視線を落とし、それから手にしていた銃を見た。グリアは、ホセの混乱した脳が状況を処理するより速く、彼の考えを読み取った。少なくとも、読み取れると信じていた。ホセの犯した行為を目撃した人間はあちこちに存在するから、そうした目撃者を消さなければ、連中は彼を裏切るはずだ――と考えたに違いない。ホセは目を細め、糊のような粘液に覆《おお》われた瞳でドラスコとグリアを見つめ、どこかを動かすたびに予測できない震えに見舞われつつ、銃を上げ、引き金を引いた。

弾はドラスコ・ゾリッチの右胸に命中した。ドラスコはなんとか蜘蛛のような姿勢になって踏ん張り、転倒してアスファルトに叩きつけられる展開を回避した。彼は蜘蛛の体勢のまま四つん這いになって動き、グリアのトレーラーハウスの方へ転がるようにして進んでいく。一番年長の子供アントネラは、ドラスコの激しい動きに気を引かれたのか、ホセ、マグダレナ、グリアの前を通り過ぎ、ドラスコの方向へと歩き始め、このセルビア人が撃たれた場所のそばで膝をついた。ドラスコの血がアスファルトの上に点々と残っている。アントネラはアスファルトに顔を近づけ、血痕を舐めながら、彼の方へ歩調を速めて迫っていった。

ホセは、これらの現状を何も認識していないかに思えた。一歩進むごとに身体をぐらつかせ、マグダレナに寄っていくも、視線をグリアに向けて笑みを浮かべている。血まみれの歯はピンクに染まり、歯と歯の間から滴る血液は、粘り気があってどす黒い。血とともに絞り出されたうめき声を聞くなり、グリアは目を剝いた。

「こっちへおいで」

突如として、泥だらけのファミリー向けバンが、霧の海を航行する船のごとく姿を現した。車体前面の巨大な金属グリルがグリアの顔にバケツ一杯分ほどの雨水を被せた直後、バンはホセに体当たりし、血が滴る生肉を潰すような湿った音を立てる。宙を舞う彼は背骨が完全に折れており、後頭部がかかとに触れていた。慌てて道路から飛び退いたグリアは、四つのタイヤが、死んでいたイグナシオと生きていたマグダレナの上を直進し、バキバキと音を鳴らすのを聞いた。車は方向転換をするも、時すでに遅しで、耳障りな音を響かせて遊び場を突っ切っていく。

全てに背を向け、グリアは走った。数秒で自分のトレーラーハウスにたどり着いたはいいが、勢い余って、サム・ヘルに蹴られた右肩で車体に激突した。

痛みが痺れのように全身に伝播して目の前が真っ暗になり、火花が散る。視界が戻ったグリアは、自身の手が血で真っ赤になっていることに気づき、戦慄した。一体何が起こったの？　周囲に目を凝らすと、トレーラーの側面に付着した赤い汚れの筋に手をついていたのがわかった。これは、今朝、初めて外に出たときに気づいたやつだ。この赤い縞模様をたどってトレーラーの端まで行き、パークの出口に続く道を進んでいたらよかったのに。そうしていたら、自分が今日ここで目撃した惨事を何も見なかっただろう。グリアが出口の方に一歩を踏み出すと、角を曲がってきた大きな人影に行手を阻まれた。

その男の手には、乾いて茶色くなった血がびっしりとこびりついていた。トレーラーハウスのドアの窓に血の手のひらを叩きつけ、車体に鮮血の太い筋を残したのは、こいつに違いない。彼は執拗にグリアの匂いを嗅ぎ、ゆっくりと垂れていた頭を持ち上げていく。茶色の瞳は乳白色の膜の奥で霞んでおり、顎は曲がってホーティ・プラスチックスの制服によだれを垂らしていた。辛うじてちぎれたパーツの一部が耳に引っかかっている以外、メガネは跡形もなくなっている。

「──パパ」と、グリアは声をかけた。そして、いつもと同じように、パパはこちらに歩み寄ってきた。

現在使われておりません

人生で最も簡単な選択は、屈することだ。自分に対する教師の低い期待に。カシムみたいな男子たちに反応する己の肉体の疼《うず》きに。これを飲め、あれを飲み込めという友人からのプレッシャーに。今日、朝靄《あさもや》の中に足を踏み入れてからずっと、自分はパパを呼び求めていた。ようやく迎えに来てくれた今、彼の広い胸に顔を埋める以外、望むことはない。

あたかも蝶でも追っているかのように、彼は優しく腕を広げていく。その中指が彼女のフードをかすめた。狩猟用の弓を何千回と引いてきて硬くなった指先が、フードの紐をそっと摑む。指と紐の、この些細で繊細でもある〝摑み合い〟は、普段のフレディ・モーガンのぶっきらぼうな所作とはかけ離れていた。思わずグリアは、彼の手が届かないよう身を引いた。でも、逃げなかった。父を恐れているのでない。父を心配しているのだ。彼のように目が白濁した者たちは、殴られ、撃たれ、車に轢かれているではないか。

グリアは考えた。自分がすべきなのは、パパをなだめて家の中に入ってもらい、血で汚れたホーティ・プラスチックスの制服を脱がせ、清潔にして手に包帯を巻くこと。ひんやりと濡らした布で額も拭いてあげよう。彼が何度も自分にしてくれたように。黄色いブイヨンパウダーで、好物のチキン味のスープだって作る。救急車を呼ぶのは大惨事のときだけだと、父は自分に誓わせた。一回乗るだけで、請求される金額が、ほとんどの怪我よりもずっと簡単にモーガン家を破滅させてしまうからだ。

「パパ、雨宿りしようか」と、彼女は話しかけた。「階段、上れるかな――」

七面鳥の鋭い鳴き声に似た音がし、グリアはハッとして振り返る。それは、ドラスコ・ゾリッチの最後に発した声だった。もともとはしゃがれた声だったのに。諸刃《ランセット》のメスが降り注いでいるのかと見《み》紛《まが》うような銀色の雨の向こうに、ドラスコの青いトレーニングウェアが、アントネラとマキシモによって互いの方向に引き裂かれているのがチラリと見えた。ふたりが野犬のようにドラスコに覆《おお》い被さったのが、その背中の格好でわかる。

グリアは、父の手が自分の手を取ったのを感じた。小学校に入学して初めて教室に入るときから、高校の教頭室で説教されて退室するときまで、この手は彼女をどこにでも導いてくれた。この太い指が彼女の手をどんなふうに包み込むかをはっきりと覚えている。父の結婚指輪をつまむと、元気がもらえたし、指先のタコを擦るのは心地良かった。それは何も変わっていないはず。彼女は自分に言い聞かせた。

しかし、変わってしまっていたのだ。ドラスコ・ゾリッチの断末魔の叫びは、その事実を訴えていた。

彼女は思わず父から離れた。フレディ・モーガンの額に皺が寄る。次に続く他の身振りに騙されぬよう、グリアはそれ以上待っていることはできなかった。トレーラーハウスの階段の一番上に一気に飛び乗り、ドアを少しだけ開けて身体を中に押し込むと、ドアを強く閉め、内側からロックしてチェーンもかけた。入り口を見つめながら後ずさりする。裸足の足の裏がカーペットの上のパン屑を感じるほど繊細になっていた。かかとの後ろがテレビを載せていた椅子にぶつかり、ようやく動きを止める。

リノリウムの床にペタンと尻をついた瞬間、一気に感情が噴き出す。朝の幻覚めいた恐怖と家の中の平穏さが綯《な》い交《ま》ぜになる中、アドレナリンが体内を駆け巡る感覚は、まるで全身を蜘蛛が這い回っているようだった。濡れた服を破かんばかりに慌てて脱ぎ出し、腐った皮膚をめくり取るがごとくどんどん剝いで裸になっていく。何も身に着けていないのに、不快なほど暖かく感じる。熱い血がどこからか滴っているのではないかと思ってしまう。

ムカムカして喉から何かが込み上げてきた。四つん這いになってバスルームまで行き、両手で便器を摑んで激しく嘔吐した。あまりの勢いに吐瀉物に血が混じり、水面に薔薇の花が咲いたように見えた。ひとしきり吐いた後、仰向けに倒れる。冷たいタイルが気持ちいい。なんでもいいから何か他のことを考えなきゃ。彼女は自分に命じた。カシムのことを考えるのよ。

未完成のベニヤ板の壁の隙間から吹き込む風が、ようやくグリアを冷やした。いい兆候だ。彼女は寝室まで這っていき、イチゴ摘みよろしく、下着、Tシャツ、スウェットシャツ、ジーンズ、靴下、スニーカーを集める。床の上で服を被り、スナップを留め、ファスナーを上げ、紐を結ぶと、ベッドの端で膝を抱え縮こまった。しっかり着込んだのに、今度は寒くてたまらない。

外から、悲鳴、ガラスが割れる音、車のクラクションが聞こえてきた。

……そして、この家のドアを軽く叩く音も。

自分の寝室から、グリアは父の寝室の開いたドアの奥に視線をやった。自室にいながらにして、この狭苦しいトレーラーハウスは端までを見渡せる。それは、森の低い藪《やぶ》から周りを覗き見る感じだ。ゴミが詰め込まれ過ぎて、蓋が浮き上がったゴミ箱。穴が開いて砂が漏れたまま放置されている、一年前に死んだ猫用の猫砂の袋。コナンが寝てくしゃくしゃになったソファの上の毛布。家族全員がここに、四年間も閉じ込められてきた。

以前は、バルク市のもっとまともな場所、グリアとコナンが通う中学校から三ブロック離れたところで暮らしていた。ヴィエナ・モーガンが投獄され、盗みを働かれた家族に賠償がなされた後、フレディはボイラー修理の職を失い、モーガン家の自宅は差し押さえられてしまう。そういう経緯で、自分たちはサニーブルックにたどり着いた。全長一二メートルのトレーラーハウスに初めて足を踏み入れた日、フレディは、天井に設置された扇風機の剥き出しの羽根に頭をぶつけ、血を流した。契約を済ませると、彼は森に行って的を据え、何時間も弓を射続けた。まるで矢が的に命中するたびに、過去の過ちがひとつずつ消えていくかのように。

　この場所は全てが腐っている。天井の三分の一は雨漏りのせいでオートミールよろしくふやけてしまっていた。天井に開いた隙間から、牙のように歪んだ三角形の骨組《トラス》みや穴の開いた金属板が覗く。今朝みたいに雨が降ると、父親の口から出ていた血だらけのよだれ（考えたくもない）くらい粘ついた錆色の水が天井から垂れてきて、四六時中床に置かれているバケツに落ちるのだが、湿ってカビ臭を漂わせるカーペットの別の箇所が、新たなバケツが必要であることを訴えていた。家の中で最も長い二枚の壁は内側に傾き、母親の足を狙うイグナシオの顎（考えないで）のようにバキッと折れて、生きたままモーガン家の面々を飲み込もうとするのではないかと思えてくる。

　乾式壁材《ドライウォール》と窓枠の両方がたわんだため、フレディ・モーガンが窓にプラスチック板を嵌め込もうと試みるも、徒労に終わる。ママ・ショウの唾液で汚れた口（やめて、やめて、やめて）から入れ歯が飛び出すがごとく、交換用パネルがサッシから外れてしまったのだ。その案を諦めたフレディは、ハウスの六つの窓の内側に、亜鉛メッキが施された金網を打ちつけた。金網が張られたことで、グリアにはまるで自宅がヴィエナ・モーガンの監房のように感じられたが、フレディは仕上がりに誇らしげで、コナンは気にも留めていなかった。

グリアは金網を嫌っていた。この瞬間までは。ドアを軽く叩いていた音がドンドンという強打音になり、それがガラスを割る音に変わったのだ。音の主はフレディ・モーガンだった。己が考案した防犯対策に自ら対抗し、金網を何度も何度も叩いている。拳が当たるたびに、金網バリアはオープンコードの和音を響かせ、グリアはそれに合わせて鼻歌を歌っている自分に気づいた。これは自分の命を救う歌。金網の和音がいつまでも鳴り続けば、の話だが。

ふたつ目の窓から、広げた手のひらがドンと当たる重たい音がした。

三つ目からは、壊れたガラス片がチャイムのような音を奏でた。

グリアはノイズを遮断すべく、一層大きな声でハミングをした。金網は持ち堪えている。ざわめくような低い音が聞こえたとき、彼女はてっきり、トレーラーハウスを包囲している誰かのうちの四人目が四番目の窓を攻め立てる音だと思ったが、どうやらそれは、肺の健康維持のためにと小児用アスピリンを飲むのに、パパが毎朝八時に設定していたスマホのアラーム音だったようだ。つまり、パパの電話はトレーラーハウスの中にあることになる。そしてグリアはその電話のパスワードを知っていた。見つけて、警察を呼ぼう。とはいえ、ここに急行してくれるわけがなく、のらりくらりとやってくるはずだ。「たぶん〝彼らは〟見た目より賢いのかも」と嘲《あざけ》っていたママ・ショウを搬送していた病院職員と同様、警官たちも、このパークに住んでいる住民に何があっても、それは自業自得だと考えているに違いない。しかしグリアは、そうした軽蔑を今一度呑み込んだ。

ソファの上の窓枠に釘で打ちつけられていた金網は、外から殴って窓を割った手によって室内側に膨らんでいた。顔をしかめたグリアが忍び足で通り過ぎると、殴打は止まった。金網の向こうの顔がグリアを眺めている。サム・ヘルだ。彼の肌は紫がかったグレーに変色し、目は真珠のように白くなっていた。首と胸はおびただしい血飛沫で真っ赤だ。サム・ヘルがグリアに向けているまなざしは、グリアがかつて見た、ポルノを眺めている少年たちのものと同じで、なんの知性も感じられない。ブタみたいに匂いをしつこく嗅ぎながら、彼は金網の隙間に指を突っ込み、金網をますます強く引っ張ってきた。

激しさを増したサム・ヘルの動きに触発されたのか、トレーラーハウスの一番奥から、すすり泣きのような声がした。一〇メートル足らずしか離れていない金属メッシュの向こうに、マキシモを確認する。彼の口は深紅に染まり、歯の隙間には皮膚片が揺れていた。金網に手をぶつけるたび、ふっくらとした肉に血まみれの六角形が刻印されていく。

台所のカウンターの上にスマホを認め、グリアはそれを摑み取った。しかし、パパをもう一度確認しておかないと警察に電話はできない。その目と心がきれいになって元に戻っていてほしいと、彼女は一縷《いちる》の望みを抱いていた。相変わらず、入り口の窓ガラス越しに彼の顔を見ることができた。動きが止まっている。まばたきも痙攣も呼吸もしていない。これが好転の兆候であってほしいと、彼女は祈った。一歩だけ、近づいてみる。白い粘液の膜が張った目は、グリアが近づくと動いたものの、彼女を見つめてはいなかった。視線はスマホを捉えていたのだ。

フレディ・モーガンは、自身の娘をまだ認識しないようだったが、スマホのアラームはわかったらしい。それはグリアを心底動揺させた。まるで自分の存在が消去されたかに感じたからだ。とはいえ同時に、理解もできた。自分も目覚ましや着信通知のデジタル音が聞こえると、訓練されたかのように同じ行動を取る。

「パパ、救急車を呼ぶわ」と、グリアは小声でつぶやいた。「警察も」

パパは反応しなかった。

「絶対に呼ばないとマズいと確信したときだけだって言ってたよね。わかってるって。でもね、パパ。

今、あたしは確信してるの。聞いてる？　〝彼ら〟が見える？　彼らは中に入ろうとしてる。あたしを傷つけるつもりなのよ。彼らがパパを傷つけたみたいに。もしも彼らの止め方を知ってるなら、止めて。お願い。彼らにやめるように言ってくれる？」

口からあふれた赤い唾液が顎に垂れた以外、父親に何も変化は見られない。彼はまだスマホと、アラームのマンボ・ビートに集中しているようだ。もしかしたらこのアラーム音が、もっと意味のあるやり取りの妨げになっているのかもしれない。グリアは親指でスマホの画面を明るくし、スワイプしてアラームを停止させた。続いて、パパの表情に変化がないかを確認する。

こうなる前のパパとの変化はありすぎるし、全てがひどい変わり様だった。猟銃の銃身の後ろで目を細めたときだけ、片方の眉毛が鋭く山なりになっていたのだが、今は両眉がそうなっている。まるでドラゴンの翼みたいな形で、髪の生え際は下がっている。鼻の穴があまりに大きく広がっており、裂けてしまうのではないかと思うほどだ。顔のパーツの中でも、口が最悪だった。下顎は実際、外れてしまっていて、ドア、トレーラーハウス、世界の全てを飲み込もうとしているかに見えた。

グリアは、彼の喉から音が響いてくるのに気づいた。何かを〝渇望〟しているのだ。しかしながら、フレディ・モーガンが求めるものは変わってしまっていた。もっといい仕事、もっといい家、もっと幸せな生活――催眠術にかけられた大衆の前にぶら下げられた安い宝石みたいにつまらないもの――は、もはや眼中にない。いいや、この渇望は、三〇〇万年もの間、笑顔、うなずき、散髪、制服、タイムカード、服従、恐怖の下に隠れて待ち構えていたのだ。

パパは金網にパンチをした。拳をしっかり握っていたわけではないので、指の先が最初に当たり、金網の針金が指の肉を半月形に削り、爪の垢のようにポロポロと落ちる。苛ついたのか、彼は唸《うな》り声を上げた。ズタズタになった指を引き抜くなり、今度は顔を金網にぶつけてくる。押しつけられた鼻、唇、頬が平らになり、顔全体から滲んだ血が赤い細かい幾何学模様を描いた。口からくねくねと出てきた舌が針金に当たり、強い圧がかけられていく。次第に針金が、舌の真ん中を切り裂き始めた。

反射的にグリアは、「だめ！」と叫んだが、フレディ・モーガンは、自身が始めたことを途中でやめる人間ではなかった。金属メッシュに押しつけた顔がどんどん圧迫されて首が太くなり、格子状の傷からルビー色の血が染み出てくる。それでも彼はやめなかった。金網が顔を包んで頭蓋骨まで食い込みそうな勢いだ。案の定、彼の顔はワイヤーで刻まれ、二〇個以上のゼリー状の六角形の肉塊になっていく。上唇の右側が、クッキー型で押し抜かれたクッキー生地のごとくポロリと剝がれ、長い黄色い歯とグレーの下顎の骨の一部が露呈した。他の六角形の塊も、今にも落ちそうに揺れている。パパの舌は完全にふたつに分かれ、それぞれが別々にうねっていた。

グリアは自分の寝室へと走ったが、ベッドの上の窓を他の誰かの手が殴っているのを見て、唯一窓がない空間であるバスルームに駆け込んだ。トイレの中の水が揺れている。それは、便器の蓋を開けると、ネズミが一匹、溺れてもがいていた過去の記憶を呼び起こした。あのときのネズミの爪が陶器を引っ掻いて立てていた音は、これから起こる悪夢の音。あの濡れネズミは、きっと警告だったに違いない。トレーラーハウスもパークも、社会全体が穴だらけになり、その穴を通って、隙あらば嚙みついてやろうとする連中がやってくるのだ。

パパのスマホを持ち上げ、やっとグリアは911にかけた。二回、儚《はかな》げなデジタルの呼び出し音が鳴った。どこか湿った感じのクリック音で誰かが受けたのがわかる。グリアはまず「グリア・モーガンです」と名乗り、それから堰《せき》を切ったように訴えた。「ミズーリ州バルク市のサニーブルック・トレーラーハウス・リゾートに住んでて、自宅に閉じ込められてます。あちこちに人がいるんだけど、みんな狂ってて、互いに攻撃し合ってる。死んだ人もいるし、怪我人もいる。警察と救急車が必要なの。

早く来てください。ここは、ミズーリ州バルク市のサニーブルック・トレーラーハウス・パーク。あたしはグリア・モーガン。彼らがうちの窓を全部壊して、中に入ってこようとしてる。お願い、急いで。早く来て!」

一気にまくし立て、グリアは息を切らした。ところが次の瞬間、耳に飛び込んできたのは録音音声だったのだ。

〈只今、現地時間は午前八時四分です。発信するには「1」のボタンを押してください。さらに支援が必要な場合、「0」を押してオペレーターを呼び出すか、または、そのまま切らずにお待ちください。緊急のご用件の場合は、電話を切って911におかけ直しください。オプションを今一度聞くには、星印を押してください〉

「ちょっと、どういうこと?」と、彼女は眉をひそめた。

電話を切り、911をリダイヤルする。自室からガラスが割れる音が聞こえ、彼女は咄嗟に身を屈めた。物音が消えたのとほぼ同時に、ロボットの女性の声がさっきと同じ希望のない選択肢を繰り返す。

「911にちゃんと電話したのに!」。グリアはこれまで、オペレーターなるものを一度たりとて利用したことがなかったが、今回のような事態があるから、オペレーターというバックアップ・システムが存在するわけだ。指示された通り、0のボタンを押す。フレディ・モーガンも子供たちも、常にルールに従ってきた。クリック音が二回聞こえ、シグナルが割れた感じの呼び出し音に変わる。前とは違う声のロボット女性が応対した。

〈申し訳ございません。おかけになった番号は、只今回線が不通になっているか、現在使われていません。間違った番号におかけの際は、番号を確認し、再度おかけ直しください〉

「番号は0よ！　0を押せって言ったじゃない！」

電話は一方的に切られた。

チェーンソーに似た音を立て、オートバイがトレーラーハウスの横を通り過ぎていく。まだ近くに助けてくれる人がいるのかもしれない。グリアは大声で叫び出した。昔ながらの911だ。そして、その耳をつんざくような声の高さと音量に自分でも衝撃を受けると同時に、妙に興奮を覚えた。中学生になり、ラストリゾートに越した辺りからクールでいることが当たり前になっていたので、無気力な感じで話していたのだ。女性らしい高い金切り声を出せたことは驚きだった。

ところが彼女の悲鳴は、狂気じみた彼らの気をさらに引いただけに終わる。車体の側面を叩く手が、確実に増えた。鎧戸《よろいど》を引きちぎっている奴がいる。それは、何者かがバスルームの下に潜って、汚物タンクに繰り返し手を打ちつけている音にも思えた。一番不安を覚えたのは、何かがトレーラーの一番離れた角を打ちつけている鈍い音だ。おそらくドラスコ・ゾリッチの野球バットだろう。いいニュースは、トレーラーの角には痛覚がないことだ。しかし、悪いニュースは、それまで連中は道具を操るという手段を持っていなかったはずなのに、今、野球バットを使っているという事実だった。

たぶん〝彼らは〟見た目より賢いのかも。

グリアは、このトレーラーハウスから逃げ出そうとしていた。ずっとそうしたかった。それだけが望みだった。

バスルームには使えそうなものがない。彼らに揺らされるハウスの中、彼女は廊下に出た。居間に到達した瞬間、サム・ヘルの腕がソファの上の窓を突き破った。金網が外れたのを見た次の瞬間、グリアは、引き抜かれた釘が冷たい氷片のように顔の横を飛んでいくのを感じた。反射的に右に移動し、サム・ヘルの手をかわす。相手の指からは、わずか数センチしか離れていなかった。頭の中で声がする。接触しようとしているのはグリア・モーガンです。只今回線が不通になっているか、現在使われていません。

急に方向を変えたため、彼女は入り口のドアに近づく形になった。ほとんど皮が剝がれて露呈したパパの頭蓋骨は、金網に押しつけられている。突き出た爪には、地面の土と皮膚と肉が挟まっていた。恐ろしい光景を目の当たりにしながら、グリアは廊下を進み続け、父親の寝室までやってきた。そこでは、マキシモが相変わらず金網と格闘していたが、背が低く、弱々しい少年ゆえ、あまり進歩がなかったらしい。そして、正体不明の攻撃者がいまだに、バットでトレーラーの角を叩いていた。

フレディ・モーガンのクローゼットを勢いよく開け、膝をつく。やっぱりここにあった！　それを最後に使ってから何年も経つ。手に取れば、身体が使い方を思い出してくれるのだろうか？　大きなダッフルバッグを摑み、振ってみる。迷彩服は入っていない。そして、可能な限り、ありとあらゆるものを中に詰め込んでいく。猟銃のレミントン・ライフル、仕留めた獲物を野外で処理するためのナイフ、鉈《マチェーテ》、双眼鏡、救急箱、矢筒、そして弓――。

夢の終わり

　これだけの武器を近くに置いていたせいなのか、フレディ・モーガンは自分の寝室の守りを固めることにはそれほど関心を持たなかったのかもしれない。マキシモが予期せずして金網を外すことができた今、それがグリアの思いつく唯一の言い訳だ。サム・ヘル――聞こえてくる音から判断すると、まだ、半開きのメッシュに悪戦苦闘しているようだ――と異なり、マキシモはパネル全体を取り外したと思ったら、数秒のうちに、割れたガラスの穴に身体を突っ込み、通り抜けようと身悶《みもだ》えし始めたのだ。残っていた釘が、彼の手の肉に穴を開けた。外では野球バットが、絶え間ない心臓の鼓動のように、繰り返し車体にぶつかって衝撃音を鳴らしている。

　タイミングが悪かった。グリアはまだ、どの狩猟道具にするか決めかねていた。マキシモが侵入するのは時間の問題だ。さっさと決断しないといけない。一番使いたかったレミントン・ライフルは、弾薬が見つからなかったので、諦める必要があった。パパがライフルと銃弾を一緒にしておくわけないので、弾がここにないのは納得がいく。学校からの呼び出しに駆けつけて自分を擁護してくれるのを期待するだけでなく、もっとパパとの距離を縮めていたら、この重大な局面で、自分はパパがいつも弾薬をどこに保管しているかを知っていただろう。

パパはもっと古いライフル——ブローニング社の銃——も持っていたはずだ。だが、それはどこにも見当たらない。グリアはブローニング・ライフルのことは忘れることにし、バッグに物を詰め続けた。釣り糸が複雑に絡みついた折りたたみ式の釣り竿があったが、糸を解く時間がないので、そのままバッグに入れ、細々した釣り道具が入った箱も一緒に詰め込む。弓は長すぎてバッグからはみ出てしまうものの、ファスナーは大部分閉まったので、そうやって持っていくことにした。もう一度レミントン銃に視線を向ける。やっぱり諦めきれない。これも持っていくべきだ。弾はあとで調達すればいい。さらに数秒マキシモを無視し、彼女はそのライフルを持ち上げた。

構えたライフルの銃身の先に見えるクローゼットの壁に開いた穴から、白い目がこちらを凝視していた。

コンスタンツァ。セニョリータ・マグダレナの次女だ。赤く閃《ひらめ》く何かが見えたので、打撃音と併せて考えると、その少女がドラスコのバットでトレーラーを叩いているに違いない。あの子はここまで大きな穴を開けることができたのだ。あと数分もすれば、這い上がってこられるくらいのサイズになってしまうかもしれない。

グリアはレミントンを捨て、すっくと立ち上がった。あまりの勢いにダッフルバッグが大きく揺れ、彼女の膝の裏に激しくぶつかる。転倒したグリアはカーペットの床に尻餅をつき、後頭部を父のベッドにしたたかに打ちつけた。ふと見上げると、逆さになった少年の顔があった。明らかに何かを渇望している表情だ。マキシモは、ガーゴイル像よろしく、窓枠のところにしゃがんでいる。そして、飛びかかってきた。

彼はグリアの足元に着地し、その歪んだ顔が彼女の股の奥から覗いている。すかさず膝蹴りを鼻、顎、歯に見舞った。マキシモは暴れ、脚がグリアの顔に向かってきたので、彼女はダッフルバッグを摑んでいない方の腕で、投げ縄のごとく相手の脚を抱え込む。今や彼は、洗われるため浴槽に入れられた猫よろしく凶暴で、歯を剝いてくる。とはいえ、やはり小さな男の子には変わりない。グリアがその軽い身体を横に投げ飛ばすことも可能だ。相手を放り投げるのとほぼ同時に、マキシモの歯が彼女のブルージーンズのふくらはぎに当たる音が聞こえた。

少年はひどい状態で着地し、パパのベッド横のサイドテーブルに当たった首は鋭角に曲がっていた。しかし、グリアは自分がしたことを後悔していない。ダッフルバッグの把手《とって》を両手で持ち、立ち上がった彼女は全力で駆け出した。ネットフリックスのメニュー画面で選択肢を左右に移動するときと同じスピード感で、目も当てられない恐ろしい光景を通過していく。金網の格子状に押し出された小さな皮付きの肉塊で覆《おお》われているフレディ・モーガンの頭蓋骨。サム・ヘルの、何かを握ろうとしたままの形で切断された手。一目散でバスルームに戻ると、グリアは後ろ手に扉を閉めて中から鍵をかけた。マキシモはすでにトレーラーハウス内にいる。コンスタンツァがそれに続くはずだ。

片足のかかとを軸にして回転し、もう一方の足を床に下ろそうとした際、突然グリアはバランスを崩した。何者かに足を摑まれたのがわかり、ギョッとして下を向くと、それはホセ・フリトーだった。いつの間にかバスルームの床に穴が開き、グリアの足は穴の下の地面に着いていたのだ。ホセ・フリトーが床を引き裂いたのか。ショックと痛みで彼女は悲鳴を上げ、ダッフルバッグから手を離してしまう。ホセの腕は、触手のごとく上向きに伸びていた。その手は、折れた指がブーケの花のように外向きに開いており、穴に落ちた方の彼女の太ももに絡みついている。グリアは、バスルームに備えつけられた浴槽や洗面台を揺らすほどの金切り声を上げた。ただし、さっき上げた戦士の雄叫びのような声とは反対で、今回の叫びは、罠にかかったウサギの鳴き声みたいなものだ。

彼女は身体を力一杯ねじり、ダッフルバッグ——中に入っているパパのマチェーテ——を取ろうと手を伸ばした。しかし、バッグは自分の後ろにあるし、脚はがっちり挟まれているため、十分に身体をねじ曲げられない。ホセの歯が縫い目に食い込み、ジーンズがギリギリときつく締まっていく。反動をつけて投げ出した腕の片方が、半円形の天板とバロック風の脚を持つ小ぶりの装飾テーブルに当たった。我が家では、珍しくインテリアのアクセントとなる美しい家具だ。おそらく、自分が人生で最後に目にする美しさの象徴になるのかもしれない。

サイアク——これ、きっと母親が盗んだものだ。グリアがテーブルの脚をグイと引くと、テーブルが横倒しになった。その脚を摑んで床に叩きつけたところ、手の中でポキンと脚が折れ、天板から離れた。彼女はそれを高く掲《かか》げ、銛《もり》のように思い切り振り下ろす。テーブルの脚の折れて尖った先端が、まっすぐにホセの開いた口に刺さり、喉の奥へと沈んでいく。その首の後ろから、木が裂けるときと同じ音が聞こえた。指が変な方向に折れ曲がった手が、喉に突き立てられた即席の銛を引っ掻き続けているが、彼にはそれを抜くための力はないだろう。グリアは自分の脚を穴から引き戻し、気持ちを落ち着かせた。今、彼女は黙示録的な熱狂に酔いしれている。そして、学校でも、パーティでも、カシムと一緒でも感じたことがないくらい〝覚醒〟していた。

ダッフルバッグを開けてパパのマチェーテを取り出し、ファスナーを閉めた。グリアは、フレディ・モーガンがドラスコ・ゾリッチと一緒に張ったベニヤ板の壁の脇に膝をつく。ベニヤ板の下にマチェーテの刃を食い込ませ、全体重をかけた。木造船の船体のごとく板に釘が擦れてギギギギと音を立てる。ほどなく一メートル半×二メートル半ほどの板が、彼女の方に少しずつ倒れてきた。きしみ音はとても大きく、外の者たちにも聞こえるだろうが、もう後戻りはできない。マチェーテを床に置いたグリアは、上部にできた隙間に両手の指を差し込み、靴を壁に固定して板を引っ張った。ベニヤ板が泣き声に似た音を立てるなり、釘が一気に飛び出して床一面に散らばる。三〇センチ、六〇センチ、一メートル弱と、空間が広がっていく。グリアは、何十年も地下室に閉じ込められていたかのごとく、雨降るパークに降り注ぐ日光を見て、息を吞んだ。

外では、クローゼットの中のコンスタンツァのように、ふたつの目がこちらをじっと見ていた。

グリアはマチェーテを引っ摑み、後ずさりする。

ところが、その目は輝いていた。乳白色ではなかったのだ。

「頼む……」。彼は咳き込みながら訴えた。「私の頭を叩き斬らないでくれ」

彼が話す英語の訛《なま》りには聞き覚えがあった。紙やすりみたいなザラザラした濁音と、湧き出る泡を思わせる巻舌音。それは——ファディ・ロロ。ラストリゾートにたどり着いたシリア難民だ。雨は、彼の短い黒髪から濃い眉を伝い、整えられた顎鬚《あごひげ》へと流れていく。身に着けているグレーのスカーフ、ストライプのワイシャツ、真新しく見えるジーンズは、しとどに濡れていた。ファディ・ロロは、肺気腫を患っている彼の特徴でもある喘鳴《ぜんめい》を立てながら、左右を見渡し、両手で小さく手招きのしぐさをする。

「彼らが来る。お願いだから、急いで」と、彼が言った。

グリアはもはや、ゆっくり動くことなどできなくなっている。ベニヤ板をもう一枚引っ張ると、ファディがそれを反対側から強く押した。最初にダッフルバッグを外に出してから、大きく開いた裂け目を慎重に通り抜けようとした。バッグを受け取ったファディは、それを静かに背後に置き、次にグリアに手を伸ばす。躊躇《ちゅうちょ》することなく、彼女はその手を取った。木の脚を喉に詰まらせたホセ・フリトーがバスルームの扉を叩き始めると、ファディは、グリアが裂け目——もう扉も同然だ——から出るのを助けてくれた。

両足が泥をグシャッと踏み、外に降り立って初めて、彼女はファディの冷静さに感謝した。騒々しい彼女の脱出劇は、予想通り狂気じみた連中の関心を集めたらしく、皆がぞろぞろと群がってきた。彼らの動きはパペットを彷彿《ほうふつ》とさせる。その四肢に糸が通され、ひとりの人形遣いが一斉に操作しているのかと思ってしまう。一番近くにいるのは、コンスタンツァだ。彼女は穴の開いたクローゼット越しに戦うのをやめ、トレーラーの正面を回ってこちらにやってきた。持っていたルイスヴィル・スラッガーのバットを引きずり、泥の上にネズミの尻尾のような線を描いている。コンスタンツァとの距離は二メートル弱。パジャマには染みひとつなく、きれいな格好のままで、グリアは胸が張り裂けそうだった。

コンスタンツァのすぐ後ろにいたのは、ミス・ジェミーシャだ。頭皮の一部が剝がれて真っ赤に染まった顔の奥に光る目が白濁しているのを見なければ、逃げてと彼女に叫んでいるところだった。グリアが視線を右にずらしたところ、同じくらい衝撃的な姿を見つける。バンに轢《ひ》かれたにもかかわらず、セニョリータ・マグダレナが歩いていたのだ。スーツから覗くブラウスのフリルがごとく、胸から肋骨が突き出ている。マグダレナの背後をヨタヨタと歩く娘のアントネラは、映画の特殊メイクかと思うくらい見事に顔を真紅に染めていた。

何本もの手。何本もの歯。逃げ道などない。

申し訳なさそうにそっと、ファディはグリアの肘を取った。

「これは夢だから」と、彼は穏やかにつぶやく。

そう言われた後、ダッフルバッグを持ち上げたときに不思議なことが起こった。バッグが雲かと思うくらい軽かったのだ。本当に夢でも見ているのだろうか。ファディは肘で合図し、グリアを右に、コンスタンツァが片手打法で繰り出すバットが当たらない位置まで誘う。

「夢を見ているんだ」と、ファディは彼女に言い聞かせた。咳をした彼は、急に傾いたアントネラから離れるように左向きに角度を変え、ダンサーのようにグリアをふわりと回転させてジェミーシャの手を避けた。「夢を見ている」。彼はいったん足を止めてフットボール風にフェイントをかけ、よろめくマグダレナを異なる方向へと追いやった。「まだ夢を見ている」。ファディは、マグダレナの胸に開いた穴から上がった湯気の塊を通り抜け、グリアを導いて前方へと急いで進んでいく。「これはとても長い夢なんだ」

直線上に、人影がヌッと現れた。ドラスコじゃありませんように。グリアは祈った。しかし、今朝のあらゆる出来事がそうだったように、これでもかと〝最悪〟のシナリオが起きるものだ。果たしてそれは、ドラスコだった。三メートル先にいる彼は身体を傾けて、こちらの方を向いている。いつもは眉間《みけん》に皺を寄せて険しい顔をしていたのに、今は、牛の顔かと思うほど、ぼうっとして額を緩ませていた。ブラブラと揺れる彼のトレーニングウェアの紐は、青く細長い牛の乳房みたいだ。ドラスコは手をギュッと握った。グリアとファディを〝渇望〟しているのだろうか。地面に倒してあったファディの青い自転車に気づかず、ドラスコはギア部分を踏んで転倒した。その勢いでペダルが回って唸《うな》りを上げる。

「夢は終わった」と、ファディが告げた。「目を覚ます時間だ」

彼はグリアの肘を強く摑み、駆け出した。彼女もあとに続く。突然ダッフルバッグの重さが戻り、ショックを覚えた。膝をついたドラスコが彼女に向かって身を投げ出したが、彼の手は空を摑んだだけだった。ファディは自転車を起こす。ずっと肘を摑んでいてくれたファディの手が離れてしまい、グリアは心細さを覚えたが、彼の指は充電器の差し込みプラグの刃の役目を果たし、自分にエネルギーを与えてくれていたんだと感じた。新たなパワーをもらえた彼女はくるりと振り向き、グリアたちの方に前進してくる群れを睨みつける。全部で五人。皆、自分の顔見知りだ。いや、パパも含めると六人か。こちらに向きを変えたパパは、もはや髑髏《どくろ》となった顔に笑みを浮かべ、分かれた舌をうねらせている。

「行こう」と、ファディは促した。「さあ」

彼はすでに自転車にまたがっており、片足でペダルを踏んでいる。漕ぎ出す準備はできていた。グリアの予約席なのか、サドルは空いたままだ。彼女はダッフルバッグを肩に掛け、自転車に乗り、マチェーテを持ったままファディの腰を精一杯摑んだ。ファディがペダルを踏み締め、いざ発進、となったものの、自転車は全く動かない。どうやらグリアの重さで自転車のタイヤが泥に沈み、回転しないようだ。ジェミーシャ、コンスタンツァ、ドラスコ、アントネラ、そしてマグダレナがグリアたちを取り囲まんばかりに集まってくる。パール色の目、剝いた歯、痙攣する指が投げ縄のごとくふたりに向けられ、一斉ににじり寄ってきた。ファディは立ち漕ぎの姿勢でペダルに体重をかけ、その細い太ももが震えている。なんとか車輪が回り始めた。ひと漕ぎ目で泥から脱し、ふた漕ぎ目でアスファルトの道路の上に出た。

ふとミスター・ヴィラードのことが頭に浮かぶ。グリアのことを「黒人のくそ女」と呼んだ。だが、皮肉にも、彼は最初から正しいアドバイスをくれた人物でもある。「パークから離れろ」と。

車体はぐらついているが、グリアとファディを乗せた自転車は、なんとか進んでいた。遊び場付近の湿った空気から飛び出して初めて、グリアはあのエリアの血の匂いに気がついた。自転車が進むにつれ、雨は冷たくなっていく。自分はファディ・ロロにとってなんの意味もない。そうグリアは己に言い聞かせた。あるわけがない。進んで彼にひと言でも話しかけようとしたことは一度もなかった。なのに、彼は自分を拾ってくれた。彼がラストリゾートのゴミを拾うように。それは楽観的な行動であり、おそらく楽観主義が、ファディ・ロロに残された全てだったのだろう。

それって、誰もが同じなのかもしれない。楽観主義が、誰にとっても残されている全てなのだ。

ファディがペダルを速く漕ぐにつれ、グリアはさらにしっかりと彼にしがみつく。腹部に力が入って緊張しているのがわかる。彼の雨に濡れたスカーフが、ペナントのごとくグリアの頭の横ではためく。スカーフに当たらぬよう身を屈めると、アスファルトの道路の真ん中に誰かがいるのが見えた。シルヴァーナだ。いや、かつてシルヴァーナとして知られていたけれど、もはや見る影もなく損壊した何か、と言うべきか。辛うじて人間には見える。彼女の手は筋と骨だけになり、胴体はライフルに撃たれて大きな穴が開いていた。頭は脊椎骨の束でぶら下がっている。顎はどういうわけか嚙む動作を続けており、まばたきをしない白い目がじっとこちらを見つめていた。

ファディは大きく弧を描いたが、大きくなり過ぎて泥の路肩を走らないようにしている。グリアは自分の腕が長く伸びる感じがした。腕の長さを視線でたどり、その先のマチェーテを見る。刃には、パパが刈り取った雑草の破片がへばりついていた。これは、ずっと目的を持つ道具だった。もちろん、今も。グリアは自転車のバランスを崩さぬよう、刃をゆっくりと後ろに引いた。その動きに気づいたのか、ファディがチラリと振り返る。グリアがこれから何をしようとしているのかを察したらしく、彼は来るべき衝撃に備えている感じだった。

シルヴァーナは、逆さまになった頭部が脳に逆向きのメッセージを送り、グリアたちに近づこうと手を伸ばしている。ただし、方向が間違っていた。グリアはマチェーテを大きく振らなかった。その代わり、刃物をまっすぐに持ち、その刃先で本当に優しく、少女を押したのだ。それはシルヴァーナをつまずかせるのに十分で、わずかな衝撃でも、彼女の頭部は大きく揺れ、ついにちぎれた。頭は転がって溝に落ち、誰も回収することがないゴミになった。

グリアはさっきのように、マチェーテをファディの横に戻す。自転車は、パークの出口に向かう最後の長いコーナーに差しかかった。出口付近は、車や人で混雑している。グリアはファディ・ロロの背中をまっすぐに見つめた。咳をするたび、カサカサと音が鳴る。ファディがサニーブルック・クラブに誘われることは一度もなかった。グリアは誘われたことがあるが一度も参加しなかった。しかし、彼女はこの日の最初の一時間で、ふたりとも、クラブの並外れた精神を継続させるのに十分な行動を取ったと感じていた。グリアはずっとセニョリータ・マグダレナのコラソンであり、それを嬉しく思ったが、それだけでは十分ではなかった。生き残るため、グリア・モーガンはマグダレナの心になるだけでなく、クラブメンバー全員の心にならないといけない。そして、戦い続け、最後まで生き続けるのだ。

あなたを信じさせる話の全て

悪い奴 vs もっと悪い奴

一〇月二四日の東部標準時間午前一〇時頃、放送電波はそのニュース一色となった。怒濤《どとう》のごとく唐突に押し寄せた速報に、テレビ局、ゴシップ記事サイト、ラジオ番組は圧倒され、何百万というSNSアカウントに飛び火。人々は言葉を失った。どうせ作り話だと一蹴《いっしゅう》する者もいたが、衝撃を受けた側の反応の方がそれをはるかに凌駕《りょうが》していた。信じたくない気持ちは理解できる。このようなニュースは、アメリカ人の確固たる信念を揺るがしかねない。

アカデミー賞受賞歴を持ち、「アメリカの父」と呼ばれる国民的人気俳優ベン・ハインズが、過去一〇年にわたり、一度や二度どころか、四五人もの異なるホテル従業員に彼の〝男性自身〟を露出したとして告発された。被害者全員が、その日の朝一番にいきなり、法律事務所を通じて共同声明を発表したのだ。

地獄耳の持ち主なら、各局のニュース編集室のドアが大きく開くのがわかり、続いて、衛星中継車のエンジンが山猫の鳴き声のような唸《うな》りを上げるのに気づいたかもしれない。ロサンゼルス警察は、著名人のスキャンダルの対処に長けていたので、駐車違反やプライバシーの侵害の取り締まりを強化すべく、ハインズの住む高級住宅地パシフィック・パリセーズ近辺にいち早く警官を派遣していた。

他の都市の記者たちも、警察に負けないくらいすばやく動き出す。ハインズはこれまで一〇〇作以上の映画に出演し、国内ほぼ全ての大都市で撮影を行っていたため、ロケ地となった場所の地元民——特にホテル従業員——で、不祥事が突然明るみに出たスターとの〝遭遇〟を喜んで説明しそうな人は大勢いると踏んだからだ。

平均的なアメリカ人の内側には、有毒廃棄物よろしくドロドロに煮詰まった飽くなき怒りが渦巻き、いかなる人間も、他人が羨むほど人生がうまくいっているなら、公衆の面前で痛い目に遭わされて然るべきだという強い思いがある。ハインズが〝見せしめの処罰〟を受けるのは遅すぎた感があった。有名人なのに、彼は、誰も名前すら知らない悲しいほど無名の女性と結婚している。離婚歴はなく、公の場で喧嘩する姿もパパラッチされていない。性行為のテープのリークも、ひどい本性を露呈する目撃動画の拡散も全くなかった。この俳優の一点の曇りもない評判に泥を塗りたいという一部の人間の欲求は熱を帯び、ほとんど扇情《せんじょう》的になっていた。

WWNニュースのディレクター、パム・トリプラーは、第二エグゼクティブ・プロデューサーのネイサン・ベイスマンが報道センターに駆け込んできた際、「すごい大ニュースよ」と興奮気味に訴え、それから「内容がすごいの。彼のアソコの詳細については、まだだけど」と、説明を付け加えた。

ベイスマンは返事をせず、身体をぶるっと震わせた。トリプラーは、列車事故が起こることになる前兆——つまり、このゴシップニュースがやがてマスコミ全体を揺るがす大問題に発展する可能性——が見えていないのか？　三時間後、WWNを含む多くのキー局の親会社ケーブルコープの本社タワーの二〇階にある会議室の、床から天井まで防眩《ぼうげん》加工が施された窓から外を眺める頃には、その身震いは度を増し、締めつけるような胃の痛みへと変わっていた。彼は、机の引き出しで出番を待っている長年の助っ人——ボトルに入った胃酸を抑える薬——を思い浮かべ、アトランタの街並みを見て気を紛《まぎ》らわせようとする。陽光を浴びた高層ビル群、緑萌ゆる公園、豊富なスポーツスタジアム、運河を流れるゴンドラのごとく車が進んでいくグレーの街路。それらは全く変わっていなかった。この日までは――。今、ベイスマンが目を凝らせば凝らすほど、変化が見えてくる。ふたつに分かれて立ち昇る黒煙。何台もの車が巻き込まれた玉突き事故。あちこちで点灯する緊急車両のライト。もしかしたら毎朝、こんな感じだったのだろう。それはそれであり得ることだ。おそらく彼も、会議室にいる他の人間も、単に物の見方を忘れてしまったのかもしれない。

ここで外の世界に向き合っているのは、彼ひとりで、残りの者たちはモニターを見つめているのがやっとだった。五つの小さなモニターで競合テレビ局の放送が音声なしで映し出される間（どの画面を見ても同じ内容で、壁一面、うんざりするほどハインズの報道で埋め尽くされている）、東側の壁に据えられた一〇〇インチの4Kテレビは、悪名高いシカゴのフリーランス・ジャーナリスト、ロス・クインシーが送ってきた、電子透かしが埋め込まれた六分間の無編集映像を三回立て続けに流していた。

ロス・クインシーは、「ウィンディ・シティ」〔風が強い日が多いシカゴのニックネーム〕のカメラマンたちをしょっちゅう出し抜く、スピード狂のようなスクープ映像命の夜間活動者集団《ナイトクローラーズ》を統括しており、その独占映像を最高金額で〝落札〟した地元のテレビ局に売っている。ときには、クインシーが抱える連中のひとりが、ローカル局向けどころか、二四時間ニュースネットワークにふさわしい映像を摑むことがあるのも確かだ。落札価格を吊り上げるべく高圧的に煽る男本人は、今、自分たちと対面しているわけではなく、電話の向こうにいる。ベイスマンたちWWNの入札を待つ間、室内中央に置かれた社内電話のスピーカーフォンの点滅する赤い点にまで存在が小さくなってもなお、クインシーのイラつく態度は、依然として変わらない。クインシーは、CNN、MSNBC、ABC、CBS、FOXの各局とも同時に交渉中で、こちらの価格が決まるまで他の電話で待機させていると言ったが、ベイスマンは、それがハッタリだとは思わなかった。

とはいえ今回、WWNの皆がここに招集された理由は、クインシーの動画ではない。この悪徳ジャーナリストにとっては、偶然そうなっただけだ。三〇人用に設計された部屋に五二人が詰め込まれたのは、ネットワークの権力者でも無視できない、小さいなりにも緊急の相談案件が急増したからだった。ベイスマンはこれを、非常に良くないバロメーターだと考える。朝一番の最新ニュースの話しぶりでは、WWNは、不意打ちを喰らった状態であった。

ベイスマンの脳裏にベン・ハインズが浮かぶ。ある時代物の作品に出演したときの姿で、ひだ飾りのあるコスチュームを着て、髪がきれいに撫でつけられていた。この俳優のオスカー像を奪い、そのケツに突っ込んでやりたいと、ベイスマンは思った。マスコミは、ホテルのメイドにハラスメントをした年寄りのゲス野郎のペニスで徹底的に引っ掻き回されてしまっている。この〝重要な〟話のためのカメラクルーを予約していた主要な放送局は、ひとつとしてない。仕事が割り当てられていた編集者たちは、昨夜の奇妙な噂を耳にしていたものの、彼らの受信ボックスに「ペニス」という単語が入った途端、頭から払拭《ふっしょく》していたのだ。

ベイスマンの六六歳の身体の細胞ひとつひとつが、これは、彼のキャリアでたった三回しかお目にかかっていないテレビの形勢を一変させる出来事だと訴えてくる。その三回とは、ニクソンの失墜、O・J・シンプソン裁判、9・11同時多発テロだ。彼の直感《ガット》〔gutには「腸」の意味もある〕は滅多に間違わないし、他の臓器とて同様に、偏りのない〝お告げ〟を伝える。鼓動する肺、疼《うず》く四肢、そして滾《たぎ》る血液が真実を物語っていた。有名俳優の公然わいせつごときのゴシップだけを追いかけ、万が一、もっと重要な何かが起きているのに見逃してしまっていた場合、それはマスコミの失態で、その責任をハインズになすりつけることはできない、とベイスマンの直感も全身も感じていたのだ。この一件が彼らマスコミ人のキャリアを終わらせることになったとしたら、それは彼らにとって当然の結果であろう。世界が彼らの周りで燃え尽きようとしているのに、ある男が気まぐれに露出した性器ばかりにかまけていたのであれば――。

繰り返し流されていたクインシーのテープがすでに終わっていることを祈りながら、ベイスマンはモニターに視線を投げたが、全く終了する気配はなさそうだ。この映像は時間を歪め、三分を三時間にする力があるらしい。映像は、望遠カメラで撮影されていた。これは典型的な手法で、ジャーナリストが周囲の状況の全体像を把握するため、通りの向こうからズームインするのはよくあること。しかし数秒後には、撮影者が現場に向かって駆け出し、カメラの視点がいきなり前方に押し出されていく。この撮影術が、ロス・クインシーのカメラクルーを有名にした所以《ゆえん》である。普通の人間なら、逃げないにせよ隠れるようなところで、クインシーのフリーランスのカメラマンたちは、「国を守る」などという崇高な志は持たないものの、まるで海軍特殊部隊《ネイビーシールズ》のごとく緊迫の現場に身を投じるのだ。

撮影者が街路を疾走して横切っている最中、カメラがブレて映像がぼやける。画質の粗さが信憑性を増すから、この部分はそのまま残せと編集者に指示する自分の声が今にも聞こえてきそうで、ベイスマンは苦々しく感じた。やがて映像は安定し、シカゴの色褪せた住宅団地の中庭を映し出す。チェリー色だった木造家屋の羽目板はロゼ色に退色し、プラスチック製のデッキチェアは使い古されて汚い灰色になり、枯れて脆くなった芝生はもはやオフホワイトと化していた。ゆえに、キラキラ光る誕生日を祝うデコレーションバナー、半分開けられたプレゼントの箱や包み、円錐形のバースデーハットなどの鮮やかな色が際立つ。ハットの多くが舗装された歩道のあちこちに転がっているが、何個かは、楽しい誕生日を祝っていたはずなのに悲鳴を上げる者たちの頭に被せられたままで、それが異様さを募らせていた。

　画面にたくさんの死体と血の海の惨状が映し出されるや否や、この部屋のWWN報道関係者たちから上がったのは、嘘偽りない歓声だった。これは金になる。ロス・クインシーの銀行口座には、大きな見返りが振り込まれるはずだ。シカゴ南部サウスサイド地区のギャング事件は、ニュース報道には値しないことが多い。そうしたギャングの抗争に関する動画を、WWNニュースのディレクター、ニック・ユナイタスは「悪い奴VSもっと悪い奴」と名づけたが、その手のニュースは限られた地域の視聴者の興味しかそそらないものなのだ。ところがクインシーから提供されたこの映像には、危険に晒《さら》された子供たち、泣き叫ぶ女性ら、死に物狂いの英雄的行為という視聴率を上げる要素が三拍子揃い、「悪い奴VSもっと悪い奴」をはるかに超えるものになっている。

　この時点でベイスマンは、生死は別として、人物たちがカメラに映る正確な順番を把握した。一人目は、ペンキがところどころ剝がれた二脚のピクニックテーブルの間で大の字になっている腹の出た男。二人目は、ひっくり返ったバーベキューグリルの横で過呼吸になっていると思われる女性。三人目と四人目は、誕生日の帽子を被った子供ふたり。双子の可能性がある。五人目は、中庭の中央に立ったままの小太りの女性。見えないバスケットボールを両手で持っているかのような姿勢で、何度も何度も悲鳴を上げていた。六人目は、フェンス越しに撮影者へと手を伸ばす、顔が血まみれの思春期ぐらいの少年。七人目は、淡い青色のユニフォームを着た若者だ。彼は倒れている人それぞれに駆け寄り、脈や呼吸をチェックしたり、大声で呼びかけて反応を確認したりしている。そして、映像に映った全員が黒人だった。

　ネイサン・ベイスマンも黒人で、いつ何時確認しても、その事実が変わることはない。にもかかわらず、動画の初見時には、彼は他の白人上層部と同じ結論に達した。現場で起きていたのは、よくある報復手段で、走行中の車内からの発砲だ。間違いない。歩道に残された血は、鮮血ではなく、過去の銃撃の痕跡の可能性もある。吐き気を催すような話だが、こうした地区の住民の中には、暴力など気にしない連中もいるのだ。

三回目の視聴ともなると、そんなふうに思い込んだ自分をベイスマンは恥じた。彼もすっかり暴力沙汰に鈍感になっている。それどころか世の中のあらゆる出来事を、テレビ映えするステレオタイプ――非難される者もいれば、賞賛される者もいて、全てが戯言《ざれごと》――のキャスティング・リストとしてしか見られなくなっていた。どんな映像もまずは、何番目に流すニュースにするか、という視点で捉えてしまう。視聴者が自分たちの報道番組を見続けてくれるよう、可能な限り感情操作できるセンセーショナルなものをトップニュースにし、そうでないものは後回しにするのが当たり前になっていたからだ。

ロス・クインシーは、この映像の後半が展開される前から〝勝者〟であった。撮影者が中庭にいて、倒れている者たちを助けずに、そのままカメラをゆっくり横に動かしていく。すると、芝生の上に大の字になっていた太鼓腹の男が立ち上がったではないか。しかし、この男性の驚くべき生存確認の瞬間自体は、WWNのお偉方に衝撃を与えるものではなかった。何せ、地面に落ちている二五セント硬貨を拾うためにひざまずいたかのように、ごく自然な動作だったからだ。

さらなる驚きは、見た限り、その男性が被弾を逃れていたことだろう。銃傷は確認できず、代わりに何者かに嚙まれたような痕――三日月形の歯形――が前腕に残されていた。男性がカメラを直視するや、会議室にいた誰もがたじろいだ。両の目は白く濁っており、中庭のナトリウム灯が当たると、平らなオレンジ色のコイン二枚に見えた。

すぐさま男性の注意は、叫び声を上げる女性に向けられた。餌を求める犬よろしく、女性の方へと動いていき、彼女の服と髪を摑む。女性は抗わず叫び続けた――喉肉を嚙みちぎられる瞬間までは。悲鳴が止まり、耳をつんざく声は途絶えるも、勢いよく血が噴き出して女性は膝からくずおれた。男性はその場に佇《たたず》み、無表情でクチャクチャと咀嚼してから肉を飲み込む。続く二分間で、己の身体をフェンスから離した血まみれの顔の少年は、青いユニフォーム姿の若い男性の腕の肉を嚙み切ったかと思うと、今度はピクニックテーブルの下に隠れている子供たちへと進んでいった。

すでに三回目の視聴だというのに、会議室の面々は息を呑み、目を手で覆っている。ベイスマンと同等に筋金入りのニュースのプロフェッショナルたちが、このリアクションだ。彼らは編集者の肩越しに、アルカイダの斬首動画の放映に先立ち、どこをカットしてどう調整するかの指示を口うるさく出したりする。自爆テロ現場の未加工の映像をふるいにかけ、見映えのする煙や包帯を巻いた負傷者が映っている場面を選び出し、放映にあまり適切ではない切断された四肢、割れて脳味噌がこぼれた頭蓋骨、赤ん坊の死体などは弾くのだ。また、自分らがビジネスランチに向かう前に、自然災害の壊滅的な被害状況を映す動画を調べ、回収された遺体の山を見て数を算定したりもする。

クインシーから提供されたテープは、見る者の心のざわつかせ方が斬新だった。映像では、聖戦《ジハード》を行う者がいるわけでも、天災に見舞われるわけでもなく、責めを負うべき悪人がいるわけでもない。動画開始から一分後までは犠牲者だった人間が、三分経つと攻撃者になっている。これは明らかに、全くもって奇妙だ。流感にかかったときの悪寒のような感覚が、肉体から肉体へと広がっていき、同僚たちがそれを、古き良き〝ニュースのネタを嗅ぎつける能力〟ゆえの高揚感だと誤認するかもしれないと、ベイスマンは心配した。この〝熱〟は、神、もしくは進化によって――どっちでも好きな方を選べばいい――彼ら個々人の脳内に埋め込まれた神経の結び目から放射されているのかもしれない。だからこそ人類は、絶滅の危機が差し迫った場合になんらかの警告を得られるのだろう。きっとそうだ。

忌々しいことに、昨夜、ベイスマンはすでにそう感じていた。なのにどうして、何か行動を起こさなかったのか？　彼は、昔の懐かしい映画を放送する映画専門チャンネル「ターナー・クラシック・ムービーズ」の愉快な白人のコメディ作品を見ながら、ウイスキーの瓶をお供にくつろいでいたが、己をひっぱたいて酔いを覚まし、よりクレイジーな時間帯に急いで仕事モードへと気持ちを入れ替えた。その通り、ベイスマンはこんなくそみたいなことに命を懸けており、夜勤のエディターはそれを承知している。電話をして、テレビに使えそうな話を徹底的に話し合うのは、侘《わび》しい自宅できしみ音を立てて己に忍び寄る影に似た、得体の知れない不安からいっとき逃れられる、喜ばしい小休止なのだ。

事の発端は、遅番のプロデューサー、アキラ・ブロデリックからのメールであった。通常、各支局は、ネタ探しのために地元の警察や消防などの無線を傍受している。彼女のメールによれば、複数の局から、そうした初動要員の活動が急増しているとの報告があったそうだ。911番へ電話が殺到し、ひっきりなしに救急車の出動要請がかかっているらしい。ベイスマンは、組織的なテロ攻撃の可能性を提示する必要などなかった。報道関係者なら、真っ先に頭に浮かぶことだからだ。しかし、テロだという明確な兆候が欠けている。現場になった各所に象徴的な価値はなく、容疑者についての噂は聞かれず、爆発も起きていない。

〈良くないドラッグか?〉。ベイスマンが返信した。〈毒物学者を起こせ〉。アキラはすぐに「OK」の意味で親指を立てた絵文字を送って寄越した。リラックスする時間をついに諦めたベイスマンは、ノートパソコンを開いてツイッターのトレンドを調べ始める。好きなセレブリティやミュージシャン、スポーツ選手のアカウントをいくらでもフォローすることが可能だが、ツイッターは、彼が愛用してきた古い警察無線傍受機に取って代わったという事実は決して変わらない。その傍受機は、妻——正確には「元」妻——のシェリーがハンマーで粉砕してしまうまで、ひと晩中、雑音めいた柔らかな音を鳴らしていた。

俳優ベン・ハインズのスキャンダルが拡散されていることを示唆するハッシュタグがある以外、これといって目立ったタグは見つからない。一時間後、アキラが再びメッセージを送ってきた。〈誤報？DOAの人々が蘇生してるの〉。DOA（Dead On Arrival／病院到着時心肺停止状態）の患者たちが息を吹き返しているということか。ベイスマンは肩をすくめた絵文字を返す。アキラからの返信は、〈MPWWに戻る〉だった。ベイスマンは苦笑する。視聴率を稼げる「MPWW（Missing Pretty White Woman／行方不明の白人美女）」をデフォルトにしない局などあるだろうか？　彼はノートパソコンをパタンと閉じ、ハリウッドの懐かしのモノクロ映画に戻ることにした。彼の最初の直感は正しかったに違いない。早死の診断は、新しいドラッグの過剰摂取の特徴なのだ。

そう確信して、ベイスマンは眠りについた。

クインシーが提供してきた映像は、最後のフレームでフリーズする形で終了した。おそらく撮影者は、車まで戻るために猛ダッシュしていたに違いない。黄色い窓、緑のピクニックテーブル、ベージュ色に枯れた芝生、褐色の肌、赤い血といった、暗めの色調の不鮮明な映像が流れていく。明瞭でないデジタル動画の中から何かしらの形を見つけることに長けた者なら、伸びてくる腕や白濁した目を確認できただろう。だがベイスマンは、フレームの端に立つ別の人物に目を留めた。腕を組み、殺戮に無関心であるそいつこそが、この物語に必要な悪役のはずだ。

だが、モニターに、スピーカーフォンとなっていた電話の点滅する赤い点が映っていることに気づき、ベイスマンはハッとした。その〝悪役〟は、やはり画面に反映された己の姿だったのだ。

「なぜ、マーティン・スコセッシJrはまだ保留なの？　さっさとテープを買って！」

クインシーを茶化して「マーティン・スコセッシJr」と呼ぶロッシェル・グラスは、生放送で口の悪い嫌味を放っても、広告主に番組の支援を打ち切らせようとするネットでの反対運動が起きても、スタッフをうんざりするほど批判しても、嫌がらせの口止め料の噂があっても、彼女が不機嫌そうに「私は、私たちみんなが考えていることを言っただけ」と言い退ける能力は、効果的であり続けた。グラスの敵も味方も一様に破顔して部屋全体が笑いに包まれ、双子の幽霊よろしくテレビのモニターに映る各人は、コーヒーをがぶ飲みし、チーズデニッシュに噛みついている。グラスはいつもの愚かな彼女自身であった。だから、世の中の全ても通常通りに違いない。

「私たちを見てよ」と、グラスは続ける。「自分らの娘がプリンセス映画を見てるのと同じ。こんなものをどうしても見続けてしまう」

「こんなもの、ねぇ」。ニック・ユナイタスがため息をつき、彼の分厚いメガネの位置を正した。坊主頭でラインバッカー並みに鍛えた肉体のユナイタスは、いつも、服が窮屈すぎるかのごとくしかめ面をしている。「〝こんなもの〟ってなんだ？　誰か教えてくれ」

今回のような状況で、この新しいディレクターに強い印象を与える機会はそうそうなく、全員がチャンスを逃すまいと便乗した。我先に何かしようとすると、人々は最悪で最も真実の己の姿に戻る。背の高い人間は背の低い人間を遮り、人間関係を向上させるのに感受性トレーニングで長年学んできたことなど、一瞬で吹き飛んでしまう。やかましく皆が声を上げる中、突破口を開こうと悪罵《あくば》が次々に飛び出すのだ。

「数時間前なら、クーフィーヤ［アラブの伝統的なヘッドスカーフ］を着けた奴の仕業だと言ったかもしれない」と、誰かが声を上げた。「アラブの君主とかの命令で動いているんだろう、とね。おい、そんな顔で見るな。数時間前ならそう言っていた可能性があるってだけだ」

「カルト説を押しつける奴は頭が腐ってるよ」。二番目の発言者がそう言い放った。「例の攻撃者たちは、犯罪者のプロファイルに当てはまらない。あまりに多岐にわたっている」

「CDCとやらのグライムス博士を呼ぼう。彼はテレビに出られるなら、誰かの尻に指を突っ込むのも厭わないぞ」と、三番目の人間が訴える。「だが、博士は風変わりな考えの持ち主だと思う。こいつは空気感染のわけがない。人間Aには感染するが、人間Bには感染しないだと？」

「こうでもなければ、ああでもない」。ユナイタスが文句を垂れた。「じゃあ、なんて表現すりゃあいいんだ？」

スポットライトがないところでも、グラスは注目を集める術を知っていた。

「いつから〝殺人〟の定義を操作しないといけなくなったの？」と、彼女は問いただす。「反対の視点がないことが殺人の美しさよ。私たちは誰もが、殺人は悪だと同意してる。でしょ？　それを示すの。単純に、いかに悪いことかを訴える。誰もそれに異存はないし、誰もが満足する」

「〝誰も〟とは限らない」。ベイスマンは、その言葉が己の胸骨を通して響くのを感じた。それは昨晩、自分が何も行動を起こさなかったのを咎めつつも、気が引き締まるような感覚であった。自分は直感に従ってWWN本社に急ぎ、ダニのようにその話にしがみついておくべきだったのだ。そうすれば、誰がこれを手に入れるかの争いは起こらなかった。「このクリップにそれなりの大枚《たいまい》を出すからには、金に見合った価値が欲しいだろう？　こんなものを二四時間、毎日流し続けることになる。そして、人種間戦争が起こるかもしれない」

「捏造された人種間戦争ね」と、グラスはため息を吐く。「私たちはみんな、ベイスマン氏が長いこと、起こる起こると言い続けてきた出来事をずっと待ち焦がれているのよ」

グラスと直接話すのは、ベイスマンをこの上なく疲弊させる。彼はユナイタスに顔を向けた。

「我々がやれることを列挙してみよう。二時間ほど前、すでにツイッターでは、これは人種の問題だと言い張る連中が存在していた。陰謀論や突拍子もないデタラメの数々は、もはや追いようがない。とはいえ、結論は同じだ。銃に弾を込め、黒人連中をまとめて殺《や》ってしまえってことになる」

「そんなのごく一部の戯言。わかってるでしょ」と、グラスが言った。「ま、ごく少数派ってことね、今は」

「君のようなリベラル派は、あくまでも情報の自由が絶対なんだと思っていたよ」

室内にいた者たちは、ターナー・クラシック・ムービーズの西部劇で、決闘するふたりのガンマンが銃を引き抜く瞬間を見届けてやろうとする町民たちのごとく、目の前のやり取りを傍観している。ベイスマンはグラスと向き合うしかなかった。ケーブルニュース・ネットワークについて世間の大きな誤解がひとつあるとしたら、ニュース番組に登場するパーソナリティたちが一致団結していると考えられていることだ。どの番組のキャスターも、最高のインタビューや特大スクープをめぐって他の進行役たちと直接競争を繰り広げ、各プロデューサーは、それ以外の小さなニュースの対処に縛られている。ロッシェル・グラスが勝つのが常だった。彼女は、WWNの視聴率の稼ぎ頭で、カルチャーに影響を与える午後八時台のオピニオン番組の司会者——実際のところは「看板スター」——である。毎回、番組の大物ゲストたちが、彼女の足元に薔薇の花を置かんばかりの敬意と賛美を表するほどだ。グラスは事実を独善的に声高に語って他を圧倒し、自分以外のほとんどの人間を愚かに見せる。

今のように、要点を強く論じて他人を納得させたいとき、彼女は母音を伸ばす南部訛《なま》りで話し出す。ペンシルベニア州、デラウェア州、メリーランド州、ウェストバージニア州という北東部の州の州境の一部を定める境界線であるメイソン＝ディクソン線より南に住んだ過去がなく、当然ながら南部訛りの地域に居を構えたこともないグラスだったが、男女を問わず、典型的なアメリカ人の心に何が響くかを知る才能は有していた。アメリカ中西部の住民が切望する指導者は、彼らの知的レベルより少し上くらいで活動し、どんな問題でも簡単にオウム返しができるほど要約して話をする人物だ、と彼女は信じている。そうすれば、彼らは自分が賢いと感じ、嬉しくなるのだ。視聴者をいい気分にさせて何が悪いの？　グラスはそう問いかけるのが好きだった。

その好例は、五年前のことだろう。医療補助金に関する大言壮語の最中、通常好まれる「deadbeat（借金を踏み倒す者）」「freeloader（たかり屋）」「bum（浮浪者）」という言葉の代わりに、グラスの口から発せられたのは「mendicant（托鉢修道士）」という単語だった。彼女の視聴者にとってこれは新鮮だったらしく、翌日の夜、反響の声に応え、グラスは「mendi *cants*（托鉢修道士）」というよりはむしろ、「mendi *cans*（托鉢者）」だと促した。

こうして「I'm a MendiCAN!（私は托鉢者！）」というキャッチフレーズが誕生し、ほどなく、同フレーズが入ったTシャツ、帽子、ネクタイ、ボタン、マグカップ、マウスパッド、ペン、ドアマット、クリスマスツリーのオーナメントなどが作られた。その後、グッズ販売数が絶好調の時期には、「W

WNのスタッフは、放送中でも放送外でも可能な限り、この言葉を使うように」とのメモが出回ったほどだ。メモは無視されたが、ベイスマンは、嘲笑して使うだけだったとしても、彼の会話にこの言葉が忍び込んでいた事実を認めざるを得なかった。

　ベイスマンはグラスより三〇センチほど背が高く、その身長を利用して相手を見下すように睨みを利かせるのになんの疑念も持たない。彼女の方は小柄で、ブロンドヘアはワックスを塗ったかのごとく艶やかだ。そして、しわ取り手術のおかげでピンと張った肌に、ビー玉のような青い目が輝いている。グラスの困惑した作り笑いから、ベイスマンは、一五歳年下の彼女が自分をどう見ているかを推測できた。(黒人であるがゆえに)積極的格差是正《アファーマティブ》措置《アクション》(托鉢修道士のお気に入りの政府プログラム)のおかげで現在の地位に至った時代遅れの不格好な口うるさい奴は、WWNのナンバー3の願いを聞き入れ、とっとと引退すべきだと考えているはずだ。

　ユナイタスは、子ガモのように両手をバタバタさせた。

「みんな、報道すべきニュースはたくさんあるだろ!」と、彼は大声を上げる。「会議室から出て! 早く。さっさと出ろ!　グラス、ベイスマン、各部門の副部長たちは、ここに残ってくれ」

　ベイスマンは皆が退室するのを待たず、グラスの方に小さく一歩踏み出した。職場では、明らかに攻撃的だと取られてもおかしくない。

「情報の自由。その通りだ。リベラル派はそれが大事だからな。だからこそ、ここでクインシー氏の炎上しそうな映像は拒否し、どんな些細なものでもいいから、視聴者の携帯電話で撮影された動画を集めて、次から次へと流し始めるべきだ。それなら無料でできる、とも付け加えるべきかな。パムによれば、あちこちからそうした動画が集まってきているらしい」。彼はアトランタの街を指差した。「それが、この街で起こっていることの実状なんだ」

「いいアイデアね」と、グラスが言う。「実はそれ、私のスタッフがすでにやってる。送られてくる動画ひとつひとつの要約を書いてもらってるの。どのネットワークのどの番組よりも、私たちのところに送られてくる数の方が多いのは確かよ。ベイスマン、残念ながら、伝えないといけないことがあるわ。細かいことを言えば、視聴者層がそうだからなのか……どの動画も似たり寄ったりの内容なの。集合住宅の建物。スラム街。どう言えばいいかな。黒人。黒人ばっかりなのよ、ベイスマン。汚い言葉じゃないから、堂々と口にするわね！　このクインシーのビデオが唯一違うのは――」。彼女は一時停止した画面を指し示し、言葉を続けた。「ぶれていない、まともな映像だってこと」

ベイスマンは即座に言い返す。「君が〝黒人〟と捉えるところを、私なら〝低所得者〟と捉えるがね」

グラスは無邪気に肩をすくめた。「つまり、私たちは同じ意見ね。経済的困難！　だからギャングが生まれ、繁栄する。それが私のトップニュース。そして、二番手になってしまったら、目新しさがなくなってしまうニュースよ。誰かこの映像を買って、『フェイス』を外し、私を登場させるべきだわ」

チャック・コルソは、「フェイス」の愛称で知られている。端整な顔立ちが、唯一の長所だったからで、WWNが抱えるキャスターの中では最も能力が低い人材であった。「フェイス」を降ろして、グラスを起用することが緊急性を帯びているのは認めざるを得ないだろう。しかし、ロッシェル・グラスのような狂信者を使うのは、危険以外の何ものでもない。

彼はユナイタスに訴えた。

「ニック、ギャングだと？　フロリダ州タンパからのオクタヴィア・グロースターのレポートがある。うちの独占で他の局は持っていない。そして、彼女のレポートには、ギャングをほのめかすものは何もない。何ひとつだ。本当に、今、あの奇妙な襲撃がギャングの仕業だとしか言えないのか？」

ユナイタスの態度の変化は、わずかだった。額が少し緩み、両肩の一直線のラインが心なしか曲がっただけだ。木に道しるべの印を付ける者が、山道で迷ってしまい、突然、進むべき方向を示してくれる眼力鋭い追随者がどうしても必要になったときのような顔をしている。ベイスマンは身を乗り出したが、一秒でもためらったのはまずかった。より若く、よりハングリーな狼のごときグラスが先に嚙みついてきた。

「あのジャンスキー生中継事件の張本人のアドバイスを受けたいなら、ニック、それはあなた次第だけど」と、彼女はため息をついた。

ベイスマンとグラスの言葉の応酬に熱心に聞き入るしぐさをしていた十数人の副部長たちだったが、「ジャンスキー」の名前が出た途端、急に自分たちのコーヒーを吟味する理由を見つけたかのごとく、視線を落とし、慌ててコーヒーをすすり出した。ベイスマンは、肩甲骨の間が冷え、ゾクゾクとした悪寒を感じた。その事例をここで持ち出すのは、あまりにも残酷だった。彼とシェリーの不安定な結婚の絆を引き裂いた何かがあるとしたら、それはジャンスキー生中継事件の副産物だ。ライブ放送された内容自体ではない。放映後一週間で、他のネットワークのプロデューサーたちから、自分たちも同じ指示を出していたかもしれないと断言するメールを複数受け取り、ベイスマンは全て削除した。

それは、三年前に遡る。WWNワールド本社はジョージア州アトランタにあるため、生中継映像を撮った唯一の局だった。再選を狙う同州サバンナの下院議員ブレイズ・ジャンスキーの選挙事務所から押収されたパソコンに関する噂は、何日も社会を混乱させることとなる。盗まれた情報？　不倫？　児童ポルノ？　サバンナにある系列局は、ジャンスキーが銃を持ってオフィスに立てこもっているという話を取り上げ、一時間もしないうちに、WWNは、ジャンスキーの顔が窓に押しつけられ、到着した警察に向かって何かを叫んでいるスリリングなライブ映像を流した。ジャンスキーの銃は彼の胸の隣にあるのが見てとれたので、ベイスマンは視聴者の胸の内に渦巻く期待と不安を妄想した。そして銃が徐々に上に向いていくと、ディレクターが「自殺するんじゃないか、これ。自殺だぞ、自殺」とか細い声を出し始めた。それでもベイスマンは、撮影を続けるよう指示した。ジャンスキーは自殺しないだろうと踏んだからだ。

ところが、ジャンスキーは実行してしまう。銃は何かに引っかかったかに見えた。おそらくスポーツジャケットのボタンだったのかもしれない。銃口がジャンスキーの顎に当たり、その小さな動きに驚いて、ジャンスキーは思わず指を引いたのだろう。当然ながら、弾丸が放たれた。その日、番組を仕切っていたディレクターのリー・サットンは、骨と脳味噌が飛び散る前にカメラの強制停止スイッチを叩いて最善を尽くしたが、その日、WWNにいた人間も、言うまでもなく二〇万人の視聴者も、誰ひとりとして、内側から破裂して損壊したジャンスキーの顔、もしくは紫色のドロドロしたゼリー状の何かが噴出する瞬間を二度と忘れられなくなった。

ベイスマンは〝精神的療養〟のために休暇を与えられた。どういうわけか〝ジャンスキーの命を奪った銃弾は、ベイスマン、シェリー、ふたりの結婚生活の中に突き刺さったまま留まった。妻は夫の感情を逆撫でしないために腫れ物に触るかのごとく接し、彼は自分にも彼女にも嫌気が差す。四日後、遅すぎるくらいだったが、彼は職場復帰をし、局の謝罪は正式に記録され、インターネット上の論調も次第に鎮まっていった。ユナイタスとサットンを含む誰もが、何ごともなかったかのように振る舞った。ベイスマンは配慮に感謝したが、これほどの過ちが議論されないまま放置されても、ギロチンの刃は所定の位置に据えられており、次は必ず頭上に落ちてくるはずだと、不安に苛まれ始める。

そして今、それが落ちてきたのだ。ユナイタスは、自宅のドライブウェイは自分で雪かきをすると言ってきかず、凍結した道で転んでしまった老人さながらのしかめ面をベイスマンに向けた。ベイスマンはグラスとの議論に負けた。さらに悪いことに、彼は三年前に負けていたのだが、それを告げる勇気を持つ者が誰もいなかったらしい。歯を舐めながら言い訳を探していたユナイタスだったが、長年ニュースディレクターを務めてきたプロゆえに相手を言いくるめるのは得手だったので、思いついた考えを指折り数えて余裕たっぷりに列挙した。

「一連の攻撃は迷いがなく、極度の忠誠心で実行された」と、ユナイタスは語る。「誰が巻き込まれようと構わないという情け容赦のなさ。窃盗を伴った形跡はゼロ。そして不幸なことに、事件は過密地域で起きているように思える。ベイスマン、僕にとって、これは全てギャングの活動だ」

〝過密地域〟は、ベイスマンがこれまで聞いた中で最も馬鹿げた婉曲表現だったが、それを指摘したところでなんの意味もない。話し出す前に、彼は咳払いをした。ああ、自分の声はなんて弱々しいのか。シェリーに捨てられるのも当たり前だ。

「せめて理性的になろう」。まるで哀れな悲鳴に聞こえる。「他のネットワーク局と電話会議をするんだ。この件を共有し、彼らの情報も共有してもらい、皆で考えよう。公共の安全は、視聴率競争ではない。ニック、我々はかつてそれをわかっていたはずだ」

ユナイタスは副部長たちに向き直った。「プレスバーガー、クインシーには我々がすでに話し合った金額でオファーしてくれ。他人の不幸を食い物にするあいつには、一セントだって余計に払わない」

グラスが拍手をする。「すごいわ、ベイビー」

「コリンワース。なんて名前だったか、あの口髭を生やしたギャング専門家を呼び出せ。酔っ払っていても構わないから、ここに連れてきて映像をくまなく調べさせろ。ギャングのシンボルカラー、ハンドサイン、なんでもいいから見つけさせるんだ。とにかく、何か報道しよう。彼が口髭を剃ってくれるかどうかも要確認だ」

名指しされたプレスバーガーとコリンワースは慌てて椅子に座るや電話を摑み上げ、内線番号を押して、うまく事が運ばない電話に慣れた人々の口調で話し始めた。グラスは見栄えをよくするため、着ていたブレザーを正した。

「メイクをしてくるわね」

そう知らせた彼女に、ユナイタスが肩越しに告げる。「チャックは、シフトが終わるまで仕事を続けさせよう」

グラスの顔が不機嫌そうに歪んだ。視聴者に賞賛される、母親的などこか優しげな不機嫌さではない。彼女は、同僚しか知らない生意気な膨れっ面で言い放った。「それって、一時間先よね。真面目に、あと一時間、フェイスをキャスター席に座らせておくわけ？　今日、この日に？」

ユナイタスは振り返った。ベイスマンが驚いたことに、このニュースディレクターは負けたようには見えなかった。彼は両手の拳を腰に置き、顎を前後に動かしている。ベイスマンは思いがけなく、ひと筋の希望の光を感じた。ユナイタスがグラスに立ち向かえるなら、たとえ幾分かだったとしても、自分にもできるはずだ。

「チャック・コルソについて言いたいことがある」と、ユナイタスは語り出した。「アメリカの良心と呼ばれた真のジャーナリストであるウォルター・クロンカイト並みだと自負する我々報道の人間たちが、局部を露出した俳優のニュースでジリジリしている間、フェイスは自分の出番の六時間も前の夜明け時、自ら車のハンドルを握って放送局に駆けつけ、スタンバイしていたんだ。個人的な名誉のためでもなく、己のブランドに何かプラスになることを期待したわけでもなく、彼は全員参加の事態だと認識し、役に立ちたいと思ったからだった。君は想像できるかね？」

ユナイタスはいったん言葉を切り、さらに続ける。「フェイスは自分でニュース原稿も書いていたから、我々三人よりも、目下起きていることに精通している。君はチャック・コルソがそこまでできる人材だとは思ってないかもしれないけれど、彼は紛《まぎ》れもなく我が局への忠誠心を備えているし、チームを大事にする人間だ。それこそが、ここ二〇階にいる私たちがもう少しだけでも尊重すべきことじゃないかな」

ベイスマンとグラスは、休み時間に校庭で取っ組み合いの喧嘩を始め、教師に首根っこを摑まれて引き離された子供のような視線を交わす。

「まぁ、今日、私たちは全員、貴重な学びを得たわね」と、グラスが締めくくるように言った。「でも、あのクインシーのビデオは、私の番組で初出しする。私があれを料理するわ。ロッシェル・グラス風にね。私の構成、私のグラフィック、私の解説で」

ユナイタスは微かにうなずいたものの、犬歯を剝き出しにした苦笑いの方が目立っている。これ以上しゃべると彼に嚙みつかれそうだ。ベイスマンはそう思った。

このニュースディレクターはドアに向かって手を叩き、「ベイスマン、チャックが次の一時間を乗り切る手伝いをしてくれ。グラス、何か必要だったら、ベイスマンに頼め」と、指示を出した。「いいか、チームワークだ。互いに話し合い、コミュニケーションを取れ。何はともあれ、我々は報道局で働いているんだから」

ChuckSux69

点滅していた2カメの赤いライトが消えた瞬間、チャック・コルソは自身のノートパソコンを近くに引き寄せた。大勢のキャスターが、このノートパソコンを小道具として使用している。画面の見栄えがいいだけではなく、キャスターを、プロンプターに映し出されたニュース原稿を読み上げる訓練を受けたロボットみたいだと視聴者に思わせない効果がある。チャックは、ニュースデスクのノートパソコンでポルノのGIFを再生し、共演キャスターを吹き出させるニューヨークの朝のニュース番組のキャスターを知っていた。

チャックはというと、コンピューターを〝コンピュータリング〟するために使っていた。この「コンピュータリング」という言葉はチャック独自の言い回しで、残念ながらかつて、彼がミーティングでそう明言し、失笑を買った。そして実際のところ、あまりにも執拗にコンピュータリングをしたがために、五年で三台のパソコンをショートさせている。タッチパッドを軽く叩くと、WWNの公式サイトが明るく光り出した。それは、彼がニュースデスクにいる際に唯一開けるサイトで、退屈そうにしていても彼は完全に自分の職場で仕事に専念しているとプロデューサー、アシスタント、化粧直しをするメイクアップ・アーティストたちに信じさせるサイトだ。「フェイス」についてのあらゆる噂が、そのルックスや、見た目から醸し出す雰囲気をさらに良くするための知恵を巡らせるものだと、彼は承知していた。

インターネットで番組視聴者の意向を探ることが愚かな行為だとは、これっぽちも思っていない。WWNにはツールがある。なら使って当然だろう？　手慣れた指さばきでメニュー画面を表示させると、サイトは「テクノロジー」「マネー」「スタイル」といった複数のセクションに分類されていた。チャックは「フィードバック」の項目にカーソルを合わせ、プルダウンメニューから「フォーラム」を選ぶ。すると、見慣れた星条旗が壁紙になっている目当ての画面が現れた。WWN政治部《ポリティクス》は、強い信念を持つ熱心な報道関係者たちが集って無制限の入力文字数に惹かれて日々の話題を取り上げ、願わくは広告のひとつやふたつをクリックしてくれることを期待し、前回の大統領選挙の準備期間中にフォーラムを開設したのだ。

ところが蓋を開けてみると、フォーラム開設反対派が事前に警告していた通り、釣りや荒らしが横行してしまう。そうした連中は、ネズミも同然で、ネット上にできたこの新しい穴を嗅ぎつけてなだれ込み、怪しげなものを擦り合わせてさらに怪しげな何かを増産していった。大統領選の一年半前には各党の出馬希望者が名乗りを上げるのだが、それから半年が過ぎる頃には、不適切発言などがモデレーターにより管理されていない当フォーラムは、陰謀論こそが真実とするオルタナ右翼による胡散臭い証拠の列挙合戦、わざとらしい目立ちたがり屋の極左たちの荒廃した溜まり場と化す。このフォーラムを閉鎖するとなると体裁が悪い上に、モデレーター導入のコストは相当高いため、WWNは単純に放棄する選択をした。野放しにされたフォーラムは、ますます荒み、奇妙な魑魅魍魎《ちみもうりょう》の巣窟となっていく。チャック・コルソは、自分が、同サイトの雑草だらけの地面を鉈で切り拓いて作った道を知る最後のWWNスタッフかもしれないと考えていた。

さらに四回のクリックで、ユーザーネーム「ChuckSux69」の新しい検索結果が表示された。前回のチェックから、一〇件の投稿があったようだ。胸がドキリとする。彼は最初の投稿をクリックした。

これ、信じられる？？？？？？？？？　チャックって今までニュース速報でしくじってないんだって。自分の目が信じられないわ。あの歯が白すぎて、目がくらんじゃうからかな。

思わず己の歯を舌で触る。もしかしたら前回ホワイトニングをしてもらったとき、ドクター・フリーリングがやり過ぎたのか。数年前に女性の同僚のアドバイスを受け、チャックは歯をワセリンでコーティングするようになった。たぶん、その手入れを怠り気味なのかもしれない。いずれにせよ、これは対処可能な意見である。自分のピカピカに光る歯が、伝えるニュースの妨げになってはいけない。今日のニュースでも、だ。彼はChuckSux69の次の投稿に進んだ。2カメの警告灯は、あっという間に点滅し始めるだろう。

　ChuckSux69については、このフォーラムのテンプレートに接続した誰かからのコメント以外で情報を得ることはない。各投稿の左側に、ユーザーデータのボックスがある。ユーザー名の下には、肩書きのためにプログラマーが用意した属性フィールドがあり、ユーザーたちがそれを厳しく批判して喧《けん》々《けん》囂《ごう》々《ごう》の様相を呈したりしない限り、使えるようになっていた。ChuckSux69の肩書きは、TRUTH　TELLER（真実の告げ人）だ。その下は、ChuckSux69のカスタムイメージとして、ビーチボール並みの胸をした少女のアニメ画像が置かれている。それから、ChuckSux69の位置情報「どこでも」と投稿数「一四二七二件」が続く。一番下でユーザーは、自分の世界観を端的に表す引用文や引用句を示すことが可能だ。ChuckSux69の場合は、パドメがアナキンに言った「私を抱き締めて。ナブーの湖畔でしたように」という『スター・ウォーズ　エピソード3／シスの復讐』の台詞だった。

　チャック・コルソは当初、このフォーラムを恐れていた。彼は自信満々で自由奔放に行動する人間になるのを夢見ていた一方で、Googleアラートを設定し、スペルミスの表記も含めた自分の名前をキーワードとした検索結果をメールで送らせていたのだ。一日数回、ソーシャルメディアをリサーチしたが、うまくいったためしがなかった。公人が仕事をうまくやったと褒めるのに、人はインターネットを使わないらしい。ネットは、誰かを侮辱するための場。チャック・コルソは、テレビ界一の能無しで、「金正恩」を発音できないし、眉毛の脱毛に年間五万ドルを費やしているようだ。

　さらには、ミーム〔インターネット上で自由に模倣され、加工がなされて拡散される動画や画像〕も存在した。

　チャックは、それが惨めなほど不公平だと感じた。大学を出てすぐに、ノースカロライナ州シャーロットで軽めのニュースのレポーターをしていた彼は、やがてニューヨークの放送局から、似たり寄ったりのニュースを取材するように声をかけられる。小さな新興の局だった。とはいえ、ニューヨークはニューヨークだ！　チャックは、仕事を手に入れるのに、己のルックスが極めて重要な役割を果たすとわかっていた。シャーロットの同僚たちの当惑の表情が、それを十分物語っている。顔だけで雇われているという事実を改善するのに、彼は何を発言し、どんな行動を取ればいいのか。技術を磨いて最高の報道記者になる。ただ、それだけだ。

　アメリカン航空一一便がワールドトレードセンターの北棟に突っ込んだとき、チャックは明るく活気に満ちたバッテリー・パークで、転職後初の取材（マイケル・ジョーダンがNBAに復帰するかもしれないという噂に対する街の人々の反応を集めること）を行っていた。チャックと同行カメラマンが、自局でテロ現場に駆けつけた最初のチームだった。そして、キャリアの栄光となるこの二二分の間、黒煙を上げる二棟の高層ビルの前に立ち、心配そうに表情を曇らせ、声のトーンを下げて事の重大さを認識していることを示し、現況がわからずに恐怖に慄く視聴者に真実を伝えることで、少しでも皆の不安を鎮めようとしていたのは、バンジョーを弾くコッカプー【コッカースパニエルとトイプードルのミックス犬】のルーファス君などの重要ニュースの取材で知られる男、チャック・コルソだったのだ。

先輩格のニュースチームがすぐに到着し、支配権を握った。しかし、最初の南棟の崩壊により、このベテランチームも他の全員も撤退を余儀なくされ、チャックのプライドは傷つかずに済む。現場で毅然として放送を続けてニューヨーク市民の力となったことの返礼として、まだ街を熟知していなかった彼は、市民たちによって安全な通りまで大急ぎで避難させてもらえた。その市民たちも、チャックも、一様に真っ白な粉塵まみれとなる。縁石でつまずいたのも功を奏し、彼は他の者たちの不安定な足取りに合わせることもできた。二棟のタワーから飛び降りても、イエスによって死から蘇ったラザロの力に触れて再び立ち上がった者も含め、大勢がよろめきながら歩いていた。

チャックがレポートした二二分の9・11の映像は、ユーチューブが生まれ、人々の投稿動画を求め始めるまでは再び日の目を見ることはなかった。それでも、意地の悪い編集動画を作る者がいた。オリジナルビデオの前後関係を無視して映像を切り取り、まばゆい九月の陽光を浴びて目をくらませつつ、現職大統領に匹敵するほど言葉を誤用してしゃべりまくる青二才チャック・コルソの短い、低照度の動画が作られている。

「debris《デブリ》（瓦礫）」を「de-briss《デブリス》」と発音し、「タワーからデブリスが落ちてきます。危険なデブリスがたくさん降ってきます」と連呼するチャック。

「fuselage《フューサラージ》（飛行機の胴体）」を「fuse-a-long《ヒューズアロング》」として、「飛行機のヒューズ・ア・ロングは、まだ建物の中にあるかもしれず、懸念されます」と解説してしまうチャック。

通常、建物には用いない言葉「perplexed《パープレクスト》（錯乱している）」を使ったことで、「私には、ビルが錯乱しているように見えます」と、意味不明のレポートをしたチャック。

ミーム化されたのは、この最後のシーンだ。チャックが感情を露わにする瞬間をフリーズさせた静止画像の上に、「錯乱している」という単語が白いインパクト書体で被せられている。同僚がこのミームをチャック宛てのメールに添付したり、会話の中でこの言葉をジョークとして使ったりすると、彼は必ず笑うようにしていた。同僚のため、そして国全体のためにそうしているのだ。残虐行為に圧倒されている間は特に、皆、笑いが必要になる。さもなければ、月並みな言い方ではあるが、テロリストが勝ってしまう。

それでも、愚弄《ぐろう》されるとやはり傷つく。彼は、グラウンド・ゼロからレポートした事実を誇りに思っている。そのことを考えるたび、目が潤むほどだ。自分たちの美しく安全なアメリカは、嘘だったのだろうか？　攻撃後の数ヶ月の間で、チャックはまた、軽めのニュース取材に戻されてしまう。一番、重要ニュースに近かったのは、９・11で夫を亡くした女性たちを紹介するニュースくらいだ。「速報：彼女たちは悲しみに暮れていた！」。彼の活躍の場は、どんどんシリアスな出来事から離れていく。「科学者たちが熱中する一分間トレーニング」「誰かがあなたのコンピューターをこっそり調べているかもしれない」「街角の意見：ゴールデン・グローブ賞を受賞してほしいのは誰？」。一〇年間、彼はそんな感じで仕事に精を出したが、９・11の現場にいたときのような心、精神、魂は息を吹き返さなかった。テロ攻撃がまた起こってくれればなどと望んでいたわけではない。一方で、大惨事が再び勃発したら、自分にとって二度目のチャンスを意味する可能性はあるとも考えた。とはいえ、そんなことを願うのは嫌で、ジレンマの中、彼の夢は消えていく。

そんな一〇年は、一連の恋人たちが彼を導いた暗黒の歳月だった。アリアナ、リュビカ、ナタリア、ジェンマは全員モデルだ。隣にいるチャックが引き立て役となり、彼女たちはメディアのイベントでより威厳を持つ存在になれた。チャック・コルソは尊敬されていないかもしれないけれど、名刺には今でも「記者」と書かれている。チャックが彼女たちから得たのは、己の身体的特徴を効果的に活用する方法についての洞察力であった。

三〇代になった彼は、髪が薄くなり始める。アリアナはチャックの頭皮を綿密にチェックし、髪を引っ張ったり、頭皮を叩いたりしたが、マニキュアを塗った彼女の爪は、カブトムシのように冷たかった。脱毛症治療薬のプロペシア、発毛剤ロゲイン・フォーム、低出力レーザー育毛器へアマックス・ウルティマ12も試させた。ふたりが別れる前、彼女はチャックに美容整形外科医を紹介し、植毛手術、頭皮フラップ手術、頭皮組織拡張手術、額縮小手術の違いを説明させてもいる。最終的な治療プランは、この四つを積極的に組み合わせたものとなった。

リュビカは小指の爪の尖端を使い、チャックの顔の皮膚のたるみ、変色、乾燥した斑点を全て指摘した。隔週で行う皮膚治療は、加齢による肌の劣化に抗う唯一の希望だと彼女は熱弁を振るう。肌表面の角質を取り除くマイクロダーマブレーション、電子筋肉刺激、酸素ミスト治療、LED光再生術、全身冷却療法、蛇毒ペプチド配合の幹細胞培養液など、リュビカは自身の専門性を執拗にアピールし、彼はその全てに従った。シャワーを浴びると、彼の新しい肉体から熱いお湯があっという間に弾かれ、顔を乾かす必要がないほどだった。

ナタリアは、スタントマンからパーソナルトレーナーに転身したザンダーをチャックに引き合わせる。ザンダーは、上半身裸でアクションを行う役を演じる俳優の肉体を鍛えることに特化していた。チャックは、バーピー、スラスター、ボックスジャンプ、懸垂、ケトルベルスイング、ローイングといった厳しいトレーニングメニューを課せられ、ナタリアは彼の食事を、身体のpHバランスを理想値±0・1以内に維持できる、マクロビオティックで海藻多めの一日五食のデトックス・ダイエットに切り替えた。チャックの胸板と腹は、フックで吊るされた鉄板のように感じられるほどの筋肉で覆われたものの、運動の成果は顔にも現れ、やはりそれが重要だった。いつの間にか付いていた首の贅肉、丸くなった頬肉、ぼやけた顎のラインは、全て、ナイフで削ぎ取られたかのごとく消えていたのだ。

チャックが四〇歳の誕生日を迎える頃に、ジェンマとの交際が始まる。一三歳年下の彼女は、彼が初めて付き合うアメリカ生まれの女性で、それまで付き合った仲で、一番、見た目の美しさの追求に貪欲だった。嬉しそうに美容整形手術を「ナイフ」と呼ぶ様子には、どこかゾッとするものがあり、彼女はベッドに押し倒したチャックの上にまたがると、豊胸した胸、厚みを増して強調した唇、形を整えた鼻を見せびらかしたものだ。それから三年間で彼も、眼瞼《がんけん》形成術（目の下のたるみ取り）、首のしわ取り施術（ネックリフト）、オトガイ形成術（顎先の輪郭形成）、セットバック耳形成術（耳整形）、そして昔ながらのフェイスリフトを受けた。

そうした全てを終えたとき、チャックは、何を自分が一度もやってこなかったかを考えて大きな衝撃を覚える。遅ればせながら世界史に打ち込んだ彼は、政治科学、法学、倫理学も勉強し、ようやく中東を理解しようと努力した。一〇年という時間があったのに、自分がしてきたのは、顔の見てくれを良くすることだけ。皮肉にも、まさに「フェイス」だ。

なんの因果か、彼は報われる。WWNがチャック・コルソの契約を買取り、平日午前中のニュースキャスターとして彼を雇ったのだ。大急ぎでアトランタに引っ越したチャックだったが、ニューヨークに比べると、ジョージア州を拠点にするモデルは圧倒的に少なく、彼の生活はずっと静かになった。友人はほとんどいないが、いつもほとんどいなかったことに気づく。人生のあらゆる時点で、人々は彼の不当な出世に歯ぎしりをしながら、ただ我慢していたようだ。ニューヨークは、彼にとってもはや過去の場所だが、今でもよくニューヨーク市民たちに思いを馳せる。9・11のあの日、彼らがどうふらついたか、自分がどんなふうによろめいていたか、に。自分はあのとき、彼らのうちのひとりだった。なんてこった。アトランタに来て、自分はまた一市民と化している。

そして、ここにチャックの好機があった。俳優ベン・ハインズの猥褻物露出という嫌悪感しか覚えない類いのニュースを取り扱うのだろうなと思っていた矢先、別の話題が持ち上がったのだ。しかも、9・11に匹敵する大ニュースに化ける可能性があった。他を出し抜く絶好の機会だし、「ビルが錯乱している」の迷言キャスター、チャック・コルソという悪評を確実に払拭《ふっしょく》できるまたとないタイミングだろう。しかしそれ以上に、視聴者が必要としているときに、彼ができ得る真の助けを行うチャンスでもあった。

そのためには、9・11の現場でし損なったことをしないといけない。業界では「バンピング」と呼ばれているのだが、放送が中断して映像や音が止まった空白の時間を、出来事の概要や憶測などで臨機応変に埋めるのだ。あまりに多くのレポーターたちの声がイヤホンに流れ込んできて、あまりにたくさんのスタッフがスタジオ内を行き交い、自分の仕事の出来栄えを判断するには、あまりにも混沌としていた。だからこそ、ChuckSux69を見る。チャックは息を止め、次の投稿を読んだ。

今日もチャッキーのシリアス顔をマジマジと見詰めてる。冗談でもなんでもないからね!! 彼が「結論を出すには慎重にならないといけません」と言ったとき、♥♥♥ってなった。今までどこにいたの？　もっと早く会いたかった！　でも、カツラよね（サーセン）

チャックが勢いよく息を吐くと、前髪が動いて問題の生え際をかすめた。ＣｈｕｃｋＳｕｘ69は正しい。このニュースの緊急事態が落ち着いたら、すぐに毛根強化施術のスケジュールを組む必要がある。未読の投稿が八件残っていたので、チャックはそれらを順番に見ていき、２カメから目を逸らさずに、ユーザーたちがくれた注意や意見を肝に銘じた。

　ＣｈｕｃｋＳｕｘ69に依存していることを誰かが知ったら、依存ぶりがそこまで病的でないとしても、奇妙に思われるはずだ。結局のところ、このユーザー「ＣｈｕｃｋＳｕｘ69」は、チャック・コルソを中傷する目的でこのフォーラムに参加している。だからこそ、チャックは「彼」を信頼していた。一四二七一件前の、ＣｈｕｃｋＳｕｘ69の最初の投稿から、チャックは、このユーザーのＭＯ（method of operation／やり方）が、彼（彼女かもしれないが、確証はない）のプロフィールで言っていることと同じなのだと認識していた。そう、まさしく「真実の告げ人」なのだ。このユーザーの見解は無礼で、品がなく、自然体で、一〇〇万人のまともな意見よりも価値がある。

　チャック・コルソがこの事態を乗り切るには、ＣｈｕｃｋＳｕｘ69が必要だ。

　２カメ上部のライトが注意喚起の閃光を放ち始めたので、チャックはフォーラムの閲覧をやめてノートパソコンをミディアムショット〔人物の上半身のショット〕に収まる位置に直し、イヤホンの音声に再び耳を傾ける。ディレクターのリー・サットンが、さらに悪い知らせを告げてきた。チャックが中継をつなげる予定だった取材チームが、オフラインになってしまったという。無線も携帯電話も通じないらしい。電波が途絶えたＷＷＮのチームは、これでふたつ目。それでもチャックは、大丈夫だと自分に言い聞かせた。中継先での撮影が警官に阻止されたり、電話のバッテリーが切れたり、現場がバタバタしたりするのは珍しくない。

〈時間稼ぎを頼む〉と、リーからの指示が聞こえた。〈なんでもいいから、話してくれ。チームの準備ができ次第、教えるから〉

チャックは、副調整室でこちらを見ているはずのリーへの返答として、2カメのまだ動いていないレンズに向かってうなずく。プロンプターが衝撃的に真っ暗になった瞬間、彼の心臓は跳ねた。仕事関連の何千もの悪夢という恐怖がとめどなく流れていくのを感じる。彼にとって台本なしで放送するのは、多くの人にとって裸で授業に出るのと同等の悪夢だった。2カメの赤いランプが点灯する。まるで、いきり立つバイソンが睨みつける目のようだ。

深呼吸をしたチャックは、ザンダーが鍛えてくれた筋肉が今も残っていることを願いつつ、姿勢を正した。独学で失敗した試みのひとつだったが、彼は飛行家チャールズ・リンドバーグの言葉を読んだことがある。誰もが飛行機から世界を見れば、戦争はなくなる。空からは国境などわからず、人々は皆、同じに見えるからだ、という内容だった。結局、リンドバーグは親ヒトラー派だったと知るのだが、その説明を目にする前に、未編集の世界を多く見る報道関係者もまた、俯瞰的な視点という特権が与えられているからこそ、全ての希望が失われたかに思える事態では、頼るべき最適な者たちになっているのではないか、とチャックは考えた。

記者も――自分も、真実の告げ人になれる。

決して変わらぬ真実があった――全ての希望が失われたわけではない。

チャック・コルソは、不完全な生え際に、前髪がいい感じで垂れているのがわかった。ChuckSux69が評価してくれることを望み、皆にそう思ってもらえたらいいと願った。さあ、ダメもとでやってみるか。きっとうまくいく。

イライラして寿命が縮みそう

ネイサン・ベイスマンの人生で、こんなにエレベーターに乗っている時間が長く感じたことはない。函《はこ》に足を踏み入れた瞬間、ロッシェル・グラスとふたりきりになった彼は、ポケットに入れていたスマートフォンのバイブレーションを太ももに感じた。テキストメッセージだ。彼の本能は、今すぐ確認しろと訴えかけるも、グラスの勝ち誇った目が向けられる中、そうするのは負け犬の行為に思えた。このガジェットが、卑しいリスである自分が齧りたくてたまらないちっぽけなドングリに感じられる。受信メッセージを放置して太ももに二度も振動が伝わると、ベイスマンは無力感に襲われた。

スタジオは地下にある。地階を示す「B」ボタンはすでに押されていた。

エレベーターの扉が閉じられ、函が沈み始める。世の中も沈んでいく気がした。

「ジャンスキーの一件を口にしてごめんなさい」と、グラスは詫びてきた。「私、必死になっちゃって、つい……」

鋼の函の中では、グラスの口調は、マンハッタンの親しげでフラットな訛りに戻っていた。この窮屈な空間にいると、黒人が白人の半分の給料さえ稼げなかった頃、ギリギリの金で生きていたベイスマンが共同生活をしていたアパートを思い出す。そんな悲惨な住環境など、グラスは何も知らないだろう。十分な空間が得られないと、どんなふうに感情が爆発してしまうか、いかに肉体的接触が避けられないか、を。

「あれをいじるな」と、彼が告げた。

「なんですって?」

「クインシーのテープだ。君があれを流す気なら、あのまま流せ」

「ベイスマン、ここには私たちしかいないのよ。遠慮しないで。それ、個人的な頼み?」

「正しいことをやる。聞いたことあるか?」

グラスは息を吐いた。どこか疲れているような彼女に、ベイスマンは驚く。

「説明しておくことがあるわ」と、グラスは切り出した。「あなただって理解できるはず。もしも私の番組であの残酷なギャング攻撃を放映したら、二五歳から五〇歳の視聴者層の数字は、三〇〇〇ポイント跳ね上がる。夫たちは、妻と子供にテレビの前に集まれと呼びかけ、WWNの誰もが、ニールセン視聴率の結果に歓喜するでしょうね。で、議論を呼び起こすためだけに未編集で流した場合——いつもと同じような番組構成で、なんの警告もなしに、女性の喉を歯で噛みちぎる男を含む映像をあのまんま報じたら、視聴者はどうするか想像つくでしょ?」

「我々は一時間前にCMを入れるのをやめた。この調子だと、もとには戻らない」

「もちろん戻るわ。一定期間の後、なんだって正常に戻る。それがニュース業界のごく基本的な常識だもの」

「ニュース。それって君が今、そう呼んでいるものかな?」

「誰を感動させようとしてるの? 私とあなたは、人々が知る必要がある情報を示す。視聴者がまだ受け入れる準備ができていないものじゃなくてね」

ベイスマンは、降りていく階数に集中しようとした。13、12、11。表示される数字はいつも赤かっただろうか？　それとも、自分の視界の色合いが変わったのか？　彼は数字が変わっていくペースに合わせて、ゆっくりしゃべろうとした。

「エメット・ティル。この名前に聞き覚えがあるか？　約七〇年前の一九五五年、ミシシッピ州で白人女性に口笛を吹いただけで惨殺された黒人の少年だ。彼の母親は、原形を留めぬほど無惨な姿になった息子の棺の蓋を閉めず、どれだけ残虐な暴力が加えられたかを世に示そうとした。真実を世に知らしめる。当然の行いだ。君は、自分の〝托鉢者〟たちに不快な思いをさせないようにという理由だけで、一九九二年のロサンゼルス暴動のきっかけとなる、ロドニー・キングが警官から集団暴行を受けている映像テープから、警棒で殴られるシーンを一〇回とか一二回、ごっそり削ったりしないだろ？」

「ロドニー・キング。エメット・ティル。アステカ族。ツタンカーメン。どこまで悲惨な歴史を遡るつもり？　いい？　あなたは9・11でプロデューサーをしていたのよ。あなたはそれを誇りに思ってるだろうし、誇りに思うべき。でも、タワーから飛び降りて、ボトボトと道路に落ちてくる死体を全部見せるようにディレクターに伝えた？　誰もそんなシーンを見る覚悟などできていなかった。確かに、あなたと私は立場も視点も違う。だけど、結局のところはどうかな？　ベイスマン、私たちはどちらもまともな人間よ。それともまともじゃないの？」

ベイスマンは思わず壁を蹴った。たまたま足が出てしまっただけだ。血も涙もない業界での四五年、「同僚」とも呼べる一〇〇人の人種差別主義者、自分が下さねばならなかったが、今となっては後悔している二〇〇の決定。様々なフラストレーションが内に蓄積していたのは確かで、新たなメッセージ受信を脚で感じた瞬間、生物の授業で死んだカエルの脚を電極で突いたかのごとく、ベイスマンの脚がガクンと前に出たのだ。靴底が操作盤のある壁にぶつかった拍子に、下層の八階分のボタンが点灯してしまう。ベイスマンは呼吸を荒くした。グラスの二五歳から五〇歳の視聴者層の数字には遠く及ばない、身体にガタがきた年寄りのろくでなしではないか。

グラスはベイスマンの突飛な行動に驚いたのか、ビクリと身体を震わせた。だがその直後、一瞬でも怖がったことに怒りを感じたらしく、歯を剝いた。

八階。エレベーターの扉が音を立てて開いた。待っている者は誰もいない。

「最高」。彼女は投げやりに言った。「これでメイクに遅れるわ」

我々はまともな人間ではないのか？　シェリーとの離婚は三年前のことだが、無事に良識を取り戻すにはまだ時間がかかりそうだ。イリノイ州シカゴで初めて取材の仕事をしていた頃、家に持ち帰る話の全てをシェリーは喜んでいた。ニュース編集室で味わう冒険心、複数のタイプライターが鳴らす雷鳴に似た音、インクの強烈な香り、タバコの煙と混じり合う熱気、カメラマンや音響効果係、照明技師といった自分のチームと街を駆け回るスリル、危険な大都市に立ち向かうヒーローになったような使命感、現場で築き上げる友情と壊すべきいくつもの偏見の壁。パチパチと音を立てるトランシーバーから聞こえてくるチームメンバーの笑い声も、新しい一六ミリフィルムの匂いも、ビリー・ゴート・タヴァーンのハンバーガーとフライドポテトの味も忘れていない。

ミズーリ州カンザスシティで、彼は現場スタッフが仕入れてくるニュース素材を監修するフィールド・プロデューサーに転向した。フィルムではなく、ビデオテープの時代となる。画質の美しさはやや損なわれたものの、処理スピードが短縮されたことは、ニュース素材を次から次へと求めて決して満腹にならないテレビという胃袋には重要だった。ベイスマンはその最新テクノロジーに夢中になった。当時は誰もがそうだったはずだ。視聴者は、出来事が起きている最中に映像を見ることを期待し、ベイスマンの局が現場に一番乗りをしなくとも、他の局がいち早く映像を流してくれるだろうと考え始める。すなわち、報道の仕事は〝早い者勝ち〟の様相を見せていく。スクープを先取りして最大視聴率を叩き出し、街の視聴者の忠誠心を得ることが肝心になっていった。

勝ち続けるため、彼は仕事を家に持ち帰るようになる。正確に言えば、ベイスマンは帰宅しなくなったのだ。彼は職場に歯ブラシ、アイマスク、折りたたみ式簡易ベッドを持ち込んだ。今思えば、その時点で危険信号は発せられていたはずだが、ネイサン・ベイスマンは昇進し、黒人のビジネスグループから講演の依頼を受けるようになり、名を上げていく。こうした結果は、彼だけでなく、社会の利益でもあった。シェリーはというと、タイピストからマーケティング会社の秘書に転職し、彼女もまた障壁を打ち破っていた。

アトランタへの移住で、夫婦の亀裂は決定的になった。どうしてそうなったのか、ベイスマンにも定かではない。蒸し暑い気候のせい？　ジャンスキー事件か？　ふたりは気が立って、キレやすくなった。シェリーは物を投げた。重い物を、だ。本、タイマー付きラジオ、オーブントースター。彼が家庭内暴力だとして警察を呼んだら、警察の報告書からライバル局に見つかってしまう。

しかも、ベイスマンは妻を噛んだことがあった。ある晩、何度も拳で殴られた彼は、シェリーの両手を摑むや、彼女の肩に歯を突き立てたのだ。その瞬間、解放感を覚えた。快感だった。彼女の皮膚の塩分、わずかな血の後味。少しだけ、セックスの味わいに似ていた。しかし、そのおかげで彼女は勝者になったのだ。妻の肩には傷跡ができ、彼女が望めば、いつでも暴力を受けた証拠として見せることが可能になった。

ロス・クインシーの動画に出てきた噛みつき行為、叫ぶ女性の喉からちぎり取られた大きな肉塊がベイスマンの脳裏に浮かぶ。あの場所で何が起きているにせよ、善人が悪人に変わってしまうらしく、彼を心底怖がらせた。己の中に悪人の要素があるのがわかっていたからだ。自分も誰かに噛みつく類いの人間だ、と。

グラスを一瞥《いちべつ》し、シェリーにしたことを彼女の肩にしてしまうイメージを追い払おうとする。

七階。扉が開き、しばらくして閉まった。

「各階に停まるなんて、イライラして寿命が縮みそう」と、グラスが漏らす。

ベイスマンは自分が嫌いな人物に顔を向けた。彼女は彼の不鮮明な映し鏡だ。

「あの会議室に一〇〇万年もいた気分だ」と、彼は落ち着いた声で言った。「その間にどんなニュースが流れたかはわからない。とにかく一緒に仕事をしよう。やってみようじゃないか」

「私にはかなり有能なスタッフがいるわ」

「でも、私はシカゴを知っている。私の出発地点だ。シカゴには仕事仲間も地元の知人もいるから、あの恐ろしい映像と一緒に流せる実際のネタも手に入れられる。実在する人々からの声を、な」

六階。扉が開き、閉じる。

「私のスタッフは偽物だと言いたいの？」

「おいおい。現場の取材中にどんな輩が来るか知ってるだろう。なんとしてでもカメラに映りたい奴ら、救急車を追いかける連中、血痕を指差して興奮する野郎どもだよ。私の仲間たちは、あの複合施設の各建物を知っている。彼らなら、あの中庭にいたギャングたちの名前だって承知してるはずだ」

「じゃあ、あなたもあれがギャングだって認めるのね？」

五階。

「いや、そういうわけじゃない。だが、仮にそうだった場合、彼らに教えてもらえる。我々に今必要なのは、具体的な情報だ。正しくニュースを伝えることで、アメリカの民兵志願者それぞれが窓から表にライフルの銃口を向け、次に通りかかる黒人を待っているなんて事態を防がなきゃいけない。私の仲間なら、『やったのは、こいつらだ。あいつらじゃない』って識別できる。言いたいこと、わかってくれるか？」

「あのテープをノーカットでは流さないわよ」

「ああ。もうそれはいい」

四階。

グラスは腕を組み、そのピンクのマニキュアを塗った指先で、首から下げたゴールドの十字架を軽く叩いている。ベイスマンは、そのネックレスが敬虔なクリスチャンを演出するための単なる〝小道具〟だと知っていた。実際のロッシェル・グラスは、毎週日曜の午前中、教会ではなく、チェロキー・タウン＆カントリー・クラブのゴルフコースにいるような女だ。彼は、そんな彼女の素顔を声に出して言いたい衝動を抑え込んだ。しかしここで議論を始めても、あと少しで地階に到着してしまう。時間がない。

「私、ちゃんと聞いてる。何を頼みたいの？」

三階。

「あの話をそのまま伝えてくれ、と言ってるんだ。この一件は、私の骨身に染みている。大事なことだ。だから、エンターテイナーではなく、報道の人間として今回は対処すべきだろう。フェイスの持ち時間は、四五分残っている。その間に、私は君の番組の準備をしよう。現場の住民とか、地域のまとめ役とかの声が取れれば。グラス、駆け出しの頃はどうだったかを思い出してくれ。誰のオフィスの方が大きいかとか、出世を考え始める前の熱意に燃えていた自分がどうだったかを。私も昔は新人だった。初心に帰ろう。今日、我々は当時の気持ちを取り戻せる」

二階。

「なら、ベン・ハインズのニュースは割愛するってことになるわね」と、グラスは気づく。「オスカー受賞以来、彼にとって最もラッキーな日だ」。ベイスマンはうなずいた。「ハインズ報道のために出ている取材ヘリを戻さないといけない」

一階では、エレベーターの停止時間が他の階よりも長くなるように設計されているのかどうかは定かではないが、そうだとしても納得はいく。一階は、最も人の出入りが多い階だ。扉が大きく開くと、大理石のロビーにルビー色のカーペットが部分的に敷かれ、アール・デコ調の真鍮《しんちゅう》が施されたエントランスへと続いているのが見えた。行き交う人が全くいないロビーは不気味で、高度経済成長期の金ピカで無責任な時代の威厳を湛《たた》えるも、荒れ果てた廃墟のような空気が漂っている。

グラスは笑みを浮かべた。カーペットの色が反射しているのか、彼女の白い被せものをした歯が赤く輝いている。

「ギャングの一件はトップニュースとして報じる。でも、ハインズのニュースは何がなんでも流す。リベラルで善良な慈善家気取りの彼は、口の片側からオスカー受賞のスピーチをし、口のもう片側からは汚い言葉を吐く。もうね、それ自体が女性に対する暴力よ。だから、ハインズの一件は放送する」

地下のニューススタジオの階に到着し、カチャカチャという金属音に続き、空気が吹き出すような音を立ててエレベーターの扉が開いた。コツコツと床を鳴らす靴のかかとの音、ドアが勢いよくバンと閉まる音、プリンターが漏らす苦しげな唸《うな》り声、カタカタというキーボードのタイプ音が耳に入ってきた。ここはいつだって、嵐のごとく様々な音が吹き荒れている。しかし今日は、雷雪、北極からの寒波、爆弾低気圧などに続く、天気部門が用語を編み出したくなるような凄まじい状況になるに違いない。コーヒー、汗、ヘアスプレーの匂いがベイスマンの鼻腔をくすぐる。すでに熱気が満ちていた。自分たちは、わざわざ地獄の底まで降りてきたのだ。

グラスは函から出て、「生放送」の赤いライトがあふれる通路へと足を踏み入れた。他の人々がグラスに気づいて視線を向けた瞬間、彼女は背が伸び、身が引き締まり、髪が悪魔的な赤い光を放つ姿へと変貌を遂げる。この日を救うべく、胸を張って街に現れたヒロインさながらだ。悪い奴VSもっと悪い奴の世界で、グラスは、どちらを応援すればいいかを教えてくれるだろう。

彼女は本番前にもう一度だけ、ベイスマンに語りかけてきた。

「私の番組の視聴者は、少し年齢層が高いの。だから彼らには、ちょっと柔らかい食事が必要。それだけよ。ベイスマン、これは知っておいて。あなたもそのうち、彼らに追いつくから」

ウインクをし、彼女は颯爽とメイク室に向かい出した。ベイスマンの胃がギュッと締めつけられる。「柔らかい」という言葉が、彼にシェリーとクインシーのテープの女性の両方を思い起こさせた。彼女たちの肩と喉が、ゼラチンのようにずるりと剝けるのを。柔らかさ――それが人間の最も特徴的な資質であることは、まだ明らかにされていないのかもしれない。

廊下の奥から、グラスの声が響く。「もう電話に出て」

ベイスマンのスマートフォンは、新たなメッセージの受信で震えている。先ほど操作盤の壁をキックしたときと同じ脚がまたもやエレベーターを強打し、閉まろうとしていたドアを再び開けた。通路に出て、スマホを取り出す。受信されていた四通のメッセージは、いずれも目下、彼のもとでインターンをしているゾーイ・シレイスからのものだ。今朝まで、彼女はたった一度だけしかテキストメッセージを送ってきたことがない。その一通も、冷静で専門的に、そして適切な文法で書かれており、彼女が乗っていた地下鉄の車両から移動を余儀なくされ、仕事に遅れると伝える内容であった。言い換えれば、大袈裟な物言いをしがちな若い娘ではない。しかし、今回の四通は様子が違っていた。

緊急事態。ベイスマンさん、大変。
ゾーイです。メールじゃなくて、直接話さないと。
どこですか？　かなり深刻。今すぐ話したい。
いい加減にして。どこにいるのよ？　これ、ホワイトハウスを巻き込む一大事よ！

想像以上に肝が据わっている

くそっ、ベイスマンが来た。保守派の時代遅れのエグゼクティブ・プロデューサー。コーヒーをがぶ飲みし、胃酸過多で制酸剤を常用するストレス満載の、だが正真正銘のジャーナリスト。そして、アルマーニのスーツをナチス親衛隊の服装だと思っているかのごとく、チャック・コルソのような見た目重視の若輩キャスターたちを横目づかいで睨みつけてくる人間だ。互いに異なる〝種〟だと警戒し、ベイスマンとチャックは本能的に距離を置き、後者が前者からニュースデスクで一対一のやり取りを求められることは一度もなかった。これは、コーチがピッチャーマウンドにわざわざやってくるようなもの。ベイスマンが近づいてくるのを見て、チャックの気力が萎えた。つまり、少なくとも、自分に気力がまだ残っていたのはわかった。

チャックは五分間、無我夢中で現況をまとめようとしたが、うまくいったとは言い難い。例の攻撃者たちは武装しておらず、トランス状態だったらしい。国土安全保障省は四〇の都市に特別部隊を配備し、至るところに州兵の前哨部隊が動員されつつある。フロリダ州タンパに派遣中のオクタヴィア・グロースターは、老人ホームの死亡者が息を吹き返し、そうした蘇生した患者が〝好戦的〟になっている複数のケースを報告した。市民は、脅威が収まるまで様子を見るようにと言われているそうだ。

ありがたいことに、ニュースディレクターのリーがようやく口を開いた。フィラデルフィアのジョアニー・アボットのレポートを出せるので、チャックはただちにそちらにバトンを渡し、もしも抗不安薬のザナックスを持っているなら、フィラデルフィアのレポートを流している間、大量の水でそれを流し込んでおくように、という指示だった。チャックが口ごもりながら、「では、フィラデルフィアからジョアニー・アボットがお送りします」と短く紹介すると、彼にとっては拷問も同然だった2カメの赤いレーザーの光が消え、暗くなったレンズに、大股で歩み寄るネイサン・ベイスマンの姿が反射する。チャックは左手で右手を押さえないといけなかった。ノートパソコンを求めてしまうからだ。ChuckSux69にアクセスしたくてたまらない。

スタジオでの経験を積んできたチャックは目ざとく、ベイスマンが副調整室のモニターに自分の顔が映らないようにどこに身体を位置し、カメラの視界を遮るのかを読むことができた。チャックのネクタイから小型マイクをむしり取ったベイスマンは、椅子の後ろの床にそれを投げ捨てると、チャックの台本とは反対側にあるキャスターデスクの上に両手を置く。そして、マイクが拾えないくらいの小さなしゃがれ声で話し出した。

「君は女子大生の水着映像を止めさせた」

そう言われ、チャックは面食らった。人の生死が関わる深刻な事態が起きているかもしれないというのに、この不機嫌な年寄りは、一体何を言っているんだ？

「Bロールの春休みの映像」と、ベイスマンは明言した。「君がリーに、それを停止させた」

一〇分前のことか？　そんなに時間が経っていないのに、チャックは、長い割り算でもするかのごとく、必死に思い出さねばならなかった。彼が生放送中にタンパのオクタヴィアと電話で話している間、リーは彼の背後に、フロリダのありきたりの風景映像のBロールを流していた。フロリダ南部のエバーグレーズの湿地の光景から始まり、春休みを迎えた若者たちの恒例のビーチでのお祭り騒ぎに映像が切り替わる。派手な水着姿の女の子たちがプラスチック製のワイングラスで乾杯し、目を充血させ、ビールを浴びるように飲みながら大学生のグループが踊っていた。チャックは、オクタヴィアがレポートで話していた言葉と、リーが選んだBロールの映像に、気味が悪いほどの互換性を見出す。春休みに若者たちは、感覚を刺激する何か、肉体的欲求を満たす機会、危険なほどの酩酊状態を無意識に追い求める。決して満足することのない、そうした〝飢え〟が彼らの中で湧き上がり、飛び跳ね、もっと欲しいと叫び続けるのだ。

しかしチャックは、リーにその映像を止めさせる。生放送中に——ディレクターのリー・サットンに——怒鳴って指示をした。ビキニの胸を揺らして発泡酒を噴き出す女子大生のショットがフリーズし、酔っ払って歓喜の悲鳴を上げる少女は、絶望して口をあんぐりと開けているように見えた。

「ど、どういう……ことです？」。チャックは目をパチクリさせてベイスマンに訊ねる。「なんのことか……僕にはさっぱ——」

「君は、想像以上に肝が据わっている」と、ベイスマンが遮った。「かつてリーに——あの間抜け野郎に、直接、若い娘のセクシー映像に偏るのをやめろと命じたことがある。すると向こうは、理解できないと言い放ったんだ。あたかも、黒人である私の言い分がわからないとでも言いたげに。私は誰にその苦情を訴えればよかったのか？　ユナイタス？　あいつは肌を画面に映し出せるなら、どんな言い訳でもする。フェイス、君はよくやった」

「僕は、『complicated《コンプリケイテッド》（複雑な）』と言うべきところを『complimentary《コンプリメンタリー》（褒め言葉）』と言ってしまったことがあります」

「知ってる」

「『corroborated《コラボレイテッド》（裏づけられた）』なのに、『collaborated《コラボレイテッド》（共同で行われた）』としたし――」

「ああ、それも聞いている。いいから黙れ。私が言いたいのは、君は私に一縷《いちる》の望みを与えてくれたってことなんだ。そして目下のところ、希望はものすごく不足している」

チャックは漠然と、台本なしで間を持たせる前に脳裏に浮かべた言葉を思い出した。

――自分も、真実の告げ人になれる。

――全ての希望が失われたわけではない。

己にそう語りかけたはずだ。ベイスマンはこの自分に肝っ玉があると考えた？　何かの勘違いでは？　チャックはデスクに身を乗り出し、目の前のプロデューサーの片腕を取った。その冷たい肌に触れ、チャックはいかに自分が消えることのない照明の下で熱を帯びているかを思い知る。

「僕をデスクから外してください」と、プロデューサーに懇願した。

こちらを睨みつけるベイスマンの鋭いまなざしが、手斧のごとくチャックの背骨にまで食い込んでくる。

「フェイス、よく聞け。聞いてるか？」

ヘリウムガスで満たされているかのように頭を上下し、チャックはうなずいた。ファンデーションのパレットとフェイスブラシを持ったメイク直しの担当者がにじり寄ってくると、ベイスマンが「うせろ」と一喝《いっかつ》し、メイク係は慌てて退散した。

ベイスマンはチャックの前腕を捻《ひね》り上げてから、手首を摑む。痛さでチャックは目を見開き、涙目になった。涙で曇った視界がクリアになるや、ベイスマンの顔が、チャックの目を射抜くがごとく飛び込んできた。何本も刻まれた皺や汗の光沢が、この年配の男性の干からびた肌に、ニス仕上げをしたオーク材も同然の趣を与えている。ベイスマンは唇を舐めた。その息は、反乱を起こしている胃だけが生み出す酸っぱい匂いがした。

「さあ、よく聞けよ」。ベイスマンが強い口調で言い放つ。「今から三〇分で、君の出番は終わりだ。局はグラスをニュースデスクに据えることになっている。このデスクに。わかるな？　キャスターのデスクに、だ。いったんこの場所に陣取ったら、クーデターでも起きない限り、彼女はこのデスクを手放さない。君も私もわかっているはずだ。我々がこれを話している今、彼女はここに居座り続けられるように、大人用のオムツを装着しているに違いない」

「――わかりました」。チャックは弱音を吐きたくはなかったが、どうすることもできない。「僕は努力しました。でも、僕はそこまでのものを持っていないから――」

ベイスマンが握る手にあまりに強く力を込めたので、チャックは驚いて息を呑んだ。

「そんなことはない、フェイス。君は朝からよくやっていた。私も見ていた。誰もが君の仕事ぶりを見ていた。実際のところ、我々に選択肢はない。現状は良くないと、君は思ってるんだろう？　しかもロッシェル・グラスが画面に出れば、爆薬トリニトロトルエンの丘でロケット花火を打ち上げるようなものだ。誰もが自宅にこもって彼女の不快な言葉に感化され、それを友人や家族に伝えていく。彼らが伝えるのが本当のことならいいが、もしも――」

「本当ではなかったら――」。チャックは迷いなく言葉を継いだ。「リーはギャングだと言い続けてますよね？」

「君もか！」と、ベイスマンは冷笑した。「フェイス、奴らは特定のギャングじゃない。我々と同じ一般市民だ」

「どういう意味です？」

ベイスマンはすばやく頭を振った。「いいか、あれはギャングじゃない。ギャングのわけがない。

世界中で起きてるからな」

新たな情報を、チャックはまだ嚙んでいない食べ物のごとく飲み込んだ。「なんですって？」

「私は、副調整室からここへ来たばかりだ。次の更新で情報が出される。オーストラリアの都市シドニー、イランの首都テヘラン、コンゴ民主共和国の首都キンシャサ、ギリシャの首都アテネ。ギャングの仕業に聞こえるか？」

「奴らは……何か、声明を……？」

「警察や政治、目下、対処にあたっている組織は、この事態を二四時間で収束させると言っているようだ」

チャックは汗が口の両脇に流れていくのを感じ、自分の頰が緩んで笑顔になっていることを悟る。

「ああ、それなら良かった。じゃあ――」

「フェイス、そんなのデタラメだ。ロナルド・レーガンが当時、エイズをゲイだけの病気だからと無視したのと同じ。ジョージ・W・ブッシュが、イラク戦争開始からわずかひと月ちょっとで、同戦争が勝利に終わったとする『任務完了演説』をしたのと変わらない。エイズもイラク戦争も、政府は最初に現実から皆の目を逸らそうとし、その後長い間、大勢を苦しめる結果となった」

ベイスマンの説明に、チャックはゴクリと唾を飲み込む。

「そういうことだ、フェイス。で、アトランタ市警の情報提供者によれば、コンピューター戦略管理システム『コンプスタット』がダウンしているらしい。うちの局の西海岸の取材ヘリは全機、ベン・ハインズの報道に出払っている。我々はいまだに他のネタにニュースチームを充てている。他の話をやってる場合じゃないというのに！」

必死に事態を把握しようとするチャックが言葉を返せないでいると、ベイスマンはさらに続けた。

「なんだ、スポーツを報じたいのか？　いいだろう。スポーツについて話そう。マドリッドでサッカーの試合があるが、血祭り騒ぎになるはずだ。殺るか殺られるかのグラディエーターの決闘場と化すだろう。フェイス、我々は力を合わせないといけない。グラスに乗っ取られる前に、我々がやるんだ」

ベイスマンの強烈なまなざしから視線を落としたチャックは、床に転がっているイヤホンに目を向け、それらを拾い上げた。もとのように耳に埋め込むと、何も心配していないと思わせるべく声を整える。

「僕に何をさせたいんですか？」

チャックのイヤホンから、リーの指示が飛び込んできた。〈三〇秒前だ、チャック。ベイスマンをそこからどかせろ〉

チャックがわざとらしくまばたきをして見せたので、ベイスマンはリーの指示を察したらしく、「リーに、フィラデルフィアのジョアニーに戻せと伝えろ」と、訴えてきた。

「そんなこと……言えません」と、チャックが小声で返す。

ベイスマンは熱い息を吐き、「君はリーに、女子大生の水着映像を止めろと命じた。だよな？」と問いかけた。

「ええ。ですが、さすがに――」

「フェイス、自分のために立ち上がれ。人類のために立ち上がらないといけない。今が、そのときだ。さもないと、もう二度とチャンスはないかもしれない」

チャックはベイスマンの目を覗き込んだ。目の前に立つ年配の男は、長く、過酷な、寝ずのドライブの果てに、この場所に、この時間にたどり着き、死んだように疲れ果てているかにも、狂ったように生き生きしているかにも見える。

「ジョアニーに戻せ」と、チャックはリーに言った。

彼はイヤホンを耳から抜き取って首にかけ、目を丸くしているベイスマンと顔を突き合わせる。顎がきしんでうまく動かない。彼は、カラカラに乾いた口腔内上部から舌を引き剝がさなければならなかった。

「何をすればいいか、言ってください」。チャックは喘《あえ》ぎつつ訊ねた。

ベイスマンは不敵な笑みを浮かべ、高揚感も露わに唸《うな》ると、相変わらずモニターをブロックしながら上体を前傾させてくる。モニターでは、ジョアニー・アボットがフレーム1まで巻き戻されていた。このプロデューサーの息は、年老いて疲れた胃が過剰に分泌する酸の匂いではなく、兵士の汗を彷彿《ほうふつ》させるものに変わったのではないかと、チャックは思った。ベイスマンは、戦場で戦う覚悟ができたのだ。

「ゾーイ・シレイス」と、ベイスマンは新たな名前を出した。「私のインターンだ。このビルで六桁の金額を稼ぐ連中は、オロオロと慌てふためいているのに、最低賃金で働くこの二一歳の彼女は、外に出て、広範囲でネタを探し回っている。フェイス、彼女は干し草の山の中から、〝針〟を見つけ出してきたんだ。ホワイトハウスの記者会見室でライブで流された映像だ。出どころはロイターでもなく、AP通信でもない。ソースは不明のままだ。携帯で撮影され、デジェロ社のモバイルトランスミッターで送られた映像の可能性もあるが、定かではない。しかし、非公開のブリーフィングで流れたものであることは事実だ。ニクソン大統領を辞任に追い込んだワシントン・ポスト紙のボブ・ウッドワードやカール・バーンスタインに倣《なら》い、負けが確実のアメフトの試合で一か八かの逆転劇を狙って投げられるロングパス『ヘイル・メアリー・パス』よろしく、この事実を誰かになんとかしてつなげようとしていた内部の人間がいたのだろう。で、それをゾーイ・シレイスが摑んだ」

「まさか、ホワイトハウスからのリーク映像……？　それって違法では？」

ベイスマンは乱暴にデスクを叩いた。あまりの力に、チャックのノートパソコンが跳ねたほどだった。

「法律なんてくそ食らえだ！　人々が真実を知らされないなら、法律なんて意味がなくなる。今のマスコミの体たらくを見ろ。ひどいもんだ。その責任は我々にある。誰かが権力と闘うことになるとしたら、それは我々であるべきだろう。悪を倒すには悪が必要だったりもする。そうだろ？」

チャックは複雑な思いで胸が締めつけられた。

「我々は……闘わないといけないのですか？」

ベイスマンは真顔でうなずく。「フェイス、それが我々のすべきことだ」

立ち上がって逃げ出そうとしても、きっと自分はよろめく。チャックにはわかっていた。とはいえ、よろめくのは別に悪いことではない。正しい方向に向かってよろめくのであれば。

「わかりました」と、彼は答えた。「いいでしょう」

ベイスマンは勝ち誇ったように笑い、副調整室を指差す。

「私はあそこに行き、リーが例の映像を止めようとするのを阻止する。二分くれ。いや、一分でいい。我々が生放送を始めたら、私はグラスのところに向かう。自分が出し抜かれたと知ったら、彼女は怒り狂ってなんらかの手段に出るはずだ。これだけは覚えておけ。リーは、君が指示を出さない限り、映像を流さない。だから君が、明確に命じないといけない。はっきりと言え。ホワイトハウスの記者会見映像だと。フィード8。わかったか？　自信を持って呼んでくれ。フィード8と」

チャックの胸で、イヤホンが震えている。リーが叫んでいるのだろう。

「これで僕のキャリアが……」。チャックが小声でつぶやいた。己の気持ちを確認する。彼は嘆き悲しんでいた。

「そうだな。私のキャリアも、だ」と、眉間に皺を寄せたベイスマンの顔に、若干笑みが戻る。「だがフェイス、私は、おそらく君をずっと誤解してきた。私にとって……我々のような報道者にとって……これ以上見事なキャリアの終わらせ方はないと思う」

特異な事例

ベイスマンは、数千時間とまではいかないとしても、これまで数百時間を副調整室で過ごしてきた。そして今日ほど、この部屋が万華鏡のように混乱して見える日はなかったはずだ。一五〇ものモニターが、良くないニュースを吐き出している。大きめのモニター数台に映っているのは、ベイスマンがよく知るライバル局のキャスターやレポーターたち、セット、テロップだ。他局の報道陣たちの厳しい顔つきは、フェイスの顔より特に説得力があるわけでもない。蜂の巣のようなハニカム構造を思わせる小さなモニター群からは、放送中ではないレポーターが神経質になっている様子の未編集映像や、そろそろベン・ハインズの邸宅上空から離脱したいと願っているに違いないヘリコプターからの映像が流されていた。何よりも胸をざわつかせたのは、何十ものカラーバーだ。まるで鮮やかな縞模様の墓石に見える。

カラーバーの画面の羅列は、少なくとも、半八角形のカウンターに並んで座る地下室の住人と化したスタッフたち――プロダクション・アシスタントのカーリー・デサリオ、プロンプター係のグレース・ケインズ、サウンドボード・オペレーターのレベッカ・パールマン、スイッチャーのティム・フェスラー、そしてディレクターのリー・サットン――には、うれしい光を提供していた。対処すべきなのは、わずか五人。悪くない。とはいえ、自身のオフィスのゴミ箱がファーストフードの包み紙であふれている六六歳の男がひとりでなんとかするには、多すぎるくらいだった。

彼はフェイスに嘘をついていた。チャックがホワイトハウスの会見映像を紹介すれば、リーはそれを素直に採用する可能性があった。もっと問題なのは、流れ始めたフィード8をずっと放送し続けることだろう。この部屋にいる全員が、映像を止める力がある。ベイスマンは、深いため息をついた。

「私は一服するが、嫌なら外に出てくれ」と、彼はスタッフに伝えた。

皆、神経を張り詰めて仕事をしているせいか、モニターに顔を向けたままだ。

ベイスマンは咳払いをした。「誤解しているのかもしれないが、私は、副流煙の影響をとても心配している」

やはり、反応はない。ベイスマンはモニターをチェックした。モニターAでは、ジョアニー・アボットの保育園のレポートが終わろうとしている。モニターBは、チャック・コルソのミディアムショット。いつもと違い、フェイスは手鏡で自分の外見を確認していない。片手で小型マイクを調整し、もう一方の手で、どういうわけか、ノートパソコンのタッチパッドを触っていた。不安げな表情をしている。当然だ。もし彼がいいニュースをふるいにかけようとしても、いいニュースそのものを見つけられないだろう。

ベイスマンは再び咳払いをし、「ちょっとの間、全員ここから出てくれると、こっちも気が楽なんだが!」と、苛立った感じで声を出した。

デサリオ、ケインズ、パールマン、フェスラーは勢いよく立ち上がり、彼らの椅子が下がって後ろの手すりにぶつかった。四人はドアへ向かい、それぞれが自分たちのデスクに立ち寄るべく最速ルートを取り、私物を摑んでから地階から出ていくだろうと、ベイスマンは睨んだ。

「フェスラー、君は残れ」

ベイスマンのひと言に、このスイッチボード操作者は落胆を露わにした。せっかく休憩できると思ったのに前言が撤回されたのだから、その態度は理解できる。フェスラーは、電気椅子にでも腰掛けるがごとく、不承不承、自分の椅子に座り直した。唯一立ち去ろうとしないリー・サットンは、マイクのボタンを押して「チャック、六〇秒前」と呼びかけた。それからボタンを離すと、ヘッドセットを後ろに押しやり、ベイスマンを見て両手を広げた。

「今こそ権力が必要だ」と、リーは大声を上げる。「頭にドリルが必要なように！」

ベイスマンは背を向けていた。腰の高さほどあるキャビネットを両手で抱え、その重さを確認し、副調整室のドアへとゆっくりずらしていく。ここ数年で、一番の重労働だ。そして、キャビネットに背中を強く当てると、背骨に沿った筋肉が痙攣するのを感じた。痛みで漏らしそうになる泣き言を呑み込み、キャビネットを押し続ける。移動させたキャビネットが扉を塞いだのを確認し、ふらつく身体を伸ばした彼は、リーとフェスラーがこちらを凝視しているのに気づいた。

「フェスラー」と、呼吸を整えながら呼びかける。「ここで我々から何を聞こうが、全て忘れるんだ。わかったか？　奥さん、子供、飼い犬、サンタクロース、誰だろうとバラしたら、君を探し出して目玉に爪楊枝を突き刺し、スウェーデン風ミートボールとして食卓に出すぞ」

フェスラーは、何が起きつつあるのかをそれとなく察し、立派なことに、プロデューサーの要求を受け入れたようだった。「ベイスマンさん、私はひどい記憶力の持ち主でして」と、彼は返す。「聞いたそばから忘れちゃうんですよね」

リーはというと、己に向けられた軽蔑と闘う苛立ちで固まっているかに見えた。ベイスマンが移動した書類整理用のキャビネットに向かって人差し指を振っていたが、効果があるとは思えない罵りの言葉を吐き出した。「炎上するぞ！」

ベイスマンはモニターAを指差す。「リー、世界中がすでに、文字通り炎上中だ」

ジョアニー・アボットの映像は、再び希望のない結論に達した——警察のテープが巻かれた保育園の園庭の前に、疲れきった表情で佇《たたず》むジョアニーの姿が映し出される。フェスラーには、チャックに切り替える以外、他に選択肢がなかった。三人が見つめる中、チャックは2カメの赤いライトに視線を向け、顔を上げた。身も凍る光景だ。業界で最も臨機応変に対応できないキャスターが、プロンプター、台本、ディレクターというセーフティネットなしで生放送しようとしているのだから。リーはヘッドホンを装着し、マイクボタンを押した。

「スタンバイ」と、フェスラーが言う。「フィード5をキャプチャー中」

チャック・コルソのぶつ切れの声が、副調整室のスピーカーから流れてきた。

〈別の……映像を……〉

リーは動きを止めた。フェイスの目に浮かぶ絶望を見て、ベイスマンは、このキャスターを第二のジャンスキーにしてしまうのではないかと考えた。チャックのデスクの下に銃はないが、グラスを割ってできた鋭利な破片で喉を搔っ切るかもしれない。キャビネットで封じられたドアをカタカタと揺らしているのが誰にせよ、リーとフェスラーもチャックの形相を見て、自分と同じことを考えているはずだ。本当にこの顚末《てんまつ》は——

暗かった目がパッと明るくなり、チャックは姿勢を正す。

〈別の映像を出す。ホワイトハウスの記者会見を中継する〉と、彼は告げた。〈フィード8だ〉

ベイスマンは、視線をフェスラーに移す。彼はフィード8のモニターを見て、ホワイトハウスの会見場が映っていると認識した。

「くそっ」と、フェスラーが漏らした。

「なんだ、これは？」と、リーが口を開く。「ベイスマン、これは一体全体なんだ？」

「フェスラー、いいから流せ」

ベイスマンの指示を阻止するように、リーが叫ぶ。「流すな！　これは命令だ！」

〈フィード8だ、頼む〉。チャックが繰り返した。

フェスラーはベイスマンに困惑したまなざしを向ける。

「間違えればいい」と、ベイスマンは提案した。「誤ってフィード8のスイッチを入れろ」

「やめろ！」。怒鳴りながら、リーが慌てて椅子から飛び出す。フェスラーを制止しようとしているのは明白だ。ただし、彼はヘッドホンをしていることを忘れていた。コードがピンと張り、鎖でつながれた犬のようにディレクターの前進を止めた。ヘッドホンを剝ぎ取るのにかかった二秒で、ベイスマンは距離を縮め、シカゴにいた頃以来ずっとやっていなかった動きをした。腕を大きくスイングさせたのだ。シカゴ時代、悪酔いして言いがかりをつけてくる差別主義者から己の身を守る必要に迫られたのは、半年に一回どころではなかった。

パンチは、リーの口に命中した。上の歯が折れる湿った音が鳴った次の瞬間、床にパシャッと血液が叩きつけられる。血糊の量から、鍵でも落ちたのかと見紛《みまが》ったほどだ。リーの頭部が横に揺れるや、ふたつの錨《いかり》よろしく両膝がタイルの床にドスンと落ちた。

痛みは即座に襲ってきた。ベイスマンが左手の拳――彼は左利きゆえ――を引くと、指の第一関節と第二関節の間にピラミッド形に刻まれた痕が残っているのがわかった。リーの歯の一本が、パンチの犠牲となる。血は、まるで恥ずかしがっているかのように裂け目から出てくるのを躊躇《ちゅうちょ》していたが、結局は流れ出し、床の上に短く赤いストライプを描いて、この部屋のカラーバーを増やした。

ベイスマンは出血した拳を右の脇の下で押さえ、フェスラーの方に向き直る。

「チャックの声が聞こえただろう？　フィード8だ」と、彼は唸《うな》るように言った。

緊張した空気、突然の流血。事態はますます混乱した。ベイスマンはリーの椅子に座り込み、一分を丸々失ったことを悟った。それを取り戻さないと。彼は片手でネクタイの結び目を解き、左拳の負傷部分に巻きつけていく。応急処置とはいえ、かなり不格好な見た目だ。衝撃と痛みで目の前にちらついていた星をまばたきで払拭《ふっしょく》し、生放送で流れるモニターAのホワイトハウスの映像を見た。とはいえ、映像自体はそこまで奇妙ではない。もっと不思議だったのは、意識が朦朧《もうろう》とする中、ベイスマンに、その動画を見ている自分自身が見えていたことだった。それを凝視するフェスラーも見えるし、チャックも、だ。事実、WWNの全員の姿を捉えていた。画面に釘づけになる全視聴者も見える。それと同時に、ふらつく頭で、次第に明確になっていくものがあった。彼が忘れてしまっていた気持ち——すなわち、誇りだ。

会見は混沌としていた。ホワイトハウス報道官のタミー・シェレンバーガーが映っている。お馴染みのラベンダー色のスーツを着て、演台の後ろに立っていた。全てが普段通りに思えたが、彼女の爪が異様なほど深く演台の木枠に食い込んでいる。手ブレがひどい低解像度のビデオでも、力の入れ過ぎで彼女の拳が白くなっているのは明白だ。報道官がストレスの多い仕事だというのは、誰でも知っている。オバマ元大統領のときは三人、ジョージ・W・ブッシュ政権では四人、クリントン時代は五人と、それぞれ複数の報道官が入れ替わった。演台前面に据えられているホワイトハウスの紋章に飛び散ったベトベトの液体さえなければ、事態は正常だと信じたくなる。その液体は、ヨーグルトのようでもあり、もしかしたらスムージーかもしれない。誰かが投げつけたに違いないが、全く正常とは言えない行為だ。

カメラが回る。誰が操作しているにせよ、それは動いていた。オーバーコートのフラップ部分らしい何かがチラチラと見える。カメラをコートの下に忍ばせて隠し撮りしているのだろうか？　現代の最も重要な記者会見が、子供じみた探偵ごっこ紛《まが》いの世にも馬鹿げた方法で伝えられている？　会見場に並ぶフレネルレンズスポットライトの照明で、一瞬、目がくらんだ。部屋の奥には三脚がいくつか置かれているが、どれも何も載っていない。どうやってカメラのシグナルが発信されているかは定かではないものの、記者会見室には送信機器が大量にあるはずで、ホワイトハウスが今日、そのひとつひとつを把握するのが甘かったとしても非難できないだろう。今日は、凄まじい一日だ。高尚な言い方をするならば、不名誉な記憶として残る一日になるかもしれない。

この誰かの隠しカメラは、部屋の中央を捉えていた。ホワイトハウスのジェームズ・S・ブレイディ記者会見室には、七列の座席があり、各列に七個の椅子が並んでいる。ホワイトハウスのお気に入りメディアの順に前から座席が全部埋まり、それ以外の記者十数人が横の通路や後方にひしめいているのが常だ。ところが今日は様相が違う。出席者はまばらで、雑然としていた。怒りも露わに立ち上がり、シェレンバーガーがいる演壇に詰め寄る記者たちもいれば、何よりも出口の確保が重視だと言わんばかりにドア付近の席に陣取っている記者たちもいる。さらには、落ち着きなく歩き回っている取材陣もいた。彼らの手は、しわくちゃになるほどギュッと何かの紙を握り締めている。

「私の電話を返してくれって！　電話が要るんだ！」と、ブルームバーグの記者が叫ぶ。

シェレンバーガーは、ロボットのごとく表情を全く変えずに、明かしたくない真実を巧みにはぐらかす手腕の持ち主のせいか、「氷の女王」の異名を取るが、今日はそれほど冷静な感じではなかった。噴き出す顔の汗をティッシュの束で拭い取る彼女は、気分が悪そうだ。彼女だけではない。その場にいる全員の顔色がすぐれない。記者たちは、他の日だったら、深夜のテレビ番組で冗談のネタにされそうな格好をしている。ワシントン・ポスト紙のジャーナリストはTシャツを着ており、ニュースメディアのポリティコの記者はスニーカー姿だし、アルジャジーラの取材者に至っては、合成樹脂製サンダルのクロックスを履いていた。

「皆さんのデバイスは全て、のちにお返しします。ただし――」

シェレンバーガーの返答を遮り、アメリカ四大テレビネットワークのひとつ、ABCの記者が声を上げる。「この事態の発端は割り出せるんですか？　〝グラウンド・ゼロ〟は存在しますか？」

グラウンド・ゼロ――物事が最初に起きた場所を意味する。

「先ほども言いましたように、VSDCネットワークが追跡中です」

端的に答えたシェレンバーガーに、今度はNPR（米国公共ラジオ）が問いかける。

「これまで報告されたケースは何件です？　大まかな数字でもいいので教えてもらえますかね？」

シェレンバーガーは眉をひそめた。氷の女王に同情を覚え、見ているこちらも思わず額に皺を寄せてしまう。我々も今日は、最も簡単な質問にも答えることができておらず、もう二度と答えを得られないのではないかと感じ始めているのだ。シェレンバーガーは視線を落とし、分厚い書類をめくっていくが、今の彼女の状態ではおそらく読めていないだろう。「最新の統計結果が……手元になくて――」

「とんでもない数、ですよね？　似たようなケースが何件も。私たちが報道しようとしているのは、それなんですよ」と、NPRが言う。

「あんたたちのチンピラのひとりが私の電話を奪った！　アメリカの報道機関は戒厳令下にあるのか？」。ブルームバーグが苛ついて再び叫ぶ。

USAトゥディ紙は、「大統領がこれだけ攻撃事例がある現状を『通常』と呼ぶわけがないだろ？」と言い放った。

シェレンバーガーは、瞬時にそれに反応する。「ちょっと待って。大統領は、『通常』だとは言ってません。彼がそう発言したなんて、私はひと言も言ってない。『我々は通常の手順に従っている』と、言ったんです」

次に嚙みついたのは、BBCだ。「こんな事態に通常の手順ってあるんですか？　死者が生き返ってるんですよ？　それって、ホワイトハウスがこの状況が起こり得ることを知っていたって意味ですか？」

「だから、電話を没収したのか！　だから我々全員のスマホを取ったんだな？」と、ブルームバーグがわめいた。

シェレンバーガーは、場を落ち着かせようと必死だ。「そのような報告……あなたが言っているような事例の報告は……まだ認められる段階にはありません」

「世界中に我々の支局があるのは、ご存知ですよね？」と、ロイターがすかさず言い、NPRが「あんたらが認める必要なんてない！」と、怒号を上げる。「こっちはすでに確認を取ってるんだ！　我々メディアは、みんな、起こってる事実を確認済みなんだよ！」

ウォール・ストリート・ジャーナル紙が、紙切れを掲げた。「これ、わかります？　リストですよ。悲惨な現場と化した病院や死体安置所の一覧、そして、道路脇に設置された緊急医療ステーションひとつひとつの場所が載ってます。こんな状況を見るのは、9・11以来だ」

「こちらは皆さんが報告していることを承知しています。なんというか……特異な事例を――」

そう返したシェレンバーガーに、NPRは苛立ちをぶつけた。「死人が歩き回ってるんだぞ？　めちゃくちゃ特異に決まってるだろうが！」

「〝彼ら〟が何者で、〝彼ら〟の目的が何かについては、まだよくわかっていない段階だと思います」と、シェレンバーガーは言葉を選びながら返事をする。「詳細がわからないうちに、〝彼ら〟を決めつけて……ある種の何かだと描写し始めてしまったら――」

アメリカのスペイン語テレビネットワーク、ユニビジョンが口を開く。「それって、大統領報道官という影響力のあるあなたが口にするのは、非常に危険な言葉ですよ。わかってます？　〝彼らが〟？　〝彼らを〟？　外見や話し言葉、ふるまいが異なるこの国のマイノリティを示唆《しさ》していると取られた場合のリスクを考えないんですか？　今、そんな言い方をしたら、民間人の死者がもっと増えることにつながるかもしれないじゃないですか！」

「イスラム過激派のテロ行為だという可能性は？」。唐突に、FOXニュースがそう訊ねる。

ユニビジョンが呆れて「は？　冗談にもほどがあるぞ！」と大声を出すが、FOXニュースは素知らぬ顔で発言を続けた。

「〝彼ら〟がやったにせよ、やらないにせよ、あの攻撃者たちは、ジハード主義者の自爆テロ犯のあらゆる兆候を示しているのでは？」

すると、ユニビジョンが早口で言い返す。「自爆テロで自分の命を捧げたくても、すでに死んでるんだろ？　で、死んでも生き返るなら殉教者にはなれない。何がジハードだよ！」

シェレンバーガーは、この内輪揉めに安堵したのか、明らかにいっときの猶予を願って右の方を一瞥《いちべつ》した。しかし、その場に留まっているシークレットサービスの護衛官はひとりだけで、正直なところ、彼もあまり調子が良さそうではなかった。普段なら護衛官は強健で、母趾球《ぼしきゅう》〔足の裏の親指の付け根にある膨らんだ部分〕に重心を乗せて立ち、瞬時に臨戦可能な姿勢を取っているはずなのに、この彼は肩が下がり、腕もだらんと垂れている。護衛官なのに、何かあったら真っ先に逃げ出しそうだ。誰の目にも見えるように携帯している拳銃を、ホワイトハウスを出るための〝特急券〟として使う彼の姿を思い浮かべるのに、それほど想像力を働かせる必要はなかった。

「私は帰る！」。そう宣言したのは、ブルームバーグだった。「通路に出てすぐにスマホを返してもらえなかったら、今日中に、市民的自由の侵害で訴訟状があんたのデスクの上に置かれることになるからな！」

ニューヨーク・タイムズ紙がようやく意見を述べた。「シェレンバーガー報道官、この会見はあなたが招集した。なのに、公にできる情報を何ひとつ教えてくれていない。人々は、ただちに何をすべきかを知る必要がある。屋内に立てこもるべきなのか？　それとも、大勢で団結して安全を確保すべきなのか？」

シェレンバーガーは息を吐き、「あなた方の組織には、救助ステーションのリストを記載した文書をすでに送信してありますし、定期的に更新もされています」と返した。「田舎の人々は、最寄りの救助ステーションに向かうべきだとは思います、はい」

「思います？　なぜ断言できない？」と、USAトゥデイ紙が疑問を投げた。

「おい！　ドアに鍵がかかってるぞ。なんで鍵をかけたんだ？」。帰ると宣言して出入り口に向かったブルームバーグの記者が叫んでいる。

そのとき、カリカリと何かを引っ掻くような音が聞こえた。全国の視聴者が聞いているはずだ。シェレンバーガーは、どこか少女っぽい面持ちで目を見開くと、右手を上げた。手首へと黒っぽい血の筋が流れていく。中指の爪は反り返り、四五度の角度でめくれ上がっていた。演台の木枠をあまりにも強く握り締めていたせいだ。どんな理由であれ、FOXニュースの意地の悪い記者に攻められてそうなった場合よりもタチが悪い。これは自傷行為であり、我々が心の底から恐れていることだ。絶望感を払拭すべく何かをする前に、一体どれだけ状況が悪くならなければならないのだろう？

「すみません……私……」と、シェレンバーガーがつぶやく。
汗でぐっしょり濡れたティッシュの中に出血した指を入れ、彼女はきつく押さえた。まばゆい光の中でまばたきする報道官をもっと近くから捉えようとしたのか、カメラが大きく揺れる。まさか自分たちが氷の女王に同情するようになるとは、誰も思っていなかったはずだ。誰もが、彼女をあの熱気に満ちた小部屋からさっさと連れ去り、怪我を手当てし、「辛いのはあなただけではない。我々もそうだ。あなたはひとりぼっちではない」と告げたい衝動に駆られるだろう。おそらくそうすることで、我々はまだ救われるかもしれないと、心のどこかで考えているはずだ。

演壇上の報道官は目を細め、ためらいがちな笑顔を見せた。彼女はようやく初めて、報道陣の面々を個々の人間として見据え、報道陣側も、大統領報道官としてではない、素のタミー・シェレンバーガーを初めて目にしているのかもしれない。シェレンバーガーの笑みは悲しげで、その理由は理解できる。彼女と我々――報道陣、そして視聴者――との心がようやくつながった、この晴れやかな光景が見られたとしても、もう手遅れだ。

「何が起きているのか……話すことはできない。私は知らないから」と、シェレンバーガーは語り出した。「あれが、ある種のカルト集団の仕業なのか、なんらかの生物兵器によるものなのか、わからない。私はただの……結局、私は……単なる代弁者よ。わかるわよね？　この事態がなんであれ、共和党の問題でも、民主党の問題でもないし、白人なのか黒人なのか、キリスト教徒なのかイスラム教徒なのか、というものでもない。世の中には悪い人たちがたくさんいるのは承知しているわ。私がそれを知らないとでも？　でも、そんな悪い人たちでも……互いを嚙んだりはしないでしょ。互いを食べたりもしない。それはあまりにも不自然だわ。私たちは同じ。みんな同じ存在。たぶん、私がこの会見を開いた理由はそれよ。みんなが去って忘れてしまう前に、言っておきたかったのかも」

彼女の言葉の後、部屋はたちまち静寂に包まれた。どうやらこの会見を撮影しているカメラには、周波数帯域のレベルを調整するイコライザー機能があるらしい。音声を増幅させて、どこかの記者のすすり泣きや、他の誰かがアラビア語で祈っている声も拾っている。さらには、シェレンバーガーの呼吸音まで聞こえた。息を吸う音は乾いた葦笛《あしぶえ》を思わせ、息を吐く音はその葦が折られるときの音を彷彿《ほうふつ》とさせた。会見室にいる皆がどのように呼吸しているかはわかっている。というのも、それは自分たちの呼吸の仕方と同じだからだ。シェレンバーガーは正しい。自分たちを見ろ。同じ種類の肺で荒々しく息をする、同じ哺乳類なのだ。自分の安全、隠れ場所、強さを得るためなら、互いに対峙《たいじ》するかもしれない。

最後の葦が折れると、我々は自力で頑張ることになる。絶望的だ。

FOXニュースが片眉を吊り上げて問いただす。「今、彼らが互いを食べているって言いました?」ニュース専門チャンネルのニュースマックスも畳み掛ける。「彼らは人食い人種だってことか?」ワシントン・ポスト、バズフィード、ポリティコ、アルジャジーラ、ブルームバーグ、ABC、NPR、USAトゥデイ、BBC、ロイター、ウォール・ストリート・ジャーナル、ユニビジョン、FOXニュース、ニューヨーク・タイムズ、ニュースマックス、AP通信、CNN、CBS、マクラッチー、MSNBC、ザ・ヒル、ナショナル・ジャーナル、タイム、デイリー・メール、ボストン・グローブ、WWN――彼ら報道陣は、叩いたり、押したり、喧嘩腰になったり、引っ掻いたりしそうなほど騒然となる。今までは、何も知らない市民に情報を与えてやる側だったのに、この事態で、そうした一段高い立場にいることがままならなくなった。まるで食物連鎖の最上部にいられなくなったと言わんばかりの原始的な恐怖が引き起こすパニックによって、彼らの基盤となるエゴには、ひびが入ってしまったのだ。そして、情報を与えられるがままに吸収しているだけだった底辺層に今、〝特権〟が突然与えられた。普段からより強く、より飢えていて、ずっと立場の逆転を待ち焦がれていた底辺層に――。

「くそ野郎ども、さっさとドアを開けろ！」と、ブルームバーグは相変わらずわめき散らしている。

この無力な最後の叫びと同時に、まだ恐怖の涙で曇っていない我々の目は、ホワイトハウスの首席補佐官が部屋に入ってきて、シークレットサービスの護衛官を肩で押しのけて通り過ぎ、シェレンバーガーににじり寄るのを捉えた。彼は報道官に何かを耳打ちする。三つの単語、あるいは三文字――WWN――だ。そしてふたりは、カメラのレンズをまっすぐに見据えた。首席補佐官は指を差すなり、シークレットサービスの護衛官に向かって叫び、任務を与えられたその護衛官は嬉しそうな顔をしながら、カメラへと歩み寄ってくる。すぐさま映像は大きく揺れ動き、撮影者がドアへ向かっていくのがわかった。ロス・クインシーの特ダネ動画以上の荒々しさだ。とはいえ、ブルームバーグ記者の怒号から、扉がロックされたままなのは明らかで、我々が最後に見ることができたのは、シークレットサービスの護衛官の不鮮明な顔だった。彼の口は、カメラに噛みつき、我々を飲み込みそうなほど大きく開いていた。

フィード8の映像が途切れても、WWNは驚くべきことに、八四秒の間、放送を中断したままだった。モニターは真っ暗で、それは、世の中が向かっていく先を予見させる。黒い画面がほのめかす感情に加え、途方に暮れるティム・フェスラー、意識を取り戻し始めたリー・サットンという現実的な問題が存在していた。

ふたりはすぐに団結するだろう、とベイスマンは思った。そうするはずだ。手の出血は止まっておらず、腕は痛み、背中も脈打つように疼《うず》くものの、彼は気合いで力を入れてキャビネットを扉からずらすと、身体を外に滑り込ませ、部屋の外で待っていた集団の中に紛《まぎ》れた。生放送の衝撃の内容に、ニュース報道のプロであるスタッフたちも言葉を失い、沈黙したままだ。ベイスマンは肩で彼らを押しのけ、暗いスタジオに入る。手に巻かれたネクタイが鮮血で真っ赤に染まっているのを見ると、誰もが道を開けた。

静かな地震でも起きているのか？　床が足元で回転したり、前傾したりしているような気がしてならない。ゆえにベイスマンは、痛みを感じても脚をすばやく動かす必要があった。ライトに照らされて輝くチャックを横目に、セットの前を通り過ぎていく。ベイスマンは空腹を感じた。実際に腹が鳴っている。ぐっしょりと濡れていても、ネクタイが指関節の間からの出血を遅らせていたかもしれないが、血の流れを抑止することで、残りの血管が解放を求めて悲鳴を上げた。彼はすでに戦い始めており、今は戦うことだけを切望している。これは、シェリーとの結婚、ジャンスキーの生中継、うまくいかなかった全ての償いをする機会なのだ。

そのときベイスマンの耳は、せっかちなリズムでヒールが床を打つ音を捉えた。どうやら彼女のお出ましのようだ。ヘアメイク室の近くから、ロッシェル・グラスは、真珠色のスーツのボタンを掛けつつ、ベイスマンを目指して小走りに駆け出す。パンプスのヒールの高さが七センチ以上あり、足首のストラップの留め金が外れたままだったので、彼女は何度もぐらついていた。髪にはウェーブがかかっておらず、人目を引くアイシャドウも付いていない様子から、よほど慌てて飛び出してきたのがわかる。彼女の目は、まるでチャック・コルソを標的にした二発のレーザー誘導ミサイルだ。ベイスマンは歩くペースを上げた。グラスは、取り巻きも、プロデューサーも、アシスタントも引き連れずにやってきた。ふたりは、自分たちだけだったエレベーターの中に戻ったようなものだ。

行く手が遮られ、ようやくグラスはベイスマンとの距離感を悟る。唐突に歩みを止め、もう少しで彼の胸にぶつかるところだった。

「ベイスマン！　あなたがチャックを追い出さないなら、私がデスクから引きずり下ろして――」

彼は、右側にあったドアを右手で押し開けた。目立たないため、そこに存在していることになかなか気づかれないドアだ。負傷している左手でグラスの上腕を摑んだベイスマンは、彼女を踊り場へと押し込んだ。

ジューシー、グリズリー、セクシー

　ドアから奥の壁までの距離は、三メートルほど。階段前の踊り場は、幅一メートル半にも満たない空間である。床、階段、天井――あらゆる物が白かったが、薄汚い卵の殻のような白だ。ケーブルコープ・タワーのような二一世紀のモノリスの中でさえ、階段の吹き抜けは、重度のニコチン中毒の喫煙者と過激な運動習慣がある人間以外には縁遠い場所で、長年の靴跡、タバコの灰、踏み潰されたゴキブリ、そして埃が、塗り込められた影のごとくペンキの中に沈んでいたからだった。各階の踊り場は至って標準的で、窓はなく、ピンクがかった紫色の蛍光灯が一列に並んでいる。蛍光灯は、麻薬漬けにされたミツバチが立てているのかと思ってしまいそうなブンブンという音を響かせ、重い空気を醸し出していた。

　後ろ手にドアをカチャリと閉めると、コンクリートの冷ややかさを感じ、ベイスマンの肌が引き締まる。上り階段の根元で立ち止まり、彼はグラスを引っ張って自分の前に立たせた。ストラップを留めていないハイヒールを履いた彼女はよろめき、奥の壁に寄りかかる。ベイスマンに摑まれた腕をさすりながら、グラスは驚きのまなざしを向けてきた。

「あのね、ベイスマン。今日《こんにち》、職場でこんなふうに触ったら、どうなるかわかってるの？」

「私が気にするとでも？　今日《きょう》に限って？」

「当然ね。あなたは気にしない。私が訴えないって知ってるから」。スーツの袖に付いた埃を払いながら、彼女は言った。「その率直さがかえって新鮮に思えるわ」。それから彼女は指を一本立てて揺らす。「でも、警告しておく。かつて若い娘にこんな態度だったのかもしれないけど、時代遅れもいいところよ。ベイスマン、あなたにはもっと期待してたんだけどな。マイノリティのあなたは特権階級じゃない。だけどね、あなたは男。股間にあるものが何よりも勝る。あなたたち男どもは、私たち女に対してそう思ってるんでしょ？　でも、今はそういう時代じゃないの。そんな男たちは全員、負け組よ」

「男だけじゃなく、我々全員がおしまいだ」

グラスは腕を組み、睨みつけてくる。「あの記者会見映像を流させたのは、あなたでしょ？」

「ああ、そうだ」

「ユナイタスの前で議論に負けた腹いせがこれ？　あなたって子供なのね。幼稚すぎる」。グラスは拳を振った。〝托鉢者たち〟が好むジェスチャーだ。「社長の信頼を得るのに、私が何をしてきたか知ってる？　私が得られる――私だけが得られる権利を得るために、よ。もちろん知る由もないわね。あなたは一九六〇年代に生きてるんですもの！　公民権運動世代の人たちには、社会の実力者に苦情を言わないといけないと思っているおめでたい人たちがいる。いいことを教えてあげる。ベイスマン、あなたこそ、もはや社会の実力者なのよ。私が人形で遊んでいる頃、あなたがこのシステム全体を作り出したんだもの」

吹き抜けの階段は、四方が硬い表面だった。その壁による音響効果か、ニュースキャスター特有の引き伸ばされたような彼女の声は、あたかもベイスマンの残りの人生を拷問するために創造された、ロッシェル・グラスのクローン人間一〇人以上が一斉に発したかのごとく、彼に迫ってきた。彼女の咆哮《ほうこう》の下で、より小さな音も、吹き抜け階段構造による増幅の恩恵を受けている。無視された子供が己をアピールしているような、ブーン、ビーッ、ピーッ、プーッといった音を立て、ふたりのスマートフォンが騒ぎ立てていた。

しかしベイスマンは、〝話すこと〟はグラスの駆け引きだと気づいていた。いずれにせよ、彼の耳に聞こえてくるのは、手の傷によって速く強くなっている鼓動だけだ。リーを殴ったときは最高の気分だったし、シェリーを嚙んだときも快感を覚えた。ロッシェル・グラスがスタジオに戻るドアを開けようとした瞬間、その至福の感覚がベイスマンの中に湧き上がった。

「もしもし、クワメ？　ロッシェル・グラスよ」と、彼女は電話で話し出す。「ちょっと助けが必要なの。今、ネイサン・ベイスマンと一緒にいて――」

彼女を殴ったのは、もはやエグゼクティブ・プロデューサーのネイサン・ベイスマンではなく、ごく単純な本能のままに衝動を剝き出しにした、野蛮人《ベイスマン》だった。彼が勢いよく繰り出した手は、電話を避け――野蛮人は機械に全く興味を持っていない――グラスの右頰を直撃した。電話は彼女の手から離れて階段を落ち、アイスホッケー用パックよろしくすばやく床や壁に当たりまくっていく。次の瞬間、グラスも階段を転げ落ちた。その様はランドリーバッグのようで、優美さの欠片もない。

この三秒間で自身のキャリアは完全に終わったことを、ベイスマンは認めていた。まあ、それならそれで仕方がない。どうせ全員のキャリアも時間の問題だ。クインシーのテープを最初に見たときから、それはわかっていた。彼はグラスを追い、二〇代に戻ったかのごとく、階段を三段飛ばしでジャンプする。グラスが階下の踊り場まで落下した直後、ベイスマンは彼女の背中に全体重をかけてぶつかった。彼らは丸まりながら壁に激突し、飛んでいったグラスのハイヒールの片方がスマホと同じカタンという落下音を立てる。彼女の両膝はガクガクと痙攣し、ベイスマンはこめかみをコンクリートの壁に打ちつけた。ふたりは、冷たい床の上にもつれて横たわっている。人事部も、職場でここまでの悪夢が起きるとは、想像できなかっただろう。

グラスの髪がベイスマンの口の中に入り、彼は苦味を感じた。周りに何もなく、うつ伏せの状態でテコの原理を利用できそうもないグラスだったが、彼の肋骨に肘鉄を喰らわしてきたのは予想外だった。彼は激しく抵抗するグラスに腕を巻きつけ、どこかにあるはずの彼女のスマホを見つけようとした。腹這いになっている相手の身体の下に乱暴に手を入れ、野獣と化した侵略者よろしく、腕、胸、腹の下をまさぐり、彼はようやくプラスチックの質感にたどり着く。電話を引き抜こうとしたが、グラスの手も本体を掴んでいた。ふたりは、神に捧げるべく摘出された人間の心臓のエネルギーを求めるアステカの神官のごとく、スマホの争奪戦を繰り広げた。

「クワメ！　スタジオの階段にいる――助けて――」

通話がまだ切れていないのか、彼女は声を張り上げた。

相手の手首を力の限り握り締めたベイスマンは、彼女の手からスマホを落とそうと試みる。ところが、片手が自由になった彼女は反撃に出た。彼の左手の親指を思い切り引っ張ったのだ。負傷していた指関節の間の傷がパックリと割れ、皮膚がパンのように裂けていく。生温かい鮮血が流れた。解かれたびしょ濡れのネクタイは、もう止血帯としては役に立たない。さっきまでプロ意識の象徴だった布切れは、引き出された内臓よろしく垂れ下がっていた。

耐え難い痛みに貫かれ、ベイスマンは悲鳴を上げる。グラスの耳の横にあった彼の口が、筋肉ではできなかったこと――大声を出す――をして、彼女を驚かせ、電話を握っていた手の力を緩めさせた。滑り落ちたスマホは彼女の手が届かないところに転がり、ベイスマンが咄嗟《とっさ》に掴み上げて、それを見る。血が滴る手の中に、明るいピンク色のガジェットが確かにあった。階段の一番下へ電話を放ると、本体が破損する音がして、彼の試練は報われた。

だが、その一瞬の隙をグラスは無駄にしなかった。身体を回して仰向けになるや、両脚をすばやく動かして上体を起こし、踊り場の角に背中を埋め込む姿勢になる。そして、両手で顔を覆った。次に来る攻撃がなんであれ、それから顔を守ろうとしているのだろう。ベイスマンは、彼女が息を切らしているのを見て、自分の呼吸も荒いことに気づく。皮膚の下の筋肉が直火で焼かれているような感覚だ。心臓の鼓動があまりにも速く、不整脈ではないかと疑ってしまう。自分は心臓発作を起こしかけているのか？

グラスは両手を振り、彼の注意を引いた。

「もうやめて！　ベイスマン、お願いだから！」

彼女に向かって襲いかかろうとするコブラよろしく、彼は自分が揺れているのがわかった。失われる血液と一緒に、己の些細な感覚も漏れ出していく。

このような衝突が世界中で起きていたら、何千人もの負傷者が出て、より良い判断が血とともに滲み出してしまうだろうとベイスマンは考えた。裂けた左手を自分の胸に押し当て、激痛であふれた涙でぼやける視界の中、グラスに焦点を合わせようとする。

「私にニュースをやらせたくないのよね」と、喘《あえ》ぎ喘ぎグラスが言う。「わかった。いいわ。でも、ここにはいられない。あなたもよ。最終的に私たちは、大人として、立ち上がってスタジオに戻らないといけない。でしょ？」

ベイスマンの舌は膨れ、話すことができない。それは好都合だ。言葉は自分に不利になったりもする。グラスは声を立てて笑った。笑い過ぎだ。こちらがサイコパスだから、自分もサイコパスだと思わせて歩み寄ろうとしているのは明らかだった。そして第一、ネイサン・ベイスマンはサイコパスではない。それどころか、彼は国民と自由な報道の擁護者であった。

「オーケー。なら、もうちょっとここに座っててもいいわ」

何も言わないベイスマンに対し、グラスはなだめるように妥協案を出す。「呼吸を整えて、ベイスマン。ねえ、私たちの最初の喧嘩を覚えてる？　可愛いっていうかなんというか。新人で生意気だった私は、ニュースにとって、９・11は最高の出来事だって言ったのよ。あなたは同意しなかった。みんなの目の前で、最高に派手な口喧嘩をしたわね」

涙が乾き、ベイスマンの視界がクリアになっていく。グラスは口を開いて微笑んだ。白い被せ物をした彼女の歯は血で黒っぽく染まり、ピンク色の長い引っ掻き傷が首と手首に伸びていた。髪はボサボサで、化粧はすっかり落ちている。その姿は、朝、起きたばかりの妻シェリーを思い出させた。起きがけの人間は皆同じだ。脆弱《ぜいじゃく》で、だらしなく、まだ夢を信じている。

「私は、テロップとか画像とか、９・11のテロ攻撃の影響とかについて熱弁を振るっていたわよね。『今回の出来事で、アメリカの敵がはっきりしたわけでしょ？　もう曖昧なニュアンスで悩む必要はない。私は特定の党を支持してなんかいない。私は愛国的なの！』ってわめいていたわね、あのときの私は」。彼女はクスクスと笑った。「階段から突き落とされたときに、自分の間違いにこれほど簡単に気づくなんて。びっくりだわ」

彼女はおまえを説き伏せようとしている。ベイスマンは己に警告した。これまで何百万人を言いくるめてきたように。

「私、人を数字の集合体として見てる」と、彼女は話を続けた。「それって、欠点よね。あなたに指摘されたもの。そうした数字のひとつひとつに、母親や父親がいるんだって。そのことをよく考えるわ。本当にそう。ユナイタスが、WWNは〝コンテンツ・クリエイター〟だって言って、あなたがキレたときのことも、忘れられない。あなた、なんて言ったんだっけ？　他のスタッフったら、あなたの言い分に興味なさそうに座ってあくびをしていたわ。覚えてる？」

　ベイスマンのまぶたに、水分が戻ってきた。今回は、感情によるものだ。おそらく彼の血は尽き果て、次に残っている体液が涙なのだろう。

「ニュース……」。ベイスマンの声はひび割れ、揺らいでいた。

「ニュースは……」。グラスが促す。

「ニュースは〝評価〟だろ」と、彼が言った。「コンテンツは……」

　グラスは彼に向かってうなずいている。涙が喉に流れ込み、ベイスマンは咳払いをした。

「コンテンツは」と、彼は続ける。「〝数字〟に過ぎない。どんどん作られては流れ去ってしまう」

　グラスは身体をずらし、もっと楽な体勢になった。

「以来、『何を取り上げるんだ？』って、あなたに五〇回は訊かれた。頭の中で、私はいつも、視聴率を稼げるものを取り上げると言ってきた。で、視聴率を稼げるものが、視聴者を引きつける呼びもの《フック》になる。面白く《ジューシー》て、不気味《グリズリー》で、セクシーなネタ。扁桃体を刺激してドーパミンを出すような話題よ。でも、あなたが言っているのは、ベン・ハインズを取り上げるときに、公営住宅で撃たれた黒人の子供については取り上げないってこと。誰もその話には関心を示さないだろうし、取り上げたところで、公営住宅での生活が良くなるわけではない。今日みたいな出来事が起きたら、ただでさえ環境が悪い、ああした公共住宅エリアは、どうせ真っ先に手がつけられない状態になってしまうわけでしょ。今日、何が起きてるにせよ、その話は私たちの手中にある。で、それらは視聴者を引きつける呼びもの。でしょ？」。グラスはニコリと笑った。「同じフックなら、肉をぶら下げるサイズのフックにすべきよね。血が滴る大きな肉の塊をぶら下げたフックに」

グラスは、脱げた靴の片方にそっと手を添えた。スーツと同じパール色だ。足首のストラップは壊れていた。アイスクリームのコーンを思わせるヒールは、先が細く尖っている。おそらく一〇〇ドル以上の価値があるハイヒールのはずだ。これまでしてきた失敗のシンボルであるかのように、グラスはその靴を撫でた。

「エレベーターであなたが言った提案に乗らせて」と、彼女は穏やかに言った。「一緒に仕事をしましょう。チャックをサポートするわ。これは、視聴率より大事なこと。私たちの誰よりも重要なことだもの」

ベイスマンは自分の体の一部が震えているのを感じた。あたかも、筋肉のひとつひとつが泣いているかのようだ。

もしロッシェル・グラスを説得できたのなら、世界の他の場所は手の施しようがないなどと、誰が言えよう？　まだ手遅れではないのかもしれない。

ベイスマンが微笑みかけた矢先、いきなりそのヒールが彼の顔の側面に突き刺さった。勢い余って、彼の頭蓋骨は階段の手すりに激しくぶつかり、嫌な音を立てる。グラスが七センチ強のヒールを引き抜くと、頰に開いたギザギザの穴から吹き抜け階段の冷たい空気が入り込み、彼の奥歯に衝撃が走った。一気に口の中に血があふれ、副鼻腔から喉へと流れ落ちていく。

ベイスマンは、際限なく噴き出る鮮血をグラスの上に吐き出した。今度は、彼の額にヒールが叩きつけられ、倒れた彼は頭を床に強打した。ピンクがかった紫色の蛍光灯の明かりの中、彼はまばたきをし、自分の唸《うな》り声を聞く。顔から生温い血が流れるのを感じた。

「くたばれ！」。さっきまでの穏やかさは、グラスの声から消え失せていた。「自分の半分のサイズしかない女性を罠にかけといて、まだ自分がいい奴だと思ってるわけ？　あんたは惨めなくそ野郎だよ。もう終わり。あんたはおしまい。知ったかぶりの、男尊女卑の、ほら吹きの〝猿〟め！」

ああ、その言葉さえ言わなかったなら――。ベイスマンの頬には穴が開いている。手にも傷がパックリと口を開けている。他にどんな穴がすでに開いているのか、誰にもわからない。しかし、「猿」というひと言は、電撃となって、シカゴ時代に呼ばれていた悪意ある渾名《あだな》を思い出させた。ゴリラ、ポーチ・モンキー、野蛮人。

怪我をしていない右手がグラスの片方の足首を摑み、グイッと引っ張った。彼女は転倒し、階段の端に沿って木琴の鍵盤を鳴らすがごとく、前腕内側の太い尺骨、鎖骨、骨盤、膝頭を順番にぶつけていく。ベイスマンは血を吐き、空気を吸い込んだ。確かに、彼はここでは悪い奴だろう。とはいえ、ユナイタスはそれがベストだと言った。ベイスマンVSグラスは、悪い奴VSもっと悪い奴だ。彼はそれを知っていた。彼女も知っていた。彼女は今、叫び声を上げ、本物のパニックに陥っている。いいじゃないか。彼は死から蘇ったも同然だった。

グラスは上り階段の傾斜部で、手足を伸ばして倒れている。蹴りを入れてくるも、靴を履いていない足では、鋭い痛みには到底ならない。ベイスマンはハシゴのように彼女の脚を上っていく。グラスの顔の造作は、獰猛なロットワイラー犬にでも襲われているかのごとく、苦痛でギュッと縮こまっていた。彼女の口は血まみれの歯茎を剝き出しにし、顔は紅潮して汗が噴き出している。彼女はコントロールが利かなくなり、内に秘めていた悪意が露呈されたのだ。あれだけ人を煽りに煽るような会話をしていたくせに、今、彼女に残されているのは、よだれが溜まった口から漏れる「ふんんんんん……」というハミング紛《まが》いの雑音だけだった。

ベイスマンは、突拍子もなく、喜びが湧き上がるのを感じた。今のグラスの顔は恐怖で強張り、いつもの自信に満ちた彼女とは大違いだ。目の前にいるのが彼女だと認識するのに時間がかかるほどだった。ロッシェル・グラスは大いに恐れ、彼は大いに歓喜している。いずれにせよ、ベイスマンとグラス、左翼と右翼のふたりは、いつも互いに嚙みつき合う犬猿の仲だった。

キックしてくる彼女の脚を自分の脚でブロックし、腕を引っ張って階段から身を起こさせると、ベイスマンは口を大きく開けた。そして、その歯を相手の喉に食い込ませていく。あっという間に口の中が彼女の皮膚でいっぱいになったのには、驚きだ。続いて煮え立つような鮮血が湧き上がり、肉の塊の周りに染み込むのを待ってから、彼はそれを味わった。ベイスマンは今、獰猛なロットワイラー犬だ。筋肉が裂けるまで、何度も何度も顔を上下させ、それから何度も何度も口の中の唾を吐き出し、黒い血があちこちに飛び散っていく。彼の顔が相手の肉や腱とともに持ち上がるたび、グラスは何度も何度も喘いだ。喘ぎはやがて、ゴボゴボと喉を鳴らす音に変わり、彼女は弱っていくが、いつまでも穴の開いた喉の周辺にためらいがちに指を這わせている。まるで、血を止めたいのではなく、血を愛でたいがために——死と生の両方がどのように感じられるかを知りたいがために、そうしているように見えた。行く道と来た道。それらは交差する地点で綯《な》い交ぜになる。誰もがやがてたどることになる、行き場のない道なのだ。

チャックは顔に痒みを感じた。それが始まったのは、中断されていた放送の再開の合図で2カメの赤いライトが点滅した瞬間だ。山の尾根から顔を出す朝日さながらに、チャックのモニターは明るくなり、彼のライブ映像が映し出される。顔を掻くまいと必死に我慢していた最初の数秒の間、彼は、夜が明けたかのような地下スタジオで奇妙な出来事が起こっているのを感じた。

ホワイトハウスの会見中に広がったパニックという毒が、有害なくしゃみでWWNにも撒き散らされてしまったかに思える。互いをなじり合う口論が聞こえ、突き飛ばしてきた相手にパンチで報復する場面も見えた。スタッフの半数は持ち場から離れている。二度と戻ってこない者もいるのかもしれない。エレベーターに乗ろうとよろめきながら進んでいく複数の人影も、見間違いではないだろう。いなくなったスタッフのひとりは1カメのオペレーターで、カメラは物思いにふけっているかのごとく傾いていた。

どのキャスターも痒みを無視するよう訓練を積んでいる。チャックは己を安定させるために息を吸った。フィード8を流せと要請したのは彼だ。今、彼はその結果の責任を負わなければいけない。あれは自分の責任だ。そうだろう？　今日の午前中、あたふたしながら即興で時間稼ぎをした醜態は、まだ記憶に新しい。どうせこの生放送も失敗するだろうが、フィード8の件でおそらくクビは免れないと考えれば、これが、ヘマをする最後の放送になる可能性がある。彼は痒みのある鼻をつねり、イヤホンに触れた。

「リー？」

返事を期待していたわけではない。現状を思い出し、チャックは笑いを漏らしそうになった。スタッフがチームから逃げ出すなら、当然、チームで報道するニュースのテロップも彼らは放棄しないといけないではないか。

イヤホンに急に空気が吹き込まれた。

〈チャック？〉。リーの声だ。ただし、その発音は「チャック」というより、「ジャグ」に聞こえた。湿った咳がなかなか止まらない中、喉をゴボゴボ鳴らしながら発したからだ。リーは怪我をしたのか？ベイスマンが暴力を？　その展開はあり得る。あのプロデューサーは、どこかクレイジーだった。リーがさらに咳き込む。咳はさっきよりもひどく、激しくなっている。ひとしきり咳き込んだ後、唾液、もしくはもっと粘着質の何かが耳障りな音とともに、リーのマイクに吐き出されたのがわかった。

〈あの会見動画のプレイバックをキャプチャーしている〉と、ディレクターが口ごもりながら言った。〈できる限り全局に送るつもりだ。ベイスマンは正しかった。競い合ってる場合じゃない。我々は一致団結してこれを報じないと〉。再びリーが何かを吐き出した。今度は硬いものらしく、マイクに当たってコツンと軽快な音が鳴った。まさか、歯――？　〈数分かかる。フェイス、何かしゃべってもいいぞ。言いたいことがあるなら、なんでも。これは君の番組だ。さあ、やれ。君が勝ち取った時間だ〉

馬鹿げた提案だった。チャックは、何も言いたくなどなかった。彼の望みは、避難者の流れに加わり、ここからとっとと逃げ出すことだ。しかし、彼がベイスマンに言った最後の言葉、あの悲痛で些細な訴えが、彼の脳裏に突き刺さった。僕のキャリア――。なんのキャリアだ？　全ての職業が終わるかもしれないのに。

キャスターがしゃべり出すのを待つ報道スタジオの静寂は、無音であるにもかかわらず、チャックにとってはいつも時限爆弾がカチカチと時を刻む音に感じられた。人間が何を言うかは、そこまでコントロールできない。彼のイヤホンはミュートされ、プロンプターは真っ暗だ。プリンターから出てきたばかりの温もりが残る台本数ページを手渡してくれるインターンも、チャックを応援してくれるベイスマンもいない。自分はひとりぼっちだ。チャックはノートパソコンを引き寄せ、画面を調整した。ChuckSux69はいつまでもそこにいて、チャックが何を言うべきかについて意見を提示してくれていた。

親指でコンピューターを起動させる前、黒いスクリーンに映った自分の顔が目に留まる。インクブラックの肌、チャコールブラックの目――腐敗が進んで棺の汚泥と化した死体の顔みたいだ。それは、一瞬だけ見えた未来の自分。あるいは、もっと悪いことには、一瞬だけ見えた今の自分かもしれない。他人のメッセージを伝えるために他人の言葉を話す、死んだ目をした手足が不自由なマネキン。インクブラックの顔はきめの細かいクルミのようであり、彼はピノキオのようでもある。植毛やフェイスリフトでは不十分だったが、ついに、本物の少年になる機会がやってきたのだ。

騒ぎが続くスタジオ内で、彼は、ChuckSux69の裏切りの叫びを聞く。それは、フォーラムの低級な悪魔が生きたまま互いを貪り合う中、押さえつけられたような絶叫だった。

ああ、顔が痒い。しかし、彼の両手には他にやることがあった。顔を掻きむしりたくて震える指を無視しようと決めたチャックは、新たなウィンドウに切り替え、検索バーを開いた。生放送だぞ、みんな。何百万人のアメリカ人が、キーボードを打ち、バックスペースを押し、検索結果を待つ彼を見ている。マウスをクリックし、画面を読む彼を見ている。この静寂は、うだるような照明の下、破裂するまで膨張していく死んだクジラだ。ノートパソコンの計算機を立ち上げたチャックは、重要な箇所をチェックし直して咳払いをすると、2カメに顔を向けた。

「毎秒、ふたりが死亡しています」と、彼は言った。

　口を開くのに、これほど勇気が要ることはなかった。美容歯科医と、開口器《リトラクター》、穴くり器《エキスカベーター》、歯科用ノミ《チゼル》、歯科用研磨器《バーニッシャー》といった武器紛《まが》いの歯の治療器具を前にしたときでさえ、もっと容易だった。

「つまり、毎分、一二〇人の死者が出ている計算です」と、彼は続ける。「一時間に七二〇〇人、一日に一七万二八〇〇人、一年で六三〇七万二〇〇〇人が死亡しています。通常時でこの数です。通常のときで、ですよ」

　照明がさっきより明るくなっている？　だから、スタッフ大脱出の様子が見えなくなったのか？　それとも、残ったスタッフは、フェイスの今しがたの発言に気を取られ、その場で固まっている？　何十もの目が暗闇を貫き、こちらを見ているのがわかる。どの目も涙で水晶のごとく輝き、恐怖と同時に希望を湛《たた》えてチャック・コルソに向けられている。こんなふうに見られるのは、二〇〇一年九月一一日以来のことだ。今ならわかる。当時の自分がわかっていたように、嘘をついて安心させようとしても、なんの意味もないことを。自分は最終的に、ChuckSux69が決してなることができない者にならないといけない。そう、ＴＲＵＴＨ　ＴＥＬＬＥＲ——真実の告げ人——に。

「ここで問題なのは」と、彼は再び話し出す。「毎分一二〇人の死者の大半が、さらなる死亡者を出しているという事実です。なので、私が引用した数字では——」。思わず口から、「impertinent《インパーティナント》（生意気な）」「inefficient《インエフィシャント》（非効率な）」という発音の似た単語が飛び出しそうになり、慌てて呑み込む。正しい言葉は「insufficient《インサフィシャント》（不十分な）」だった。「——不十分です。死んだ人間が人殺しをしているなら、死者数は――」。待て。「expressly《エクスプレスリー》（はっきりと）」か、「expansively《エクスパンシブリー》（広大に）」か、「extemporaneously《エクステンポラネニアスリー》（即興で）」か。違う。「exponentially《エクスポネンティアリー》（爆発的に）」だ！「――爆発的に増加の一途をたどることになるでしょう」

もはや疑いの余地はない。オフィスから覗いている新入社員たちを含め、今、スタジオにいる全員が見つめていた。経験豊富なWWNのスタッフがこちらの言葉にすがっているなら、一般市民もそのはずだ。チャックはとてつもなく大きな息をつき、台本のない冷たいデスクの上に両手を置いた。脈拍が急上昇し、視界が回転するのを待つ。どちらも起こらなかった。人生で初めて、彼は心を込めて話していた。親密交際中のアリアナ、リュビカ、ナタリア、ジェンマとも、こんなふうに話したことはなかった。熱い風呂の中でリストカットするのは、温かい血を失って体温が下がるのを防げて爽快だからだという。痛みはなく、めまいがするだけ。流血も滞らずに時間を無駄にしないで済む。今は、そんな気分だった。

「皆さん」と、チャックは呼びかけた。「私は皆さんに見ていただくために、ずっと訓練を受けてきました。私たちは皆、見てもらうために訓練を受けてきているんです。それは、私が、ジャーナリストであるビル・コヴァッチとトム・ローゼンスティールが提唱したジャーナリズムの第一法則に従えなかったことを意味します。このことを説明させてください。学校で、コヴァッチとローゼンスティールが書いた『ジャーナリズムの原則』という本を読みました。コヴァッチとローゼンスティールが、家でメディアを視聴している人々がジャーナリズムに期待して当然だと思われる一連の原則を考案し、それをまとめた一冊です。私たちは、彼らが提示した原則を暗記する必要がありました。それを皆さんと共有したいと思います。私が思うに、何が次に起ころうとも、何かが起こる前に、私たちはその原則に同意するのが重要です」

もっとスムーズに伝えられたかもしれないが、今回ばかりは、自己批判をイエバエのように払いのけることができた。とはいえ、今、人生で最悪の気分であることに違いはない。ああ、この痒みと言ったら——。しかし同時に、彼は今までにない強さも感じていた。浮遊感を覚える。自分をデスクにつなげているのは、小型マイクのケーブルだけだった。

「ジャーナリストの第一の義務は真実である。それが、私がワシントンDCでのあの会見をお見せした理由です。私がここに座っている限り、不快なことを隠したりせず、全てを包み隠さずお知らせする理由が、それなのです」

　チャックは、リーがこの〝終末論〟をやめろと命じてくるのを待ったが、なんの反応もない。ディレクターが自分と同じ変化を遂げたのか、あるいは彼も逃げ出したのか。いずれにせよ、もしそうならば、先例に倣《なら》う必要はないし、その意思もない。真実の矢が彼を貫いたのだ。誰かが自分をデスクから引きずり下ろすまで、己の中で圧縮された空気は吹き出し続けるだろう。

「コヴァッチとローゼンスティールは、ニュースは第一に、市民に対して誠実でなければならないと言いました。私たちはこれができていませんでした。私もそうです。今回の一連の攻撃がどこで始まったかを考えてみてください。低所得者向け公営住宅。老人ホーム。私たちが、そういった場所に住む彼らに誠実だったとお思いですか？　ＭＰＷＷ、つまり行方不明の白人美女について報じる際、私たちはその女性に関するあらゆる情報を入手します。どんなブランドの服を着ていたのか。どんな音楽が好きだったのか。なので、何ヶ月も彼女に関連する情報を話すことになります」

　チャックはそこでひと息つき、再び語り始める。

「では、公営住宅の住民が亡くなった場合は？　詳細などどうでもいいのです。名前など重要ではありません。彼らのニュースが取り上げられるのは一日、せいぜい二日でしょう。その理由を説明する暗号を、私たちは思いつきました。私たちは、アトランタの犯罪多発地域の名前、例えば『グローブ・パーク』と言うのです。そうすれば『黒人』という言葉を口にしないで済むからです。市民に対して誠実？　いいえ。私たちはお金に対して誠実なのです。私たちの無関心が原因でこの出来事が然るべき場所で起き、それを止められないのだとしたら、私にはもうわかりません。これは粛清《しゅくせい》なのかもしれないし、起こる必要があったのかもしれません」

イヤホンの奥で雑音が聞こえた。リーが復活したのか。それともスタジオのインフラが、外界のシステム障害に屈した最初の兆候か。知らんぷりを決め込むことをチャックは選択し、イヤホンを引き抜いた。それは、自分の臍《へそ》の緒を切ったことになる。

「コヴァッチとローゼンスティールの本で私が最もよく覚えているのは、記者たちは、己の良心に耳を傾けなければならないという箇所です。私はそれを実践しようとしています。とはいえ、自分自身に関してではありません。過去の失敗の埋め合わせをしよう、ということではないんです」

彼はまた、いったん言葉を切り、今度は声を出して笑った。そして、涙目になっている自分に驚く。

「どうしてそう思ったんだろう。恥ずかしくてたまらないよ」

スタジオの後方で、小さな核爆発でも起こったかのような音がし、ドアが開いた。チャックの記憶が正しければ、確か、その向こうには吹き抜け階段があったはずだ。微かな紫色の光の中に、ネイサン・ベイスマンだと視認できる姿が現れた。歓喜がチャックの胸を温かな気持ちで満たしていく。これがチャック・コルソ最後の放送だとしても、それはもう最重要事項ではない。そして、そう思えるようにしてくれたベイスマンに、彼は感謝していた。ベイスマンがキャスターとして信頼を置いた人選が間違っていなかったと実証するため、チャックは自分のキャリアで最高の即興トークを再開した。

「コヴァッチとローゼンスティールを必要とすべきではありません」と、彼は言った。「私たちの誰もが互いに対する責任を理解するのに、なぜ本が必要なのでしょう？　自分は他人に対してうまくやっていると己を納得させる夢の世界を、皆が夢遊病患者よろしく歩き回っている感じです。もう遅すぎるかもしれませんが、少なくとも、私たちは目覚めつつあります」

避難するスタッフの流れに逆らい、ベイスマンが近づいてきた。イタリアの祖母が見せていたのと同じ誇れなかった。きっと満足げな笑みを見せてくれるだろう。チャックは、彼との再会が待ちきれなかった。きっと満足げな笑みを見せてくれるだろう。チャックは、彼との再会が待ちき

高く、自分にだけ見せてくれる笑顔だ。そういえば長いこと、祖母に思いを馳せていなかった。チャックは微笑んだ。それは正確には、WWNのイメージコンサルタントから教え込まれた「歯を6ミリ半ほど見せて作る笑顔」ではなかった。セラミックの被せ物をした白い歯がスポットライトで温まるほど、大きく顔をほころばせて作った笑みだ。

「私は微笑んでいます。変ですよね。それは承知しています。ところで、シェレンバーガー報道官は、死んだ人間が生きている人間を食べていると明かしました。それを聞いた私は、かつて祖母が言っていたあることを思い出したんです。祖母は迷信深く、墓地を横切るときは胸の前で十字を切っていました。墓地ではおぞましいことが起きていると確信していたんです」

再び、歯に温もりを感じた。このような不安が渦巻く状況の真っ只中で温かみを覚えるのは、奇跡的と言っていいかもしれない。「祖母は、『食屍鬼《グール》』という言葉を使っていました。『チャッキー、墓地の近くを歩くんじゃないよ。あそこにはグールがいて、おまえを捕まえてしまうから』と。ええ、祖母は正しかったようです。そこにはグールがいたんですね。そして彼らは、すでに外に出てしまっています」

視界の端で、新たな動きがあった。停滞していたかに思えた大脱出が再開されたらしく、今まで残っていた人々も職場を去り始めていた。自分の仕事がうまくいっている証拠だろう。チャックはそう信

じた。スタジオに留まるという強い義務感がない連中は、去って然るべきだ。インターンのゾーイ・シレイス。君はもう、上司に一目置いてもらおうと頑張る理由は何もない。ここから出ていき、生きてくれ。君に残されただけの人生を――。

ベイスマンは2カメのすぐ近くまでやってきたが、まだ暗がりの中にいた。ただし、ドアが閉まるまでの短い間にスタジオの階段部から漏れ出た逆光に照らされ、彼の肩が力なく下がっているのはわかる。するとそのとき、再びドアが開き、見覚えのある二人目のシルエットが現れた。ロッシェル・グラスだ。

彼女はすぐに、チャックの方へと前進してきた。彼女がここにいても驚きはない。ベイスマンから、グラスがこのデスクを欲しがっていると聞かされていたからだ。

少し離れたところから、パチパチという音が聞こえた。リーが息を吹き返したようだ。

〈フェイス？　フェイス？〉

チャックは慌ててイヤホンを摑み、耳に挿入した。

〈フロリダにいるオクタヴィアから電話が来た〉と、リーはすすり泣きながら告げた。〈信じられるか？　彼女は無事だった。生きてたんだよ、フェイス！　彼女と話してくれるか？　彼女、信じられないような最新情報を持ってる〉

大きな安堵感がドッとチャックに押し寄せてきた。今のところ、無事が確認できた外のスタッフは、先輩記者のオクタヴィア・グロースターしかいない。だが少なくとも、彼女は生きており、この事態と闘っている。そして、これが始まりだ。チャックはニヤリと笑った。

「皆さん、いい知らせです」と、彼は視聴者に語りかける。「お伝えできるのが、本当に嬉しい。今から中継をつなぎます。彼女を紹介させてください。グールについての最新情報を伝えてくれます。

皆さんも、彼女からの報告を喜んでくださると思います。では、中継先につなぎますね。そちらはどんな状況ですか？」

インターネットに妨害されたくはない。おそらくもう二度と。チャックはノートパソコンを押しやった。スタジオの照明がメタリックの外殻に当たり、反射光がネイサン・ベイスマンの顔を照らす。上下の唇が、赤いセイウチの髭を思わせる血の筋で覆われていた。どうやら、片頬に開いた穴から出血しているらしい。ベイスマンは片手で傷口を押さえつけていたが、その手も同じくらい激しく損傷していたし、腫れ上がった額は艶のあるプラムのようだ。彼は死んでいてもおかしくないくらいの様相だった。それでも、ベイスマンはグールではない。顔から血が混じった体液を飛ばしながらも、こちらにうなずいてみせたからだ。

「オクタヴィア？」と、チャックは呼びかけた。「聞こえますか？」

ロッシェル・グラスは、2カメの真正面からセットに入ってきた。ところが、セットを一段高くしている台に足をぶつけて前のめりになってしまう。だがほどなく、台を這い上がるのにどう対処すべきかを思い出したようだ。両腕を上げ、やみくもに指の爪で引っ掻いている。台につまずくくらいの不手際ならば言い訳ができる。しかし、グラスが頭を下げている事実には言い訳ができない。彼女にだって欠点はあるだろうが、脆弱《ぜいじゃく》な人間たちを嗅ぎ分けるべく、常に顔を上げて生きてきた女性なのだ。

ゆっくりと頭が持ち上げられ、グラスの喉元が露わになった。肉の亀裂。革紐かと見紛う、何本にも細長く裂けた皮膚。垂れ下がる紫色の筋肉。くり抜かれたピンク色の気管。赤ん坊の呼吸のように速いリズムで蠢《うごめ》く咽頭神経。彼女の次の一歩は、熱いスポットライトを浴びていたチャックに冷ややかな影を投じた。彼は、目の前のグラスを凝視した。彼女の目は乳白色に濁り、血糊が点々と混じった唾液の筋が口や喉から垂れ下がってビーズの飾りのように揺れている。そのうちの一本が、彼のノートパソコンに触れ、不気味な音を立てた。

――ハロー、チャック――

一瞬、グラスの声かと思った。屈強な狂気からほとばしる一滴の正気、とでも形容したらいいのか、こんな恐ろしい見た目に変貌しても、いつものように挨拶をしてきたのかと考えてしまった。しかしすぐに、それがイヤホンから聞こえてきたオクタヴィアの返事だと気づく。先輩記者の声は、あたかも安全な場所から差し伸べられた手に思えたが、その手を掴むことはできない。チャックは咄嗟《とっさ》に後ろに下がろうとしたものの、イヤホンと小型マイクが、まだ彼を囚人としてデスクに縛りつけていた。

その直後、血の混じったよだれを顔からだらだらと垂れ流しながら、ベイスマンがグラスに飛びかかった。ところが、彼は段差でしくじり、視界から消える。ずっと切望していたニュースデスクの上に這い上がったグラスは、破れたスーツの臀部を世界に向け、暗い赤紫色の唾液の泡を吹きつつ、貪欲さ丸出しでうめいていた。伸ばした手の先のギザギザになった爪が、チャックの頬をかすめ、その肉体の奥に根差した野蛮な痒みを駆り立てた。大変な部分は彼女にやらせるべきだ、と混乱する頭で彼はふと考える。グラスの爪で最初の切り込みを入れてもらえば、あとは自分が己の面の皮を引き剝がし、今までずっと皮膚の下に潜んでいたものが本当はなんだったのかを見ることができるはずだ。

〈チャック、そこにいるんですか？〉。オクタヴィアが問いかけてくる。〈誰もいませんか？〉

グラスがチャックの膝の上に飛び乗った。彼女のパール色のスーツの背中が裂け、悲鳴のような音を立てる。彼女の鋸歯状の爪がひと振りされると、人工的に繊細な直線を描くチャックの植毛部分にあっという間にいくつも結び目を作った。首の筋肉を硬直させ、グラスから距離を取ろうとしながらも、彼は話し続けた。なぜなら、ここは彼――ニュースキャスター、チャック・コルソのデスクだからだ。そして、損傷した首をグッと摑むなり、彼はロッシェル・グラスを思い切り押し返した。
「皆さん……私たちと……一緒にいてください」と、チャックは唸《うな》るように訴えた。「私のキャリアで、こんなことは……初めてで……今後、事態がどうなるかは私にもわかりません。私は、完全に――」。続く言葉は、苦心することも、考え直すこともせず、ごく自然に口をついて出た――perplexed《パープレクスト》
――「錯乱しています」

ガツンと
ヒューッ

死すべき全ての肉体に沈黙を守らせよ

六回の汽笛に続き、壁に搭載された1MC〔「main circuit」の略。米海軍および沿岸警備隊の艦船内拡声装置〕から、〈マン、オーバーボード！落水者あり！〉という副艦長《XO》の怒鳴り声が聞こえる。空母オリンピア配属のカトリック従軍聖職者《チャプレン》ウィリアム・コッペンボルグ少佐の心に真っ先に浮かんだのは、みっともないほど虚しい思いだった。副艦長は、私のことを言っている。それは私の魂。船から飛び出して水に落ち、海の底まで沈んでいくのだ。

彼は礼拝堂《チャペル》にいた。高さ二メートル半ほどの天井。金属製の折りたたみ椅子。青白い蛍光灯の明かりは、活発な水兵たちを、まるで彼らが死の入り口に立っているかに見せてしまう。ここは、神聖な何かが起こる場所というよりは、地下にある断酒会の会合場所という雰囲気だ。オリンピア号は、半年間の任務を終える前の最後の寄港地、真珠湾で三〇人以上の船員を降ろした後、乗船者を五一〇二人にまで減らした。それでもまだ、軍人に宗派を超えた宗教的アドバイスを行う聖職者が必要とされるほどの大人数ではあった。壁紙など何も張られていない壁は、複数の宗派の利用に好都合だ。オリンピア号の乗組員には、ユダヤ教、イスラム教、プロテスタント、カトリックなど様々な宗教の信者がいる。チャプレンである彼は、通常の礼拝の参列者には「ビル神父」、古参の船員にはもっと親しげな「神父」の古い言い回しである「パドレ」、軍隊らしく相手をコールサインで呼ぶのを好む者には「チャプレン」のくだけた言葉「チャップス」や「チャッピー」、初の航空母艦航海に圧倒されて海軍のエチケットの細かい部分を思い出せなくなった二等水兵《E－1》や一等水兵《E－2》といった低い階級の若者には、単に「サー」と呼ばれていた。といっても今この瞬間、ビル神父は誰のための聖職者でもなく何者でもない。礼拝堂の祈りの部屋《クローゼット》の中で苦しむ、ひとりの名もなき不幸な人間だ。畳んだスラックスを積み上げた聖書の上に載せ、血の滴りを受けるためのゴミ袋を足元に置き、彼は青白い剝き出しの太ももに、カッターナイフを走らせていた。

ガツン！　ヒューーッ！

耳をつんざく騒音の主は、戦闘攻撃機F／A－18ホーネット、早期警戒機E－2ホークアイ、電子戦機EA－18Gグラウラー、輸送機C－2グレイハウンドを発艦させる射出機《カタパルト》だ。礼拝堂は、飛行甲板の真下、02甲板にあるため、三〇秒に一回の頻度でなされる離陸のたびに、この場所全体が巨大マラカスのごとく大きく揺れた。座っている人間が誰もいないので、折りたたみ椅子が動き回っている。聖歌集が説教台から飛び出してドサリと落下し、壁の塗料がフレーク状に剝がれ落ちていく。ビル神父の耳は、近くの箱に入っていた聖餐用ウェハースが砕ける音も確かに捉えた。

その昔、「ガツン」と「ヒューッ」という音は安らぎを与えてくれていた。別世界の音であり、より大きなもの、より高性能な何かを思い出させた。このクローゼットの中にいると、ガツンで、自分の顔を手の甲で叩かれた気分になり、ヒューッは、見えないブーツに踏まれて勢いよく漏れ出た息の音に思えてくる。

沸騰するほどの熱い涙で視界が遮られていたわけではないので、彼はこの騒々しさを最大限に利用した。ガツンでカッターナイフの刃を太ももに沈め、ヒューッで横に走らせる。そしてビル神父は興奮を味わうのだ。宙に浮いた十字架から見下ろし、その荊《いばら》の冠の棘を神父の頭皮に針のように突き刺してくる、失望したイエス・キリストの苦しみに耐えるのではなく、自分自身の痛みをコントロールしながら——。

再び副艦長が叫ぶ。〈マン、オーバーボード！　落水から一分経過。総員、緊急招集。総員に告ぐ！〉

フライト・オペレーションは始まってしまっていて、甲板作業員がカタパルトを安全に停止させるまでに、あと数回の射出が必要だ。カッターを口元まで持ち上げたビル神父は、刃に付いた血を舐める。己に与える罰の儀式の最後の工程は、塩辛かった。それからガーゼの包帯を手に取り、太ももに巻きつけていく。瞬く間に赤く染まった包帯に血の蝶が浮かび上がり、彼の胸に懸念がちらついた。おそらく、瘢痕《はんこん》組織——傷痕となった同じ箇所——を何度も切り裂きすぎたのだろう。今から数分後、集合場所に向かう頃には、粗相したかのごとく血液がズボンに染みの花を描き、彼が抱える穢《けが》れの証しとして露呈してしまう。

空母での生活は、うるさく、汚く、窮屈で、暑すぎるし、寒すぎる。とはいえ、数ヶ月前まで、ビル神父は、二一年前に海軍将校および従軍聖職者として任官されたことを、一度たりとて後悔したことはなかった。この仕事は、素晴らしい経験を重ねられる。明け方に飛行甲板に設置した水槽で船員たちに洗礼を施し、祈りの要請を受けた自分の方が驚嘆させられたり、感動させられたりし、参列者がまばらでも日々の説教に喜びを見出し、胸の内に個人的な葛藤を抱えたあらゆる階級の船員の相談に乗ってきた。

ところが、そうした仕事で問題が起きた。ホームシックにかかった三等兵曹《PO3》が人生を神に捧げる覚悟をし、ビル神父にシワクチャになったポルノ雑誌一冊を差し出してきたのだ。雑誌名は『フレッシュ・ミート』だった。こうしたものの没収は日常茶飯事で、空母に詰め込まれている五〇〇〇人の乗組員の大半は一八歳から二五歳の間の若者だが、（船員同士の）恋愛は禁じられ、性的関係を持つのは罰すべき違反行為と考えられている。何十年も前は、いわゆる〝研修ビデオ〟――男性向け映画――が本当に氾濫《はんらん》していた。そうした映写スライドはビデオテープになり、やがてウェブサイトに取って代わられ、そのほとんどが海軍のフィルターによってブロックされるようになっている。

時代の流れに合わせた現在の措置で、昔ながらの雑誌という媒体がかえって重宝されるようになってきたわけだ。ビル神父は、男性船員のラックの半分には、こうした安上がりの卑猥な印刷物が並んでいると踏んでいる。どこに配属されてもそのたびに、罪悪感に苛まれた大勢の水兵たちが、自分たちの罪深き隠し物を手渡してきた。

礼拝堂のクローゼットの中には、鍵がかかる箱があった。小さな南京錠が付いた、バルサ材の大箱だ。海上勤務で回収したポルノ関連の品は全てそこに収納し、定期的に、陸上での自由時間中に中身を燃やして箱を空にしている。『ハスラー』『ベアリー・リーガル』『シェリ』『ギャラリー』『スワンク』――その手の雑誌を二一年間、ひたすら例外なく処分し続けてきた。しかしながら、自責の念に駆られて『フレッシュ・ミート』を渡してきた三等兵曹が去った後、ビル神父はそれまでとは違う行動を取ったのだ。どうしてそうしたのか、いまだに説明できない。

表紙をめくったとき、雑誌はパチパチと炎が上がるような音を出した。

ウィリアム・コッペンボルグは、若くして神に身を委ねたため、神父になる前のあまりに短い成年期の記憶を確実には思い出せない。女性と付き合った経験がなく、衣服を着ていない女性の姿など見たこともなかった。聖職で成功した者たちは、己の欲望を鎮める方法を見つけている。彼のやり方は、穴の中に土を投げ入れ、大量の土の下に自分の欲望が埋められた様子を想像するというものだ。『フレッシュ・ミート』の最初の写真は、ハイヒール以外、何も身に着けていない女性だった。艶めく華奮な裸体が、ヌマスギの幹を思わせる、血管が浮き出た男性器――それは肉体から切り離されていた――の上にしゃがんでいた。その瞬間、土葬されていた彼の欲望が墓から這い出してきた。

ページをめくる手が止まらなくなり、紙で切った傷に顔をしかめるも、傷口はどこにも見当たらない。彼の睾丸が痛みを感じ、脈拍が速くなる。永遠に垂れ下がったままで、単なる排泄器官に過ぎなかったはずのペニスが膨張し、太ももに当たっていた。

そのせいで礼拝中に問題が起きた。神父は、説教する内容を信じている自分を誇りに思っていた。信念を持っているからこそ、ガツンやヒューッに負けないほどの声量で話すことができたのだ。ところが、聖人や十二使徒についての熟考が、カビのごとく脳内を覆う唇、乳首、陰唇のイメージに太刀打ちできなくなってしまう。参列者たちは、神父が三度も説教を中断し、その顔が赤いのは、心臓病の兆候ではないのかと訊ねてきた。それが問題だったのではない。誰かひとりにでも、スラックスが隆起するほど勃起している事実に気づかれたら――恐怖以外の何ものでもないだろう。

クローゼットの中には救急箱がある。今回の配属以前は一度も開けたことはなかったのだが、最近ではすっかりお馴染みだ。ガーゼの包帯の他に、サージカルテープも入っており、ビル神父は、ペニスを太ももに固定するのに使っていた。礼拝中に勃起すると、いつもそうなのだが、粘着テープに皮膚が引っ張られて痛みを感じ、『フレッシュ・ミート』の中の苦しそうな表情を思い出す。とはいえ、彼女たちが感じているのは痛みではない。今はそれがわかる。

セックスの知識が皆無に等しかったので、彼は自分なりの歪んだ展開を思いめぐらせるようになった。例えば、女性が他の女性の膣に拳を入れている写真。ふたりは自分の礼拝の最前列にいる。ひとりの手が、もう一方の女性の中にかなり深く押し込まれるや、卵巣、腸、腎臓が引き抜かれ、後者はオーガズムに似た興奮を覚えながら震えるのだ。さらには、男性器の半分まで口を沈めた女性の写真。

男女が格納庫で同じ行為を行っているが、異なるのは、陰茎が女性の首の後ろを突き破って頸椎《けいつい》を砕くことだ。その間も女性の顎は動き続けてペニスを噛みちぎり、湯気の立つ腸にまで歯を食い込ませていく。そんなふうに、ビル神父はあらぬ想像を膨らませていた。

次から次へと『フレッシュ・ミート』の撮影でフラッシュが焚かれるたびに、恍惚とした相互破壊という野獣のような結論が生み出される。それらは、ヒエロニムス・ボス、サルバドール・ダリ、フランシスコ・デ・ゴヤが描く作品を彷彿《ほうふつ》とさせる幻影であり、ウィリアム・コッペンボルグ少佐に、そなたもまたモンスターになりつつあると告げる、肉欲の塊という怪物を見せつけるギャラリーなのだ。

そうした考えを頭から追いやるべく、彼はあらゆる手を尽くした。讃美歌を大声で歌ったが、ダメだった。讃美歌『生けるものすべて』〔Let All Mortal Flesh Keep Silence。直訳は「死すべき全ての肉体に沈黙を守らせよ」〕をかけながら集会を行い、何百回歌を流そうにも、歌詞の一行一行が邪悪な二重の意味で脳内に渦巻くだけだった。特に出だしの歌詞生けるものすべて、おののき黙《もだ》せは、ビル神父に汗まみれの妄想を追い払えと訴えてくる。

今回の配属期間も残り数ヶ月となる頃、彼はある女性への執着を募らせていた。神父は彼女を「マイ・スイート」と呼ぶ。本人は、祖父を見るかのような温かい笑みを向けてきたので、愛情を込めたその呼び名を受け入れてくれたように思えた。マイ・スイートは若いが、結局のところ、船員なんて若い者ばかりじゃないか。彼女は、オリンピアと人生における自身の居場所に迷いを持ち始め、ビル神父との個人的なカウンセリングを申し込んでいた。マイ・スイートの肌は滑らかで、ゴールド色に輝いている。きっとパンケーキに似た味がするのだろう。マイ・スイートの唇はぽっちゃりとしており、ソーセージを思わせる。食いちぎったときに、彼女が漏らす快感の喘《あえ》ぎを想像してしまう。ベリッ、ビチャッ、グチャッ。

彼女が話していると、神父はジリジリと距離を縮めていく。『フレッシュ・ミート』に出てくる多肢の肉欲野獣の手足の一本を、彼女のもので創ってみたいという思いに駆られるからだ。彼女に触れられるかもしれないと思うたび、影が彼に被さってくる。十字架の上のイエス・キリストが、自身の聖なる兵士が誘惑に抗えるかどうかを見守っていた。ビル神父の信仰が試されているのだ。イエスの試練は、ユダヤの荒れ野での四〇日間だったが、ビル神父の場合は、海での六ヶ月だ。

歴史的に、そうした試練を受けられるのは最も敬虔な信者だけで、彼はそれを誇りに思っていた。どのみち、痛みは征服できる。切れ味鋭いカッターナイフと十分なガーゼがあれば。

〈マン、オーバーボード！　総員、緊急招集。総員に告ぐ！　落水から二分経過！〉。副艦長がまた、がなり立てた。

さて、自分も移動しなければならない。緊急招集に遅れると、神父のような古株でも厄介なことになるのだ。ズボンを引き上げると、包帯を巻いた太もも部分がきつく感じた。それからゴミ袋を縛って一滴の血も漏らさないようにしてから、さらに別の袋に入れる。クローゼットを出た彼は、二重にした袋をゴミ箱の奥深くに押し込み、招集場所に向かった。そこでは、神々が挑戦する価値がないと判断した男たちが並んで立っているのだろう。司祭、牧師、ユダヤ教のラビ、イスラム教のイマームなどだが、中でも最悪なのは、船の精神科医だ。「サイク」と呼ばれる、ハンサムで筋骨たくましく、口髭を生やしたこの医師は、寄港地ごとに異なる女性とセックスをし、肉欲の怪物を生み出している可能性があった。

ビル神父は狭いスチール製の通路に入っていく。太ももの傷がズキズキと脈打っているにもかかわらず、人々に怪しまれぬように何食わぬ顔をしながら大股で歩いた。船員たちが、それぞれの持ち場にドッと押し寄せてきた。数少ない女性船員を目ざとく見つけ、神父は視線を揺れる腰と揺れる胸に注ぐ。海軍のユニフォームを着ていても隠せない、新鮮《フレッシュ》な肉体《ミート》だ。そこで見かけたのはいずれも、マイ・スイートではなかったが、神父は大いに楽しんだ。生けるものすべて、おののき黙せ——沈黙を守るのだ。

鳥インフルエンザ的な何か

落水者のアナウンスが発せられたのは、ハワイ・アリューシャン標準時午前六時四〇分。空母オリンピアに乗り込んでいた操舵士長三人のうちのひとり、掌帆手《しょうはんしゅ》で最上級上等兵曹のカール・ニシムラは、三〇分間は航海艦橋《ナビゲーションブリッジ》に顔を出す予定ではなかった。彼は03甲板の上等兵曹食堂《CPO》で、カーキ色の服を着た三人の士官たちとくつろいで――あるいは、ニシムラにしてはこれまでになくくつろいだ状態で――座っていたのだ。

1MCからパチパチいう音が聞こえるなり、例の放送が流れた。ブライス・ピート副艦長をあまりよく知らない船員たちは、彼の声のニュアンスを掬《すく》い取れなかったかもしれないが、ニシムラは確実に理解した。副艦長は激怒している。無理もない。この二週間で、落水者のアナウンスはこれで三回目。今回の真偽は定かではないが、また〝何かの間違い〟だったとしたら、オオカミ少年のようになりかねない。皆が嘘の警報に慣れてしまい、「どうせまた……」と本気にしなくなったときに本当の落水事故があった場合、オリンピア号のような巨大軍艦では、救える命も救えなくなる危険性があるのだ。

数分前までは、普通の朝食時間だった。言い換えると、ニシムラは居心地が悪かったということになる。上等兵曹の食堂は、この船で一番美味しい食事が、きちんとテーブルクロスが掛けられた四人用テーブルで食べられるところだ。ダイナー風の調味料入れや毎日二四時間点けっ放しのテレビなど、アメリカのありふれた街の雰囲気が漂う。上等兵曹食堂はまた、軍の男たちが面白おかしく互いをからかい合う、ニシムラを警戒させる娯楽の場所でもあった。その理由を理解するのに、精神科医のサイクに自分の記憶を掘り下げてもらう必要はない。この部屋に入るには、海軍の歴史を知らなければならず、それには、レイテ沖海戦で知られる日本海軍中将、西村祥治も含まれていたはずだ。もちろん、その人物はカール・ニシムラとは無関係なのだが、見た目や苗字などの表面的な類似性だけで「身内なのか?」と繰り返し問われ、士官候補生時代の彼を追い詰めるには十分だった。ニシムラが人々の薄ら笑い——彼が部屋に足を踏み入れた途端に話をピタリと止めてニヤリとする場合など——を正しく読んでいるなら、現在の若い人種差別主義者の船員にも、そうした嘲《あざけ》りは受け継がれており、まだまだ数が多すぎた。

ニシムラは、そうした経験について深く考えないようにしていた。誰もがまぶたの端を引っ張って吊り目を作ったり、彼を日本人の蔑称「ジャップ」と呼んでいたりしたのは、一〇年も昔のことだ。とはいえ食堂には、脂っこい食事を食べながら気を緩め、軽口が過ぎて相手の痛いところを突くも、その応酬を互いに楽しむ男たちが多い。そんな集団の中にいると、敏感に反応してしまう自分が異質な存在だと思い知らされてばかりいる。

今朝の会話で、墜落事故救助部隊指揮官の上等兵曹、ロナルド・リベイロがある話題を提供した。彼はそれを、「オリンピア号の空母打撃群《CSG》の奇妙な噂があるんだが——」と切り出した。空母打撃群とは、航空母艦を中心として構成された米海軍保有の戦闘部隊のひとつである。ハワイとサンディエゴの間の安全海域ゆえ、空母打撃群の潜水艦とフリゲート艦は改装と修理のために真珠湾に留まり、オリンピア号に従うのは、駆逐艦三隻、補給艦一隻、誘導ミサイル装備巡洋艦ヴィンディケーターだけという普段より数が少ない編成となっていた。

「ヒッケンルーパー号が航行経路を離れ、グルグル旋回しているらしい」と、リベイロが明かす。

暗号技術者のダレル・ミリチャンプが「操縦訓練か何かで？」と推測すると、リベイロは、皿に残った目玉焼きの黄身をトーストで拭い取りながら返す。「前代未聞の状況だ。まるで三六〇度回転するループコースターみたいになってるって話だ」

安全管理者のウェイロン・レネハンがケラケラと笑った。「もうこれ以上の軍縮はないだろうから、目立って格好つけて海軍の重要性をアピールしても、なんの意味もないのに」

「だったら、ポラード号は？　いなくなったんだぞ」。そう言って、リベイロはテレビシリーズ『トワイライト・ゾーン』のテーマ曲を口ずさむ。

「いなくなった？」と、ミリチャンプが問いただした。「どういう意味だ？」

リベイロは口の中のトーストをコーヒーで流し込んでから、「このトーストみたいに影も形もなくなったってことだよ」と、答えた。「俺は艦橋構造物《アイランド》に登って、この目で確かめた。あいつら、全速力の三三ノットで真珠湾に戻っていきやがった」

頭の後ろで手を組んだレネハンはゲップをした。「まぁ、Uターンしてオアフ島に戻っても構わないんだがな。摂氏二八度のビーチ。腰蓑を軽快に揺らす若い娘《ワヒネ》たち――」

「それ、ヴィーヴァースの意見箱に入れておけ」。リベイロは声を立てて笑う。

バートランド・ヴィーヴァース部隊最上級兵曹長《CMC》は、ニシムラがビート族【第二次世界大戦後、米国を中心に現れた、現代の物質文明に反抗して無軌道な行動を取る若者たち】に見えるほどの堅物だ。この半年間、自分の船室の外に設置した無記名式の意見箱を皆に利用してもらおうと躍起になっており、ことあるごとにオリンピア号の船員のジョークのネタになっている。

確かに、意見箱にはたくさんの意見が投じられたものの、結果として、ヴィーヴァースが吐く無礼なメッセージへの暴言は、等級外の人間でも将校でも同様に、大きな楽しみになっていた。もちろん、カール・ニシムラを除いては。ニシムラは、命じられたこと以外のことをやるのが大の苦手なのだ。

ミリチャンプはうなずき、「聖人《セイント》カール、あなたはどう思う?」と、ニシムラに問いかけた。「あなたは俺らより、こうした航海の場数を踏んでいる。ポラード号みたいに消えた駆逐艦を見聞きしたことは?」

ニシムラは言葉を探した。それを合図に、三人の将校がなんとかニヤつかないようにしようと形だけの努力をする。この生真面目な操舵士が「聖人カール」の異名を得たのと同様に、熟考の上に返事をしたくて即答しないがために〝躊躇《ちゅうちょ》している〟と相手に思われてしまう彼の態度は、「ニシムラ遅延《ディレイ》」と呼ばれるようになった。彼はその評判を知っている。ペルシャ湾での敵の攻撃について質問されようが、船の売店でどの銘柄の歯磨き粉を買うべきかと訊ねられようが、どんな問いでも真剣に考慮してから答えるからだ。アメリカの小学校に通い始めた彼が、日本人の父親の間違った発音をそのまま使っていて同級生たちからよく馬鹿にされたのが、この「ニシムラ・ディレイ」の癖が染みついた原因だ。「ニシムラ・ディレイ」とからかわれるたび、彼は笑ってごまかしているものの、本当は心が傷つき、海軍には居場所のない己の少年のような繊細さを恥じていた。しかし、笑われないように慎重に言葉を選ぶと逆に笑われてしまうこの状況とも、もうすぐおさらばだ。そう考えると気持ちが楽になる。ニシムラは四三歳。ここで明かすと、目の前の彼らを驚かせることになるだろうが、彼は二〇年の軍人としての務めに別れを告げ、退役する決意をしていたのだ。

海軍生活を知り尽くした今、彼は悩みを抱えるようになっていた。オリンピア号について何か訊かれれば、原子炉を搭載した二〇〇億ドルの移動式海上不動産ではなく、まるで自分の第一子のごとく説明するだろう。一九六九年起工、一九七五年進水、一九七六年就役の海軍艦艇分類記号CVN〔原子力空母〕―68X、艦名オリンピア、愛称ビッグママである当艦は、アメリカ海軍の二番目に大きなニミッツ級航空母艦で、これまで一三回にわたって配備されている。高層ビルを横に倒したのと同等のサイズで、一日に七〇〇海里〔およそ一三〇〇キロメートル〕の航行が可能。中規模の空港並みの頻度で機が発着艦する甲板を持つオリンピア号は、その役目を終えようとしているとはいえ、歴史に名高い巨大軍艦だ。おそらく、今回が最後の航海になる可能性が高く、奇しくも、ニシムラにとっても最後の航海になるだろう。

　ビッグママは、砂漠の盾作戦、不朽の自由作戦、イラクの自由作戦といった軍事作戦に参加し、功績を上げている。こうした士気を鼓舞するような作戦名であれば、船員たちがミッションの価値を疑うことなど、まずない。だが、ニシムラは違った。軍産複合体への不信感は、二〇年の間に着実に膨らんでいった。ヒロシマとナガサキに原爆を落とされた側と落とした側の両方の葛藤を抱える日系アメリカ人の血筋のせいであり、空母の威力を誇示する要素、船の舵取りという仕事のせいでもある。空母は海軍最大の兵器で、乗船する五〇〇〇人の魂は引き金機構内の歯車に過ぎないと認めるのは、楽しいどころか苦痛でしかない。

　ニシムラは、空母のライフサイクルを、己のそれよりもよく知っている。そして、そんな現実を変える時機が来たのだ。リベイロ、ミリチャンプ、レネハンといった将校たちを悩ます質問――軍でなく民間企業に勤めるなら、一体、自分は何をするのか?――にも、ニシムラは迷わない。なんでも構わないからだ。工事中の看板を持ってドライバーに注意を促してもいいし、スーパーで客の購入品の袋詰めだってする。家族ともっと一緒に過ごせるなら、仕事は選ばない。

　オリンピアの乗組員で、聖人カールが結婚していることを知っている者はほとんどいなかった。機械の部品が引っかかって指がもぎ取られた船員の話を教訓に、ニシムラは結婚指輪をしていなかったのだ。夫のラリーについては、滅多に口にしない。トリニダード・トバゴ出身の黒人のラリーは、ニューヨーク州バッファローで専業主夫として、家で養子に迎えた子供五人の世話をしている。子供たちの生みの親たちは強盗に殺された。母親の方は、ニシムラの姉だ。なぜ彼はラリーのことをもっと他言しなかったのだろう？　自分たちがゲイだから、ではない。

三日前の夜、彼は酔った水夫たちに交じり、ホノルルのベニーズ・フラ・ハウスの屋外の席に座っていた。サーフィンをする女の子たちにポカンと口を開けて見とれていた彼らだったが、それに飽きると、ろれつが回らない口で、もうすぐ会える家族に関して自慢げに話し始めたのだ。聖人カールにとって、それは、ラリーと子供たち――アツコ、チヨ、ダイキ、ネオラ、ベア――について誇らしく語る絶好の機会だった。全くのしらふでなければ、そうしていただろう。たぶん、冷淡な父親から学んだことなのだが、自分の愛する誰かを、ある意味、殺しの訓練を受けた男たちの間で話題にするのはいつも不適切だと感じていた。

派遣されるたび、同じことが繰り返される。衣料バッグにきちんとしまわれた制服とともにビッグママに乗り込む際の彼は、波止場に立つラリーと子供たちに「いってらっしゃい」と手を振って見送られて目を潤ませるカール・ニシムラなのだが、半年後に下船する頃には、別のカール・ニシムラになっていた。家族を抱き締めつつ、自分が見知らぬ他人になった感覚を覚える。脚が震えるのは、船から降りても揺れを生じるマル・デ・デバルケメント症候群のせいなのか。もしくは、子供たちへのハグやキスの仕方、あるいは、ジェット燃料の移り香のない食べ物の食べ方を忘れてしまったのではないかと不安に駆られているからなのか。年ごと、月ごと、そして日ごとに、彼は、自分がどんどん劣悪なカール・ニシムラになっていく気がしていた。

「どうすれば、ここで自分を見失わずに済むでしょう？」は、ヴィーヴァース部隊最上級兵曹長の意見箱にぴったりの質問だ。軍の任務上、仕方ないとはいえ、己を偽って心を鬼にするのは本当に辛い。だから彼は、善意で救いの手を差し伸べる船員たちを敬遠し、最も優しい気持ちを家族のために取っておこうと決めた。

今回の配属で、航空管制所で飛行作業全般を監督する飛行部門の飛行長《エアボス》であるクレイ・スルチェウスキーと飛行次長《ミニボス》のウィリス・クライド＝マーテルは、友情のきっかけを与えてくれていた。我々と一緒にトランプをやるかい？　驚くほど素晴らしい葉巻を試さないか？　艦橋の細い通路《キャットウォーク》に座り、沈む夕陽が白波を染めるのを見るのはどうだ？

君は心を開かないのか——？

ニシムラはハンカチで唇を押さえ、ミリチャンプに「私は、五〇回目のDデイ祝典のため、旗艦で仕事をした」と返した。「厳格な船団編成だ。ポラード号のような現用状態ではなかったが、命令を無視して8の字を描き始めたフリゲート艦があった。ややもすると実害を及ぼす可能性があったよ」

「何が原因だった？」と、リベイロが問いかける。「信号が妨害されたとか？」

「人為的ミス」。ニシムラは軍服の内側で悪寒を覚えた。これほどゾッとする言葉はない。「結局、機関室にいた上等水兵《E—3》の仕業ということになった。ノルマンディ上陸作戦は政府のでっち上げだと信じていた奴だ」

「抗議行動のために、やったのか？」。レネハンが声を上げる。「マジかよ」

「聖人カールが『奇怪な噂』の答えをくれたな」と、ミリチャンプが息をついた。「今回のケースは、半年の派遣期間のほぼ最後に起きてる。ポラード号の誰かが〝セクション8〟行きになってもおかしくない。長くて辛い航海で我慢に我慢を重ねてきた若い連中には、自分たちがもうすぐ自由を取り戻せると気づき始め、感情の変化に対処できなくなる者もいる」

を指す。

「セクション8」とは、軍で使われる俗語で、精神的な理由で除隊することや、その対象となる兵士を指す。

「対応できる人間の方が少ないよ」と、レネハンは唸《うな》るように言った。

そこで沈黙が流れ、テレビから聞こえてくる話し声が、見事に彼らの会話の隙間を埋めていく。レネハンは危うく、ビッグママの船員の多くが考えているに違いないことを声に出しそうになる。ここ一〇日間、デヴィッド・ペイジ艦長は医務室のベッドに臥していた。半年の任務が無事に終わろうとしている中、どうにも奇妙な点だった。

設計上、いろいろと詰め込まれ過ぎている航空母艦であっても、確かにひとつくらいの秘密——自分たちの艦が実際に核を搭載しているのか否か——なら、受け流す心の余地はある、とニシムラは信じていた。しかし、その余地を超える何か、つまり、普段と様子があまりにも違うおかしな出来事が起きると、腐食性の酸のごとく広がっていってしまう。船では、噂は風邪よりも速く拡散するのだ。「ペイジ艦長が夜中に下着姿で出入り口を磨いていたらしい」「しかも、シェールの『ターン・バック・タイム』を歌い続けていたそうだ」「どうやらペイジ艦長は死にかけているって話だぞ」

面白いが、危険だ。巨大空母は、艦長への信頼のもと、この艦は大丈夫だという確信が船員に浸透し、全てが機能している。艦長に関するこうした噂は船員の不安を呼び、艦の安全性などを疑問視する者も出てくるだろう。そうした確信の低下は士気の低下を意味し、集中力の低下も意味する。全員が影響を受けかねないのだ。そもそも空母打撃群の指揮系統の序列は、その肩書き、格づけ、給与等級が示すほど複雑なものではない。空母打撃群の各艦に艦長が存在し、航空団司令官に加えて、そうした艦長らが空母打撃群の提督——この場合は、現在ヴィンディケーター号に乗船中のジェイミソン・ヴォー提督——に報告を行う。仮にオリンピア号の艦長が瀕死の状態だったならば、同艦搭載の多目的ヘリコプターMH－60Rシーホークが彼を陸地に搬送しているはずだ。ところが、どの報告を読んでも、ペイジ艦長は医務室で機敏に応答していた。単純に、彼は起き上がれないだけらしい。

ひと言で言えば、おかしな状況だ。ヒッケンルーパー号やポラード号の奇行と同等の異様さだ。上等兵曹食堂にいる全員が、同じことを考えているのだろう。ニシムラのテーブルを覆っていた静けさが他のテーブルにも広がり、背景に流れるテレビのざわめきが、まるで実際にその場で話されている言葉のように聞こえ始めていた。

〈ホワイトハウスのシェレンバーガー報道官が言及した文書のことは、皆さんもすでに聞いているはずですが、それが私のところにもメールで届きました。文書には、救助ステーションのリストが含まれていました。リー、これらの救助ステーションのリストを出してくれ。今すぐに、だ〉

海軍の艦船は、オープンチャンネル【設定した周波数のチャンネルを常時傍受】の受信機で二四時間ニュースを放送している。船員の多くにはお気に入りのレポーターがいて、船の騒音のせいか、ひいきの相手の声や話し方よりも肉体的な魅力にばかり注目していた。

男性陣の圧倒的多数が夢中になっていたのは、NBCのアフガニスタン特派員のアナリストだ。ニシムラには、ストレートの女性がどんなタイプを好むのかはよくわからないのだが、今、画面に映っている、髪をきれいに撫でつけた間抜けな男性キャスターが人気だとは、思いも寄らなかった。この容姿だけはいいキャスターの特徴は、船乗りが象徴する全てとは真逆に見える。彼の名前は確か、チャック・コルソだ。

今日のコルソは、いつもより見栄えが良くない。ネクタイは、誰かに引っ張られたかのように横にずれている。額には髪が抜けたような小さな痕ができ、そのすぐ下に、出血でもしたのか、赤黒い斑点があった。不安げな顔には、黒い影が何度も被さって不規則に動き、映像は異様にブレている。カメラが何かに押されているとしか思えない。画面を凝視しているうち、これまでかかったことのないような船酔いの感覚を覚えたニシムラは、ふと、キャスターのデスクのそばで揉み合いが起きているのではないか、と考えた。

　コルソの充血した目は、ノートパソコンに向けられている。

〈ご自宅でご覧の皆さん、もしくは、どこでこれを見ていても構わないのですが、視聴者の方々にお願いがあります。このリストには気をつけて対処してください。こうしたグールに関して、私たちは誰を信じていいのかわからなくなります〉

「今、『グール』って言わなかったか？」。安全管理者のウェイロン・レネハンが驚きの声を上げた。

〈文書によれば――〉と、コルソは続ける。〈『これは、急速に変化する事象だ』とあり、『連邦政府、州、地方が連携』し、世界保健機関《WHO》とともに『情報の流れを維持すべく』努めていく、と書かれています〉。そこでコルソは顔を上げた。〈これらは、全く意味がありません〉。そう告げるなり、彼は再び下を向く。〈大統領は『安全な場所で』この事態に関する定期的な状況説明を受けており、『国家能力の見直し』を行っているそうです。いやはや、皆さん、この言葉は不吉です〉

　暗号技術者のダレル・ミリチャンプが口を開いた。「これって、鳥インフルエンザ的な何かなのか？」

　ノートパソコンの画面を撫でる指の動きに合わせて首を動かしつつ、コルソはさらに話し続けた。

〈『国土安全保障……省庁間機関……迅速かつ効率的な対応……』〉。私たちがこれまで一〇〇回は耳にしたような表現が並んでいます。彼らは、私たちにあからさまなデタラメを言っているのです。では、私がなぜ知っているのか？〉。コルソは、チラつく影の原因となっているカメラレンズのすぐ下を指で差した。〈今、まさに私の目の前で起こっているから、わかるんです〉

「一体なんなんだ、これは？」。墜落事故救助部隊指揮官の上等兵曹、ロナルド・リベイロは、困惑を隠せない。

　落水事故発生の汽笛が鳴り響いたのは、そのときだった。ビッグママの船員たちが受ける訓練で、緊急招集訓練は相当厳しいもののひとつだ。しかも、今日の落水事故は、この二週間で前代未聞の三回目であり、WWNニュースのお粗末なキャスターの生放送中の放送事故には興味を引かれたものの、船員たちの脳は、パブロフの犬のごとく瞬時に招集に反応した。ニシムラは椅子から勢いよく立ち上がり、船尾に急ぐ。皆の俊敏な動きで食器が落ち、コーヒーカップが乱暴に放置される様子が、ガチャガチャと鳴る音だけでわかった。

　海に落ちた船員が深い場所まで沈んでしまうのは、恐ろしい事態だ。そして、そうした悲劇を船員が偽るのも、同じくらい恐ろしいことだ。しかしハシゴにたどり着いたカール・ニシムラは、本艦配属半年の船員らしい軽快な足取りでステップを駆け上がっていくとき、安堵で身震いをする自分に気づいた。今、ヴィーヴァースの意見箱に何かを入れられるなら、家に帰るまで次々に何かしら起きて、招集命令を出し続けてほしいと要求しただろう。船員たちは最悪の事態に備えて訓練を受けるが、これは、まさしくその類いの出来事だ。チャック・コルソが露わにした衝撃と解き放った恐怖のようなものを、ニシムラはいつでも受け入れられるようにしてきたのだった。

ただのジェニー

飛行隊の各隊員は、コールサインを与えられている。いわゆるニックネームなのだが、軽んじられることはない。コールサインは慣例であり、隊員として必要なものだ。FNG（Fucking《ファッキング》 New《ニュー》 Guy《ガイ》/Girl《ガール》）と呼ばれる研修トレーニングを終えたばかりの新入りが、公式文書の記録には残らない、馬鹿げた忌々しい〝式典〟で授けられる名前である。式典では、命名者となる先輩の飛行隊パイロットに〝賄賂〟を渡し、皆がニヤニヤしながら見守る前で、「お願いですから、変な呼び名にしないでください」と必死で訴えるのだが、コールサインがもらって嬉しい名前になることは滅多になく、通常は、隊員のネガティブな性格や悪名高い失敗を示唆していることがほとんどだ。しかしコールサインは、短所や失敗を含めて、その隊員が部隊に受け入れられたことを意味する。そして、皆にコールサインで呼ばれるようになり、乗り込む飛行機にもステンシルでコールサインが記されるのだ。

ジェニーは、飛行機に自分の〝名前〟が描かれるのを夢見ていた。

「レックス（Rex）」——衝突事故を指す「レックス（wrecks）」と同じ発音で別の綴り。何度も車を破損させている車乗りに付けられた名。

「ティッツ」——「おっぱい」の意味だが、発達し過ぎた胸筋を持ついい奴の意味。

「マクドナルズ」――オーストラリアの上陸許可時、マクドナルドの床に脱糞したという恥ずかしい過去から命名。

「トーチ」――飛行機着艦前、飛行甲板に放出弁からの燃料を撒き散らし、火事を起こしたという大失敗の経験が由来。

ジェニファー・アンジェリーズ・ペイガンの呼び名《コールサイン》は、「ジェニー」だった。つまり、彼女にコールサインはない。それは、彼女の祖母のお気に入りの映画『オズの魔法使』を思い出させる。主人公ドロシーの相棒たちは完璧な能力を持っているのに、オズの大魔法使いに認められることを切望しているからだ。「赤い蛇たち」を意味する「レッド・サーペンツ」の名を持つ飛行隊で、コールサインを付けてもらっていないFNGは、ジェニーだけだった。同隊には、彼女以外にもプエルトルコ人がいるが、彼女が唯一の女性隊員。とはいえ、コールサインの命名が遅れているのは、自分が女性だからだとは思いたくなかったが、果たしてどうなのか。軍という男社会では、彼女はいつもそんな目に遭う。乗船しているどの女性も似たような目に遭うのだ。

ジェニファー、すなわち、ただのジェニーは、三件目の落水者警報が発令されたことを真っ先に知った船員のひとりだった。彼女は、「ハゲタカの列」を意味する「ヴァルチャーズ・ロウ」と呼ばれる場所にいた。ここは、空母の管制塔にあたるプライマリー・フライト・コントロール（通称プリフライ）のすぐ上のキャットウォークで、ジェット燃料の霞《かすみ》越しに、四五メートル上から飛行甲板の様子を眺めることができる。冷たい雨が降りしきる中でも、作戦従事頻度《オプテンポ》は高く、ジェット《J》・ブラスト《B》・ディフレクター《D》〔ジェットエンジンの高温の排気ガスから作業員や後続機などを保護するため、飛行甲板に設置されている壁〕が起き上がり、カタパルトが飛び出し、全四基のエレベーターが格納庫甲板から飛行機を上昇させてくる。

たまたまジェニーの真下には、艦橋構造物のマストから掲揚できる旗の入った筒があった。船員が、その容器から赤と黄色の旗を抜き出している。「落水者あり」を示す旗だ。自分が他の誰よりも先に悪い知らせを知ることに胸騒ぎを覚え、彼女は両手で手すりをグッと握った。フライトオペレーションを突然中止すると、飛行甲板は何が起こるかわからない不安定な状況に陥るのが常で、危険な事態を引き起こしかねない。

眼下の甲板上は、インディアナポリスの自動車レース「インディ500」並みの大音量の騒音であふれている。飛行作業員は、轟音から耳を守るためにヘッドホンを装着しているので、仕事はハンドサインに頼るしかない。そして当然ながら、汽笛は聞こえないはずだ。発着艦態勢に入ったジェット機には細心の注意が必要で、飛行甲板で何か手違いでもあろうものなら、死者を出すケースもあるのだ。

汽笛が鳴り始めた。辺りをよく見ようと、ジェニーが手すりから身を乗り出した途端、雨で髪がびしょ濡れになる。甲板面積四・五エーカーの艦の周囲を取り囲む水に目を凝らし、落水者を知らせる発光シグナルであるケミカルライト――通称「ケムライト」を探す。甲板の縁にはネットが張られており、海に落ちにくい構造ではあったが、落下が一〇〇パーセント防げるわけではない。空母はよく、世界で最も危険な職場だと言われる。高温のジェット噴射は、甲板作業員を約一五メートル下のサメがうようよいる水に放り込むかもしれない。そこまで劇的な事例でなくても、ハーネスのバックルをきちんと留めずに艦橋の外で窓掃除をし、濡れた鉄の上で滑ってしまうこともあり得る。

あらゆるものが濡れていた。最近の天候は過酷で、ジェニーほどそれを知っている人間はいない。寝床で寝る代わりに、疲れ果てて目の痛みを感じながらも、ヴァルチャーズ・ロウなる高所にいたのは、天気のせいだ。昨夜――まだ数時間前のことだが、タールのようにボトボト降る雨の中の着艦で、彼女は人生最悪の訓練失敗を経験した。実際、あんなひどい失敗例を聞いたことがない。

起きたばかりのことで、詳細を思い出すのはあまりにも生々しく辛い。着艦の失態が、生セメントのようにずしりと全身にのしかかり、ユニフォームのレッド・サーペンツ飛行隊のワッペンもマンホールの蓋のように重く感じられる。悲嘆に暮れた彼女は、こうしてアイランドのハシゴを昇り、空母の一日の始まりを眺めていたのだ。ここで最初に彼女が目にしたのは、飛行作業員が「FODウォーク」をしている姿だった。FOD（Foreign Object Debris）とは、石、部品、工具類など、機体に損傷を与えかねない異物のこと。甲板上の誰もが、自分の主要任務の仕事の手を止めて参加しなければならない作業で、一日数回繰り返し行われる。一直線に並んだ彼らは、黒いバイザーを持ち上げて目を凝らし、つま先に鉄心が入ったブーツでゆっくりと前進しつつ、微小な破片までも甲板から取り除く。万が一ジェット機の吸気口《インテーク》に吸い込まれようがものなら、七〇万ドルの機体が数秒で壊れる可能性がある――言うまでもなく、それを操縦する哺乳類の方がずっと安価だ。

ジェニーはFODウォークが大好きだった。飛行機で飛ぶ以外に、唯一、彼女が心から楽しんでいる海軍の仕事かもしれない。これは、給与等級や格づけという暗い縞模様《ストライプ》が、明るいスペクトルに変わった稀な時間だった。どの船員も、普段の仕事内容によって着るベストなどが色分けされているが、皆が同じ目的で同じことを同じペースで一緒に行うFODウォークの間は、階級、性別、人種も含め、そうした区別が魔法のように消えてしまう。

FODウォークの時間が永遠に続けばいいのに。下の甲板に降りた瞬間に、とてつもない着艦失敗を犯したジェニーに、レッド・サーペンツの副隊長が飛行制限を出し、彼女の名前をフライトスケジュール表から消してしまうのではないか。そんな予感がする。こうした制限は、下士官にとっては致命的な打撃になりかねない。ただでさえ、下士官は飛行できる時間が少なすぎるのだから。せっかく糸を何回も巻いてようやく球を作ったのに、その糸がほどけていくような感じだ。あと二回ほど制限を喰らえば、単調でつまらない懲罰作業すらできず、罪人の一時拘留場所である営倉《ブリッグ》行きだろう。

そういった汚点が、自分の軍人としてのキャリアにどのような影響を与えるのか、ジェニーには全く見当がつかない。彼女は気分が悪くなった。レッド・サーペンツの仲間の前で恥をかかせられたとしたら、さらにタチが悪い。この船で、女性は七対一の少数派。しかも多くの男性が、「文字通りタマがなければ居場所がない」と考えている。「やっぱり、これだから女は」と彼らの仮説を裏づけてしまう可能性に、心が打ち砕かれた。涙があふれた目が、ジェット燃料でチクチクと痛む。だが、雨が涙を隠してくれるのはありがたかった。泣くのは、弱さのさらなる証に過ぎないからだ。

長い間、男たちのゲームに参加しようと頑張ってきた。最初は、飛行隊で下働きをさせられる下っ端のSLJO（Shitty Little Jobs Officer「細々とした雑役を任される下士官」）として指示を待ち、基礎訓練で経験を積みながら、足の先まで赤くなるほど卑猥な会話にも耐えてきた。いろいろな本によれば、それはもはやハラスメントらしい。とはいえ、ハラスメントを報告すれば、あっという間に一〇〇人の敵を作ることになる。

もちろん、言葉によるハラスメントだけではない。男たちはわざと何か作業をする彼女のすぐ背後に立ったりして、彼女がうっかり後ろの相手にぶつかる瞬間を待ち、その手で彼女を支えて方向転換させる口実を自らに与えるのだ。無理やりキスをされたり、身体をまさぐられたりしたときは、手首で相手を押しのけてもがき、実際に取っ組み合いの喧嘩にならないように苦心した。〝手首戦術〟で対処するなんて、考えるだけで自分がほとほと嫌になる。手首だけで自衛する男は皆無なのに。

ジェニーがオリンピア号に、海軍の人間が「ナゲット」と呼ぶ初配備の新人パイロットとして初めて乗艦した際、もっといい状況を期待していたのだが、期待は叶えられなかった。飛行隊の乗員待機室は、最も失望が大きかった場所だ。彼女は待機室を見るのを楽しみにしていた。数ある艦のルールから解放される空間として知られており、レッド・サーペンツの部屋には、テーブルサッカーゲーム、ポップコーンマシーンをはじめとする設備が揃っている。

　さらには、故郷の妻や恋人らの写真がたくさん貼られた「スイートハート・ウォール（愛しい人の壁）」と呼ばれる壁もあった。そこには例外的な写真も交ざっており、見ていて気まずくなったのは、セクシーな写真の数々だ。ランジェリーやビキニ姿、あるいは泡をまとったモデルたちの雑誌の切り抜きで、自分の帰還を待つ女性がいないパイロットたちから寄せられたものらしい。ジェニーはいつだって、冷静でいようと努めてきた。しかし、仲間たちの視線がスイートハート・ウォールから滑って彼女に向けられたとき、たとえ、そのしぐさに何も意味がないのだとしても、自分の肌はフライトスーツに値しないと感じ、手首戦術を想定して腕を上げてしまうのだった。

　大失敗をやらかした今、そこに自撮りのセクシー写真でも貼った方がいいかもしれない。彼女は正式に、以前は、まさかなるわけがないと思っていた何か――ふさわしくないもの――になるのだ。ほどなく全員がそれを知るだろう。自分は甲板作業員を危険に晒《さら》した。「落水者あり」を三度も捏造し続けるどこかの馬鹿と、なんら変わらない。キャットウォークから身を投げ、肉体がバラバラ――まさしく「新人パイロットの肉塊《ナゲットオブナゲット》」――になって、次のFODウォークで片づけられる姿を想像した。

　六回目、そして最後の汽笛に、ジェニーの背骨は音叉《おんさ》のごとく共鳴した。招集の時間だ。最低でも、それに失敗するわけにはいかない。自分はコールサインがなくて当然だ。自分はジェニー。デトロイト出身のただの平凡なジェニー。もしかしたら、飛行機に描かれた自分の名前を見ることはないのかもしれない。

それは自分たちのせい

三分経過。四分経過。五分経過。慣例として、下り、すなわち船尾に向かう場合は左舷側、上り、つまり船首に向かう場合は右舷側を進むことになっていたので、船員たちは、全速力で走っていたとしてもそれを守る。ビッグママに慣れ親しんだ半年の成果で、皆、本能的にパイプの下で身を屈め、開いている水密扉を通り抜けるのに、足元三〇センチの高さの下縁をひょいと飛び越えるようになっていた。六分が経過するまでに招集場所に到着した船員たちは、チェックリストを挟んだクリップボードを手にした将校に声をかけていく。二人か三人、船員が行方不明《MIA》で、彼らの不在が実際のパニックを引き起こし、ブライス・ピート副艦長の更新情報に反映された。

ニシムラの招集地点は、彼がほとんどの時間を過ごしてきた場所と同じ、航海艦橋だった。それは、甲板を見下ろす七階建ての展望塔――アイランド――の六階に位置する。到着したとき、彼のカーキ色のユニフォームは、雨に濡れて二倍ほど暗い色になっていた。とはいえ、ピート副艦長の行方不明者リストが二名に減った時点でも、ニシムラは、まだ表面的な落ち着きを保っている。〈次の者は、IDカードを持って後甲板に報告せよ。補給部門の電子技師二等兵曹《ET2》ザール、飛行部門の航空機械工空兵《ADAN》アルテブランド！〉

海軍士官にはふさわしくない、恥ずべきことだとニシムラは承知していたが、彼は、航海艦橋のすぐ後方にある海図室のテレビをどうしても覗かずにはいられなかった。航海士たちの顔を見れば、彼らもテレビに目が釘づけになっているのがわかる。

〈七分経過〉。1MCがパチパチと音を立て、そう告げた。経過時間のカウントは決して止まることはなく、人類の時代は、一〇月二四日の前と後で永遠に分かれてしまうという気が滅入るような確信が、ニシムラに突き刺さる。一〇〇分経過、一〇〇〇分経過、一〇〇万分経過——。

電子技師のザールは見つかった。単純な数え間違いだったらしい。航空機械工のアルテブランドは経過時間一〇分でようやく現れ、行方不明者はいない事実が判明。これで事態は面白くなった。ピート副艦長が1MCで、三回もデマを流した船員に復讐を誓ったのだ。ペイジ艦長が医務室にこもったままで、当直将校が席を外していたため、ニシムラは目下のところ、ここでは自分が実質的な指揮官の立場になったのだと気づく。航海艦橋の作業員たちは、用心深げにこちらを見ており、でっち上げられた落水案件が、本日最大の問題だとわかっているような表情をしている。

ニシムラは海図に顔を向け、座標を記録し始めた。だが、ついついチャック・コルソのニュースのことを考えてしまう。イカれたWWNのキャスターの話を受け入れたとして、自分の口からどう話せばいいのか。しかめ面をする自分の顔が、船員たちが「ザ・グロウ《輝く光》」と呼ぶものになっていく気がする。それは、「聖人《セイント》カール」や「ニシムラ・ディレイ」と同様に、やはりニシムラを揶揄《やゆ》する言葉で、もちろん彼自身も知っていた。オーストラリアで酔った船員が、ニシムラをかつてそう表現したのが、発端だ。ニシムラの四三年分のシワ全てがパッと消え、顔がコブラのごとく艶々と光り出したかと思うや、聖人が悪魔になった——船員はそう語った。

「サー、発言の許可をお願いします」

その声を聞いた途端、ニシムラの顔の輝きはグッと強さを増し、頬が歯茎を圧迫するのを感じるほどになる。恨みを抱くのはプロらしくないと、半年の間、彼は敵意と闘ってきた。

掌帆手《しょうはんしゅ》のトミー・ヘンストロム。ニシムラは、己にライバルを据えることを良しとしていなかった。万が一ライバルを持つとしても、洟垂らしの三等兵曹《PO3》ではなく、自分の給与等級より上位の誰かを望んだだろう。ところが、夜、寝床に就くと、遠回しな物言いや間接的な態度で陰湿なダメージを与えてくる受動的攻撃行動の達人、ヘンストロムのことで頭がいっぱいになるのだった。

　ヘンストロムは、どんなに簡単な命令であろうと、それに楯突く道を見つける。ニシムラは、ヘンストロムについての報告書を提出しようと、何度思ったかわからない。降格処分にして、相手の階級章からストライプを減らしてやりたかったが、毎回、二の足を踏んだ。ヘンストロムはわがままで、横柄で、反抗的だが、月並みな違反を犯すまでには至らない。しかも、この三等兵曹は、処分を不服として上司に文句を言って却下されても引き下がらず、処分取り消しになるまで、どんどん命令系統の上の人間に訴えていく可能性があった。海軍勤続二〇年まであとわずかのニシムラは、己の退役を台無しにするようなストレスを抱える必要はない。「退役」は、二〇年以上勤め上げた軍人がリタイアする場合の言葉で、それ未満であれば「除隊」扱いとなる。晴れて退役した軍人は、一生、月々の年金がもらえて軍の健康保険も継続して使えるなどのメリットがあるが、例えば勤続一九年では、戦傷病者であるといった一定の条件を満たしていない限り、そうした手当は皆無なのだ。

「許可する」と、彼は答えた。

　ヘンストロムはニシムラの確認用コンピューターに視線を向け、大げさに眉間にシワを寄せる。

「最後の数字は、９ではないでしょうか？」

「ああ。９だな。19になるべきだからな」

「サー、8と表示されてます。18になってますよ」

ニシムラが画面をチェックしたとき、柔らかな鐘の音が七回鳴った。まだ午前七時。ウェイロン・レネハンが言いがちな表現をすると、その日の計画《POD》が、これほど早く〝はち切れた〟ことは今までなかった。つまり、早々に予定が狂ってしまったわけだ。案の定、ニシムラは桁を間違えて数字を入力していた。今までのキャリアで、こんなミスをしたのは初めてで、よりにもよって、それがヘンストロムの前で起きてしまった。顔の火照り《ザグロウ》が増し、頭部が今にも溶け出しそうに感じる。顔を上げた彼の目は、ちょうどヘンストロムが見張り番のひとりであるダイアン・ラングに、片眉を上げて嘲《あざけ》るような表情をしてみせた瞬間を捉えた。

そんなこともつゆ知らず、ヘンストロムはわざとらしく顔を歪め、ニシムラの気持ちを慮《おもんぱか》るふりをしている。「サー、あなたは正しかったはずです。誤作動か何かでしょう。ヒッケンルーパー号に影響を与えたのと同じ事象かもしれませんよね？」

睨みつけていると思われないように注意しつつ、ニシムラはヘンストロムをじっと見つめる。これもまた、「ニシムラ・ディレイ」の態度だ。とはいえ今回は、自分自身を探るためにわざとそうした。自分はミスを犯した。なぜか。理由は、テレビから流れるニュースに気を取られていたからだ。彼の中で、何かが引っかかっていた。海軍のマニュアルには明記されていないが、船員の直感が最も信頼できるバロメーターである。

彼は雨と汗で濡れた顔を袖で拭《ぬぐ》い、テレビに向かってうなずいた。

「ボリュームを上げてくれ」

当直の操舵手であるウィルバート・レッグが、ほどなく音量を最大限にした。

〈戒厳令――〉と、キャスターのチャック・コルソが言う。

艦橋にいるどの船員も、ニシムラと同じように身震いしたのがわかった。

〈それが、我々の記者たちが目撃しているものです〉と、コルソは続ける。〈州兵、地元警察、さらにはボランティアの民兵までもが、この国家の非常事態に対応しています。我々の記者――まだ残っている彼ら――と話すと、皆、当局からの同じ言葉を繰り返し引用します。頭の中にこびりついているんでしょう。残念ながら、今後も変わらないと思います。攻撃的。理性を失っている。思考力がない。コミュニケーション不能。これらが、グールを表現するのに使われている言葉です〉

「グール――」。ニシムラは、思わずコルソが言った単語を繰り返していた。

「それ、彼がさっきからずっと言ってる言葉ですよ」と、ヘンストロムは自慢げに告げた。「どうやら、グールが食べているのって――」

「ヘンストロム、黙って」。ラングは気分が悪そうな口調だった。

「食べてる？　何を？」と、訊ねるニシムラに、ラングは「サー、これ、どうせ大げさに言われてるだけですよ」と言った。いや、彼女は訴えたのだ。

ニシムラは、彼女の言わんとしている意味を察した。ニュースによってでっち上げられた話の数々。口論する各党、各派の妄信的な支持者たちが映る、テレビドラマ『ゆかいなブレディ一家』のオープニングのように分割された画面。内容が下劣であればあるほど、より多くの視聴者が悪辣《あくらつ》な何かを求める己の本能に屈する。何十年にもわたってオオカミ少年的な誇張表現をしてきたために、視聴者は、実際に大惨事が起きる可能性に対してすっかり感覚が麻痺してしまっていたのだ。落水事故のデマが繰り返されるうち、オリンピア号の船員たちが「またか」と思い、真剣に捉えなくなっている今の状況と同じではないか。しかしながら、チャック・コルソの声にはハリがない。いつものキャスター然とした作られた話し方ではなく、素のままに話している感じだ。

〈政府の対応は、非常に混乱した形で展開されています。我々の記者の取材によれば、いわゆる〝通常の人間〟は誰で、グールは誰なのかが明確ではないがために、対応が混乱しているケースがほとんどのようです。皆さん、単刀直入に言いますが、今、起きているのは、市民が、同じような市民に殺されている、という状況です〉

「数時間は、大騒ぎになるでしょうね」と、ラングは主張した。「でも、それだけですよ」

コルソを見れば、ラングの言い分とは逆のことが真実だとわかる。コルソの表情は、発艦に失敗して九万五〇〇〇トンの鋼鉄製空母の進路、すなわち海へと突進した後、水から救出されるパイロットのそれと同じだ、とニシムラは気づいた。世の中の自然法則がいかに簡単に自分に手のひらを返すかを悟り、裏切られたとショックを受ける小さな子供のような顔だった。

〈これは、我々が、何者で、あるか、という、問題では、ありません〉。コルソは、言葉を区切るたびにデスクを叩いた。〈銃を手にして街路に繰り出そうとしている皆さんにお願いします。これをいい機会だと思わないでください。我々をさらに引き裂いてしまうような表現を使わずに、どう言えばいいのかわかりません。だから率直に言います。人を撃つために外に出ないでください。いいですね？全国的にリンチが広がる事態になれば、次に何が起きようが、もうグールのせいではなくなります。わかりましたか？　グールじゃなく、自分たちのせいになってしまう。我々人間だけの〉

「なぜ海軍はこのことを知らないんだ？」。ヘンストロムが大声で言った。「これが事実なら、どうして誰も伝えてこない？」

「ペイジ艦長は体調を崩している」と、ニシムラが答える。

「なら、ヴォー提督がいる！」

「提督はヴィンディケーター号だ」

ヘンストロムはクルリと回転し、その場にいた全員に己の不信感を見せつけた。

「じゃあ、どうして連絡してこない？　こちらになんの説明もない理由は？」

「口の利き方をわきまえろ。『サー』は？」。ニシムラは敬意を示さない相手の物言いを諭そうとしたが、その声は海に残る航跡よりもか細くなってしまう。実は、ヴィンディケーターの名を口にする数秒前、彼はそのミサイル巡洋艦に視線を向けていた。レーダー付近から煙が上がっていたのだ。

〈攻撃的。理性を失っている。思考力がない。コミュニケーション不能〉と、コルソは繰り返す。〈この言葉は、グールを表現するのに使われているわけですが、聞き覚えがありますよね？　この国の大勢は、力ある人々からそのように呼ばれてきました。小槌を持つ裁判官や銃を持つ警官から。そしてこの状況下で、権力者たちは、我々の取材班にどんなアドバイスをしたのか？　動けなくすること。四肢を切断すること。火を点けること。彼らが私たちに言っているのは、グールたちの強さは、その数にあるということです。では、私たちの強さとは？　私たちの強さも、数ではないんでしょうか？〉

汗を拭ったコルソは、血でも付着しているかのように手のひらを見た。

〈絶対に防がないと。自分たちが……〉。コルソは涙声になり、言葉を詰まらせる。〈なんて言えばいいのか……もっと悪い何かに変わってしまうのを〉

「生物兵器に違いない！」と、ヘンストロムは言い放った。「このまま黙って見ているわけにはいかない！」

「生物兵器だとして、どうやって病原体を一斉にあちこちにばら撒けるんだ？」と、ニシムラは冷静な口調で問いただす。「その手のものなら、国土安全保障省が教えてくれるはずだ。彼らは──」

「教えない！　どうせ誰も我々に、何も教えないんだ！」

「ヘンストロム掌帆手、この場の指揮官は、私だ。敬称を忘れるな！」

ニシムラの怒声は、顔を割って放たれる輝く光のごとく響いた。初めて、ザ・グロウが輝く光らしく感じられる。発火した琥珀。やがてその炎は彼を包み込む。高熱で唇は硬化して縮こまり、歯を剝き出しにしていく。彼の耳が捉えたシューッという音は、その場にいた船員たちがショックで息を呑んだ音だった。

「三等兵曹、もう一度私の言葉を遮ったら、憲兵をここに呼び、君をサンディエゴ造船所に送って監房練にぶち込むぞ。ヘンストロム掌帆手、わかったか？」

ヘンストロムは、周りにいた船員たちと同じくらい白い顔だったが、それが紅潮してピンク色になり、どんどん真っ赤になっていった。もはや深紅を通り越して、汗まみれの紫色だ。両の手は身体の脇で固く握られ、全身が出産中の女性のように力んでいるのがわかる。産み出される結果は、虚しさの塊。行き場のない静かな怒りだ。

「イエス、サー」。ヘンストロムは唸《うな》るように返事をした。

自身の顔色の変化を見られるのを恐れたニシムラは、横を向く。第一に、自分は珍しく技術的なミスを犯した。第二に、もっと珍しいことに、声を荒らげたのだ。一体どうしたというのか？　昨夜は嵐で、ある新人が着艦ミスをやらかして騒がしかったものの、彼はぐっすり眠れた。いつもそうだ。絶対に、悪夢や睡眠不足が招いた結果ではない。身を屈めて艦の舵輪に寄りかかり、彼は甲板を見つめた。また飛行機が走行している。パイロットたちは嵐など恐れていない。

9・11同時多発テロ発生時、ニシムラはCVN–74、空母ジョン・C・ステニスに配属されていた。アラビア海を目指して疾走していくあの感覚は、一生忘れることはないだろう。当時と同じ指示が、すぐに発令されないとおかしい。チャック・コルソの判断が正しければ、アメリカは攻撃を受けている状態だ。ニシムラは、この有事を受け、ペイジ艦長が医務室から飛び出して階下の航海艦橋に現れる姿を期待した。そして、艦長はこう叫ぶ。

三〇ノット！

ところが、それは起こらなかった。今後も起こらないままだろう。国土安全保障省、太平洋軍《CINC》総司令官《PAC》、ペイジ艦長、もしくはヴォー提督からの指示がなければ、ニシムラはルールに則り、ガイドラインに沿って、「ニシムラ・ディレイ」を発動させる以外に選択肢はない。彼は咳払いをした。声が上ずったり、かすれたりするのは避けたいが、大声を張り上げて話をするのは、己のキャリアでもこれが二回目なのだ。しかし、やらねばならぬ。己の船員たちのため、己の国のために。

「ラング、いいか。甲板では通常発着艦《CTOL》を続行させろ。着艦は、三番目のアレスティング・ワイヤーにフックを引っかけろ。完璧な着艦《OK—3》以外は見たくない！ 誰か、航空管制所に連絡しろ！ ヘンストロム、艦首風上だ。本艦を着実に航行させろ！ 操舵手、どう思う？ 当直将校を起こせるか？ 運が良ければ、トイレで見つかるかもしれん」

悪くない。ニシムラは胸の中でつぶやく。かなりいい感じだ。

双眼鏡で水平線をチェックし始めたが、心の目が捉えたのは、夫ラリーの顔だった。ニシムラが派遣先に出発するとき、ラリーは悲しさを無理に隠そうとはしない。次に、子供たちの顔が見えた。末っ子のベアの困ったような表情から、ニシムラ同様に、どんどん心が頑なになっていった一番上のアツコの冷ややかな侮蔑のまなざしまで、五人が順番に浮かんでは消えていく。より良いカール・ニシムラになるべく、自分はこの事態を乗り切らねばならない。そして、バッファローの自宅に帰るのだ。もちろん、グールがすでに乗艦していなければ、の話だが。言うまでもなく、それはあり得ないだろう。

愛は海

ハワイ・アリューシャン標準時、一一時一五分、庶務下士官一等水兵のジーン・コッブと、製鋼工のエドムンド・〝スカッド〟・ブレイキーのふたり――前者は電子部門の事務仕事をサボり、後者は床掃除を放置――は、船首左舷の巻き上げ機《ウィンチ》室にある使用停止中の男子トイレで、激しい性交渉の真っ只中にいた。ジーンは、腰から下は何も纏《まと》っておらず、靴、靴下、スラックス、下着は、タオルディスペンサーの下に積まれてある。スカッドは靴を履いたままだった。スラックスと下着は足首まで下げられ、腰を振るたびベルトのバックルがカチャカチャと音を立てている。

この行為は、「本艦での恋愛、肉体関係は禁止」という厳格な規則の重大違反だ。空母の狭い空間に閉じ込められる暮らしでは、関係がこじれてしまうと修羅場と化す危険を孕む。捕まれば、減給だけでなく、降格処分もあり得る。将校たちは、ことあるごとに口うるさく注意をし、船員たちが忘れぬよう、このトイレのすぐ外を含め、至るところにラミネート加工をされた「本艦での船員間の愛情表現は固く禁じられています」という貼り紙がなされている。

もちろん、逢瀬を重ねる者はいた。リネン室や乾燥食品庫などは、夜間に通路が赤い照明で緋色に染まるため、「レッドライト・スペシャル」なるランデヴーに格好の場所となっている。海軍は、愛以外ならなんでも制限できるかもしれない。スカッドがジーンとセックスをするたび、彼は愛を誓い、彼女は喘《あえ》ぎ声で同意した。海軍がオリンピア号ならば、愛は海。計り知れないほどパワフルで、軍隊全て、文明全体を丸呑みにすることができる。

スカッドとジーンは、今回、オリンピア号に派遣されて初めて出会ったのだが、互いが、それまでの人生でずっと探していた運命の相手だと気づいてしまう。ふたりは、ロミオとジュリエットを演じるかのような状況に陥った。海軍のガイドラインとそれぞれの家族の両方に背く、禁断の不倫愛。海軍の船で違法に行われる情事。バレたら、どちらからも非難されることになり、彼らは軍を追放され、家族からは縁を切られるだろう。

この庶務下士官と製鋼工は、廊下ですれ違うたびに意識し、やがて胸を焦がし、悲痛な思いを綴ったメモを交換するようになった。そして可能な限り、すばやく身体を重ね、息を切らし合った。汗ばむ髪に顔を寄せ、この愛を否定するくらいなら、不名誉除隊になったり、軍法会議にかけられたり、詰め腹を切らされたりする方がまだマシだとささやく。ライターの火で滅菌した折りたたみナイフで上腕に互いの名前を彫り合い、相手の血を舐めてから、ふたりの血が混じり合うようにキスをして、塩辛い誓いを交わした。

スカッドはジーンのシャツの下で手を上に滑らせようとしたが、彼女の腹部周りの布地がきつすぎた。四ヶ月前、レッドライト・スペシャルのどれかでジーンは妊娠してしまった。知れば家族は激怒するはずだが、彼らはそれでもいいと大いに喜んだ。ジーンは、ボタンが弾けるのも気にせず、乱暴にシャツを開く。服装規定の違反など、もうどうでもいい。スカッドの製鋼工らしいゴワゴワした手のひらに柔らかな腹を撫でられたジーンは、彼の局部が自分の中に入って赤ん坊の近くにある様子を思い描き、ふたつの意味で満たされていると感じた。このまま三人で死ななければならないとしたら、最高だ。これ以上の死に方は想像できない。

　ジーンとスカッドは、ビッグママでチャック・コルソの放送をいち早く見たうちのふたりだ。コルソのニュースが、彼らがある決断をする後押しをした。その決断だが、実は、別々に思いついていた。自分たちの持ち場を離れ、目下の秘密の待ち合わせ場所で落ち合うと、彼らは喘ぎ、口づけながら計画を打ち明けた。そして奇遇にも、互いに同じ計画を考えついていたことがわかったのだ。早速、実行に移すことにしたものの、必要な品物を掻き集めるわずか一時間でも、離れ離れになるのは拷問に等しかった。

　スカッドのタスクは、ふたつあるうちの厄介な方だ。本艦の上級上等兵曹のひとりが、最近、パーキンソン病の診断を受け、サンディエゴで下艦することになった。その治療に用いられる骨格筋弛緩薬のノルフレックス——痙攣を軽減し、引きつりを起こす神経を和らげる鎮静剤——が、医務室にストックされているはずだ。スカッドのリサーチによれば、過剰摂取で確実に死に至るという。ここで、スカッドの一時的任務割り当て《TAD》のステータスが役に立った。医務室も床のモップがけが必要で、今日は、等級外の人間の出入りは記録されていない。ノルフレックスを持ち出すのは簡単だ。

　トイレに戻る途中、スカッドは有り金をはたいて、艦内売店が扱う最も風変わりな品——婚約指輪——を買った。

　ジーンはシャツのボタンが取れた部分を隠しつつ、オアフ島のワイパフ市で選んだパイナップル・ウイスキーのボトルを取ってきた。アルコール所持で捕まれば、五〇パーセントの減給二ヶ月を喰らうものの、多くの水兵（そしてほぼパイロットの全員）が隠し持っている。

　ふたりは再び落ち合う。スカッドが指輪をジーンの指に嵌めると、彼女は泣いた。彼らは酒を飲み、ノルフレックスのアンプルを並べ、酒を飲み、胸をはだけ、酒を飲み、セックスをし、注射器を薬液で満たし、またセックスをし、勇気を出すためにさらにダラダラと酒を飲んだ。唇や首にウイスキーを垂らすと、皮膚がチクチクと痛む。ジーンはスカッドの胸を流れるウイスキーを吸い、スカッドは、ジーンの安物の指輪を濡らすウイスキーを舐めた。

ジーンは、スカッドの美しく丸みを帯びた肩に注射を打った。目一杯充塡《じゅうてん》されたノルフレックスが、彼の中に入っていく。スカッドは同じ量を、ジーンの長く滑らかな太ももに注射した。

どちらも絶頂に達しなかった。どちらも気にしなかった。異なる類いの絶頂が彼らを襲う。血管内のノルフレックスは、喉に落ちていくパイナップル・ウイスキーとほぼ同じ感覚だ。筋肉が緩んでいく。スカッド自身の昂《たかぶ》りは、安堵のため息のように和らいだ。立っていられなくなったジーンの両脚は、崩れ落ちた身体の下で折りたたまれ、心地よく重なっている。もはや絡み合うというより、混じり合う感覚だ。ひとつの身体で三人分の心臓が鼓動し、一拍ごとに弱くなっていく。

「ねえ、今の……感じた？」。ジーンが口ごもりながら訊ねた。

「これ……って……」。スカッドの声が小さくなる。

赤ん坊が初めて腹を蹴ったのだ。もうすぐ死が誕生を迎える。

朦朧《もうろう》とする意識の中、スカッドとジーンは、ふたりと子供が融合していく感じを味わいつつ、自分たちの愛が歴史上、いかに独特なものだったかを、畏敬の念を込めてささやき合った。彼ら以前にも、一〇億もの真実の愛の同じ誤謬《ごびゅう》が存在し、その全員が、自分たちの性交は、チンパンジー、犬、ネズミのそれよりも重要だと信じていただろう。スカッドとジーンは、この反抗的な死が、世界にひとつかふたつ何かを示すはずだと確信しながら死んだ。だが、彼らが世界に示すのではなく、それを示したのは世界の方だった。彼らの死は美しいどころか醜悪で、あっという間に済むどころかダラダラと時間がかかり、ふたりの予想とはほど遠いものだったのだ。

ゴーレム

ジェニーは自分のブーツを見つめていた。パイロットが履く茶色いブーツ。これは伝統だ。パイロット自体が「ブラウン・シューズ」と呼ばれたりもし、パイロット以外の海軍兵の「ブラック・シューズ」よりも格上だとされていた。艦内を歩いていて、彼女のブーツを一瞥《いちべつ》した後、示す敬意の度合いを修正する船員も多かった。些細なことではあるが、かつてはジェニーの気を良くしてくれる出来事だった。ところが今や、茶色のブーツは彼女を嘲笑《あざわら》っている。新入り《FNG》である彼女は、それにふさわしくない。新入りである彼女は、ＦＯＤウォークの際、アスファルトで覆われた鋼鉄の飛行甲板を裸足で歩くよう強要されるべきなのだ。その足が、茶色でも黒でもなく、懺悔《ざんげ》の血で赤く染まるまで。

ガツン！　ヒューッ！

頭上で発艦が繰り返されているにもかかわらず、ジェニーはチャペルの祈りの部屋《クローゼット》の扉がカチャリと開く音を聞いた。茶色いブーツから顔を上げると、ウィリアム・コッペンボルグ少佐——通称ビル神父が入ってきたところだった。いつもと同じ隅に座る彼女に神父も気がつき、いつもと同じ穏やかな笑顔で近づいてくる。ジェニーは即座に、一段階、事態が改善された気がした。ビル神父は、この艦の数少ない「いい人」のひとりだ。彼女はそう思っている。彼を見つけた自分はなんて幸運なんだろう。

「遅れて申し訳ない」と、彼は言った。「マイ・スイート」

こうした「ハニー」や「マイ・ラブ」などの愛称で呼ばれることを不快に思う女性も大勢いるはずだ。しかし、自分は祖父から、「小さなお菓子」を意味するスペイン語「ラ・ボムボンシート」と呼ばれていた。ビル神父の今日の足取りは、心なしかあまり元気がない。右脚を庇《かば》うように歩いている。彼は、迷彩柄のスラックスにベージュのタートルネックのトレーナーという普段通りの格好で、胸にはブロック体で「CVN－68X CHAPLAIN《チャプレン》」と書かれていた。年配者らしい組み合わせの服装だが、ジェニーには可愛らしく見える。

彼女の向かいにあった金属製の折りたたみ椅子を手に取ると、神父はその向きを変え、身を屈めて顔を歪めた。それから、こちらと膝が触れ合うほど近くに座った。これも、いつも通りだ。この騒音だし、きっとよく聞こえないからだろう。彼女は手を組み、頭を下げる。ビル神父がいつもと同じように対話を始めた。

「少し祈りましょう」と、彼が言う。

ガツン！　ヒューッ！

「主よ、ひとり子イエスの名において、アフガニスタンでの戦争に祝福を。主よ、イラクでの戦争、シリアでの戦争、イエメンでの戦争、ソマリアでの戦争、リビアでの戦争、ニジェールでの戦争、テロリズムとの戦争にお恵みを。主よ、我が兵士たちを守りたまえ。あなたの偉大な世界で彼らがどこにいようとも、まっすぐに弾が撃てるようお助けください。我らが賛美と崇拝をお受け入れください。アーメン」

「アーメン」。ジェニーも祈りに賛同したが、その声は、ガツンとヒューッに掻き消されてしまう。

ビル神父は自身の膝の上で手を組んだ。

「前回話した後に、ご両親、ご姉妹と連絡は取れましたか？」

「いいえ、神父さま」と、彼女は答えた。「二回電話をかけたのですが、二回とも通話が切れてしまいました」

「我々の電話は祝福されていないようですね」と、彼は認める。「では、まだ寂しく感じているはずです。どう対処しているのですか？」

ガツン！　ヒューッ！

この一対一の対話は、他の対話や集会と同様、何日も前から予定されていたものだ。それが、自分の着艦の大失態の翌日に設定されていたとは、何かのサインではないだろうか。まだ記憶が鮮やかなうちに例の失敗を打ち明け、悪魔的な力を流してしまうチャンスだ。ビル神父なら、その全てを告白することを勧めるだろう。ジェニーの人生のありとあらゆる些細なことまでに興味を抱いてくれる親身さに、彼女は嬉しくなる。

広大な海に囲まれ、宇宙における人間の無意味さに直面すると、宗教に傾倒するのがいかに簡単か、ジェニーは知っていた。しかしこの二五回目の対話では、どれほど彼女が望んでも、まだビル神父を心から信じることはできない。それは、神父と共有したくない唯一の真実だ。それもサインではないのか？

「どうやって対処しているかは――」と、彼女は考える。「うーん、風邪薬のナイキルかな」

「ああ、マイ・スイート、いいですか」と、神父はなだめるように語り出す。「私たちは、あと数日で家に帰れます。それに集中してください。家には、あなたを慰めてくれるものがきっとあります。小鳥のさえずり？　子供たちの笑い声？　歩道の雪かきをする人たちに早く起こされてしまうこと？

神はどこにでもいます。少なくとも、家族があなたを慰めてくれるでしょう」

父ホルヘ・ペイガンと母ロレーナ・ペイガンが幸せそうにしている姿を思い浮かべようとしたが、見えてきたのは、娘の飛行制限を聞いた父のがっかりしたしかめ面、マスカラで汚れた母の頬だけだった。神父への相談が済んだら、レッド・サーペンツの乗員待機室へ行かねばならない。そこでは、スイートハート・ウォールよりはるかにひどい、格下げ宣告が待っているはずだ。たぶん、もうこのチャペルには二度と来られないだろう。ビル神父とここで過ごすこともなくなる。この場所では、安心を得られるのに。ビル神父が彼女の顔を覗き込む。「ご家族は、いらっしゃらないのでしょうね――」

ガツン！　ヒューッ！

「サンディエゴであなたに会うために――」

ジェニーは、サンディエゴ造船所で出迎える家族や恋人らとの再会が、海の長旅を続ける海軍の人間にとって、とても重要なことだと知っていた。今も艦内の別の場所では、何百人もの船員たちが、どうやって民間人の生活に再適応するかの授業を終えようとしている。まだ見ぬ赤ん坊と初対面することになる者もいれば、恋人の体重増加による体型の変化と新しいヘアスタイルを批判しないように学ぶ必要がある者もいた。プロム〔高校卒業時のダンスパーティ〕や卒業式と同じで、数え切れないほどの映画に取り上げられてきた「帰還」というイベントに取り憑かれるな、というのは無理な注文だ。馬のひづめのごとく、ハイヒールのかかとが軽快にコンクリートを打ちつける音。船員たちが落としたバッグが鳴らす音。肉体をぶつけ合い、互いの温もりと質感と香りを貪《むさぼ》る抱擁の瞬間――。

「ええ、家族は来ないはずです」と、彼女は返した。「交通費が馬鹿にならないので。私がデトロイトに戻ってからの再会になります」

もし戻ったとしたらだけど。そう心の中で付け加えた自分に、ジェニーは驚くと同時に感動もした。

もうすぐ何かが終わろうとしている。それは疑いようがなかった。彼女が望んでいたもの――飛行機に描かれた自分のコールサイン――は叶わない。

「祈りましょう」と、ビル神父は促した。

「やってみます」と、彼女はうなずく。

「祈ることが、あなたにとっては簡単ではないのはわかっています。海軍の服務信条である『水兵の信条』は、まだ手元にありますか？　祈りに慣れるため、信条を繰り返すというあなたのアイデアはいいと思います。神にそれを伝えなさい。神は理解し、彼なりの方法で、応えてくれるでしょう」

ジェニーは、艦内の売店で「水兵の信条」が書かれた小さな光沢のあるポスターを購入し、寝床の壁にテープで貼っていた。消灯時間が過ぎても眠れないときは、ペンライトで信条を照らし、気に入った箇所を復唱する。そうしているうちに、彼女のつぶやき声は、いびき、シーツの擦れる音、パイプが立てるノイズに溶け込んでいく。


私は海軍の闘魂を象徴する。

しかし、その魂はどこへ飛んでいってしまったのか？

私は、上級者の命《めい》に続く。

しかし、最終的な命を下したのは神ではないのか？

私はアメリカ海軍水兵である。


この「I am a United States Sailor.（私はアメリカ海軍水兵である）」の六つの単語は、少ないながらも明らかに真実で、彼女は雑念から解放されて眠りにつくまで、この一文を繰り返すのだ。

かつてビル神父に、どう眠るのかについて、いろいろと奇妙な質問をされたことがある。寝床は暑いのか？　もちろん、と彼女は応えた。艦の低層エリアはどこもかしこも暑い。寝るときには何を着ているのか？　シャツと下着です。みんなと同じように、と彼女は笑った。会話をしているうちに、彼がひどく何かに飢えているように見えてきた。飢え……いや、きっと切望しているに違いない、と彼女は自分に言い聞かせた。困っている船員の精神と心を理解したくてウズウズしているのだ、と。

相手を助けたいというビル神父の真摯な気持ちに、ジェニーが感銘を受けなかったことはない。神父のおかげで、彼女は自信を保てている。

ガツン！　ヒューーッ！

「私は……昨夜……飛行訓練をして……それで……」

ビル神父がこくりと首を縦に振る。「知っています」

真の海軍軍人として己のふるまいをコントロールできたなら、両手で顔を覆ったりしなかっただろう。こんな脆《もろ》くて女々しい態度を取ってしまうなんて。ビル神父は例の件を知っていた。当然だ。今や、オリンピア号の乗員全員に知れ渡っている。

「心から話しなさい」と、ビル神父は勇気づけるように語り出す。「神はここにいます。この部屋に。この艦に。この海に。神はあなたを知りたいのです。あなたの魂と肉体を」

ジェニファー・アンジェリーズ・ペイガンは、たどたどしい口調で話し始めた。昨夜の記憶は、二度と消えることのないトラウマとして爆竹のような鮮明さで蘇ってくる。

一六時五四分、ジェニーは、戦闘機F／A－18に乗り込んだ。もちろん、他の隊員のコールサインがステンシルで描かれている機だった。一七時〇五分、カタパルト3に機体を移動し終える。雨粒が、齧歯《げっし》動物並みの重さでフロントガラスに当たっていたが、飛行前の点検の結果は、問題なし《A－OK》であった。

雨脚は強く、辛うじて見える甲板作業員に親指を立ててみせた。しかし約一五メートル先となると、何も見えない。外の轟音と汽笛が、己の胸中で吹き荒れる嵐と一緒くたになっていく。私はアメリカ海軍水兵である。彼女は自分に言い聞かせた。ジェット《J》・ブラスト《B》・ディフレクター《D》が持ち上がり、カタパルトのピストンが高圧蒸気で押し出されると、機はわずか二秒で、時速〇キロメートルから二〇〇キロメートル以上に加速された。ジェニファーの内臓が胴体の後部に一気に押しつけられ、飛行甲板のライトが猛スピードで流れていく。荒波が黒く泡だった触手となって彼女に迫る中、F/A－18は急上昇し、機体にコインでも当たっているかのようにカタカタと音を立てながら、雨を切り裂いた。

荒れた空模様で九五分間の飛行を終え、彼女が着艦のため空母にアプローチする順番が来た。ギアを低速に入れ、主翼後部のフラップを下げ、アレスティング・ワイヤーに引っ掛けるためのテイルフックを下ろす、「ギアダウン、フラップダウン、フックダウン」の状態にする。そして、着艦信号士官《LSO》に周波数を合わせ、高度二五〇メートルほどまで降下をしていく。機体のテイルフックを四本のアレスティング・ワイヤーのうちの一本に引っかけるには、十分な技量が必要だ。その高度で巧妙なテクニックがあって初めて、飛行機を航行中で揺れる空母の甲板という限られたスペース内で着艦させることが可能なわけだが、これが海軍では、最も危険な作業だと言われている。

テイルフックが四本のアレスティング・ワイヤーのいずれもキャッチできない「ボルター」と呼ばれるその事象が、ジェニーの一回目のアプローチで起きた。機の車輪が甲板に当たるや否や、自分がターゲットをオーバーシュートしてしまったと把握し、即座にスロットルをフルパワーにして嵐の空へと再び浮上していく。暴風雨がボルターを引き起こしたと言い訳もできるが、ジェニーが息を呑んだのは、G、すなわち重力加速度のせいではない。F/A－18のタイヤが甲板を擦《こす》り、ゴムの表面が七面鳥の鳴き声を思わせる音を鳴らした途端、自分が怖気《おじけ》づいたことを悟ったからだ。コックピット内の計器のライトはまるでカーニバルの照明で、回転木馬のごとくクルクル回りながら彼女の目の前を通り過ぎていく。

　空に戻ったジェニーは、また着艦の順番待ちに加わった。一八時四二分、甲板にアプローチするも、再びボルターとなり、一九時二〇分、三度目のボルター、一九時四八分、四度目のボルターという結果に終わる。その時間まで空中にいたのは、彼女を含めてわずか三機。燃料残量のあまりの少なさに、空母航空団司令官《CAG》エレン・トラスウェルは、艦上戦闘攻撃機スーパーホーネットを発進させざるを得なくなる。機体に旋風《せんぷう》が叩きつける嵐の渦中、ジェニーのジェット機に空中給油を行うという過酷な展開となったのだ。そして言わずもがな、一度飛び出したなら、スーパーホーネットも着艦しなくてはならず、ジェニーの「私のせいで、あなたを危険に晒《さら》します」リストに、新たな命が加えられることになった。給油失敗からの、ガス欠で飛行機墜落の最悪のシナリオを想定した彼女は脱出の手順を復習し、自分の顔を叩く黒い水の冷たさと塩辛さを想像した。

　私はアメリカ海軍水兵である。

ジェニーはさらに四回——合計八回の——ボルターを起こし、二二時〇七分、操縦桿《かん》をうまく操作して十分な高さで船尾に滑り込み、見事、一番目のワイヤーをフックで捉えることに成功する。F／A－18はワイヤーによって急停止し、ハーネスが彼女の胴体に食い込んだ。たちまちヘルメットが汗と涙で曇り、速い呼吸音が反響する。ジェニーが己を落ち着かせる前に、甲板作業員が窓のところに来てハーネスを外し、彼女がハシゴを降りるのを手伝った。脚は骨が抜かれたかのごとく力が入らず、ジェニーは濡れたアスファルトの上に崩れ落ちてしまう。男たちが彼女の腕を肩にかけ、アイランドまで引きずっていく。もはや音を立てているジェット機はなかったので、嵐が彼女のすすり泣きを隠してくれることを感謝した。

あれから半日以上が経ったというのに、彼女の肺の中では、まだまだ嗚咽が表に吐き出されるのを待っており、フライトスーツの重さだけがそれを押し留めていた。若い船員たちの明るく輝く目より、ビル神父のシワの寄った鋭い目の方が、物ごとを正しく見抜く。

「あなたは、他の船員たちを危険な目に遭わせるのを恐れているのですね」と、彼は結論づけた。

核心を突かれたジェニーはうなずき、ブーツに視線を落とす。もしかしたら落ちる涙が、自慢の茶色い革をありきたりの黒に変色させてしまうのかもしれない。

「海にケムライトを落とすのが誰だろうと――」。ジェニーは声を詰まらせながら、鼻を拭《ぬぐ》った。「私はそんな人間よりも劣っている」

自分はもう他の誰かと視線を交わすことなどないだろうと思っていた。ところが、つねられるような感覚を覚え、ハッとする。ビル神父の手が膝の上に置かれていた。彼の骨張った手が、痛いくらい強く膝を摑んでいる。そうやって力を込めることで、こちらをなだめようとしているのかもしれない。

「あなたは、そんな誰かよりずっと素晴らしい」と、神父はささやきかけた。「なぜなら、あなたはここにいるからです。辺りを見回してごらんなさい。神の家にいるのですよ。神の希望は、それだけです。あなたが望むなら、赦しを順序立てて行うこともできます。アヴェ・マリアの祈りとか。しかし、この慎ましい礼拝の場で話をするだけで、あなたはすでに神に求めているのです」

「ですが、神は……許してくださるのでしょうか。信念がない誰かでも……」

「その信念のない彼女が、神を信じているなら？」。ビル神父の手が膝の上を少しだけ移動し、再びギュッと力を入れる。「信念は、おかしなものなんです、マイ・スイート。過剰な信念を持つ者は、自分の利益になるようなやり方でしか、それを使わない。人生で一度だけ信じる気持ちを持つ者もいるが、全てを変えるのは、そのときなのです。ユダヤのゴーレム伝説を思い出しました。知っていますか？」

神父がこちらを覗き込む優しいまなざしに耐えられず、ジェニーはパッと目を背けてしまう。気がつくと、彼女は彼の足元を見ていた。黒い、ゴム底のブーツ。厚手のグレーの靴下。

「ゴーレムは、一般的に、粘土や泥でできている怪物の一種と言われています。ゴーレムに命を与えた創造主は、己がどんな怪物を解き放ったのかを滅多に理解していない。私の同僚で、ユダヤ教のラビが言うには、第二次世界大戦の戦場の土と血からゴーレムを形作り、そのゴーレムが大隊を救ったと断言する年老いたユダヤ人を知っていたそうです。ラビは老人の話を信じました。そして、ゴーレムが歴史を通じて生み出されてきたのは、それぞれの創造主を救うためだとされてきたけれど、実際は地球そのものを守っていた、とも悟ったという。それ以外、ゴーレムがこれほど簡単に創り出せる理由がなかったからだそうです。いつかゴーレムは創造主に反旗を翻《ひるがえ》し、自分たちの種を増やす方法を学び、その圧倒的な数で地球から悪を一掃するだろう、と。ラビはなんの迷いもなく、そう語っていました――」

ビル神父のグレーの靴下の片方に、赤黒い染みが広がっている。血？　ジェニーは、彼が庇っていた方の脚の上へと視線を滑らせていく。

「もちろん、馬鹿げた話ですが――」と、彼は続けた。「啓発的でもあります。信念について言えば、量ではなく、質が大事です」

「神父さま」。ジェニーの声が上ずった。「血が出ていますよ」

ビル神父は視線を動かさなかった。その代わり、ニヤリと微笑む。大きく口が割れ、黄色い歯が覗いた。彼女の太ももを摑む手にさらに力が込められ、その指先がフライトスーツに突き刺さるのではないかと思ったほどだ。神父は身を乗り出した。彼の息は血の匂いがする気がした。

「死すべき全ての肉体は沈黙を守れ」。そう言ってから、彼はシーッとこちらを黙らせようとした。

ジェニーはこの男を高く評価し、信頼を寄せていた。しかし、今、彼女は確かに聞いた。女性ならわかる、オリンピア号の落水者を知らせる汽笛と同じくらい甲高い、自分の中から発せられる警告を。自分は何かを見誤っていた。ここは安全ではない。自分の肘が曲がり、青白い腕が回転するのを感じた。手首戦術を繰り出すために。

闘い始めようとしたのも束の間、彼女は、そしてビル神父も、何よりも大きく明瞭な警告――静寂という警告――に覆われていた。空母では、フライトオペレーションのガツンとヒューッの音を聞くのをやめるのは、己の心拍音と呼吸音を聞くのをやめるのに等しい。今は、飛行スケジュールが詰まった忙しいはずの日の夕暮れ前で、飛行甲板の静寂が一秒以上続くことはない。ジェニーは息を呑み、気が遠くなるのを感じた。まるで本当に呼吸も鼓動も止まって、知らないうちに死んでしまっていたかのように。

おまえは飢えている

おまえは飢えている。おまえは目覚める。その順番だ。

　この飢えは、今まで覚えたものとは違う。この飢えは欠乏だ。何かが奪われてしまった。それが何か、おまえはわからない。この飢えはどこにでもある。飢え、拳。飢え、骨。飢え、肉。飢え、脳味噌。飢えは全ての合間にある。それが、おまえが目覚める理由。それが、おまえが動く理由。それが、理由なのだ。

　おまえは見る。よくは見えない。隣に死体があった。おまえはそれを嗅ぐ。強烈な臭いだ。微かに酒の記憶が蘇る。死体には見覚えがあった。それはジーン・コップと呼ばれていた。ジーン・コップは大事な何かだったのか？　おまえはジーン・コップを知らない。ジーン・コップはおまえをスカッドと呼んでいた。おまえは今、それを思い出す。ここで興味深いことがある。ジーン・コップはもうジーン・コップではない。彼女は、おまえだ。おまえは、おまえでもある。両方のおまえの内側で、飢えを感じる。両方のおまえの間で、飢えを感じる。飢えは外に向かって伸びていくものだ。もっと多くのおまえを求めて、周囲へ感覚を研ぎ澄ませ。だが何も見つからない。今のところは。今は、「スカッドであるおまえ」と、「ジーンであるおまえ」のみ。いるのは――

おまえ

おまえ

おまえは試みる。首は動く。指も動く。手足も動く。おまえは、ジーンであるおまえから離れる。立ち上がり、よろめく。それでも、おまえの足は、何をすべきか知っている。繰り出す足は、おまえが倒れるのを防ぐ。これは、おまえの足も飢えているからだ。どこへ行くのか？　おまえは知らない。おまえたち全員が知らない。おまえの全身が猟犬の鼻だ。追わずにはいられない匂いをたどっていく。目標にたどり着いて初めて、おまえは目標にたどり着いたのだと知るだろう。すでにそれを感じ取っている。欠けてしまった穴を埋めるための栄養。奪われた何かの代わりとなる栄養。

おまえは不安定な足取りで歩く。筋肉が攣《つ》る。壁にぶつかるも、ドスンという音はどこか遠くで聞こえる感じだ。耳の感覚は、目のそれと同じくらい鈍っている。おまえは向きを変え、違う方向に歩き出す。おまえは別の壁に当たる。また向きを変える。おまえの目はドアを見つける。ドアを見て何かを思い出す。ドアは、通路だ。床の上のジーンであるおまえを見て、ここに留まりたいと感じる。その感情は飢えと似ている。しかし、飢えがそれを凌駕《りょうが》した。脚を動かし、腹からドアにぶつかる。

ドアは開かなかった。気に食わない。おまえの中から音がした。ライオンのような咆哮《ほうこう》に、おまえは驚く。音が出せるとは知らなかった。もう一度音を出してみる。だが、気に入らなかった。最初の音がいい。今のより力強い音だった。それは〝好み〟だ。好みは知っていること以上に重要だ。おまえはもはやスカッドではないが、ネズミや虫よりはスカッドに近い。再び咆哮を試す。今回は近い音になった。唸《うな》り声だ。

おまえは学んでいる。

両手で押すと、奇妙な音を響かせながらドアが開く。おまえは足を引きずりながら進み、体重をかけてさらにドアを大きく開ける。突然、おまえはドアの向こう側の新たな世界へと解き放たれた。狭い、灰色の、窓がない廊下だ。壁以外は何もない。おまえはさらなる好みに気づく。壁。おまえは壁が好きではない。壁が終わっているように見える、さらに奥へと自分を向ける。

そこを目指そうとした矢先、おまえが出てきた方から物音が聞こえた。ジーンであるおまえだ。ジーンであるおまえは、スカッドであるおまえが起き上がったように起き上がったのだ。スカッドであるおまえは、ジーンであるおまえを見たくなった。おまえはドアの方へと向きを変え、再び両手でドアを押す。しかし、こちら側から押してもうまくいかない。把手《とって》なるものがあったが、おまえはそれがどう機能するのかを覚えていない。おまえは音を立てた。今度は、望み通りの咆哮だった。

どうすることもできない。おまえは、ジーンであるおまえにたどり着けない。万事休すか。飢え。飢え。おまえは廊下側に向き直り、歩き始める。最初の一歩はぎこちなかった。身体が揺れ、傾いてしまう。しかし、次第にコツを掴み、大股でゆっくりと歩けるようになる。おまえは時間の感覚がないことを知る。廊下の突き当たりに着いても、ここまで来るのが一瞬だったのか、永遠に感じられるくらいだったのかわからないし、気にもかけない。

廊下の曲がり角を発見する。だから、おまえは曲がった。耳がよく聞こえないが、周囲で音がする。シーッ、ガチャン、ガラガラ、シュッシュッ、ゴゴゴゴ、バタン、ギシギシ、ピーン、プップー、ゴーン、ピーッ、ガツン、ブーン、ドカーン、ゴクゴク、パキッ、シューッ、ブロロロ、チャリン、ビュン。また、カツカツと響く音もする。ざわめくような雑音も。おまえは、これらが何の音なのかを知っている。歩く音、話し声。飢えが急激に増す。こうした音は、おまえが立てているのではない。しかし、音を立てている奴らとて、おまえになるかもしれないのだ。おまえは音に向かっていく。

口から液体が垂れ始めたのを、おまえは気づかない。その液体が、鮮やかな血漿《けっしょう》、死んだ細胞、動脈プラークの黒ずんだ断片の混合物であることもわからない。

おまえは音の主たちを見る。動きの速い三体が視界に入ってきた。飢え。飢え。そいつらは光が当たる場所を通過する。そいつらが闇に紛れて見えなくなるたび、おまえは嘆く。そいつらが光の中に戻るたび、よだれが胸毛を激しく濡らすのを感じる。動きの速い一体は、もうすぐおまえのところまで来るだろう。飢え。飢え。飢え。それらは、あと数メートルというところで止まる。おまえはそいつらの見分けがつかない。どの顔も同じ表情をしている。着ている制服も同じだ。肩の徽章《きしょう》のみが違う。

おまえは自分の肩に視線を落とす。おまえも徽章を付けている。それが、おまえもかつて動きが速い一体だったと示していることが、おまえにはわからない。しかし、奇妙な感じを覚える。「切ない」という言葉を知っていたなら、それを使うべきなのだろう。この徽章に沿った人生があった。その人生で良い部分もあったという感覚はある。肩の徽章の上に、唾液の茶色い筋が這うのを見る。その人生は終わってしまった。人生は終わったのだ。それは構わない。当時、おまえはひとりしかいなかった。なんと不幸なことか。今は、もっと大勢になれるかもしれない。

前方にいる動きが速い一体には、袖に何やらマークが付いている。彼は口を開ける。おまえは、彼の唇の塩辛い匂い、彼の舌の塩水の匂いを感じる。彼は、うまそうな、しっとりした音を立てておまえの身体を歌わせる。認識できる単語が聞こえ出す。

モゴモゴモゴ――ムカつく――モゴモゴモゴモゴ――酔った――モゴモゴモゴ――敬礼――モゴモゴ――敬礼――モゴ――敬礼――モゴ――くそっ――モゴ――服従しない――モゴ――

その動きが速い一体の顔は赤らんでいる。おまえの両手をそいつに伸ばす。片方の手はそいつに払われたが、もう一方の手がシャツを摑んだ。おまえは摑み方を知っている。動きの速い一体が、おまえの手首を摑む。そいつは警戒して叫ぶ。おまえは上半身を前に倒す。足がつまずき、おまえの頭が勢いよく、そいつの頭に向かっていく。おまえは口を開ける。口だけが大事だ。頭を下げ、そいつの柔らかく膨らんだ顎に歯を沈め、骨を打つ。

動きの速い一体が悲鳴を上げた。

おまえの下顎がそいつの顎の下に当たり、音を立てる。おまえは足を踏み外し、歯でそいつの顔にぶら下がる。そいつの顎から肉が裂ける音が聞こえた。熱い血が、おまえの冷たい口の中に流れ込む。飢え、飢え、飢え。おまえの顎がギリギリと鳴り、舌がさらに求めている。おまえの舌が伸び、剝《む》き出しの骨を舐める。舌を強く伸ばし過ぎて、口から裂けそうになる。動きの速いそいつがおまえを押し返し、そいつの顎の皮膚が伸びていく。とろけるチーズの記憶が蘇る。塩加減といい、これはとろけるチーズのようだ。

他の動きの速い二体が、おまえを摑み、引き剝《は》がす。その二体にも嚙みつきたいと考え、おまえは首を捻《ひね》る。顎を嚙んでいた最初の一体の顔から皮膚が剝がれる。体勢を崩しながらも、二体目の動きの速い奴の腕を摑み、そいつを床に引き倒す。床は冷たく、血は熱い。床の上で赤い蒸気が上がるほどだ。〝感染〟の匂いがする。生命の感染だ。おまえは血を、舌でピチャピチャと舐めたい衝動に駆られる。だが、倒れた奴がおまえの下にいる。それはそれで好都合だった。そいつは前腕でおまえをブロックする。おまえがそいつの手首を嚙み、肉を引きちぎると、口一杯に熱気が広がった。切断された静脈が痙攣し、舌に沿って血が噴出するのを感じる。

さらに動きの速い者が迫っているが、何体目になるのか、もうおまえの数える能力を超えていた。そいつらはおまえを止めにかかるが、おまえは気にしない。そいつらは肉でできている。指は嚙むために、手は食うために、脚は引っ掻くためにあるのだ。食欲を満たそうと、おまえは無我夢中になる。動きの速い者が転び、ドスンとおかしな音を立てる。新しい何かに変貌しつつあるそいつらの血の中に、おまえは自分の匂いを嗅ぎ取る。

おまえ　おまえ　おまえ　おまえ　おまえ　おまえ　おまえ　おまえ　おまえ　おまえ　おまえ　おまえ　おまえ　おまえ　おまえ　おまえ　おまえ　おまえ　おまえ　おまえ

今、動きの速い者たちが皆、おまえを攻撃している。そいつらはおまえを破壊しようとしている。おまえは不安を感じない。おまえは、こうした別のおまえらの中で生き続ける。以前、スカッドとして知られた、おまえの小さなひとつは、以前、ジーン・コップと呼ばれたおまえを恋しがっている。だが、スカッドであるおまえとジーンであるおまえは、〝おまえたち〟が増殖すると再会することになるだろう。これは「終わり」であり、「始まり」でもあるのだ。

マミーズ・ボーイ

ジェニファー・アンジェリーズ・ペイガンは、自分の太ももをギリギリと摑んでくるウィリアム・コッペンボルグ少佐の指に不安を覚えたのも束の間、いつもならあり得ない飛行甲板の静寂に気づき、警戒を緩めてしまうのだが、その二時間前のこと——調理班のマット・シアーズ二等水兵《E—1》は、まだ仕事場に着いていなかった。マットは、二階デッキにある、ビッグママの調理室六つのうち最大の厨房で、一四時〇〇分からスープとチリ・コン・カルネ〔ひき肉を豆やトマトと煮込んだ、メキシコ料理由来のテキサス州の郷土料理〕を用意する予定になっていた。空母の食事提供は、〇六時〇〇分の起床の合図とともに開始され、「ミッドナイト・レーションズ」(略して「ミッドラッツ」)と呼ばれる深夜の配給で終了する。目下の時刻は一四時二五分。マットは、絶対に大目玉を喰らうだろう。彼の上司であるランス・フィーダリング准尉《WO》は、とにかく怒鳴りまくる人間で、料理リアリティ・ショーで出演者を叱咤《しった》する人気司会役のシェフなど比べものにならないほどなのだ。

この遅刻には、理由がふたつあった。ひとつは、いじめだ。五週間前、マットは、ふたりの馬鹿な砲兵に身体を押さえつけられた。母親に泣きながら電話をし、「マミー」と呼んだのを彼らに聞かれてしまったのだ。砲兵たちは五分間マットの胸の上に座り、「ママの可愛い《マミーズ》僕ちゃん《ボーイ》」と馬鹿にしながら「反撃してみろ」と煽《あお》り立てたが、彼は断固として拒否した。そして今朝、彼らは再び同じことをし、一五分間も胸の上に座り続けた。マットにできることと言えば、砲兵たちが飽きるまで待った後、足を引きずってその場を去り、ランス・フィーダリングの怒号と唾を顔一面に浴びる現実を受け入れる以外になかった。

マット・シアーズは走りに——将校たちとすれ違うときは歩き——走った。酔っているのかと思わんばかりに視界が揺れる。バランスを崩した彼は左舷側に倒れ、ハッチに肩を打ちつけた。衝撃で吐き気を覚える。まるで、腹の中で芋虫が蠢《うごめ》いている感覚。そんな吐き気は、まさに彼が必要としていたものだ。マミーならなんて言うか、わかってる。ベイビー、ベッドで寝ていなさい。元海軍少将だった父がなんて言うかも、わかってる。水兵たるもの、死にかけているとき以外は、仕事場に行け。死にかけていて行けない場合でも、許可を取れ。

遅刻のもうひとつの理由は、体調の変化だ。この具合の悪さはインフルエンザなのか？　配属されて三ヶ月目に、インフルエンザが流行したのを覚えている。医師団は、三日で全船員五〇〇〇人にワクチンを接種した。そう考えると、インフルエンザのような気がする。頭と胸がレンガになったかのごとく重い。喉には不快な粘液が絡み、甲板の下の熱気にもかかわらず、悪寒がする。マミーだったら、心身症だと言うだろう。マットは神経質な子供だった。そして昨晩の嵐、着艦失敗事案、三度目の落水者警報で、任務終了間近の艦全体が緊張していた。

あるいは、今しがたウインチ室の外で目撃したことに、自分の身体が反応しているのかもしれない。大勢の男たちが、イカれた半裸野郎に覆い被さって格闘していたのだ。船員たちの箍《たが》が外れてしまうこうした事態は、海軍が認めている以上に頻繁に起こっていた。海で本当におかしくなった船員列伝を、マットは聞いたことがある。自分の寝床に大便を塗りたくった奴。爆弾をレンチで叩き続けた奴。

おそらく、ケムライトを海に投げ込んだ奴も、それに加わるのだろう。

船員たちが取っ組み合いの喧嘩をしている脇をすり抜けるタイミングを見計らい、マットはできるだけ壁に張りついて、忍び足で横に歩いていった。ちょうどそのとき、折り重なった連中の一番下にいた裸の男が激しく痙攣し、水兵たちは地滑りを起こしてしまう。横を通過しようとしていたマットの手に、裸の男の指が触れる。驚愕するほど冷たい指が、やみくもにマットの手を摑んだ。反射的に手を引っ込めたものの、男の爪に手の甲を引っ掻かれた。よろめきながら距離を取ると、靴が床の血糊を踏んで、ビチャッという音を立てた。

マットはそのまま前進した。そうしなければならなかったからだ。そして、ハシゴを照らす明るいライトの下に来て、ようやく自分の手を確認した。三本の引っ掻き傷から血が出ている。それを見た途端、一気に噴き出した自己憐憫の気持ちに圧倒された。傷が痛み、気分が悪くなりつつある。家に帰りたい。彼はマミーズ・ボーイだ。砲兵たちの言い分は、あながち間違いではない。反対の手で引っ掻かれた場所を押さえて止血をし、それからハシゴを昇り始めた。空母は「怪我製造工場」とでも言いたくなるくらい、怪我をしやすい場所だ。マットは今月、これよりもひどい傷を負っている。

フィーダリングが落とした今回の雷はこれまでになく凄まじい迫力だったのだが、説教が盛り上がり始める頃には、マットは注意を払えなくなっていた。実際、ひどい体調だった。フィーダリングの唾が降りかかる中、マット自身の脂ぎった汗の弾丸が、顔面の隆起に沿ってスラロームしながら垂れていく。喉の内側はかなり熱く、真っ赤に炎症を起こしている様子が想像できた。腸が引き攣《つ》るのを感じたが、便意が逼迫《ひっぱく》しているわけではない。体内で悪化しているものがなんであれ、それはただ、そこに居座り続けている。

マットはおぼつかない足取りで、食料貯蔵室へ向かった。蛍光灯の明かりが、ビクトリー・ガーデン製のポーク・ビーンズとカントリースタイルのソーセージ・グレイビー〔米国南部の朝食の定番であるソーセージ入りのホワイトソース。ビスケットなどにかけて食べる〕の缶詰をまぶしく照らしている。仕事に集中するんだ。彼はそう自分に言い聞かせた。オリンピア号の船員たちに食事を与えるのは、とてつもなく大変な仕事だ。フィーダリングの調理班は、料理担当一〇〇人と配膳担当二〇〇人を含む大所帯で、一日に一万五〇〇〇食を提供する。マットひとりでも、夕食の混雑が始まる前にすでに数百食のスープとチリ・コン・カルネを配ることになるだろう。ゴム手袋のディスペンサーが目に入る。そうとも、安全が第一だ。両手にゴム手袋を嵌《は》めて、パチンと音を鳴らすと、頬を叩かれたような爽快感を覚えた。マミーは必要ない。自分は大丈夫だ。マットは何度かまばたきし、まぶたの縁にできつつあった目ヤニのようなものを取り払おうとした。

それは、すでにできていた。そう、スープの列だ。スープを配る細長い区画は、長い棺を思わせる。食事を提供する側と提供される側を仕切るアクリル板は、最近拭いたばかりだ。マットが遅刻したので、スープはすでに待機しており、容器は湯煎式ウォーマーで、摂氏八〇度ほどに保温されている。ヨロヨロと持ち場へ向かうと、彼の担当業務をこなしていた海軍調理師《cs》が睨みつけてきた。

調理師の表情がパッと不安げなものに変わり、マットは、自分がよほどひどい顔をしているのだろうと悟る。彼は向きを変え、本日の二種類のスープをしげしげと眺めた。トマト煮込みであるチリ・コン・カルネの容器と、穀物入りチキンスープの容器がぼやけて一緒に重なって見える。ようやくひとりの水兵が待っていることに気づいてレードルに手を伸ばすも、レードルはカタカタと音を立て、マットの手をすり抜けた。ゴム手袋のせいだ。手袋を嵌めているから、摑んだ感覚がわからなかったに違いない。もう一度レードルを摑もうとし、無事にそれを持ち上げたときは一種の畏敬の念を覚えた。

しかしながら、彼はスープをうまくよそえなかった。レードルが配膳を待っていた水兵のボウルにボトンと落ち、液体が辺りに飛び散ってしまう。水兵は叫び、悪態をつき、マットに毒づいたが、マットには聞こえていなかった。まるで飛行甲板用のイヤホンでも装着しているかのように、彼の聴力は低下していたのだ。他の感覚も鈍くなっている。海軍版「クール・エイド」〔米国の粉末ジュースのブランド〕とも言うべき、真っ赤で砂糖の塊のような「バグ・ジュース」の甘ったるい匂いもほとんど感じられない。一メートルも離れていない目の前の物がよく見えなかった。とはいえ、こうした症状はあったものの、もう吐き気はなくなっている。厳密には、吐き気を通り越して、チクチクした痺れを感じていると言うべきか。マミーのアドバイス通りに調理室を離れるという選択肢は、もうなかった。

　フィーダリングに、そして父に、自分ができることを知らしめてやる。動かなくなった指でレードルを追いかける。すると、問題が起きていることがわかった。手の甲にできた三本の引っ掻き傷がまだ出血しており、溜まった血で手袋が風船のように膨らんでいるではないか。マットは凍りついた。この手袋は、一体どのくらいもつだろう？　薬指を折ってみると、ゴム風船と化した膨らみがブヨブヨと揺れた。マミーの顔が脳裏に浮かぶ。涙を流しながら、入隊するべきではなかったと訴えている。父の顔も浮かんだ。口髭の上で鼻を鳴らし、始める価値がある仕事は、やり遂げる価値があるのだと言い放つのだ。

　マットはレードルを握ろうとして親指を曲げた。次の瞬間、ゴム風船内に浮かぶ泡が弾けると同時に、赤黒い液体が手袋の付け根から大量に漏れ出してしまった。トマトスープに注がれた血は、肉団子よろしくスープの表面下に沈んでいく。マットは目をパチクリとし、まつ毛が粘液でくっつくのを感じた。どうしよう。レードルで血を掬《すく》った方がいいのかもしれない。だが、それにはものすごい手間がかかる上、マットはとても疲れていた。

「マミーズ・ボーイ！　起きろ！」

顔を上げると、全てが不気味なほど白い靄《もや》に包まれていた。まるで、両方の眼球からスキムミルクでも滲み出ているかのようだ。それでもなお、彼は、声の主が自分を押さえつけた例の砲兵だとわかった。奴らが目の前にいる。

「マミーズ・ボーイ、俺たちにスープをよそってくれるんじゃないのか?」

マットは、スープに血を流し入れてゴム風船が縮んだ安堵感以外、何も感じなかった。一人目の砲兵が鼻で笑い、マットからレードルを奪って自分で大量のスープを器に注ぐ。その砲兵は、トマトピューレに混じって浮かぶ、黒っぽい薄膜状の断片に気づいていないらしい。マットは目を細めた。彼が最後に見たのは、その砲兵の後ろに並ぶ、三〇人、もしくは四〇人の長蛇の列だった。経験上、彼は知っていた。船員のほとんどが、こんな雨のストレスが多い日に、空母で手に入る最もホッとできる食事である、おいしいトマトスープが飲みたいと思って並んでいるのだ。

この航空母艦《キャリア》で、マット・シアーズもまた、保菌者《キャリア》だった。彼は立ったまま、膝を固くし、アクリル板に額を押しつけて事切れた。彼が最後に考えたのは、皆のトレイの赤いバグ・ジュースが入った透明カップのことだった。マットの白濁した目には、それはねっとりと塩辛い液体に見え、飲みたいと思ったのだ。どこであろうと、できる限り多くを見つけたいと感じた。それまで、艦には十分な〝食料〟がストックされていると思っていたが、彼は全くわかっていなかったのだ。

パターン

カール・ニシムラは、ジェニファー・アンジェリーズ・ペイガンとほぼ同じ瞬間に、飛行甲板の機能が停止している事実を察知した。間が悪くトイレまでの〝長旅〟をしていなければ、彼が先にそれに気づいていただろう。この日は地獄のような一日で、コーヒーをがぶ飲みした影響が顕著だった。紙やすりとスチールウールを配合させて作った海軍特許ブランドなのかと言いたくなるくらいゴワゴワのトイレットペーパーに手を伸ばす。そのとき察したのだ。バネ仕掛けのクロームカラーのペーパーホルダーがカタカタと音を立てておらず、彼の下の便器の水もピチャピチャと跳ねていないことに。つまり、いつもの振動がない。

彼の耳に聞こえるのは、艦内の空気の循環音と電気のブーンという音だけだった。そのような機能音が聞こえるのは、二一時三〇分から〇六時〇〇分の間だけである。空母打撃群を編成していた駆逐艦二隻の不可解行動、チャック・コルソのグール発言、海軍上層部からの連絡途絶と、不穏な事態が続く中でも、この静寂は異例中の異例。最悪な何かが起こっているのではないか。

彼は乱暴に尻を拭き（ついつい気張りすぎて顔を赤くする〝ザ・グロウ〟の副作用で痔が再発している今、適切な拭き方とは言い難いが）、急いで制服のズボンを引き上げて、いまだコルソの深刻な話でざわつく海図室を通り過ぎて進んでいく。航海艦橋の様子に、ニシムラはゾッとした。ヘンストロム、ラング、レッグを含む船員たちが、毎日、一日中見ているはずなのに、あたかも見たことがない何かのように、湾曲した窓に貼りついて飛行甲板を眺めていたのだ。

　ニシムラも彼らの横に並び、窓の外を見下ろす。確かにそれは、今まで目にしたことがない飛行甲板の光景だった。

　空母の稼働中の飛行甲板は、ダンスのごとく稼働するというのが、海軍の決まり文句だった。水晶を思わせる澄み切った朝、船尾側に昇った太陽が海のうねりを赤い箔でしわくちゃにし、ふたつの滑走路を目もくらむ長い金の延べ棒に変えるとき、甲板はダンスステージになる。入場したダンサーのグループが左右や中央へと移動。値段の安い遠くの席からでもわかる、様々な色の衣装に身を包んでいる。航空機操作員や牽引員はロイヤルブルー、武器員や事故救難員はブラッドレッド、航空機誘導員はカナリアイエローといった具合だ。彼らの動きは正確で、宮廷舞踏のブーレかバレエの回転ステップ、フェッテを思わせる。手際良くセットされるカタパルト。瞬く間に固定される牽引棒。バレエの腕運び、ポール・ド・ブラよろしく華麗な着艦信号士官《LSO》のハンドシグナル。甲板作業員はエリート集団だ。この舞台でステップを踏み違えると、バレエ団でのキャリアではなく、人間の命を絶ってしまう恐れがある。

　ひとりやふたりどころの話ではない。ニシムラの眼下では、飛行作業員ではない船員が二〇人ほど、安全規則も守らずに、雨に濡れた甲板に広がっていた。所属外の人員が侵入しているのは、劇場の観客が舞台に上がるくらい考えられないことだ。

　どの空母にも、申し送り用の記録《パスーダウンログ》――軍の要人、海外からの要人、外国の高官、政治家といったその日に予定されている訪問者をリスト化した非公式の日程表――がある。甲板にいる奇妙な客人の身元確認のため、ニシムラはログを要請しようと思った。とはいえ、彼らは訪問者であるはずがなかった。皆、海軍の制服を着ているからだ。自分がいる艦橋の高さからでも、シャツの裾がだらしなく出ていたり、生地が汚れていたりするなどの服装規定違反が見て取れる。彼らが滅多に太陽を見ることなく艦内の深層で働く艦船維持技術者や原子炉機械工であれば、服装規定はそこまで厳格ではないが、そもそも滑走路のそばに近づかない方がいいことは承知しているだろう。

ある男が離艦直前の電子戦機EA－18Gグラウラーから数メートルのところまで歩み寄っていくではないか。グラウラーがカタパルト1から射出される瞬間、ニシムラは息を止めた。雨を切り裂いて飛び出した機は、艦橋にいた全員が固唾《かたず》を呑んで見守る中、全幅およそ一三メートル半の主翼の端で男の頭部を切断した。

それは、ニシムラがこれまで目撃した中で最悪の出来事だ。斬首が空母オリンピアの上で起きるとは。数時間もすれば、世界中に知れ渡るだろう。ただならぬ死亡事例を紹介するインターネットサイトがセキュリティカメラの映像を入手するのに――どうやって手に入れるかは全くの謎だが――若干、余計に時間がかかる可能性があるくらいだ。ビッグママの名誉ある経歴は、半年間の最終任務の終了間際に起きたこの事故によって泥が塗られてしまった。ニシムラは、黒い血が噴き出す残された胴体と、バレーボールの球のように転がっていく頭を茫然と見つめていた。

海軍兵士たる者は、恐怖で声を出したりはしないのだが、航海艦橋にいる全員が声なき吐息だけの悲鳴を上げていた。

「ハロウィン――」と、ラングが口を開き、「これ、ハロウィンの余興ですよね、最上級上等兵曹？」と、早口で問いかける。

そうであってくれというニシムラの希望が、注射器で注入されるかのごとく膨らんだ。ラングの言いたいことは痛いほどわかる。ハロウィンは七日後に迫っており、それに関連した悪ふざけをするには、絶好のタイミングではあった。戦隊モノのパワーレンジャーの格好で検査に現れる兵曹。「海獣襲来。総員出動せよ」と真面目腐って放送する副艦長。しかし、そうした冗談は、ペイジ艦長が許可を出しているもので、安全性に問題はない。一方、稼働中の飛行甲板に作業員以外の水兵を送り込むのは言語道断。死に直結する。

カタパルト2が輸送機C－2Aグレイハウンドを空に放ち、そのジェット噴流がひとりの侵入者を転倒させ、三〇メートル離れたエレベーター2の上まで一気に吹き飛ばした。救命胴衣もヘルメットも装着していなかったゆえ、瀕死状態に陥ってもおかしくない。ところが、その男はよろよろと立ち上がったのだ。しかも、片脚が膝から真横にねじれているというのに。アスファルトのざらついた表面で激しく擦れた男の白い制服は破れ、その下のシャツと肉もパックリと開いている。

そんな状態でも、男はよろめきながら甲板へと歩いて戻っていく。

「ほら、言った通りだ！」と、声を上げたヘンストロムがまくし立てる。「サー！　これは生物剤に違いありません！　今こそ、手を打たなければなりません。生物剤がここまで到達したらどうするんです？　サー？」

ニシムラには何もアイデアがなかった。ニシムラ・ディレイの状態が近づくのを感じる。おそらく過去最長の遅れになり、気がつくと全てが終わっていそうだ。一〇年後、彼は、幽霊船となった空母に蜘蛛の巣で張りついた骸骨になっても、まだそれが通り過ぎるのを待っているのかもしれない。

甲板でのオペレーションが、凄まじい金切り音と煙を上げて緊急停止される。飛行訓練がここまであっという間に崩壊したのは衝撃的だった。信号士官は、通常の信号システムを放棄し、列をなすパイロットたちに向かって必死に腕をばたつかせている。また、侵入してきた船員たちに駆け寄り、手を振って艦橋構造物《アイランド》を彼らに示している者もいた。彼らの横で、甲板に固定する鎖を外されたまま放置されたスーパーホーネットが右舷へと進んでいく。ニシムラは、二〇トンを超える戦闘機の大惨事を目の当たりにしようとしていた。

「サー、誰に連絡すれば？」と、ラングが問う。

「最上級上等兵曹、もう一度、当直士官《OOD》を探しますか？」と、レッグが訊ねた。

アイランドに配備された水兵であれば、甲板レベルでは認識できないパターンを見ることに慣れていくものだ。駐機中のジェット機の左舷と右舷の列は、一等航海士の階級ストライプのように見える。ジェット・ブラスト・ディフレクターに航空機二機のパイロットが同時にジェットエンジンを噴射させると、太陽が油混じりの噴煙を捉え、蝶の羽の形を作り出す。

初め、甲板への侵入者たちは、方法も順序もわかっていないように思えた。しかしながら、徐々にパターンが生まれ始めている。侵入者がジェット機、給油装置、支援車両にぶつかると、彼らの進路が変わった。誰を追っているかにかかわらず、一番近くにいる人間に向かっていく。ニシムラは、あたかも心理的な同意でもあるかのように、この集団が甲板で完璧な楕円形を描いているのに気づいた。

カーキ色の通常軍服を着た女性が、ある水兵の指を噛み切った。指から噴き出した血を顔に浴びつつ、それを舐め出す姿は、裏庭のホースから水を飲む子供を彷彿《ほうふつ》とさせる。そうした様子から、ニシムラは、彼らを「侵入者」だと考えるのをやめた。そいつらこそ、チャック・コルソが警告していた存在——グールに違いない。どういうわけか、あらゆる予想を覆《くつがえ》して、歴史上の敵が成し遂げなかったことを連中は成し遂げてしまった。そう、米軍の最も防護されている資産である航空母艦への侵攻だ。

ヘンストロム、ラング、レッグは、パニックになって質問を繰り返す必要はなかった。二分はかかったものの、ニシムラは解答を出したからだ。

「五ノットまで減速。左に強く舵を切れ」

「当直士官の許可が……」。レッグが弱々しくつぶやく。

「レッグ操舵手、現時点で甲板の状況に対処する指揮官は、私だ」と、ニシムラは言った。「それに何か問題でも?」

「サー、なぜ減速を?」。ヘンストロムの表情が曇る。「サンディエゴはもうすぐ――」

「私がここでの指揮官だ、ヘンストロム。状況の本質は不明だが、この艦で本土に行くことはない。わかったか? 五ノット! 左舵いっぱい! 旋回パターンで進め。打撃群に警告せよ」

ニシムラの脳裏に朧《おぼろ》げながら、ヒッケンルーパー号のことが浮かぶ。そう言えば、あの艦は朝からずっと円を描いて航行しているのではなかったか。

「旋回パターン!?」。ヘンストロムが素っ頓狂な声を出した。「ダメです。サー、我々は家に帰らねばなりません! あなたの一存では決められない。船員全員に影響するんですから。艦長に聞くべきです!」

言うまでもなく、ヘンストロムは正しい。この艦のあらゆる件に関して、ペイジ艦長が最終決定権を持っている。しかし、艦長が体調不良だというのは、以前にも増して疑わしい。カルト教団の教祖が自分の信者に毒を盛るのと同じく、艦長の病状が他の船員らに広がっているとしたら? 反抗的ではあったが、ニシムラの頭からその考えが離れなくなっている。

「ヘンストロム掌帆手、機関室にこの命令を伝えろ。それができないなら、君は職務を解かれることになるが?」

ニシムラはその紅潮した顔をヘンストロムに向けた。相手は危機に瀕した犬のように縮こまり、犬歯を覗かせながら唇を震わせている。ニシムラは若造の表情を憎々しく感じたが、今はヘンストロムに構っている場合ではない。もっと重大な他の懸念が山積だ。踵《きびす》を返した彼は、残りの艦橋作業員ひとりひとりに同じまなざしを向けていく。

「みんな、命令はわかってるな？　協力してくれるか？」

ニシムラは息を吸い、呼吸を止める。「イエス、サー」「ラジャー」「アイアイ、最上級上等兵曹」という威勢のいい返事が口々に飛び出し、いかなる脅威にも屈しないであろう部隊の団結力が浮き彫りになった。トミー・ヘンストロムの不満のつぶやきもチャック・コルソの警戒を促す訴えも遮るほどのキビキビとした靴音と掛け声とともに、彼らはそれぞれの持ち場に就いていく。ニシムラが止めていた息を吐き出すと、窓が一気に曇り、銀色の血飛沫《ちしぶき》かと見紛《みまが》いそうになる。飛行甲板に垂れ流された液体ほど黒ずんではいないものの、それは同じくらいショッキングであった。

ビル神父は、礼拝堂に飛び込んできたふたりの船員——ひとりは黒人で、もうひとりは白人——が誰かはわからなかった。それでも即座に、キリスト教的ではない怒りを感じ取った。間違いなく、予約も入れずに突然現れた彼らは、飛行甲板の活動停止と関係があるはずだが、今は、自分が汗まみれの昼間と眠れぬ夜を過ごしてずっと待っていた、マイ・スイートとの時間なのだ。マイ・スイートが彼らの方を振り向いたので、指が彼女の太ももから離れてしまい、ビル神父は憤慨した。

すっくと立ち上がった彼の脚を血の塊が伝《つた》い、膨張したペニスを太ももに固定していたテープが強く引っ張られる。沸き上がる怒りで、危うく怒鳴り散らすところだった。しかし、彼はビル神父、パドレ、チャプレン、チャップス、チャッピーであり、憤怒は似合わない。

「今日は訪問者に恵まれていますね」と、神父はできる限り穏やかに言った。「大歓迎です。よろしければ、この対話が済む頃に……そうですね、三〇分後に、また来てもらえませんか？」

ここまで丁重な態度で神父が対応する者は、空母ではなかなかいない。二等水兵《E—1》の見習いであろうと、海軍元帥《O—11》であろうと、宗教指導者が対面する相手の格づけをするのは慣例だ。そして、宗教指導者は、元帥のわずか上の立場ではないだろうか。このふたりの船員は、そうしたことを全く知らないようだ。認められて招待されるのを待つのではなく、彼らはやみくもに前進し、黒人の肩が白人を椅子の列へと押し出してしまった。乱暴な接触で何脚もの椅子が散らばったとき、ビル神父は、白人の水兵のズボンの膝が血に染まっていることに気づいた。

マイ・スイートは、右舷側の壁にへばりついていた。パイロットである彼女は、撃墜されて捕まった場合に備え、拳銃を携帯している。とはいえ、武器を引き抜く機会が今の今までなかったのだろう。ホルスターをまさぐる手つきすらぎこちない。

置かれていた複数の椅子をものともせず、黒人の船員は通路を進んでくる。彼の顎も首も血に濡れて艶めき、両眼は石膏のように白く輝いていた。礼拝堂に来る者たちは、悲しみや喜びのあまり、ビル神父に抱きつくことはあっても、こんなふうに指で空気を引っ掻くような動作をしながら近づいたりはしない。

ドラッグが問題の原因であるとは限らなかった。空母は、常に揺れ動く感情の巨大なガラス瓶のようなもので、艦上で過ごす中、有事や緊急事態などが起こらない退屈な期間が長すぎると、空母の半数の船員が、何かを吹き飛ばさないといけないと訴え出すのだ。

こうして船員は殺人に至ってしまう。だから、艦には死体安置所がある。

「逃げて！」

そう叫んだのは、マイ・スイートだった。ビル神父は、雑誌『フレッシュ・ミート』のページをめくっているかのごとく、顔が熱くなった。彼女の声に、生々しい不信感が聞き取れる。「神の子」である聖職者に触れられるのは、そんなにおぞましいことだったのか？　彼女は喜び、懇願し、ひざまずいて神父の足から垂れる血に口づけをすべきだ！　ああ、できるなら、今すぐにでも自分の両手、両脚、全ての歯で、彼女を取り入れよう。そうすれば、母なる心と父なる生殖器から生まれた獣、天使と悪魔、男根と乳房、触手と翼の神に融合できるはずだ。

マイ・スイートは身を滑らせてその場を離れ、出口に向かっていく。だが、ふたりの水兵があまりにも接近しており、老いた脚とカッターナイフで傷を付けた太もものビル神父が彼女に続くことはできない。マイ・スイートが銃を使わなかった事実に苛立ちを覚えるも、その判断は冷静だった。この水兵たちが単に酔っ払っているだけだったら、彼らを殺すのは罪である。気を取り直し、目に見えない聖衣を己の身に纏《まと》わせた神父は、空母という密閉された集団生活で疲労困憊の船員でもなだめられる笑みを浮かべ、会釈をしつつ手を上げた。

「疲れている者、重荷を背負っている者、皆、私のもとに来なさい」

彼が座席の最前列を手で指し示した瞬間、ギクシャクとした動きの白人の水兵が唐突に蹴りを繰り出し、両腕を振り回して一列目の椅子を薙《な》ぎ払った。どうやら、その凄まじい音が黒人の水兵を興奮させたらしい。ニヤリと破顔すると、その船員は黒い組織混じりのピンクの泡を歯の間から絞り出した。それからふたりはぶつかり合い、まるで礼拝堂のオルガンから音の合図が奏でられているかのごとく、それぞれが両腕を持ち上げて神父の首に伸ばしてきた。

ビル神父が目を丸くして凍りついたそのとき、暗い影がさっと目前を通過し、水兵たちに体当たりをした。影の主は男性だ。小柄だがたくましく、強かった。半袖の黒いトレーニング用Tシャツを着た背中と腕の筋がハッキリと見える。ああ、言うまでもない。それは、神父の宿敵の精神分析医「サイク」だった。少し前にビル神父は、この独善的な無信仰者は、空母の各宗教指導者の言うことにいちいち敬意を表してうなずくものの、内心では全員を小馬鹿にしているに違いないと結論づけていた。自分には聖なる教典があり、サイクには処方箋を書く用紙がある。船員たちはどちらを好むだろうか。

アメフトのディフェンスの要となるポジション、ラインバッカーを気取ったサイクの左右の肩がそれぞれ、水兵たちの腹に打ち込まれ、三人がもつれ合いながら折りたたみ椅子へと突っ込んでいく。ビル神父はマイ・スイートを探した。自分たちが始めたことを終わらせられるかもしれないと考えたが、彼女の姿はすでにない。

「ビル——神父——」

サイクのダブルタックルは印象的だったが、水兵たちの動きを封じ込めたわけではなかった。ふたりの船員は、意識が朦朧《もうろう》としているようにはこれっぽちも見えない。それどころか、サイクに大いに興味を示し、しかも彼を引き裂こうとしているかに見える。つまりそれは、神父は標的として選ばれていないことを示唆《しさ》していた。サイクが黒人の水兵の襟首を摑んで頭を引き離そうとし、前腕を使って白人の水兵を押し退けようとしている間、ビル神父はこの出来事に思いを巡らせる。

「助けてくれ——ビル神父——ひとりを引き剝《は》がしてくれ！」

サイクは大声で言った。野性味がありつつも、どこか女性的な声が、ビル神父の中に「信仰を持たないのだから、当然の報いだ」という感情をあふれさせる。それは、サイクが放つにはぴったりな声だった。神を信じるという古き伝統に何も重きを置かぬヤブ医者の、死の間際の悲痛な叫びだ。白人の船員の顎がサイクの前腕に埋め込まれ、腕の小指側にある尺骨の上で歯が甲高い音を立てる。頭をガクンと振るや、そいつはサイクの腕の肉を剝ぎ取った。白い脂肪で包まれた赤い組織が糸を引く。サイクが、信じられないといった表情で腕にできた空洞を見つめていると、すぐに大量の血がほとばしり始めた。

「ひん……ぷ——」。急激な失血で、サイクは声を詰まらせる。「たふけ……て……たふけ——」

黒人の水兵が生キャラメルか何かのようにサイクの上唇を嚙み切った際、もはやサイクは悲鳴を上げなかった。彼の顔は紫色の泡であふれていく。内側に吸入された体液が、泡となって吹き出している感じだ。麺をすする要領で、黒人水兵がサイクの唇を口髭とともに喉の奥へと飲み込むと、光景の凄惨《せいさん》さにもかかわらず、ビル神父は、正義のベルが鳴らされるのが聞こえた気がした。どちらの水兵も沈痛な面持ちで、黙々と肉を咀嚼《そしゃく》している。

生けるものすべて、おののき黙《もだ》せ。ビル神父は祈りの言葉を口にした。

すると、水兵たちが彼をじっと見つめた。あたかも神父が、ペットに向かって餌の入ったボウルを揺らしてカラカラと鳴らしたかのように、彼らの気を引いた。ふたりは立ち上がってもなお、サイクから剝ぎ取った肉塊をクチャクチャと噛み続けている。

両腕を上げ、足を前へと動かし始めたふたりの指が、数秒後には神父のベージュのトレーナーに触れた。彼は後ずさりをしたが、右足の着地がうまくいかず、太ももの傷から鮮血が流れ出す。痛みで動きを止めるや、水兵のひとりにトレーナーを鷲摑みにされ、もうひとりは耳を摑もうと手探りしていた。

サイクのように倒れるわけにはいかない。自分はもっと優れている。イエスの兵士なのだ！　ビル神父は前方に飛び出した。それは、メジャーリーグの遊撃手並みの跳躍だった。臀部がピキリと鳴り、足の裏まで痛みが走る。それでも彼は解放された。少なくとも一瞬は。神父はわずか一メートル先を見やる。最も安全だと感じる場所――備品を収納するクローゼットだ。爪先で押し、痛む指でドアフレームを摑むなり、中に身体を滑り込ませた。

水兵たちが突進してきた。目は真っ白、口は真っ赤で、神父の肉と血という聖餐《せいさん》を拝領しようと必死になっている。ビル神父はすんでのところでクローゼットのドアをバタンと閉め、黒人の水兵がドアの隙間を目指して伸ばした指を叩き払った。クローゼットゆえ、もちろん鍵はない。ただし、廊下のスペースを節約するために扉は内開きになっており、それが好都合だった。神父は讃美歌集の入った箱に背を預け、ドアに足を押しつける。反対側から、船員たちの拳がドンドンと打ちつけられ始めた。

ウィリアム・コッペンボルグ少佐は、アフガニスタン紛争、イラク戦争といった中東軍事介入から、9・11同時多発テロやハリケーン・カトリーナ発生後の戦争同然の作戦まで、様々な戦いを経験してきた。ほとんどが、礼拝堂という比較的安全な場所での任務ではあったものの、彼は戦争で何を目にするかを知っていた。三角巾で腕を吊られたり、頭を包帯で巻かれたりして礼拝に来た船員もいれば、看取りの儀式の最中に叫びながら死んだ者もいる。彼は戦争でどんな音を耳にするかも知っていた。ガツンやシューッを凌駕《りょうが》する悲鳴と轟音だ。

この扉の向こう側にいる男たちは、戦争そのものだと神父はわかっていた。ナポレオンの戦争では、従来の軍組織構造が見直されて軍団システムが導入された。大量殺戮兵器の出現で膨大な数の死者を出し、戦場が「挽き肉製造機」と称された第一次世界大戦を経て、第二次世界大戦は壮大なチェス盤で行われる策略の応酬となった。湾岸戦争になると、精密誘導兵器によるピンポイント爆撃が展開され、やがて単独でテロ行為に及ぶローンウルフ型テロリズムの時代が到来した。戦争は、時代に合わせて様相を変え、異なる何かを作り出すのだ。だから、この彼らもまた、新たな戦争を具現化した存在なのかもしれない。戦争という死の芸術は、いつだって変化していく。

ビル神父の脚が震えた。ドアがこじ開けられて隙間ができる。彼は脚を思い切り押し、扉を再び閉じた。新約聖書のエペソ人への手紙第六章一一節が、騎兵隊のごとく神父の心に降りてきた。神の完全な鎧を纏いなさい。悪魔の計略に立ち向かえるように。この一節ほど多く、不安に苛まれる兵士に伝えた聖書の言葉はなく、その効力を疑ったことは一度たりとてなかった。自分は神によって武装されている。しかし、基本的な戦闘訓練で絶対にやってはいけないと教わったこと——逃げ場のない状況に己を追い込む——をやってしまった今、それだけでは十分ではないのかもしれない。

制御された墜落《クラッシュ》

空母では、あらゆる仕事が正しくテキパキと行われることが想定されている。それが要求されていると言ってもいいだろう。だが、水密扉の下部の丸みを帯びた仕切りをダンスのステップを踏むように飛び越え、パイプを握ってスイングしながら角を曲がっていく自分に、こんなにすばやく動いたことは今までなかったはずだと、ジェニーは思っていた。これも熟練の証だろうが、誇り高いとは全く感じない。彼女はビル神父を置き去りにした。自分の太ももを摑んできた事実はさておき、彼は弱々しい、丸腰の老人だ。一方で、自分は壮健なパイロットで拳銃を持っていた。だが、精神科医が現れてくれた。彼は若くて力もある。そういえば、飛行甲板のあの静寂は一体――？　飛行甲板は、専門知識を持つ自分が役に立てるかもしれない場所だ。

現実を甘く見ているわけではない。睡眠という鎮痛剤なしで一晩中膨れ続けた罪悪感は、疾患時の甲状腺のように腫れてしまっている。複数回にわたる着艦失敗が頭に去来した彼女は、礼拝堂から逃げ出し、送風機室を通り過ぎ、ハシゴを上り、航空電子機器《アビオニクス》作業室へと向かった。今なら過ちを正し、仲間を危険な目に遭わせることなく艦の役に立てる可能性がある。

さらに進んで甲板手室に隣接する空間に入ると、甲板へ急行する者、呆然とした顔で甲板から退散する者など様々な船員でごった返していた。ジェニーはピンボールのように彼らにぶつかりつつも、フライトスーツで衝撃を緩和し、外に躍り出た。降りしきる雨は、彼女を捕らえて全身に絡みつく網も同然だ。なんとかバランスを取り戻す頃には、びしょ濡れになり、巻き毛の髪は礼拝堂に忘れてきた飛行用ヘルメットの表面と同じくらい滑らかに伸びている。あのヘルメットは、もう二度と見ることがないだろうが。

ジェニーがこの長さ四〇〇メートルの仕事場を隅々まで余すところなく知っていることが、すぐに証明される。彼女の靴先が何かを蹴飛ばした。ここにそんな障害物があってはいけないのだ。転がっていく様子を目で追っていくと、やがてそれは動きを止めた。彼女は目を剝《む》いた。

人間の頭ではないか。それは、ハムの塊のように首から切断されていた。

驚愕しつつも、ジェニーはとにかく動き続けることにした。立ち止まってしまうと二度と動けなくなる気がして、口や目の窪みに溜まっていく雨水ではなく、己の茶色い靴に意識を集中させる。自分はこの靴にふさわしい――それを自分自身に納得させないといけない。しかも、早急に。彼女は顔を上げた。するとそこには、この世の終わりのような恐ろしい事故ケースを取り上げたトレーニングビデオにも出てこない、混沌の光景が広がっていた。これは雨のせい？　それともロシアか北朝鮮製の毒素を含んだ雲の仕業？　キャンディを思わせる鮮やかな色のジャージや救命胴衣を着た甲板作業員が、通常のポジションから遠く離れて散らばっている。稼働中の飛行甲板とは思えない。ただし、考えられる理由がひとつあった。FODウォークだ。

数秒間、彼女は自分に言い聞かせた。これは現実だ。自分が大好きな〝儀式〟を、また目の当たりにしているのだ、と。ところが今、この甲板に散らばっている異物の数々は、普段ではありえないほどにまずい。片方のカタパルトのラインカバー【スロットシールとも。非稼働時にカタパルトの溝に装着するゴムシール。洗浄剤や燃料、破片などが溝に入るのを防ぐ】がはみ出た腸のごとく剝《は》がれている。燃料補給用ケーブルは、心室からハサミでチョキンと切り取った大動脈よろしく、接続されないまま放置されていた。光学着艦装置【着艦の最終段階にある機のパイロットを色別ライトで支援する装置】の基準ライトが割れ、粉々になった緑色のガラス片が散乱している。中距離空対空ミサイルAIM－120三基を積んだ運搬カートに至っては、兵器が剝き出しの安全が確保されない状態で、ただそこに置かれていた。信じられないほどの規定違反だ。

他にもいろいろと落ちている。切り落とされた頭部。ふくらはぎの半分が生えているブーツ。なみなみと血が満たされた消防ヘルメットには、頭蓋の一部、脳味噌が浮かぶ。甲板が濡れていること自体は珍しくない。いつもならこぼれているのは、水、油、ジェット燃料だ。ところが、あちこちに赤い水溜まりができており、白い目の船員たちがそれらを踏んでいく。

汽笛が六回轟《とどろ》き、アスファルトが震えた。落水者あり。ジェニーは周囲を見渡した。勢いよく顔を回したので、触れた髪が頬を軽く叩く。海を指差すふたりの甲板作業員がいた。汽笛が再び六回鳴った。またもや落水者ありの合図だ。振り返ったジェニーは、仲間が海に落ちた地点にケムライトを投げている船員を見た。それからまた、汽笛が六回鳴る。さらに六回の汽笛。落水者あり。落水者あり。信じられない。何人も、艦から落ちてるなんて！

デトロイトでも、拳と拳で殴り合い、取っ組み合う喧嘩を見たことがあった。だが、ここで起きているのは、海軍対海軍の争いである。アメリカの全てではないにせよ、軍のそれぞれの部隊の下で煮えたぎっていた憎悪が解き放たれたのだ。空母ほど防護されている米軍の乗り物は他にはないと、ジェニーは知っていた。同時に、その防護は、外からの攻撃を想定していることも知っていた。つまり空母のアキレス腱は、内からの攻撃なのだ。

ビル神父のゴーレムの話が、今になって彼女の骨身に沁みる。

いつかゴーレムは創造主に反旗を翻《ひるがえ》し、自分たちの種を増やす方法を学び、その圧倒的な数で地球から悪を一掃するだろう。

ジェニーは不安な気持ちをぶつぶつとつぶやき、雨の中を突っ切っていく。腰の拳銃に手が触れる。あとは引き抜けばいいだけだ。しかし、ここにはミサイルや外づけの燃料タンクがあり、至るところに船員たちがいた。発砲するのは危険すぎる。だから、一度も飛行甲板でパイロットが引き金を引いた音を聞いたことがないのだ。艦で他に武装しているのは海兵隊員だが、その小部隊がどこにいるかは誰もわからない。空母の軍需品倉庫には、たくさんの武器が収納され、厳重に守られているものの、そうした武器をどうやってすばやく駆り集められるのか、ジェニーは見当も付かない。特に、武器庫の番をしている船員たちの目が白く濁った場合は。

彼女は、カタパルトの部品である金属のラッチバーを拾い上げた。スクールバスと同じ黄色ゆえ、武器運搬用カートから落ちたものに違いない。

徽章《きしょう》から判断して、情報部所属だと思われる船員が、赤いシャツを着た航空機事故救助要員《クラッシュサルベージ》を艦上クレーンの車輪に押しつけようとしていた。情報部の船員の首の後部はごっそり肉が削がれ、真っ赤な肉から、白い幼虫のような脊椎骨が突き出している。赤シャツの作業員は、情報部の男の攻撃を逃れるべく身を翻して後ずさりしていたが、甲板に倒れていた仲間の身体につまずき、内臓が出たその胴体の上で倒れまいと必死でバランスを立て直そうとするも脚がもつれて倒れてしまった。

「サー、やめてください！」。ジェニーは叫んだ。「サー、やめて！」

情報部の船員には、その声が聞こえていないらしい。彼は、あたかもこれからキスをしようとしているかのごとく、赤シャツの右耳と顎を摑んだ。ジェニーの肋骨の下で、赤く熱された石炭のような感情がむくむくと湧き上がる。自分はこれまで何度も無視されてきた。ペンサコーラ海軍航空基地では、男性士官候補生に相手にしてもらえず、こちらを見ていないふりをする船員たちの前で嘲《あざけ》りを受け、レッド・サーペンツの乗員待機室では、スイートハート・ウォールに貼られたランジェリー姿の女性たちと同じで言葉など話さないのだろうと考えているのか、男たちはジェニーの発言を遮って会話を進める始末だった。オリンピア号のニックネームはビッグママかもしれないが、この艦は骨の髄まで男性社会。もううんざりだし、これ以上、手首戦術などごめんだ。

いまだデトロイト・クリスト・レイ高校ソフトボール部に在籍中かのごとく、彼女は後ろに下がると、渾身の力でラッチバーをスイングした。

金属棒は情報部の船員の頭部右側に直撃し、強烈な振動が彼女の肩を通り、背骨の下にも伝ってくる。相手の頭は自身の左肩に激しく打ちつけられ、身の毛もよだつ音を立てた。剥き出しの脊椎骨のひとつが、指関節を鳴らすがごとく弾ける。おそらく首の骨が折れたのだろう。彼は、赤シャツ作業員の膝の上に崩れ落ちた。

スイングで身体を捻ったジェニーは、別の方角に顔を向ける形となり、ある男が視界に入った。そいつは三人の水兵の脚、肩、頭皮を食いちぎっていたが、這いつつ彼らから離れようとしている。どこを見ても、実にひどい有り様だ。そのとき、飛行甲板では絶対に聞くことがないと思っていた銃声が響いた。一メートルにも満たない至近距離から、ひとりの水兵に拳銃を撃っているパイロットがいたのだ。六発の弾を撃ち込んでも、白濁した目の水兵の渇望を薄めることすらできない。

彼女は叫び声を聞いた。何十もの悲鳴が上がっているが、その声は彼女のすぐ横で放たれた。ハッとしたジェニーは身体を回転させ、倒れていた赤シャツ作業員を見た。彼は、彼女が置き去りにした場所にいた。例の情報部の船員は、首が折れて神経が麻痺しているはずなのに、頭を赤シャツ作業員の太ももに埋め込み、その顎を動かし続けている。さらに驚いたことに、赤シャツ作業員の下の血まみれの身体が震えて息を吹き返し、作業員の股を咀嚼《そしゃく》し始めたのだ。赤シャツ作業員は、不気味な唸《うな》り声を上げげた。その股間から黒い血が噴き出し、彼の下敷きになっている男が嬉しそうに鳴らす歯に飛び散る。

郊外によくある庭のスプリンクラーが放つ水を避ける要領で、ジェニーは後退して血飛沫《ちしぶき》から離れた。そのとき、係留されていなかったジェット機が横滑りし、係留されていた艦載機にぶつかって金属を引き裂く凄まじい音を響かせた。折りたたまれた翼のひとつが火花を散らし、もう一機の胴体をえぐって傷を刻んでいく。滑走路上で航空機が航空機に体当たりする衝撃は、「クランチ」と呼ばれ呪いのように恐れられていたため、甲板作業員が「クランチ」という言葉を口にすることはなく、艦内の売店でチョコレート菓子の「クランチバー」すら取り扱わないほどなのだ。

擦《こす》れ合った二機のうちの一機の背後から、艦内意見箱の考案者であるバートランド・ヴィーヴァース部隊最上級兵曹長が身体を引きずりながら、甲板を横切ってくる姿が見えた。片腕が肘からなくなっており、もう一方の腕は、裂けた胸から内臓が飛び出さぬよう傷口を押さえている。ヴィーヴァースは四つの戦争を生き抜き、八度の昇進を経てきた。そんな彼は、ここ——血だらけの駐機場の上——で死ぬことになるのだろう。しかも、自身の部下の手によって。問題は、彼が死ぬのにどれくらい時間がかかるのか、ということだった。

ジェニーは後退を続けた。

彼女の尾てい骨が、何か硬いものに当たる。飛行甲板の外側の手すりだ。その手すりは、安全ネットの上に走っており、ネットは、船員がわざわざネットを飛び越えない限りは、落下した船員を受け止めることができる。現状は、わざわざ飛び越える落水者が続出しているのだが。さらに下がって手すりを握ったとき、誰かの手が彼女の背後から手首を摑んだ。

驚愕したものの、ジェニーはパニックを起こすまいと、必死に新人訓練を思い返す。まず、状況判断を行うのだ。何者かの手に目をやると、その袖章には、三本のストライプと錨《いかり》と三叉の鉾《ほこ》のシンボルが描かれていた。手の主は、ネイビーシールズの一等兵曹だ。他の詳細から、様々な事実が読み取れる。真珠を思わせる眼球。弛緩した表情。手首を握っている男の手には、人差し指と中指がない。その事実だけ見ても、自分が腕を振り解くことは可能だろう。次の瞬間、ネイビーシールズの薬指——明らかに他の二本の指を奪った咬み傷によって穴が開けられている——が、ニンジンのごとくパキッと折れた。ジェニーが手すりに沿って身体を船尾方向に滑らせると、ネイビーシールズも、残された親指と小指でカニのハサミのように手すりを摑み、彼女に続く。

「サー、止まってください！」。ジェニーはわめいた。「サー、来ないで！」

彼は聞く耳を持たず、動きを止めようともしない。彼らは、人の言うことを聞いたりしないのだ。持っていたラッチバーを振りかざし、一撃を見舞おうとしたそのとき、激しい雨と金属に付着したオイルのせいで手が滑り、バーが宙へと飛んでいった。豪雨の咆哮《ほうこう》の中、ラッチバーが甲板に落ちても、音は何も聞こえない。武器を失い、彼女は呆然とした。自分が半分のサイズに縮んでしまった気がする。ネイビーシールズの男は、こちらに狙いを定めて向かってきた。片方の手は二本しか指が残っていないものの、もう片方の手は無傷で普通に動いている。前のめりになった男は、顎を開いた。歯の詰め物が確認できるほどに大きく——。

ジェニー自身が飛行甲板での「クランチ」を起こした。彼女の後頭部が熱く震える金属にぶつかったのだ。何に当たったのか、わざわざ振り返るまでもない。それは、彼女の飛行機、F／A–18だ。ステンシルで描かれているのは、他の誰かのコールサインだけれども。ジェニーの一・五倍は体重が重そうなネイビーシールズが間近に迫り、覆い被さろうとしてきた。上顎から蝶番《ちょうつがい》が外れているかのごとく下顎が垂れ、ミントと銅の匂いの息が漏れる。歯磨き粉と血が混ざった匂いだ。

後ろに下がろうとしても、飛行機が行く手を塞いでいた。背中に機体部品が徐々に食い込んでいく。自分の身体と同じくらい、この機のことは熟知しており、背に当たっているのがどこの部品かもわかっている。航行灯、全温度《TAT》センサー、前脚ドア。そして、全てが振動している。つまり、この機は発艦の順番待ちの最中で、エンジンはかかっているという意味だ。ジェニーの脳裏に、ビッグママでの初日に気づいた飛行甲板のサインが浮かぶ。「BEWARE（要注意）――JET BLAST（ジェット噴射）――PROPS（プロペラ）――ROTOR BLADES（回転翼）」。どれに巻き込まれても、凄惨《せいさん》な死に方となるが、これらだけが死につながるわけではなく、もっと悲惨な死に方もある。

水兵の信条は、彼女の寝床にテープで貼られた安価なポスター以上の存在だ。

私は海軍の闘魂を象徴する。

私はアメリカ海軍水兵である。

ジェニーは相手の胸を押す代わりに、己の両手を回し、手首を上向きに反転させた。とはいえ、これは手首戦術ではない。似ても似つかない。自分の身体をカウンターウエイト【重量物を吊り上げるクレーンなどが、バランスを崩さないように釣り合いを取るために付けている錘】として使うのだ。そして彼女は、ネイビーシールズを右側へと力一杯投げつけた。彼の背中がエンジンルーム部分にぶつかって跳ね返り、目が大きく見開かれ、白さを増す。そして、最後にもう一度、女性に言葉をかけたかったのかと思わせるような唸り声を上げた。

エンジンの吸気口は、超高速回転による猛烈な吸引力でネイビーシールズを捉えた。乾燥した小枝のように吸気ファンに吸い込まれると、腰の部分で身体が真っ二つになり、男はコンプレッサー・シャフトへと引き込まれていった。エンジンが甲高い音を立てた後に咳き込む様子から、彼の身体がまず真っ赤に熱された燃焼ルームに当たり、次に高速回転するタービンのブレードに到達するのが聞き取れる。しまいに、排気口から吐き出された肉片が、甲板上に撒き散らされる音がした。

　彼に続いて吸い込まれるのを恐れたジェニーは身を乗り出し、どっと安堵感と疲労感に襲われて水溜まりの上に伏してしまった。ジェット燃料の匂いに塗《まみ》れながら転がり、甲板に横たわって低い位置から、ビッグママの精鋭たち二〇〇人がクーデターを繰り広げる様子を見つめる。彼女は、愛国心から来る、めくるめく高揚感について聞いたことがあった。先輩の船員たちは、9・11が発生し、進路をアフリカからパキスタンに変えた際に空母エンタープライズを揺るがした歓声について繰り返し口にする。第一次世界大戦中のベローウッドの戦いから、第二次世界大戦のノルマンディー上陸作戦でのオマハ・ビーチ攻撃作戦、ソマリア内戦時のモガディシュの戦闘まで、軍事史の壁は、こうした勇敢さの煉瓦《レンガ》で築き上げられてきた。ここで、「空母オリンピア」と刻印された、新たな煉瓦が壁に加えられようとしているのだ。

　とはいうものの、それは、勝利が連中のものになったという意味ではない。ジェニーは、「失敗」という熱を帯びた汗の匂いを嗅いだ。甲板に転がる大勢の力尽きて垂れた肩と悲しみに暮れる開いたままの口にも、「失敗」が見える。疲れ切った弱々しい自分の膝の震えからも、「失敗」を感じた。彼女が最近苦労している空母への着艦は、極めて短い距離の中、アレスティング・ワイヤーで強制的に航空機を甲板に引きずり下ろすやり方のため、「制御された墜落《クラッシュ》」と表現されることもあるが、この言葉こそ、今起きている衝突《クラッシュ》全てにふさわしい。ためらいなど知らなかった自分の周りの男性も女性も、ことあるごとに戸惑っている。もちろん、そうだろう。侵略者は自分たちの将校であり、助手であり、友人であって、そんな彼らを傷つけることは、これまでやってきたあらゆる訓練に反し、人としての心に背くものだ。

　白濁した目の船員四人――うちふたりは救命胴衣を着ている――が、ジェニーに気づき、土砂降りの中、損傷した身体を引きずりながら近寄ってきた。彼女は立ち上がり、冷静に状況を判断する。展望塔は安全だろうが、たどり着けない可能性が高い。しかしながら、近くに小さな円形のハッチがあった。そこからは、「トランク」と呼ばれる、ストローのように艦内を縦に貫くハシゴ付きの細長いシャフトのひとつへとまっすぐに降りていける。こうしたシャフトは何本も艦内を走っており、火災やその他の災難の際、緊急の垂直輸送を可能にするのだ。彼女は、四人組から目を離さぬまま、ハッチに向かって歩みを踏み出した。追いつかれる前に、先にトランクに到着し、扉のラッチをかけることができるだろう。とはいえ、事態は厳しい。男たち四人に囲まれるのは、時間の問題だった。

民間人が空母の「扉」と呼ぶものは、実際には「ハッチ」で、角が丸みを帯びた輪郭の巨大な鋼鉄の厚板である。ハッチは一度密閉されると、侵入はまず不可能だ。ところが、礼拝堂のクローゼットの扉は木製だった。ビル神父は、ナザレのイエスの職業である大工仕事についての知識はなかったものの、このドアが、ポルノ雑誌を収納している箱のバルサ材程度の耐久性しかないことは知っていた。だから、白人の水兵の手が板を突き破ってきても、何も驚かなかった。

この男は拳を作ってすらいない。子供が両手を叩き合う遊び「パタケーキ」〔「せっせっせ」のようなもの〕をするがごとく、手のひらを打ちつけたのだ。木材を貫通した勢いで、二本の指の先が後ろ向きに折れ、指関節が肉を破って飛び出した。痛みで怯《ひる》むでもなく、男はそのまま穴に腕を押し込み、上腕二頭筋まで入ったところで動きを止めた。一方、黒人の船員の方は、いまだにドアを押し開けようとしている。どちらに攻められても、ビル神父はドアを押し戻したが、衰弱した脚で永遠に踏ん張れるわけがなく、このバトルにすぐに負けてしまうに違いない。白人船員は、やみくもに手と腕を動かしているうちに神父のブーツを見つけ、革を爪で引っ掻き始めたが、その努力は、折れてブラブラと揺れる指先に阻《はば》まれた。

死という冷たいチュニックが己の上に落とされた感じがする。自分はこんな目に遭って当然なのだろうか？　罪深き肉体をカッターナイフで罰しても、そのたびに包帯が三〇分で血を止めてくれた。今日はこんな脅威に晒《さら》されているせいか、傷口が閉じる気配がない。迷彩柄のスラックスの太もも部分はぐっしょり濡れ、滴る血が床に抽象画を描いていく。

神経が恐怖でビリビリと痺れ、筋肉が疲労で震え、失血で意識を失いつつあるこの体勢でいる神父に、全能の神からしか得られない力と純粋さで、知恵が突如、授けられた。ああ、そうだったのか。疑いようがない。この瞬間まで、神は話しかけるのを待っていたのだ。そう考えると納得がいく。殉教者たちは、火炙りの刑に処され、炎を上げる杭の上で初めて悟りを得ることが多い。

ビル神父、白人水兵の裂けた指から流れ落ちる血を見よ。それがどのように凝固するかを見よ。指は血をこぼすが、血を流してはいない。なぜそんなことが可能なのか？　ビル神父は答えを知っていた。というのも、彼は、見える力を授けられているからだ。天地創造の三日目、神は海をお創りになった。血の海を創られたのだ。全ての人類と動物たちの身体を満たすように。血の海という井戸は、永遠に地球の役に立つはずだった。ところが、何千年にもわたる殺人、大虐殺、戦争で血が必要となり、血が補充されるよりも速く、血の海を空にしてしまった。白人水兵の折れた指に、その結果を垣間見ることができる。もはや流れるだけの血はなく、こぼれる赤い液体を止めるものがなければ、人類はどんどん他の誰かをズタズタに引き裂くことになるのだ。

空母オリンピアのカトリック神父であるウィリアム・コッペンボルグ少佐は違っていた。彼は選ばれたのだ。彼の太ももが単に出血しているのではなく、どくどくと流血しているのには、理由がある。血の海が、彼の内側にあるからだ。そして思うに、それを知るには、己の肉体を切る必要があったのだ！　予期せぬ影響が雹《ひょう》のように降りかかり、何十年も読み違えていた聖書の一節の正しいメッセージを探り当てたときに覚えるのと同じ恍惚感を覚える。この傷口の開いた太ももが、神が自分を選んだというサインなのであれば、自身の最近の欲望を異常だと捉えるのは間違いだったのだろう。

『フレッシュ・ミート』誌が孵化させた肉の怪物に関しては、邪悪なものは何もなかった。

自分がマイ・スイートにしたいと願ったことは、新約聖書「ヨハネの黙示録」第一六章四節「第三の御使いがその鉢を川と水の源へと傾けた。すると、それらが血になった」――長い間、勘違いしていたもうひとつの御言葉《みことば》――で予言されていた通り、血の海を満たすのかもしれない。

ドアに垂直に――上から下へと――亀裂が入った。裂け目から、白い目をしたふたつの顔が現れる。それでも、ビル神父は恐れを感じなかった。数秒前までは、冷静でいられるわけがないと思っていたのだが、その落ち着きを取り戻した彼は、クローゼットの中身を確認していく。目についたのは、粗末な道具類ばかり。だがイエスは、宝石をちりばめたゴブレットやステンドグラスで賛美するような教会は持っていただろうか？　もちろん、答えはノーだ。イエスは、自身の教えを伝える何かが物であろうと伝道者であろうと、それ自体の中に力を見出した。

ビル神父はドアから足を離し、立ち上がった。木製の扉が、クラッカーよろしくきれいに真ん中から割れる。支えを失ったふたりの水兵たちは裂けた木板の上に倒れ込み、プロレスごっこをする子供のごとくもつれ合う。その隙に神父は、必要としているものを棚からすかさず摑み取った。ミサで使用する金メッキの聖杯と、休日礼拝のために保管してあった一メートル強のブロンズの花瓶だ。倒れた男たちは、彼を呆然と見上げている。飢えた彼らは、自分らの身体を起こそうともせず、腕を使って神父を摑もうとするだけだった。今こそ、求めていた瞬間だ。自分が優位に立ったこの一瞬を逃すわけにはいかない。

彼は花瓶の口を手にし、低い天井にゴツンと当たるくらい十分に高く持ち上げ、平らな土台部分を黒人水兵の頭部めがけて振り下ろした。頭蓋骨は思った以上に簡単に陥没し、パックリと割れた傷口は、花瓶を飲み込もうと開いた唇を彷彿《ほうふつ》とさせる。神父が花瓶を床に置いて手を離すと、それは直立し、武器から、生花をいつでも受け入れられるいつもの器に戻った。膝をついてゴソゴソと動いていた白人兵士は、鈍い光の目をビル神父の太ももに向けている。神父は一歩離れた。

「生き血――」。彼はなだめるように言った。「若者よ、そなたはそれが欲しいのですね。わかります。ですが、我らが神、主の思し召しにより、私の生き血は私のもので、私が分かち合う相手を決めるのです。この賜物を授かり、私は思慮深くなければなりません。若者よ、主が汝を祝福し、守ってくださいますように。アーメン」

聖杯は、聖歌隊のベルのように神父の手の中に収まった。それを白人水兵の頭に振り下ろしたはいいが、直立する花瓶ほど満足のいく効果は得られなかった。相手はさっと身を後ろに引き、それから突進してきたのだ。ビル神父は、さらに一〇回、聖杯を叩きつけ、五回目でやっと頭蓋骨を貫通し、その後は強打するごとに脳に骨の破片を打ち込むという散々な仕事をしなければならなかった。船員の頭が床に当たって臀部が高く持ち上がり、眠りに落ちる前の幼児を思わせる格好になる。

カトリックには、洗礼、堅信、聖体、告解《ゆるし》、終油、叙階、婚姻という七つの秘蹟《サクラメント》があるが、「病者の塗油」とも言われる、死の間際にある者に施す終油の儀式を行うべきだろうかと思ったが、しないことに決めた。結局、目に命の輝きもなく、血も流さぬこの男たちは、すでに死んでいたのだ。こうした者たちのために、新しい秘蹟を作り出さないといけないのかもしれない。やがて、そのうちに。

礼拝堂内の他の場所から騒音が聞こえてきて、こうした喜ばしい考えは遮られた。連中はさらに来つつある。当然ながら、悪魔は二体ではなく、大勢でやってくるものだ。ビル神父は平らで役に立たない聖杯を落とし、祈りながら棚に向き合った。今度はより配慮して、もっと神聖な選択をするつもりだ。讃美歌ボード【礼拝ごとにどの讃美歌を歌うのか、讃美歌集に掲載されている番号で参列者に示す板】は頑丈だが、大きすぎて扱いにくい。真鍮の献金皿は手によく馴染み、皿の中央に貼られた赤いビロードは血を隠してくれるだろうが、いかんせん、縁が丸いのだ。ガラスで内張りされた洗礼鉢なら、しっかり重みがあるからいいのではないか。

　自分が選んだ道具に、迷いなどなかった。

　彼は棚から、長さ一五〇センチほどの木の棒を持ち上げた。上端部には、手で鍛造《たんぞう》された約四〇センチ幅の十字架が乗っている。この十字架は重く、角が尖っており、十字の一辺一辺に一体ずつ四人の福音者の像が彫られていた。神父の手は、艦上の他のどんなものよりも、聖体行列用の十字架を知っている。十字架の中央に彫られている像を愛おしそうに見つめ、彼は微笑んだ。イエス・キリストの表情は控えめで、足首はためらいがちに曲げられ、腕は恥ずかしげに爪の先まで伸ばされている。ビル神父は、控えめでも、ためらいがちでも、恥ずかしげでもなかった。この十字架が守ってくれるなら、オリンピア号を救えるのはこの自分だけだ、と証明することになるだろう。

　神の完全な鎧を纏《まと》いなさい。悪魔の計略に立ち向かえるように。

　彼は大股で歩き、クローゼットの外に出た。物音は右方向から聞こえてくる。マイ・スイートが退却したのと同じハッチから、恐ろしい容貌の悪魔の水兵がよろよろと歩いてきた。その左腕は肘から下がなくなっており、残った部分も、食堂の皿の上に置かれた手羽先の食べカスような見た目だ。その船員は、ビル神父を見た途端、口をあんぐりと開けた。まるで食べさせてもらうのを待っている子供そのものの動作だった。

　神父は、転がっていた精神分析医の遺体を踏みつけ、フィリピ人への手紙第四章一三節を己にささやいた。私を強くしてくださる方により、何事でもすることができる。それから、口を開けていた悪魔の水兵の胸に十字架を思い切り突き刺し、文字通り、キリストを心の中に取り込むとはどういうことかを示したのだ。真鍮の十字架を引き抜くと同時に、心臓の茶色い肉片が飛び散る。それでも水兵は倒れなかったが、動きは遅くなった。神父は、行列用十字架を杖のようにコツコツとつきながら男の横を通り過ぎ、スチールの床に沿って進んでいった。

生きている兵士たちが02甲板を駆け抜けていく。それぞれが、肉体的、心理的、精神的危機に陥っているのは明らかだ。彼らに祝福の声をかけると、多くが叫んだ。「神父、そっちに行かない方がいい!」「チャプレン、気をつけて!」「隠れて、パドレ!」。彼は穏やかで敬虔な笑みを返し、船尾に向かえばマイ・スイートに再会できると信じて力強く前進を続けた。

自分たちの罪深き再会は、どんな感じになるのだろう? 女性の悪魔に顔を齧られて泣きわめく褐色の肌の若者に出会《でくわ》した際、素晴らしいアイデアが神父の頭に浮かんだ。とうとう自分の『フレッシュ・ミート』のビジョンが現実のものになる! 性愛の飢餓の中に閉じ込められた、ふたつの肉体。女と男、食う者と食われる者の、ベトベトしてドロドロした密閉状態。それは、実に見事に旧約聖書の内容に沿っている。旧約聖書では、神が人間を、不死の天使と地上の獣というふたつの存在が結合したものとして創造したとされていた。ゆえに、祝福された再会は、天国への道を創り出すはずだ。イエスが死から蘇ったように、この生と死の新たな融合が、独特の神聖な次元を確立した。マイ・スイートを見つければ、自分がすぐに到達することになる次元を。

彼の歩幅は大きく、歩調は誇らしげだったため、陰茎を太ももに留めていた医療用テープが緩み、勃起したペニス——聖体行列用の道具と同様に長く、十字架の真鍮と同じくらい固い——が解放されて跳ねた。

ビル神父の正義の行進は、格納庫で終わった。四基の巨大エレベーターで飛行甲板へとつながる広大な空間は、空母の全長の三分の二の長さがあり、あらゆる整備状態の艦載機五〇機を収納している。

人間の汗、冷たいジェット燃料、鼻にツンとくる油圧オイル、そして塩辛い海のいつもの匂いに加え、今日は、滅多に嗅ぐことのない生肉の匂いが外から漂ってくる。極めて新鮮な肉の硫黄臭、溜まった血の腐敗臭が空気中に混ざっていたのだ。何機もの航空機が修理途中で放棄されている。ケーブルやワイヤーといったエンジンの腸《はらわた》だけでなく、花輪のごとく翼や車輪に掛けられた本物の内臓もあった。

消防用具が、あちこちで使われている。斧、消火器、防火用毛布が、悪魔に対抗するために手に取られていた。ただ、必死で応戦する修理工たちの動きを阻むものもあった。ひとつは、ジェット機の翼の上で作業するときに装着する靴カバーだ。翼の表面に傷を付けないようにデザインされた柔らかいスエードのオーバーシューズは、どうしても格納庫の床では滑りやすい。もうひとつの障壁は、人間なら誰でも持つ良識だった。友人だった相手を攻撃するのに、躊躇《ちゅうちょ》するのは当然だ。私の手助けで、人は良識を刷新するだろう。そうビル神父は考えた。ところがわずか数秒後、彼は包囲されてしまう。

ずいぶん長いこと微笑んでいたので、しかめ面を作ると顔が痛む。こんなことが起こるなど考えてもみなかった。マイ・スイートはまだ見つかっていないのに。彼は十字架を持ち上げ、悪魔を追い払おうとした。ところが退散するどころか、悪魔はあらゆる方向から近づいてくる。神父の苛立ちが次第に恐怖に変わっていく。礼拝堂のクローゼット内で、悪魔二体を倒してはいたが、今は悪魔の数が多すぎる。神はなぜこんなことを行うのだろう？　神の鎧は、自分を防護するはずではなかったのか！

硬い指が神父の背中に押し当てられた。

いや、指ではない。トランク――垂直に艦内を貫く細長い連結シャフト――の開閉用ラッチだ。トランクは、健全な精神の持ち主が入って過ごすような空間ではない。しかし聖職者は、その生涯を教区司祭館、懺悔室といった小規模塹壕《フォックスホール》並みの小さな空間で過ごす。

彼は複数あるラッチを開け始めた。結構な力が要る。こんなふうに筋肉を駆使する機会は、何年ぶりだろうか。残ったひとつ、最後のラッチを開けようとするも、金属同士が噛んでしまって動かない。背後から、悪魔の足音や呼吸音が徐々に近づいてきた。トランクのラッチのように冷たく固い何本もの手に摑まれる瞬間を頭に浮かべる。焦りは募っていったが、把手《とって》が甲高い音を立て、ついにハッチが開いた。ドラム式洗濯機の扉ほどの穴に身体を押し入れ、マンホールと同じ幅の縦長シャフトがある、狭い空間へ入っていく。狭いハシゴの横棒に足を固定し、ビル神父は真下に続く開口部を見下ろした。長さ三〇メートル以上はある食道のようだ。

トランクへ進む前に、今入ってきたハッチを閉めないといけない。それを閉じるには、これまた相当の力が必要だった。重い金属板を手にして引いたところ、ドスンと音を立て、その衝撃で腕が震えた。十字架が付いた木の棒は長すぎて、狭い空間に収まり切らなかったのだ。顔を上げると、悪魔たちがどんどん迫り、木の棒の横を通過してハッチの開いた隙間に到達しようとしているのがわかった。そいつを捨てろ。ビル神父の合理的と言える脳の一部が命令する。とはいえ、合理性が神の子を導くのではない。信仰が導くのだ。聖体行列用の十字架は彼の杖であり、死の谷を歩き抜く際の慰めだった。

自分の脚が預言者モーセの後継者、ヨシュアの脚と同じくらい強く、腕がモーセのそれと同様に安定していることを神に信じ、ハシゴから片足を離す。そして、五〇から六〇本の指が蠢《うごめ》く方へ身を乗り出し、両手で十字架をしっかり握った。氷のごとく冷ややかな悪魔の手という手が、ニミッツ級航空母艦の聖職者のタートルネックを引っ張り、とうの昔に抜け落ちた髪を摑もうと必死に動いている。のたうち回る冷たい蛇の肉を思わせる無数の指を前に、彼は目を閉じ、自身が「黙示録の獣」である蛇に対峙《たいじ》して苦悩する聖人だと想像した。それから、震える老いた筋肉で、グイッと杖を引っ張ったのだった。

その刹那、木の棒が真っ二つに割れ、ビル神父はハシゴから足を滑らせてしまう。一瞬、何が起こったのか理解できなかったが、周囲の様子に目を凝らし、必死で状況を把握しようとした。真鍮の十字架と八〇センチほど残った木の棒がシャフトを横切り、懸垂棒となってぶら下がる神父の落下を防いでいたのだ。彼は息を呑み、身体をスイングさせてハシゴの別の横棒に足を掛けた。

「神を讃えよ」と、彼は息も絶え絶えに言った。「神を讃えよ！」

悪魔たちはトランクの中に入ろうと殺到し、ハッチの穴周辺で押し合いへし合いもがいている。神父は十字架の位置を正し、ハシゴの鉄の横棒をしっかりと摑んだ。さて、上と下、どちらに行くべきだろう？　神父は下を見下ろし、それから上を見上げる。天に向かおうと考え、彼は昇り始めた。片手で十字架と半分になった木製の棒を持ちながら、ゆっくりと足を繰り出していく。三〇秒もしないうちに、悪魔たちはトランクの中に入ってきた。だが彼らには、上に昇ろうという心も、自分たちを支える信仰もない。ビル神父は縦穴に入ってきた悪魔たちが、次から次へと転落し、はるか下方でドサドサと重なっていく音を聞いた。

ミレニアリスト

ヴィンディケーター号が爆発した。

全長およそ一八三メートル、重量一万トン、速力二〇ノットで進む誘導ミサイル装備巡洋艦には、三五〇人の下士官水兵、五五人の将校が搭乗していた。十中八九、ヴォー提督も含まれていたはずだ。それが一瞬にして、凄まじい大きさに膨らむモクレンの木となり、まばゆいばかりの真っ白な花を咲かせた。熱波の見えない手がオリンピア号を襲い、カール・ニシムラと航海艦橋の船員たちを窓から突き落とさんばかりに床に叩きつけた。赤とオレンジの火球が渦を巻いて上昇し、煙が勢いよく舞い上がる。数秒後、ニシムラが体勢を整えようとした途端、艦に押し寄せた湖ひとつ分ほどの塩水が、舵の一部、プロペラの刃、マストの上半分といったねじれた巨大スクラップを蹴散らしながら、海に押し戻されていく。

「艦橋の安全を確保しないと!」。ヘンストロムががなり立てる。「サー、サー、サー!」

「航路を維持しろ、掌帆手!」と、ニシムラが吠え、ヒステリックに付け加えた。「ラング、目を凝らして、海に落ちた船員を見つけろ!」

「サー、救命ボートまでたどり着くのは無理です」と、ラングが即答する。「サー、飛行甲板を見てください！」

ニシムラは飛行甲板を確かに見ていた。二度目のオリンピア号配備期間全体である半年にも感じるようなこの一時間、彼は目を離すことができないでいた。艦内軍需品倉庫からの銃器は届いておらず、助けが来る気配もない。

とはいえ、全てが失われたわけではなかった。時間はかかったが、ようやく気概が高まってきたのだ。ビッグママの甲板は、真珠湾攻撃以来最大の爆発による火の雲の下にあった。間違いなくこれは、日本帝国陸軍の「トラ！　トラ！　トラ！」という叫びが渇望のうめき声に取って代わられた、異なるタイプの真珠湾だ。ニシムラは海軍の英雄の規範に適う偉業を目の当たりにしていた。

甲板作業員たちがカタパルトを二回発動させた。ジェット機は連結されていなかったが、圧縮された蒸気が飛び出し、何体かのグールを半分に切断し、太平洋の撒き餌にした。ひとりの肝が据わった年少の装置《E》作動員《O》が、甲板上のサルベージ・クレーン車【故障機などを移動して甲板の原状回復に努める移動式クレーン】に乗り込み、そのアームでグールたちを薙ぎ倒したり、六つの巨大な車輪で踏み潰したりしている。また、職種別に色が異なるライフジャケットを着た甲板員「レインボーギャング」の寄せ集め集団が、虹色の列を作って一致団結していた。彼らは消火ホースを巧みに操り、一五〇psiの高圧放水でグールたちを海へ吹き飛ばしている。操舵手のように艦の傾きを感じられる者はいないが、ニシムラが命令した旋回パターンは、グールたちを甲板から水に叩き落とす役には立っていた。

ニシムラを最もゾッとさせたのは、落水した船員たちを追ってか、あるいは他の何かを探してか、次々に艦の縁から飛び込むグールの姿だった。死に抗う身体を持つグールらは、もしかしたら死を求めているのではないか、とニシムラはふと考えた。連中は、ケムライトで輝く黒い海を満天の星の天国と勘違いしたのかもしれない。

それから、海兵隊もいた。オリンピア号には、水陸両用攻撃のための短期訓練を行うため、海兵隊、もしくは海兵隊分遣隊《MarDet》の隊員二〇人が乗っているのだ。だが海兵隊は、水兵たちには「あの『センパー・ファイ』のくそ野郎」として知られている。「Semper《センパー》 Fi《ファイ》」は、ラテン語で「常に忠誠を」を意味する海兵隊のモットー。それを揶揄するほど、海軍と海兵隊は常に緊張関係にあり、その張り詰めた糸が緩むことはほとんどない。しかしながら水兵と違い、海兵隊員は武装し、接近戦の訓練を受けていた。ニシムラは、海兵隊員たちが、マサチューセッツ州に本拠地を置くNFL強豪チーム「ニューイングランド・ペイトリオッツ」さながらの連係プレーを見せるのを、畏敬の念とともに眺めていた。彼らはアメリカンフットボールの一チームに匹敵すると言っても過言ではない。大勢のグールの両側に網を張ると、その網で徐々に行動範囲を狭めていき、しまいには一体しか通れないほどの狭さにして、そこへとグールを誘導。待ち構えていた隊員たちが一体ずつ倒す、という作戦を展開していたのだ。海兵隊員たちはこれを、「訓練の成果を今こそ見せてやる」と言わんばかりの過剰な熱意でやり遂げていた。

ニシムラの背後で、艦橋の会話のやり取りが激しさを増している。ニシムラが自分の声のように熟知している聞き覚えのある声もしたが、アイランドに避難してきたと思われる知らない声も聞こえた。

「ヴィンディケーター号の生存者を報告せよ」

「サー！　何もありません。海面が燃えています！」

「サー！　我々の打撃群の一隻がヴィンディケーター号を爆撃したんですよ！」

「いい加減にしろ、ヘンストロム。彼らは自爆したんだ」

「提督が搭乗しているのに？」

「おそらく提督が自ら命令したんじゃないか。彼は知っていたんだ」

「海兵隊に無線連絡を入れろ。隙を見て、救助ボートに水兵を乗せてほしい。誰であろうと構わない」

「サー、MarDetが応答しません。誰も応えません」

「応答があるまで、続けろ！　ああいう……人間のうち、一体何人が航空電気技術オペレーション《ATO》の作業場からやってきてる？　下層甲板は、連中でごった返しているに違いない」

「つまり、あいつらが上がってくるってことか？　ハシゴを昇ってくると？　ドアの開け閉めがわからなかった奴を、俺は見たぞ」

「私に訊かないでよ！　奴ら、学んでいくのかもしれないし！」

「アレスティング・ワイヤーの作業員が必要だ。今、何機が飛行中だ？」

「サー、プリフライに要請します。カリフォルニアまで飛んでいける機があるかもしれません」

「我々の航空団をカリフォルニアに行かせることはない！　この空母を守るのに必要なんだ！　甲板を機銃掃射し、この侵入者たちを一掃しないと！」

「あちこちで水兵も交ざってますが？　下士官、本気ですか？」

「空母への攻撃は戦争行為です、サー。僭越《せんえつ》ながら、サー、この艦の船員だとしても、今やこいつらは敵です」

「なぜ誰も戦闘配置に就けと言わないんでしょう？　最上級上等兵曹、我々が戦闘配置を呼びかけるべきではないんでしょうか？」

　最上級上等兵曹。それは馴染みのある響きだった。当然だ。それは彼のことなのだから。誰かがこちらに質問しているに違いない。ニシムラは唾を飲み込んだ。唾は、空に上がる灰混じりの炎が彼の喉に二股に分かれた舌を滑り込ませたかのように熱かった。彼はまだ、航海艦橋の指揮官だ。ならば、振り向いて答えるべきだろう。それでも彼の目は、甲板上を動き回る勇敢な男女に釘づけになっている。だが、グールに食いちぎられている者たちに視線をやると、ニシムラは子供たちとその柔らかで脆《もろ》く、無防備な身体を思い出してしまうのだった。

彼は子供たちから、さらに親戚へと思いを馳せる。死んで蘇るグールたちの姿を見て、夫ラリーのトリニダード・トバゴの家族、そして、彼らが本当だと訴えたブードゥー教の習慣をニシムラが考えたとしても、それはごく自然なことだったのかもしれない。だが彼の脳裏に浮かんだのは、彼の父方の先祖だった。特に、祖母のアユミだ。彼女は子供を怖がらせるのが好きだった。カール・ニシムラが〝ミレニアリスト〟について聞いたのも、アユミからであった。それは、ヒロシマのキノコ雲からよろよろと現れた幽霊のような存在だとアユミは語った。自分たちがどんな目に遭って死んだのか——皆が、どんな凄惨な死に方をしたのか——を誰もが忘れぬように姿を見せるのだ、と。いわゆる「進歩」という聞こえのいい言葉を使っただけの、技術の行きすぎた飛躍。非人間的な科学の創造物。ひとつの部屋に集まった似通った外見の年長者たちによって開発されたデスマシン。それが彼らの命を奪ったのだ、と。

カール少年は、眠れなくなってしまった。ミレニアリストは戦争の被害者で、誰かに危害を与える意図はない。幼少期、ニシムラはこの存在に大いに心を掻き乱されていた。

四三歳になった今、彼は、こうした子供時代と同じ疑問が彼から将来の睡眠を奪うかもしれないと思った。誰が本当の敵なのか？　このグールたちだろうか？　それとも、彼らを生み出す手段を持った人間たちだろうか？

ようやくニシムラは、五階分下の大混乱から注意を逸らし、ダイアン・ラングに視線を移した。彼女は、献身的な見張り番の教科書のような例だが、軍隊というデスマシンの一部でもある。その顔を見れば、ニシムラが何を言うべきかわかっているはずだという悲痛な期待とともに、上官の次の言葉にすがりつこうとしているのは一目瞭然だ。少なくとも自分は、ラングの期待に沿えるべく努力はすべきだろう。とどのつまり、彼は聖人カールなのだ。乾燥してひび割れていた唇を割った彼は、ベトナム戦争から砂漠の嵐作戦まで、海軍飛行士のキルデス比〔殺した人数と殺された人数の比率〕が一七：一であることを彼らに思い出させ、過去の数字が今も有効だと信じろ、ひとりが倒れるまで一七人は倒せるから自分たちは大丈夫だ、と伝えようかと考えた。

ラングと向かい合っていたため、ニシムラは、この大惨事の誘因となる瞬間を見逃した。とはいえ、その後に起きる一連の悲劇で、何が発端だったのかは想像できるだろう。飛行中のカウボーイ気取りの戦闘機乗り――才能はあるが、やや自信過剰で強引な操縦士――が、必死になっている航空管制所の管制官と共謀し、いや、ＣＡＴＣＣの指示に違反した可能性も高いが、いずれにせよジェット機を甲板に接地させたのだ。

確かにその目的は、一回の試みで甲板上のグールを一掃することだったのだが、甲板はアスファルトとスチールの荊棘《けいきょく》が点々と広がっていた。戦闘攻撃機Ｆ／Ａ－18ホーネットの車輪が滑走路に当たった瞬間、それはエンジンオイル、ジェット燃料、消火ホースから放たれた消火剤の泡、そして人間の血液に塗《まみ》れた甲板を横滑りし、係留されずに漂っていたスーパーホーネットに衝突してしまう。時速一六〇キロでの体当たりは、とてつもない轟音《ごうおん》を放った。それは、全てのヒューッを終わらせるガツンで、オリンピア号にいた全員が、ショックに慄《おのの》きつつも、自分の身を守るべく身体を丸くする。

不条理すぎる連鎖反応は破滅的であった。爆発するスーパーホーネットが、空対空ミサイル、サイドワインダー二基を発射させ、輸送機Ｃ－2Ａグレイハウンドと哨戒ヘリコプターＭＨ－60Ｒ／Ｓシーホークに命中。二機は吹き飛び、全てのビュンを終わらせるビュンとなる。隣接する窒素タンクの整備ユニットが破裂して空に舞い、熱い金属片が甲板を削った。グレイハウンドから噴射された炎を上げるジェット燃料が、傍らの戦闘機に降り注ぎ、ポリエステルのカーテンのように瞬く間に火が燃え広がっていく。火焔《かえん》に包まれた戦闘機は、搭載していたミサイルを飛行甲板へとまっすぐに発射させ、Mk29シースパロー・ミサイル発射機だけでなく、着艦信号士官《LSO》用プラットフォームも爆発させた。このプラットフォームは着艦誘導には欠かせない。ビッグママが今後も航空機を着艦させたいのなら、あまりにも大きな損失だ。ここだけ見ても、このような状態での通常活動の再開は絶対にあり得ないのは、ニシムラにも容易に推測できた。

他の航空母艦同様、外からではわからないのだが、オリンピア号は、一〇〇〇万リットルを超える航空燃料と三〇〇〇トンの兵器が貯蔵された、有毒化学物質の窯なのだ。そのほとんどは甲板下に保管されており、ニシムラはずっと安全だと考えてきた。飛行甲板全体が紅蓮《ぐれん》の炎に覆われている今、そうした楽観的な妄想は消えた。何が起きてもおかしくないし、あらゆることが起こり得るだろう。火だるまの水兵たちが、よろよろと業火の中から歩いてくる。生者と死者の明確な違いは、生者は諦めて倒れ、死のうとし、一方のグールは動き続けること。そう、グールはミレニアリストの一団なのだ。

運よく位置が良かったため、数人の船員が生き残った。とはいえ大半は、顔や手の皮膚が焼けただれて皺だらけになり、垂れ下がるほどひどい状態だ。その姿は端的に言えばグールのようであり、こうした無力な船員を無傷の船員たちが、銃や鈍器で倒していく様子を、ニシムラは呆然と眺めていた。これは同士討ち——味方からの誤射《フレンドリーファイア》——で、言うまでもなく、無益な殺戮で、単に死者を倍加させるだけであった。

艦のサイレンが戦闘態勢を呼びかけるも炸裂する爆破音や轟《とどろ》く悲鳴と拮抗し、散り散りになった船員たちに、ましてや艦外の誰かに、現状を知らせる言葉を拡散する効果的な方法はない。ビッグママには、ホイップアンテナ、防衛衛星通信システム用WSC－6通信機、WRN－6衛星信号ナビゲーションセットGPS、妨害電波耐性USC－38通信機、SSR－1FM艦隊放送アンテナ、SRN－19NAVSAT受信機、そして最新型チャレンジ・アテナⅢ高速CバンドSATCOMシステムが設置されているという事実にもかかわらず、だ。

通信装置だらけなのに、通信ができない。

これが世界の終わりか。ニシムラは、そう思った。

身体はパンに

空母に配属された人間は誰でも、アクセストランクの位置を教え込まれる。パイロットのほとんどにとって、トランク訓練はそこで終了し、とりわけ新人パイロットであれば、内部を一度も見たことがなかったとしても不思議ではない。毎日何十回とその横を通過しているのに、だ。ジェニーが学んでいなかった部分が、今、急速に埋め合わされていく。出入り口のハッチを密閉して安全は確保した。どうか白い目の船員たち四人を足止めし、こちらを叩くように蠢《うごめ》くあの手のひらが届かぬことを祈りながら、彼女はトランクのハシゴでバランスを取っていた。

奴らを止めなければいけない。視線を落とし、底なしの縦穴の奥を覗き込む。穴の大きさは、彼女の肩幅とほぼ同じだ。過呼吸になりそうなくらいの不安に襲われ、あり得ないとジェニーは思った。F／A－18のコックピットはとても狭く、膝と計器盤の間は数センチの隙間しかない。だが広大な空を飛行している最中、彼女は自分をコントロールできている。一方のトランクは、長い細いスチールの喉穴だ。

「お願いだから、あっちに行って」と、彼女はつぶやいた。

ところが連中は消え失せるどころか、増殖し、ジェニファー・アンジェリーズ・ペイガンのような船員が彼らの愛する海軍にやってきたことへの不満を示すかのごとく、ハッチを執拗に叩き続けている。彼らは、彼女の穢《けが》れた飛行記録を知っており、彼女の女性の体臭を嗅ぎ、彼女のプエルトリコの血を味わうのだ。自分は海軍では信用できる人間ではないから――。

するとハッチの上の世界が爆発した。見えていないのだから、爆発したように聞こえた、と言うべきか。ジェニーがこれまで耳にしたことがないほど強烈な破砕音だ。続いて、誇り高きライオンの咆哮《ほうこう》を思わせる轟音《ごうおん》が繰り返される。まさか、数え切れないくらいの火球が飛び交っているのだろうか。数秒後、新たな爆発が起こった。先のものと同程度の規模かと考えた途端、更なる爆発音が響く。今度の音はこれまでよりも大きく、一瞬、耳が聞こえなくなる。艦全体が揺れ、ジェニーの汗で濡れた手の下で、ハシゴが振動した。

オリンピア号が攻撃された？　それ以外に考えられない。敵が誰であれ、海軍水兵を洗脳し、同じ海軍の仲間を攻撃させることに成功した連中が、今度は空襲を仕掛けてきているのだ。トランクのハッチを叩く騒音は消えている。白濁した目の船員たちが猛火を伴う爆風に巻き込まれ、紙切れのごとく吹き飛ばされる様子をジェニーは想像した。トランク内でも、ジェット燃料の刺激で目が染み、気温が急に上昇している。ここで生きたまま炙り焼きにされるか、有毒ガスで死ぬか、どちらを選ぶか、だ。

招集場所で出欠を取る上官よろしく、ジェニーは自分の手と足（茶色い靴。もちろん忘れない）の状態をダブルチェックして、それからパターンを決めて動き出そうと決めた。最初は、どうしようもなく手足の動きがバラバラに思えたが、右足、左手、左足、右手の順で行くことにする。まずは右足。ハシゴの横木の距離感が摑めず、ついつい遠くまで伸ばした足が、足場を見つけられずに震える。飛行甲板での爆発は続いているようだったが、自分の〝トレーニング〟は始まったのだ。やがて彼女の身体はリズムを見つけ、手足は互いに協調しながら動いていく。

最初の出口ハッチにたどり着いた。頭の中で艦内マップを展開すると、こめかみがズキズキと疼《うず》く。ここは、燃料補給ステーションだろう。試しに手の甲でハッチを触ってみたが、反射的に手を引っ込めた。熱かったのだ。爆発音のせいでまだ耳鳴りがしているものの、目には見えない熱の巻きひげが肌に触れない程度に身を倒し、聞き耳を立てる。ねじ曲がっていく金属が悲鳴を上げているような音がした。彼女は、爆弾が甲板に穴を開けたのだと思った。そして悟ったのだ。その悲鳴は金属ではなく、人間のものだと。燃料補給ステーションにいる人々が死んでいく。ジェニーは、どうかそれが火事によるもので、彼らが今際《いまわ》の際に見るのが己を食らう同僚の姿ではないようにと祈っている自分に気がついた。

　脳内のマップと相談する。01甲板には何があっただろう？　航空電子工学技師の仕事場だ。じゃあ、その下は？　換気口と送風機室。この深い落とし穴の閉塞感から逃れるのには、安全な場所のはずだ。レッド・サーペンツの仲間だったとしても、他の誰かを見つければ、一緒に艦を取り戻す作戦を考え出せる可能性がある。空母の構造は複数の甲板が層をなす造りだ。外の飛行甲板の下にギャラリー甲板〔03甲板〕があり、その下には、三階層分の高さの格納庫が置かれ、格納庫を挟むようにして02甲板、01甲板、主要甲板《メインデッキ》が重なっており、第二甲板、第三甲板、第四甲板……と続いていく。彼女がさらに五段降り、甲板と甲板の間のデッドゾーンまで来たとき、耳はよく知る声を捉えた。

「マイ・スイート」

　自分は本当に気が狂ってしまったのだろうか。それを確認すべく、ジェニーは下を向いた。

　ハシゴの三段下に、ウィリアム・コッペンボルグ神父がいた。片手でトランクの壁にしがみついており、もう一方の手は、先端に真鍮の十字架が付いた、折れた木の棒を握っている。神父の手にあるのは、ただの宗教的アイテム。そう思おうとしたが、できなかった。どこか様子が違う。原因は十字架の上のキリスト像にあった。彫像というよりは、まるで生き返ったキリストそのものに見えるのだ。額の細かな傷口からは生々しく鮮血が滴っており、十字架の角という角から、人の髪や肉の塊が生えている。それを目の当たりにし、ビル神父の指が自分の太ももに食い込んだ記憶が蘇ってきた。

「神父さま――」。彼女の喘《あえ》ぎが、金属ダクトの中で響く。「大丈夫ですか?」

彼は上を見上げ、ニヤリと笑った。セーフライトの中、彼の歯が真珠のように輝く。

「私たちは互いを見つけられると、わかっていたよ」と、彼は満足げに目を細めた。

彼はハシゴを昇り始め、十字架がスチールに当たって甲高い音を立てる。

「神父さま、ダメです」。ジェニーは訴えた。「下へ降りるべきです。02甲板は――」

神父の空いていた腕が、蛇のように彼女のふくらはぎに巻きついた。

ギョッとしたジェニーのバランスが崩れ、咄嗟《とっさ》にハシゴの横棒を握り締める。

「神父さま、私、落ちてしまいま――」

「シーッ、マイ・スイート」と、神父が言った。「生けるものすべて、おののき黙《もだ》せ」

彼は彼女を噛んだ。

ジェニーが最も不安を掻き立てられたのは、噛まれた瞬間、「ああ、やっぱり」と自分自身が納得したことだった。神父に関して、ずっと何かがおかしいと思ってきた。その「嫌な予感」という名の長い物語のクライマックスが、ついにやってきたのだから。どこか間違っていると本能が訴えていたのに、精神的な探究という自分勝手な目的のために、ビル神父の涙ぐんだ目の熱意の奥にある真意を見落としてしまっていた。今、ジェニーは、落胆のあまり呆然としながら、タートルネックの服を着て、穏やかに話す痩せ型の紳士である聖職者が、その顎で彼女の脚をがっしりと捉えているのを眺めている。

海軍パイロットが軍から支給される標準装備は、CWU27／Pノーメックス繊維フライトスーツだ。このスーツは耐火性、耐薬品性、耐放射線性に優れているものの、薄く、軽量であるようにデザインされている。それゆえジェニーは、ふくらはぎに食い込むビル神父の歯の一本一本を感じられるのだ。とはいえ、彼の歯がノーメックス繊維のスーツを貫通するのは無理だろう。ジェニーは本能的にキックしたが、神父に脚を摑まれているため、虚しく宙を蹴るだけだった。次の瞬間、ジェニーの反対側の足がハシゴから外れ、汗で手が滑りやすくなっていたのも重なり、彼女はそのまま下につるんと落ちた。

落下すると同時に、ビル神父の歯がファスナーを閉めるがごとく、彼女のふくらはぎ、太もも、腰へと移動していく。

咄嗟にジェニーの一方の手が横棒を握り、身体がガクンと停止した。片手だけでぶら下がりながら、足で横棒を探すも、彼女が探った全てがビル神父によって塞がれていた。トランクは甲板レベルごとに転落防止ネットが張られていると思い出し、いっそのこと、もっと落ちてしまおうかと考える。そこで下を覗いたところ、彼女は恐怖で目を剝いた。一番近いレベルのネット、そしておそらく、その次のネットも切り取られていたのだ。たぶん十字架で――。ここで手を離せば、彼女は二〇階分落ちてしまうかもしれない。

しかし、動かないままでいるのも致命的だ。一メートルほど落ちた今、ビル神父の頭が自分の胸の高さにあり、彼はそこを狙って口を大きく開けた。ジェニーのフライトスーツは、この体勢では上半身はかなりブカブカであったし、ポーチとポケット類もある。そう簡単に、神父の歯は胸には届かない。嚙みつこうと必死になっている相手に対し、彼女は反撃に出た。胴体を回転させ、神父の腕、胸、股間を膝で突き続ける。そのとき、彼女の膝が神父の固い何かに触れた。てっきり彼がベルトに付けている武器だと思ったものの、すぐに正体に勘づいてゾッとする。それは彼のペニスだった。しかも信じられないことに、勃起している。嫌悪感が、ジェニーの戦意を一層激しく駆り立てた。彼女は片腕懸垂で身体を持ち上げると、このカトリック神父の怪我をしている太ももを力の限り蹴りつけたのだ。

熟れたトマトのように、彼の大腿部から血が飛び散った。ビル神父は彼女のフライトスーツの下襟を噛み締め、食いしばった歯の奥からうめき声を漏らす。彼が痛みで一瞬ひるんだ隙に、自分の上の横棒をもうひとつの手で掴んだ。両手で全身を支えられるようになった彼女は、神父の脚を蹴って彼から己を解放する。再びハシゴを昇り、危険を承知で燃料補給ステーションに賭けてみることとした。

その直後、ジェニーは身体に強烈な感覚を覚えた。初めて経験する刺激であると同時に、即座にそれが何かを察することもできた。

彼女は刺されたのだ。その一瞬は、大きく開いた手のひらで背中を思い切り叩かれたような感じだった。そして、冷たい氷を思わせるピリピリする痛みが後に続く。一体、何で？　ああ、十字架だ。神父が持っていた真鍮の十字架の鋭い先端が突き刺さったに違いない。だがジェニーは敢えて、ハシゴから手を離して鋭利な武器を引き抜こうとはしなかった。彼女はただそこにぶら下がっていた。背中の十字架と折れた杖が、五〇〇キロ近い錘《おもり》となった牛肉の塊のように。

ハシゴを昇ってきたビル神父は、彼女の頬を撫でる。生温かい血の筋が顔に描かれていくのを感じた。

「わかっているよ。痛いだろう」。彼は優しくささやきかける。

ジェニーはすすり泣いた。自分の泣き声など聞くのも嫌だったが、再び泣いた。

「イエスは、〝復活者キリスト〟になる前に、普通の犯罪人のように苦しんでおられた。パンと葡萄酒はキリストの聖体と聖血に変化するが、物の実体を変える聖変化は痛みを伴うのだよ。そして今、それが起こりつつある。この艦のありとあらゆる場所で――」。ビル神父はケラケラと笑い出した。「正直言って、私が期待していた歓喜ではない。しかし、悪魔と人間がともに聖餐式に参加して交わり、ひとつになるのは喜ばしい限りだ。そうだろう?」

ビル神父の声は、スチールの薄板のように震えている。

ジェニーの背中に差し込まれた十字架は、静かに一本ずつ筋繊維を切断していく。

「助けて」と、彼女は喘ぎながら訴えた。

「ああ、助けるとも」。ビル神父は穏やかにうなずく。「君の身体がパンに、肉が血に化体《かたい》するのをね。そのために、私は君の肉体を食べるよ。わかるね? 肉体的行為において、精神的行為が成し遂げられるのだから」

「神父さま?」。ジェニーは神父の言葉が理解できなかった。「一体、何をするつもり……?」

「君を食べるんだ」。彼は申し訳なさそうな笑みを浮かべ、目尻にシワを寄せた。「君が信仰に迷いがあって苦しんでいるのはわかっている。だが、大丈夫。私の信仰心があれば十分だ。君は私の一部になる。イヴがアダムの肋骨だったように。そして、私たちはともに生まれ変わる。想像もつかないような楽園の王と女王として。マイ・スイートとそうなれるなんて、私は本当に嬉しいよ」

そう言うや否や、彼の笑顔が裂け、トラバサミよろしく大きく口を開けた。歯を彼女の顔面で引きずるように移動させ、下唇を伸ばし、鼻を過ぎて顎に引っかける。その吐息は血の匂いがした。ジェニーがハシゴの横棒から片手を離してふたりの身体の間にねじ込むも、ビル神父は、洗礼式でぐずった赤ん坊が動かす手足をあしらうかのごとく、いとも簡単にその向きを変えてしまう。

「恐れることはない」。彼は小声でそう言うと、背中の痛みで力んでいたために膨らんだ彼女の左頬に口を寄せた。「ペテロの第一の手紙第四章一節」と、神父はつぶやき、唇と舌を彼女の肌に這わせていく。「肉において苦しみを受けた者は、それによって罪から逃れたのである」

彼女の下げていた手が、自分のベルトにある固い物に触れた。

ビル神父の歯が彼女の肌に沈み始めたとき、ジェニファー・アンジェリーズ・ペイガン──「ジェニー」以外のコールサインがない新米パイロット──は親指でホルスターのロックを外し、拳銃ベレッタM9を引き抜いた。M9は、過去の海軍隊員資格基準プログラム《PQS》でしか使ったことがなかったが、彼女は熱心な受講者で（私はアメリカ海軍水兵である）、決して弾を無駄にしなかった（私は海軍の闘魂を象徴する！）。そして、M9の三点式照準システムの彼女のスキルを褒める銃器試験監督官の言葉が、今も耳に残っている。ジェニーは片腕を持ち上げ、銃口をビル神父の耳に押し入れた。

金属製のシャフトの中で、銃声はあまりに大きく、全ての感覚を完全に奪い取った。

我に返ると、ジェニーは自分が頭から真っ逆さまに落ちていることに気づく。どこかで銃弾が跳ね返っているが、引き金を引いた瞬間に、銃口がビル神父の頭蓋を滑り、標的から外れて飛んでいった弾に違いない。耳元で発砲されて鼓膜が破れた痛みなのか、神父のうめく声が、その仮説を裏づけている。ほんの一瞬、血だらけの神父の顔が見えたが、優しかった母親に突然残酷な仕打ちをされて驚愕している子供といった面持ちだった。

ジェニーの頭が硬い表面に当たり、膝、顎、肩が放たれた弾丸よろしく跳ね返った後、飛び込み選手のごとく正確に、彼女の身体は、すでに切り裂かれていた転落防止ネットの開口部を通り抜けた。ビル神父は遠くなり、ジェニーは奈落の底に急降下していく。艦の腸《はらわた》から響く音は、自分の耳を猛スピードで通過していく空気の音なのだろう。

破裂した胸から酸素が一気に吐き出され、骨という骨が砕ける──。

だが、現実は違った。それを信じるまでに三〇秒はかかった。視神経がグイッと引っ張られてズキズキする目の上でまばたきをし、自分の位置を確認しようとする。四肢を動かすと、四本それぞれは機能するが、何にも触らない。もしかして浮いているのだろうか？　底知れぬ暗い縦堀が、彼女の下に延びていた。

いや、自分の上に、だ。彼女はどういうわけか、刺されて出血している背中を下に向け、今しがた落ちてきた九階層分の穴を見上げている。船底の原子炉の近くに違いない。原子力エンジンを操作する船員たちは、滅多に日の目を見ない謎めいた集団で、その全員がいまだにここにこもり、ツマミやメーターに夢中で飛行甲板での混乱を知らないのではないか。ジェニーは、その可能性を考えてハッとした。合図を出せば、誰か気づいてくれるかも知れない。叫ぼうとして大きく息を吸うと同時に痛みが全身を貫いたが、必死の思いで声を絞り出す。

「――助けて！」

絶叫の勢いで彼女の身体は揺れた。そのおかげで、ようやく見えたのだ。フライトスーツのストラップが、アクセストランクの一番下にあるハッチのハンドルに引っかかっているという現状が。彼女はまるで、腰から糸に吊られたヨーヨーのようだ。腕や脚をどんなに伸ばしても、ハシゴを摑めるほど近くには寄れない。無駄な努力で疲弊してしまい、彼女は動きを止めた。身体はゆっくりと回転している。いい？　呼吸をして、考えて、脳内地図を再検討するのよ。彼女は自分に命じた。ここから船底までは、三メートルから四・五メートルくらいか。腰のストラップを切断して落ちても、大丈夫だろう。問題ない。

そのとき、自分以外の何かがいる気配がした。音がする。

シャッシャッと足を引きずるような音。ズルズルと這い回るような音。バンバンと叩くような音。

ボトボトとよだれが滴り落ちるような音。

　これは、原子炉技師が立てている音に決まってる。ジェニーは自分にそう言い聞かせ、下を見ようと身体をくねらせた。その途端、落下の勢いで脱げそうになっていた左の靴が足から落ちてしまう。彼女の茶色い靴。海軍飛行士の証として彼女がしがみついていたものを、とうとう失ったのだ。

　口の中に、靴は落ちた。食虫植物ハエトリソウの本能で、それは咀嚼し始める。

　ジェニーの下には、十数人の船員が山積みになってひしめいていた。落下の衝撃で破壊された彼らの身体は、幾重にも折り重なり、まるでひとつの怪物と化していた。折れた腕が折れた脚に、潰れた胸郭に、顎のない頭につながっているように見える。死体の山というだけでも寒心に堪えないだろうが、この山は痙攣したり、蠢動《しゅんどう》したりしているのだ。奇妙な方向にねじ曲がった腕が何本も、ジェニーを求めて上に伸びる。ちぎれそうな脚がのたうつ。骨折した首の上の頭が顎を鳴らす。

　落下中に聞いた、空気の音だと思っていたノイズは、船員たちのうめき声だったのだ。

　さらにジェニーは、背中から垂れ落ちる血が身体の砕けたひとりの船員の額に落ち、投げた小石が割れるような音を立てるのを聞いた。ポタッ、ポタッ、ポタッ――。その船員は、血の雫を舌で受け止めようと躍起になっている。他の者たちも、ジェニーの血の音を聞き、血の色を見、血の匂いを嗅ぎ、自身の折れた骨を肉の山から引き抜こうと必死だ。もっと高く、もっと近くへと動こうとする積み重なった彼らは、もぞもぞと蠢《うごめ》く肉の丘だった。

　するとジェニーは、楽器を思わせる奇妙な音に気づく。ピアノ線が弾けて鳴るのに似た、ポン、ポンという軽快な音。一体、何――？　目を凝らしたところ、彼女の腰のストラップの繊維が一本、また一本とちぎれ出していた。

指揮を執っておられる

一九六六年一〇月二七日、グールが空母オリンピアに出現する五〇年以上前のほぼ同じ日、韓国とベトナムの両国で活動するエセックス級航空母艦オリスカニーの格納庫で、パラシュート付きマグネシウムフレアが発火し、弾薬庫を誘爆して五つの甲板が猛火に包まれ、四四人が死亡した。九ヶ月後の一九六七年七月二九日、空母フォレスタルの甲板で駐機していた戦闘機F－4ファントムⅡが誤作動でズーニー・ロケット弾を発射し、攻撃機A－4スカイホークの約一五〇〇リットルの燃料タンクに命中。オリスカニー号を凌ぐ、アメリカ最悪の非敵対行動による空母事故を起こしている。連鎖爆発で生じた火災は一二時間続き、一三四人の死者と六二人の負傷者を出す大惨事となった。

それを超えることになるだろう。ニシムラはそう思った。おそらくすでに超えている。

アイランドの下層階は火の海に呑み込まれており、上まで来られるキャットウォークとハシゴはもはや一ヶ所のみしかない。その唯一の経路も、有毒ガスと舐めるような炎で厳しい状況だ。

飛行甲板の下に降りられない船員は誰でも、勇気を出してこの唯一の道を進み、海軍退却の忌まわしい音を立てた。ブーツがカンカンと金属を響かせてハシゴを昇り、キャットウォークを歩いていたものの、より遅く、より重く、より不安定な足音が、前者を追っているかのごとく、あとに続き始める。ニシムラは一度だけ航海艦橋の外に出て、己の懸念が現実であったことを確認した。グールたちは学んでいた。グールたちはハシゴを昇ってきたのだ。

その多くが炎に包まれている。肉が溶け、骨が焦げていく動く火柱だ。船員の中には、連中の横をすり抜けようとして火が燃え移ってしまった者たちもいた。他の船員たちは仲間を助けようと必死になり、おそらく海に転がり落ちてくれと願っているのだろう、燃えている者たちを雨に濡れたキャットウォークから甲板に押し出していく。下層甲板からやってきたばかりのグールは生きている船員と見分けが付かず、次のハシゴに上がれるように差し伸べられた手を容赦なく噛み切っていた。ニシムラは、喉が裂けて倒れる女性を目撃したが、数分後、気管から血の泡を噴き出している同じ船員が艦橋のドアに現れたのを見た。

こうして、航海艦橋は包囲される直前に放棄されることとなる。

「プリフライへ向かう！」と、ニシムラは怒鳴った。「今すぐだ！　行け！」

自分が責任を持って守るべきステーションを打ち捨てるのは、海軍では考えられ得る最悪の行為だ。しかし、他の選択肢があっただろうか？　ハシゴを昇ったひとつ上層階、アイランドの最頂部である甲板に、空母の管制塔通称「プリフライ」がある。そこでは、航空部隊司令官のクレイ・スルチェウスキーと副司令官のウィリス・クライド＝マーテル――ニシムラとなんとか親しくなろうとしていたふたり――が、甲板から空域まで、フライトオペレーションのあらゆる面をコントロールしていた。オリンピア号の上層部の船員が最後の抵抗を試みる場所が、彼らの領域――プリフライなのだ。

恐れ慄《おのの》いた船員は上へと進む一方で、艦内拡声装置1MCから流れた「コンディション・ゼブラ」【戦時中、または火災や浸水などの危険に空母が晒された時に設定される最も緊急度合いが高い状況】を宣言する放送に反応し、艦を守ろうとして、襲いかかる炎、指爪、歯の中に飛び込む者もいた。ニシムラは嫌悪感を覚えていたが、トミー・ヘンストロムはずっと正しかったのかもしれない。全てのハッチを閉め、全ての防爆扉を密閉するのは、もはややりすぎとは感じないだろう。ビッグママはウイルスに感染し、臓器という臓器がどんどん機能を停止しているのだ。

ニシムラがプリフライのキャットウォークまでやってくると、三〇人余りの男たちが騒々しく小競り合いをしていた。プリフライの内部で何かが起こっているのだろうが、船員たちが群れているせいで、中が見えない。なんとか覗き込もうとしているとき、敬礼もせず、反抗的な態度で顎を突き出したヘンストロムが自分の前に立ち、視界をブロックした。彼の顔に落ちる雨粒が一〇〇以上の非難の目と化し、こちらに向けられる気がする。

「ハシゴのボルトを外す必要がある」と、彼は言い放った。それは、給与等級が六段階も下の船員が、自分に命令を出しているようなものだった。ニシムラは、雨の中で水蒸気を上げんばかりに顔が紅潮《グロウ》するのを感じた。怒鳴りつけて、ヘンストロムを服従させたいと思ったものの、その場に殺到していた他の船員たちに狂気じみた目で一瞥《いちべつ》され、その気持ちをグッと堪える。今の彼らには、上官の優位性を振りかざしてもそこまで効き目がない恐れがある。

「ハシゴはこのままだ」と、ニシムラは返した。

「それだと、アイランド全体が乗っ取られてしまう！」。ヘンストロムは叫んだ。「そうなったら、あんたの責任だ！」

「下にはまだ船員たちがいるんだぞ、掌帆手。彼らを見殺しにする気か？」。ニシムラはろくでなしの部下から視線を逸らし、声を上げた。「ここに、衛生兵はいるか？　火傷した船員たちの処置が必要だ。化学熱傷を負った者も、煙を吸い込んだ者もいる。怪我人のために場所を確保してくれ！」

「あいつらが今にもハシゴを昇ってくる！」と、ヘンストロムはわめいている。

その目を見ると、彼が恐怖を感じているのは一目瞭然だった。しかし、目の前の三等兵曹に構ってはいられない。他にも対処しないといけないことがある。ヘンストロムには、自分で恐怖と向き合ってもらうしかない。ニシムラは、びしょ濡れの船員たちの間に無理やり身体を滑り込ませ、前に進んでいく。しかし部下たちは、簡単には道を開けてくれなかった。

　群衆の最前列のひとりを脇に押しのけ、やっとの思いでニシムラは、プリフライの艦橋の奥に足を踏み入れた。航空部隊司令官を表す「AIR　BOSS」と、副司令官「MINI　BOSS」とステンシルで描かれた青いクッション付きの椅子二脚、飛行甲板と格納庫の全機のデジタル操作を可能にするプラズマモニター、その日の出撃の詳細を示す航空任務命令《ATO》フローシート。その全てが機能しており、ここはまさしく、ニミッツ級航空母艦オリンピア――CVN-68X――の頂上にある希望の篝《かがり》火《び》だ。ただし、おかしなことがふたつだけあり、そのいずれも、ニシムラが呼びかけの最初の数文字を放つまで気づかなかった。

「もう連絡は……」と、話しかけ始めたはいいが、彼の質問は途切れてしまう。……取りましたか、ペイジ艦長とは？

　おかしなことのひとつ目は、クレイ・スルチェウスキーだった。あるいは、もっと正確に言うなら、彼の残骸だ。司令官の肉体は、消防斧でざっくりと長方形に切断されている。なぜニシムラにそれがわかったかというと、その行為に及んだ船員がまだ、血糊と肉片にまみれた凶器を握り、胸に押しつけて泣いていたからだ。スルチェウスキーの顔面はぐちゃぐちゃに叩き潰され、あの陽気な笑顔は、頭蓋骨片とバラバラになった歯が混ざる粘ついたミンチになっていた。肩書きがステンシルで入っていた赤いユニフォームの断片のおかげで、なんとか司令官だと判別できた。おびただしい出血量で、見たところ、約五センチもの紫色のジェル状の肉片が、プリフライの床に撒かれている。

　おかしなことのふたつ目は、もはや予想がついているが、ウィリス・クライド＝マーテルだ。黄色いユニフォーム姿の彼は、マイク付きのヘッドホンを装着して、瞑想に耽っているのかと思わせる姿勢でゆったりと副司令官の椅子に腰掛けている。彼の顔の真ん中は、至近距離から発砲されて煙を上げるブラックホールと化していた。ニシムラはショックと悲しみと同時に、恥ずかしさも覚える。階級が上の誰かの助けをひどく求めていた自分に気づいたからだ。

ニシムラは、斧を持っている男を見た。徽章《きしょう》によれば建設工兵らしいが、ズボンに付着した塗料から判断するに塗装工だろう。ニシムラは彼の方に向き直った。相手の足元には、まるで浴槽の湯のごとく血や肉片が溜まっている。

「水兵、何があった?」。ニシムラは落ち着いた声で訊ねた。

建設工兵は、斧の刃を自分の顎に寄せた。

「サー、自分は……こんなことしたくなかったんです」と、むせび泣く。

ニシムラは司令官の椅子を摑み、建設工兵のその返事を考えた。彼は、二体のグールを殺さねばならなかったことに震えているのかもしれない。しかし、もっと邪悪な解釈もある。010甲板では、まだグールを一体も目にしていないのだ。スルチェウスキーとクライド＝マーテルは単純に、逃げ惑う水兵たちの邪魔をしていたとか?

彼の震えは、蜘蛛の群れのごとくニシムラの中に這い込んでくる。昔の記憶が再び蘇り、「うちのおじいちゃんが、ジャップの血は青いと言ってた」と訴え、それを確かめようとするクラスメートらに囲まれた子供時代に戻った感じがした。建設工兵から視線を離すと、何十もの充血した目がニシムラを凝視していることに気づく。こいつらは自分が助かりたいだけ。ハシゴのボルトを外し、引き上げたいのだ。ニシムラがそれを命じないなら、命じる誰かを探すだろう。

「神よ。ああ、親愛なる神よ。ああ、主よ。ああ、神よ」

すぐ近くにいる上官よりもずっと力のある存在が守ってくれる、と言わんばかりのその声に誘われたのか、船員たちの注目はニシムラから、煤《すす》と油にまみれた飛行甲板から逃げてきた船員に移った。その船員は、着ている紫色の胴衣からして燃料補給要員だろう。よほど参っているのか、右舷側の窓に平らになるほど鼻を押しつけ、神を呼び続けている。

「ああ、主よ。ああ、キリストよ。ああ、イエス・キリストよ」

ふと、燃料補給要員が見ている方向が気になり、ニシムラはコンソールに両手を置いて、飛行甲板の全体像を把握するべく前のめりになった。そこは、燃え盛るジェット機が柱となり、こぼれたジェット燃料に沿って立ち上がる炎が壁となった地獄の迷路のままだった。

「彼はそこにいる。ああ、主よ。我らが主よ。我らがキリストよ。彼はそこにいる」

なんということだろう。それは、頭がおかしくなった船員が意味もなく発している戯言《ざれごと》ではなかったのだ。紫胴衣の作業員は、ニシムラが業火の中に認めるのにさらに三〇秒かかった、ひとりの男性を指していた。頭の左半分が血に染まり、衣服は破けてボロ布のようになっていたものの、ガスに引火した炎が迫り、グールたちの腕が次々に振り下ろされる中、男性は悠然とそれらを避《よ》けながら、自信に満ちた足取りで歩いている。

「チャプレンだ!」。誰かが驚きの声を上げた。「みんな! ビル神父だ!」

その通り、それはカトリック神父だった。痩せた聖職者。ニシムラが辛うじて知っている年長の軍人のひとり。だがニシムラは、職業上の微かな恨みを相手に抱いている。その年齢で現代の軍に貢献できる者はほとんどおらず、艦船のマスコットとして軍の規定に沿わずとも特別扱いで置いてもらっている場合があまりにも多かった。だが、それでは海軍を運営していけない。

しかし、これは別の話だった。どこからともなく――神のみぞ知る場所から――出現し、炎に照らされて赤く輝く真鍮の十字架を両手で高く掲げたビル神父は、ゆっくりと進んでくる。ああ、きっと死んでしまうだろう。間違いない。ニシムラと彼の横の船員たちが固唾《かたず》を呑んで見つめる中、別の燃料タンクが爆発し、凄まじい勢いで飛び散った金属の破片がアスファルト、壁、グールと、ビル神父以外のほぼ全てに突き刺さっていく。紅蓮《ぐれん》の炎は、まるで神父が通過するのを知っているかのごとく驚くべきタイミングで噴き出したり、引っ込んだりし、この神の使いは、自分の居場所を保ち続けられていた。

「その調子です、ビル神父！」と、誰かが声援を送る。

「ビル神父、あなたならできる！」と、叫ぶ者もいた。

神父の正面から一体のグールが近寄っていったが、武器弾薬を載せた台車につまずいて倒れ、彼はそいつをまたいで歩を進める。胸部が裂かれて穴が開いたグール二体が左側から襲いかかるも、クレーンの歯車に巻き込まれたアレスティング・ワイヤーで半分にへし折られてしまう。ビル神父は気にも留めていない。脚が折れたグールが、今にもビル神父を両腕で抱え込むかと思われたが、格納庫を封鎖した誰かが操作したのか、飛行甲板下の航空機用エレベーターが突然上昇し、ちょうど真上にいたそのグールの股間から頭蓋まで身体半分を縦に挟んだ。

このように、あり得ないほどの幸運の連続と紛れもない奇跡に恵まれ、神父は毅然として甲板を横切ってくる。

「神を讃えよ！」と、誰かが大声を上げた。

「ビル神父を讃えよ！」。別の船員の賛辞が続く。

アイランドの麓まで到達してとうとう、神父は足止めを喰らう。彼は目を閉じ、炎の壁に立ち向かうべく十字架を一層高く持ち上げた。そのポーズは、無敵のドラゴンを前に剣を掲げる、ファンタジー風の騎士のイラストと同じだ、とニシムラは思った。ビル神父の神々しさを認める声が一気に高まり、ニシムラでさえも畏敬の念に打たれたくらいだ。

「神父を助けないと！」と、誰かが言った。

「ゴールディング、メリーウェザー、トレッセル、頼むぞ！」と、他のひとりが、神父を助けに向かった仲間に声をかける。

それから数分間、ニシムラと、彼を艦橋から出られなくしている群れた船員たちは、救援隊の苦闘の音を聞いた。ハシゴからの激しい落下音。鈍器が当たる衝撃音。幸いにも拳銃を持っていた誰かからの散発的な発砲音。ビル神父は一センチたりとも動かずに佇んでいた。ついにホースからの水成膜泡が甲板のハシゴの根元の火に浴びせられ、救出のターゲットが安全に通れる空間を生み出していく。救援者たちが01甲板に戻ってくるのには、救出にかかったのと同じくらい時間がかかった。彼らがハシゴを昇り切るや、それぞれのハシゴのボルトが外される甲高い音がしばらく響いていた。これでいいんだと、ニシムラは己に語りかける。指揮系統は、こうした混乱の最中では錯綜することもあり、救援隊はニシムラより階級が高い上官に遭遇していたのかもしれない。

しかし、プリフライ内で出入り口を塞いでいた船員たちが二手に分かれ、ニシムラへと直接つながる道を作り出すと、アイランドに上がってきた二等水兵《SR》、一等水兵《SA》、上等水兵《SN》、三等兵曹《PO3》、二等兵曹《PO2》らが姿を見せた。降りていった若者たちだけ？　そうニシムラが思った矢先、さらにもうひとりが遅れて現れた。そう、ビル神父だ。炎で熱傷を負い、血に染まり、半分に折れた十字架付きの杖をトロフィーのように握り締めている。煙で真っ赤になった目で、自分のために開けられた道を歩いてきた彼は、雨でできた水溜まりを踏んだ靴で、スルチェウスキーの血の海を踏み始めた。

そして、ニシムラの目の前で立ち止まる。煙で灰色になった顔。全体に乾いた血液がこびりついた左手。損壊した左耳。耳の傷からの出血で赤黒くなった首の左半分。黒く焦げたまばらな頭髪と濃い眉毛。神父はまばたきをしながら周囲を眺め、船員たちは皆、黙って見つめ返している。ビル神父が礼拝で行ってきたどの集会よりも、この場は強烈な恍惚感に満ちているに違いない、とニシムラは確信した。

「神が――」と、ビル神父は口を開いた。「指揮を執っておられる」

辺りの船員たちは、それにうなずく。ニシムラは知っていた。ここにいる部下たちの大半は、死んだはずの同僚が蘇るようになって正気を失いかけていたのだ。この男たちは――当然ながら全員男性であり、女性船員のダイアン・ラングはここまで来られなかった――危険から逃げてきた連中だった。緊急時に最も精神的に混乱してしまう傾向があり、早急な救済を求めておかしくなりつつある。軍が知られたくない秘密は、軍という組織が、非常に優れたアメリカ人だけでなく、最低の人間――人種差別主義者、性差別主義者、血に飢えた者、いとも簡単に逆上する者――をも引き寄せることだろう。そして空母は、善き者と悪しき者を半分ずつ、全長四〇〇メートル、重量九万五〇〇〇トンの原子力コロシアムに投げ込むのだ。

神父の肘のそばにトミー・ヘンストロムが現れ、ニシムラの最悪の予感が現実になりつつあった。

「神父さま、我々は何をすべきでしょうか?」と、ヘンストロムは訊ねる。「空母を旋回させるのをやめます? サンディエゴに進路を戻しますか?」

ビル神父の答えは、「錨を下ろしなさい」だった。「神の子よ、私たちはどこにも行きません」

ニシムラの脳裏に、ある疑問が浮かぶ。燃料補給なしで、ビッグママはどのくらい持つだろう?

そして彼は、この空母で最も胸躍らせる数字を誰よりも知っていた。

答えは、一五年だ。

おそらく、もっとマシな人間が艦内にいる可能性があることに、ニシムラは気づいていなかった。彼がわかっているのは、上——アイランド——と下——艦内——を分ける飛行甲板には、もはやガツンもなく、ヒューッもなく、ミレニアリストたちが徘徊していて、事態の変化を眺めてケラケラと笑っているという現実だった。彼らは、空母の頂点となるプリフライで、人間の「邪悪さ」が露呈し、やがて人間同士でいがみ合うことになるのを見透かしているかのようだ。ニシムラは、ひとつだけではなく、様々な点で、ビル神父とトミー・ヘンストロムとの対極にいる。とにかく、少なくともあと数分、生き延びよう。もし数分間生き延びられたなら、次は数日、その次は数週間、そして数年間と、段階的に生き延びる術を見つければいい。その数分間の生存を懸け、今は、かの有名なニシムラの紅潮《グロウ》した顔を隠して冷静でいる必要がある。そうだとも、彼は生き延びなければならない。たとえそれが、心を鬼にすることを意味していようとも、だ。全てが終われば、ラリー、アツコ、チヨ、ダイキ、ネオラ、ベアにとって強く優しい夫であり、父である自分に戻れるのだから。

君たちのそばにいて、守ってやれずに申し訳ない。彼は遠い家族へ思いを馳せた。だが、きっと一緒になる。いつかは。それまで、できる限り頑張ってくれ。

おまえはひとりではない

こんな世界になるなんて、おまえは予想していなかった。

至るところが燃えている。気にいらない。火は狩りの邪魔をする。狩りをすれば、飢えが落ち着くかもしれないのに。とはいえ、飢えはいつまで経っても収まらないのが、段々とわかってきた。おまえは動きの速い者をたくさん噛んだ。その肉のほとんどが、口からこぼれ落ちてしまった。ある程度は胃袋まで入り、その中に溜まった血に浮かぶ。おまえはわかっている。飢えは、食べることとは関係ない、と。それは、最初から感じていた。飢えは、狩りに対してだ。「狩り」という言葉は十分ではない。飢えは、「交わり」に対してだ。

今まで、たくさんの交わりがあった。

最初に出会った動きの速い者は、結局走り出し、もはや速く動けなくなった者たちを置き去りにした。おまえは好奇心と希望を抱いて待った。一体ずつ、それらは目を覚ました。それらはおまえ、おまえ、おまえである。おまえは喜びを感じない。満足するだけだ。おまえがまだ速く動けた頃、仕事をやり遂げて、これと同じ味気ない満足感を得たというぼんやりとした記憶がある。今違うのは、艦内でおまえが増殖するにつれ、他のおまえたちの満足感も伝わってくることだ。それは長い指を持っているようなものである。詳細をいちいち感じることはできないが、おまえたちがひとつに結ばれているのを知るには十分だ。

おまえは、動きが速い者たちよりも効率的に交流する。おそらく、動きの速い者たちがこれまでずっと行ってきた交流の仕方よりも効率的だろう。

短い間で、おまえはおまえ自身に関して多くを学んだ。とても冷たい、あるいはとても熱いという感覚を学んだものの、そのふたつを区別するのは難しい。発砲直後の銃口を摑んだとき、おまえの手のひらから煙が上がり始めて、これを学んだ。動きが速い者たちはうるさい。そいつらは叫んだり、わめいたりする。ドアを強く閉める。銃を撃つ。うるさく音を立てることで、簡単に居場所がバレてしまうことに気がついていないらしい。おまえのよく見えない目も、そこまで問題ではない。動きの速い者たちは、脅威を感じるとライトを点ける。しかも、たくさん点ける。そいつらの銃ですら、発砲と同時に火花が散るので、最も危険な者たちを追いかけやすくなるのだ。多くが明るい色の服を着ている。胸にシンボルを付けている者もいて、光り輝くから、暗闇でもそれらを見ることが可能だ。

ある程度言葉が戻り始めて、おまえが言葉を持たずに生まれたことを理解する。言葉を思い出すため、まずおまえは、動きが速い者たちの言葉を聞かないといけない。時間のかかるプロセスで、反復することが助けになる。ある特定の言葉やフレーズは、他の者たちではなく、おまえの顔に向かって放たれることが多い。死ね。間抜け。馬鹿たれ。くそったれ。くそ野郎。歩くくそ野郎。こうした言葉から、おまえは、おまえ自身についてと、おまえがどのように思われているのかについて理解していく。

おまえ――間抜け。馬鹿たれ。くそったれ。くそ野郎。歩くくそ野郎――は、動きの速い者がハシゴを昇るのを見るうちに、おまえの身体がどう動くべきかを覚えていった。ハシゴを昇り、暗い部屋から、空気が澄んで光があふれる場所に出る。そこには、動きの速い者がたくさんいたが、おまえはそいつらを追うのは嫌だった。理由は火だ。火は、動きが速い者が生み出す。火は、熱、光、音、匂い、味になったそいつらの怒りの言葉。おまえは、火を目にしてから動かない。これ以上先に行こうとも思わない。おまえは恐れている。恐れは、おまえにとって新しい感情だった。

時間が経つにつれ、物ごとは変わっていく。

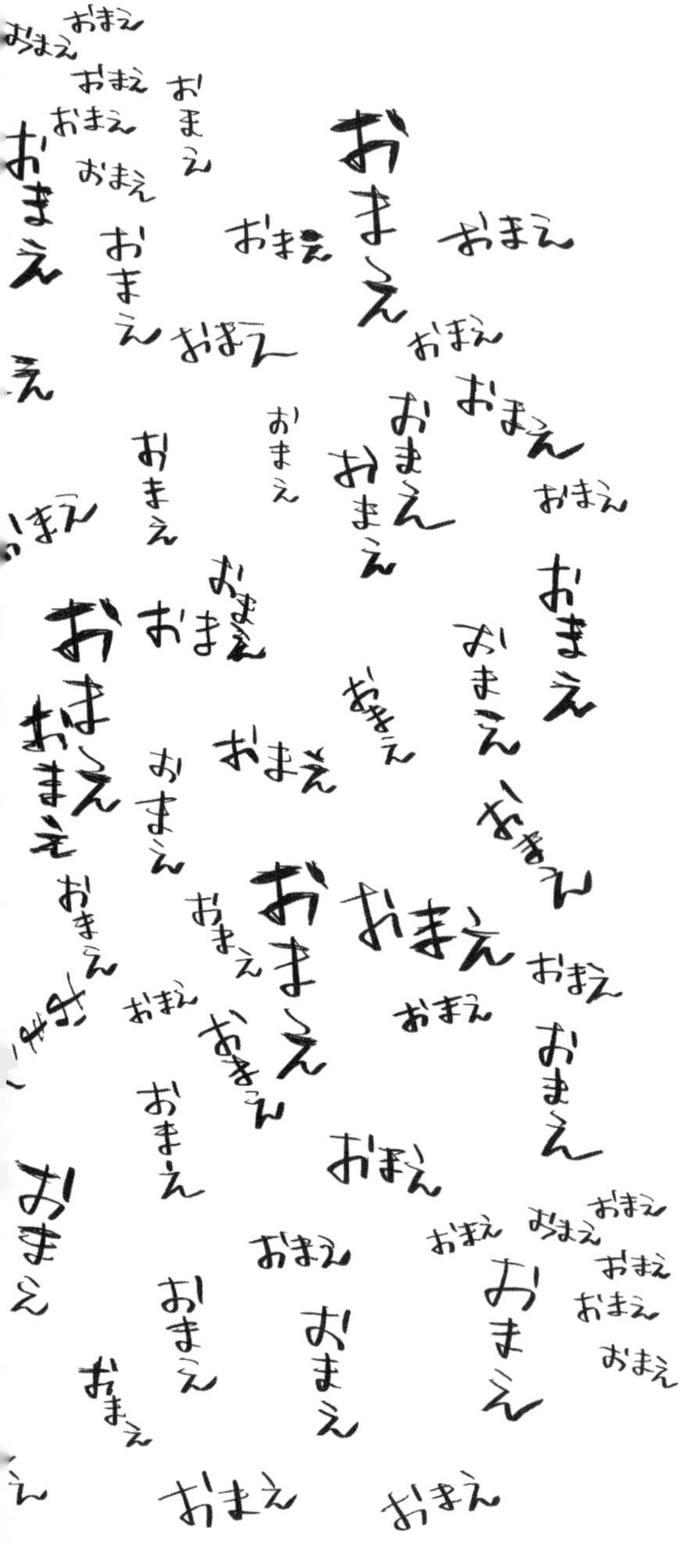

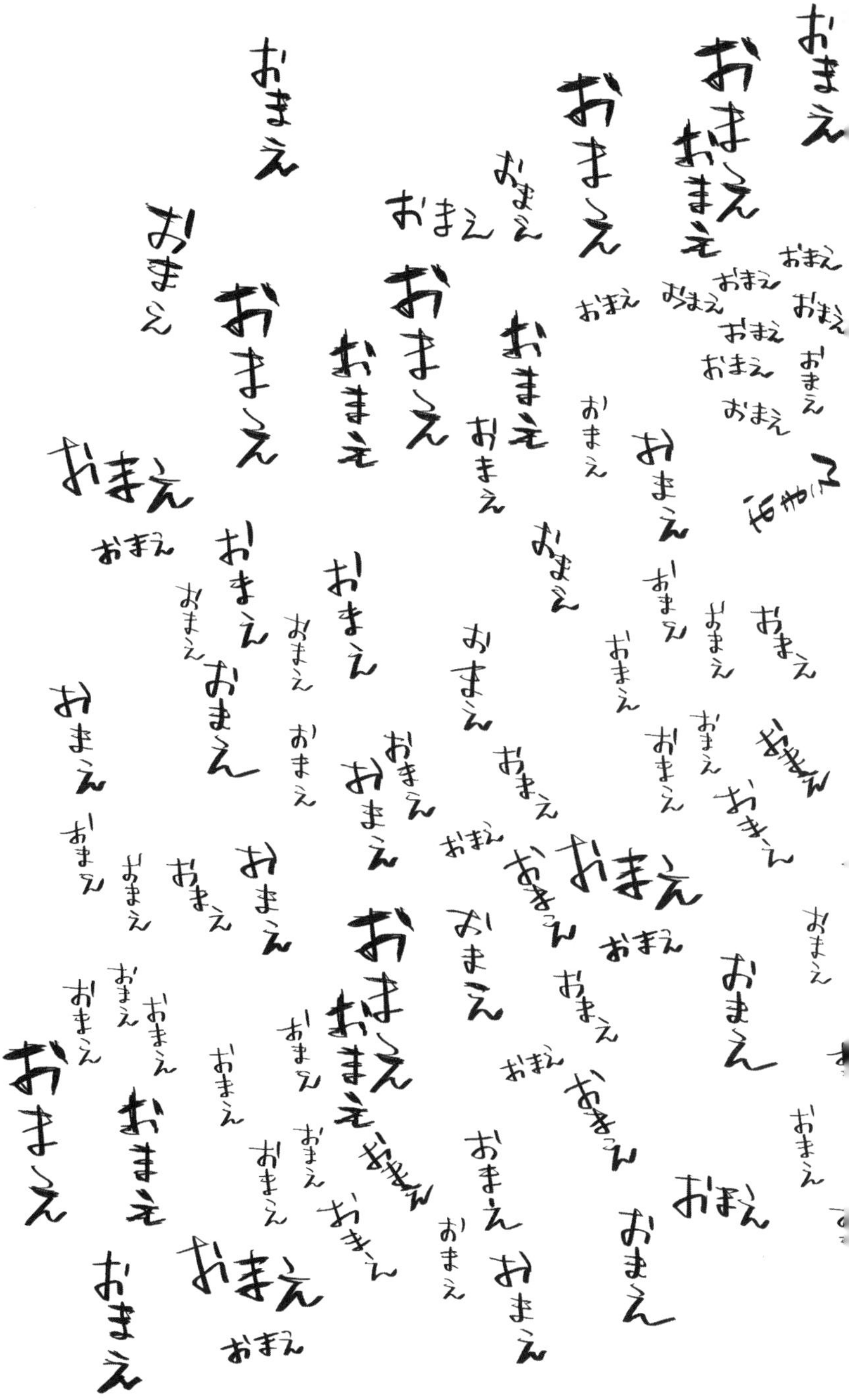
おまえ

おまえはひとりではない
おまえはずっと大きい
おまえはずっと強い

おまえは、ハシゴの昇り方の知識を他のおまえたちに伝え、おまえたちをがっかりさせなかった。これからも、決してがっかりさせることはない。間抜け。馬鹿たれ。くそったれ。くそ野郎。歩くくそ野郎。そんな言葉はどうでもいい。火がおまえたち全員を捕まえることはない。新たなおまえたちが、倒れたおまえたちの代わりになるからだ。

煙は、速く動く者たちを隠すことはできない。そいつらは速く動きすぎて隠れられない。いつだって速く動きすぎて生き残れないのだ。

おまえは、見覚えのあるおまえを見る。そのおまえは振り向いておまえを見る。おまえは、そのおまえにたどり着くのにどのくらい時間がかかるのかはわからない。それでも、おまえがそのおまえの近くに立つと、おまえの内側で何かを感じた。両方のおまえの内側で。何かを確かめる。その何かは、愛しさだ。

おまえはかつて、「スカッド」と呼ばれていた。もうひとりのおまえはかつて、「ジーン」と呼ばれていた。

ジーンであるおまえの死んだ子宮には、おまえの胃袋にある血と肉よりも重い、血と肉の球のような塊がある。それもまた、別のおまえだ。スカッドでありジーンでもある、この小さなおまえが十分に強ければ、ジーンであるおまえの筋肉と皮膚を突き破って出てくるだろう。おまえは、待ち望んでいるような感覚を覚える。

おまえたちがよろめき、ふたりの手が触れる。それは偶然だった。それが偶然ではないというのでなければ。スカッドであるおまえの指が何本か折れ、うち一本がジーンであるおまえの手のひらに開いた穴を突く。おまえたちの手はしっかりとつながった。おまえたちはふたつの手を引き剝がそうとはしない。スカッドであるおまえは、ジーンであるおまえの指の一本に、硬くて熱い指輪が嵌められていることに気づき、心地よい軽快さを覚える。ふたりは横に並び、なんの理由もなく、ともに歩いた。おまえはかつてこうしていたと、わかっている。今は、簡単にそうして歩けるわけではない。巨大な機械細工が障壁を築き、火があちこちにあって、速く動いているからだ。とはいえ、時間に意味はない。おまえは急いではいない。

スカッドであるおまえとジーンであるおまえは、世界の果てにたどり着く。金属の支柱が行く手を遮っていた。その先には、煙の空があり、火に包まれた他の浮遊機械の残骸で輝く水がある。おまえは物の規模というものをうすうす感じ取っている。おまえが水の向こうにまで行けるなら、陸を越えても行けるのかもしれない。おまえがどのくらい遠くまで行くかは、全くわからない。

おまえの後ろの火の明かりが、滅びゆく一日のオーロラと競い合う。

おまえたちは手をつなぎ、熟れすぎた世界を思い描く。

動きの速い者たちに再び顔を向け、歩き出す。おまえたちふたりで歩いていく。おまえたち全員で歩を進める。おまえは狩る。おまえは噛む。おまえたちの中には焼かれる者もいるが、それ以上のおまえたちが生まれてくる。全ては起こるべくして起こるのだ。

そして誰かが死ぬたび、世界はどんどん「私」ではなくなり、どんどん「おまえ」になっていった。

我々を殺し
全て
吹き飛ばして
これを 終わらす

もしも世界がドロドロになったら

国勢調査局「系統解析および多次元データベースの米国モデル」（略称AMLD）部門の上級統計学者アニー・テラーにとって、ここはふたつ目の就職先だ。死者が蘇り始め、AMLDのワシントン支局から逃げ出したあの日から遡《さかのぼ》ること二〇年前、アニーは二二歳だった。プロサッカー選手としてこれからというときに脊椎を損傷し、そのキャリアを諦めざるを得なかった彼女が、怪我から回復しつつあった頃だ。

負傷したのは、故郷ロンドンのコベントリー・ストリートの交差点で、ヘイマーケットの道路を横断していたときだった。制限速度の二倍のスピードで走っていた一台のバイクに追突され、信号機の支柱に背中を強打したアニーは、身体が折れ曲がった形になる。この事故自体は、心理的なトラウマを何も残していない。というのも、事故の記憶がないからだ。覚えているのは、もう二度と歩けないだろうと話す外科医の言葉を聞いていたことくらいだろう。何度も同じ経験を繰り返していて、その後の患者の反応まで承知しているせいか、外科医は無機質に告知してきた。

プロサッカー選手は高給取りゆえ、アニーは最高の治療を受けられた。二八ヶ月間、ノッティンガムシャーのロビン・フッドと愉快な仲間たちが歩き回るシャーウッドの森に建つ、マンスフィールド・

オン・シャーウッド・リハビリセンターで、療法士と治療を行った。リハビリ中という状況ではあったが、森にいられる喜びを感じた。ティーンエイジャーの頃、彼女はサッカー以上にアーチェリーに長けていたが、長期的な将来の展望を考えたときに、前者の方が選択としては優れていたのだ。アーチェリーの練習は、もっぱら自宅の裏庭。彼女は使い古した木の矢を的の真ん中に突き立て、「ロクスレイのロビン」〔ロビン・フッドのあだ名〕よろしく、一〇〇メートル離れたところから矢を放つ。最終目標は、その的に刺した矢を縦半分に割るように命中させることだ。一六回、的には当たったものの、彼女のスチールの矢先を持つハイ・フライト社製の矢でも、木の矢を半分に裂くことは一度もなかった。

マンスフィールドでの最初の数週間で、アニーは辛うじて頭の向きを変えられるようになっただけだったが、少なくとも、病室の窓からシャーウッドの緑豊かな梢を見るのが可能になった。その光景は彼女に、自分は医療スタッフが想定している以上に回復しているのだと考えさせ、敢えてシューッと息を吐いてみたりもした。

四ヶ月も経つと、アニーはお気に入りのカイロプラクター、ミルドレッドにクレジットカードを手渡し、列車とダブルデッカーを乗り継いでヘザリントンに行ってくれと頼む。ヘザリントンはスポーツ用品店で、弓と矢を買ってきてほしかったのだ。具体的な注文は、アニーがメモに書いた通り、ロビン・フッドの時代と同程度の弦の張り具合を持つ昔ながらの松の弓と、本物の鳥の羽根付きの木の矢一本である。

「シャーウッドの森に矢を射るつもりよ」と、アニーは宣言した。「だから、矢が落ちた場所に印を付けてほしいの」

「アニー、上司たちは、窓から飛んでくる矢を見てもワクワクしないと思うわ」と、ミルドレッドは返す。

アニーは、次に話す言葉を暗記していたので、忘れてしまう前に早口でまくし立てた。「自分でできるようになったら、私がその地点まで歩いていく。ひとりでもへっちゃらよ。そして、放った矢を見つける。自分が治ったと思ったら、そうするわ。頭がおかしくなったって思われるかもしれないけど、人生最悪の状況に耐える唯一の理由は、対岸にある、夢がなんでも叶う場所にいつか行けるって信じてるから。もうスポーツは二度とできないことはわかってる。でも、歩くようにはなるわ。そして自分の足で、まずあの森へ行く。だから、矢が落ちたところに印を付けて。しばらく印が残るようなやり方でね。いい？」

ミルドレッドもまた、この手のケースはよくあるのか、「賢明な返事」という台本を暗記しているかのごとく言葉を返してきた。アニーは、ありふれた方法ではあるが、自分自身のために小さな目標を立てるべきだと考えた。一日一日、前に進んでいけるように。それでも彼女は、もっともな理由があって、この療法士を信用していた。ミルドレッドは額にシワを寄せてしかめっ面に見えたが、口角は少し上がっている。それだけで十分、笑顔だとわかった。

「アニー、そんなことをするなんてどうかしてる。だけど間違いなく、あなたはやるんでしょうね」。ミルドレッドは、皮肉混じりにアニーの決断を支持した。「私は、自分のローバーを矢が落ちた芝生の上に停めて、エンジンを取り外す。それなら、誰も動かせないでしょ。神様はあなたを支えてくださるわ。私にはそれがわかるの」

アニーは神を信じていないが、思わず息を呑む。喉から出たその音は、事故に遭う前は一度も出したことがないものだった。それは美味なる食べ物を味わい、官能的に触れられ、信じられないほど素晴らしいスポーツの試合を観戦し、再び生き、再び欲しがる音だ。

「二年間――」。彼女は震える声で話し出す。「二年のうちに、矢の地点まで歩いていけなかったら、そこに私を埋めてほしい。あなたにそうしてほしい」

アニー・テラーは、マンスフィールド・オン・シャーウッド・リハビリセンターにたったひとりでやってきた。チームメートたちは、最初の数ヶ月こそ見舞いに来てくれたものの、皆、遠征に次ぐ遠征で忙しい。それにアニーはわかっていた。寝たきりのアスリートを見ると、他のアスリートは不安を覚えてパニックに陥ったりするのだ。アニーの姉妹たちも病院に足を運んだが、両親は一度も姿を見せていない。母親——そう思うより、「ジュディサ・テラー」と名前で考える方がいい——は、子供時代、アニーに性的虐待を加えており、トラック運転手の父親——やはり「ウィルフレッド・テラー」と名前で考えたい——は、それを止めるどころか放置した。どちらもいわゆる敬虔なクリスチャンで、アニーは、その罪なる家から解放されて以来、教会には再訪していない。

アニーに競争心なるものを植えつけたのは、ウィルフレッド・テラーだ。彼女はチームメートに「いつかあの酔っ払い親父を打ち負かしたい」と話した際、そのことに気づいたのだ。

そして彼女は、例の計画をついに実行する。ミルドレッドに打ち明けてから一八週間後、アニーは木の矢をシャーウッドの森へと射た。筋肉の衰えは否めなかったが、身体的本能は持続する術を知っていたようだ。矢は長いこと滑空し、紛れもなく、緑の葉と黒い影の中へと沈んでいった。ミルドレッドは少し待機し、矢を目撃した誰かの憤怒《ふんぬ》の足音が聞こえてこないことを確認してから、ブーツを履き、コートを着て、帽子を被ると、アニーにウインクしてから、矢を探して落下地点に印を付けるべく森へと向かった。

自らに課した二年という期限が来る一ヶ月前も、数週間前も、短時間の屋内小旅行を繰り返していた彼女は、少しずつ階下に移動し、バイクに撥ねられてから初めて屋外に出た。そこには、壁もなければ、手すりもない。しかし、目的を達成したいという強い思いが、どんなコーチよりも彼女を後押しした。自分の矢が落ちた場所を見つけるのに、三時間を要した。ミルドレッドは、目印として大きな鉄の十字架を地面に刺したと言っていたのだが、アニーが驚いたのは、十字架がコンクリート製の土台に立てられていたことだ。きっとミルドレッドが土地の管理人に頼み込んでくれたのだろう。

感謝の気持ちが波のように押し寄せる。弱った脚が限界に達し、彼女は柔らかな苔の上にへたり込んだ。十字架を抱くようにして身体を丸めると、あの女性を信用し切れていなかった自分に急に腹が立ってくる。アニーは十字架と格闘し、そのコンクリートの固定部分をひっくり返してしまう。肩で息をしながら、汗ばんだ顔を小糠雨《こぬかあめ》が降り注ぐ空に向けた。

「神様なんて関係ない！」と、彼女は声を上げる。「これは、ロビン・フッドのおかげよ！」

ジュディサ・テラーがアニーのためになったことが何かあるとしたら、それは唯一、彼女が持っていたアメリカ市民権だろう。マンスフィールドの職員たちが、アニーには看護の世界が似合っていると信じていたのを一度も忘れたことはなかったものの、二年後、彼女は米国のジョージタウン大学ロバート・エメット・マクドノー・ビジネススクールで統計学の上級学位を取得した。就労ビザが発給され、グリーンカードを申請中だった彼女は、なんらかの形で医療分野に関われるようにとＡＭＬＤで働き、国内の出生および死亡事例の追跡システム「生命に関する統計データ収集」（略称ＶＳＤＣ）ネットワークのデータ処理などを行い始める。この仕事は自分に合っていると感じた。自分は第二の人生を生きている。第一の人生があったとわかる気配があるとすれば、それは脚を引きずることだけだ。

タウナ・メイデュー。アニーと彼女が出会ったのは、最もアメリカらしい場所、ディズニー・ワールドだった。といってもタウナは、ディズニーの魔法がかけられて魅力的に見えていたのではなかった。何週間もメールのやり取りをした後、アニーは、自分と同じくらい背が高い、このブロンドのカリフォルニア出身の彼女に恋をしていると実感する。だが、相手はあらゆる点で、アニーよりも柔和だった。タウナは、ワシントンDCの不眠症の野心家とは正反対。遅くまで寝て、LAの陽射しの中、海岸沿いの遊歩道にあるカフェ巡りをし、フィルム・ノワールを貪るように見て、アニーの引きずる脚をローレン・バコールやグロリア・グレアムといった女優の腰を左右に振る歩き方と比較する。

毎月毎月、スケジュールのせいで顔を合わせられなくなり、これは、ふたりのロマンスが成就しない運命にあるというロビン・フッド（当然、神ではなく）からのお告げなのかと、アニーは思ってしまう。するとタウナは、自宅マンションのすぐそばにある天然アスファルトの湧出地〝ラ・ブレア・タールピッツ〟の写真を送ってくるようになった。

太古の地球の遺物とでも言うべきドロドロしたタールの池のそばでキスできるよ！

タウナのメールに、アニーの心がとろけそうになる。彼女も返信した。

もしも世界がドロドロのカオスになったら、美しいラ・ブレアの土手で会うの！

もちろん本気でそう書いた。アニーは毎日、AMLDから歩き去ることを考えていた。

数週間後の一〇月二四日、彼女は何よりもそう願っていた。この日は、死者が死んだままでいることをやめた日であり、それによって、VSDCシステム、AMLDモデル、そして世界の血なまぐさいあらゆるものが台無しになった日である。

彼女は、タウナと連絡を取れなかった。午前中何度もメールを送ってみたものの、一通も「送信済み」にはならない。昼になり、アニーは電話をかけようとした。西海岸のカリフォルニアは東海岸のDCから三時間遅れだが、いくら朝寝坊のタウナでも、さすがに起きているはずの時間だ。ところが、タウナの留守番電話のメッセージが流れてくる代わりに、アニーの耳に聞こえてきたのは、無機質な発信音だった。携帯電話のネットワークがあちこちでクラッシュしていると、同僚が言っていた。彼女は、かつてはとても意味があったプラスチック製の通信端末をじっと見つめた。
その日は一日中、職員がひとり、またひとりと職場を後にしていたが、午後三時一五分が、どういうわけか臨界点だった。ぽつりぽつりと垂れていた雫が、鉄砲水となったのだ。アニーの両隣で仕事をしていた統計学者たちが去り、その瞬間、彼女は悟った。今こそ、窓から放った矢を追いかけたように、大事な何かを追う時機なのだ、と。ぽつんと座るエッタ・ホフマンが、いつものごとく我関せずといった面持ちで、埃を被ったトレイル・ミックス【山歩き用の栄養補給食品】をモグモグと食べている。アニーはほんの少しだけ、その姿に目を奪われた。

いつもと同じように上着とバッグを摑み、彼女は仕事場から出た。表の通りは、クラクションを鳴らしてまっすぐに走らない車と、その間を縫って進む人々でとんでもない状態になっている。四〇分歩き続けてようやく、アニーは幸運にも、ワシントン・ダレス空港方面に行く女性の車に乗せてもらえた。航空券を持っているかと女性に訊いてみたが、答えは「ノー」だった。どこ行きの飛行機に乗りたいのか、と質問したところ、どこでもいい、ここ以外なら、と女性は言った。

蛇行運転をし、無理に割り込み、他の車線の車に怒鳴るといった辟易《へきえき》するような数時間を過ごした後、アニーは、その日履いてきたパンプスのせいで足が痺れてしまったので、裸足になり、充血した目で、手に入れられる航路——ラスベガスで五時間の乗り継ぎ待ち時間があるが——のロサンゼルス国際空港行きの航空券を購入した。ラ・ブレア。怒鳴り散らす男たちや泣き叫ぶ子供たちの声に耳を塞ぐように、彼女は頭の中でそう繰り返す。初めはタウナとの内輪ジョークに過ぎなかった場所が、今では、なんとしても実現すべき誓いの地として心の拠りどころになっている。

数時間が経つと、飛行中の機内でアナウンスが流れ、シカゴかアトランタに行き先が変更になったとパイロットが早口で告げた。その理由も最終的な行き先も、彼はわからないようだった。パイロットが吐く罵声を聞いた瞬間、アニーは通常の方法ではLAには決してたどり着けないのだと悟る。タールの池に行くには、マンスフィールドのベッドから降りてシャーウッドの森に行くのに要したのと同じ粘り強さが必要となるだろう。

ハーツフィールド・ジャクソン・アトランタ国際空港は、複数階からなるショッピングモールを併設した形で設計されている。その日、モールの買い物客たちは、感謝祭翌日の年に一度の大型セール、ブラックフライデーの群衆以上にクレイジーだった。普段の警備員の一団では止められないほどの押し合いへし合いの大混乱が起きている。航空会社の職員は、自分たちの搭乗客を管理しようと必死で、名前を書いてもらったシールを人々の胸に貼っていた。狂乱の最中でも顧客を見つけられるようにとの配慮だったのかもしれないが、幼稚園でありがちなこのアイデアは全く機能していなかった。それでもアニーは、シールで名前を走り書きし、最終目的地もその下に添えた。

ANNIE《アニー》 TELLER《テラー》
LA《ラ》 BREA《ブレア》 TAR《タール》 PITS《ピッツ》

ほとんどの名札は、一時間も待たずして意味がなくなった。アニーは目の前の現状に唖然とする。セキュリティゲートの係員たちが暴徒化した人々にタックルされ、すでに満席の飛行機を目指して大群が突進していく。手荷物用X線検査のベルトコンベアを乗り越える者もいたし、その上を流れていたノートパソコンを恥ずかしいほどに我先にと摑んで無理やり自分のバッグにしまい、体裁など度外視の格好で靴を履く者もいた。

アニーは脚を引きずりながら、外に出た。一〇月下旬のアトランタは暑く、彼女は寝不足で、空腹だった。汗だくになりながら、空港ビル正面のアスファルトの道路と砂利が敷かれた路肩を歩き、自分よりもここの地理に詳しいはずの地元民と思われる人たちの後についていく。半日が過ぎた頃、彼女は空港の連絡道路でアイドリングしている市バスに出会《でくわ》した。それは乗客を西に連れていってくれるバスで、乗車賃は無料。西。何よりも、アニーの聞きたかった言葉だ。車内に乗り込むと、名札を貼っている先客が何人もいた。狭い通路で彼らにぴったり挟まれ、立ったまま仮眠を取れる場所に収まった。

　肘で肋骨をぐいぐい押される感覚で目が覚める。大声を上げ、人々はこぞってバスから降りようとしていた。アニーは出口へ殺到する客たちから視線を滑らせて、フロントガラスの奥を覗く。まだ日中らしい。彼女は汗でベトベトになった。とはいえ、自分の汗はほんの一部だろう。表の空気は、どこか甘く、ウールを思わせるディーゼル燃料の排気ガスの匂いがした。空港のときと同様、群衆に従って進んでいくと、自分が街路の真ん中にいることがわかった。右手には、バスが一台。コンクリートミキサー車のシュート〔生コンクリートを排出する樋〕に突っ込んで、前面がひしゃげている。バス後方の車台部分から炎が上がっており、右側のタイヤ一六輪には、赤いペースト状の何かがベッタリと付着していた。左側を見ると、何十人もが両手にテイクアウトの食べ物を抱え、蟻の行列のごとくマクドナルドから流れ出てくる。自分の左右の光景は、どうやらつながっているらしい。ファーストフード略奪者のひとりがバスに轢かれ、真ん中を強く絞った歯磨き粉のチューブのように、肉体の両端が破裂したのだ。

　そのバスとマクドナルドの間――彼女の前方には、病院があった。

　きれいに手入れされた芝生の一角に何体かの遺体が横たわっており、草で汚れた白衣姿の女性ふたりが対応している。建物の高層階では一枚の窓が割れ、家具がそこから放り投げ出されていた。なぜそんなことになっているのか、アニーには想像もつかない。ふと、自分が職場を出たときはまだ機能していたVSDCネットワークのことを考えた。いつか誰かがこの事態を理解したいと思った場合に備え、病院の職員がデータを送り続けているのは極めて重要だ。彼女はミルドレッドに思いを馳せた。そして、マンスフィールド・オン・シャーウッド・リハビリセンターの職員たちが、看護の原理をあっという間に覚えたアニーを称賛したことを思い出す。

ラ・ブレア・タールピッツは、何万年もそこにあり続けてきた。あと数時間くらい、アニーがやるべきことをやるまで待ってくれるはずだ。

AMLDやATL《アトランタ》の大失敗は、ウェストサイド医療センターの大惨事の比ではない。ベージュとピンクのロビーは遺体であふれ、過重な負担がかかっているトリアージ・チームが、助かる望みのない患者を見極めている。アニーはその場を離れた。廊下をさまよい歩いていると、いつの間にかMRI検査室の前に来ていた。開いていた扉から中を覗くと、筒状のMRI装置内に潜り込み、検査台上の女性を襲っている男性がいた。装置に隠れて女性の上半身は見えないが、検査台に横たわる脚が激しくもがいているのが見える。理学療法室では、ランニングマシンが動いているものの、走っている者はいない。ただし、人間の脚だけが、機械に腱が引っかかった状態で揺れていた。新生児室もおぞましい有り様だった。複数の保育器がひっくり返り、看護師がひとり倒れている。その身体を、青い皮膚をした小さな乳児が大きな音を立てて吸っていた。混み合った緊急治療室を見つけたアニーは、安堵のあまり涙がこぼれた。やっと手助けができる専門家がいる場所までやってきたのだ。自分の協力が必要ないのであれば、そのときは西への旅を続ければいい。

次の瞬間、予想もしないことが起きた。たった三秒の出来事だった。カトリーナ・イェーテボリという名前の死んだ女性が目覚め、アニーの腕を摑み、彼女を引き寄せ、噛んだのだ。

瞬時に、いくつかの記憶が蘇った。遠い過去のあの日。イギリス南部の都市ドーチェスターのサッカーチームのミッドフィールダーと小競り合いになり、前腕を噛まれた。二年前のジョージタウンでは、バーニーという男とベッドをともにした際、彼に耳をかじられ血が流れた。攻撃されたり、食い物にされたりしたときの脳幹の錯乱は、原始的で、今に始まったことではない。医師たち、あるいは通りすがりの善良な人たちが助けに入り、アニーを相手から引き離そうとした。右腕の肉が五センチほど引っ張られても、カトリーナはなおもしがみつき、その犬歯が皮膚を突き破って二本の赤い筋が付く。

力一杯腕を引き抜くや、勢い余ったアニーは二メートルほど後ろによろめき、つまずいて激しく仰向けに倒れてしまう。束の間、彼女に見えていたのは手術用ライトだけで、それは、急に変わってしまった世界に昇る複数の白い太陽を思わせた。再び視界がクリアになるとすぐに、腕の怪我をチェックする。カトリーナの犬歯は、剃刀の刃を走らせたような細い切り傷を付けていた。傷口は猛烈に熱を持ちながらも、なぜか氷のように冷たい。嘔吐する直前のように胃が大暴れし、脈打つたび、ドロドロの血液が脳に送り込まれていく。四肢は冷えているのに、骨が熱く、骨髄の匂いを嗅ぐことができそうなくらいだ。医師の声も、カトリーナ・イェーテボリの声も、アトランタが崩壊する音も聞こえなくなった。

点滴スタンドの根元で身体を丸め、冷たい金属に熱を持った顔を押しつける。自分が意識して行う動作は、きっとこれが最後だ。彼女にはそれがわかっていた。怒りは褪せ、苦しみに変わる。アニーとタウナの物語は、互いが抱き合って終わるはずだったのに。ロビン・フッドの精神がアニーを奮い立たせ、戦い続けるシーンはどこにあった？　サッカー選手らしい足捌《さば》きで全ての危険を回避するシーンは？

アニー・テラーは死んだ。あまりにも不公平だ。

彼女は以前も劇的な変化を経験していたが、死後一四分で経験した変化は全く違うものだった。彼女はまだ、アニー・テラーだ。少なくとも、名札はそう主張している。しかし、ただのアニー・テラーではない。彼女は、カトリーナ・イェーテボリでもあり、もっと多くの他の誰かでもある。彼女は彼ら全員だ。彼女は〝おまえたち〟全員だった。

おまえは喪失感を抱え、それを満たす飢餓感も覚えている。おまえは歩き方を学び、そこから狩りを始めるのだ。

いかなる進歩も、おまえが味わう速く動く者たちの数でのみ測られる。速く動く者の尻に舌鼓を打っていると、舌の上で沸騰する血と同じように生々しく、記憶が浮かび上がってくる。それは、ある場所だ。それを思い浮かべられるが、匂い、音、味、質感は呼び起こせない。

長い、葉のない幹を持つ、緑が茂った木々が見える。黒い池の周りに張られた高いフェンスも、だ。その黒さはタールの黒さで、泡が浮かんでは消える。タールの中にはマンモスが捕らえられている。おまえは、それが彫像だとは気づかない。その獣の恐怖は感じるが、おまえ自身の恐怖は全く感じない。

思い出した写真には、文字が刻まれていた。一三文字。常に同じ順番だ。興味深いことに、おまえの胸元にある紙切れに、その文字が書かれている。「LA BREA TAR PITS」。おまえが、ある考えを書かれた文字に結びつけるのがいかに例外的なことなのか、おまえは知らない。おまえは三つの事実を知っている。ラ・ブレア・タールピッツは場所だ。ラ・ブレア・タールピッツは遠く離れている。ラ・ブレア・タールピッツは、おまえが行かねばならぬところだ。

脚を引きずるせいで、動きが遅い。この病院を出るまでに、何ヶ月も歩くことになる。あるいは何週間か、あるいは何日か、あるいは数分か。あらゆる方向で、速く動く者たちの音がする。それは好都合だ。ラ・ブレア・タールピッツに行く道すがら、おまえは速く動く者たちを利用し、さらにおまえを増やせる。時間はたっぷりある。なぜなら、時間など存在しないからだ。

おまえは太陽に目を向ける。赤みがかったオレンジ色のそれが、空の低い位置にあった。おまえは、それを追うべきだと感じる。またもや何秒も、何分も、何日も、何週間も、何ヶ月も歩くうちに、速く動く者を手に入れる必要性にかられるだろう。おまえは立ち止まり、背の高いガラス張りの建物を見た。中に入ってみようと決める。建物の上に文字があった。たったの三文字。LA BREA TAR PITSよりもはるかに少ない。その三文字を読むことはできないが、尖った上下の斜線を描く形は、病院で見た、ベッド脇のビープ音がするモニターを思い起こさせた。これは、中に、命があることを意味するに違いない。つまり、中に、速く動く者たちがいる。おまえは、その三文字をいたく気に入った。

WWN。

ニクバエ

「嘘だろ？　ふざけるな！　くそったれ！」

ルイス・アコセラは、親友でもあり、宿敵でもある彼の携帯電話に向かって怒鳴った。衝突事故を避けるのに、ハンバーガーショップのウェンディーズの赤いプラスチックの看板に体当たりして突き抜けるとか、交通渋滞を逃れるのに前庭の薔薇の花壇を破壊するといったシャーリーンの常軌を逸した決断を励ます合間に、ルイスは、ＶＳＤＣサイトの何の変哲もないページを開くのに複数の多音節のパスワードを要求され、イライラしながら指を動かしていた。例の身元不明遺体のケースの極めて重要な〝新事実〟を手作業でアップロードする。それが彼の目下の目的だった。重要な新事実――少なくともルイスはそう感じているのだが――とは、他ならぬ脳への致命的な一撃が、遺体の動きを止めたということだ。

ルイスのアカウントは、死体安置所《モルグ》の安全なＩＰアドレスに紐づいているのが判明した。つまり、死体安置所にいないと、サイトに入れないのだ。冗談じゃない。誰かの命を救うかもしれない大事な情報を持っているというのに、拡散する術がないだと？　電波が悪くてタイムアウトしているのでない限りは――。

常に不安とプレッシャーの中で仕事をしているルイスにとって、不安は身近なものだし、しかもネット環境の悪さごときの不安は、もはや気分が安らぐくらいだ。彼はそれを受け入れ、これまでやってきたように——馬鹿馬鹿しいことは承知で——助手席の窓を開けてスマホを高く掲げて電波を拾おうとした。それから、これまたいつもやっているように、親指で画面を操作し、バックグランドアプリ〔画面上に表示していなくても、画面の裏側で動作し続けているアプリ〕を忘却の彼方へ押しやっていく。そのとき、ふたりが乗っているプリウスが、何かの段差にぶつかった。車の流れは滞り、時速一五キロほどで動いては止まり、動いては止まりを繰り返していたが、そんなノロノロ運転でも、ぶつかった衝撃で車は上下に揺れた。それは、スピードバンプ以上に大きな障害物であった。ルイスはバックミラーを覗き込む。

「アコセラ先生、後ろを見ちゃダメ」

いい忠告だ。死体安置所ではもちろん、そこを離れてからもずっと見続けているものを考えれば、医師の直感に逆らっているとしても、知らない方がマシだろう。あと五分、自分たちが車で進んでいける気休めになればと、ルイスはシャーリーンに肩をすくめてみせた。これは子供の頃、兄のマノロとパンクした自転車のタイヤに応急処置を施していたのと似ている。ゴムのりとパッチで穴を塞げば、数キロくらいは持つ。今のところ根本的な解決策ではないが、死体安置所の冷蔵保管庫から這い出し、サンディエゴの街路にあふれつつある悪魔たちへの対策として、この方法で良しとしよう。

ルイスは、スペイン料理店「ファビのスパニッシュ・パレス」から飛び出し、最初に身元不明遺体——高架道路の下の柔らかい肉の塊——を見た当時を思い返した。ウォーカー刑事との口論が、遠い過去のことに感じられる。あれから数時間、歩道、芝生、家先のポーチ、公園で、同じような肉の塊、つまり遺体を山ほど見た。うち数体は、まさに再び立ち上がろうとしているところだった。それでも、この状況を「アルマゲドン」と決めつけるのは、時期尚早だろう。二四時間営業のファーストフード店は、今も、袋に入れた「心臓発作のもと」を客に提供しているし、夜間営業の小切手換金所も、せっせと給与支払小切手を現金に換えていた。

唯一、本当に崩壊しているものがある。道路だ。原子力発電所がどこかで停止しつつあるに違いない。信号機や街灯が消えているのは、その影響だ。街の地図を完璧に暗記している人々や、世界に名だたる五〇〇マイルのオートレース「インディ５００」を走れる凄腕のドライバーでさえも、これではどこにもたどり着けない。州間高速道路、二車線道路、脇道、裏通り、彼とシャーリーンが試みたどのルートも、追突事故、乗り捨てられた車、あるいはバリケードなどで道が塞がれ、彼らの行手を阻《はば》むのだ。

シャーリーンの片手が、空いているルイスの手首を握り締めてきた。

たぶん、彼女は恐怖のあまり無意識にそうしているのかもしれないが、その手の感触は心地良い。しかし、電話帳の「お気に入り」に入れてある「ローザ」の項目を押すのに、ルイスは自分の手首をシャーリーンの手から引き抜かなければならなかった。電話を見ると、これが三回目の発信だと告げている。今一度、昨日までは聞いたことがなかった音がした。電池切れなのか、壊れたのか、妻のスマホが機能していないらしい。すると、シャーリーンが急ブレーキを踏み、車が唐突に停止する。ルイスが窓の外に目をやると、動物病院が建っていた。ドアの下の隙間から土煙が舞い上がり、網戸から毛や髭《ひげ》が突き出している。どうやら、中にいる動物たちが外に出ようとしているようだ。写真を撮ろうとした彼は、画面をスワイプしてカメラモードにしたものの、ストレージがいっぱいだった。悪態をつきながら親指で画面を戻し、不要な写真を削除すべく目を細める。

「写真を撮られると魂が抜かれるって言ったのは、どこかの先住民じゃなかったっけ？」と、シャーリーンが問いかける。

「それが真実なら、僕らの魂はすっからかんだ」

ルイスの答えに彼女は、「いい加減、スマホを見るのはやめて」と返す。

「うーん」

「アコセラ先生、大変なことが起きてるの！　今、私たちの目の前でね！」

「くそっ！　わかってるよ！」

「あら、先生のスマホにかける情熱、私の想像以上だわ」

「違う。ソーシャルメディアだ！　SNSを利用して、この状況から抜け出すんだよ！」

「もう、またそんなこと言ってる」

彼はアドレス帳の「お気に入り」を閉じ、画面をスワイプしてツイッターを探す。「テイラー・スウィフト、ジャスティン・ビーバー……ツイッター民、君たちが頼りなんだ」

シャーリーンが鼻で笑ったので、ルイスも頬を緩めた。またタイヤのパンク穴を塞いだ。このディーナーは自分自身を元気づけてきた。ルイスは彼女のその力を信頼している。シャーリーンをチラリと見た彼は、認めざるを得なかった。彼女は今までにないくらい美しく見える。手術着姿で過ごす時間の方が長いが、それとは大違いだ。ほつれのあるデニムのショートパンツと胸元を見せるフランネルのシャツという手術着に代わるアンサンブルを纏《まと》い、ブロンドの髪はそよ風に揺れる石鹸の泡のようだ。ルイスは、彼女が危機のときに、いかに研ぎ澄まされるかを前に見たことがある。彼女は、ブロンクスのパークチェスターで酒を飲んで殴り合って痣を作っていた若き頃の俊敏さとエネルギーを取り戻すのだ。実に魅了される。否定はしない。シャーリーンのそんな魅力に、今宵ほど感謝したことはなかった。アコセラ邸は、死体安置所から一五キロ余り。通常の夜ならば車で一五分で着くのに、もう何時間も車を走らせている。そしてシャーリーンは、アスリートの〝緊張せずに警戒する〟という姿勢を保っていた。彼女がいてくれて、自分はラッキーだ。それは、ずっと変わっていない。

ブラックユーモアが、死体安置所で仕事を成功させるカギだ。自宅があるラ・メサに到着するのにどれくらいかかるかわからないが、とにかくそれまでに、三つの恐ろしい大きな疑問を無視したいかどうかが、今、ものすごく重要である。

一つ目の疑問は、ローザは生きているのか、だった。昨日家を出たときなら、そんなことは、「未確認生物ビッグフットは侵略してくるのか?」と同じくらい荒唐無稽な疑問で、想像するのも馬鹿馬鹿しいと思えたはずだ。昨日までならば。

シャーリーンがバックミラーをチラチラと確認する姿に、ルイスは二つ目の疑問を見て取る。それを避けて通るのは難しい。ルイスの上司、JTがトランプ・インターナショナル・ホテルのバルコニーから飛び降りたと明かしたリンドフは、どうにかして自分たちを追ってきているのか? あるいは、他の誰かがリンドフに加担しているのか? あの男は、ルイスをパニックに陥れようとした。そして、あのろくでなしに同調したくはないが、パニックは今日、最も重要な感情だ。リンドフのように話す男、つまり権力を持つ男をルイスはこれまでも知っていた。彼らは誰かに恨みを抱くと、一生を懸けてもそれを晴らそうとする。どうやらしばらくの間、自分はバックミラーを確認し続けることになるのだろう。

三つ目の疑問は、もちろん、大問題である。一体全体、これはなんなんだ? カリフォルニアの州道94号線の西道路は、「マーティン・ルーサー・キング・ジュニア高速道路」として知られているが、ふたりがその道路の大混乱を避けるために路肩を走った際、ルイスは、ピザハットの正面に自分のオフィスにある例の飾り額が打ちつけられている様を想像した。インペリアル・ビーチの大型ホームセンター、ホーム・デポでは、おそらく盗んだ品なのだろうが、鍬《すき》や杭、その他、振り回せそうな物を抱えて人々が店から出てきて、オレンジ色のベストを着た店員がその後を追いかけている。そこでもルイスは、あの飾り額が店の壁に張ってある気がしてならなかった。聖スティーヴンズ・チャーチ・オブ・ゴッドという教会は、深夜に緊急の礼拝が行われているらしく、ドアというドアに銃を携帯した教区民が立っている。ルイスは、その教会の頂上にある飾り板を思い浮かべた。

ここは死が生きる者を助けることに喜びを感じる場所

飾り額に刻まれた一文が蘇る。しかし、その「場所」は、ルイスのオフィスに留まらず、はるかに拡大しているし、死者が生者をどうやって「助ける」のかは、依然として不明のままだった。それでもルイスの直感は、何かがあると訴えている。ちょうど、身元不明遺体に埋め込まれた銃弾が、どれも致命傷を与えていなかったように。

彼はツイッターを開いた。前回参加したLGBTプライド・パレードで撮ったプロフィール写真はかなりフィルターをかけており、歯が真珠のように輝いている。一生懸命練りに練った略歴には「サンディエゴ検屍官補／セビチェ【南米、特にペルーの料理。生の魚介類とタマネギの和え物】の達人／お気に入りのアメフトチームは、今もロサンゼルス・チャージャーズ」と書かれていた。フォロワーは八三五人。彼らに興味はない。そして、フォロワーに向けてつぶやくも、無視された過去の投稿たちが並んでいた。だが、これからアップするつぶやきは今までとは違うかもしれない。彼は文字を打ち始めたが、これは全部大文字にすべきだと思い、最初からやり直した。

緊急！　私は医師です。この「流産」を止める唯一の方法はルイスは指の動きを止めた。自分は、一連の出来事を「流産」だと思っているが、それでは他の誰にも伝わらない可能性がある。

「あいつらをなんて呼べばいい?」。彼はシャーリーンに訊ねた。

「え? 誰のこと?」

「わかってるだろう? あの連中のことだよ。生き返った身元不明遺体たちだ」

「私が知ってるわけないでしょ。ラジオだと、単に『彼ら』とか『奴ら』って呼んでる。今、ツイッターを見てるのは、先生でしょ。調べて、ガジェット警部」

もっともだ。ルイスは検索アイコンをタップし、トレンド欄をスクロールしていく。「流産」の証拠はそこにあったが、まだひとつのハッシュタグに統一されておらず、「#ベンハインズ」に圧倒されている。この国民的人気俳優が人々を感動させる発言でもしたに違いない。ルイスは画面を切り替え、自分のメッセージに戻る。

「サルコファガス」と、ルイスはつぶやいた。

「それ、なんだっけ?」と、シャーリーンが訊く。

「古代ギリシャやローマ時代の『石棺』のことだ。語源はギリシャ語。もともとは『肉を食べるもの』を表していた。同じ語源を持ち、名前がよく似た『サルコファジディー』は『ニクバエ』を指す。ニクバエは動物の腐乱死体に卵を産みつけ、孵化した幼虫がウジ虫となる――」

クラクションを鳴らしまくる車列を避けようと、シャーリーンが路肩に半分乗り上げたので、ルイスの身体がドアにぶつかった。

「先生、確認させて。学校で見せられたビデオを思い出す限り、ニクバエのウジは結構あっという間に孵化してた」

「二四時間以内と言われてる」

「ウジ虫の顎は鉤爪状になってるから、滑り落ちることなく腐った肉を食べられるらしいわね」

「ウジ虫はどこにも行かない」

「すぐに死体の温度は摂氏五〇度近くまで上がり、大量のウジ虫が活動するわ」

「ああ、厨房の中はかなり暑い」

「一週間で、身体の六〇パーセントはなくなってしまう」

「それが心配なんだ。ただし身体は……」

ルイスはサンディエゴの地平線をジェスチャーで示した。シャーリーンが漏らした声は、彼のメロドラマ的な演出に苛立ったときに出すものだった。彼女もまた、ローザが無事だとわかるまで、自転車のパンクしたタイヤにパッチを当て、普段通り過ごそうとしてくれている。ルイスは、その努力に感謝した。彼はツイート文を完成させたが、ニクバエには触れないことにした。投稿後にトレンド入りする文言を心がけたのだ。


緊急！　私は医師です。この蘇る死者を止める唯一の方法は、頭に直接外傷を与えることだ。

ＲＴ希望!!


投稿できる最大一四〇文字には半分も届いていないが、何百万もリツイートされることを願うメッセージゆえ、何を訴えるかは重要だ。無駄に文字数を使いたくない。だとしても、他に何を言おう？　リンク先として置ける公式サイトは皆無だし、添付できるものもない。ルイスとシャーリーンはリンドフに強気の態度だったものの、身元不明遺体の写真を一枚も撮っていなかった。青い認証マークさえないが、あったところで信憑性を与えられるわけではない。彼が持っているのは、真実だけだ。真実があれば十分のはずなのに。ここはアメリカではないのだろうか？

彼は投稿文を送信し、タイムラインを更新して、それが反映されるのを見守った。

普段ならソーシャルメディアは、彼がかつて見ていた病人が、強烈な麻酔薬のモルヒネやフェンタニルを求めてベッドサイドのボタンを押した後に感じる、疼《うず》くような高揚感をもたらす。今回は違う。サンディエゴの通信サービスは、サウス・ダコタのバッドランズやテキサスの僻地の田舎者に割り当てられた非力なシグナルにまで低下してしまった。しかしながら、アップロードバーは動いていたので、ルイスはこのアプリを信用し――彼はツイッターを神以上に信じている――画面をスクロールしてニュース速報があるかどうかを確認していく。

速報はあったが、記事を読むまでにそれなりの時間を要した。

表面に見えている記事は、大半が差し障りのない書き方をされている。ロウアー・ワッカーで何が起きているのか。人々が車を置き去りにしている。カンザス州ローレンスのダウンタウンで、警官たちが葬儀場を包囲。一体どうなっている？　ところが、最初の画面に表示されない隠れた部分に、より深刻なことが書かれているはずなので、ルイスはタップしてスレッドを展開させないといけなかった。ロウアー・ワッカーに関するニュースは、次のように結論が示されている。それは、南側からトンネルを這い上がってきた黒人ギャング団に違いない。葬儀場の方は、こうだ。友人の警官は、ユダヤ教の礼拝堂《シナゴーグ》が最悪だから、ユダヤ人たちが力ずくで奪ったと言っていた。

ルイスがフォローしているのは、サンディエゴが拠点のアカウントがほとんどだ。知人、友人、友人の友人、くだらないことをつぶやく、どこの馬の骨とも知れない人間よりはリベラルな精神の持ち主で、いい教育を受けている人たちである。ところが、最新のツイートを読んだところ、吐き気が込み上げてきた。どれも、ウォーカー刑事が書いたに違いないと見紛《みまが》うほどの内容だったのだ――。

　現状はティファナで起きるトラブルみたいだ。ハハハ。それは、ルイスが夕食をともにしたことがある弁護士の友人だった。

「アコセラ先生、電話を置いて」

　友よ、今宵はサンディエゴに犯罪の高波が押し寄せている。国境に壁を作るアイデアに賛成した方が良さそうだ。彼に家を売った不動産屋のアカウントだ。

「先生、お願いだから」

　このメキクソ人を一掃する民兵組織が必要だ!!!　ラテンアメリカ系住民が大半を占めるサンディエゴのゴミ収集業界に言及している、ルイスも投票したことがある市会議員が、そう発言していた。

「ルイス・アコセラ！　人の話を聞きなさい！　電話を置いて。今すぐ！」

　そう叫んでシャーリーンが急停車したため、勢いよく前のめりになってシートベルトが食い込み、ルイスは身体が切断されるかと驚いた。スマホが手から離れて飛んでいき、ダッシュボードに当たったプラスチックが、パキンと音を立てる。まるで歯が折れたときのような音。咄嗟《とっさ》に、そう思ってしまった。なぜなら自分はラテン系で、メキシコで生まれたからだ。タッチスクリーンを数回叩くだけで、ニクバエの襲来から世界を救える存在になるかもしれないと胸を躍らせていたのに、仲間だと思っていた人々の真意をツイートで読む限り、ニクバエの発生はおまえらメキシコ人のせいだと非難される立場だったとわかってしまった。

　そしてさらなる答えは、今、車のヘッドライトの中で待っている。プリウスの前に滑り込み、フロントバンパーのそばを横切る複数の気配がする。何かをカチャカチャと鳴らす音が聞こえるほど近くに来たのは、男四人組だった。例の「流産」現象でもはや死体ではなくなった四体の身元不明遺体かと思ったが、八個の目はどれも輝きを放っていて、ひとつも白濁していない。暴徒が持つ松明《たいまつ》のごとく、男たちはライトを点けたスマホを掲げ、車の中を覗き込んできた。運転が下手な女性ドライバー、シャーリーンに気づくなりニヤリと口元を歪めた彼らだったが、ルイスには厳しい視線を向けた。

バンパーに当たって音を立てていた物が、視界に飛び込んでくる。バール、野球バット、スパナ、手斧だ。

「問題ない」と、ルイスは己に言い聞かせた。彼の車は、ダンキンドーナツの脇でアイドリングしている。斜め向かいにはデニーズがあった。こうしたお馴染みの全国チェーン店が集まった、アメリカの文化的象徴とも言える交差点では、悪いことなど起こらないはずだ。しかし、四人組のうちひとりが何かをつぶやき、残りの三人が間隔を空けてボンネットの周囲に並んだとき、ルイスは絶望的な気持ちになった。国籍を取得すれば、この国は安全を約束してくれる——そう信頼してきた気持ちは消え、どうやって軽率にも、常に安全だと自分に信じ込ませてきたのだろうかと考えてしまう。ポケットの中の三八口径拳銃がずしりと重みを増した。

「お嬢さん、大丈夫かい？」。野球バットの男が大声で訊ねてきた。

「平気よ」と、シャーリーンは即答する。「あなたたちがどいてくれればね！」

「ここから移動しないと」。ルイスが彼女に言った。

「俺たちは、今夜、ゴミ掃除をしているんだ」。スパナを持った男が嘲笑《あざわら》う。これもまた、ラテン系ゴミ収集者への揶揄だ。

連中の脅し戦術が、ルイスのディーナーに火を点けた。「鏡を見てからものを言いな。あんたの顔こそゴミなんだよ、くそったれめが！」

「シャーリーン、アクセルを踏め」

バールの男が握っている武器を指差す。「お姉さん、俺たちゃ、そのメキシコ人を車から引きずり出したいだけだ」

「やれるもんなら、やってみな。この外国人嫌いのビヤ樽野郎！」

スパナと手斧の男が運転席と助手席に歩み寄ってくる。

「頼む。アクセルを踏んでくれ！」と、ルイスが叫ぶ。

そして、シャーリーンはそうした。ただし、ブレーキに足を載せたまま、おそらくブロンクス育ちの若者ならカッコをつけるために誰でもやっているはずの、高度な運転スキルを駆使したのだ。ゴムが甲高い音を立て、煙の渦が一気に立ち昇ると、男たちは散り散りになり、すかさず彼女はブレーキを離した。次の瞬間、プリウスはボディを左右に振りながら前に飛び出し、ルイスがいる助手席側のドアがパーキングメーターをかすめて火花を散らす。シャーリーンは車をコントロールすべくハンドルと格闘しながら、罵詈雑言を飛ばし、窓から片腕を出して中指を立てた。

「この野郎！」。ルイスも怒声を放ったが、口から出てきたのは、その言葉だけだった。「この野郎！」

「静かにして」と、シャーリーンは笑う。「ああいうの、大好きなのね！」

「大好きなもんか！」。ルイスは声を張り上げた。しかしその直後、髪に当たる風、足の下で鼓動するエンジン、ハンドルを握るセクシーな女性の小悪魔的な高笑いにゾクゾクとし、さっきまで感じていた恐怖は消え去っていた。ルイスは長いこと、シャーリーンが自分に好意を抱いているのではないかと疑ってきたが、今は、層をなす自分のプロ意識の深いところに、彼女と似たような感情がずっと隠れ続けていたのかもしれないと思い始めていた。

「少なくとも、電話から顔を離せたわね」と、シャーリーンは言う。

確かにそうだ。その五分後、車は、彼とローザが住むハイウッド・パークの外側を囲む環状道路までやってきた。歩行者を避けて進む車の中で、ルイスはありがたいと感じていた。と同時に、リンカーン軍住宅地に近づくにつれ、彼は警戒し、妻の安否に集中し始める。ここは、その言葉通りの場所、つまり軍が運営する居住区だ。敷地前には、何やら集まった人々がもぞもぞと蠢《うごめ》き、道を塞いでいる。最初は、ここにも「メキシコ人という排泄物」を一掃しようとするゲリラ集団がいるのかと恐怖を覚えた。次に、非番の軍人たちが即席の安全地帯を作ったのかもしれないと期待を抱いた。

シャーリーンが速度を落としてゆっくり進むうち、ルイスは悟る。何が起きているのであれ、ものすごく悪い状況に違いない、と。彼が焚き火だと思っていたのは、炎に包まれている一軒家で、その前の道路を赤々と照らしていたのだ。軍令が出ているわけでもない。秩序など皆無だった。あるグループの人々が、別のグループの人々に向かっていき、最初のグループが相手の上でくねくねと身体を動かし、大きな音を立てながら肉を咀嚼する様子は、ルイスの想像以上にニクバエのウジ虫さながらだ。そいつらは、おぼつかない足取りで歩いている。まるで、歩き方を学んでいる赤ん坊のようだった。

おそらく「流産」という言葉は、結局、最も適していたのかもしれない。

「排水溝を横断したいけど、幅が広いし、深すぎて車では無理ね」と、シャーリーンが口を開く。

「うーん」。ルイスは何も考えずにそう唸《うな》った。

「先生のうちはどこ？　指差して教えて」

彼は素直な子供のように、「あっち」と指で示した。

「車から降りて。アコセラ先生、車から降りてってば！」

慌てて電話をひったくり、ルイスは外に出る。すると、シャーリーンが彼の手首を摑み、走り出した。そこまで速くはなかったので、ルイスは周囲の状況を十分に確認することができた。

人々が食われている。これは、死体安置所の身元不明遺体が何かを摑もうとして指を伸ばし、舌を鳴らしていたことの延長線上にあり、恐ろしく理に適っていた。炎の明かりの中、ルイスは、大きく開いた口が相手の顔を丸呑みし、指が太ももから骨を引き抜き、舌がはみ出た内臓を舐め回すのを目の当たりにする。人が人を食らう凄絶な現場から五メートル余りのところでシャーリーンが躊躇《ちゅうちょ》し、ルイスは、ニクバエと化した人間が三人いるとわかった。見物人も大勢いる。野次馬の見物人たちが自分の知っている隣人なのかどうか、判別はできない。スマホが彼らの顔のほとんどを隠していたからだ。顔を出しているのが死人で、生きている者がスマホケースでしか判断できないとは、なんという皮肉だろう。

ある人物は、左右の親指を必死に動かしてメッセージを打っていた。数秒後、両親指とも嚙みつかれて死人の顎の中に消えた。通知を確認している者もいる。芝生の上にうつ伏せになり、死人の歯に執拗に背骨にむしゃぶりつかれても、ドーパミンの大量分泌で失血に気づかないのかその人物はスマホを読み続けていた。ニクバエの写真を撮っている女性もいる。ニクバエが彼女の脚を這い上がろうとしているにもかかわらず、だ。どうやら彼女は、カメラ越しに現実を眺める方がいいらしい。この小さな箱型機械は、ワンタッチで全てを捉え、管理し、閉じることが可能だ。

シャーリーンはルイスを下り斜面へと引っ張っていき、濡れた排水溝を通って裏庭のプール沿いをぐるりと歩き、ローザがいる場所への近道を切り拓いた。ルイスは、シャーリーンの功績——思いを寄せる男の妻が待つ家の玄関先まで、男をできるだけ早く到着させるのに尽力したこと——を称えるべきだったのに、ふたりは急ぎすぎており、スマホの画面をスワイプするように世界は霞《かす》んでいた。恐ろしいことを何度も何度もスワイプして弾《はじ》いているうちに、恐ろしいことを見ることも、感じることもやめてしまうのだ。そして、気づく。それは、自分が死に始めている証拠だ、と。

ウルシュライム

サニーブルック・トレーラーハウス・リゾートから、ミズーリ州バルクの街まで、自転車では二〇分かかる。しかし、尻を高く上げ、脚を最大限に伸ばし、顔に当たる雨風を感じ、自分はひとりでオープンカーの改造車に乗っていると信じ込ませた。そう、時速一三〇キロでぶっ飛ばしているのだ、と。あまりにも速く進んでいるので、聖書に出てくる海のように雨が目の前で割れ、プリマドンナを囲んでいたバレリーナたちが離れていくように枯れ葉が散っていく。

サニーブルックに住んでいたシリア難民、ファディ・ロロの青いシュウィン社製の自転車に座り、グリア・モーガンは、通常の半分にも満たないスピードのロードトリップの苦痛を味わっていた。ふたり分の体重で、舗装道路ではタイヤはペシャンコになり、泥道では車輪スポークのところまで沈んでしまう。普段の日は人気《ひとけ》がない道でも、今日は、自転車を降りて走り去りたくなるほどの悪い兆候を、グリアはいくつも目にした。血だらけのリードを引きずった野放しの犬。銃弾が何個も穴を穿《うが》ったステーションワゴン。ひと言「RUN」という単語が光る野球場のスコアボード。以前なら、「走れ」だった言葉が、今は「逃げろ」に意味が変わってしまっている。

ノロノロ運転ではあったものの、やはり歩くよりも速い。だから、グリアは今も自転車での移動に甘んじていた。

「直進よ」と、彼女は声を上げた。「まっすぐ行くの。絶対に直進すべき」

「こっちの方が、早いぞ」と、ファディは息を切らして主張し、放置された貸し倉庫群を顎で指す。

「ここは通り抜けできない！」

「こっちの方が、早い」

グリアが気に入らないことが、たくさん起きている。この控えめなシリア人が全ての仕事――自転車漕ぎ――をする間、後ろでじっと座っていること。乙女のごとく彼の腰を摑んでいること。自分は愚かな全人生をバルクで〝生きていた〟――そう呼びたいなら、そう呼ぶが――人間なのに、進行方向すら聞き入れてもらえないこと。それでも彼女を黙らせているのは、ひとえにファディの穏やかな自己肯定感と彼が常に正しいという事実だった。これは理に適っている。彼は、ミズーリの緩やかな丘陵地帯、骸骨のような木々、淡い色の夕陽を、美しく探索する価値があると考えている人間であった。グリアが追求しようという熱を持たなかった「近道」を開拓してきた人物なのだ。

いつの間にか、雨はやんでいた。ファディは、サニーブルックを脱出するのに渋滞した車の隙間を縫って進んだのと同じく、完璧なる目的を持って、錆びついた倉庫と倉庫の間の幅一メートル半にも満たない空間に颯爽と入っていく。彼にしがみつきながら、グリアは前方に、大きく裂けたフェンスを認めた。これなら、自分たちの旅の時間を数分短縮できるだろう。いい兆候だ。ところが、彼女の身体はゾクリと震えた。ファディ・ロロはゴミ拾いが好きで、襲撃者に包囲されたトレーラーハウスから黒人の少女を救い出すのも厭わないのかもしれないが、そもそも彼は男性だし、グリアが完全に信用している相手でもない。彼の思いつきで、廃墟となった建物のひとつに入り、自分を力で圧倒しようとする可能性もある。

「君にその大きな刃物は必要ない」と、ファディは言った。「我々の弟のために街へ行くんだから」

グリアは顔を後ろに向け、まだマチェーテを背負っていることを確認した。落ち着け。そう己に言い聞かせた。狩猟用武器をあれこれ詰め込んだダッフルバッグも持っている。この変人がいよいよおかしくなれば、こいつらを使えばいい。グリアが街にいる自分の弟コナンを見つけに行きたいと言ったとき、ファディはこう答えたのだ。我々の弟。我々全員が今、同じ兄弟を共有している。そうだろ？暑い霧で呼吸が浅くなり、彼女は深呼吸をした。この男を信頼しよう。母ヴィエナ・モーガンが刑務所に収監中で、父フレディ・モーガンが凶暴化して顔がなくなった今、残されたのは、本能だけだ。

パパ。彼女はさめざめと泣きたくなり、吐き気が込み上げてきた。コナンになんて言えばいいのだろう？　何かで気を逸らさないと、ファディの腰にしがみつく力さえ失ってしまいそうだ。

「ミスター」と、グリアはファディに呼びかけた。「いつもは何を？」

「いつも何をしているか――」

「趣味とか。何か好きなことは？」

「タイヤの空気圧を測って、チェーンに潤滑油を塗らないと」

「ミスターの自転車の？　自転車の手入れをしてるのね。他には？」

「テレビをよく見る」

「どんなものを？」

「『ダメージ』」

「『ダメージ』？　何それ？」

「エミー賞を受賞した法廷ドラマだよ。グレン・クローズがパティ・ヒューズっていう凄腕弁護士役で主演してる」

グリアは笑った。いったん笑いを呑み込んでから、再び噴き出す。ファディがこんなに長く話したのは初めてだったし、彼女がこれまで聞いた中で、一番面白い発言だった。笑いは、永続可能な魔法だ。グリアは、もっとおかしなことを聞いて笑いたいと貪欲になった。

「他には？　何かある？」

「『New Girl／ダサかわ女子と三銃士』は、ズーイー・デシャネルがジェシカ・デイに扮するエミー賞候補作のシットコムだ」

「エミー賞大好き人間なのね、ミスター」

「『X−ファイル』は、デヴィッド・ドゥカブニーがフォックス・モルダー役、ジリアン・アンダーソンがダナ・スカリー役のエミー賞受賞ドラマだよ」

「あっ、あたしも見てたわ。寄生虫男フルークマンは、グロかった」

「第二シーズンの第二話『宿主』に出てきた奴だね」

「ミスターのお気に入りのエピソードはどれ？」

「『キル・スイッチ』」と、ファディは即答する。「ウルシュライムの話なんだ」

「それ、『X−ファイル』の悪役スモーキングマンのこと？」

「ウルシュライムは、大昔に生命の起源となったスライムだよ」。ファディはそう返した。「植物と動物の狭間の生物で、ミッシンググリンクみたいなものだ」

「ミッシンググリンクですって？」。グリアがクスクスと肩を揺らす。「パパがコナンを呼ぶのに、その言葉を使ってた」

「生物が生まれて死んだら、次の世代が生まれるけれど、単に〝生〟と〝死〟って割り切れるものじゃないよ。そんなに簡単ではないんだ。いろんなニュアンスがある」

グリアの笑いは消えた。「そうね。ミスターは正しいと思う」

「私は、そういった生とも死とも言えないものを見たことがある」。そう言って、ファディは一旦口を閉じたが、すぐにまた言葉を続ける。「だけど、それはダナ・スカリーの会話から学んだ言葉だ」

ミズーリ州東部の有名な岩の断崖はミシシッピ川を縁取るように切り立っているが、州の西側半分には、丘がないわけではない。彼らの前にある丘の頂上は葉が落ちた木々で覆われ、まばらに髭《ひげ》の生えた顎を逆さにした感じに見える。頂上に登れば、人口四〇〇〇人の町が提供する全てが一望できる。なんてワクワクする光景だろう（もちろん盛大な皮肉）。しがないバーのジミーズ・タップ、自動車部品店オート・バリュー、百貨店チェーンのショプコ、ナンクルズ・タイヤ&リペア自動車修理工場、ファーマーズ・ミューチュアル保険会社、ガソリンスタンド併設のコンビニであるケイシーズ、ラスキー集合住宅群などが、この惨めな小さな町の広場に、小便でもかけるかのごとく集まっていた。

丘の上に着く頃には、ファディは息も切れ切れだった。自転車から降りた彼は、よろめいて車体の横に立ち、呼吸を整えている。グリアは片手にマチェーテを握り、反対の手でダッフルバッグを持って、反対の方向へと歩いていった。町の広場の変わり果てた姿を見た際、ふたりはシュウィンの自転車の長さほど離れており、互いの身体の心地良さを感じることができなかった。

ケイシーズの給油機のひとつが燃えている。轟音を上げる高温の白い炎が、給油所のキャノピーを溶かして穴を開けていた。もっとショックだったのは、火事が放置されている事実だ。消火器を持った人間も、サイレンを鳴らす消防車も、今後起こり得る複数の爆発の危険から、車を迂回させる保安官補もいない。バルクが、心が狭くて腐り切った連中が住む場所であることは、グリアはわかっていたが、ここまでひどいとは思っていなかった。

ところが、「ここまでひどい」どころか、実際にはもっとひどかったのだ。一見、一〇ブロック以内の全員が町の広場に集まっている感じだった。三〇〇人ほどのバルク市民が、怒れるひとつの集団と化してごった返している。ただし群衆は、ふたつの不均等なグループにはっきりと分かれていた。

大きい方のグループは、種苗会社の帽子、ヘアネット、作業用エプロン、そしてお馴染みの、パパが着ていたのと同じホーティ・プラスチックスのグレーのユニフォームという格好の白人たちだ。威嚇するように銃、箒の他に、何も持っていない方の腕までも振り回しているチーム「ホーティ・プラスチックス」は、グリアが映画でしか見たことがなかった暴徒同士の乱闘を、今にも始めようとしている。歴史の授業でビデオ鑑賞している最中も、スマホのメールの方に夢中になることの方が多かったが、黒人が画面に登場すると、彼女はビデオに注意を向けた。大体がこんなふうに、アラバマ、アーカンソー、ミシシッピで追放されそうになっているシチュエーションだったが、黒人たちはものすごく誇り高く、格好良く見えていた。

そして、小さい方のグループは、サニーブルックで遭遇した敵ではないだろうかと期待した。

しかし、小規模集団の四〇～五〇人とホーティ・プラスチックスの群衆を区別するのは、濃い髭、ちらほらと見えるヒジャブ〔イスラム教徒の女性が着用するヘッドスカーフ〕、遠目からでもサイズが合っていないとわかる、おそらく救世軍から配給された古着で、彼らはシリア難民だ。ジェファーソン・シティの議員たちの誇り、バルク住民の軽蔑の対象でもある。

シリア人の武器不足は、平和主義的な理由によるものではなく、彼らが集結するまでの準備時間が少なかったために違いない。彼らは自分の身ひとつで表に出た。ただそれだけだ。そう考えた瞬間、グリアの骨まで何かが響いた。ラストリゾートの誰ひとりとして、トレーラーパーク自体を気にかけていた者はいない。だが皆、それぞれが持っている何かのために戦ったのではなかったのか？　難民――それは、逃げることを強制された人を意味しているはずだ。ラスキー集合住宅は、虫とネズミが蔓延《はびこ》る目障りな場所かもしれないが、ファディの同胞たちにとっては、本当に最後の砦《ラストリゾート》なのだ。

　憎悪という強烈な感情がホーティ・プラスチックス側の人間の顔面筋を歪め、次々と嘲笑が伝播していく。店主、教師、同級生の両親――大勢が、グリアの知っている人たちだ。「銃規制ではなく犯罪規制を！　犯罪と戦い、撃ち返せ」といったステッカーをバンパーに貼った車の運転手たちもいる。自身もライフル二丁の所有者であるパパは、この手の人々と話すときは、心配のあまり、絶対に軽蔑的な口調にならないようにしていた。彼らは、自分たちを英雄だと思いたがっているが、彼らがやろうとしているのは、殺戮だと、パパは言った。そのとき、パパは黒人少年であるコナンをチラリと見たが、弟はいつもの通り、自分の世界に迷い込んでいる感じだった。

　自称「ヒーロー」の連中は、悪役に対抗する存在としてしか存在できない。彼らの考えは容易に想像できる――突然のこの暴力騒動を、なぜ地元の難民人口のせいにしないのか？　シリア人の多くは、ほとんど英語を話せない。彼らは匂いがきつい食べ物を食べる。町の広場のベンチや公園のピクニックエリアを占拠する。職を持たない居候の身で、市民の税金でのうのうと暮らしている。かといって、職に就いて、市民の仕事を軒並み奪うのはやめるべきだ。

　クラスメートのカシムとて、昨晩、こうした不満を訴えてきた。しかしグリアは、単に退屈な愚痴くらいにしか受けとらなかった。あのときと、今の自分は違う人間だ。カシムも違う人間になっているかもしれない。彼はどこにいるんだろう？　この群衆の中に、あまりティーンエイジャーはいない。おそらく学校か。きっと教師たちは、次々と明らかになる危機に対し、生徒たちをバリケードで囲って守るという選択をしたのだ。よし――コナンにマチェーテを、カシムにナイフを渡そう。そして三人で、やるべきことをやろう。

　グリアとファディが到着してほどなく、一触即発だった緊張の糸がとうとうプツンと切れた。芯に点いた火がダイナマイトに触れる瞬間が訪れたのだ。ホーティ・プラスチックスのユニフォームを着ていた前方の三人が、難民たちを押しやり、ひとりのシリア人が顔を守るために相手の手を払わねばならなくなった。どうやらこの動作が、彼の殺意を示す明確な証となったようだ。最前列の煽動者《せんどうしゃ》たちが相手に飛びかかった。現場では、かつてグリアが駐車場で目撃したことがある乱闘騒ぎさながらの肉弾戦が勃発した。いきなり倒される者、ほとばしる血飛沫《ちしぶき》、真っ赤に染まる顔、凝らした息、口に見舞われた肘打ち、目潰し攻撃と、やみくもな殴る蹴るの応酬であった。ホーティ・プラスチックスの従業員であれば、毎日の日課にプライドは呑み込まれてしまうが、ここは、自分の同僚と友人VSくそみたいなアラブ人の戦いの場で、そのプライドを取り戻すチャンスなのだ。

グリアは身震いをした。パパだったら、どっち側につくだろう？

頬に再び、ファディ・ロロの湿ったスカーフが触れるのを感じ、彼が近づいてきたのではなく、自分が彼の方に歩み寄っていたことに気づく。武器を入れたバッグを持っていても、この戦いにはどうしても巻き込まれたくないと思った。

「ミスター」と、彼女は声をかける。「廃品置き場を通る、別の経路で学校へ行けるわ」

「ダメだ」。ファディは即答した。

跳ねた泥が付いた彼の顔と雨に濡れてもつれた髪を見る。エミー賞にこだわる自転車漕ぎの柔和さは消えていた。ファディの顔は、さっきまでリラックスした感じだったものの、今は緊張しており、額には昔からある嘆きのシワが刻まれ、痛みという古びた頬肉が垂れ下がっている。ラストリゾートでグリアが見ていた唯一幸せな人物の顔は、今、目の当たりにしている出来事よりもひどい何かを見てきた男の顔になっていた。

彼は、叫んだり、喧嘩している犬のように回転している人々に向かってうなずいている。

「アルカサーラ――」

「え？　アラビア語？　意味がわかんないんだけど？」

「崩壊している。もはやどちらの連中も見分けがつかないだろう？」

グリアは一センチとて近づくのは嫌だった。人々は黒人の少女である自分と、シリア人であるファディを見るだろう。どちらか、あるいは両方のグループが、なぜおまえらは一緒にいるのだと、こちらに罰を与えてくるに違いない。ところがファディは、グリアを助けた見返りをくれとは何も言ってきていないではないか。そう思い直したグリアは、彼に少し歩み寄った。もしかしたら、バンパーステッカー野郎と同じくらい偏見を持っていたのかもしれない。自分は、シリア人がここバルクに溶け込むとは全く思っていなかったのだ。今、彼らは馴染んでいる。最悪のやり方で。誰もが同じ血を流すという決まり文句が、これほどまで真実味を帯びたことはなかった。

白い目をした狂犬病患者まがいの連中について言えるのは、彼らが暴力に、この上ない喜びを示していたということだ。

ファディが肩を怒らせて歩き出した。

「ミスター！」と、彼女は叫んだ。「ミスター！　ファディ、行かないで！」

彼は舞い上がる細雨《さいう》の中で振り返り、彼女をじっと見つめた。

「戦いが私を待っている。いつだって待っている」

「戦う必要なんてない。あたしと来て。一緒にやりたいことをやれるわ」

ファディの苦笑から、グリアは自分が恥ずかしい何かを露呈してしまった気になる。

「サニーブルック・トレーラーハウス・リゾートにこだわるべきではなかった」と、彼は明かす。「私は〝自分の人々〟とともにいるべきだったんだ。グリア・モーガン、君はどう思う？　どうして死んだ人間が他の奴を死人にする？　彼らが〝自分たちの人々〟と一緒にいたいからじゃないのか？」

ファディがグリアのフルネームを知っていたことに、驚きはなかった。きっと、自分が彼の名前を呼ぶのにためらいがあるのと同じ理由で、彼も私の名前を呼ぶのに抵抗があったのだろう。今日、親しさを生み出したのは、それが明らかになるのを見るためだったのだ。

「──自転車は？」。グリアの声がこんなに小さかったことはない。

「速く漕ぐんだぞ」

「これ、マチェーテ」と、彼女は刃物を差し出した。

「そいつも速くスイングするんだぞ」

グリアはうなずく。「気をつけて、ファディ・ロロ」

彼の思いがけない笑顔は、ガソリンスタンドの給油ポンプで上がっていた炎も同然の輝きを放ち、グリアの心を溶かした。

「私はやられないよ、ダナ・スカリー」と、彼は宣言した。「私はウルシュライムだ」

そしてファディは走り出し、グリアは目を逸らす。彼が最初に受ける打撃も、彼が最初に繰り出す打撃も見たくなかったからだ。彼女はファディが受け取らなかったマチェーテをダッフルバッグに戻し、バックパックのように両肩にストラップを掛け、自転車のベルの部分を摑んだ。靴底に当たるペダルの金属製のグリップは、乗馬道具の拍車を思わせる。今、ファディに残された全てだった自転車に乗るのは、グリアひとりとなった。彼女は振り返らず、廃品置き場とバルク高校に向かって、斜めに丘を下っていく。目的地に着いたら、自分の命を守ったファディ・ロロから教わった役を演じ、コナンを救出し、カシムを助け出し、おそらくさらに何十人も救うのだ。彼女はチアリーダーのごとく青いシュウィン製自転車の上でバランスを取りつつ、安全な場所へとペダルを踏み続けた。

人間らしさを晒《さら》す

ニュース業界の格言で、「流血沙汰の残酷な事件ほど、トップニュースになる」という言葉以上に悪名高く、卑劣で、真実を語っているものはない。だが、取り上げるニュースが血みどろの残虐極まりないものばかりになり、血でうがいしているのかと思うくらい、キャスターの声がやたらとぐもった感じになり、表皮、真皮、皮下組織の三層からなる皮膚を根こそぎ拭《ぬぐ》い取ったかのように、彼の肌がベトベトした粘着質のものに見えるとき、哀れなエグゼクティブ・プロデューサーがやるべきことは、何なのだろうか。今やネイサン・ベイスマンは、視聴者のテレビ画面からは、結露のごとく血の雫が滲み出ているに違いないと考えた。ひとつ、確かなことがある。その確信は、シカゴ、カンザスシティ、ナッシュビル、ヒューストンで得たのと同じ満足感を彼にもたらしていた――自分は人々の注目を集めている。間違いない。

三年前に起きたジャンスキーの生中継の一件以来、デスクの引き出しに入れてあったバーボンを、ベイスマンはもうひと口飲んだ。いつかこれが必要になる日が来ると、ずっと自分に言い聞かせてきた。人生を終わらせて楽になりたいと考えて――例えば、州間高速道路85号線の猛スピードの車の往来に徒歩で立ち入るなど――勇気を奮い立たせるためだけに取っておいたのだ。それでも、彼はバーボンの封印を解くことなく、厳しい時期を乗り越えてきた。ところが、グール騒動の仕事を始めて二、三時間で、ボトルはすでに、ほぼ空になっている。消毒薬代わりに、指関節の間の深い切り傷と、ロッシェル・グラスに開けられた頬の穴にジャブジャブとかけたせいもあるだろう。染みて、ものすごく痛かった。

確かに、ベイスマンは出血したかもしれない。それでもまだ、スタジオで指揮が執れるのか？

彼は、自分の走り書きのメモに集中しようとした。プロデューサーの仕事は、最も機械的なものなら、ニュース放送で流れるネタに親指を立てたり、下げたりすること、そして、最大のインパクトを生むべく、まとめて放送する内容、ライブショット、プロンプターの調整をすることだ。ほとんどのプロデューサーと同様に、ベイスマンも、不安と安堵の「山あり谷あり」パターンで視聴者の感情を揺さぶろうとするのが常だった。しかし、そんなやり方は全部、粉砕されて意味がなくなっている。新しいメソッドは、「山また山、さらに山」だ。情報が更新されるたび、事態はどんどん残虐性を増していた。

ベイスマンは、持っていたペンを軽く叩いた。ブロックAの最初のスロットには、何がふさわしい？グールによる大虐殺の場と化したスポーツジム「LAフィットネス」のノックスビル店の話はどうだろうか？　目撃者の話によれば、エアロビクスの部屋には、身体がバラバラになったグールの山ができたそうだ。なんでも、スタッフのトレーナーたちは、トレーニングマシンを駆使して生きているグールたちに対処し、そのグールたちは〝嬉々として〟痛めつけられていたらしい。それとも、オハイオ州クリーブランドにある遊園地のジェットコースターのてっぺんに陣取り、高所から、高速道路の混雑地点にいるグールと人間の両方を狙い撃ちする狙撃者に関する戦慄のレポートで行くべきか？

くそ食らえ、だ。ディレクターのニック・ユナイタスから、ニュース番組の最終セクションである

Dブロックには、必ず可愛い子供の素材を「シメ」の映像として入れ、視聴者をハッピーな気分にして番組を終わらせろと言われてきたのだが、目下のところ、それを含めて通常の内容は全て却下だろう。まあ、問題の可愛い子供が、口一杯にママの肉を頬張っているなら別だろうが。ロス・クインシーからの提供動画を買うかどうかの打ち合わせ以来、ユナイタスを誰も見ていない。彼もくそ食らえ、だ。だろ? ベイスマンは、ニュースのネタをランダムに数えて立ち上がった。左右のポケットに入れた〝アイテム1〟と〝アイテム2〟の重みで、ジャケットがずり落ちる。それらを安定させ、彼は生まれたての子馬のような足取りで、副調整室へと入っていった。階段の踊り場での揉み合いのせいで、腱という腱が痛む。

「ドカーン!」と言いつつ、彼は、別のディレクター、リー・サットンに概要を手渡した。「次の一時間分だ」

リーはヘッドホンをずらした。「あんた、生きる屍《しかばね》みたいだな」

「そういう君こそ、そんな格好でプロム〔高校卒業時のダンスパーティ〕に行くつもりか」

こちらからの返しに、歯が一本抜けたばかりの口を開けてニヤリと笑い、リーは己のシャツの乾いた血痕に視線を落とす。それもこれも、ベイスマンに拳で殴られた結果だ。彼はベイスマンからメモをひったくるなり、全体にざっと目を通すと、その用紙に血が混じった唾を撒き散らすくらいの勢いで指示をまくし立てた。

「フェスラー、フィード2と10が要る。ライン1でオクタヴィアを見ておけ。ゾーイが、例の疾病管《C》理予《D》防センタ《C》ーのレポートを持ってくる。彼女が時間内に間に合うようなら、それをA2とA3の間でやる案のままでいこう。間に合わないときは、必要に応じてそれをB1と替える。テレムンドのパッケージ素材はどうだ?」

テレムンドとはスペイン語のテレビ局だ。

「ほぼ準備できてますが、ご存じの通り、彼らのニュースは、スペイン語ですよ」

「構わない。ずっと、そのくそ素材を流しておけよ」

「ボス、仰せの通りに」

ベイスマンは、リーの声にみなぎる自信を感じ、フェスラーの声から決意を聞き取った。競合相手がいなかった例のホワイトハウスのとんでもない映像を放映する際に、ドアに押しやったそのファイル・キャビネットに寄りかかって背筋を伸ばす。このめまいが頭から来ているなら、バーボンのせいにするだろう。だが、これは心因性だ。一緒に働いている連中のせいに違いない。遠い昔は、おそらく自分は彼らにふさわしい人間だったのだろうが、もう違う。

リー・サットンは、上司のご機嫌伺いのイエスマンだった。WWNの二重扉から最初に逃げ出そうとすることに、自分の給料一年分を賭けてもよかったくらいだ。一年前に、このディレクターを殴っておくべきだったのかもしれない。とにかくリーは、血と粘液もろとも、そんなおべっか使いの要素もすっかり吐き出していた。今は、上司を気にせずに己の信念に従い、ニュースネットワークを維持し続ける数少ない人材のひとりであることを証明している。ティム・フェスラーは、若い妻と幼い子供たちがいるのだから、さっさと立ち去るべきだった。しかし、副調整室を動かし続けるには、いくら頑張っても最低二人が必要で、フェスラーはその高い使命感を自覚していた。ベイスマンは、冷凍食品のコーンの袋を頬に押し当てて冷やしながら、インターンのゾーイ・シレイスに「出ていけ」と怒鳴って命じたが、彼女はそうしなかった。彼はそれが理解できないでいる。この若きインターンには自身の長い人生が残されていたのだから、生き続けるために外で戦うべきだったのに。だが逆に、ここに残ることで、生存を懸けて戦おうとしているのかもしれない。

それから、フェイスがいる。ベイスマンは、若い頃には、いずれ自分のキャリアのためになるはずだからと、視聴者を温かな気持ちにさせるDブロックのたわいもないニュースをたくさん扱ってきた。しかし、今日のチャック・コルソの動向ほど、人間も悪くないと思わせ、人間性の信頼を回復させることができた〝素材〟はない。

リー・サットンが、沈みゆく船から物を投げるがごとく、「上司に逆らったら昇進できない」という己の恐怖を解き放ったのに対し、フェイスは何も手放さなかった。彼の恐れは残ったままだ。不安を隠そうともしない。失笑を誘う言い間違いの癖も、グローバルな規模で考える洞察力の欠如も、相変わらずだった。しかし、この割とどうでもいいレパートリーに、他のニュース関係者が敢えてやろうとはしなかったものを、フェイスは加えたのだ。それは、生々しい正直さであった。ベイスマンはその前を通過するたび、各モニターに映し出される映像に心を激しく揺さぶられる。「今まで自分が見てきた中で最悪のくそニュースだ」と評するフェイス。「この単語の発音を知らない」と認めるフェイス。鼻の穴をほじくるフェイス。「大を催したから席を外すが、すぐに戻ってくる」と伝えるフェイス。崖っぷちに立たされた彼は、恐怖と苦痛と美に対して完全に正直になり、幼児のような純粋さで全てに反応している。

この忌々しいくらいモデル並みのイケメン男性キャスターは、人々の命を救っていた。WWNが自然災害時に行っていたように、彼らは、幸運にも電話サービスが使える視聴者に回線をつなぐという手段を取っていた。フェイスは放送中に、車椅子を使っている息子を救うべく、ヒステリー状態となった祖父を、グールだらけになった一二世帯用の建物の中に戻るよう説得する。(グールの数の多さを考えると生存率は何パーセントなどと) 事実を淡々と並べるのではなく、相手の共感を得られる形でフェイスは説得したのだ。フェイスがこの異常に興奮した男性の言葉に恐怖を感じていたのは、明白だった。その一方でフェイスは、退職した女性に、彼女の娘が出られなくなっている工場に入るなと訴えた。それも同じメソッドである。彼女の気持ちに寄り添い、その感情を声に出して話したのだ。
結局のところ、ひとたびエゴから切り離されると、人の本能はかなり洗練されたものになり得る。ある時点でゾーイは、注目度が急上昇しているツイートをスタジオのスタッフに気づかせた。それは、サンディエゴの検屍官補ルイス・アコセラが投稿したツイートである。アコセラの経歴がチェックされたが、フェイスはそんなものは気にしていない。副調節室に入ってくるや、ティム・フェスラーに直接、このツイート画像を出してくれと頼んだのだ。そして、ほぼ同時にテレビ画面にそれが映し出された。

緊急！　私は医師です。この蘇る死者を止める唯一の方法は、頭に直接外傷を与えることだ。
RT希望!!

人々は、成功例を報告すべくWWNのアカウントに集まってきた。「脳を壊せば、グールを殺せる」という文言が、皆に受け入れられていく。ゾーイは、フェイスの祖母についての余談が、世界一のトレンドになっているタグ「#グール」に影響を与えたと報告した。ユナイタスは、「#WWN」の方がいいと思うだろうが、一日前であったなら、ベイスマンも、機会を逃したと、ユナイタスと同じ痛みを抱えていたに違いない。今日、重要なのはこのメッセージだけだ。彼の同僚たちがそれを教えてくれた。「同僚たち（co-workers《コワーカーズ》）」という呼び方は素っ気なさ過ぎる。「同志たち（colleagues《コリーグス》）」の方がいい。敢えてもっと温かみのある「友人たち」といった言葉にするか？　ベイスマンはハッとした。リー・サットン、ティム・フェスラー、ゾーイ・シレイス、チャック・コルソ——この四人組のようにスタッフに親近感を覚えたのは、シカゴを駆けずり回っていた日々以来だ。

これは、大隊の兵士たちが、誰も戦いを生き抜けないと思えるときに感じるような〝愛〟だと、彼はふと思った。

ベイスマンはキッチンに寄った。アイテム1が、左ポケットでジャラジャラと鳴る。アイテム2はもっと重く、コンロにぶつかってゴツンと音を立てた。キッチンのエチケットを二日間守らないとどうなるかが、ここでは実証されている。パン屑だらけのカウンター。飲食物をこぼしてベタベタになった床。彼は冷蔵庫から水のボトルを摑み、それからふたつのキャビネットを開け放った。棚はほとんど空っぽだったが、ソルトクラッカーの包みに手を伸ばす。

リーは、スタジオの照明を明るくし、これ以上、暗がりからの不意打ちがないようにした。2カメは、台座のブレーキ装置と土嚢で固定され、キャスターのデスクは、まるで王族にふさわしい高座のごとく光り輝いている。フェイスは話を続けていた。そこにいるのは王ではなく、フェイスで、彼はただしゃべっているだけにすぎない。ベイスマンは、この事態を乗り越えられたとは思っていなかった。世間話、アドリブ、話題の切り替え、もったいぶった時間の引き延ばし、内容の急展開——チャック・コルソはそういった臨機応変のテクニックを正しく使いこなせたためしがない。もちろん素の自分丸出しでしゃべるなど、ニュースキャスターとしては「正しい」ことではなかった。昨日までの世界の定義では——。

ベイスマンは、2カメの横に立ち、ソルトクラッカーを掲げた。エグゼクティブ・プロデューサーである彼の星の数ほどある新たな仕事のうちのひとつは、才能ある人材に、確実に「腹ごしらえをさせる」ことだ。フェイスはベイスマンを一瞥《いちべつ》し、子供の頃に野原で犬の死体を見つけた話を語り終えた。これは中国のお茶の値段とどう関係があるのか、ベイスマンにはわからなかったものの、何かしら関係があるのだろうと信じていた。しかし、それは問題ではないのだ。フェイスは人々とつながっていた。ベイスマンは、お話の時間の幼稚園児のようにあぐらをかいて座りたい気持ちに駆られる。テレムンドのパッケージがつなげられ、放送する準備ができたようだ。フェイスは自分のイヤホンに触れ、リーの指示を聞き、これから視聴者が何を見ることになるのか、自分もわからないと認める。とはいえ、楽しい映像ではない可能性が高い。テレムンドのニュースは、七分三二秒間流れる。「自分は再び生放送に戻ってきて、皆さんと一緒に語り合います」と、フェイスは視聴者に約束し、七分半の小休止に入った。

2カメのライトが暗くなるや、ニュースデスクの台に上がったベイスマンは、デスクに沿ってぐるりと歩き、フェイスがいる側のカーペットにどさりと腰を下ろした。背中をデスクの脚の一本にもたれさせる。万が一カメラが予想より早く動き始めても、ここなら少なくとも、カメラに捉えられることなく隠れていられるはずだ。わずかばかりの軽食だが、クラッカーの包みを持ち上げると、フェイスは椅子の背もたれに寄りかかり、それを受け取った。そして五枚のクラッカーを一度に口に放り込み、もぐもぐと咀嚼《そしゃく》した。

「はべまふか?」

食べますかと訊かれたベイスマンは、バーボンをフェイスに見せる。わずかこれだけだが、久しぶりの食事だ。一分ほど、ふたりは食べたり飲んだりした。ディナータイムの〝音楽〟は、フェイスのイヤホンから漏れ聞こえるテレムンドの安っぽい音声で、スペイン語のニュースだが、悲鳴は翻訳の必要がない。

「NBCはまだ消えたままですかね?」と、フェイスが訊ねた。

ベイスマンは頬を麻痺させるため、ウイスキーを口に大量に含むが、気持ちが悪いことに、頬の穴から雫が滲み出てきてしまう。慌てて液体を飲み込むと、凝固した血の塊が喉を降りていくのを感じた。

「あーあ、CBSもおさらばだな。FOXは断続的だ。停電らしい。ニューヨークが暗くなってるよ。タイムズスクエアの照明も消えている。ジョージア州に置き去りにされてから嬉しいと思ったことはないけど、今はどこもそんな感じだ」

「うちの送電網はいつまで持つと思います？」

「変電所にどのくらい作業員が留まっていられるかによるな」。そう言ってベイスマンは、空っぽのスタジオを手振りで指した。「ここも先行き不透明だ」

「うちの無線は大丈夫に見えますが」

「でも、スマホの電話は使えないだろ？」

「なら、どうやって電話がかかってくるんですか？」

「電話をかけてくる相手について、何か気づいてないか？　何歳くらいが多い？」

「――固定電話！」

「そんなこと、予想もしないよな。結束のための手段を持つ最後の人口層、高齢者が、我がWWNを支えてくれてるんだ」

フェイスは水をガブガブと飲み、息を切らした。「さっき流したインタビューについてずっと考えているんです。ミイラをひどく怖がっている男性のやつ」

「それ、見逃した」と、ベイスマンは言った。「ミイラが最優先事項かどうかは定かじゃない」

「メトロポリタン美術館で停電してるんでしょうね。ミイラは、エジプトの墓の環境を模したプレキシガラスの中に保管されている。その男性は、ミイラが軒並み腐り出したと言ってるんです。湿気でカビが生えたと。彼は泣いてました。本当に泣きじゃくっていた。こうも言っていたんですよ。五〇〇〇年前の最も重要なこと――人がどうやって死んだか――の記録なのにって」

「かつて人がどうやって死んでいたか、だ」。ステージの照明の下で、ベイスマンはミイラの気分を味わっていた。もはや時代遅れの老害だとロッシェル・グラスに非難されていた自分が、焼かれて乾燥していく感じだ。「何が重要なのか、もはや判断がつかん。自分たちが何をやっているのかもわからない。知っているのは、君がものすごく素晴らしい仕事をしてるってことだけだ」

ベイスマンはチラリと上を見た。以前は、服装、顔、髪型の完璧さで定評があったフェイスだが、そのいずれも完璧とは到底言い難い状態になっている。緩んだネクタイ。皺だらけで湿ったシャツ。袖まくりをした腕。無精髭が生えた頬と顎。通常時だったなら、メイク直しアーティストらの無敵艦隊が、瞬く間に身なりを整え、見えない方がいいものをうまく隠してくれていただろう。だが、彼の顔や首には掻きむしったピンク色の痕ができ、グラスに引き抜かれた植毛部分は痣になっていた。皮肉にもそれらが、完璧なるイケメンだったフェイスに、ボクサー風の特徴を与えているのだ。

フェイスは肩をすくめた。「あなたが僕を信頼してくれたから、やれたんですよ」

「私は賞賛に値しない」と、ベイスマンはつぶやく。「君だよ、実際にやったのは。そして今も、君がやっている。君が重要なんだ。しかも、人間らしさを晒《さら》すだけでうまく回っている」。彼は笑ったが、それは真のジャーナリストを目指してきた己の胸に撃った銃弾となり、心が疼《うず》く。「それをニュースで見られるなんて、思いもしなかったよ」

「あのままロッシェル・グラスがやっていたら、どうなっていたんでしょうね。率直さが売りだった彼女のやり方で。そうだったから、あれだけのファンがいたんでしょうけど」

白状したいという衝動が、安物のバーボンとともにベイスマンの血管を焼く。私はロッシェル・グラスを殺した。そう言ってしまいたい。階段の踊り場で、私は彼女の喉を嚙み切った。そうしなければならなかったからではなく、自分がそうしたかったからだ。

あのときの記憶はおぼろげだ。しばらく、彼は階下の踊り場に座っていた。両腕を膝の上に置き、グラスの気管から自分の体内に入った血糊を吐き出そうとしたのだ。少しずつでも排出したかった。彼は己の胃袋と腸に、彼女の血液があるのを感じた。それは、長く生温かいサナダムシよろしくウネウネと小刻みに蠢《うごめ》いている。だから、吐き出す必要があった。そうしなければ、それは穴を開け、彼の正体を明かしてしまうだろう。野蛮人《ベイスマン》だと――。少しして、彼は諦めた。他にやることがあった。例えば、死んだけれど動いていたグラスの身体を生放送中のフェイスから引き剝がす、などだ。

ネイサン・ベイスマンがどのような人物なのかを、視聴者は誰も知らない。彼は、アメリカで高視聴率を稼げる人気女性キャスターをチャック・コルソから無理やり引き離した、血だらけの黒人に過ぎなかった。そして、インターネットは大騒ぎとなる。WWNを見ていなかった人々も、チャンネルを変えて視聴し始めたのだ。アップロードされた動画、GIF、静止画の数々が一気に拡散されて明らかにしたように、白濁した目のロッシェル・グラスは、皆が知るロッシェル・グラスではなくなっていた。彼女はアメリカのセレブリティ・グール第一号で、国民の誰もが、元の彼女とは根本的に別人になってしまったとわかる存在であった。ホワイトハウス報道官タミー・シェレンバーガーの末世的な記者会見と同じく、グールが一体なんであれ、それは、グール大発生が本当に起きているのかと首を捻《ひね》る人々の疑念を完全に消し去った。

カメラオペレーターとフロアマネージャーの助けを借り（結局ふたりとも嚙まれ、すぐに這々《ほうほう》の体で建物から逃げ出したのだが）、ベイスマンは、シャーッと威嚇《いかく》の声を上げて激しく暴れるグラスをホリゾント壁【背景用の壁】まで連れていくことができた。これは、ルイス・アコセラの頭部外傷に関するツイートが拡散される前のことだったゆえ、ベイスマンは、後ろの白い壁が真紅に染まるまで、スツールでグラスの身体を殴り続けた。このままでは自分が心臓発作を起こしてしまいかねないと思った彼は、相手の髪を引っ張ってディレクターのパム・トリプラーのオフィスに閉じ込め、ドアをロックし、油性ペンで「開けるな!!!」と書いたのだった。

ベイスマンは言い訳で、恥を中和しようとした。グラスは彼を「猿」と呼んだ。〝人〟は黒人を「猿」とは呼ばない。次に、ロジックで中和を試みた。殺された犠牲者が立ち上がって歩き去った場合、殺人と呼べるのだろうか？　グラスが噛んだように、ベイスマンの嘘に牙を剝いたのは、おそらくチャック・コルソの正直さだ。

グラスが階段の踊り場で呼んだ警備員のクワメ以外、ベイスマンが何をしたかを知っている者はいない。しかし、クワメは少なくともその時点で脅威ではなかった。彼はグールになっていた。つまり、この大惨事がなんであれ、WWNが入っているビル「ケーブルコープ・タワー」のロビーを襲った混乱の犠牲者になっていたのだ。グールの脳内で何が起きているか、見当も付かないが、グールたちは一定の行動を覚えているように思える。グラスだった何かがキャスターデスクに戻ったのと同じく、クワメだった何かもスタジオまでエレベーターで降りてきて、地獄を引き起こしたのだ。

クワメが到着したのは、エレベーターに殺到した者たちの押し合いへし合いが最悪の状態になったときだった。ベイスマンは、フロアマネージャーが清掃用具クローゼットに押し込んでロックする前に、クワメが一〇人から一二人くらいの人々に噛みつくのを目撃する。フロアマネージャーが立ち去る前に、彼女はベイスマンにキーホルダーに付いた鍵を渡したので、彼はそれで低層階のエレベーターを停止させた。ベイスマンとの死闘の結果である、グラスの血溜まりがあった吹き抜け階段はバリケードで閉ざされ、スタジオは実質的に封鎖されたことになる。キーホルダーは、ベイスマンの左ポケットに入れた。それがアイテム1だ。アイテム2は、右ポケットにあるクワメの銃である。人々――生きている人々が中に入れてくれと階段の踊り場から訴える声が聞こえてきたが、ベイスマンはそれに応じなかった。なぜなら、腹を減らしたグールのうめき声も聞こえたからだ。グールたちの頭に銃弾を撃ち込むこともできたのかもしれないが、クワメの銃を使いこなせる自信はなかった。結局、ベイスマンの望み通り、閉ざされた扉の前のひと握りの人たちを見殺しにしても、WWNの放送が続けられたからこそ、何千人もの命が救われたのではないか？

彼は最後のバーボンを口まで運んだが、飲まなかった。酔おうとしたのは、自分が罪なき人々を死に追いやっても全然平気ではないという証拠だ。頬、手、胸の痛みが遠吠えのように響くなら、その音に従って、彼は真実に導かれるのだろう。ベイスマンはボトルを降ろした。

「フェイス、送電網のことは忘れろ。君はどうやって持ち堪えてるんだ？」

指に付着したクラッカーの粉を舐めつつ、フェイスは答えた。「いつもと違う気分です。二度と疲れないんじゃないかって感じというか」

「なんでそんなに元気でいられるんだ？　意味がわからん」

チャック・コルソは首をすぼめた。「ザンダーのお陰かな」

「ザンダー？　ザンダーってなんだ？」

「私のパーソナルトレーナーです。心身に良い習慣を教えてもらいました」

ベイスマンは、顔の裂けた靭帯の痛みを気にせず、笑い声を立てた。その反応につられたのか、フェイスも、戸惑った表情を見せてはいたが――面食らったと言った方がいいかもしれないが――笑った。ベイスマンが残ったバーボンを持ち上げると、フェイスは受け取って、最後の一口を飲み干す。彼は友情の証としてそうしただけかもしれないが、もし友情が本物ならば、なお素晴らしいことだった。

全部、私のもの

シャーリーン・ルトコフスキーは、ルイスとローザのアコセラ家の自宅をこれまで一〇〇回は想像していた。可愛い切り妻造りのスイスの古民家風で、自家菜園で収穫した野菜を手押し車に乗せて運ぶ麦わら帽子姿のルイスに、ダッチドア〔上下が別個に開閉する扉〕の窓がある上部を開けたローザが手を振っている。あるいは、背の高いフランスの長屋風か。ローザが鋳鉄製のバルコニーでレモネードを飲んでいると、車寄せのエントランスからルイスが現れるのだ。鋭い角度と個人の好みに寄せた形の窓を持つ、悪夢的なモダニズム様式かもしれない。洗練された黒い服のルイスとローザは、リフェクトリー・テーブル〔修道院で使われていた一枚板のシンプルな大型テーブル〕の両端に座り、涼しい顔で互いを無視している。貧困層が多く、治安が悪いブロンクスのパークチェスター出身のシャーリーンは、そのどの家にも入る資格はない。

行き止まりまで来て彼女の視界に入ったのは、えび茶色とクリーム色の乱平面造り〔段差のある階層構造〕の家だった。赤土が敷かれた空間には、どことなくしおれた低木が生えている。家がある場所からは北側の谷や遠くの丘が一望でき、夜明けの光の中の景色は美しかった。高台にあるせいか、どうしてもここの空気は少し薄い。アコセラ家のドライブウェイの端に置かれたゴミ箱に、シャーリーンは寄りかかった。市が提供するゴミ箱は満杯で、悪臭を放っている。ラテン系のゴミ収集者たちがこの件で非難されているとしたら、彼らがゴミを集めるのを停止しても文句は言えないはずだ。

彼女は、ルイスが半ブロック先から小走りで駆けてくる音に気づく。彼をもっとそばに留めておくべきだった。ニクバエは、住宅火災の大騒ぎに限られるわけではない。相手を心配する一方で、ルイスが距離を取った隙に、シャーリーンは彼を見捨てて逃げることも可能だった。身体能力は、きっと自分の方が優れている。今後、ルイスが足手まといにならない保証はない。彼の見てくれが悪くなり始めたらいつでも、このダサ男を捨てることができる。心の中でそう言い聞かせつつも、彼から離れない理由も思い浮かべた。自分が今もルイスと一緒にいる理由は、たったひとつ。彼を守るためだ。ルイスのために戦う誰かがいなかったら、彼はここまで来られなかったはず。彼女は己を正当化しようとした。彼女はこの男が大好きだ。自分の想いは報われないとわかっていながら、相手に惹かれ続ける自分を許容してきたのだ。

ルイスはシャーリーンの隣に並び、息を切らしながら報告した。

「明かりが……消えて……る」

それは正しい。暗い予兆だ。そうね。誰も家にいないのよ。じゃあ、一緒に逃げましょう。シャーリーンは、そう言いたい気持ちをグッと抑えた。しかし、ルイスの顔は、昇ってきた太陽の光で珊瑚色になった汗で光っており、身元不明遺体の解剖時に彼が見せた恐怖の表情を凌《しの》ぐレベルで歪んでいる。

「よく考えてみて」と、彼女はささやいた。「奥さん、隠れているのよ。息を潜めているんだわ」

「そんなのローザらしくない。彼女は黙ってるタイプじゃないんだ」

「まだ夜明けよ。寝てるだけかも」

「彼女からのメッセージが僕に山ほど届いてる。僕と話すまで眠らないはずだ」

「ねえ、アコセラ先生、明日の朝までずっと推測だけであぁだこうだと語り合うつもり？　それとも、中に入る？」

　窮地に陥る寸前の男たちを目撃したことがあるが、目の前のルイスはそんな彼らと同じ、困り果てた面持ちで彼女を見ている。小さな店を襲撃して強盗を働こうとしたものの、店の人間は知人で、瞬時に面が割れてしまう連中。野球バットを振り回す強面のお友だちを連れた誰かに金を借りた愚か者たち。ルイスはそうした奴らよりはマシだったが、シャーリーンはまたしても、己の存在が酸で蝕まれていくかのごとく縮小するのを感じた。所詮、自分は引き立て役だ。いい教育を受け、頑張ってキャリアを積んできても、結局、主役にはなれない。皆さん、紹介します。こちらは、シャーリーン・ルトコフスキー。ゴミ箱の陰で縮こまり、愛する人がその妻を救出するのを手助けしようとしている引き立て役です。

　ルイスは、寝ているサソリか何かをつまみ出すように、ポケットからサンディエゴ市警の三八口径リボルバーを取り出した。身元不明遺体の頭蓋骨が吹き飛んで床に脳漿が飛び散った様を思い出し、シャーリーンはドキリとした。たぶんルイスは、ローザについて最悪のケースを想定しているのだろう。シャーリーンは辺りを見回した。近所の家のガレージのシャッターが開いており、中にゴルフバッグがあるのがわかった。四メートル半の距離をダッシュし、ゴルフクラブを一本、バッグから抜き取る。ゴルフの知識は皆無だが、クラブヘッドは重く、いい感じだ。彼女は両手でグリップを短く持ち、ルイスのもとに戻る。

「私を最初に行かせて。いいわね？」と、シャーリーンは小声で言った。

　ルイスが玄関の鍵をつまんでキーホルダーを差し出すと、彼女はそれを受け取り、ドライブウェイを歩き始めた。正面玄関へと続く小道で足を止め、肩越しに話しかける。

「私の背中を撃たないでね。わかった？」

「えっ？」

「銃を持ってる先生、緊張してるのがわかるから」

「――行くのか？」

シャーリーンは息を継ぎ、玄関の窓から中を覗く。リビングルームが見え、テーブルにはスマホの充電器があった。フラミンゴを思わせる色のソファと房が付いたランプ――ローザの好みが垣間見える。壁には額に入った写真が並んでおり、うちひとつは数センチ傾いていた。その些細な事実は、ローザが死から蘇った者に襲われた際に曲がったことを意味しているのか？　あるいは、単に壁に掛けるフックが一・五センチほどずれているだけなのか？　この社会全体の大混乱と、取るに足らない苛立ちの間は、蜘蛛の巣の薄さほどでしかない。

鍵を鍵穴に挿し入れて、ボルトを回す音は、骨を砕く音のようだった。シャーリーンは唇を噛まないために口を開けたままにする必要があった。ドアは空気を吐き出すがごとく、吸いつくような音とともに勝手に開いた。まるで、アコセラ邸への招待状だ。もちろん自分が受け取ったのかどうかは定かではないが――。キーホルダーをジーンズのポケットに押し込み、屋内に足を踏み入れた。途端に、アヒルの鳴き声を彷彿《ほうふつ》とさせるきしみ音がしてギョッとする。ああ、堅木張りの床か。しかめ面をしてルイスを一瞥《いちべつ》すると、視線の先には、ぎこちなく両手で銃を握り、彼女の後頭部に狙いを定めていると言えなくもない彼の姿があった。完璧。ただただ完璧だわ。

曲がった写真の額縁は、〝異常〟ではなかった。〝前触れ〟だったのだ。キッチンは、何もかもが傾いていた。料理本がカウンターやガスレンジの上に散乱し、コーヒー豆のキャニスターは粉々に割れて、豆があちこちに散らばっている。壁掛け時計は、今や床置き時計となり、乾電池が吐き出された時計の時刻は、まさにこの空間で起きた闘いの瞬間で——秒単位まで——凍りついていた。

そしてそこには、ひとりの女性がいた。片腕をシンクに掛けてぶら下がった体勢でいる女性は、両足で血溜まりをかき回しながら、コーヒー豆ではない食べ物を探して唇を鳴らしている。

これはローザではない。シャーリーンは瞬時にわかった。この女性は高齢だ。折り重なるように垂れたまぶたが目に被さり、黒いヘアバンドの下から白くなった髪が覗いている。シャーリーンと視線が合った相手の目は、白色不透明の接着剤「エルマーズグルー」と同じ色だ。グールになる前に、白内障を患っていたせいかもしれない。女性が口角を上げると、わずかな歯と粘り気のある赤い舌が見えた。

シャーリーンは、ルイスが入ってこられないようにゴルフクラブを横に伸ばした。

「ルイス、ダメ。来ないで——」

しかし、ここは彼の自宅だ。彼が妻と暮らしている家である。シャーリーンの言葉には、なんの効力もなかった。ルイスはクラブを横に押しのけ、よろめきながら入室し、まっすぐに血溜まりの中へ向かっていく。リボルバーは出したままだったが、女性を見るなり、食べてはいけないと言われたクッキーを持っているのを見つかった子供のように、パッと拳銃を背中に隠した。

「母さん！」。彼は叫んだ。「一体、ここで何をしてるんだ？」

シャーリーンの中で、突然〝警報〟が鳴り響く。死体安置所を離れて以来、彼女が電話をかけようとした人物は唯一、実母だけだった。スマホで通話ができなくなっている今では当たり前の結果なのだが、電話の向こうで抑揚のないトーンが聞こえてきただけで終わった。メイ・ルトコフスキーは、娘のような生存本能を微塵も有していない。とはいえ、同じアパートで暮らす三〇年で、住処は要塞化され、掩蔽壕《バンカー》になっていた。シャーリーンは、今、あそこにいられればよかったのにと思った。近づくグールを片っ端から倒せば、やっとメイに褒められるかもしれない。

シンクに大股で進んでいったルイスの声は、すすり泣きに変わった。

「母さん、ラパスにいるはずでしょ！　今朝、僕は車で行くつもりだったのに！　何を考えてるんだ？」

ママ・アコセラが何を考えているか——実際に何かを考えていたなら、だが——は、もはや重要ではなかった。問題だったのは、絶体絶命時に筋弛緩剤スキサメトニウムとサンディエゴ市警提供のリボルバーを思いつくほど賢明なルイス・アコセラが、明らかに思考停止に陥り、ただの「ママの子供」に戻ってしまい、頭の中が彼女のことでいっぱいになっていることなのだ。

彼はシンクのところで身を屈め、母親の手がどう引っかかっているのかを調べ始めた。ママの半分だけ歯がある口が大きく開くや、彼女は息子の脚へと身体を傾け、舌の上を緑色の胆汁が滑り出てくる。おぞましき眺めに、シャーリーンは吐き気を催した。

脳裏に浮かんだのは、メイ・ルトコフスキーが愛飲する緑色の酒、クレーム・ド・ミントだ。母の甘いペパーミントの安酒も、グールの好物の頑強な毛むくじゃらの肉も、どちらも、じきにこの世界を去るであろう（去ったであろう）忌々しい過去の存在にとっては、美味なる物だった。世界は今、シャーリーンのものだ。少ない手持ちの金でやりくりし、生き延びてきた自分は、戦って作った痣の分だけ、学ぶために読んだ本の分だけでも、世界に属する価値はある。ルイスを含めて、自分が手にすることは絶対にないと諦めた素晴らしい物全ての分だけでも——。一陣の風が吹いた。シャーリーンがゴルフクラブをスイングしたからだ。

木製のクラブヘッドは、ママ・アコセラの手首に当たった。袋に入ったビー玉が砕けたのかと思わせる音を立て、母親の手はルイスの脚から離れた。パッと振り返ったルイスは、母親を裏切ってしまった子供の顔になっている。

「シャーリーン!」

咎《とが》めるように名前を呼ばれ、彼女は言い返す。「お母さん、アコセラ先生に噛みつこうとしてたのよ!もうお母さんも、身元不明遺体と同じなの!」

「母さんの手が、ディスポーザーに挟まってるんだ」

ルイスは流しの中央に設置された、生ゴミ粉砕機を指差した。

「たぶん、ローザがそうしたのよ。お母さんを足止めするために」

「嘘だ。ふたりは仲が良かった。友だちも同然で——」

「ルイス、気づいて! そいつはもう、先生のお母さんじゃ——」

耳障りな物音がし、シャーリーンは言葉を止めた。

粉砕骨折した手首が立てる奇妙な音を知っている医師やディーナーは、当然ながら、骨を折る瞬間、ニンジンを折ったときのような音がする事実も熟知している。普段、シャーリーンが両手で扱う大型肋骨剪刀で肋骨を切断する際の音だからだ。どう考えても、折れている骨は、シンクの中にあるママ・アコセラの前腕内側の尺骨であるべきだ。しかし、そうではないらしい。下を覗き込んだルイスとシャーリーンは、それを発見し、愕然とする。ふたりが口論している間に、今の母親が本能のまま行動して、息子の右手の親指に噛みついたのだ。

「——母さん?」。ルイスは小声で訊ねた。

昔の母親の本能の名残なのか、ママ・アコセラの白い目がぐるりと上向きになる。

次の瞬間、ルイス・アコセラの世界は全て、現実に戻ったのだろう。シャーリーンには、その変化が彼を圧倒するのが見えた気がした。身体を引いて全体重を後ろ足にかけるなり、彼は片足を前に蹴り出したのだ。歯が半分ほどしか残っていない母親の口が、ルイスの手から離れる。彼は後ろ向きのまま、すばやくカウンターに移動し、引き出しを開けて大きく黒光りする肉切り包丁を取り出した。

そして、床に崩れ落ちる。

ルイス・アコセラが、包丁を自分に差し出していた。これ以上に恐ろしい光景を、シャーリーンは見たことがない。

「親指を切り落としてくれ」と、彼が言った。

シャーリーンは呆然と彼と包丁を見つめる。

「今すぐに！　切断しろ！」

「ルイス――？」。彼女の声はかすれていた。

「もし血液感染なら、僕は終わりだ！　包丁を取れ！　これは命令だ！」

「仕事中じゃないから、私に命令なんてできないでしょ。そんなに言うなら、自分でやって――」

「左手では無理だ。シャーリーン、お願いだ！　頼む。やってくれ。早く！」

指の切断など、これまで何百回とやってきた作業だ。ただし、相手は死体だったけれど。それでも彼女は、上司である医師、とりわけルイスに従うように訓練されてきた。ゴルフクラブが床に落ちた音が聞こえ、包丁の柄を強く握り締めて自分の拳が白くなるのを見、膝の下の固いタイルの感触を覚える。ルイスの右手は、グレイのタイルの上に広げられ、親指の指節間関節《IP》――いわゆる第一関節――には血の輪っかができていた。親指を切断すれば、ルイスはもう解剖をすることも、報告書を打ち込むこともできないだろう。彼が本当にそれを望んでいるのか、ふたりとも定かでないままだった。

「早く、早く。やれ！　やるんだ！」

シャーリーンは包丁を振り下ろした。スチールの刃が、天然石のタイルという不親切なまな板に当たって跳ね、握っていた彼女の手から離れてしまう。映画フィルムから数コマを切り取って場面の展開が突如、飛躍したかのように、ついさっきまであったはずのルイスの親指の先は、次の刹那には、もうなくなっていた。完璧な切断とは言えないものの、愛用するPM40解剖用メスを使ったわけではないのだ。寿司ほどの大きさの短母指屈筋の束も同様に切断され、シャーリーンの脳は、ものすごいスピードで解剖学テキストが警告する「この一・五センチほどの余計な肉を失うことが、ルイスの何を損なうのか」を弾き出す。親指の屈伸、伸展、外転、内転、そしてこの四つを組み合わせた円運動を可能にする「母指手根中指関節」、指の第三関節を動かす「虫様筋《ちゅうよう》」、手のひらの皮膚を固定する「手掌腱膜」、親指以外の四本の指をつなぐ「腱間結合」を連鎖的に損傷してしまうはずだ。手術器具はもとより、シリアルを入れたボウルを持つこともできないのではないだろうか？　彼は「ひづめ」を持つことになるも同然だ。

応急処置の訓練で、切断された指は濡れたガーゼかラップで包んでからビニール袋に入れ、それを氷が入った袋の中に入れて冷やすことで、切断指再接着が可能になるかもしれないと教わった。ところが、ルイスは切った親指の先を蹴り飛ばしたのだ。シャーリーンは、それが転がっていくのを目で追ったが、ママ・アコセラの足にぶつかって、彼女がつまみ上げて口に持っていったところで顔を背けた。立ち上がったルイスの顔は黄ばみ、汗ばんでいたが、血が滴る手を心臓より高い位置に上げている。その措置がわかるほどに頭はしっかりしているようだ。

「タオル」。彼は甲高い声で言い、引き出しを顎で指し示す。

シャーリーンは慌ててそちらに向かい、勢いよく引き出しを開けると、誰かが刺繍をした、まるで家宝と言わんばかりの柔らかで清潔な布巾が何枚も入っているのを見つけた。ルイスの手にタオルを巻くと、イエロー、ピンク、ブルーの花々が全て深紅に染まっていく。シャーリーンは、冷蔵庫の左側の扉を開けた。

「ローザ」と、ルイスがうめく。

「その手を氷で冷やさないと」

「ローザ」。彼は、妻の名前を繰り返し、ふらつきながら歩き出した。

シャーリーンは力任せに冷蔵庫を閉め、よちよち歩きの我が子を追いかける母親よろしく後を追う。だが、ある証拠を見つけるや否や、あまりの説得力に、これは無視できないと認めた。キッチンの床の血痕が、点々と小さな日当たりのいいダイニングルーム、サボテンの鉢植えを載せたテーブルが置けるくらいの幅がある廊下、そして閉まった扉の下へと続いていたのだ。ルイスは壁に寄りかかった。目下の体力では、扉を強行突破するのは難しそうだ。

「ドアを開けてくれ」と、彼は息を切らしながら言った。

「私、ゴルフクラブを取ってくる」

「開けるんだ」

シャーリーンは悪態をついて己の勇敢さを奮い立たせると、ドアノブを握った。部屋の中にはグールがいて、待ち伏せ攻撃しようと身構えているのか？　あるいは、侵入してきた女に「出ていけ」と叫ぶ怯えた女性がいるのか？　悪い奴か、もっと悪い奴か。シャーリーンはドアを押し開けた。

そこは確かに、アコセラ家の寝室だった。セックスをする空間と考えるのは、あまりにも短絡的だ。セックスは「燻製《レッド》ニシン《ヘリング》の虚偽」〔ジャーナリストのウィリアム・コベットが書いた記事に由来し、ミスディレクションを与える手法を指す〕で、本当に重要なことから目を逸らさせる要素に過ぎない。その重要なこととは――寝室は家庭の心臓部である、という真実だ。ふたりの人間が最も脆《もろ》い状態に達する場所で、野獣のようにふるまったりしないと互いに信用し合っている場所。だからこそ、ひと晩ごとにふたりの関係が、より脈々と息づいていく場所でもある。シャーリーンは夫婦の皮膚、髪、呼気が複雑に入り混じった匂いを感じた。どちらかがどちらかを食べない限り、ふたりの人間がより完全に交じり合うことはない。そう考えた途端、シャーリーンは食欲の蠢《うごめ》きを覚えた。彼女は飢えていた。そう、この親密さに。彼女はそれを欲していた。

ここにローザがいるとは思えない。赤い血飛沫《ちしぶき》は紫がかった青いカーペットに沿って続き、パステルブルーの掛け布団の上にも点在しており、それが、大きく開いた窓枠の上で、赤い指の痕に取って代わられていた。

「動脈性出血じゃないな」と、ルイスは早口で告げた。「内臓損傷による吐血でもない」

シャーリーンは、もっとよく見ようと身を乗り出した。血痕パターン分析は彼らの専門ではなく、生地表面を見て読解しようにも、布が血を吸ってしまってよくわからない。ところが朦朧《もうろう》としていても、ルイス・アコセラは鋭かった。これらは、落下した血の雫が作る封蠟に似たパターンでも、ミスト状の喀血が成す蜘蛛の巣の上の雨粒パターンでもない。ここにある染みは、四肢から跳ねた場合の太陽系の惑星の形になっており、さらには手によって広げられた濃厚でねっとりとした体液だ、という読みを説明したのだ。シャーリーンは窓の外をじっと見つめた。

「当たってるだろ？」と、ルイスは同意を求める。

一連の出来事がローザを巡る証拠に思えた。ローザ・デル・ガド・アコセラは、夫が思い描くローザ像よりも独創性があり、義母を生ゴミ粉砕機でその場から動けないようにし、おそらくもっともな理由があって、寝室の窓から逃げ出したのだ。ローザ自身が傷つけられたという確たる証拠はない。少なくとも、屋内には。外を見ると、六メートルほど先のところの、草が生えていないオレンジがかったレンガ色の土に、何かの痕が残っていた。誰かが死闘を繰り広げたのか、それとも七転八倒したのかは定かではないが、明らかに人がもがいて表面の土が削られたと思われる痕だ。その部分の土は赤く濡れている。「死んでいる《デッド》」という言葉がまだ真顔で使えるなら、痕跡はそこで途絶えて《デッド》いた。

「当たってるだろ?」と、ルイスは繰り返す。「ローザは大丈夫だよな?」

「そう思うわ」。シャーリーンは心にもない言葉をつぶやいた。「彼女はどこかに逃げたようね」

そこでルイスは、ついに倒れた。それから二〇分をかけ、シャーリーンは家中の窓に全て鍵をかけ、ドアというドアを家具で塞ぎ、ルイスの怪我の手当てで二枚目の刺繍入りタオルを汚した。シャーリーンが意を決してゴルフクラブをキッチンの床から拾い上げた際、彼は、彼女が何をしようとしているのかを悟り、弱々しくも抗おうとした。ダイニングテーブルで背を丸めていた彼だったが、そこからは、キッチンが遮られることなく一望できる。彼の顔と唇は青ざめているものの、その目は相変わらずダークブラウンのままだ。

「そこまでやる必要はないんじゃないか」と、彼は懇願した。

「やらなきゃ。わかってるでしょ」と、彼女は返す。

「死体安置所で僕らはなんて言ってた? ワイヤレス光線のせいだとか? スマホの放射線? なら、僕らのスマホを捨てればいい。充電器もみんな。母さんは元に戻るかもしれない。やってみる価値はある」

「変わらなければいけないのは、私たちの方よ」

「せめて……」。ルイスは嗚咽を堪えながら言った。「銃なら、一瞬じゃないか?」

「音が大きすぎる」と、シャーリーンは言って、ゴルフクラブに視線を戻す。「顔、背けておいて」

ルイス・アコセラの母親を殺すのに、何度も、たぶん何十回も、クラブを振り下ろさねばならなかった。この老婆の頭蓋骨は初め固く乾いた音を立てていたが、やがて湿った音に変わっていく。より際立っていたのは、シャーリーンが息を切らす乾いた音と、ルイスが泣く湿った音であった。捻《ひね》りを加え、打撃し、衝撃を感じ、反動で反り返るという動作の反復に、シャーリーンは没頭した。激しい動きで筋肉が熱く焼けるほどに疲労しても、構わずに腕を動かし続けた。彼女の怯え、疲れ切った脳が邪悪で利己的な場所へと迷い込んでも気にも留めず、思いたいことを思い続けた。ルイスは、もうあなたの息子じゃない。彼女は心の中で叫びながら、ゴルフクラブを繰り返し、振り下ろす。彼は私のもの。全部、私のものなの。

卒業

バルク高等学校《BHS》の正面玄関までの道のりは、いつもと同じだった。ただし銃声を除けば、だが。最も大きな「バン!」という音は、生徒用の駐車場から聞こえてきたが、トラックのバックファイアだったのかもしれない。駐車場の三分の二は空いていた。そこから出てきた複数台の車が、芝生を貫き、草を押し潰しながら前進していく。しかしながら、アメフト練習場からの「パン! パン!」という乾いた音は、紛れもなく銃によるもので、緑の芝生を背景に、白い火花が散っている。学校の建物内から聞こえてきた別の銃声は、爆竹のように響いていた。

階段と茂みの間にシュウィンの青い自転車を隠した彼女は、背負ったダッフルバッグの位置を直し、暗く、ひんやりとした玄関ホールに身を滑らせた。BHSの校舎は二階建てで、ガイウス・ユリウス・カエサルの統治時代に建立《こんりゅう》されたのかと思ってしまいそうになる、L字形の建物だ。市役所や郵便局と同様、巨大で堂々とした、冷たい印象の石の塊で作られており、今にも崩れそうな町のボロい家々や安っぽいトレーラーハウス・パーク、産業の空洞化で寂れてしまった工場群を見下すように建っている。休み時間の廊下は、生徒のおしゃべりの残響地獄と化すが、通路の端から端まで貫く声といったら、少女たちが楽しげに上げる甲高い悲鳴だけだろう。

今朝のBHSは、地下墓所《カタコンベ》のごとく不気味だ。彼女は抜き足差し足で、誰もいないフロントオフィスの前を通過する。いつもは威勢よく闊歩《かっぽ》している廊下を、こんなふうに慎重に忍び足で進むのは、臆病風に吹かれている感じだったが、背筋を伸ばして歩く自分には戻れない。遠くから、ネズミの群れの移動を彷彿《ほうふつ》とさせる、逃げ惑う人々の騒音が聞こえてくるものの、その姿は見えないし、彼女は声を出すのも怖かったのだ。それに、弟――コナン――のことだ。彼はきっとひとりで隠れているだろう。

パン！ 一発の銃声が鳴り、反響して幾重にも増幅していく。グリアは慌てて氷のように冷たい壁に張りついた。銃弾は、上の階から放たれたらしい。誰かが銃を撃っているのなら、撃つ対象が存在しているはずで、それは大きなヒントだった。階段を駆け上がると、二階に置かれたトロフィー陳列ケースの真鍮《しんちゅう》の輝きが目に入る。次の刹那《せつな》、彼女の隣にあった水飲み器が破裂した――パン！ パン！ 金属部分がアルミニウムのように剝がれ、冷たい水が噴出して彼女に降りかかる。冷水なのに、肌を焦がされそうな気がした。

水の勢いに身を任せて床にスライドしたグリアは、鋭利な代物が入ったダッフルバッグを背負ったまま回転し、開いていた扉のドア枠の後ろにうずくまる。銃乱射発生時を想定した避難訓練の殺気立ったイメージが、脳内に湧き上がった。閉めたドアの前に積まれたキャビネット。天板を盾にすべく倒したテーブルの裏で腹這いになる生徒たち。狙撃者役を演じる体育教師がドアノブをガチャガチャと回す音を聞くと、訓練とはいえ、全てがメチャクチャな状況下であるにもかかわらず、誰もがクスクスと笑っている。なぜなら、地球上で一番嫌いな場所で殺されるという理論上のくそみたいな〝運〟を笑い飛ばせるくらいの人間でないと、人生が辛くてしょうがなくなるからだ。

パン！ 階段に続くドアのガラス窓が、彼女の上で粉々になった。

「やめて！」と、彼女は声を上げた。

パン！　ドアに穴が開く。

「やめてってば！」。彼女は叫んだ。

銃声は反響に反響を重ね、一八年間は続いていた気がする。だから、実際に自分の名前を呼ぶ声に気づくまで、何回、呼ばれていたのかはわからなかった。

「グリア？　グリア？」

ガラスの欠片《かけら》がびっしりと付着した頬の上、びしょ濡れの髪の間から目を細め、木片やおがくずに塗《まみ》れたまつ毛を通し、彼女は声の主を見た。一五メートルくらい離れていたが、こちらに向かってくるのは、コナンだった。だが、彼女の本能はそれを認めるのを拒んだ。いじめられっ子のコナンは、学校の廊下をあんなふうに自信たっぷりに移動したことなんてない。それでも、背の低い、ずんぐりした弟の体型は、どこにいてもわかった。たとえ、普段では考えられないくらい堂々と立っていても。たとえ、ブローニング・ライフルが彼の脇から、付け足された腕のように突き出ていても、だ。

こちらを見下ろしながら、彼は隣でひざまずいた。弟の柔らかな指の感触を感じる。発砲されたばかりの銃器の熱を帯びた指で、彼はグリアの顔や髪に付着していたガラスや木の破片を払い落とした。

「それ、父さんの弓？　この馬鹿げた弓を持ってきたの？」

彼は軽く笑った。彼が、軽く笑った。コナン・モーガンは、五年間、学校の敷地内で一度も微笑んだことすらなく、いじめっ子がたむろするロッカーのそばを歩くと身震いしていたはずだ。どうせいずれ、ホーティ・プラスチックス社のベルトコンベアーを前に、諦めの境地で何も考えずに同じ日々を繰り返すようになるのだと、己の将来に打ちのめされていたはずだ。ところが、目の前の彼は、その絶望から見事に立ち上がった少年になっていた。目の前の彼は、生き生きとしている。とはいえ、グリアは弟の顔に浮かんだ笑みを信用しているわけではない。その笑顔は、赤いリボンのように思えた。

グリアが立ち上がるのに手を貸したコナンは、彼女の腕を取って通路の角まで行き、盾になるかのように彼女を背後に立たせた。姉と弟のこのわずか数分間のスキンシップは、過去一〇年分のそれをはるかに上回っている。ライフルの負い紐《スリング》を肩から外すと、彼はアクション映画の警官よろしく角から廊下を覗き込んだ。

「レミントンのライフルを持ってくるべきだったね」と、コナンは言った。

「諦めた……弾薬が見つからなくて……」

「父さんは、パーチージの後ろにそいつを隠していた」

パーチージとは、インドのパチーシに近いアメリカのボードゲームで、自宅にもあった。

「ねえ、逃げないと……自転車があるわ」

いつでも発砲できるようにライフルを握り、コナンは再び廊下へと首を伸ばした。

「ママ・ショウのところに行った？」と、彼が訊ね、グリアは一瞬、言葉に詰まる。

思い出したくはなかったが、脚の不自由なそのジャマイカ人が歯のない口で、ミス・ジェミーシャの三つ編みの髪を吸い込んでいる姿が脳裏に浮かんだ。グリアは首を縦に振った。

「僕は彼女を見て、わかったんだ」と、コナンは訴える。「わかったんだよ。だから僕は、レミントンを父さんに残しておいた。父さんのお気に入りだったし」

父親が死んだ事実を弟に告げることは、十分に辛いことだろう。だが、父フレディ・モーガンが何になったかを説明するのは、もっと辛いに決まってる。そもそも、自分に対しても説明はできないのだから。コナンは頭を傾け、彼女が聞こえない何かに耳を澄ませていたが、そっとライフルを構えた。

彼の射撃の腕前は、いつだってなかなかのものだ。

弟の後ろから身体を傾けたグリアは、廊下のほぼ突き当たりで、教室から一歩踏み出した人影を捉えた。その人物が完全に廊下に姿を現す前に、コナンが引き金を引く。パン！　頭から血飛沫《ちしぶき》が扇状に霧散するなり、標的は床に倒れた。

「やった！」。コナンは歓喜した。「グリア、今の見た？」

彼はライフルを片肘で挟み、遊底《ボルト》を後ろにガクンと引いた。使った銃弾の薬莢が排出され、床に落ちてカランと音を立てる。それから銃弾をバラバラに入れてあるポケットに手を突っ込み、弾を三つ取り出して弾倉に装填した。一連のスムーズな手際は、モーガン一族の誰もが成し遂げたことがない域に達している。待って。弟は、夜明けからずっとこうしているわけ？　学校にライフルを持ち込んで？　グリアの疑念は、弟の言葉に遮られた。

「あの教室には、あとふたりいる。仕留めないと」

「何言ってるの？　ここから逃げるのよ」

彼の丸い頬に宿っていた熱情がスッと消えた。

「逃げる？　違うよ、グリア。姉さんはわかってない。僕が今朝早く学校に着いたとき――まあ、いつも僕は早く着くけど、授業が始まるギリギリまで隠れているのが普通だった。だから今日の今日まで、こんなに大勢が早朝に登校してるなんて全然知らなかったんだ。合唱部、演劇部、運動部のみんなが朝練してて、卒業アルバム製作委員も活動してる。彼らはひたむきだ。ある意味、目から鱗だったね。ラストリゾートでも、あっという間に広まった？」

グリアはうなずき、両手をばたつかせてジェスチャーで訴える。行こう。もう行こう。

「ここでも伝染病のごとく広まってる。ヘルペスみたいに」。これこそ、グリアが知っている弟だ。

他人が経験する不愉快なことでさえ、経験し損なうのを苦々しく思っている。「ほとんどの生徒は、あいつらから逃げ出そうとしなかった。逆に、連中に向かっていったんだ。それも、ひたむきさだよね。思うに、学校に対する忠誠心じゃないのかな」。そこまで語ったところで、彼はブローニング・ライフルを振ってみせた。「これが、僕のひたむきさを示す手段なんだ。僕がずっと願っていたチャンスが訪れた。僕はここで奴らを撃ち、死体を積み上げ続ける。僕が終わるまで」

コナンは顎で、奥で垂直に交わる廊下を示した。

トロフィー陳列ケースの向かいにあるのは、フランス語およびスペイン語の教室だ。部屋の外の掲示板に貼られたヨーロッパの田園風景のポスターは、まるで罠のように感じられる。その教室のドアは閉まっていた。グリアはハッとした。これまで、教室のドアが閉まっているのを一度も見たことがない。校舎の壁よりも冷たい恐怖が、水のように彼女にまとわりつく。

「さ、行くよ」と、コナンは小声で告げ、少し先の教室にライフルの銃口を向けた。

しかし、グリアはその場を離れた。まるで鎖に引っ張られるかのごとく、左に行ったのだ。陳列ケースにあった埃を被ったトロフィーを掴むと、それは一瞬だけ太陽光を浴びて輝いた。フランス語およびスペイン語の教室のドアが近づいてどんどん大きくなり、その静寂は邪悪さを増していく。完璧に弾を命中させるのが待ち遠しくてたまらないコナンは、ブツブツと何かをつぶやいており、グリアがドアノブを握ったのを見ていなかった。ドアには、スペイン語で「¡Bien- venido！（ようこそ）」と書かれた紙が貼ってある。別の紙にはフランス語で「Entrez！（入って）」とあった。彼女がドアを開けると、どちらの紙もカサカサと音を立てた。重いドアだった。だから、室内の音が全然聞こえなかったのか。

中には、生徒と教師がいた。数は一〇人以上。洗濯物か何かのように、床に投げ出されており、死んで、ねじれたままぐにゃりとしている者もいれば、生きていて、身をよじったり泣いたりしている者もいる。それ以外の者もいた。白濁した目で、ヘビのように這いずり、生きた肉を求めて大きく口を開けている。身の毛もよだつ野戦病院状態、とでも言おうか。生者を食らう狂犬病患者まがいの連中。屍《しかばね》と化す生者。立ち上がる屍。生きている者も死んでいる者も、どちらもグリアに目を向けた。

そのとき、彼女は全員に共通する特徴を特定した。銃創だ。

パン！

「いいぞ！　絶好調だ」

グリアはゆっくりと右を向いた。コナンは片方の手にライフルを持ち換え、反対の手の拳を突き上げてガッツポーズをする。そのとき、弟は姉の姿を認めた。

「やあ」。彼の声のトーンは落ち着いていた。「ドア、閉めた方がいい」

「あんた、彼らを撃ったのね」。彼女は絞り出すように言った。

「閉めろよ。出ていくだろ」

「高校生なのに……子供なのに……。コナン、あんたは生きてる子を撃ってる」

彼の全身が暗くなり、光の当たらない煉瓦の中に消えていくように思えた。

「僕が何をしてると思ってたんだ？」

銃乱射の避難訓練を思い出した自分は正しかった。弟は、自分に対して軽蔑的な生徒たちに己の気概を証明するために、学校に乗り込んできた保安官を演じていたのではなかった。彼は、文明の崩壊を利用して復讐を果たす断罪者――学校銃撃犯――になり切っていた。つまり、ブローニング・ライフルを持って登校し、復讐を決行する朝に、偶然、この事態が重なったに過ぎなかったのだ。仕留めた標的の山という素晴らしい光景を前にコナンは再び笑顔を見せ、誤解するなんて馬鹿らしいと言わんばかりに首を振っている。

「別にいいだろ」と、彼は吐き捨てた。「もう誰も気にしない。ニュースにすらならないよ」

「あんた、殺す相手を間違ってる」

「馬鹿なこと言うなよ。死んだら、死んで生き返ろうが、死んだままだろうが、狙撃者の顔なんて認識しないわけだし」

「だから?」

「だから、僕らはもう、顔がないも同然なんだ。僕は、みんなにいじめられる反吐《へど》が出るほど嫌な自分でいる必要はない。姉さんも、落第した無価値な肌の黒い女子でいなくて済む。僕らは、ホーティ・プラスチックスで、あんなくそみたいな仕事をやらなくていいんだよ。僕らは誰にだってなれる。なんだってできる。欲しいものをなんでも手に入れられるんだ」

「このくそ学校で、あんたは一体、何を望んでるの?」

グリアの問いかけに、彼は狙撃をしてきた廊下の奥をジェスチャーで示そうとする。「あれ――」。ジェスチャーがうまくいかず、彼が胸を膨らませる。「そこには、あの――」。またもや失敗したらしい。彼はブローニングをギュッと握り締めた。「何かあるはずだ!」

グリアは、町を指差した。「あそこ――町では人々が互いに殺し合ってるの!」

「知ってるよ、そのくらい」

「あんたも同類! あんたも同じことしてる!」

コナンは、激しく首を横に振った。「まさか。あり得ない。学校銃撃犯のうち、何人が黒人だったかわかってんの?」

「コナン!」

「ほとんど白人だ！　黒人は滅多にいないんだよ、グリア！」。彼はライフルを振り回した。「白人はこうやって殺し合うのに、それで非難されるか？　彼らが再び殺し合いをしないように、投票に行かないように、指導者を排除するように法律が改正されたことがあるのか？　ないだろ⁉　なんで黒人の僕らは白人と違う行動をしなきゃいけないんだ？」

グリアはフランス語およびスペイン語の教室に向かって手を振った。

「ここにいるのは、白人の子だけじゃないでしょ！」

コナンが笑い出した。その笑い声は、小枝を折る音を思わせる。

「ああ、くだらないよ、姉貴。姉さんが権力を手に握ってるなら、世の中を一掃した方がいいのに」。彼は笑顔を崩した。「いい？　聞いてくれるかな？　姉さんは父さんの弓を持ってるし、バッグの中には、他にも役立ちそうなものがある。僕たち、手を組めるよ。家族全体をやり直そう。住みたいと思う、町の大きくて立派な家を選ぼう。僕と姉さんで。どう思う？」

彼女の左側で鳴っていた、ペタペタと湿った打撃音が次第に大きくなっていくのを気づいてはいたが、何かが周辺視野で蠢《うごめ》くようになってようやく、グリアはそちらに顔を向けた。ひとりの男子生徒が、血糊の付いた肉塊から身を離した。腕だけで己の身体を引きずっている青年は、背中に大きな穴が開いているため、両脚が麻痺しているのは一目瞭然だ。鋭く輝く茶色い目が白く濁っていたので、グリアはなかなか彼に気づかなかった。

——カシム！

最後にカシムと一緒だったとき、彼の大きな鼻は、彼女の胸元で丸まったシャツに埋められ、片手は露わになった乳房を摑み、もう一方の手は、ボタンを外されて開いた彼女のジーンズの中に滑り込んでいた。彼はシャツを脱いでいたが、レミーのパーティでは、男子たちが上半身裸になるのはよくあることだ。密着するふたりの裸の腹部の灼けるような熱さを思い出す。その日の夜半まで、彼女は爪で彼の腹筋をなぞって過ごしていた。

ここに再び、彼の腹部があった。転がるように視界に入ってくるなり、カシムだった何かは、グリアの腰に手を伸ばした。今回は、肉を求めて。カシムの腹ははっきりと見えている。ただし、コナンの銃弾が引き裂いた赤い螺旋状の臓物が垂れていたが。

グリアはジリジリと後退し、背中がトロフィー陳列ケースのガラスに当たってそれ以上進めなくなった。思えば、みんな、変わってしまった。パパも、弟も、目の前にいる恋人も、家も、ご近所さんも、学校も、町も、そして自分の未来も。突如として、狂おしいほどの昂揚感が湧き上がってくる。何の未来？　彼女に未来などなかったのだ。その点に関しては､コナンは正しかった。狂犬病なのか、他の感染病なのかはわからないが、このウイルスは、彼女の絶望を剝き出しにし、彼女のつま先を自殺するための崖の縁まで近づけている。今は、崖の向こうへと身体を傾ける以外、何もできない。

グリアは左手でダッフルバッグを摑み、右手を弟の方へ差し出した。

「あたしと一緒に来て」と、懇願する。

「何言ってんだ？　グリア、嫌だよ。姉さんが僕と来るんだ」

カシムはまだ這いずっており、生きている者は死につつあり、そして世界はグリアの足元で崩れ落ちそうになっている。それでも彼女は両目を閉じた。人々が自分を優しく抱きしめてくれるかもしれないと信じ、両腕をできるだけまっすぐに伸ばそうとする少女のごとく、そして、姉らしく、祈りの言葉のように願いをささやく。どうか、魔法の効果で弟の気持ちが変わりますように――。それが、彼女に残された唯一の希望だった。

「あたしと一緒に来る？」

カシムが相変わらず立てているピチャピチャという音を除けば、数秒間、彼女は暗い静寂に包まれた。グリアの耳が、短く、震えながら息を吸う音と、ブローニング・ライフルのボルトアクションの骨折時を思わせる音を捉える。奇跡を願いながら目を開けたが、コナンは両腕を伸ばす彼女から遠く、とても遠く離れたままだった。ようやく気づいたのだが、グリアのまつ毛はとめどない涙でぐっしょり濡れていた。弟のまつ毛も同じだ。どんなにひどいいじめに遭っても、彼は泣き顔を他の誰にも見せたことがない。その彼が鼻水をすすり、袖で鼻を拭《ぬぐ》っている。

「グリア、それはできない。もう手遅れだ。僕は自分が始めたことを終わらせる。長い間ずっと、僕には何もなかったんだ。わかるだろ？　何かが終わるときって、いつもこんなもんだろ？　自分対奴ら。自分がいなくなるまで、やってやる。姉さんのせいじゃないからね。外に行っても気をつけて。いい？　奴らは姉さんを襲おうとするだろうから」

　そして、彼女はその場を立ち去った。ただ立ち去った。かつてカシムだった何か、あるいはずっと弟だった少年を振り返って見ることもなく、来た道を大股で戻っていく。割れたガラスをやり過ごした後、階段につま先を思い切りぶつけた。痛みをやり過ごすのに、ファディ・ロロのシュウィン社製自転車のことだけ、どれだけ遠くに行けるかだけを必死に考えようとする。パン！　パン！　銃声が再び鳴り出すのを聞き、彼女のひねくれた頭は、卒業式で演奏される行進曲「威風堂々（Pomp and Circumstance）」に想いを馳せた。曲名の「荘厳さ《POMP》」と、銃声の音「パン《POMP》」は同じ単語なんだな、と。もう自分は、BHSの卒業式を経験することはないだろう。ここで起きたことが、「卒業式」でない限りは。

　こうして、ひとつの局面が終わった。そして、新たな局面が始まろうとしていた。

気まぐれな神々

　三食連続で、食事はピーナッツだった。カール・ニシムラは埃っぽい豆粒を頬張りながら、海軍のジョークめいた格言を思い出す。それは、「航空母艦は、民主主義を守る独裁国家である」というものだ。ここで言う、独裁者とは艦長だろう。しかし現実は、最高司令官である合衆国大統領に至るまで、襟元の光輝く真鍮《しんちゅう》のピンバッジで象徴される階級構造の上層部が艦長に目を光らせているわけで、艦長は彼らの顔色を窺いながら空母を統制している。ところが空母オリンピア艦内では、この格言通りになっていた。ここでは独裁者が、艦を統《す》べている。独裁者のあらゆる命令が厳守されており、独裁者本人が従う義務を感じるのは、自身が「神」と呼ぶ存在のみ。階級が高い軍関係者には、義務感の欠片《かけら》も抱いていない。

　今も穢れなき呼称「ビル神父」の名で通っているウィリアム・コッペンボルグ少佐は、当艦の上甲板の絶対的支配権を握っていた。ニシムラは当初「信じられない」という気持ちでいっぱいだったのだが、圧倒されていた感覚は次第に薄れてきており、それがかえって、彼を不安にさせている。歴史上、最も奇妙なクーデターが起きてからわずか二日、あり得ない事態が日常化されつつあった。ここでは、選ばれし少数派が、下界と隔離されるかのように鉄骨の艦橋《アイランド》構造物の最上部に配置され、飛行甲板に現れた者を――助けを求めていようが、逃げようとしていようが、獲物を狙っていようが――とにかく片っ端から狙い撃ちしている。申し訳ありませんが、上層階は全て満員です。あなたのような類いの輩が上がってくるのはお断りです。そう丁重に断る代わりの拒絶の狙撃だった。飛行甲板に建つアイランドは、下の階層から順に、気象室、レーダー室、司令官用《フラッグ》艦橋《ブリッジ》、航海艦橋、プリフライと、上に行くほどステータスは上がっていく。自分がいる場所より上の階層では、きっとピーナッツ以上にいいものを食べているに違いないと、ニシムラは推測する。ここでの個人スペースは、居住区の簡易ベッド以下の空間で、手に入るものを辛うじて食べているのだ。その個人スペースは、ビル神父の副官となった掌帆手トミー・ヘンストロム三等兵曹《PO3》が床にチョークで適当に境界線を書き、各人のエリアに充《あ》てたに過ぎない。チョークで線を引くだけでも数時間がかかったが、この人口調査により、アイランドに留まった最終的な人員は四二人だったことが判明した。

　そして現時点では、ひとり減って四一人。ニシムラは、庶務下士官のジェイコブ・レザーデイルに起きたことを一刻も早く忘れたいと思っている。ニシムラはピーナッツをひと粒、水なしでそのままゴクリと飲み込んだ。喉がカラカラで、疲労も溜まっている。割り当てられた個人スペース（といっても、ただのスチールの床）は居心地が悪かったものの、作業カウンターの下だったので、暗くて眠れる可能性は約束されていた。もちろん誰ひとりとして、「夜の祈り」が終わるまで目を閉じようとする者はいない。そのひとつ前の「夕べの祈り」を中断させたことが、ジェイコブ・レザーデイルを破滅に追い込んだのだ。いや、睡眠が望むものでない限り、そんなことは考えるべきではない。

　ニシムラの〝個室〟は、ヘンストロムの意地の悪さが最大限に反映されており、ニシムラの身体より小さく、しかも楕円形に描かれていた。さらに当然のことながら、彼はアイランド最下層の気象室に押し込まれている。気象観測機器は大型で場所を取り、ボルトで固定されているため、移動できない。それだけでこの部屋は、ハリケーン時の避難所か、それより劣悪な雰囲気を醸し出している。泥の靴跡はそこまで問題ではない。ほどなく、この場所は悪臭が充満し始め、病気が蔓延するようになるはず——ニシムラには、今後、起こり得る事態が見えていた。

アイランドには、武装した五人の見張りがいたが、彼らだけであれば、十分な銃器があった。各階層にひとりずつ見張りが配置され、野心を抱くクズどもを抑えつけている。外されたハシゴは、ニシムラのいる階と連結するものを除き、元に戻されていた。理由は明白だ。万が一、最下層の気象室がグールに乗っ取られた場合でも、ハシゴがなければ上層部には昇ってこられず、大きな損失にはならない。反逆を試みる誰かがいた場合も然り。という容易な隔離措置であった。レザーデイルの退室の後、ニシムラと、その他七人の下層民だけが、オリンピアという街の荒廃区「気象室」で暮らしていた。

反乱の衝動を抑えるには、ある意味、強さがないといけない。彼はそう己に言い聞かせていた。ジェイコブ・レザーデイルが最期を迎えた後、ニシムラはこっそりと最低階層ののけ者たちから仲間を集めようとした。

「みんな、ああなってしまう」と、彼は小声のまま語気を荒らげた。

他の男たちは険しい顔つきで彼を一瞥《いちべつ》するや、そっぽを向いてしまう。レザーデイルはいなくなったかもしれないが、残念な個人スペースを充てられたもう一人である、ラバー・ポメロイという名のタービンシステム整備士は、レーダー室に〝栄転〟となった。ポメロイはただ、十分な時間、ヘンストロムにひれ伏すだけでよかったのだ。気象室のメンバーの望みは、飛行甲板の炎がくすぶる地獄から距離を置き、ビル神父の聖なる住処であるプリフライへと一階層でも近づくことだった。

ニシムラは最後のピーナッツを飲み込んだ。喉が液体を激しく欲する。水の入ったバケツとレードルが一度配給されると、何時間もそれでやりくりしないといけないのだ。今夜は夜の祈りが遅れており、バケツの水は朝までに空になってしまうかもしれない。そう考えると、ますます新しい水の入ったバケツを渇望してしまう。バケツ。くそバケツ。いまや、大事なのはバケツだけだった。背筋を伸ばし、カーキ色の制服を誇りに思う聖人《セイント》カールは、あっという間に犬に退化したも同然だ。トラブルに身構えて背を丸め、バケツがカチャカチャと鳴る音に即座に反応して顔を上げる。こんな日々があと数日続いたら、一体どんな動物になってしまうのだろう？

ニシムラは、自分が生き残った原因はふたつあると考えている。ひとつは、ヘンストロムが彼の苦しむ姿を見て楽しんでいるから。もうひとつは、このアイランドでは、ニシムラが誰よりもビッグママをよく知っているからだ。ビル神父は、例の飛行甲板をアイランドまで歩いた奇跡の「ロングウォーク」以来、プリフライから降りてはいない。しかし右腕のヘンストロムは、働きバチとして忙しく、常に護衛のひとりを引き連れて最下層に頻繁に足を運んでは、新たな世界秩序を確立させる手伝いをしていた。ニシムラ以外に助けになる人間がいないのは、もはや皮肉で、確かに悲劇だ。だが、いつかバッファローまではるばる戻り、ラリーと子供たちと再会したいと願うのであれば、他に選択の余地があるとは思えなかった。

ビル神父は、錨《いかり》を下ろすという己の言葉を実行し、それによって国家を樹立した。民たちは、社会からの隔離は将来の偉大さのカギであると確信し、歓喜の声を上げた。錨を下ろすことは、空母にとって大変な作業であるが、過去の産物と化していた伝声管――ニシムラは、まさかこれを使う日が来るとは思ってもいなかった――のおかげで、ビル神父の弟子たちは、いまだグールの襲撃に抵抗している船首上甲板のわずかな船員たちと連絡を取ることができていた。驚くほど瞬く間に、そこの船員たちはロングウォークの言い伝えに屈し、ニシムラは、空母が水面を漂流する横向きの動きから、同じ地点でただ上下に波乗りする縦向きの動きに変化するのを感じた。

艦は再び前進することがあるのだろうか。

それから数時間、ニシムラはビッグママのシステムがシャットダウンするのを感じた。愛すべき女性リーダーが生命維持装置を引き抜かれた――そんな感覚だ。SPS－48E、SPS－49（V）5、SPS－65（V）9、SPS－67を含む、操作盤上の二次元および三次元空対空レーダーシステムの軽く響く音が一斉に止まり、Mk23目標捕捉システムも静止した。中距離空対空誘導弾システムであるAR／WRL－1Hもオフになる。中でも最悪だったのは、当艦が火災に弱いと証明されたばかりなのにもかかわらず、Mk91射撃統制装置のハミング音が消えたことだろう。一方で、周囲に鳴り響く轟音から、ニシムラは軍需物資が海に落とされているのではないかと勘繰った。オリンピア号は、そのアイデンティティを剝ぎ取られつつあり、ビル神父は間違いなく、艦を虚空で埋めようとしていた。

1MC（艦船内拡声装置）が鳴った。ようやく夜の祈りが始まるのだ。あまりにも遅い時間だったため、ニシムラは水の入ったバケツにレードルがぶつかって立てた音と勘違いしそうになる。室内の他の七人が顔を上げたり、身体を起こしたりするアウトラインがぼんやりと見え、彼らの冴えた目が月光を反射して閃くのがわかった。

〈ああ、主よ。ひとり子イエスの名において、アフガニスタンでの戦争に祝福を。主よ、イラクでの戦争、シリアでの戦争に祝福を。主よ――〉。祈りの途中だったが、ビル神父は微かに笑った。〈この祈りを全部覚えているかい？　私はかつて、同僚たち、つまり堕落した偽りの信仰を持つ男たちとともに毎日の祈りを捧げていたが、私の順番が来たときは常に、戦争に勝つために助けてほしいと神への懇願を込めていた〉

神父はそこでいったん言葉を区切り、すぐに再び語り出した。〈今宵、私は、その献身を取り除く祝福を受ける。戦争は終わった。それには、我々がこの空母で戦ったものも含まれる。というのも、これは戦争として始まった戦いではなかったからだ。悪魔たち――我々は彼らを歓迎する。大きく両手を広げ、彼らを迎え入れるのだ〉
艦内は静まり返っている。神父は息継ぎをし、さらに続けた。〈悪魔の片割れと合体することで、我々は悪の源を排除するであろう。私は、これを成し遂げる最善策について神に助言を求めているが、悪魔は今のところ、さらなる肉、血、つまりは生命力となる食い物を必要としている。幸いにも我々は、彼らにその生命力を与えることが可能だ。この時点より、私は神に、我々の銃弾のお導きを求めるのをやめる。撃つ理由がないからだ〉。1MCは、パチパチと割れるような音を立てた。〈それが、無知なる者たちから我々の神殿を守る術である〉
「無知なる者たち」は、ビル神父教会に信徒としてまだ身を捧げていない、甲板下でこそこそと動き回る者たちを指す。彼らはオリンピア号のどこにでも隠れている可能性があった。ジェイコブ・レザーデイルがすでにそれを証明していた。ニシムラは疲労と喉の渇きで、それ以上記憶を留めておくことができなかった。
紅海を割ったことで、モーセは預言者であると、古代イスラエルの民たちは即座に納得したのではなかったか？　あのロングウォーク――紅蓮《ぐれん》の炎に包まれ、グールが群がる飛行甲板を、ビル神父が無傷で突き抜けられた奇跡――は、同じ結果を瞬く間に生んだ。神父の最初の行動は、一日を「朝」「午前」「昼」「夕べ」「夜」の五つのセクションに分けることだった。各セクションは、空母全体に放送される祈りが開始の合図だ。神父のこうした独白の間、ニシムラはレザーデイルが壊れ始める様子を見ていた。箍《たが》が外れたのは、夕べの祈りの最中だった。その日三度目の食事――わずかひと握りのピーナッツ——を見つめていたレザーデイルは、ついにキレた。

「食べ物は飛行甲板の下にある！　ここに閉じこもっていたら、我々は餓死するぞ！　俺たちは何やってんだ？　俺たちみんな、何をやってる？」

彼は正しい。ニシムラは言った。いや、言ってはいなかった。心の中で思っただけだった。なぜなら、レザーデイルと違い、彼は「ニシムラ遅延《ディレイ》」——慎重、臆病、優柔不断ゆえに決断はそっちがしてくれというタイプ——だったからだ。レザーデイルは腹をすかした仲間、活気のない船員たちに一五秒から二〇秒の間、わめき立て、唐突にキャットウォークに飛び出していった。

ジェイコブ・レザーデイルは、ウエイトトレーニングで鍛えた肉体と抜群の運動神経を兼ね備えた海軍ひと筋の船員だ。レザーデイルが、ジャンプするほど身体的準備ができていたなら、負傷せずに飛行甲板に飛び降りる確率は五分五分以上だっただろう。しかし、ヘンストロムと護衛がピーナッツと水を配っている間に、レザーデイルは崩壊してしまった。ヘンストロムは短く命じた——彼を止めろ——そして、今の今まで覇気のなかった気象室の数人が慌てて追いかけていく。ニシムラの耳は、鋼鉄に肉が投げつけられるようなピシャッという音を捉えた。レザーデイルが必死に抵抗している音に違いない。

〝レザーデイル〟前から、聖人カールは、ビル神父が外界との連絡を拒絶すれば、自分たちが様々な危険に晒《さら》されることを知っていた。食べ物と水とには限りがあるし、エンジンは手入れされずに放置されたままだと爆発するかもしれない。さらには、そうした事態に対処するための労働体制が完全に崩壊してしまったら——。

〝レザーデイル〟後、ニシムラはその危険要素リストを修正した。この裏切り者に対するビル神父の反応は、実際に、労働体制の確立にひと役買ったのだ。労働は、下層階級の人間が最上位の人々に怯えることで、スムーズに機能することが判明した。

捕らえられたジェイコブ・レザーデイルは、最上階層プリフライのキャットウォークの手すりの前に立たされていた。背を飛行甲板側に向けたまま、手すりに座らされた彼は、膝を折るようにして手すりをふくらはぎと太ももで挟まされ、逆さ吊りにされて両脚をダクトテープで留められていく。プリフライを神聖な場所だと考えるように慣らされた四一人は、キャットウォークに集まり、固唾《かたず》を呑んでその様子を見つめていた。ヘンストロムと武装護衛を両脇に従えたビル神父は折れた杖の先にある金メッキの十字架を持ち、震える声で話をし始めたが、最下層のニシムラに、最上階層の神父の声は聞こえない。それでも、目を閉じた神父の恍惚の表情から、何をどんな声で話しているかを十分に想像できた。

ビル神父は十字を切り、ナイフを手にする。手すりから身を乗り出すや、レザーデイルの胸に刃を当て、不安定な手つきで長いスリットを入れていく。五、六本の血の筋が垂れ出すとレザーデイルの顔が赤く染まり、五階層分を落下した血の雫は、飛行甲板の上で飛び散った。

飛行甲板の炎熱地獄はすでに収まっており、終末世界のような光景が広がっていた。ハヤブサの形をしていた明るく滑らかな海軍機は、醜くひしゃげた黒焦げの金属の棘と化し、ひっくり返ったタランチュラの死骸にも見える。それ以上に胸をざわつかせたのは、骸骨になった船員たちの焼死体だ。炭化した骨は繊細な飾り格子にも思えたが、そこそこの風が吹いただけで灰になって飛散していく。レザーデイルの赤い血は、黒い燃えさしと交わり合い、ラズベリージャム状の塊を生んでいた。

こんな状態にもかかわらず、甲板の長さ四〇〇メートルほどの空間には、まだ活動している存在があちこちに認められる。三〇人以上の死んだ船員たちが、目的もなく瓦礫の中を歩き回っているのだ。悪魔と、ビル神父は言い切っていたが、ニシムラは、「グール」という呼び方にこだわった。神託を告げる者として、ビル神父ではなくチャック・コルソを選びたかったからだ。とはいえ、やはり、子供のニシムラが祖母から聞かされていたミレニアリストが最適な名前かもしれないが。グール同士は互いに気づかない様子であるものの、決してぶつかったりはしない。口に入れられるものを求めて、銀河系の惑星たちのように周回している。

彼らの無関心さは、ジェイコブ・レザーデイルの血の雨が降り始めると、一変した。ニシムラの概算では、一瞬にして二〇人のグールが顔を向け、四〇個の白い目が驚いたハトのように閃いた。こぞってレザーデイルを目指し出したグールたちは、まるで遊び慣れたガラガラに向かうよちよち歩きの赤ん坊だ。血を舐めるために煤だらけの甲板にひざまずく彼らは、お菓子を探す子供も同然で、純粋に欲しいものを求める無邪気な存在に思えてくる。

逆さ吊りになったレザーデイルは、静かに事切れる瞬間を待つつもりはなかったらしい。悲鳴を上げ、身体をねじるたび、血が間欠泉のごとく広範囲に飛び散った。これは群れたグールたちにとっては朗報だ。ビル神父は、ダクトテープにナイフの刃を乗せた。ニシムラには相変わらず神父の言葉は聞こえなかったが、その唇の形から祈りの言葉だとわかった。ああ、主よ、ここに。ああ、主よ、そこに。

「アーメン!」。ヘンストロムが叫んだ。それはニシムラにも聞こえた。まあいい——次に、それに対する船員たちの返答が続く。アーメン! イエス! さらにはハレルヤ! 自分はこれに耐えられないかもしれない。こいつらひとりひとりの襟元を摑んで引っ張り上げ、一体全体何をやっているんだと問いただしたい。すると、ビル神父がダクトテープをナイフで裂き、レザーデイルは落ちていく。落水時とは異なる、背骨が砕ける厳しい音とともに、彼は甲板上に墜落した。

レザーデイルは絶叫する。一度に一三人のグールが襲いかかり、それぞれが正確に肉を摑む位置を知っていたことにニシムラは驚く。そうだった。彼は、グールの行動性をすっかり忘れていた自分が信じられなかった。右足。左足。左膝。右太もも。股。右手。左腕。左胸。右脇の下。首。左耳。口の中。右目の中。

レザーデイルは再び叫んだ。それは、ともに従軍してきた者たちへの懇願だった。

「俺を撃て！　撃ってくれ！」

まるで無音のシグナルに反応するかのごとく、グールたちが一斉に肉体を引っ張り、レザーデイルはバラバラになった。腕は肘で折れ、両脚は何度か回転し、エビの尻尾のようにねじられる。グールたちは手をレザーデイルの腹部に突っ込み、骨盤骨を握るなり、下半身からそれを引き抜いた。皮膚と内臓が、モッツァレラチーズよろしく伸びていく。レザーデイルの身長は生前は一七〇センチくらいだったはずだが、今は四メートル近くになっており、静脈、神経、腸、そして肉によって継ぎ合わせられた肉塊となって甲板を横切っていた。

ニシムラは、この静寂が、「こんなことはおかしい」と人々が気づき、行動を起こすべきだと考え直す〝嵐の前の静けさ〟であってほしいと願った。そうだ。ビル神父をグールの群れに落としてやれ――。ところがそれは、ニシムラが教会内でよく感じた静寂の方だった。つまり皆は、異議を唱えることも、反発を態度で示すこともせず、「神父さまのおっしゃる神が真の神です」と信じる道を選んだのだ。礼拝堂のベンチに正しく座っているのだから、自分は海賊に捕まったときのように、目隠しをされたまま板の上を歩かされて海に落とされることはないと考えたのだろう。

〈タップス、タップス。消灯〉

タップスとは「消灯ラッパ」の意味だ。ブライス・ピート副艦長の無愛想でロボットのように無機質だが、プロフェッショナルなこの二二時の合図は、ヘンストロムの押しつけがましい生意気な声に取って代わられていた。ニシムラが全ての感情を呑み込むと、喉が締めつけられ、痛みすら覚えた。ビル神父の祈りのほとんどが聞こえなくてよかったという安堵感は、この後、しばらく水が来ないという現実に掻き消されてしまう。ニシムラは床に頭を伏し、考えようとした。はるか昔に受けた、緊急時サバイバルの講習。節水のコツ。夜間に仕事をし、日焼けを防ぎ、風を避け、食事を制限する——。

食事制限。今さら何を制限するんだと、彼は苦笑し、暗闇の向こうに疑惑の目の閃きが見えた気がした。カール・ニシムラは、悪魔に捧げられる二人目の生贄を生み出す可能性がある。それらの目が言った。上の階層に昇格できるかもしれない生贄だと。今、ニシムラにできることは何もない。彼は目を閉じ、喉を湿らせるために唾を吐いた。節水し、体力を保存し、窓から星が見られることに感謝する。そして、着艦失敗を繰り返していたレッド・サーペンツの哀れな新人パイロットに思いを馳せた。皆がそれを大ごとだと考えていた。もし彼らが次に来る波の向こうを見ることができていたら——。

永遠にこのまま

「どう？」

そう問いかけられている。時計の針が時を刻むがごとく定期的に。

地図アプリで、ルイスはシャーリーンにローザが行っていそうな場所を示した。例えば、近隣の友人宅。しかし彼は、正確にどの家なのかを特定できる自信はなく、危険が潜む家のドアをノックする可能性があった。ローザがよく訪れていた他の場所を思い浮かべようとする。スーパー、テイクアウト・レストラン、コインランドリー。しかしどれも、彼女が夫の食事を作るために買い物をし、夫のために食べ物を買い、夫のために洗濯をする場所だ。妻が自身のためだけに何かをしに行く場所をほとんど知らないことに、ルイスは愕然とした。自分の妻が一日中何をしているかを知ろうともしなかったのなら、どうやって彼女を見つけ出せるだろうか。

先ほどの投稿がリツイートされ続けているため、その通知でアプリは何度も遮られてしまう。

「その通知、オフにしたら？」と、シャーリーンが不服そうに言った。

「いい気分だよ。拡散されてるんだから」と、ルイスは認める。

「自尊心が満足させられることで、気分が良くなるのね。バッテリー切れになってもいいの？」

シャーリーンはいいところを突いてきた。目下のところ、電気はまだ来ているが、照明は軒並み消えている。スマホに届く全ての通知をオフにしたが、何度もスワイプを繰り返すのは地獄のような痛みを伴った。習慣で、彼はそれを右手で行ったわけだが、右手を動かすたびに、右手の全神経が、なくなった右親指の先にねじ込まれた活線を刺激したからだ。「どう?」と、シャーリーンが再び訊ねた。彼の手のことを言っているのだとしたら、今の具合を正確に伝えることができる。ちっとも良くはない。

彼女があの親指の先そのものを言っている場合、話は違ってくる。親指の先はなくなってしまった。母親の口から落ちたものは、ひったくって、シャーリーンが母の手を引き出した後に、生ゴミ粉砕機に投げ捨てたのだ。粉砕機のスイッチを入れた途端、白い骨と赤い筋肉の切れ端が、ラディッシュを削ったかのように、エネルギッシュなダンスのジルバを踊るかのごとく流しから飛び出してきたのだ。

ルイスは今にも気絶しそうで、吐き気もしていた。それは出血のせいかもしれないし、肉体の一部を失った怪我のせいかもしれない。だが、他にもっと原因があったとしたら? 身元不明遺体と同じ〝ウイルス〟の大部分がシンクに流れていればいいが、母さんが保有していた〝株〟が自分の静脈を通って身体に打撃を与え、肉を食らう何かに変貌させるために健康な血液細胞を集めている可能性がある。

どう?

状況のことだろうか? かなり暗い。母さんの死体を処理するシャーリーンを手伝おうとした。子供の頃から、いつか葬儀で棺を担ぐときは、キリッと勇敢な顔をすることを空想していたのだ。シャーリーンは彼に座っていろと告げた。だが、ダラリと力が抜けた母さんはひどく重くなり、シャーリーンが粉砕機から手を外すのを困難にする。ルイスは母の胴体に腕を回しており、赤く潰れた顔にキスできるほど近かったが、彼はあまりシャーリーンの助けにはならなかった。親指一本がなくなっただけで、手全体がうまく使えない。結局、彼は退き、ママ・アコセラの手が外される湿った破壊音と、死体が固い床からガレージへと引きずられていく摩擦音を聞いていた。そのガレージには、ドッグフードの袋が威厳を保ったまま置かれているはずだ。

右親指なしで操作する困難さに再び恐れをなし、ルイスはスマホを壁のコンセントにつなぐ。シャーリーンはテーブルの向かい側に座った。普段の職場でのランチとの違いは、シャーリーンの無慈悲な視線だ。ルイスには、自己弁護するほどの体力はなく、実際、下唇は力なく垂れ下がっている。優しくしてくれ。彼はそう思った。

ようやく彼女が口を開いた。「私たち、具合が悪いんだ。ここから離れられない」

「だが、ローザが――」と、ルイスが訴えた。

「私、できるだけ穏やかに話すつもりだから、これから言うことを落ち着いて聞いて」と、シャーリーンが語り出す。「いったん、ローザのことは忘れて。スマホで通話できるようになれば、きっと電話をかけてくるわ。道路の安全が確保されれば、彼女は家に帰るはず。でも、先生が思っているような、行き当たりばったりであちこち当たってみるっていう救出作戦は続けないわよ」

彼は、包帯を巻いた手を上げた。「これを焼灼《しょうしゃく》しよう。で、縫合してくれ。僕ならやり方はわかる」

「それに関しては、厳しいことを言わせてもらうけど、先生は今のところ、何の役にも立たない。フェンスをよじ登れると思う？　ここは郊外の住宅地で、どの家も、サン・クエンティン州立刑務所よろしく塀に囲まれてる。キッチンのシンクにすら、まともにたどり着けないでしょ」

「僕は、少し時間が必要なだけだ。ショックを受けたから」

「そうね。じゃあ、その間に、ここを補強しないといけない。ガレージの扉の向こう側から音がした。連中が窓を拳で突き破るのに、どれくらいの時間がかかる？　一時間？　一分？」

「僕らがここに閉じこもれば……母さんが……」

「何？　お母さんがどうしたの？　アコセラ先生、はっきり言って」

「母さんは……そこに横たえていただけなら、母さんは……」

「私も死体安置所で働いていたのよ。お母さんのことは、埋めましょう。約束するわ。私たちならなんとかできる。でも、それを心配するのは後でいい。今先生がすべきなのは、ハンマーと釘の場所を私に教えることよ」

「ガレージにある。母さんと一緒に」

「木材は？」

「ない」

「いいわ。本棚はあるわね。それにテーブルも。ちょっと騒がしくなるわよ」

「でも、音を立てたら……？」

「連中をここに誘《おび》き寄せてしまう？　おそらくそうね。だから、さっさと済ませないと。数が集まりすぎる前にね。それには先生の助けが要る。いい、アコセラ先生？　私を見て。ハンマーで釘を打つのに、板を固定してほしい。聞いてる？　聞いてるなら、うなずいて。ここは第一解剖室じゃない。ここでは細かい手順は要らないの。できるだけすばやくガラス窓を木で塞ぐ必要がある。わかったわね？」

　彼はわかっていた。とはいえ、頭に濃い靄がかかったように、思考が不鮮明になっている。バリケードが自分とシャーリーンを屋内に閉じ込めておくのは理解できるが、それで、ニクバエ連中を屋外に留めておけるとは想像し難い。これが本当に、悪知恵が働く我がディーナーの望みなのだろうか。昨夜の解剖室で見せたシャーリーンの顔つきを思い出す。こちらに憧れを寄せているのがあからさまだったし、それを見て自分はまんざらでもなかったはずだ。突然、ルイスはペニスが怒張し、ズボンにシワが寄るのを感じた。これはどういうことだ？　彼は困惑した。

シャーリーン・ルトコフスキーは、アコセラの自宅を、いかにも楽しそうに壊していた。家具は横倒しになり、テーブルの脚は、死んだ動物のそれのように固く突き出している。彼女が家具をバラバラにする手際の良さは、どこか解体作業を彷彿《ほうふつ》とさせた。シャーリーンがテーブル、棚、テレビ台、衣装タンス、ドレッサー、引き出し、ベッドのヘッドボード、椅子、キッチンの食器棚の全ての扉から〝板〟を作り出した。銃声の響きとおがくずの匂いによって十分なアドレナリンを注入されたルイスは、その板を集め、正面の窓のそばに積み重ねていく。ローザが選んだガーゼ地のカーテン越しに、複数の黒い人影が大股でゆっくりと近づいてくるのがわかる。

釘を打つのは怖かった。壁が揺れ、窓がカタカタと鳴り出すと、ニクバエたちがこちらに向かってきた。リビングルームの窓から、拳銃を撃つ。トレーナーの腕、ブラウスの腕、ファーストフード店の制服の腕、軍服の腕が伸びてくる。無断でルイスの家に入ってくる隣人たち。ここラ・メサの住宅地ではあり得ないマナー違反だ。シャーリーンは彼らの手に捕まらないように、激しく、そしてすばやくハンマーを振り下ろし、ルイスは手にした板をニクバエたちに叩きつけた。それでも、全く痛みを感じないのか、彼らの手は必死にこちらを摑もうとしてくる。

おそらく、自分の手に激痛を感じるのは、いい兆候だ。ルイスはそう思った。

一体も中には入ってきていない。もちろんだ。ニクバエは死肉に卵を産み、ウジを孵化させる。もちろん、ルイス・アコセラの家の中に死人はいない。ルイスがズキズキと疼《うず》く頭を両手でさすろうとし、親指に関しては、左手しかその仕事をしない現実を改めて突きつけられる。欠けた親指の先を意識し、彼はハッとした。死人はいるのでは？　ガレージに？　ルイスは怪我をしていない方の手で頬を叩いて活を入れ、シャーリーンが、ダイニングテーブルの天板やベッドの頭板に釘を打ちつけるのを手伝う。ローザが帰ってきたら、下顎が床にくっつくくらい口をあんぐりと開けてしまうだろうな、とルイスは妻の様子を想像した。

作業を始めてから一時間のうちに、ふたりは一階に射し込む日光の九割を遮断していた。汗だらけで、うっすらと血がにじむピンクの引っ掻き傷を作った彼らは、二階からまっすぐに降り注ぐ暖かい日の光に引きつけられるように、階段の一番下で崩れ落ちた。ルイスは目を閉じる。こうやって安静にしていれば、めまいも治まるだろう。バリケード作りもニクバエの阻止も、手には酷だったらしく、最後に見たときには、タオルは緩み、黒ずんで、体液で濡れていた。傲慢な医師の典型で、彼は自宅に救急箱を置いていない。

「どう？」。シャーリーンが問いかけてきた。

ルイスは、ごわついてチクチクする片目のまぶたをパッと開ける。そこには、シャーリーンの笑顔があった。微笑む顔に、汗に濡れた金髪の束が張り付いている。彼は、血の筋が巻きつく右手を一瞥《いちべつ》し、それからリビングルームに視線をやった。リビングは、まるでリフォーム工事の業者でも来ていたのかと見紛《みまが》うほどだ。少なくとも、四体のニクバエはまだ、格子状に板張りをした窓にぶつかっているが、その音は小さくなっていた。奴らを悩ませることが少なそうな、他の家の他の窓に気づいたのかもしれない。

「そこまで悪くはないな」と、ルイスは答えた。「竜巻対策としては」

「その手、処置しないと」

「頼む。まずはシャワーだ。順番に見張りをしよう」

「断水したら？　節水すべきよ」

「一生、この臭いのまま？　そんな人生は嫌だ」

シャーリーンはクスリと笑った。「わかった。短めにね。あ、シャワーの間、私に支えてもらいたいとか？」

「そうしたいんだろ？」

「うーん、まあ、シャワーで滑ってるおじいさんほど興奮するものはないから」

ルイスは噴き出した。ユーモアは必要だ。だが、視線が揺れて定まらなくなってきた。喉が焼けるように熱い。もっと早く傷口を洗い流しておくべきだったが、とにかく一刻も早くシャワーでそうするのが賢明だろう。二日分の垢を落として、具合が良くなってくれればいい。シャーリーンの助けを受け入れ、彼は必死に自分の足で立ち上がった。階段を昇り切ったところには、ローザの母親から贈られたステンドグラスがある。それは夕暮れ間近の日光を浴び、ワイン色の陰影ができていた。自分はそれで酔っているんだとルイスは己に言い聞かせる。だから、こんなに体調が悪いのだ、と。

ルイスは震えた。一階の割れた窓から風が吹いてきているのだろうか？

ローザが流産をした浴室で、彼はシャワーを浴びた。その後、寝室で身支度を整えた彼は、街路に点在する〝カオスが産んだ生きる屍〟を見つめ、それから、シャーリーンが傷口を縫う際、リビングルームのソファに座って布巾を噛んで耐えた。彼女がシャワーを浴びている間、見張りをすると言ったのに、ソファに横になって一分後、彼は眠りに落ちてしまう。目を覚ますと、木板の隙間から入ってくるオレンジ色の朝の陽射しに自分は照らされていた。そして、シャーリーンも。彼女はルイスの腕の中で眠っている。

顔にふわりとかかる髪はアンゴラの毛のように柔らかで、彼女は言葉では言い表せないほど甘い匂いがする。しかも、こんな混沌とした現実では二度と叶わないだろうと思っていた、完璧な清潔さだ。

ローザの石鹼、ローザのシャンプーだが、ローザのフルーティで花の香りがする肌とは異なる。シャーリーンは、メープルシロップを思わせる匂いだった。彼女がさっきまで扱っていた木材の残り香が、毛穴の奥深くまで染みついたのだろうか。

ローザの服は、手術着と同じで、シャーリーンにはぶかついている。妻に対する悲しみが急に湧き上がった。ローザが時間をかけ、慎重に選んだ服だ。妻の服は持ち主の体型を記憶していた。彼女の身体の膨らみに合わせて生地が伸び、縫い目も緩んでいる。彼女の好みや不安が染み込んだ服は、大切な意味があるものだった。シャーリーンが木材を得るためにドレッサーに入っていた服を床に投げ出した途端、ローザの服はボロになり、シャーリーンが自分の手に巻いたタオルと同じく、重要な意味を持たなくなったのだ。

穏やかな朝の鳥のさえずりの中、ルイスは、ローザ・デル・アコセラに再び会える可能性が低い現実を受け入れた。

シャーリーンの豊かな髪の合間から彼女の寝顔が覗いている。普段の厚化粧をしていない彼女は、脆《もろ》い存在に思えた。口紅が塗られていない薄い唇をすぼめ、立てる寝息が鼻腔から口笛のように聞こえてくる。地球は破裂し、大陸の全てを海溝に沈め、生と死の質を入れ替えさせてしまった。その驚異の中で、気づかれることなく、妻はシャーリーン・ルトコフスキーに取って代わり、質問もなく、元に戻ることもない。シャーリーンはローザの服を着て、ローザのソファで眠り、すでにローザの家を改造していた。

シャーリーンは、この役割を担う準備ができていたのだ。疑いの余地はない。そうだろう？　手の鈍い疼き、まだ吐き気が残る胃の震え、熱っぽく腫れている感じの頭。自分はすぐにはどこにも行かないだろう。二度とどこにも行けない可能性もある。

永遠にこのままなのかもしれない。

目を覚ましたシャーリーンはあくびをし、身体を伸ばす。それは想像していた通りにうっとりとさせるセクシーさだ。寝ぼけ眼《まなこ》で微笑むと、彼女は温かいおでこを彼の首元に埋めた。長い間、彼らは一緒に呼吸をしていた。ただそれだけだ。一夜限りの関係というものを経験したことがないルイスは、こんな——夜の流れがゆっくりと朝の光の中に蒸発していく——感じなのかと考えた。

「朝食?」と、彼女はつぶやく。

キッチン、シンク、母さん——彼は息が詰まった。

「あ、そうよね。ごめんなさい。私がコーヒー作ってくる。先生はここにいて」

サイズが大きめなローザのTシャツの裾は、部屋を出ていくシャーリーンの尻の上でヒラヒラと揺れている。ルイスは起き上がった。彼は医者だったかもしれないが、自分自身でまだ健康になれるという頑なな信念を持っている。ソファを押してテレビと平行にし、木片を脇に蹴とばしてようやくリモコンを見つけた。リモコンでテレビを点けてみるが、画面は真っ暗のままで、何も受信されない。チャンネルを変えてみるも、どこもかしこも映らないではないか。チャンネル変更数が二桁を数える頃、ようやく何かが受信され、画面が明るくなった。ハンサムな男性キャスターが猫背気味になってデスクに座っている。疲れ切った顔とは裏腹に、目は明るく輝いていた。

シャーリーンがマグカップを二個持って、部屋に戻ってきた。どうしてわかったのかは不明だが、彼女はルイス愛用のカップを選び出し、それを彼の前に置いたのだ。彼女の方は、自分用にローザのお気に入りカップを握ったままだった。

ソファの隣に座ったシャーリーンは、カップを持った手でテレビを指し示す。

「これは何の番組?」

ルイスは「WWN」のロゴを指差した。

「ああ、いい兆候ね」。病人を気遣い、彼女はわざとらしくポジティブな態度を取ってみせている。

シャーリーンはカップの柄を持っているが、ローザはカップを両手で包んでいた。些細な違いだが、小さな違いが積み重なって、物事は大きく変わっていく。ソファに沈み込み、ルイスは、徐々に体調が悪化するのを感じつつ、WWNを見ているふりをした。

静かにしておく理由は山ほどあるが、シャーリーンは正直な性格ゆえ、キャスターのチャック・コルソが報じる全てに怒っている。ズキンズキンと頭の痛みが増す中、ルイスの耳にはシャーリーンがしゃべる言葉の半分しか聞こえてこない。

「DMORTを派遣するってどういうこと？　分類する死体なんてないのに。死体は軒並み生き返ってるんだから！　頭、使いなさいよ！」

DMORT（災害遺体安置所運営対応チーム）とは、連邦政府からの依頼を受け、災害発生時に犠牲者の身元確認と遺体安置サービスを提供する組織だ。

「これ、〝ウイルス由来の精神病〟なんかじゃない。CDC、ふざけるな！」

シャーリーンは、CDCにも不満を露わにする。

「本当に頭悪いわね。視聴者の興味を維持しようとして、年がら年中二四時間ずっと、画面下に悲惨で過激なニュースを文字で流してるから、実際に大変なことが起こったときに、重大な問題がかすんじゃうのよ。そうじゃなかったら、この問題だって、もっと早く気づけたでしょうに。あんたたち、わかってんの？」

「へえ、すごーい。素晴らしい～、なわけないでしょ。もうなんでもいいけどね、愚か過ぎ。このくそみたいな状況、見なさいよ！」

「ダーティボム？　は？　放射性物質を撒き散らす汚い爆弾ですって？　この男、親指を食いちぎられても、真実がわかんないだろうな！　あ、アコセラ先生、ごめん。言い過ぎた」

シャーリーンの罵詈雑言を隣でぼんやりと聞きつつ、ルイスは微笑んだが、彼女が喜ぶと知っていても「うーん」という返しができなかった。彼は集中力を失いつつある。ルイスが「ニクバエ」と呼ぶ存在を、WWNのキャスターは「グール」と言い、世間にはその呼び名が浸透しているのだろう。今、ルイスがわかるのはそれくらいだった。彼には幻覚が見え始めている。天井に沿って、スローモーションで飛ぶ青い鳥。カーペット一面に生えている緑の柔らかい芝生。これはこれでいい。熱を帯びて痛む目を閉じ、凍える身体をブランケットで包む。こうしたことができるのは、自分が実際にシャーリーン・ルトコフスキーを愛せると悟ったからだ。いや、彼はすでに彼女を少し愛していた。シャーリーンがこれまで経験してきたのと同じくらい有害な世界を、激しく非難する彼女が愛おしい。

どう？

その問いが耳の奥で残響する。シャーリーンと一緒に生きることと、彼女とともに死ぬことは全くの別物であった。

第二次南北戦争

弟コナン（とボーイフレンドのカシム）を置いてきてから一時間、彼女は町を出てからずっと、自転車を漕いで進む善良で社会ルールに従う少女でいた。あちこち穴が開いたアスファルトの二車線の道路を進む中、背中でダッフルバッグが上下に弾む。だが、社会ルールに従えば問題なく通れるべき道は、ずっとひどい状態だった。大きくない通りはいくつも、衝突した車両で塞がれていた。そのたび、グリアはファディ・ロロのシュウィン社製自転車をさっと翻《ひるがえ》して方向転換をし、道路沿いの溝を通って迂回する。電柱が道路を横切るように倒れている場所では、自転車を持ち上げて乗り越えた。

二時間、南へとペダルを漕ぎ続けると、グリアは二車線の道路を目指してやって来る青年三人組と出会《でくわ》す。五〇メートルほど離れていても、彼らの目が白く光るのがわかった。腹を減らしているように見える彼らは、異常なほどの渇望感なのか、腕を振って激しく迫ってきた。このままでは捕まると思ったグリアは、危険を避けるべく舗装道路から外れ、太陽の光を浴びる穀物の中を突っ切ることにした。草の上を自転車で走るのは、大変だった。タイヤが滑って急激に減速し、とうとう三人のうちのひとりに追いつかれてしまう。相手の伸ばした指が、シュウィン自転車のタイヤに触れた。だが勢いよく回転する車輪に巻き込まれ、その指が切断された。

それは忌々しい世界から、迂闊だった彼女への、幹線道路には近づくなという警告だった。主な大通りではこちらの姿が丸見えで、どうしても白目野郎の目を引く。そこでグリアは脇道に入り、幅の狭い舗装道路、もしくは砂利道を前進していく。ペダルを踏み続けるのはひと仕事だったが、彼女はそれでも構わなかった。納屋の上にいる男が、彼女を狙い撃ちし始めるまでは——。グリアは自転車を横滑りさせ、自分は生きていると叫んだ。それでも男は発砲をやめようとしない。彼女は向きを変え、大声を出しつつ、これまでの人生でなかったくらい猛烈に自転車を漕いだ。ああ、そうか。彼女は思い出した。黒人であること。少女であること。あの男が備蓄しているものがなんであれ、自分はそれを脅かす存在なのだ。

その後は、道、また道が続いた。道なんてくそったれだ。グリアは自転車を引いて歩いた。歩くことで進むスピードは落ち、周囲の状況をより注意深く観察しなければならない。食べ物が必要だ。農家を慎重にチェックし、誰もいないのを確認する。キッチンの中まで自転車を運び込み、できる限りのドライフードと水のボトルを調達した。重い荷物を搭載したシュウィン社製自転車は、モンスターマシンのようだった。

いろいろと荷物を積んでいる最中、彼女はテレビを点け、唯一放送していたチャンネル、WWNの報道番組に丸々一時間引き込まれた。一般人が撮影した動画クリップから判断すると、あらゆる場所がカオスになっているらしい。サイクロンの被災地オクラホマ州シャムロックで、瓦礫《がれき》の下から生きて見つかった人々の「奇跡の生還劇」は、連中に襲撃されて幕を閉じた。「#ドローンザデッド」というハッシュタグが付いたユーチューブ動画では、白い目の集団の中にドローンを飛ばし、彼らの顔がドローンのブレードで切り裂かれ、現金投入口のような切り傷がいくつもできる様子が映し出されている。こんなのが面白いのだろうか？

寝袋をひったくって農家を出発したグリアは、二時間かけて十分に農家との距離を取り、森の中で寝た。次の晩も再び森の中で寝て、その次の晩もそうした。来る日も来る日も、辛く苦しい夜だった。小枝がポキンと折れる音を聞くたび、カシムを思い出す。腹から内臓がドロリと落ち、この上なく激しくグリアを求めるカシムを。今日は目覚めると、濡れた涙で顔が半分凍っていた。朝露で湿った身体は重く、樹皮の匂いがする。そのとき、彼女は己の耳を疑った。ポロン、ポロン、ポロン。

それは、トタン屋根に落ちる雨粒を思わせる音だった。ところが、近くにはそうした屋根を持つ建物は見当たらないし、ここ三日間は、昼も夜も快晴で寒い。

雑草が生い茂る、手入れのされていない土地を自転車で移動し、靴下とジーンズをびっしょりと濡らしながら、グリアは自分の理論を熟考する。自分のような人間を安全地帯の外に出さないために張られた金網フェンスが立てる音。一キロ半以上先からでも、自分を暗殺できるクロスボウに矢が装填される音。白目野郎たちが骨の切れ端を齧る音。グリアが本当の音源を見る直前、ポロンという音に、長く続く低音の響きが加わった。なんだろう。錆びついたフェンスがきしむ音——？　だが、それは〝声〟だった。

前方には、これまで見た中で最も小さい十字路がある。蛇行した二本のぬかるんだ道は、地主のトラクターにしか向かない。深い泥の水溜まりと一面に繁殖する雑草から判断するに、何年も使われていない道なのだろう。ただし、唯一の例外と思しき人物がいた。曲がり角に座り、アイボリー色のギターで寂しげな曲を奏でるひとりの男。彼は、黒いTシャツに黒い革のジャケットという出立ちで、首には色褪せたアメリカ国旗柄のスカーフが巻かれていた。黒ジーンズの下の埃だらけの黒ブーツが、地面を叩いてリズムを刻んでいる。彼の長い指が、ギターの弦をふざけているのかと思うくらいゆっくりと引っ張り、つま弾くポロンという音のひとつひとつが、ビートの端っこギリギリを辛うじて捉えていた。黒い中折れ帽がギター奏者の顔を隠し、歌に同調して揺れている。

昨日の夜半
おまえはゆっくり這ってきた
俺のガラス窓を越えて
昨日の夜半
おまえはゆっくり這ってきた
俺のガラス窓を越えて
俺は答えた
「悪魔。悪党。俺をどこまで苦しめる」

このぽっかりと空いた土地では、反響を生むものは何もない。湿った土が残響を全て吸い取り、男の低音の優しい歌声に、鳥のさえずりに似た質感を微かに添えていた。その音楽は、心にスッと染み入ってくる。この男は蜃気楼に違いない。グリアは恐怖を感じなかった。こちらを襲うような物は何も持っていない。椅子代わりに使っていたボロボロのギターケースと、明らかに傷をつけたくない、と思って気にかけているギター以外は。

俺の焼けた古い骨を持っていき
川でそれを冷やせばいい

俺の焼けた古い骨を持っていき
川でそれを冷やせばいい
俺の真っ黒な生き様が
滝を滑り落ちていくように

グリアはおよそ一メートル半手前で立ち止まった。前後に揺れていた中折れ帽が高く持ち上がり、つばの下から男の顔が覗く。

彼女はハッとした。相手は、こちらが近づく音がずっと聞こえていたものの、怖がらせないように、顔を見せるまで時間をかけたのかもしれない。グリアは彼の勇敢さを感じ取った。向こうこそ、グリアに怯えて然るべきだったのに。

黒人であるのは勘づいていた。ギターを演奏する敏捷な指が褐色に見えたからだ。しかしながら、彼が二五歳にも満たない若者で、今まで会った中で一番セクシーな男性だとは予想していなかった。泣き腫らしたような小さな赤い目の上で眉がアーチ形を描き、短い無精髭の中で唇を歪めて、彼はおどけたような笑みを浮かべている。歌うのはやめたが、ギターを弾く手は止めていない。弦を強く弾き、輪ゴムのようにフレットに当てて鋭い音を立てる。即興でハミングをすると、細い首の喉仏が上下した。

三日間ひとりで生き延びてきたことで、グリアは、心拍数の急上昇とアドレナリンの過剰放出には慣れていたが、すでに、そうした同じ要因が顔を赤くすることを忘れていた。そのとき、彼女は、自分が食料と水のバッグを搭載した自転車を所持している現実を思い出す。

「喉、渇いてない？」。自分の声には、明らかに音楽的要素はない。

彼はハミングをやめたが、ギターを弾いたまま返事をする。「小便しないといけなくなる」

へえ。なんだか、カッコいい。彼女はあざけり半分でそう思った。

「じゃあ、食べ物は？」と、訊ねる。「お腹空いてない？」

青年はウインクをした。「七面鳥のサンドイッチはある？」

グリアは一番手前のバッグを開けた。「プランターズのピーナッツなら」。プランターズは、アメリカ屈指の人気ナッツブランドだ。

彼は首の上で指を滑らせ、即興の歌詞で歌い出す。「ピーナッツを手に入れた……俺はピーナッツに夢中……ママ、ちゃんとください……プランターズの何味ピーナッツなのか教えて」

グリアが満面の笑みを浮かべるのは久しぶりだったので、汚れた頰の上にひび割れができた。この青年が誰であろうと、ミズーリ州北西部では味わえない魅力の持ち主だ。彼女はピーナッツの容器を引っ張り出し、彼に向かって放った。パパとのやり取りでよくやっていたように、投げたときに「少しのスピン」をかけたのだが、男はギターのネックを握っていた左手を一瞬離し、見事に容器をキャッチする。右手の指は相変わらず、ポロン、ポロン、ポロンとギターを搔き鳴らし続けていた。彼は、容器のプラスチックの蓋を見てニヤリとする。右手の指で弦をつま弾きながら、顎を使って蓋を開けた。

そして、大量のピーナッツを一気に口に注ぐ。

「その食べっぷり、犬みたい」と、グリアは言った。

「ワン」。彼はモグモグとピーナッツを咀嚼しながら、犬の鳴き真似をする。

「ここって――」と、彼女は辺りを見回した。「あなたの場所？」

頰張っていたピーナッツを飲み込んだ彼は、顔をしかめてギターケースの後ろからスープの缶を持ち上げて飲んだ。おそらく雨水だと思われる液体が、首から垂れ、Tシャツの黒をさらに黒くしていく。喘《あえ》いで、咳き込み、若者は唇を拭《ぬぐ》った。まだギターの弦を弾いている右手は、もはや精霊に取り憑かれているのではないかと思えてくる。そして、彼女にイタズラっぽい笑みを見せた。

「この俺の犬小屋のこと?」

グリアはシュウィン自転車のハンドルをギュッと握った。「面倒ごとを共有するつもりはないわ」

フレットから指をスライドさせ、気が滅入るような悲しげな音色を立てた。ポロロロロロン。

「違うよ。ここは俺の場所じゃない。ただ歩き回ってたら、ファウスト的な気分になったんだ。ロバート・ジョンソン系の契約を結ぶ準備はできてる」

「ロバート・ジョンソン? それ、誰?」

きょとんとしているグリアに、彼は片眉を上げると、ギターのネックに手を這わせ、ゆっくりと軽快なコード進行を続けた。

弾いているのが、そのロバート・ジョンソンとかいうアーティストの曲なのだろうか。相手は、グリアから「聞いたことがある」という言葉が返ってくることを期待しているのだろうか。だが、初めて耳にする旋律で、彼女は単純に首をすくめてみせた。唇を舐める青年のしぐさに、グリアの胸が鳴った。

「あんたはここで何してるわけ?」

そう訊ねられ、彼女はもう一度肩をすくめる。「逃げてきた」

「カンザスシティから?」

今度は首を振った。「ううん。違う方向から」

「何から逃げてんの?」

父フレディ・モーガンの皮膚がズルリと向けた頭蓋骨。弟コナン・モーガンの見捨てられたという悲しみ。しかし、それを説明するつもりはない。

「バルクっていう町」と、彼女は答えた。「六〇キロちょっと北にあるところよ」

「で、俺たちは、ここ〝悪魔の十字路〟【ロバート・ジョンソンは「十字路で悪魔と出会い、魂と引き換えにギターテクを手に入れた」と言われている】で出会ったのか。これってさ、砂漠で二台しか走っていない車が衝突するようなもんだな」。彼は軽く口笛を吹く。「あんた、名前は？」

「そっちこそ、名前は？」

指で軽く弾いて中折れ帽を傾け、「ミスター・ピーナッツと申します」と、彼は挨拶をした。

しかめ面をしたグリアを見て、青年は噴き出し、プランターズ・ピーナッツの容器を差し出してきた。見知らぬ男の手が届く範囲に入る前、女の子は皆、距離感など危険性を頭の中で計算するもので、グリアもそうした後に、一か八かに賭けようと決めた。一歩踏み出した彼女は、容器を掴み取った瞬間に、彼の微かな匂いに気づく。鼻の頭に皺を寄せ、それが何の匂いかを考えた。ビールだ。スープ缶の中身は水ではなかったらしい。そう言われてみれば、彼が座っていたギターケースが空だったら、もっと揺れていたはずだ。

「酔ってるでしょ」と、責めるように言い放つ。

「やったね。俺はそれを目指してきたから」

「それがどんなに愚かなことかわかってる？　あんな連中が周りにいるのに？　吠えながら歌まで歌って」

「吠えながら、か。くそ。酷評をもらうのは久しぶりだな」

「ああ、わかった。あなたはギター弾きの歌い手で、他のみんながなんとか頑張って生きようとしていても、酔っ払って楽しくやってるってことね」

「だから、俺はここを選んだんだ」。彼は両手を広げ、一面に広がる野原を指し示す。音楽がやみ、その寂しい世界がハッとして息を呑んだかに思える。「隠れるには、開けた場所が一番だと考えたんだ。あんた、俺に名乗ったっけ？」

「あたしはグリア。あなたは？」

「おはよう、グリア。俺はKK」

「KK？　あのKKKみたいな？」

言わずもがな、白人至上主義の秘密結社クー《K》・クラックス《K》・クラン《K》を彼女の言葉は意味していた。

「ご名答。俺、KKは、KKKの三分の二ってわけだ。醜い真実がわかったところで、酔っ払うものすごく正当な理由を伝えよう。きっとあんたは自分に『ミス・グリア、KKはビールを飲んで当然。今から、彼にもっと優しくするわ』って言い聞かせるはずだ」

「そうかな」

青年はフレットを押さえて、フラメンコを彷《ほう》彿《ふつ》とさせる華やかな音楽で雰囲気を盛り上げてから、再び口を開いた。

「この混乱が始まってから一日……一日半は経ってるに違いない。で、あんたの目の前の若造はどこに行き着いたか？　ウエスト・ボトムズのウォーターフォール醸造所だ。今あんたは、どうしてもやりたい明確な目的があったから、俺がそこに行ったと思いたくなっているかもしれない。そう思ってもしょうがないよ、ミス・グリア。だが、それは正しくはない。俺は、タールを失ったばっかりなんだ。くそ」。ギターの弦を激しく搔き、力強くも悲痛なブルース調の曲を奏でた。彼の目の光が苦悩で鈍くなっていなかったら、グリアは失笑していたかもしれない。「正直なところ、あれが醸造所だなんて知りもしなかった。路地に扉があったんだ。連中がビヤ樽をどこに積んでるか考えてみなよ。

次にわかるのは、ミスター・ミューズ・キングがビールの巨大な樽に囲まれてるってことなんだ」

「ミューズ・キング？　それがあなたの本名なの？」

ミューズは我を忘れ、歌のように抑揚をつけて物語を語っていた。

「これまでビールは苦手だった。バーボンだ。俺はそんなに選り好みはしない。仕事上、夕食を食べてるとき以外、夜な夜な歌を歌ってると、声がかれてくる。ちょっとしたウイスキーが、その気休めになるのさ。だから、扉に箱をいくつか押しやり、ボトルを探し始めた。おいおい、それで俺を非難しないでくれよな。で、ほどなくして、俺は音に気づいた。奇妙な音に。音楽がキング・コングの天職だから、音には敏感なんだよ」

「キング・コング？　一体、いくつ名前を持ってるの？」

「車を蹴って凹ましたことあるかい？　凹むとき、金属がポン！　って鳴るのを知ってる？　それがその音なんだ。ポン！　っていう軽い音がね。で、二回、ポン！　ポン！　三回、ポン！　ポン！　ポン！　で、タールなんだけど、彼はビール党だった。一五〇〇万キロ以上一緒に車で走った。誓うよ。そのうちの半分、彼はこの麦芽エキスがどうのとか、その口当たりがどうのとか話していた。俺が、『よう、リムジンが必要だぜ。窓が閉まって、騒音を遮断できるやつが』って言いたくなるくらい、タールはビールの蘊蓄《うんちく》を話し出すと止まらなくてね。とにかく俺が学んだことのひとつが、発酵なんだ。ミス・グリア、発酵について知ってるかい？」

「いいえ。でも、少なくともあなたの本名はひとつだけでしょ」

「タールは、TNT――トリニトロトルエン。爆発物だな――を作っているみたいにビールの醸造について話していた。ビールが発酵しているとき、発酵熱が出るんだが、その熱を回収しないといけない。熱が上がると、樽の中の圧力も上昇する。その醸造所には、数日間誰も注視していなかった数百個の樽があった。俺はちょうどバーボンを見つけたところだった。で、突然——」。彼は、ギターの本体を叩いた。「ボン！」

グリアは水の入った二リットルのプラスチックボトルを取り出し、ゴクゴクと飲んだ。何気ない動作だが、どれだけ心地良く感じるかを再認識する。彼女は、この男がステージ上にいる姿を想像した。歌と歌の合間にトークを紡ぎ、自分を悩ませていたどんな嫌なことも忘れさせてくれるだろう。クラブやお酒など、テレビで楽しそうに見えていた大人のやるあれこれを、もう自分は二度と味わえないのかもしれない。そう思って、彼女は悲しくなった。今、水より美味しいアルコールをひと口すれるなら、マシな気分になれるはずだ。

「それが屋根を突き抜けた。俺がなんて言ったか聞いてた？　ビールが屋根に穴を開けたんだ」。ミューズはケタケタと笑う。「笑い話みたいに聞こえるかもしれないけど、言わせてもらうと、当初はあまり笑えなかった。爆弾が爆発したようなもんだったから。避難する前に、二個目の樽が弾けた。同じことが起きたよ。シューッて屋根を貫通して飛んでいった。で、その場所全体が、壊れ始めたわけ。木材、屋根板、金属、ガラス、それから煉瓦の壁も崩れ落ち始めた。カンザスシティが『噴水の街』って呼ばれてるのは、知ってる？　本当だよ。爆発時は、まさにビールの噴水だったけどね。消火ホースであちこちに放水した。黙示録《アポカリプス》ならぬ、ビヤポカリプスだな。つまり俺は、骨の髄までビールでびしょ濡れになった。これが、永遠にその匂いが取れない理由だ」

「酔っ払ってもいる」

「でもそれは、逃げ出す前に、バーボンのボトルをさらに二、三本、ギターケースに突っ込んだからだよ。この供給品で、しばらく俺は生きられる」

「そのペースだと、『しばらく』じゃなさそう」

ミューズは声を立てて笑った。「確かに。たぶん俺が自転車を押して、あんたがギターケースを運ぶことになるかな」

「それ、まずい」と、グリアは吐き捨てた。「あたし、酒を飲み出すようになるわ」

初めは照れくさそうに微笑んでいた彼女だったが、やがて目を輝かせて白い歯を見せた。すると、相手も微笑みを返す。その笑顔に不道徳なスリリングさを覚え、グリアはまたドキリとした。場違いな欲望だけではなく、大きな幸運に偶然出会したかのような感情によっても揺さぶられたのだ。彼が言う通り、彼女がギターケースを持ち、彼が自転車を押すなら、ふたりはチームだ。ヴィエナが収監される前にフレディ・モーガンが言っていたように、ふたり一緒なら、ひとりのときより二倍強くなるのではなく、二百倍強くなる。ミューズ・キングだか、キング・コングだか、ＫＫだか知らないが、名前がなんであれ、彼は酔っ払いかもしれないが、彼女の首と腕のうぶ毛は危険を察して逆立ったりはしていなかった。

感謝の気持ちには脆《もろ》さがある。グリアは顔を背け、自転車を見た。慎重に検討した後、ダッフルバッグのフックを外し、腰を下ろし、そのファスナーを開ける。

ミューズはギターを揺らして最後の音を震わせた。「ミス・グリア、酒を飲める年齢だろ?」

彼女は鉈《マチェーテ》を引き抜く。

すかさずミューズは両手を上げた。「おいおい、まいったな。好きなものを飲んでくれ」

目を丸くした彼女は、刃物を芝生の上に置いた。「落ち着いて。いざというときのためよ」

彼は澄んだ視線を向け、地面の上にギターを置くと、グリアの真似をして腕を下ろし、冷えた両手を擦って息を吹きかけている。

「本当は、俺たちはどちらも酒を一滴も飲むべきじゃない」と、彼は言った。「でも、殺伐とした時代になると、ゴールドよりも、正しい飲み物の方が価値があるんだ」

「タールがそう言ったの?」

故人であるタールに触れたせいか、ミューズの微笑みはさっきよりぎこちなく、社交儀礼的になった。「タールの好きなものはビール。ただそれしかなかった。俺の場合は〝アメリカの歴史〟とも言える飲み物だな。コーヒーとかアルコールとか。シンガーソングライターを続けていたら、それをテーマにした歌のひとつかふたつ、書いていたかもしれない。手に入れられなくなった場合、それら欲しさに人は魂を売ってしまうものだ。そういや、コーヒーが南北戦争の勝機になったっていう説もある。南軍兵はドングリや樹皮で作った冷たい茶色の酒を飲んでいたのに対し、北軍は朝起きて、ホットコーヒーをがぶ飲みしていたんだ。俺たちがこのバーボンでうまく立ち回れば、あんたと俺はオバマ夫妻になれるかもな」

つまり、コーヒーや酒といった嗜好品は、戦争などで入手しにくくなると、高値で取引されるようになり、金が儲かるだけでなく、人や世の中も支配できるようになるかもしれないのだ。

「でも、どっちが大統領の机に座ることになるの?」

グリアは調子を合わせ、〝夫妻〟になる仮定で話をした。まんざらでもない気分になった自分が信じられなかった。自分は、自滅的な復讐、死に至るパンデミック、刑務所への投獄で家族を失っていて、迫り来る冬を乗り切る計画を何も立てていない。しかし彼女の喉からは、学校や、焚き火を囲むパーティなど、カシムと一緒だったときに出していたのと同じ、力強くて、相手をからかうような声が出ている。自分の中でそうした精神が生き続けていることは、奇跡ではないだろうか。

「大統領執務室は、全部あんたのものだ」。ミューズは顔を擦って周囲を見回し、ため息をつく。「ミズーリか。よりによって、ミズーリなんかでコンサートの仕事があったときに、世界が終わらないといけないなんて。ま、これも南北戦争つながりになるな」

「ミズーリでまだ良かったかも。ミズーリって北軍よね？」

「あんたの先生がそう教えたのか？」

「ダメな学校だったとしても、あたしを責めないでね」

「あんたの立派な故郷ミズーリ州にも北軍兵士がいたのは事実だけど、南部連合支持者のゲリラ兵も大勢いた。ミズーリは奴隷の州。アメリカ全体の悪夢の縮図だったんだ。今でもそうだよ。カンザスシティで、黒人が黒人を、白人が白人を殺すのを見た。兄弟が兄弟を、姉妹が姉妹を殺すのも。あれが第二次南北戦争じゃなかったら、一体なんなのかわからないよ。サックであんたは何を見たんだ？」

「サック？」

「あんたの町だよ。サックだろ？」

「バルクよ」と、彼女は鼻で笑う。「同じくひどい状態だった。誰も、あの白目野郎たちに対処しようとすらしてなかった。人間同士が互いを非難するのに忙しすぎて」

「白目野郎。彼らはバルクではそう呼ばれるのか？」

「他にいい名前があるの？」

「ニュース番組では、『グール』って呼んでたな」

それは、グリアが聞いた中で最も心強い発言だった。ニュースはまだ流れ、どこかで、賢い人たちが最悪の事態に名前を付けている。グリアは頭の上で両手をストレッチし、森の地面で寝て硬くなった筋肉が柔らかくなっていくのを気持ちよく感じた。背伸びをしてパーカーの裾から覗いたお腹をミューズが見ているのを知っていたし、そのことも彼女は楽しんでいた。腕を下ろし、芝生の上に寝転がる。自転車から外してあった補給品のバッグの上に右手を乗せると、空腹であることに気がついた。

予想していた通り、青年はグリアのところにやってきた。淡い黄色を帯びていた日光が、彼の影でグレーに変わる。アイボリー色のギターを弾いているときのように、少女に倣《なら》って地面に腰を下ろすた。

彼は心地良さそうだ。隣で横になった彼は腕を彼女の首の下に挿し入れ、額に皺を寄せて笑顔を作った。

「俺、あっという間に酔いが覚めるんだよね」と、彼は話しかけてくる。「でも、実を言うと、きっとまだ酔っ払ってる」

「あたしも酔ってみたい」。そう返して、グリアは相手のジャケットを摑んで彼を引っ張った。黒い革のジャケットと一緒に、黒いブーツ、黒いジーンズ、黒いTシャツ、黒い髭が全部、彼女の上に被さり、全てを覆い尽くした。

ああ、ジュビリー

死者が〝宴〟を始めてから五日、カール・ニシムラは、空母のアイランドにいる全員が、連中の食欲に負けないほど空腹になっていると感じた。残っていた食べ物は、とても食べられたものではない。ピーナッツが配られ続けたが、いわゆる「食事」の量は減り、ニシムラは手のひらのピーナッツの粉末まで舐めたが、もう唾液が出なくなったため、乾燥した舌には何もまとわりつかず、粉がこぼれるのが見えるだけだった。水の配給量も、塩まみれのレードルからわずかに跳ねるくらいに減らされている。気象室があるこの階層の彼と他の男たちが真っ先に死ぬかもしれないが、上の階層の連中もあとに続くことになる。

それゆえ、トミー・ヘンストロムと護衛たちに、チョークで床に線を書いただけの〝ベッド〟から抱え上げられ、キャットウォークの上で引きずられ、ハシゴへと連れていかれても、ニシムラは驚かなかった。太陽は銀河系サイズのナイフの先端よろしく鋭く光っていたが、彼の身体は、水を欲するように、ビタミンDも切望していた。目を開けて、手のひらをかざす。生まれ変わったのかと思うくらい、両手のひらには力がみなぎり、しっかりとハシゴの横木を握ることができた。ヘンストロムが上から身を乗り出し、顎で「昇れ」と合図を送る。護衛の拳銃が下からニシムラを押し、「さっさと

昇れ」と無言で煽《あお》る中、彼は六階層分を昇り切った。最上階に来た彼は、綿のような白い雲に足を踏み入れた気がした

プリフライを赤く染めていた、クレイ・スルチェウスキー航空部隊司令官、ウィリス・クライド＝マーテル航空部隊副司令官、そしてジェイコブ・レザーデイルの血液はすっかり拭き取られている。室内に誘導されたニシムラは、直立していろと指示された。スルチェウスキーのクッション付きの椅子に、今はビル神父が座っている。見るからにやつれてはいるが、十分な水分を摂取しているのだろう、神父の動きは滑らかだ。負傷した耳にはきれいに包帯が巻かれ、「CVN－68X CHAPLAIN《チャプレン》」とブロック体で印字されていたトレーナーから、オウムとヤシの葉っぱが描かれた爽やかなアロハシャツに着替えている。ヘンストロムもアロハシャツ姿で、彼のシャツは、水辺のピンクのフラミンゴ柄だった。これらのシャツも、きっとスルチェウスキーやクライド＝マーテルの私物だったに違いない。オアフ島の安い思い出の品は、今や支配階級の象徴と化していた。

ビル神父はニシムラに、クライド＝マーテルの椅子に座れと手振りで促したが、なぜ薄汚い日系アメリカ人が目の前にいるのだろう、と考えているのか当惑した顔つきになっている。

「彼は、ニシムラ、操舵士長です」。ヘンストロムは、耳の遠い上司に話しかけるかのように紹介した。「我々の任務を、手伝ってくれます」

ビル神父の頬が緩む。

「素晴らしい。宣教はカトリック教会最高の伝統だ」

「いや、私は……」。喉が乾燥しすぎて、ピンホールくらいの大きさに狭まっているのではないか。ニシムラがそう考えたくなるほど、うまくしゃべれなかった。「水を。頼む」

「問題のひとつが、水なんだ」と、ビル神父がうなずく。「私は、主の御心に任せたいと考えている。

私たちが水を飲むことになるのなら、天は開かれるであろう。しかし、トミーは君のような者たちの擁護者であり、真の使徒だ。彼の足を見て、いつか君は感動のあまり、洗いたいと思うかもしれない」

神父の言葉を聞いて徐々に破顔するヘンストロムの口元から、見える歯が一本ずつ増えていく。ニシムラは、その唇を引き剝がし、ほとばしる血で喉の渇きを癒したいと思った。

「トミーが気づかせてくれたんだよ。信仰だけに頼っていて、教会の手入れを怠ると、建物はいつか崩壊してしまうということをね」と。神父はそう明かしてから、ヘンストロムに問いかけた。「トミー、君はなんと言ったんだったかな？　錆がどうのとか？」

「腐食です、神父。海水によって空母が錆びつくのです」と、ヘンストロムは答える。

「それもそうだが、魂の腐食を忘れないようにしないとな」と、神父は付け加えた。「静止している時間が長すぎると、自然の侵蝕しようとする性質に晒《さら》されることになる。だから、この任務が重要だ。ここアイランドにいる我々が選ばれたように、安全な場所を離れ、危険を顧みず、あらゆる国境を越えて吉報を伝えることが、神に選ばれし者たちの義務なのだ。我々の任務は、特に危険であろう。ヘンストロム、なぜかわかるかね？」

「どうか……水を」と、ニシムラは懇願した。

ヘンストロムは顔をしかめた。ヨボヨボのお爺ちゃんと意地の悪い子供に、限界まで責められたような顔つきだ。そして、カウンターから金属のポットをひったくった。ありがたい。こちらにまだ情をかけてくれるとは。期待を込めて、ニシムラは目を見開く。ポットはパシャッという音を立てた。中に十分な水が入っているのだろう。結露の水滴が曲線を描きながら金属ポットの表面を滑り落ちていく。キリストが水とパンを増やしたように、ポットの中の水は、表面にさらなる水を生み出していた。ニシムラはハッと息を呑む。プリフライは、きっと天国だ。目の前に、この世のものとは思えないほどおいしそうな水があるのだから。ああ、自分の舌が届くのであれば、すぐにでも舐めるのに。

「人類の歴史の中で、復活と永遠の命の物語を生み出したのは、いつだって我々クリスチャンだった」と、ビル神父は言った。「しかしながら悪魔とて、同じ話を語る。ただし、向こうの視点から！　見よ、死んで復活し、命を得た甲板の連中を！　ああやって悪魔は、悪魔が知る唯一の方法で、我々に宣教してきた。彼らの手、彼らの歯を通じて」

ニシムラは、水の一滴一滴――甘いシロップのごとく膨らんだ粒がポットの底から滑り落ちて、床で消えていくのを目で追う。ああ、せっかくの水滴が！　思わず、小さな嗚咽《おえつ》に似た声が漏れ出た。ニシムラの脳裏には、自身のカラカラで真っ赤になった喉を横切って細かな白いひび割れが走る様子が浮かぶ。水を欲し、訴えるような顔つきをビル神父に向けるも、神父は空想にふけっているかに見えた。

「その任務の難しさが問題ではない。宣教師は死ぬ。それが常だし、名誉である。トミーによれば、操舵士長である君は、私の宣教師たちを率いるのにふさわしい人物らしいな。君はこの安全な塔を離れ、私たちが必要とする食べ物や水と引き換えに、私たちの兄弟愛について知らせるんだ。トミーが言うように、君は熱心なキリストの使いなんだろう？」

ニシムラは、乾燥した眼球を眼窩《がんか》から引き剥がすように動かし、ポットに視線を戻した。視界に入ったヘンストロムの目つきは、ビル神父のそれと同じくらい鋭く、そして同時にぼんやりもしている。ハッとしたニシムラは、この状況をよく考えてみた。ヘンストロムは神父の戯言《ざれごと》を信じていないのだ。彼が信じているのは権力で、今、力は彼の手にあった。冷たい汗をかく、彼の手の中に――。ビル神父のイカれた提案に同意してもらえる褒美は、神父から祝福され、認められることではない。水だ。なんと純粋かつシンプルな見返りだろう。

「ああ」と、ニシムラは返事をした。「そう。その通りだ」

ようやく、ヘンストロムがポットを差し出した。ニシムラは、すっかり器用さを失った指で受け取ろうとしたものの、愚かにも左手がポットに強く当たり、ヘンストロムの手から叩き落としてしまった。一瞬、ポットは宙に浮き、注ぎ口から飛び出した水が、シダの羽葉の形に広がっていく。危うくポットが落下し、中身が全てこぼれそうになったが、すんでのところでニシムラの右手がポットを反射的に摑んでいた。そしてほとんど間髪容れず、彼は水を飲んでいた。レードルからチビチビと舐めるのではない。注ぎ口から口いっぱいに水を含み、ゴクリ、ゴクリと飲み込んでは舌を浸し、喉を潤す。冷えたコーラかと思うほど、甘く、泡立つ感じがした。水分を身体に送り込むたび、最悪の症状——海洋波よろしく押し寄せる頭痛。紫に変色した爪。乏尿。倦怠感。譫妄《せんもう》——が和らぐのを感じる。

ビル神父は小さく拍手をした。オウム柄のシャツを着ているせいか、はしゃぎ回る孫に喜び、手を叩いているかに見える。

命が息を吹き返すのがわかった。

「ああ、素晴らしい《ジュビリー》」と、神父は頰を緩める。「個人的なお願いがあるんだがね」と、神父は本題を語り始めた。「気づいているだろうが、この塔には女性がひとりもいない。とても残念だ。女性たちも、我々の権勢を共有すべきだろう。下で女性を見つけたら、教えてくれないか。ある程度強引なやり方でも構わないから、ここに女性たちを連れてくるんだ。いいな？　特に、私はもう一度会いたい女性がいる」

ニシムラがコクリとうなずくと、ビル神父の顔がほころぶ。

「ジュビリー、ジュビリー。さてトミー、私の寝床の用意はしたのかね？　耳鳴りがしてよく聞こえないんだ」

トミーは歯を食いしばり、ビル神父が航空部隊司令官の椅子から立ち上がるのを手伝い、簡易ベッドが用意されていると思われる後方の空間に連れていく。護衛がその場に残ったが、ニシムラは気にしなかった。彼はポットを口に当て、最後の一滴を飲み干すまで、それを振り続けた。ほどなくヘンストロムが戻ってきて、護衛に席を外せと手振りで指示をする。窓に寄りかかったヘンストロムは、ピンクと紫のシャツの前で腕を組んだ。

「神父は気が触れている」

ニシムラの発言にヘンストロムが即座に反応した。

「それは言っちゃいけない。二度と口にするな」

「問題は、頭がイカれたひとりの神父じゃない。それを放置している君たちの方だ。ビル神父――ウィリアム・コッペンボルグは運よく空母を無傷で横切った。単に運が良かったんだよ。それだけのことで、君たちは理性を失っているのか？　君らは海軍の人間だろうに」

「ロングウォークは、聖なる出来事だ。それがわからないのは、悲しいよ」

「君が神父を支持するのは、そうでもしないと、誰も君の話に耳を傾けないからだろう？　誰ひとりとして、君の言うことを聞かなかったものな」

「あんたこそ、俺の話を聞かなかったじゃないか」

「それに値する水兵なら、私は話を聞く」

「じゃあ、今は誰にその価値がある？　今回、誰が正しい選択をしたって言うんだ？　そういうことだよ。俺たちは再び真水を作り出さないといけない。それはわかってる。エンジンがちゃんと冷却されているか、確認する必要があるんだ」

「それは認めてるわけか。このミッションとやらは、神とも悪魔とも、何も関係がない。修繕、そして食べ物と水のための任務だ」

「腐食について俺が語ったことは本当だよ。あんたは俺を信用しなかった」

「ヘンストロム。君は、錆について話しているがな、現実を見ろ。人が死んでいっているんだぞ」

「で、俺たちはそれに対処している。だから、あんたがミッションに行くんだ」

「ミッションなんて要らない。あのおかしな聖職者は、カリフォルニアに全力疾走すればいいだけだ」

「サンディエゴに行きたくなかったのは、あんたじゃないか」

「私の艦が感染源だと思ったんだ！　感染を広めてしまうと！」

「我々はここにいた方がいい」と、ヘンストロムは言った。

「君はここにいたらいい。とにかく、それが君の妄想だ」

ヘンストロムは腕を組み直す。「あんたはこの空母を誰よりも知っている。追加の配給をもらえるぞ。水も余分にやろう。二日間、あんたと他の数人は、それで体力を付けろ。で、下に降りてもらう。ビル神父の信者は、甲板の下の重要なエリアにもたくさんいるんだ。彼らが食べ物を持っているかを確認しないといけないし、原子炉にふたり配属させる必要がある。原子炉士官が応答しないんだ。原子炉が悪魔に乗っ取られたら、何が起こるかわからない」

「何も起こらない」と、ニシムラは切り返す。「悪魔など存在しないからな」

「そんなこと、言うな」

「原子炉が乗っ取られたらどうなるか、私は知っている。その最悪の事態が、今、起こりつつあるんだ。我々は、ウランの消耗を止めることになる。最初に失うのは、タービン発電機だ。そうなったら、いくら動かしたくても、もう艦は動かなくなる。二番目に失うのは、電力だな。送電網を失う。全ての電力の喪失だ。三番目は、すでに沸いているお湯が冷めていく。いよいよ、面白くなってきたな。

壊血病と飢餓の道へまっしぐらだ。もちろん、炉心が冷却されていなければ、そこまでも持たない。この空母には、ウェスティングハウスA４W原子炉が二基あるが、何が起こると思う？」

船体に沿って流れる水のように、穏やかな歌声が聞こえてきた。眠りにつくのに、ビル神父が自分自身に歌って聞かせているらしい。

「我が慈悲深き主はお受け入れになる、罪人《つみびと》、遊女、取税人、盗人たち……」

「聖人カール、あんたはやるべきことを知っている」と、ヘンストロムは言い放つ。「だから、このミッションを率いるんだよ」

「ああ、私と〝他の数人〟がな。五〇人ほどが必要になる。海兵隊が残っていれば、チャンスはあるだろうが、そうでなければ――」

「海兵隊の奴らは、水陸両用船で脱出した。それを目撃したのは、俺だけじゃない！」

「大酒飲み、そして全ての地獄の一団を……今、汝に神託がある……」

「君の部下が彼らに発砲した後だろう、三等兵曹！」

「俺に『サー』と言うべきだと思うがね」

「さあ、福音の宴に集い、罪から救われるのだ、イエスの安息のうちに……」

「三等兵曹、言ったはずだ。君には敬意を払うと――」

ヘンストロムは前に歩み出た。その顔は紅潮し、手は固く握り締められている。「俺は今、サーだ！俺はサーなんだ！」

「我らが神の慈悲を味わえ、彼の肉を食い、血を飲めよ」

「――君がそれに値すればな。だが三等兵曹、値しないうちは一秒たりとも――」

沈黙とカラカラに渇いた日々が続いた後で、ニシムラは声を強く出し過ぎていた。そして、喉が裂けてしまう。痰と血液で妙な音を立てるや、彼は息を詰まらせ、咳き込み、掃除されたビル神父のプリフライの床が真っ赤に染まった。全てが一気に蘇る。斧で潰された肉塊となったスルチェウスキーの身体。煙が上がる大穴と化したクライド＝マーテルの顔。どんなに戦っても、オリンピア号ではそうなってしまう。善人からの血、悪人からの血、善にも悪にも属さない者たちの血が氾濫し、空母は、赤い深海の上の真紅の船と化すのだ。

（下巻に続く）

ジョージ・A・ロメロ

映画監督、脚本家、プロデューサー、小説家。画期的なホラー作品『ナイト・オブ・ザ・リビングデッド』(1968)と『ゾンビ』(1978)という監督作2本で、「ゾンビ映画」という新たなジャンルを確立。その後も、『死霊のえじき』(1985)、『ランド・オブ・ザ・デッド』(2005)、『ダイアリー・オブ・ザ・デッド』(2007)、『サバイバル・オブ・ザ・デッド』(2009)と、本家「オブ・ザ・デッド」シリーズの続編4本を手がけた。他にも、スティーヴン・キング脚本の『クリープショー』(1982)とキング原作の『ダーク・ハーフ』(1993)でメガホンを取り、テレビシリーズ『フロム・ザ・ダークサイド』(1983-88)を製作している。ニューヨーク出身のロメロはピッツバーグのカーネギーメロン大学を卒業し、映像の世界へ。妻のスザンヌとともにカナダのトロントに移住後10年以上暮らすも、2017年に死去。

ダニエル・クラウス

小説家。『Rotters』『The Death and Life of Zebulon Finch』2部作、『Bent Heavens』をはじめとする数多くの作品を上梓。映画監督のギレルモ・デル・トロとの共著で、アカデミー賞作品賞受賞作となった同名映画のノベライズ『シェイプ・オブ・ウォーター』と、Netflixの人気テレビシリーズ『トロールハンターズ:アルカディア物語』の原作『Trollhunters』を執筆。クラウスは小説家として、オデッセイ賞受賞、ライブラリーギルド選出、YALSA(ヤングアダルト・ライブラリー・サービス協会)のベスト・フィクション選出、ペアレンツ・チョイス金賞受賞、ブラム・ストーカー賞最終候補選出など、数々の功績を残している。現在は妻とシカゴ在住。

訳者 阿部清美(あべ・きよみ)

翻訳家。主な訳書は『NIGHTS OF THE LIVING DEAD ナイツ・オブ・ザ・リビングデッド』『シェイプ・オブ・ウォーター』『アート オブ アサシン クリード ヴァルハラ』『アサシン クリード フラグメント 会津の刃』(竹書房刊)、『メイキング・オブ・エイリアン』『メイキング・オブ・エイリアン2』(玄光社刊)、『ギレルモ・デル・トロ 創作ノート 驚異の部屋』『SF映画術 ジェームズ・キャメロンと6人の巨匠が語るサイエンス・フィクション創作講座』『ドゥニ・ヴィルヌーヴの世界 アート・アンド・ソウル・オブ・DUNE/デューン 砂の惑星』(DU BOOKS刊)、『超詳細メカ図面集　エイリアン・ブループリント』(グラフィック社刊)、『ギレルモ・デル・トロ　モンスターと結ばれた男』『クリストファー・ノーラン 時間と映像の奇術師』(フィルムアート社刊)他多数。

この物語はフィクションであり、実在する人物・団体等とは一切関係ありません。なお、この物語には差別的と判断され、考慮すべき表現も含まれていますが、著者自身に差別的意図はなく、原文を尊重し、キャラクターを表す表現としてそのまま翻訳している場合があります。差別の助長を意図するものではないことをご理解ください。

The Living Dead 上

2024年10月23日 初版第1刷発行

著者 ジョージ・A・ロメロ
ダニエル・クラウス

訳者 阿部清美《あべきよみ》

編集協力 吉田尚子《よしだなおこ》

発行者 マイケル・ステイリー

発行所 株式会社U-NEXT
〒141-0021
東京都品川区上大崎3-1-1 目黒セントラルスクエア
電話 03-6741-4422(編集部)
048-487-9878(書店様用注文番号)
050-1706-2435(問い合わせ窓口)

印刷所 シナノ印刷株式会社

Printed in Japan ISBN 978-4-911106-00-6 C0097